聖教ワイド文庫 073

新・人間革命

第30巻 下

池田大作

聖教新聞社

目次

一、本書は、「聖教新聞」に連載の「新・人間革命」（二〇一七年十一月二日付〜二〇一八年九月八日付）を収録した。

一、御書の御文は、『新編　日蓮大聖人御書全集』（創価学会版、第二七八刷）を（御書〇〇㌻）、法華経の経文は、『妙法蓮華経並開結』（創価学会版、第二刷）を（法華経〇〇㌻）と示した。

一、文中、説明が必要と思われる語句・引用文には、＊を付け、巻末に語句の解説を付した。□内の数字は、本書のページを表す。

新・人間革命

第30巻 下

装画　東山魁夷
挿画　内田健一郎

暁《ぎょう》鐘《しょう》（後半）

大西洋《たいせいよう》を越《こ》えて、山本伸一《やまもとしんいち》の一行《いっこう》がニューヨークのジョン・F・ケネディ国際空港《こくさいくうこう》に到着《とうちゃく》したのは、一九八一年（昭和《しょうわ》五十六年）六月十六日午後《ごご》三時前（現地《げんち》時間）であった。ニューヨークは六年ぶりの訪問《ほうもん》である。

このニューヨークでは、以前《いぜん》、現地の宗門寺院《しゅうもんじいん》に赴任《ふにん》した住職《じゅうしょく》が狡猾《こうかつ》に学会批判《がっかいひはん》を重《かさ》ね、それに紛動《ふんどう》された人たちによって組織《そしき》が攪乱《かくらん》され、メンバーは、なかなか団結《だんけつ》できずにいた。

伸一は、徹底《てってい》して皆《みな》と会い、地涌《じゆ》の使命《しめい》に生きる創価《そうか》学会の確信《かくしん》と誇《ほこ》りを、一人《ひとり》ひとりに伝《つた》え抜《ぬ》いていこうと心《こころ》に決めていた。

また、アメリカの広宣流布《こうせんるふ》は、ロサンゼルスなど西海岸《にしかいがん》が先行《せんこう》しており、ニューヨークなど東《ひがし》海岸での広布《こうふ》の伸展《しんてん》が、今後《こんご》の課題《かだい》でもあった。そのためにも人材《じんざい》を育《そだ》てたかった。

彼《かれ》は、この日も、翌日《よくじつ》も、ニューヨークを含《ふく》むノースイースタン方面《ほうめん》の中心幹部《ちゅうしんかんぶ》らと何度《なんど》となく懇談《こんだん》し、指導《しどう》を重《かさ》ねた。

「アメリカは、自由《じゆう》の国ですから、皆《みな》の意思《いし》を尊重《そんちょう》することが大事《だいじ》です。幹部《かんぶ》が一方的《いっぽうてき》に、自分《じぶん》の意見《いけん》を押《お》しつけるようなことがあってはなりません。必《かなら》ず、よく意見交換《こうかん》したうえで、物事《ものごと》を進《すす》めていくべきです。

もし、意見が食《く》い違《ちが》った場合《ばあい》には、感情的《かんじょうてき》になったり、反目《はんもく》し合《あ》ったりするのではなく、御本尊《ごほんぞん》、広宣流布《こうせんるふ》という原点《げんてん》に立ち返り、一緒《いっしょ》に心《こころ》を合わせて唱題《しょうだい》していくことです。

御聖訓《ごせいくん》に、『仏法《ぶっぽう》と申《もう》すは道理《どうり》なり』（御書《ごしょ》一一六九ジペー）と仰《おお》せのように、活動方針《かつどうほうしん》などを打《う》ち出《だ》す際《さい》にも、皆が納得《なっとく》できるように、理を尽《つ》くすことです。つまり、常《つね》に道理にかなった話《はなし》をするように心がけてください。道理は万人《ばんにん》を説得《せっとく》する力《ちから》となる。その意味《いみ》からも教学《きょうがく》力《りょく》を磨《みが》いていただきたい。

御書が、それぞれの生き方に、しっかりと根差《ねざ》していけば、同志《どうし》を軽《かろ》んじたり、憎《にく》んだりすることも、妬《ねた》んだり、恨《うら》んだりすることもなくなり、心を合わせていくことができる。

御書は、自分の規範《きはん》であり、自己《じこ》の生き方を映《うつ》し出す鏡《かがみ》です。したがって、人を批判《ひはん》する前に、自分の言動《げんどう》や考え方を、御書に照《て》らしてみることです。それが仏法者です」

また伸一《しんいち》は、アメリカには日系人《にっけいじん》のリーダーも多いことから、日々《ひび》の活動を推進《すいしん》するうえでの留意点《りゅういてん》を、語《かた》っておこうと思《おも》った。

「特《とく》に、日系人《にっけいじん》のリーダーは、日本と同じ感覚《かんかく》に陥《おちい》らないように注意《ちゅうい》してほしい。アメリカは多民族国家《たみんぞくこっか》であり、人びとの考え方《かんがかた》も、価値観《かちかん》も多様《たよう》です。それだけに、大前提《だいぜんてい》となる基本的《きほんてき》な事柄《ことがら》も、一つ一つ確認《かくにん》して、合意《ごうい》を得《え》ていくことが必要《ひつよう》になります。日本社会《しゃかい》のように、『言わずもがな』とか、『以心伝心《いしんでんしん》』などという考えでいると、誤解《ごかい》を生《しょう》じかねません」

さらに、世界広布《せかいこうふ》を進《すす》めるうえで、心《こころ》を合《あ》わせていくことの重要性《じゅうようせい》を訴《うった》えた。

「アメリカに限《かぎ》らず、すべての国のメンバーは、各国《かっこく》の法律《ほうりつ》や慣習等《かんしゅうとう》を順守《じゅんしゅ》し、尊重《そんちょう》しながら、よき市民《しみん》として、仲良《なかよ》く、活動《かつどう》を進めていただきたい。『異体同心《いたいどうしん》なれば万事《ばんじ》を成《じょう》じ』(御書《ごしょ》一四六三ページ)です。同志《どうし》は心を一つにして、世界広布の流《なが》れを加速《かそく》させ、永遠《えいえん》ならしめていかなければならない。

その広宣流布《こうせんるふ》の原動力《げんどうりょく》こそ、創価《そうか》の師弟《してい》です。したがって、リーダーはメンバーを自分《じぶん》につけるのではなく、皆《みな》が師弟の大道《だいどう》を歩《あゆ》めるように指導《しどう》していくことが肝要《かんよう》です。

それには、リーダー自身《じしん》が、清新《せいしん》な求道《きゅうどう》の心で、創価の本流《ほんりゅう》に連《つら》なっていくことです。自分中心《ちゅうしん》というのは、清流《せいりゅう》を離《はな》れた水《みず》たまりのようなものです。やがて水は濁《にご》り、干上《ひあ》がってしまう。メンバーを、幸福《こうふく》と平和《へいわ》の大海《たいかい》へと運《はこ》ぶことはできない。

また、広宣流布《こうせんるふ》の機軸《きじく》に、歯車《はぐるま》を噛《か》み合《あ》わせていかなければ、回転《かいてん》は止《と》まってしまう。仮《かり》に回《まわ》っていても、空転《くうてん》です。ゆえに、どこまでも、創価《そうか》の本流《ほんりゅう》に連《つら》なろう、歯車を噛み合わせていこう、呼吸《こきゅう》を合わせていこうとすることです。これが、世界広布《せかいこうふ》に進《すす》むリーダーの心《こころ》でなければならない」

創価学会《がっかい》は、世界宗教《しゅうきょう》として大きく飛躍《ひやく》する時を迎《むか》えている。そのための最《もっと》も大切《たいせつ》な要件《ようけん》は、広宣流布の信心《しんじん》に立ち、揺《ゆ》るぎない異体同心《いたいどうしん》の団結《だんけつ》を築《きず》き上《あ》げていくことであると、彼《かれ》は痛感《つうかん》していた。

十八日正午《しょうご》、伸一《しんいち》は聖教新聞社《せいきょうしんぶんしゃ》の社主《しゃしゅ》として、マンハッタンのロックフェラー・センターにあるAP通信社《つうしんしゃ》を訪問《ほうもん》し、社内《しゃない》を視察《しさつ》したあと、キース・フラー社長《しゃちょう》らと会談《かいだん》した。人種《じんしゅ》問題《もんだい》や、マスコミの責任《せきにん》と役割《やくわり》など、多岐《たき》にわたって意見交換《いけんこうかん》を行《おこな》った。

そのなかで彼は、世界の出来事《できごと》を、正《ただ》しく世界中に知らしめることは、「平和《へいわ》への最高《さいこう》の手段《しゅだん》」であると述《の》べ、同社《どうしゃ》の奮闘《ふんとう》と努力《どりょく》に敬意《けいい》を表《ひょう》した。

また、経済《けいざい》などの不安《ふあん》が増《ま》すと、人間《にんげん》は、理想《りそう》よりも目先《めさき》の利益《りえき》を重視《じゅうし》し、理性《りせい》よりも感《かん》情《じょう》が先行《せんこう》し、排他的《はいたてき》な社会《しゃかい》がつくられていく懸念《けねん》があると指摘《してき》した。そして、人びとが平和・社会貢献《しゃかいこうけん》の意識《いしき》を高めていくには、自分《じぶん》の感情《かんじょう》に翻弄《ほんろう》されるのではなく、心《こころ》の師《し》となる真《しん》の宗教《しゅうきょう》が必要《ひつよう》であると訴《うった》えると、フラー社長《しゃちょう》も大きく頷《うなず》き、同感《どうかん》の意を示《しめ》した。

ＡＰ通信社《つうしんしゃ》を後《あと》にした伸一《しんいち》は、同じマンハッタンにあるパーク・アベニュー・サウスのニューヨーク会館《かいかん》を訪《おとず》れた。

ここはビルの一階《かい》にあり、八十脚《きゃく》ほどのイスしかない、小《ち》さなフロアの会館であった。伸一の訪問《ほうもん》を聞いて、多くのメンバーが集《つど》って来たため、会場《かいじょう》は立錐《りっすい》の余地《よち》もなかった。

「グッド　アフタヌーン（こんにちは）お会いできて嬉《うれ》しい。ニューヨークの広宣流布《こうせんるふ》を、また、皆《みな》さんの健康《けんこう》と幸《しあわ》せ、ご一家《いっか》の繁栄《はんえい》を願《ねが》って、一緒《いっしょ》に勤行《ごんぎょう》をしましょう」

彼《かれ》は、ニューヨークの同志《どうし》が一人《ひとり》も漏《も》れなく信心《しんじん》を全《まっと》うし、崩《くず》れざる幸福境涯《こうふくきょうがい》を築《きず》くとともに、社会にあって信頼《しんらい》の柱《はしら》に育《そだ》ってほしいと念願《ねんがん》しながら、深《ふか》い祈《いの》りを捧《ささ》げた。

そのあと、信心の基本中《きほんちゅう》の基本である、南無妙法蓮華経《なんみょうほうれんげきょう》の偉《い》大《だい》なる力《ちから》と、唱題《しょうだい》の大切《たいせつ》さについて語《かた》っていった。

御本尊《ごほんぞん》への祈りこそ、信心の根本《こんぽん》である。それを人びとに教《おし》えるための組織《そしき》であり、学会《がっかい》活動《かつどう》である。広宣流布への前進《ぜんしん》の活力《かつりょく》も、宿命転換《しゅくめいてんかん》への挑戦《ちょうせん》も、また、団結《だんけつ》を図《はか》っていくにも、各人《かくじん》が御本尊への大確信《だいかくしん》に立ち、強盛《ごうじょう》な祈りを捧げることが肝要《かんよう》である。

伸一《しんいち》は、御書《ごしょ》を拝《はい》し、指導《しどう》していった。
「御聖訓《ごせいくん》には『我等《われら》が生老病死《しょうろうびょうし》に南無妙法蓮華経《なんみょうほうれんげきょう》と唱《とな》え奉《たてまつ》るは併《しかしなが》ら四徳《しとく》の香《か》を吹《ふ》くなり』（御書七四〇㌻）とあります。宿命《しゅくめい》の暗雲《あんうん》に覆《おお》われ、不幸《ふこう》に泣《な》いて生きねばならない人もいる。いや、多くがそうかもしれない。しかし、私どもは、南無妙法蓮華経と唱えることによって、常楽我浄《じょうらくがじょう》の香風《こうふう》で、その苦悩《くのう》の暗雲を吹き払《はら》っていくことができる。

また、『南無妙法蓮華経は歓喜《かんぎ》の中《なか》の大歓喜なり』（御書七八八㌻）です。人生《じんせい》には、いろいろな楽《たの》しみがあるでしょう。しかし、自身《じしん》が仏《ほとけ》であると覚知《かくち》し、南無妙法蓮華経と唱えていくことこそが、歓喜《かんき》のなかの大歓喜であるとの御断言《ごだんげん》です。

欲《ほ》しいものを手に入れたり、名誉《めいよ》や名声《めいせい》を得《え》たりする喜びは、外《そと》からのものであり、その喜びは一瞬《いっしゅん》にすぎず、決《けっ》して永続的《えいぞくてき》なものではありません。

それに対《たい》して、唱題《しょうだい》に励《はげ》むならば、自身の生命《せいめい》の大宮殿《だいきゅうでん》が開かれ、心《こころ》の奥底《おうてい》から、泉《いずみ》のごとく、最高《さいこう》の喜びの生命、すなわち大歓喜が湧《わ》き出《い》でてきます。しかも、いかなる試練《しれん》にさらされ、逆境《ぎゃっきょう》に立たされようが、その歓喜の泉が涸《か》れることはありません。

さらに、御書には『真実一切衆生《しんじついっさいしゅじょう》・色心《しきしん》の留難《るなん》を止《とど》むる秘術《ひじゅつ》は唯《ただ》南無妙法蓮華経なり』（一一七〇㌻）とあります。南無妙法蓮華経と唱える私どもを、諸天善神《しょてんぜんじん》は、三世十方《さんぜじっぽう》の諸仏《しょぶつ》

Yamamoto Sensei
Welcome home to N.Y.
We love you!!
先生ようこそ お帰りなさい!!
団結と信心第一で頑張ります!!

は、必《かなら》ず守《まも》ると約束《やくそく》されている。したがって、題目《だいもく》を唱《とな》え抜《ぬ》いていくことが、いかなる難《なん》も防《ふせ》ぐ秘術《ひじゅつ》となり、それによって人生《じんせい》の最高《さいこう》の幸福《こうふく》を満喫《まんきつ》して生きることができる。

御本尊《ごほんぞん》とともに、唱題《しょうだい》とともに生き抜いていくなかに、最高の所願満足《しょがんまんぞく》の人生があることを確信《かくしん》して、仏道修行《ぶつどうしゅぎょう》に励《はげ》み、自《みずか》らの生命《せいめい》を磨《みが》いてください。人の言動《げんどう》に右往左往《うおうさおう》したり、一喜一憂《いっきいちゆう》したりするのではなく、唱題に徹《てっ》して、『私は題目が大好《だいす》きである』といえる皆《みな》さんであってください」

「唱題の人」とは、晴《は》れ渡《わた》る青空《あおぞら》の心《こころ》の人であり、大歓喜《だいかんき》の人、幸福の人である。

十九日の午後《ごご》、ニューヨーク州《しゅう》のグレンコーブ市《し》で、山本伸一《やまもとしんいち》が出席《しゅっせき》して、ノースイースタン方面代表者《ほうめんだいひょうしゃ》の集《つど》いが開催《かいさい》された。

この日、メンバーはニューヨークをはじめ、ボストン、フィラデルフィア、さらにはカナダとの国境《こっきょう》の町《まち》からも駆《か》けつけ、二百人ほどが集ったのである。

会場《かいじょう》の建物《たてもの》は、御本尊を安置《あんち》した部屋《へや》が狭《せま》いために、幾《いく》つものグループに分かれて勤行《ごんぎょう》を行《おこな》い、いずれも伸一が導師《どうし》を務《つと》めた。さらに、緑陰《りょくいん》で懇談会《こんだんかい》がもたれた。彼《かれ》は、額《ひたい》に汗《あせ》を浮《う》かべながら、メンバーの輪《わ》の中《なか》へ入《はい》り、次々《つぎつぎ》と声《こえ》をかけていった。

少《すこ》し沈《しず》んだ顔《かお》の婦人《ふじん》を見ると、こう言って励《はげ》ました。

「信心《しんじん》を貫《つらぬ》いていけば、いかなる苦悩《くのう》の闇《やみ》も払《はら》い、幸福《こうふく》な人生《じんせい》を送《おく》っていけることは間違《まちが》いありません。しっかり唱題《しょうだい》し、学会活動《がっかいかつどう》に励めば、あなたが太陽《たいよう》となって輝《かがや》いていきます。一家《いっか》を、地域《ちいき》を照《て》らし出していけるんです。太陽に涙《なみだ》は似合《にあ》いません。朗《ほが》らかな、微笑《ほほえ》みの人になってください」

懇談《こんだん》に続《つづ》いて、皆《みな》で軽音楽《けいおんがく》を鑑賞《かんしょう》した。

ニューヨークは、世界《せかい》を代表《だいひょう》する文化都市《ぶんかとし》であり、メンバーにも著名《ちょめい》な音楽家が多かった。その世界的な奏者《そうしゃ》たちからなる軽音楽バンドが、「荒城《こうじょう》の月《つき》」や「オーバー・ザ・レインボー」（虹《にじ》の彼方《かなた》に）を演奏《えんそう》していった。

そうしたメンバーが、常《つね》に学会活動の第一線《だいいっせん》に立ち、家庭訪問《かていほうもん》などにも積極的《せっきょくてき》に取《と》り組《く》み、会合《かいごう》となれば、喜々《きき》として皆のためにイスを運《はこ》んでいるという。

それを聞くと、伸一《しんいち》は言った。

「尊《とうと》いことです。本当《ほんとう》に嬉《うれ》しい。これが真実《しんじつ》の創価《そうか》学会の姿《すがた》です。御本尊《ごほんぞん》のもとでは、学会での役職《やくしょく》も、社会的《しゃかいてき》な地位《ちい》や名誉《めいよ》も、いっさい関係《かんけい》ありません。仏道修行《ぶつどうしゅぎょう》には特権階級《とっけんかいきゅう》はない。全員《ぜんいん》が平等《びょうどう》なんです。苦労《くろう》して信心に励んだ分《ぶん》だけ、宿命転換《しゅくめいてんかん》でき、幸《しあわ》せになれる。

また、皆《みな》が等《ひと》しく仏子《ぶっし》として敬《うやま》い合《あ》っていくのが学会《がっかい》の世界《せかい》です」

創価《そうか》学会には、真《しん》の人間共和《にんげんきょうわ》がある。

午後《ごご》一時に始《はじ》まった代表者《だいひょうしゃ》の集《つど》いに続《つづ》いて、五時過《す》ぎからは、三十人ほどの中心的《ちゅうしんてき》なメンバーと懇談会《こんだんかい》を行《おこな》った。伸一《しんいち》は語《かた》った。

「ニューヨーク州《しゅう》では、『アイ・ラブ・ニューヨーク』をスローガンに掲《かか》げていると伺《うかが》いました。わが街《まち》、わが地域《ちいき》を愛《あい》するというのは、すばらしいことです。その心《こころ》から地域広布《こうふ》も始まります」

そして、さらに、「アイ・ラブ・ニューヨーク創価学会」を、もう一つの合言葉《あいことば》として、互《たが》いに尊敬《そんけい》、信頼《しんらい》し合って進《すす》んでほしいと訴《うった》えた。そこに、広布推進《すいしん》の要件《ようけん》である〝団結《だんけつ》〟をもたらす、カギがあるからだ。

このあとも伸一は、青年《せいねん》の代表と懇談した。皆、役員等《やくいんとう》として、運営《うんえい》にあたったメンバーである。青年たちの忌憚《きたん》のない質問《しつもん》が続いた。指針《ししん》がほしいとの要望《ようぼう》もあった。彼《かれ》は、次代《じだい》を担《にな》う若人《わこうど》の求道心《きゅうどうしん》にあふれた姿《すがた》が嬉《うれ》しかった。

実《じつ》は、伸一はニューヨークに到着《とうちゃく》した翌《よく》十七日の朝《あさ》から、アメリカの青年たちに、指針となる詩《し》を贈《おく》ろうと、詩作《しさく》に取りかかっていたのだ。青年と懇談した翌日《よくじつ》の二十日朝には、推《すい》敲《こう》も終《お》わり、詩《し》は完成《かんせい》をみた。

この日の午後《ごご》、彼《かれ》は、ニューヨーク郊外《こうがい》のロングアイランドにある、大詩人《だいしじん》ウォルト・ホイットマン生誕《せいたん》の家《いえ》を訪《たず》ねた。

――伸一《しんいち》がパリからニューヨークに着《つ》いた十六日、青年《せいねん》たちから、ホイットマンについての評論集《ひょうろんしゅう》と、その日本語訳《ごやく》が届《とど》けられた。そこに添《そ》えられた手紙《てがみ》に、「ホイットマンの生家《せいか》を、ぜひ訪問《ほうもん》してください」とあった。彼らの真心《まごころ》に応《こた》えたかったのである。

詩人の家は、樹木《じゅもく》が茂《しげ》り、青々《あおあお》とした芝生《しばふ》が広《ひろ》がるなかに立つ、質実剛健《しつじつごうけん》な開拓者魂《かいたくしゃだましい》を宿《やど》すかのような二階建《かいだ》てであった。

伸一の脳裏《のうり》にホイットマンの「開拓者よ！　おお開拓者よ！」＊の詩が浮《う》かんだ。それは、広布開拓《こうふ》の道《みち》を征《ゆ》く創価《そうか》の精神《せいしん》にも通《つう》じる、気宇壮大《きうそうだい》な詩である。伸一も、この詩から、多くの勇気《ゆうき》を得《え》てきた。優《すぐ》れた詩は、希望《きぼう》を呼《よ》び覚《さ》まし、生きる力《ちから》をもたらす。

ホイットマンの生家の一階には、彼の生まれた部屋《へや》、応接間《おうせつま》、キッチンがあった。キッチンにはロウソク製造器《せいぞうき》やパン焼《や》き器、大きな水入《みずい》れ、天秤棒《てんびんぼう》などが陳列《ちんれつ》され、原野《げんや》での自給自足《じきゅうじそく》の生活《せいかつ》を偲《しの》ばせた。

二階の部屋には、数々《かずかず》の遺品《いひん》が展示《てんじ》されていた。直筆原稿《じきひつげんこう》の複製《ふくせい》、肖像画《しょうぞうが》、あの悲惨《ひさん》な南《なん》北戦争当時《ぼくせんそうとうじ》の日記《にっき》……。

詩集《ししゅう》『草《くさ》の葉《は》』についてのエマソンの手紙《てがみ》もあった。形式《けいしき》を打破《だは》した、この革新的《かくしんてき》な詩は、当初《とうしょ》、不評《ふひょう》で、理解者《りかいしゃ》は一握《ひとにぎ》りの人たちにすぎなかった。そのなかでエマソンは、ホイットマンの詩に刮目《かつもく》し、絶讃《ぜっさん》したのである。

先駆者《せんくしゃ》の征路《せいろ》は、めざすものが革新的であればあるほど、険路《けんろ》であり、孤独《こどく》である。過去《かこ》に類例《るいれい》のないものを、人びとが理解するのは、容易《ようい》ではないからだ。われらのめざす広宣流《こうせんる》布《ふ》も、立正安国《りっしょうあんこく》も、人類史《じんるいし》に例を見ない新《あたら》しき宗教運動《しゅうきょううんどう》の展開《てんかい》である。一人《ひとり》ひとりに内在《ないざい》する無限《むげん》の可能性《かのうせい》を開く、人間革命《にんげんかくめい》を機軸《きじく》とした、民衆《みんしゅう》による、民衆自身《じしん》のための、時代《じだい》、社《しゃ》会《かい》の創造《そうぞう》である。ゆえに、それが正《ただ》しい理解を得《え》るには、長《なが》い歳月《さいげつ》を要《よう》することはいうまでもない。広宣流布の前進《ぜんしん》は、粘《ねば》り強《づよ》く対話《たいわ》を重《かさ》ね、自《みずか》らの行動《こうどう》、生き方、人格《じんかく》をもって、仏《ぶっ》法《ぽう》を教《おし》え示《しめ》し、着実《ちゃくじつ》に共感《きょうかん》の輪《わ》を広《ひろ》げていく、漸進的《ぜんしんてき》な歩《あゆ》みである。しかも、その行路《こうろ》には、無理解ゆえの非難《ひなん》、中傷《ちゅうしょう》、迫害《はくがい》、弾圧《だんあつ》の、疾風怒《しっぷうど》濤《とう》が待《ま》ち受《う》けていることを知らねばならない。

ホイットマンは詠《うた》っている。

*「さあ、出発《しゅっぱつ》しよう！　悪戦苦《あくせんく》闘《とう》をつき抜《ぬ》けて！

決められた決勝点《けつしようてん》は取《と》り消《け》すことができないのだ」

伸一《しんいち》にとってホイットマンは、青春時代《せいしゆんじだい》から最《もつと》も愛《あい》した詩人《しじん》の一人《ひとり》であり、なかでも『草《くさ》の葉《は》』は座右《ざゆう》の書《しよ》であった。彼《かれ》は、同書《どうしよ》に収《おさ》められた、この一節《いつせつ》を信越《しんえつ》の男子《だんし》部員《ぶいん》に贈《おく》り、広布《こうふ》の新《あたら》しき開拓《かいたく》への出発《しゆつぱつ》を呼《よ》びかけたことを思《おも》い起《お》こした。

悪戦苦闘《あくせんくとう》を経《へ》た魂《たましい》は、金剛《こんごう》の輝《かがや》きを放《はな》つ。

ホイットマンは一八九二年（明治《めいじ》二十五年）三月、肺炎《はいえん》のため、七十二歳《さい》で世《よ》を去《さ》る。聖《せい》職者《しよくしや》による葬儀《そうぎ》は行《おこな》われず、友人《ゆうじん》たちが、仏典《ぶつてん》やプラトンの著作《ちよさく》の一部《いちぶ》を読《よ》み上《あ》げるなどして、彼を讃《たた》え、送《おく》った。宗教的権威《しゆうきようてきけんい》による儀《ぎ》式《しき》の拒否《きよひ》は、詩人の遺志《いし》であった。

彼は『草の葉』の初版《しよはん》の序文《じよぶん》に記《しる》した。

「新しい聖職者たちの一団《いちだん》が登場《とうじよう》して、人間《にんげん》を導《みちび》く師《し》となるだろう」*と。

一九九二年（平成《へいせい》四年）三月、ホイットマンの没後《ぼつご》百周年記念祭《しゆうねんきねんさい》が挙行《きよこう》されることになり、その招聘状《しようへいじよう》が、アメリカのホイットマン協会《きようかい》から山本《やまもと》伸一のもとに届《とど》く。彼は、どうしても出席《しゆつせき》することができないため、敬愛《けいあい》する民衆詩人《みんしゆう》ホイットマンに捧《ささ》げる詩「昇《のぼ》りゆく太陽《たいよう》のように」を作《つく》って贈った。そのなかで、こう詠《よ》んだ。

誰《たれ》びとも　他人《たにん》の主人《しゆじん》ではなく　奴隷《どれい》でもない――
政治《せいじ》も　学問《がくもん》も　芸術《げいじゆつ》も　宗教《しゆうきよう》も
人間《にんげん》のためのもの
民衆《みんしゆう》のためのもの――
人種的偏見《じんしゆてきへんけん》を砕《くだ》き　階級《かいきゆう》の壁《かべ》を破《やぶ》り
民衆に
自由《じゆう》と平等《びようどう》を分《わ》かち与《あた》えるために
詩人《しじん》は
懸命《けんめい》に　力《ちから》の限《かぎ》り　うたいつづけた

おお　その詩《うた》こそ
新《あたら》しき時代《じだい》の人間宣言《せんげん》！

彼《かれ》は　誰よりも民衆を愛《あい》した
いや　何よりも

彼自身《かれじしん》が
終生《しゅうせい》 誇《ほこ》らかな無冠《むかん》の民衆《みんしゅう》であった

伸一《しんいち》は、ホイットマンの生家《せいか》を見学《けんがく》しながら、アメリカ・ルネサンスの往時《おうじ》を偲《しの》んだ。そして、〝自分《じぶん》も、広宣流布《こうせんるふ》という新《あら》たな生命《せいめい》のルネサンス運動《うんどう》を展開《てんかい》していくなかで、生涯《しょうがい》、人びとのために、励《はげ》ましの詩《し》を、希望《きぼう》の詩を、勇気《ゆうき》の詩を書《か》き続《つづ》けよう〟と、心《こころ》に誓《ちか》った。

伸一がホイットマンの生家を後《あと》にした午後《ごご》四時ごろ、ニューヨーク市《し》にある高校《こうこう》の講堂《こうどう》では、日本からの親善交流団《しんぜんこうりゅうだん》とアメリカのメンバーによる、日米親善交歓会《にちべいしんぜんこうかんかい》が行《おこな》われていた。

ニューヨークのコーラスグループが「スキヤキ・ソング」(上を向いて歩《ある》こう)、「森ケ崎海岸《もりがさきかいがん》」を日本語で歌《うた》い、また、バレエやダンスを披露《ひろう》すると、日本の交流団は、日本各地《かくち》の民謡《みんよう》や日本舞踊《ぶよう》で応《こた》え、心和《こころなご》む文化《ぶんか》交流のひと時が過《す》ぎていった。

そして、伸一の詩「我《わ》が愛《あい》するアメリカの地涌《じゆ》の若人《わこうど》に贈《おく》る」が発表《はっぴょう》されたのである。英語《えいご》で朗読《ろうどく》する青年《せいねん》の声《こえ》が響《ひび》いた。

「今 病《や》みゆく世界《せかい》の中《なか》にあって
アメリカ大陸《たいりく》もまた

同じく揺《ゆ》れ動《うご》きつつ
病《や》みゆかんとするか
かつてのアメリカの天地《てんち》は
全世界《ぜんせかい》のあこがれと
新鮮《しんせん》にして
自由《じゆう》と民主《みんしゅ》の象徴《しょうちょう》であった」
詩《し》のなかで伸一《しんいち》は、妙法《みょうほう》を護持《ごじ》した青年《せいねん》には、この愛《あい》する祖国《そこく》アメリカを、世界を、蘇生《そせい》させゆく使命《しめい》があると訴《うった》えた。
「声高《こえたか》らかに妙法を唱《とな》えながら
そして社会《しゃかい》の大地《だいち》に
足《あし》を踏《ふ》まえながら
根《ね》を張《は》りながら
花《はな》を咲《さ》かせながら
あの人のために
この人のために

あの町《まち》の人のために
あの遥《はる》かなる友《とも》のために
走《はし》り語《かた》り訴《うった》えつづけていくのだ」

さらに、あらゆる人びとが共和《きょうわ》したアメリカは「世《せ》界《かい》の縮図《しゅくず》」であり、ここでの、異《こと》なる民族《みんぞく》の結合《けつごう》と連帯《れんたい》のなかにこそ、世界平和《へいわ》への図《ず》式《しき》があることを詠《うた》っていった。

人類《じんるい》の平和といっても、彼方《かなた》にあるのではない。自《じ》分《ぶん》自《じ》身《しん》が、偏見《へんけん》や差《さ》別《べつ》や憎悪《ぞうお》、反目《はんもく》を乗《の》り越《こ》えて、周囲《しゅうい》の人たちを、信頼《しんらい》、尊敬《そんけい》できるかどうかから始《はじ》まるのだ。

伸一《しんいち》は、さらに、呼《よ》びかけた。

「意《い》見《けん》の違《ちが》いがあったとしても
確《たし》かなる目的《もくてき》の一点《いってん》だけは
忘《わす》れずに進《すす》みゆく君達《きみたち》よ!
今日《きょう》も学《まな》べ
今日も動《うご》け
今日も働《はたら》け
そして今日も一歩《いっぽ》意《い》義《ぎ》ある前進《ぜんしん》を

明日《あした》もまた一歩《いっぽ》朗《ほが》らかな前進《ぜんしん》を
尊極《そんごく》なる妙法《みょうほう》と日々《ひび》冥合《みょうごう》しながら
社会《しゃかい》の泥沼《どろぬま》の中《なか》に咲《さ》く
蓮華《れんげ》の花《はな》の如《ごと》く
自己《じこ》の尊《とうと》き完成《かんせい》への坂《さか》を
汗《あせ》をふきながら上《のぼ》りゆくのだ

信仰《しんこう》とは
何ものをも恐《おそ》れぬことだ
何ものにも紛動《ふんどう》されぬことだ
何ものをも乗《の》り越《こ》える力《ちから》だ
何ものをも解決《かいけつ》していく源泉《げんせん》だ
何ものにも勝ち乗り越えていく
痛快《つうかい》なる人生行路《じんせいこうろ》のエンジンだ」

彼《かれ》は、広宣流布《こうせんるふ》という新《あたら》しき時代《じだい》の建設《けんせつ》は、一歩、また一歩と、日々、着実《ちゃくじつ》な前進を重《かさ》ねていってこそ、なされるものであることを伝《つた》えたかった。また、その戦《たたか》いは、自己自身《じこじしん》の制覇《せいは》から始《はじ》まる、人間革命《にんげんかくめい》の闘争《とうそう》であることを知ってほしかったのである。
そして、今、青年《せいねん》たちに後継《こうけい》のバトンを託《たく》したことを宣言《せんげん》し、詩《し》を締《し》めくくった。
「私は広布《こうふ》への行動《こうどう》の一切《いっさい》を
諸君《しょくん》に託したのだ
一切の後継を信《しん》ずるがゆえに
今　世界《せかい》のすみずみを歩《あゆ》みゆくのだ
君達《きみたち》が
小《ちい》さき道《みち》より
大いなる道を創《つく》りゆくことを
私は信ずる
ゆえに
私は楽《たの》しく幸《しあわ》せだ」
会場《かいじょう》は大拍手《だいはくしゅ》に包《つつ》まれた。この魂《たましい》の言葉《ことば》を生命《いのち》に刻《きざ》み、アメリカの青年たちは立った。

山本伸一《やまもとしんいち》がニューヨークを発《た》って、カナダのトロント国際空港《こくさいくうこう》（後《のち》のトロント・ピアソン国際空港）に到着《とうちゃく》したのは、六月二十一日の午後《ごご》四時過《す》ぎ（現地時間《げんちじかん》）のことであった。空港では、カナダの理事長《りじちょう》であるルー・ヒロシ・イズミヤと、議長《ぎちょう》で彼《かれ》の妻《つま》であるエリー・テルコ・イズミヤをはじめ、大勢《おおぜい》のメンバーが、花束《はなたば》やカナダの国旗《こっき》を持《も》って一行《いっこう》を出迎《でむか》えた。

カナダは、伸一が一九六〇年（昭和《しょうわ》三十五年）十月、最初《さいしょ》の海外訪問《かいがいほうもん》の折《おり》にトロントを訪《おとず》れて以来《いらい》、二十一年ぶりである。思《おも》えば、その時、空港で一行を迎えてくれたのは、まだ未入会《みにゅうかい》のテルコ・イズミヤただ一人《ひとり》であった。

彼女《かのじょ》は、その年の三月、日系《にっけい》二世《せい》のカナダ人で、商社《しょうしゃ》に勤《つと》めるヒロシ・イズミヤと結婚《けっこん》し、四月にカナダへ渡《わた》った。そして、伸一が到着する日の朝《あさ》、日本に住《す》んでいる学会員《がっかいいん》の母《はは》親《おや》から、エアメールが届《とど》いたのだ。そこには、山本会長《かいちょう》がカナダを訪れる旨《むね》が記《しる》され、「ぜひ空港でお迎えしてください」とあった。

しかし、行くべきかどうか迷《まよ》った。身重《みおも》で気分《きぶん》も優《すぐ》れなかったし、〝もしも折伏《しゃくぶく》などされたら困《こま》る〟との思いがあったからだ。それまで、母親から教《おし》えられた功徳《くどく》などの話《はなし》が、迷信《めいしん》めいた時代遅《じだいおく》れなものに思え、信心《しんじん》に抵抗《ていこう》を感《かん》じていたのである。でも、行かなければ、母の願《ねが》いを踏《ふ》みにじり、親不孝《おやふこう》をするような気がして、空港に向かったのだ。

伸一《しんいち》は、出迎《でむか》えてくれたことに心《こころ》から感謝《かんしゃ》するとともに、家庭《かてい》の様子《ようす》などを尋《たず》ね、「なぜ、人生《じんせい》にとって信仰《しんこう》が大切《たいせつ》か」を述《の》べ、仏法《ぶっぽう》とは、生命《せいめい》の法則《ほうそく》であることを語《かた》った。

この一年七カ月後、病気《びょうき》がちであった彼女《かのじょ》は、健康《けんこう》になれるならと、自《みずか》ら信心《しんじん》を始《はじ》めた。体《からだ》のことで夫《おっと》に心配《しんぱい》をかけたくなかったし、入会《にゅうかい》することで、母親《ははおや》を安心《あんしん》させたいとの思《おも》いもあった。

心田《しんでん》に植《う》えられた妙法《みょうほう》の種《たね》は、時がくれば必《かなら》ず発芽《はつが》する。大切なことは、自分《じぶん》に関《かか》わる人びとと仏縁《ぶつえん》を結《むす》び、種を植えることだ。

＊「私は一人《ひとり》で立つ」「自分の足《あし》で、敢然《かんぜん》と」とは、カナダの画家《がか》で作家《さっか》のエミリー・カーの心意気《こころいき》である。

信心を始めたテルコ・イズミヤは、たった一人から活動《かつどう》を開始《かいし》した。日本から送《おく》られてくる「聖教新聞《せいきょうしんぶん》」を頼《たよ》りに、知《し》り合《あ》った人たちを訪《たず》ねては仏法対話《たいわ》した。会合《かいごう》などには、国境《こっきょう》を越《こ》えて、アメリカのバファローやニューヨークへ、長距離《ちょうきょり》バスや飛《ひ》行機《こうき》で通《かよ》わねばならなかった。

夫は、彼女の信心のよき理解者《りかいしゃ》であり、よく車《くるま》で送迎《そうげい》してくれた。しかし、自分は信心をしようとはしなかった。

夫《おっと》のヒロシ・イズミヤは、一九二八年（昭和《しょうわ》三年）、カナダのバンクーバー島《とう》に生まれた。彼《かれ》の父《ちち》は和歌山県《わかやまけん》からカナダに渡《わた》り、一家《いっか》は漁《りょう》で暮《く》らしを立ててきた。四一年（同十六年）、太平洋戦争《たいへいようせんそう》が始《はじ》まると、イギリス連邦《れんぽう》のカナダにとって、日本は敵国《てきこく》となった。翌年《よくねん》、日系人《にっけいじん》は、ロッキー山中《さんちゅう》の収容所《しゅうようじょ》に入れられた。厳冬《げんとう》の季節《きせつ》になると、零《れい》下《か》二〇度《ど》を下回《したまわ》った。

カナダに忠誠《ちゅうせい》を尽《つ》くすために、軍隊《ぐんたい》に志願《しがん》する青年《せいねん》もいた。それを「裏切《うらぎ》り」として非難《ひなん》する人もいた。日系人同士《どうし》がいがみ合《あ》い、心《こころ》までもが引《ひ》き裂《さ》かれていった。

戦争が終《お》わった。しかし、帰《かえ》るべき家《いえ》はなかった。日系人は、日本に帰るか、東部《とうぶ》に移住《いじゅう》するか、選択《せんたく》を迫《せま》られた。ヒロシの父は既《すで》に七十歳《さい》を超《こ》えており、「死《し》ぬ時は日本で」との思《おも》いがあった。一家は、父の故郷《こきょう》の和歌山県へ帰った。

やがてヒロシは、東京《とうきょう》に出た。大学進学《だいがくしんがく》を決意《けつい》し、進駐軍《しんちゅうぐん》の基地《きち》にある店《みせ》で働《はたら》きながら勉《べん》強《きょう》に励《はげ》んだ。不慣《ふな》れな日本語の習得《しゅうとく》にも努力《どりょく》を重《かさ》ね、慶応《けいおう》大学の経済学部《けいざいがくぶ》に進《すす》むことができた。卒業後《そつぎょうご》、外資系《がいしけい》の銀行《ぎんこう》に勤《つと》めるが、カナダへ帰って日本との懸《か》け橋《はし》になりたいとの思いが募《つの》り始めた。彼は、トロントに出張所《しゅっちょうじょ》のある日本の商社《しょうしゃ》に勤務《きんむ》した。戦争で苦《くる》しんだ人には、平和《へいわ》のために生《い》き抜《ぬ》く使命《しめい》がある。

一九六〇年（昭和《しょうわ》三十五年）、ヒロシ・イズミヤが勤《つと》める日本商社《しょうしゃ》の現地《げんち》法人《ほうじん》が設立《せつりつ》された。この年、彼《かれ》は、日本で知《し》り合《あ》ったテルコと結婚《けっこん》した。彼女《かのじょ》は、春《はる》にカナダへ渡《わた》り、山本伸一《やまもとしんいち》のカナダ初訪問《はつほうもん》の折《おり》に、トロントの空港《くうこう》で伸一の一行《いっこう》を迎《むか》えたのである。

その後《ご》、入会《にゅうかい》したテルコは、〝カナダ広布《こうふ》に生きよう〟と思《おも》うようになった。また、学会《がっかい》活動《かつどう》に励《はげ》むなかで、夫《おっと》は協力的《きょうりょくてき》であるとはいえ、信心《しんじん》しないことが気がかりになっていった。

六四年（同三十九年）の秋《あき》、日本に来た彼女は、カレンという愛《あい》らしい女《おんな》の子の手を引いて、学会本部《ほんぶ》に伸一を訪《たず》ねた。四年前、お母《かあ》さんのおなかの中《なか》で、一緒《いっしょ》に彼を迎えてくれた娘《むすめ》である。

カナダの地で信心を始《はじ》めたテルコには、辛《つら》いこと、苦《くる》しいことも、たくさんあったにちがいない。彼女は、目を潤《うる》ませ、語《かた》り始めた。伸一は、何度《なんど》も頷《うなず》きながら、話《はなし》を聞くと、力《ちから》のこもった声《こえ》で言った。

「日々《ひび》、大変《たいへん》なことばかりでしょう。しかし、経文《きょうもん》に、御書《ごしょ》に照《て》らして見るならば、あなたは、久遠《くおん》の昔《むかし》に広宣流布《こうせんるふ》を自《みずか》ら誓願《せいがん》し、地涌《じゆ》の菩薩《ぼさつ》として、カナダの天地《てんち》にいるんです。この地涌の使命《しめい》を自覚《じかく》し、果《は》たし抜《ぬ》こうと、決意《けつい》することです。その人生《じんせい》こそ最《もっと》も尊《とうと》く、そこにこそ最高《さいこう》の歓喜《かんき》が、最高の充実《じゅうじつ》が、最高の幸福《こうふく》があることを確信《かくしん》してください。

人は、さまざまな宿命《しゅくめい》をもっています。何があるかわからないのが人生《じんせい》です。また、どんなに裕福《ゆうふく》に見える人であっても、老《ろう》、病《びょう》、死《し》という問題《もんだい》は解決《かいけつ》できず、心《こころ》には、不安《ふあん》や悩《なや》みをかかえています。私たちは、あらゆる人びとに、揺《ゆ》るぎない、絶対的幸福境涯《ぜったいてきこうふくきょうがい》を確立《かくりつ》する道《みち》を教《おし》えて、社会《しゃかい》、国家《こっか》、人類《じんるい》の宿命を転換《てんかん》していくという、誰人《たれびと》もなしえなかった未聞《みもん》の聖業《せいぎょう》にいそしんでいるんです。そう思《おも》えば、苦労《くろう》はあって当然《とうぜん》ではないですか。迷《まよ》いは人を臆病《おくびょう》にします。心を定《さだ》めることです。その時に、無限《むげん》の勇気《ゆうき》と無限の力《ちから》が湧《わ》きます」

心が定まれば、生き方の軸《じく》ができる。その一人《ひとり》が組織《そしき》の軸となって、広宣流布《こうせんるふ》の歯車《はぐるま》は回《かい》転《てん》を始《はじ》めていく。

伸一《しんいち》は、さらに、テルコ・イズミヤの夫《おっと》のヒロシのことに触《ふ》れ、こう語《かた》った。

「ご主人《しゅじん》には、信仰《しんこう》を押《お》しつけるようなことを言うのではなく、良《よ》き妻《つま》となって、幸《しあわ》せな家庭《かてい》を築《きず》くことです。信心《しんじん》のすばらしさを示《しめ》すのは、妻として、人間《にんげん》としての、あなたの振《ふ》る舞《ま》い、生き方です。一家《いっか》の和楽《わらく》を願《ねが》い、聡明《そうめい》に、誠実《せいじつ》に、ご主人に接《せっ》していくならば、必《かなら》ず信心する日がくるでしょう」

この指導《しどう》を、テルコ・イズミヤは、全身《ぜんしん》で受けとめた。彼女《かのじょ》は、カナダ国籍《こくせき》も取り、美《うつく》しき紅葉《こうよう》と人華《にんげ》のカナダの大地《だいち》に骨《ほね》を埋《うず》める覚悟《かくご》を決めた。どんなに、悲《かな》しい時も、辛《つら》い時も、夫《おっと》に愚痴《ぐち》をこぼしたりすることはなかった。すべてを胸《むね》におさめ、苦《くる》しい時には御本尊《ごほんぞん》に向かい、ひたすら唱題《しょうだい》した。

妻《つま》として家庭《かてい》を守《まも》り、母《はは》として三人の子《こ》どもを育《そだ》てながら、明《あか》るく、はつらつとカナダ広布《こうふ》の道《みち》を切り開いてきた。弘教《ぐきょう》の輪《わ》も着実《ちゃくじつ》に広《ひろ》がっていった。

夫のヒロシが、信心《しんじん》することを決意《けつい》したのは、一九八〇年（昭和《しょうわ》五十五年）三月のことである。テルコは夫に、「一緒《いっしょ》に信心に励《はげ》み、あなたと共《とも》に幸《しあわ》せになりたい」と、諄々《じゅんじゅん》と夜更《よふ》けまで話《はな》した。ちょうど彼《かれ》は、大好《だいす》きだった姉二人《あねふたり》が、相次《あいつ》ぎ病《やまい》で他界《たかい》したことから、宿命《しゅくめい》という難問《なんもん》と向き合《あ》っていた時であった。戦争《せんそう》によって、少年期《しょうねんき》に収容所生活《しゅうようじょせいかつ》を強《し》いられたことにも、思《おも》いを巡《めぐ》らした。

自身《じしん》の力《ちから》では、いかんともしがたいと思える不条理《ふじょうり》な事態《じたい》に遭遇《そうぐう》する時、人は、それを「運命《うんめい》」や「宿命」と呼《よ》び、超越的《ちょうえつてき》な働《はたら》きによるものなどとしてきた。仏法《ぶっぽう》は、生命《せいめい》の因果《いんが》の法則《ほうそく》によって、その原因《げんいん》を究明《きゅうめい》し、転換《てんかん》の道を説《と》き明《あ》かしている。

妻に遅《おく》れること十八年、夫は創価《そうか》の道を行くことを決めたのである。この夜、夫婦《ふうふ》で初《はじ》めて勤行《ごんぎょう》をした。外《そと》は大雪《おおゆき》であった。部屋《へや》は歓喜《かんき》に包《つつ》まれ、テルコの頬《ほお》を熱《あつ》い涙《なみだ》が濡《ぬ》らした。

この年の十月、山本伸一《やまもとしんいち》は、北米指導《ほくべいしどう》でカナダを訪問《ほうもん》する予定《よてい》であった。しかし、シカゴの空港《くうこう》を発《た》つ直前《ちょくぜん》にエンジントラブルがあり、訪問《ほうもん》を中止《ちゅうし》せざるを得《え》なかった。皆《みな》が待《ま》っていてくれたことを思《おも》うと、心《こころ》が痛《いた》んだ。この時、伸一《しんいち》は、議長《ぎちょう》のテルコ・イズミヤに和歌《わか》を贈《おく》った。

「忘《わす》れまじ　カナダの天地《てんち》に　君《きみ》立ちて
　　　　広布《こうふ》の夜明《よあ》けは　ついに来《きた》りぬ」

また、訪問先のロサンゼルスにカナダの代表《だいひょう》を招《まね》いて、語《かた》らいの機《き》会《かい》をもった。そのなかにテルコ・イズミヤと共《とも》に、夫《おっと》のヒロシ・イズミヤの姿《すがた》もあった。温厚《おんこう》な、端正《たんせい》な顔立《かおだ》ちの紳士《しんし》である。伸一と同じ年齢《ねんれい》であるという。

伸一は、固《かた》い握手《あくしゅ》を交《か》わしながら、彼《かれ》が信心《しんじん》したことを心から祝福《しゅくふく》し、二人《ふたり》で記念《きねん》のカメラに納《おさ》まった。夫の横顔《よこがお》を見るテルコの瞳《ひとみ》には、涙《なみだ》が光《ひか》っていた。

――以来《いらい》八カ月、伸一のカナダ訪問が実現《じつげん》し、今、イズミヤ夫妻《ふさい》は、一行《いっこう》をトロント国際《こくさい》空港に迎《むか》えたのである。

このカナダ滞在中《たいざいちゅう》、伸一は、ヒロシ・イズミヤと一緒《いっしょ》に行動《こうどう》するように努《つと》めた。カナダの法人《ほうじん》の運営面《うんえいめん》を担《にな》う理事長《りじちょう》である彼には、メンバーを守《まも》り抜《ぬ》く精神《せいしん》をよく学《まな》んで、身《み》につけてほしかったのである。

また、組織《そしき》の中心者《ちゅうしんしゃ》として広布《こうふ》の道《みち》を切り開いてきた議長《ぎちょう》のテルコに、伸一《しんいち》は言った。

「ご主人《しゅじん》の協力《きょうりょく》がなかったら、ここまでこられなかったでしょう。カナダの組織が大きく発展《はってん》できたのは、ご主人のおかげですよ」

人は、物事《ものごと》が成功《せいこう》した時には、ともすれば自分《じぶん》の力《ちから》であると思《おも》いがちである。しかし、成功の陰《かげ》には、必《かなら》ず、多くの人の尽力《じんりょく》があるものだ。常《つね》に、そのことを忘《わす》れず、謙虚《けんきょ》に、皆《みな》に感謝《かんしゃ》の心《こころ》をもって生きることができてこそ、常勝《じょうしょう》のリーダーとなり得《え》るのである。

山本伸一《やまもと》のカナダ訪問《ほうもん》二日目となる二十二日、トロント市内《しない》のホテルの大《だい》ホールで、約《やく》千人の同志《どうし》が参加《さんか》し、カナダ広布二十周年記念総会《しゅうねんきねんそうかい》が盛大《せいだい》に行《おこな》われた。それは、新世紀《しんせいき》への、希望《きぼう》あふれる新《あたら》しき出発《しゅっぱつ》の集《つど》いとなった。

席上《せきじょう》、伸一は、約二十一年ぶりにカナダを訪問できた喜《よろこ》びを語《かた》るとともに、初《はつ》訪問の思い出に触《ふ》れながら、一人《ひとり》立つことの大切《たいせつ》さを訴《うった》えた。

「『0《ゼロ》』に、いくら多くの数字《すうじ》を掛《か》けても『0』である。しかし、『1』であれば、そこから、無限《むげん》に発展していく。このカナダ広布の歴史《れきし》は、イズミヤ議長が、敢然《かんぜん》と広宣流布《こうせんるふ》に立ち上がったところから大伸展《だいしんてん》を遂《と》げ、今や約千人もの同志が集うまでになった。

すべては一人《ひとり》から始《はじ》まる。その一人が、人びとに妙法《みょうほう》という幸福《こうふく》の法理《ほうり》を教《おし》え伝《つた》え、自分《じぶん》を凌《しの》ぐ師子《しし》へと育《そだ》て上《あ》げ、人材《じんざい》の陣列《じんれつ》を創《つく》っていく――これが地涌《じゆ》の義《ぎ》であります。

こうした御書《ごしょ》の仰《おお》せを、一つ一つ現実《げんじつ》のものとしていくことこそ、私ども創価学会《そうかがっかい》の使命《しめい》であり、それによって、御書を身《み》で拝《はい》することができるのであります」

ここで伸一《しんいち》は、今回《こんかい》、ソ連《れん》をはじめとする訪問国《ほうもんこく》で、政府要人《せいふようじん》や有識者《ゆうしきしゃ》と会談《かいだん》を重《かさ》ねてきたことを述《の》べた。

「そこでは、人類《じんるい》にとって平和《へいわ》こそが最《もっと》も大切《たいせつ》であることを訴《うった》え続《つづ》けてきました。万人《ばんにん》が等《ひと》しく『仏《ほとけ》』の生命《せいめい》を具《そな》えていると説《と》く仏法《ぶっぽう》こそ、生命尊厳《そんげん》を裏《うら》づける哲理《てつり》であり、平和思想《しそう》の根幹《こんかん》をなすものです。また、そこには、他者《たしゃ》への寛容《かんよう》と慈悲《じひ》の精神《せいしん》が脈動《みゃくどう》しています。その思想は、戦争《せんそう》を賛美《さんび》し、民衆《みんしゅう》を隷属《れいぞく》させて、死《し》に駆《か》り立《た》てる勢力《せいりょく》とは、原理的《げんりてき》に対決《たいけつ》せざるを得《え》ない。ゆえに学会は、戦時中《せんじちゅう》、国家神道《こっかしんとう》を精神の支柱《しちゅう》に戦争を遂行《すいこう》する軍部《ぐんぶ》政府から、弾圧《だんあつ》を受けたんです。

私は、政治家《せいじか》でも、外交官《がいこうかん》でも、また、経済人《けいざいじん》でもありません。しかし、平凡《へいぼん》な一市民《いちしみん》として、一個《いっこ》の人間《にんげん》として、仏法を根底《こんてい》に、平和実現《じつげん》のために対話《たいわ》を続けています。

それは、人間は等しく尊厳無比《むひ》なる存在《そんざい》であると説く仏法の精神を、あらゆる国の人びとが共有《きょうゆう》し合《あ》い、国境《こっきょう》を超《こ》えた友情《ゆうじょう》の連帯《れんたい》を強《つよ》めていくことこそ、最《もっと》も確実《かくじつ》なる平和《へいわ》への道《みち》であると確信《かくしん》するからです」

根《ね》が深《ふか》く、しっかりしていてこそ、枝《えだ》は伸《の》び葉《は》も茂《しげ》る。平和運動《うんどう》も同じである。多くの人が平和を願《ねが》い、平和を叫《さけ》びはする。しかし、根となる哲理《てつり》なき運動ははかない。私たち創価《そうか》学会《がっかい》の平和運動には、生命《せいめい》の尊厳《そんげん》を説《と》き明《あ》かした、仏法《ぶっぽう》という偉大《いだい》なる哲理の根がある。

人間一人《にんげんひと》ひとりを「仏《ほとけ》」ととらえる仏法の法理《ほうり》に立てば、絶対《ぜったい》に人の生命を、生存《せいぞん》の権利《けんり》を奪《うば》うことなどできない。また、イデオロギーも、民族《みんぞく》も、国家《こっか》も、宗教《しゅうきょう》も超えて、万人《ばんにん》が平等《びょうどう》に、尊厳無比《むひ》なる存在《そんざい》であることを説く仏法の視点《してん》には、他者《たしゃ》への蔑視《べっし》や差別《さべつ》はない。さらに、慈悲《じひ》を教《おし》える仏法には、いかなる差異《さい》に対《たい》しても排他性《はいたせい》はない。

この生命尊厳の法理を、つまり、妙法《みょうほう》という平和の種子《しゅし》を、人びとの心田《しんでん》に植《う》え続《つづ》けていくことこそが広宣流布《こうせんるふ》の実践《じっせん》であり、それが、そのまま世界《せかい》平和の基盤《きばん》になることを、伸一《しんいち》は強く確信し、実感《じっかん》していた。

次《つ》いで彼《かれ》は、人生《じんせい》の目的《もくてき》とは真《しん》の意味《いみ》で幸福《こうふく》になることであり、それには「死《し》」という問《もん》題《だい》を解決《かいけつ》することが不可欠《ふかけつ》であると述《の》べた。

この大問題を根本的《こんぽんてき》に解決し、生命の永遠《えいえん》と因果《いんが》の理法《りほう》を説き明かしたのが日蓮大聖人《にちれんだいしょうにん》の仏法《ぶっぽう》である。その仏法に立脚《りっきゃく》してこそ、不動《ふどう》なる人生観《じんせいかん》を確立《かくりつ》し、困難《こんなん》を乗《の》り越《こ》える智慧《ちえ》と力《ちから》を涌現《ゆげん》させ、絶対的幸福境涯《ぜったいてきこうふくきょうがい》を開いていくことができるのである。

伸一《しんいち》は、この日を起点《きてん》に、さらに新《あら》たな二十年をめざしつつ、清《きよ》らかな、麗《うるわ》しい創価家族《そうかかぞく》として、所願満足《しょがんまんぞく》の人生を送《おく》っていただきたいと望《のぞ》み、話《はなし》を結《むす》んだ。

総会《そうかい》の最後《さいご》は、愛唱歌《あいしょうか》の合唱《がっしょう》である。二十人の鼓笛隊《こてきたい》が壇上《だんじょう》に進《すす》み、演奏《えんそう》を開始《かいし》した。メンバーは、バンクーバーやカルガリー、モントリオールなどからも参加《さんか》しており、全《ぜん》カナダの鼓笛の友《とも》の演奏は、これが初披露《はつひろう》となった。その中心者《ちゅうしんしゃ》は、イズミヤ夫妻《ふさい》の長女《ちょうじょ》カレンであった。新《あたら》しい世代《せだい》が育《そだ》っていた。

場内《じょうない》の同志《どうし》は、総立《そうだ》ちとなり、肩《かた》が組《く》まれた。スクラムは大波《おおなみ》となって、右《みぎ》に左《ひだり》に揺《ゆ》れた。歌声《うたごえ》は歓喜《かんき》の潮騒《しおさい》となって広《ひろ》がった。

二十三日、トロント郊外《こうがい》にあるカレドンに千人余《よ》のメンバーが集《つど》い、日本の親善交流団《しんぜんこうりゅうだん》との文化交歓会《ぶんかこうかんかい》が、晴《は》れやかに開催《かいさい》された。

会場《かいじょう》は、木々《きぎ》に囲《かこ》まれた丘《おか》で、冬《ふゆ》はスキー場になるという。ゲレンデの緑《みどり》が、太陽《たいよう》の光《ひかり》に映《は》えてまばゆかった。

Canada

文化交歓会《ぶんかこうかんかい》は、ガーデンパーティー形式《けいしき》で、昼食《ちゅうしょく》をとりながら行《おこな》われた。

やがて、カナダの少年《しょうねん》・少女部《しょうじょぶ》の合唱《がっしょう》で、ミニ文化祭の幕《まく》が開いた。日本の交流団《こうりゅうだん》は、「厚田村《あつたむら》」や中部《ちゅうぶ》の「この道《みち》の歌《うた》」の合唱、「さくら変奏曲《へんそうきょく》」の踊《おど》りや、「武田節《たけだぶし》」の舞《まい》などを披露《ひろう》。カナダの友《とも》は、ケベックのフォークダンスや、音楽家《おんがくか》メンバーによる「森ケ崎海岸《もりがさきかいがん》」の演奏《えんそう》、婦人部《ふじんぶ》による「広布《こうふ》に走《はし》れ」の合唱など、熱演《ねつえん》、熱唱《ねつしょう》を繰《く》り広《ひろ》げた。

あいさつに立った山本伸一《やまもとしんいち》は、「見事《みごと》な合唱、芸術《げいじゅつ》の薫《かお》り高い演奏、真心《まごころ》のダンスなど、夢《ゆめ》のひと時をすごすことができました」と感謝《かんしゃ》の思《おも》いを述《の》べた。そして、将来《しょうらい》、カナダ文化会館《かいかん》を建設《けんせつ》してはどうかと提案《ていあん》するとともに、この千人の同志《どうし》が太陽《たいよう》の存在《そんざい》となって、地域《ちいき》に貢献《こうけん》しつつ、洋々《ようよう》たるカナダ広布の未来《みらい》を開いてほしいと期待《きたい》を寄《よ》せた。

この日、彼《かれ》は、ミニ文化祭の前後《ぜんご》に、多くのメンバーに声《こえ》をかけ、激励《げきれい》を重《かさ》ねた。会場《かいじょう》を提供《ていきょう》してくれたスキー場の支配人《しはいにん》にも、御礼《おんれい》のあいさつをした。

対話《たいわ》することは、仏縁《ぶつえん》を広げることだ。

この支配人の継母《けいぼ》はメンバーで、伸一が一九六四年（昭和《しょうわ》三十九年）にイランのテヘランを訪問《ほうもん》した折《おり》、激励した婦人であった。

――テヘランで伸一たちは、中華料理店《ちゅうかりょうりてん》のマネジャーをしている太田美樹《おおたみき》という学会員《がっかいいん》の婦人《ふじん》を店《みせ》に訪《たず》ねた。ところが、オーナーの話《はなし》では、契約《けいやく》が切れたので既《すで》に店を辞《や》め、今、旅《りょ》行中《こうちゅう》とのことであった。その時、イラン人の従業員《じゅうぎょういん》が、伸一《しんいち》の顔《かお》を見て「オーッ！」と声《こえ》をあげ、店の奥《おく》から写真誌《しゃしんし》を持《も》ってきた。「聖教《せいきょう》グラフ」であった。ページを開き、伸一の写真を指差《ゆびさ》し、「ミスター・ヤマモト！」と言って微笑《ほほえ》んだ。

中華料理店《ちゅうかりょうりてん》にあった「聖教グラフ」は、太田《おおた》が、学会《がっかい》のすばらしさを知ってほしくて、オーナーや従業員に見せるために渡《わた》したものであった。

従業員の一人《ひとり》が、伸一に言った。

「ヤマモト・センセイのことは、いつも太田さんから聞かされ、グラフの写真も見ていますので、よく知っていますよ。お会いできて嬉《うれ》しいです」

伸一は、皆《みな》と握手《あくしゅ》を交《か》わし、自分《じぶん》たちが宿泊《しゅくはく》しているホテルの名前《なまえ》を告《つ》げて別《わか》れた。

この日、太田は旅行から帰《かえ》り、中華料理店に土産《みやげ》を持って立《た》ち寄《よ》ったところ、伸一たち一行《いっこう》が訪ねて来たことを知らされたのだ。

〝創価《そうか》学会の会長《かいちょう》である山本先生《やまもとせんせい》が、全《まった》く面識《めんしき》のない自分を訪ねて来るわけがない〟と半信半疑《はんしんはんぎ》であったが、ともかく一行が宿泊しているホテルへ向かった。

伸一は、妻《つま》の峯子《みねこ》とともに、太田を温《あたた》かく迎《むか》えた。ここで彼女《かのじょ》は、カナダ人の男性《だんせい》から求《きゅう》婚《こん》されており、どうすべきか迷《まよ》っていることを話《はな》した。

伸一《しんいち》は、励《はげ》ました。

――幸福《こうふく》は彼方《かなた》にあるのではなく、自分《じぶん》の胸中《きょうちゅう》にあり、それを開いていくのが信心《しんじん》である。強盛《ごうじょう》に信心に励んでいくならば、いかなる環境《かんきょう》であろうが、必《かなら》ず幸《しあわ》せになれる、と。

「だから、どんなに辛《つら》いことがあっても、決《けっ》して退転《たいてん》しないことです。世界中《せかいじゅう》、どこに行《い》ったとしても、着実《ちゃくじつ》に、謙虚《けんきょ》に、粘《ねば》り強《づよ》く、最後《さいご》まで信心を貫《つらぬ》いていくことです」

幸福は、広宣流布《こうせんるふ》の道《みち》にこそある。

太田《おおた》は、数年後《すうねんご》に、その男性《だんせい》と結婚《けっこん》して、カナダに渡《わた》ったのである。

伸一は、今はミキ・カーターと名乗《なの》るようになった彼女《かのじょ》と、夫《おっと》、その子息《しそく》であるスキー場《じょう》の支配人《しはいにん》と語《かた》り合《あ》った。彼《かれ》は、婦人《ふじん》が、あの時の指導《しどう》を胸《むね》に、信心を貫いてきたことが、何よりも嬉《うれ》しかった。十七年前に植《う》えた種子《しゅし》が、風雪《ふうせつ》の時を経《へ》てカナダで花開《はなひら》いていたのだ。

励ましという種子を植え続《つづ》けてこそ、広布《こうふ》の花園《はなぞの》は広《ひろ》がる。

伸一は、ミキ・カーターに語った。

「これからも、水《みず》の流《なが》れるごとく、信心に励み抜《ぬ》いてください。一生成仏《いっしょうじょうぶつ》の要諦《ようてい》は信心の持続《じぞく》にあります。ゆえに、日蓮大聖人《にちれんだいしょうにん》は、『受くるは・やすく持《たも》つはかたし・さる間《あいだ》・成仏は持《たも》つにあり』(御書《ごしょ》一一三六ジペー)と仰《おお》せなんです。広宣流布《こうせんるふ》という理想《りそう》に向かい、人びとの幸《しあわ》せのために生きていってください。そこに自身《じしん》の幸せもあるんです」

カナダの作家《さっか》モンゴメリは、記《しる》している。

*「理想があるからこそ、人生《じんせい》は偉大《いだい》ですばらしいものになる」

翌《よく》二十四日、伸一《しんいち》はトロント市内《しない》のキング・ストリート・ウエストにあるトロント会館《かいかん》を訪問《ほうもん》した。百五十人ほどの代表《だいひょう》と勤行《ごんぎょう》し、皆《みな》の健康《けんこう》と幸福《こうふく》を祈念《きねん》するとともに、「自信《じしん》と希望《きぼう》と勇気《ゆうき》をもって、『生涯《しょうがい》、不退転《ふたいてん》』を合言葉《あいことば》に進《すす》んでいただきたい」と訴《うった》えた。

このあと、メンバーと一緒《いっしょ》に、ナイアガラ瀑布《ばくふ》を見学《けんがく》した。

二十一年前にも、ここを訪《おとず》れていたが、轟音《ごうおん》とともに水煙《みずけむり》を上げて落下《らっか》する瀑布の景観《けいかん》は、いつ見ても雄壮《ゆうそう》そのものであった。彼《かれ》は、しばし見入《みい》り、写真《しゃしん》にも収《おさ》めた。

伸一の脳裏《のうり》に、あの日、この滝《たき》に懸《か》かる虹《にじ》を見ながら思《おも》ったことが、鮮《あざ》やかに蘇《よみがえ》った。

――満々《まんまん》たる水が、絶《た》え間《ま》なく流《なが》れ、勢《いきお》いよく落下し続《つづ》けているからこそ、水煙が上がり、太陽《たいよう》に照《て》らされれば虹が懸かる。同様《どうよう》に広宣流布の道《みち》にあっても、胸中《きょうちゅう》に満々たる闘志《とうし》をたたえ、日々《ひび》、間断《かんだん》なき前進《ぜんしん》を続ける人には、生命《せいめい》の躍動《やくどう》があり、その頭上《ずじょう》には、常《つね》に希望の虹《にじ》が輝《かがや》く。

彼《かれ》は、たった一人《ひとり》から発展《はってん》を遂《と》げたカナダ広布《こうふ》の虹のスクラムを思《おも》いながら、「行動即歓《こうどうそくかん》喜《き》」であり、「行動即希望《きぼう》」であると、しみじみと実感《じっかん》するのであった。

さらに一行《いっこう》は、カナダの危機《きき》を救《すく》ったヒロインと仰《あお》がれるローラ・セコードの家《いえ》も訪《たず》ねた。ナイアガラ瀑布《ばくふ》から十五キロほどのところに、歴史《れきし》の舞台《ぶたい》となった、その家はあった。

一八一三年、アメリカとイギリスの間《あいだ》で、英領北《えいりょうきた》アメリカ（カナダの一部《いちぶ》）をめぐって、戦争《せんそう》が続《つづ》いていた。ローラ・セコードの住《す》むクイーンストンも激戦地《げきせんち》となり、夫《おっと》は英軍《えいぐん》として戦《たたか》い、負傷《ふしょう》してしまう。セコードの家は米軍《べいぐん》に徴用《ちょうよう》され、士官《しかん》の宿舎《しゅくしゃ》として使《つか》われた。そんなある日、彼女《かのじょ》は、たまたま、米軍が英軍を急襲《きゅうしゅう》する計画《けいかく》を聞いてしまった。作戦《さくせん》が成功《せいこう》すれば、ナイアガラ半島《はんとう》は米軍の手に落《お》ちてしまう。

〝なんとしても、この情報《じょうほう》を英軍に伝《つた》えなければ！〟

しかし、英軍の基地《きち》までは三十キロ以上《いじょう》も離《はな》れている。夫の傷《きず》は、まだ癒《い》えていない。ローラは、自《みずか》ら、この情報を伝えに行くことを決意《けつい》する。道《みち》なき森《もり》を必死《ひっし》に進《すす》んだ。しかも敵地《てきち》である。女性《じょせい》が一人で踏破《とうは》するには、どれほどの不安《ふあん》と困難《こんなん》があったことか。

彼女の、この貴重《きちょう》な情報によって、英軍は、奇襲攻撃《きしゅうこうげき》に対《たい》して万全《ばんぜん》な備《そな》えをし、米軍に勝《しょう》利《り》することができたのである。

命《いのち》がけの行動《こうどう》で危機《きき》を救《すく》ったローラであったが、長《なが》らく、その功績《こうせき》が知られることはなかった。戦争《せんそう》で不自由《ふじゆう》な体《からだ》となった夫《おっと》が他界《たかい》したあとも、彼女《かのじょ》は、社会《しゃかい》の荒波《あらなみ》と戦《たたか》い続《つづ》けてきた。ローラ・セコードに、光《ひかり》が当《あ》てられたのは、一八六〇年に、イギリス皇太子《こうたいし》のアルバート・エドワード（後《のち》のエドワード七世《せい》）がカナダを訪《おとず》れた時、彼女の奮闘《ふんとう》を聞いてからといわれる。ローラは既《すで》に八十五歳《さい》になっていた。その後《ご》も、九十三歳で世《よ》を去《さ》るまで、つましい生活《せいかつ》は変わらなかった。

彼女の家《いえ》は、木造《もくぞう》の白《しろ》い小《ちい》さな二階建《かいだ》てであった。一九七二年（昭和《しょうわ》四十七年）に改装《かいそう》されているというが、レンガ造《づく》りの暖炉《だんろ》や煙突《えんとつ》、また、手《て》織機《おりばた》などが、質素《しっそ》な往時《おうじ》の生活を偲《しの》ばせた。伸一《しんいち》は、深《ふか》い感慨《かんがい》を覚《おぼ》えながら、同行《どうこう》のメンバーに語《かた》った。

「一人《ひとり》の女性《じょせい》の働《はたら》きが、結果的《けっかてき》にイギリス軍《ぐん》を守《まも》り、カナダを守った。まさに『必死《ひっし》の一人は万軍《ばんぐん》に勝《まさ》る』だ。一人が大事《だいじ》だね」

そして、隣《となり》にいた妻《つま》の峯子《みねこ》に言った。

「ローラ・セコードの生き方は、学会《がっかい》の婦人部《ふじんぶ》に似《に》ているね。彼女は、英軍《えいぐん》を救うために恐《おそ》れなく、勇敢《ゆうかん》に行動した。そこには、強《つよ》い信念《しんねん》と勇気《ゆうき》がある。しかも、大功労者《だいこうろうしゃ》でありながら、威張《いば》ったり、権威《けんい》ぶったりするのではなく、夫《おっと》を支《ささ》え、また、母《はは》として黙々《もくもく》と子《こ》どもたちを育《そだ》てていった。まさに婦人部《ふじんぶ》の生き方そのものだね」

峯子《みねこ》が、笑顔《えがお》で大きく頷《うなず》きながら答《こた》えた。

「本当《ほんとう》にそうですね。歴史《れきし》が大きく動《うご》いていった陰《かげ》には、女性《じょせい》の努力《どりょく》や活躍《かつやく》が数多《かずおお》くありますが、そこに光《ひかり》が当《あ》たることは少《すく》ないんですね」

「私も、その通《とお》りだと思《おも》う。だから私は、どこへ行《い》っても、民衆《みんしゅう》、庶民《しょみん》のなかのヒーロー、ヒロインを、草《くさ》の根《ね》を分け、サーチライトで照《て》らすようにして探《さが》し出《だ》そうとしているんだよ」

さらに伸一《しんいち》は、同行《どうこう》のメンバーに向かって語《かた》った。

「無名《むめい》でも、人びとの幸福《こうふく》と平和《へいわ》のために、一身《いっしん》を捧《ささ》げる思いで、広宣流布《こうせんるふ》に尽力《じんりょく》してくださっている方はあまりにも多い。不思議《ふしぎ》なことです。まさしく、地涌《じゆ》の菩薩《ぼさつ》が、仏《ほとけ》が集《つど》ったのが創価学会《そうかがっかい》であるとの確信《かくしん》を、日々《ひび》、強《つよ》くしています。私は、その方々《かたがた》に光を当て、少《すこ》しでも顕彰《けんしょう》していこうと、各地《かくち》で功労《こうろう》の同志《どうし》の名《な》をつけた木《き》を植樹《しょくじゅ》したり、また、各地の文《ぶん》化会館等《かいかんとう》に銘板《めいばん》をつくって、皆《みな》さんの名前《なまえ》を刻《きざ》ませていただいたりしてきたんです。

幹部《かんぶ》は、決《けっ》して、学会の役職《やくしょく》や、社会的《しゃかいてき》な地位《ちい》などで人を判断《はんだん》するのではなく、誰《だれ》が広宣流布のために最《もっと》も苦労《くろう》し、汗《あせ》を流《なが》し、献身《けんしん》してくださっているのかを、あらゆる角度《かくど》から洞《どう》察《さっ》し、見極《みきわ》めていかなくてはならない。そして、陰の功労者《こうろうしゃ》を最大《さいだい》に尊敬《そんけい》し、最高《さいこう》に大切《たいせつ》にして、賞讃《しょうさん》、宣揚《せんよう》していくんです。

つまり、陰で奮闘《ふんとう》してくださっている方々《かたがた》への、深《ふか》い感謝《かんしゃ》の思《おも》いがあってこそ、組織《そしき》に温《あたた》かい人間《にんげん》の血《ち》が通《かよ》うんです。それがなくなれば、冷淡《れいたん》な官僚主義《かんりょうしゅぎ》となってしまう」

誰《だれ》からも、賞讃、顕彰《けんしょう》をされることがなくとも、仏法《ぶっぽう》という生命《せいめい》の因果《いんが》の法則《ほうそく》に照《て》らせば、広宣流布《こうせんるふ》のための苦労《くろう》は、ことごとく自身《じしん》の功徳《くどく》、福運《ふくうん》になる。仏《ほとけ》は、すべて見通《みとお》している。それが「冥《みょう》の照覧《しょうらん》」である。

したがって、各人《かくじん》の信心《しんじん》の在《あ》り方《かた》としては、人が見ようが見まいが、自《みずか》らの信念《しんねん》として、すべてを仏道修行《ぶつどうしゅぎょう》ととらえ、広宣流布のため、法のため、同志《どうし》のために、勇《いさ》んで苦労を担《にな》い、奮闘していくことが肝要《かんよう》である。

そのうえで幹部《かんぶ》は、全同志が喜《よろこ》びを感《かん》じ、張《は》り合《あ》いをもって、信心に励《はげ》んでいけるように、皆《みな》の苦労を知り、その努力《どりょく》を讃《たた》え、顕彰していくために心《こころ》を砕《くだ》いていくのだ。

伸一《しんいち》の一行《いっこう》は、ローラ・セコードの家《いえ》の庭《にわ》に出た。そこでも語《かた》らいは続《つづ》いた。

「英軍《えいぐん》の勝利《しょうり》は、ローラという、一婦人《いちふじん》、一民衆《いちみんしゅう》の命《いのち》がけの協力《きょうりょく》があったからです。同様《どうよう》に、すべての運動《うんどう》は、民衆の共感《きょうかん》、賛同《さんどう》、支持《しじ》、協力があってこそ、成功《せいこう》を収《おさ》める。広宣流布を進《すす》めるうえでも、常《つね》に周囲《しゅうい》の人びとを、社会《しゃかい》を大切《たいせつ》にし、地域《ちいき》に深《ふか》く根《ね》を張《は》り、貢献《こうけん》していくことが大事《だいじ》だ。

したがって、日々《ひび》の近隣《きんりん》への配慮《はいりょ》や友好《ゆうこう》、地域貢献は、広宣流布《こうせんるふ》のための不可欠《ふかけつ》な要件《ようけん》といえる。社会、地域と遊離《ゆうり》してしまっては、広布《こうふ》の伸展《しんてん》などあり得《え》ない。

また、彼女《かのじょ》は、負傷《ふしょう》した夫《おっと》の面倒《めんどう》をみながら、子《こ》どもたちを育《そだ》てている。人間《にんげん》として大切なことは、生活《せいかつ》という基本《きほん》をおろそかにしない、地に足《あし》の着《つ》いた生き方だ。それが民衆《みんしゅう》のもつ草《くさ》の根の強《つよ》さだ。そして、その人たちが立ち上がることで、社会を根底《こんてい》から変えていくことができる。それを現実《げんじつ》に成《な》し遂《と》げようとしているのが、私たちの広宣流布の運動《うんどう》だ。その最大《さいだい》の主人公《しゅじんこう》は婦人部《ふじんぶ》だよ」

伸一《しんいち》は、こう言って、テルコ・イズミヤに視線《しせん》を注《そそ》いだ。彼女は、大きな黒《くろ》い瞳《ひとみ》を輝《かがや》かせ、決意《けつい》のこもった顔《かお》で頷《うなず》いた。伸一の、この訪問《ほうもん》によって、カナダは世界《せかい》広布の新章節《しんしょうせつ》へと、大きく羽《は》ばたいていったのである。

山本《やまもと》伸一は、六月二十五日午後《ごご》五時（現地《げんち》時間）、百五十人ほどのメンバーに見送《みおく》られ、カナダのトロント国際空港《こくさいくうこう》を発《た》ち、約《やく》一時間半《はん》の飛行《ひこう》でアメリカのシカゴに到着《とうちゃく》した。

シカゴでは、二十八日に、今回《こんかい》の北米訪問《ほくべいほうもん》の最《もっと》も重要《じゅうよう》な行事《ぎょうじ》となる、第一回世界平和文化《せかいへいわぶんか》祭《さい》が開催《かいさい》されることになっていた。それは、世界広布新章節《こうふしんしょうせつ》の開幕《かいまく》を告《つ》げる祭典《さいてん》であり、まさに世界宗教《しゅうきょう》としての創価学会《そうかがっかい》の、新《あら》たな船出《ふなで》の催《もよお》しであった。

伸一《しんいち》は、シカゴでは、地元紙《じもとし》のインタビューにも応《おう》じた。

また、シカゴ市《し》は、市長《しちょう》が公式宣言書《こうしきせんげんしょ》を出して、伸一の平和行動《こうどう》を高く評価《ひょうか》し、二十二日から、平和文化祭が行《おこな》われる二十八日までを、伸一の名《な》を冠《かん》した週間《しゅうかん》とすることを宣言。市《し》民《みん》に対《たい》して、伸一並《なら》びに平和文化祭参加者《さんかしゃ》の歓迎《かんげい》を呼《よ》びかけたのである。

同行《どうこう》した日本の幹部《かんぶ》たちは語《かた》り合《あ》った。

「本当《ほんとう》に世界広布の時代《じだい》が到来《とうらい》している！　こうしてアメリカで、メンバーの社会貢献《しゃかいこうけん》の活動《かつどう》や、青年《せいねん》を大切《たいせつ》にし、青年がはつらつと活躍《かつやく》しているＳＧＩ（創価学会インタナショナル）の運動《うんどう》に、大きな期待《きたい》が寄《よ》せられていることが、何よりの証拠《しょうこ》だ」

「残念《ざんねん》だが、日本には島国根性《しまぐにこんじょう》のようなものがある。新《あたら》しい民衆《みんしゅう》運動に対しても、その発《はっ》展《てん》を妬《ねた》んだりして、正視眼《せいしがん》で見ない。時代はどんどん変化《へんか》している。狭《せま》い心《こころ》では、世界からどんどん取《と》り残《のこ》されていってしまう」

「一月に山脇友政《やまわきともまさ》が恐喝容疑《きょうかつようぎ》で逮捕《たいほ》されて以来《いらい》、山脇が一部《いちぶ》マスコミを利用《りよう》して学会を誹《ひ》謗中傷《ぼうちゅうしょう》していた内容《ないよう》が、いかにいい加減《かげん》なものかが明《あき》らかになった。今こそ、学会《がっかい》の真実《しんじつ》を訴《うった》え抜《ぬ》いていくのが私たちの使命《しめい》だ」

二十七日には、学会が寄進《きしん》したアメリカ五カ所目の寺院《じいん》（出張所《しゅっちょうじょ》を含《ふく》む）がシカゴ郊外《こうがい》に完成《かんせい》し、法主《ほっす》の日顕《にっけん》が出席《しゅっせき》して落慶入仏式《らっけいにゅうぶつしき》が挙行《きょこう》された。これには伸一《しんいち》も参列《さんれつ》した。

彼《かれ》は、僧俗和合《そうぞくわごう》によって、広宣流布《こうせんるふ》が進《すす》むことを願《ねが》い続《つづ》けていた。ただ、ただ、広宣流布大願成就《だいがんじょうじゅ》のために――これこそが、常《つね》に創価《そうか》学会に脈打《みゃくう》つ不変《ふへん》の大精神《だいせいしん》であった。

六月二十八日、二十一世紀《せいき》へと羽《は》ばたく歴史的《れきしてき》な第一回世界平和文化祭《せかいへいわぶんかさい》が開催《かいさい》された。

シカゴ郊外にある会場《かいじょう》のローズモント・ホライゾン（後《のち》のオールステート・アリーナ）には、世界十七カ国《こく》の在米大使館《ざいべいたいしかん》関係者《かんけいしゃ》をはじめ、各界《かっかい》の来賓《らいひん》、各国《かっこく》のＳＧＩメンバーの代表《だいひょう》ら約《やく》二万人が集《つど》った。

テーマ曲《きょく》「朝日《あさひ》」の合唱《がっしょう》が流《なが》れる。「生命《せいめい》の世紀」の朝だ。白《しろ》いユニホームに身《み》を包《つつ》んだ、眠《ねむ》りから覚《さ》めた青年《せいねん》たちが、躍動《やくどう》のダンスを踊《おど》り始《はじ》める。

ステージは四面《めん》で構成《こうせい》され、中央《ちゅうおう》と、その前、そして左右《さゆう》にも舞台《ぶたい》がある。それらを駆使《くし》して、アメリカのメンバーが、ラテン・アメリカ、アフリカ、西《にし》ヨーロッパ、東《ひがし》ヨーロッパ、中東《ちゅうとう》、アジアの歌《うた》と踊りを相次《あいつ》ぎ披露《ひろう》していく。メンバーは、日々《ひび》、練習《れんしゅう》を重《かさ》ねて、各国の踊りを習得したのだ。

ロシアのダンスを踊ったニューヨークの友は、ソ連の人びとに思いを馳せ、その心になりきって踊ろうと努めた。練習に励むうちに、イデオロギーや国家の壁を超えて、まだ見ぬソ連の人びとが、親しい友人に思えてきたという。文化には、心と心をつなぎ、人間と人間を結《むす》び合《あ》う力《ちから》がある。

日本からの親善交流団《しんぜんこうりゅうだん》も日本舞踊《ぶよう》や民謡《みんよう》などを披露《ひろう》。日本の音楽隊《おんがくたい》も登場《とうじょう》した。また、創《そう》価合唱団《かがつしょうだん》が力強《ちからづよ》く「威風堂々《いふうどうどう》の歌《うた》」を合唱すると、アメリカの草創期《そうそうき》を切り開いてきた婦人《ふじん》たちが、労苦《ろうく》の幾山河《いくさんが》を思い起《お》こし、目に涙《なみだ》を浮《う》かべる一幕《ひとまく》もあった。

長野《ながの》県男子部《けんだんしぶ》は、舞台狭《ぶたいせま》しと組《く》み体操《たいそう》を展開《てんかい》し、五段円塔《ごだんえんとう》をつくり上げた。「オーッ」と感嘆《かんたん》の声《こえ》が場内《じょうない》を包《つつ》み、喝采《かっさい》が広《ひろ》がった。

どよめきが続《つづ》くなか、二つのグループが左右《さゆう》の舞台で、パレスチナとイスラエルの民族舞《みんぞく》踊を踊る。踊り終《お》わって双方《そうほう》から何人《なんにん》かが中央《ちゅうおう》の舞台に近《ちか》づく。しかし、ためらう。それでも、自《みずか》らを鼓舞《こぶ》するように歩《あゆ》みを運《はこ》んでいく。そして、固《かた》い握手《あくしゅ》を交《か》わした。

大拍手《だいはくしゅ》が沸《わ》き起《お》こった。それは、全参加者《ぜんさんかしゃ》の平和《へいわ》への願《ねが》いであり、祈《いの》りであった。

文化祭は、いよいよ開催国《かいさいこく》アメリカの音楽《おんがく》と踊りに移《うつ》った。カウボーイハットを被《かぶ》ってのウエスタンダンス、ハワイアンダンス、さらに、チャールストン、ジルバ、タップダンスと、陽気《ようき》で賑《にぎ》やかなアメリカンダンスの世界《せかい》が繰《く》り広《ひろ》げられていく。
一転《いってん》。暗《くら》くなった舞台《ぶたい》に立つ一組《ひとくみ》の男女《だんじょ》をスポットライトが照《て》らす。山本伸一《やまもとしんいち》が詠《よ》んだ詩《し》「我《わ》が愛《あい》するアメリカの地涌《じゆ》の若人《わこうど》に贈《おく》る」の、力強《ちからづよ》い朗読《ろうどく》の声《こえ》が流《なが》れる。

「あらゆる国の人々《ひとびと》が集《つど》い共和《きょうわ》した
合衆《がっしゅう》の国　アメリカ
これこそ世界の縮図《しゅくず》である
このアメリカの
多民族《たみんぞく》の結合《けつごう》と連帯《れんたい》の中《なか》にこそ
世界平和《へいわ》への図式《ずしき》の原則《げんそく》が
含《ふく》まれているといってよいだろう……」

やがて朗読が終《お》わると、決意《けつい》のこもった大拍手《だいはくしゅ》が場内《じょうない》を揺《ゆ》るがした。拍手には、アメリカから世界平和の波《なみ》を起《お》こそうとする同志《どうし》の思《おも》いが、ほとばしりあふれていた。
フィナーレでは出演者《しゅつえんしゃ》が舞台を埋《う》め尽《つ》くし、アルゼンチン、オーストリア……と、各国《かっこく》の旗《はた》を持《も》った出演者が前へ進《すす》み出《で》て、高く掲《かか》げる。全世界から人びとが集う、人間《にんげん》共和の合衆国アメリカの理想《りそう》を讃《たた》え、決意《けつい》を表明《ひょうめい》したものだ。観客席《かんきゃくせき》では、それぞれの国の関係者《かんけいしゃ》らが立ち上がって拍手《はくしゅ》し、喝采《かっさい》の波《なみ》が会場中《かいじょうじゅう》に広《ひろ》がる。そして、歓喜《かんき》の歌声《うたごえ》が響《ひび》き、スクラムが大きく揺《ゆ》れる。

地球《ちきゅう》は一つ、世界《せかい》は一つであることを、描《えが》き出《だ》した、美事《みごと》な世界平和《へいわ》文化《ぶんか》祭《さい》であった。ここに、創価《そうか》の世界広布新章節《こうふしんしょうせつ》の幕《まく》は上がり、高らかに、晴《は》れやかに、旅立《たびだ》ちのファンファーレは轟《とどろ》き渡《わた》ったのだ。

この世界広宣流布《こうせんるふ》の大潮流《だいちょうりゅう》は、いかなる力《ちから》をもってしても、決《けっ》して、とどめることはできない。「一閻浮提広宣流布《いちえんぶだい》」は、日蓮大聖人《にちれんだいしょうにん》の御遺命《ごゆいめい》であるからだ。そして、その御本仏《ごほんぶつ》の大誓願《だいせいがん》を実現《じつげん》しゆくことこそ、創価学会《がっかい》が現代《げんだい》に出現《しゅつげん》した意義《いぎ》であり、われらの久遠《くおん》の大使《だいし》命《めい》なのである。

世界平和文化祭には、テレビ局《きょく》をはじめ、三十余《よ》の報道各社《ほうどうかくしゃ》が取材《しゅざい》に訪《おとず》れた。ＡＢＣ放送《ほうそう》は、終了後《しゅうりょうご》、直《ただ》ちにニュース番組《ばんぐみ》で、その模様《もよう》を放映《ほうえい》。祭典《さいてん》は「世界平和」と「生命《せいめい》の尊厳《そんげん》」を志向《しこう》して開かれたものであり、出演者《しゅつえんしゃ》は素人《しろうと》であると紹介《しょうかい》した。

テレビのインタビューに登場《とうじょう》したメンバーは、「一人《ひとり》ひとりの人間《にんげん》の可能性《かのうせい》を最大《さいだい》に発揮《はっき》させつつ、世界平和のために貢献《こうけん》しているのが、創価学会の運動《うんどう》です」と胸《むね》を張《は》った。

翌《よく》二十九日昼《ひる》、世界平和文化祭《せかいへいわぶんかさい》の感動《かんどう》は、シカゴの街《まち》に広《ひろ》がった。晴《は》れ渡《わた》る空《そら》の下《もと》、シカゴ市庁舎前《しちょうしゃまえ》の広場《ひろば》で、文化祭の舞台《ぶたい》が再演《さいえん》されたのだ。シカゴ市並《なら》びに市民《しみん》の惜《お》しみない協力《きょうりょく》に感謝《かんしゃ》しての催《もよお》しであった。

市庁舎前には、各界《かっかい》の来賓《らいひん》、招待《しょうたい》した老人《ろうじん》ホームのお年寄《としよ》り五百人をはじめ、一万人の市民が詰《つ》めかけ、熱演《ねつえん》に喝采《かっさい》を送《おく》り続《つづ》けた。

音楽隊《おんがくたい》の演奏《えんそう》、イタリア・韓国《かんこく》・ハンガリー・インドの民族舞踊《みんぞくぶよう》、日本の交流団《こうりゅうだん》による勇《ゆう》壮《そう》な太鼓《たいこ》演奏や梯子《はしご》乗《の》りの妙技《みょうぎ》、オーケストラによるテーマ曲《きょく》「朝日《あさひ》」の演奏、組《く》み体操《たいそう》では人間《にんげん》ロケットが飛《と》び交《か》う。

山本伸一《やまもとしんいち》と共《とも》に演技《えんぎ》を鑑賞《かんしょう》していた来賓の一人《ひとり》は、満面《まんめん》の笑《え》みで語《かた》った。

「感動しました。すばらしい文化をありがとうございます!」

喝采と賞讃《しょうさん》の交響曲《こうきょうきょく》に包《つつ》まれて、創価学会《そうかがっかい》は、アメリカの天地《てんち》から二十一世紀《せいき》への新《あたら》しい船出《ふなで》を開始《かいし》したのである。

伸一がシカゴから最後《さいご》の訪問地《ほうもんち》ロサンゼルスに到着《とうちゃく》した七月一日、詩人《しじん》のクリシュナ・スリニバス博士が事務総長《じむそうちょう》を務《つと》める世界芸術《げいじゅつ》文化アカデミーは、伸一に「桂冠詩人《けいかんしじん》」の称号授《しょうごうじゅ》与《よ》を決定《けってい》した。

後《のち》に届《とど》いた証書《しょうしょ》では、彼《かれ》の詩《し》を、「傑出《けつしゅつ》せる詩作《しさく》」と評《ひょう》していた。伸一《しんいち》は、過分《かぶん》な言葉《ことば》であると思《おも》った。そして、心《こころ》に誓《ちか》った。

〝私は、人間《にんげん》の正義《せいぎ》の道《みち》を示《しめ》し、友《とも》の心に、勇気《ゆうき》を、希望《きぼう》を、生きる力《ちから》を送《おく》ろうと、詩を書《か》いてきた。この期待《きたい》に応《こた》えるためにも、さらに詩作に力を注《そそ》ぎ、励《はげ》ましの光《ひかり》を送ろう！〟

彼《かれ》は、平和《へいわ》と民衆《みんしゅう》の幸福《こうふく》への闘争《とうそう》を重《かさ》ねつつ、詩を書き続《つづ》けた。多忙《たぼう》なスケジュールの合間《あいま》を縫《ぬ》うようにして口述《こうじゅつ》し、書き留《と》めてもらった作品《さくひん》も数多《かずおお》くある。

その後《ご》、彼には、インドの国際《こくさい》詩人学会《がっかい》から「国際優秀《ゆうしゅう》詩人」賞《しょう》（一九九一年）、世界《せ》詩歌《かいしいか》協会《きようかい》から「世界桂冠《けいかん》詩人賞」（九五年）、「世界民衆詩人」の称号《しょうごう》（二〇〇七年）、「世界平和詩人賞」（二〇一〇年）が贈《おく》られている。

伸一がアメリカでの一切《いっさい》の予定《よてい》を終《お》えて、成田《なりた》の新東京《しんとうきょう》国際空港《くうこう》（後の成田国際空港）に到着《とうちゃく》したのは、日本時間の七月八日午後《ごご》四時過《す》ぎであった。空港には、会長《かいちょう》の十条潔《じゅうじょうきよし》らの笑顔《えがお》が待《ま》っていた。

今回《こんかい》の訪問《ほうもん》は、六十一日間に及《およ》び、ソ連《れん》、欧州《おうしゅう》、北米《ほくべい》と、八カ国《こく》を訪《たず》ね、ほぼ北半球《きたはんきゅう》を一周《しゅう》する平和旅《たび》となった。各国《かっこく》の政府《せいふ》要人《ようじん》、識者《しきしゃ》らと、文化《ぶんか》・平和交流《こうりゅう》のための対話《たいわ》を展開《てんかい》する一方《いっぽう》、世界広布《せかいこうふ》の前進《ぜんしん》を願《ねが》い、各地《かくち》でメンバーの激励《げきれい》に全精魂《ぜんせいこん》を注《そそ》いだ。

第一回世界平和文化祭《へいわぶんかさい》をはじめ、ヨーロッパ代表者会議《だいひょうしゃかいぎ》、各国《かっこく》各地での信心懇談会《しんじんこんだんかい》や御書《ごしょ》研鑽《けんさん》、総会《そうかい》、勤行会《ごんぎょうかい》、交歓会《こうかんかい》など、いずれの行事《ぎょうじ》でも、力《ちから》の限《かぎ》り同志《どうし》を励《はげ》まし続《つづ》けた。

また、〝未来《みらい》への永遠《えいえん》の指針《ししん》を残《のこ》そう〟と必死《ひっし》であった。片時《かたとき》たりとも時間を無駄《むだ》にするまいと、パリでは地下鉄《ちかてつ》の車中《しゃちゅう》など、移動《いどう》時間を使《つか》って詩《し》を作《つく》り、フランスの青年《せいねん》たちに贈《おく》った。間断《かんだん》なき激闘《げきとう》の日々《ひび》であった。しかし、進《すす》むしかなかった。二十一世紀《せいき》を、必《かなら》ずや「平和の世紀」「生命《せいめい》の世紀」にするために――。

彼《かれ》は、新《あたら》しい時代《じだい》の夜明《よあ》けを告《つ》げようと、「時」を待《ま》ち、「時」を創《つく》っていった。一日《いちにち》一日、一瞬《いっしゅん》一瞬が真剣勝負《しんけんしょうぶ》であった。死闘《しとう》なくしては、真実《しんじつ》の建設《けんせつ》も、栄光《えいこう》もない。

その奮闘《ふんとう》によって、遂《つい》に〝凱歌《がいか》の時代〟の暁鐘《ぎょうしょう》は、高らかに鳴《な》り渡《わた》ったのだ。今、世界広《こう》宣流布《せんるふ》の朝《あした》を開く新章節《しんしょうせつ》の旭日《きょくじつ》は、悠然《ゆうぜん》と東天《とうてん》に昇《のぼ》り始《はじ》めたのである。

勝《か》ち鬨《どき》

青年《せいねん》の心《こころ》には、果《は》てしない希《き》望《ぼう》の青空《あおぞら》が広《ひろ》がり、真《ま》っ赤《か》な情熱《じょうねつ》の太陽《たいよう》が燃《も》えている。ほとばしる勇気《ゆうき》と限《かぎ》りない創造《そうぞう》の泉《いずみ》がある。

新《あたら》しき時《じ》代《だい》の主役《しゆやく》は青年である。青年が、いかなる志《こころざし》をいだき、どれほど真剣《しんけん》に学《まな》び、果《か》敢《かん》に行動《こうどう》し、自《じ》身《しん》を磨《みが》き鍛《きた》えているか——そこに、未来《みらい》の一切《いっさい》がかかっている。

ソ連《れん》・欧州《おうしゅう》・北米訪問《ほくべいほうもん》から帰《き》国《こく》した山本伸一《やまもとしんいち》は、一段《いちだん》と青年の育成《いくせい》に力《ちから》を注《そそ》がねばならないと、固《かた》く心に決めていた。

一九八一年（昭和《しょうわ》五十六年）七月十日夜《よる》、男子《だんし》部《ぶ》・女子《じょし》部《ぶ》結成《けっせい》三十周年《しゅうねん》を記《き》念《ねん》する青年部総会《そうかい》が、常勝《じょうしょう》の天地《てんち》である大阪市《おおさかし》の関西文化《かんさいぶんか》会館《かいかん》で意《い》気《き》軒昂《けんこう》に開催《かいさい》された。伸一は、次《じ》代《だい》のリーダーたちの、新《あら》たな前進《ぜんしん》と活躍《かつやく》に心から期《き》待《たい》を寄《よ》せ、長文《ちょうぶん》の祝電《しゅくでん》を送《おく》った。

「道《みち》は刻々《こっこく》と開かれている
若《わか》き君達《きみたち》の舞台《ぶたい》は
刻々と近《ちか》づいている
私はそのために死力《しりょく》をつくして
君達を広宣流布《こうせんるふ》の
檜舞台《ひのきぶたい》にのせたいのだ
一人《ひとり》も退《しりぞ》いてはならない
一人もたじろいではならない
一人も軽蔑《けいべつ》されてはならない

わが学会《がっかい》の青年部《せいねんぶ》も三十周年《しゅうねん》を迎《むか》え
ここに三十歳《さい》になった
三十にして立つとは
古賢《こけん》の言葉《ことば》である

西暦《せいれき》二〇〇一年に向かって
つねに世間《せけん》の人々《ひとびと》が感嘆《かんたん》し
感服《かんぷく》しゆくような
この二十年間
本舞《ほんぶ》台《たい》ともいうべき激動《げきどう》にして
このすばらしき時代《じだい》を
私とともに勇気《ゆうき》凛々《りんりん》
築《きず》いていっていただきたいのだ

アメリカの青年《せいねん》も
ドイツの青年も
またイタリアの青年も
そしてフランスの青年も
イギリスの青年も
東南《とうなん》アジアの青年も

皆《みな》　真実《しんじつ》の平和《へいわ》のために立ち上がった
わが真《まこと》の同志《どうし》たる日本の青年部《せいねんぶ》の
すばらしい団結《だんけつ》とすばらしい成長《せいちょう》と
すばらしい勝利《しょうり》の連続《れんぞく》の歴史《れきし》を
祈《いの》り待《ま》ってメッセージとしたい」

そこには、〝青年よ、立て！〟との、伸一《しんいち》の魂《たましい》の叫《さけ》びが込《こ》められていた。

彼《かれ》は、広宣流布《こうせんるふ》即世界《そくせかい》平和のために、地球上《ちきゅうじょう》の創価《そうか》の青年たちが、スクラムを組《く》み、先駆《せんく》となって、生命尊厳《せいめいそんげん》の人間蘇生《にんげんそせい》の哲理《てつり》を広《ひろ》げていってほしかったのである。

この呼《よ》びかけに応《こた》えるかのように、会場後方《かいじょうこうほう》には、青年たちの誓《ちか》いとして「新《あら》たなる広布《こうふ》の歴史《れきし》は始《はじ》まった　２００１年へ勇《いさ》んで勝利の前進《ぜんしん》を‼」との横幕《よこまく》が掲《かか》げられていた。

一方《いっぽう》、地球《ちきゅう》の反対側《はんたいがわ》に位置《いち》するブラジルでは、大瀑布《だいばくふ》イグアスの滝《たき》から二十キロほどのところにあるフォス・ド・イグアス市《し》で、十一日午後《ごご》四時（現地《げんち》時間）から、ブラジルをはじめ、パラグアイ、チリ、ウルグアイ、アルゼンチン、ボリビアのメンバー千人が集《つど》い、初《はつ》の南米男子部《なんべいだんしぶ》総会《そうかい》が開かれた。アマゾン方面最大《ほうめんさいだい》の港湾都市《こうわんとし》ベレンから、バスをチャーターしてブラジルを縦断《じゅうだん》し、八十時間をかけて参加《さんか》した同志《どうし》もいた。

伸一《しんいち》は、ここにも祝福《しゅくふく》の言葉《ことば》を贈《おく》った。

「ともかく二十一世紀《せいき》の舞台《ぶたい》は君《きみ》たちのものである。あらゆる苦労《くろう》をしながら、題目《だいもく》を声《こえ》高《たか》らかにあげながら、職場《しょくば》で第一人者《だいいちにんしゃ》になりながら、生涯《しょうがい》を大切《たいせつ》にしながら、生活《せいかつ》を大切にしながら、教学《きょうがく》を研鑽《けんさん》しながら、一歩《いっぽ》、一歩、また一歩と前進《ぜんしん》し、南米《なんべい》の歴史《れきし》に残《のこ》る広布《こうふ》の金字塔《きんじとう》を打《う》ち立《た》ててください。諸君《しょくん》の成長《せいちょう》と健闘《けんとう》を心《こころ》から祈《いの》り待《ま》ちます」

伸一の呼《よ》びかけに、南米の青年《せいねん》も意気《いき》盛《さか》んに立ち上がった。「青年の時代《じだい》」の幕《まく》は開いた。


それは、突然《とつぜん》の訃報《ふほう》であった。七月十八日午前零時《ごぜんれいじ》五十三分、会長《かいちょう》の十条潔《じゅうじょうきよし》が心筋梗塞《しんきんこうそく》のため、信濃町《しなのまち》の自宅《じたく》で他界《たかい》したのである。享年《きょうねん》五十八歳《さい》であった。

前日《ぜんじつ》、十条は、山本《やまもと》伸一と共《とも》に、東京《とうきょう》・小平市《こだいらし》の創価学園《そうかがくえん》グラウンドで行《おこな》われた北多摩圏《きたたまゾーン》の総会《そうかい》に出席《しゅっせき》し、引《ひ》き続《つづ》き創価中学《ちゅうがく》・高校《こうこう》の恒例行事《こうれいぎょうじ》である栄光祭《えいこうさい》に臨《のぞ》んだ。

夜《よる》、伸一は、十条や秋月英介《あきづきえいすけ》ら首脳幹部《しゅのうかんぶ》を自宅に招《まね》き、共に勤行《ごんぎょう》した。唱題《しょうだい》を終《お》えて伸一が、世界《せかい》の青年たちが目覚《めざ》ましい成長を遂《と》げていることを伝《つた》えると、十条は、嬉《うれ》しそうに、

「二十一世紀が楽《たの》しみです」と言って目を細《ほそ》めた。語《かた》らいは弾《はず》んだ。

午後《ごご》十時ごろ、伸一《しんいち》の家《いえ》を出た十条《じゅうじょう》は、さらに、数人《すうにん》の首脳《しゅのう》と懇談《こんだん》し、帰宅《きたく》した。自宅《じたく》で御本尊《ごほんぞん》に唱題《しょうだい》し、入浴後《にゅうよくご》、就寝《しゅうしん》したが、体《からだ》の変調《へんちょう》を訴《うった》えた。そして、そのまま眠《ねむ》るがごとく、安《やす》らかに亡《な》くなったのである。

十条の会長就任《かいちょうしゅうにん》は、荒《あ》れ狂《くる》う宗門事件《しゅうもんじけん》の激浪《げきろう》のなかであった。伸一が名誉《めいよ》会長となり、会《かい》合《ごう》に出席《しゅっせき》して指導《しどう》することもできない状況下《じょうきょうか》で、十条は必死《ひっし》に学会《がっかい》の舵《かじ》を取らねばならなかった。また、この年の一月に恐喝《きょうかつ》の容疑《ようぎ》で逮捕《たいほ》された山脇友政《やまわきともまさ》が、学会を意《い》のままに支配《しはい》しようとした卑劣《ひれつ》な謀略《ぼうりゃく》への対応《たいおう》にも、神経《しんけい》をすり減《へ》らし、苦慮《くりょ》し続《つづ》けた。体は人一倍頑健《ひといちばいがんけん》であったが、この二年余《よ》の心労《しんろう》は、いたく彼《かれ》を苛《さいな》んだようだ。

伸一は、十条とは青年時代《せいねんじだい》から一緒《いっしょ》に戦《たたか》ってきた同志《どうし》であった。一九五四年（昭和《しょうわ》二十九年）三月、伸一が青年部の室長《しつちょう》に就任した時には、彼は室員《しついん》となった。十条の方《ほう》が、五歳《さい》ほど年長《ねんちょう》であったが、信心《しんじん》の先輩《せんぱい》である伸一を慕《した》い、共《とも》にあらゆる闘争《とうそう》の先頭《せんとう》に立ってきた。伸一にとっては、広布《こうふ》の苦楽《くらく》を分かち合《あ》った、信頼《しんらい》する〝戦友《せんゆう》〟であった。

伸一が第三代《だいさんだい》会長に就任すると、十条は彼を師《し》と定《さだ》め、自《みずか》ら弟子《でし》の模範《もはん》になろうと努《つと》めてきた。師弟《してい》のなかにこそ、創価《そうか》学会を永遠《えいえん》ならしめ、広宣流布《こうせんるふ》を大発展《だいはってん》させゆく要諦《ようてい》があると、十条は深《ふか》く自覚《じかく》していたのだ。

五十八歳での十条の他界《たかい》は、早《はや》いといえば、早い死《し》であったかもしれない。しかし、広宣《こうせん》流布《るふ》に人生《じんせい》を捧《ささ》げ抜《ぬ》き、自《みずか》らの使命《しめい》を果《は》たし切って、この世《よ》の法戦《ほうせん》の幕《まく》を閉《と》じたといえよう。海軍兵学校出身《かいぐんへいがっこうしゅっしん》で、「同期《どうき》の桜《さくら》」をよく歌《うた》ったという十条らしく、桜花《おうか》の散《ち》るような最期《さいご》であった。

御聖訓《ごせいくん》には、「須臾《しゆゆ》の間《あいだ》に九界生死《きゅうかいしょうじ》の夢《ゆめ》の中《なか》に還《かえ》り来《きた》って」（御書《ごしょ》五七四㌻）と仰《おお》せである。正法《しょうほう》を受持《じゅじ》した私たちは、死して後《のち》も、束《つか》の間《ま》にして、この世に生《しょう》じ、広布《こうふ》のために活躍《かつやく》していくことを述《の》べられた御文《ごもん》である。

十八日朝《あさ》、十条家《け》へ弔問《ちょうもん》に訪《おとず》れた伸一《しんいち》は、十条の妻《つま》である広子《ひろこ》を励《はげ》ました。

「広宣流布の闘将《とうしょう》として完結《かんけつ》した、見事《みごと》な生涯《しょうがい》でした。日蓮大聖人《にちれんだいしょうにん》が賞讃《しょうさん》してくださり、また、恩師《おんし》・戸田先生《とだせんせい》が腕《かいな》を広《ひろ》げてお迎《むか》えくださることは間違《まちが》いありません。

どうか、悲《かな》しみを乗《の》り越《こ》え、ご主人《しゅじん》の遺志《いし》を受《う》け継《つ》ぎ、ご主人の分《ぶん》まで、広宣流布に生き抜いてください。その姿《すがた》こそが、最大《さいだい》の追善《ついぜん》になります。また、子《こ》どもさんたちを、皆《みな》、立派《りっぱ》な広布の人材《じんざい》に育《そだ》て上《あ》げてください。あとに残《のこ》った家族《かぞく》が、幸《しあわ》せになっていくことこそが、故人《こじん》に報《むく》いる道《みち》です」

この十八日午後《ごご》、会長・十条潔《きよし》の死去《しきょ》にともない、臨時《りんじ》の総務会《そうむかい》が開かれた。席上《せきじょう》、第五《だいご》代会長《だいかいちょう》に、副会長の秋月英介《あきづきえいすけ》が推挙《すいきょ》され、参加者《さんかしゃ》の全員一致《ぜんいんいっち》で就任《しゅうにん》が決定《けってい》したのである。

秋月は、五十一歳《さい》で、一九五一年（昭和《しょうわ》二十六年）の入会《にゅうかい》である。草創期《そうそうき》の男子部建設《だんしぶけんせつ》に尽力《じんりょく》し、男子部長、青年《せいねん》部長を務《つと》め、また、「聖教新聞《せいきょうしんぶん》」の編集《へんしゅう》に携《たずさ》わり、編集総局長《そうきょくちょう》、主《しゅ》幹《かん》として活躍《かつやく》した。さらに、総務《そうむ》、副会長として学会《がっかい》の中枢《ちゅうすう》を担《にな》ってきた。

伸一《しんいち》は、冷静《れいせい》、沈着《ちんちゃく》な秋月ならば、大発展《だいはってん》した創価《そうか》学会の組織《そしき》の中心軸《ちゅうしんじく》として大いに力《ちから》を発揮《はっき》し、新《あたら》しい時代《じだい》に即応《そくおう》した、堅実《けんじつ》な前進《ぜんしん》が期待《きたい》できると思《おも》った。また、自分《じぶん》は、皆《みな》を見《み》守《まも》り、これまでにも増《ま》して、力の限《かぎ》り応援《おうえん》していこうと、強《つよ》く心《こころ》に誓《ちか》った。

十条《じゅうじょう》が亡《な》くなった十八日の夜《よる》には、十条家《け》としての通夜《つや》が、また、翌《よく》十九日には告別式《こくべつしき》が営《いとな》まれた。さらに、二十三日夜には、創価学会本部葬《ほんぶそう》の通夜が、翌二十四日には本部葬が、巣鴨《すがも》の東京戸田記念講堂《とうきょうとだきねんこうどう》で厳粛《げんしゅく》に執《と》り行《おこな》われた。山本《やまもと》伸一は、すべてに参列《さんれつ》し、追善回向《ついぜんえこう》の唱題《しょうだい》を捧《ささ》げた。

また、二十四日夜には、新宿文化会館《しんじゅくぶんかかいかん》で東南《とうなん》アジア八カ国《こく》・地域《ちいき》のメンバーと勤行《ごんぎょう》し、十条の遺徳《いとく》を偲《しの》ぶとともに、東洋広布《とうようこうふ》の未来展望《みらいてんぼう》について語《かた》り合《あ》った。

伸一の行動《こうどう》に休息《きゅうそく》はなかった。

彼《かれ》は、二十五日、世界《せかい》の平和実現《へいわじつげん》への道《みち》を探《さぐ》るために、アメリカの元国務長官《もとこくむちょうかん》キッシンジヤー博士と三度目の会談《かいだん》を行《おこな》った。

さらに同日《どうじつ》、東京戸田記念講堂《とうきょうとだきねんこうどう》で開催《かいさい》された新出発《しんしゅっぱつ》の本部幹部会《ほんぶかんぶかい》に出席《しゅっせき》した。伸一《しんいち》は、新《しん》会長《かいちょう》の秋月《あきづき》を中心《ちゅうしん》とした学会《がっかい》の新《あら》たな船出《ふなで》を心《こころ》から祝福《しゅくふく》し、「明《あか》るく、朗《ほが》らかに、仲良《なかよ》く、広宣流布《こうせんるふ》への一歩前進《いっぽぜんしん》を遂《と》げていただきたい」と期待《きたい》を述《の》べた。

その翌日《よくじつ》から八月上旬《じょうじゅん》まで、長野《ながの》を訪問《ほうもん》し、会員《かいいん》の激励《げきれい》に徹《てっ》し抜《ぬ》いた。

そして、八月十七日、明石康国連事務次長《あかしやすしこくれんじむじちょう》と東京・渋谷《しぶや》の国際友好会館《こくさいゆうこうかいかん》（後《のち》の東京国際友好会館）で会談し、10・24「国連デー」や、世界平和《せかいへいわ》の推進《すいしん》と文化《ぶんか》の向上《こうじょう》を図《はか》るうえでの、日本の役割《やくわり》などについて語《かた》り合《あ》った。

世界の平和を実現《じつげん》していくには、国連が力《ちから》をもち、国連を中心に各国《かっこく》が平等《びょうどう》の立場《たちば》で話《はな》し合いを重《かさ》ね、進《すす》んでいかなければならないというのが、伸一の一貫《いっかん》した主張《しゅちょう》であった。

彼《かれ》は、明石事務次長に言明《げんめい》した。

「私どもは、国連支援《しえん》のために全力《ぜんりょく》を尽《つ》くします。世界の平和を築《きず》き、飢《う》えや貧困《ひんこん》、疾病《しっぺい》から人間《にんげん》を守《まも》ることこそ、生命《せいめい》の尊厳《そんげん》を説《と》く宗教者《しゅうきょうしゃ》の使命《しめい》であると考《かんが》えるからです」

人びとの現実《げんじつ》の不幸《ふこう》を、いかに打開《だかい》し、幸福《こうふく》を実現していくか――そこから、日蓮大聖人《にちれんだいしょうにん》の立正安国《りっしょうあんこく》の戦《たたか》いは始《はじ》まっている。仏法者の宗教的使命は、この立正安国という社会的《しゃかいてき》使命の成就《じょうじゅ》をもって完結《かんけつ》するのである。

　伸一《しんいち》は、明石康国連事務次長《あかしやすしこくれんじむじちょう》とは十八回の会談《かいだん》を重《かさ》ねることになる。その間《かん》に、学会《がっかい》は、国連と協力《きょうりょく》して、「現代世界《げんだいせかい》の核《かく》の脅威《きょうい》」展《てん》、「戦争《せんそう》と平和展《へいわ》」「現代世界の人権《じんけん》」展などを、世界各地《かくち》で開催《かいさい》していった。

　さらに、一九九二年（平成四年《へいせい》）には、国連カンボジア暫定統治機構《ざんていとうちきこう》（UNTAC）の事務総長特別代表《そうちょうとくべつだいひょう》となっていた明石から、中古《ちゅうこ》ラジオの支援要請《しえんようせい》があり、学会青年部《せいねんぶ》は「ボイス・エイド」（カンボジア・ラジオ支援キャンペーン）を展開《てんかい》し、二十八万台余《だいあま》りのラジオを寄《き》贈《ぞう》した。それは、カンボジア内戦後初《ないせんごはつ》の総選挙実施《そうせんきょじっし》に際《さい》して、大きな貢献《こうけん》を果《は》たした。

　八一年（昭和《しょうわ》五十六年）八月下旬《げじゅん》、伸一は、第二回SGI総会《そうかい》などに出席《しゅっせき》するため、ハワイ・ホノルルへ飛《と》んだ。そして、世界各国《かっこく》・地域《ちいき》の代表七千五百人が集《つど》ったこの総会で記念《きねん》講演《こうえん》を行《おこな》い、最後《さいご》にこう訴《うった》えた。

　――SGIは、日蓮大聖人《にちれんだいしょうにん》の仏法《ぶっぽう》を根本《こんぽん》としながら、平和と文化《ぶんか》と教育《きょういく》の大路線《だいろせん》を邁進《まいしん》していきたい。そして、国連を一段《いちだん》と支持《しじ》し、ともどもに支援してまいりたい。

　また、滞在中《たいざいちゅう》、ハワイ大学《だいがく》（マノア校《こう》）に隣接《りんせつ》するアメリカ国立東西《こくりつとうざい》センターを訪問《ほうもん》し、仏法の平和と融合《ゆうごう》の哲学《てつがく》を基調《きちょう》に対話《たいわ》を重ねた。

「広宣流布《こうせんるふ》」即《そく》「人類《じんるい》の幸福《こうふく》と平和《へいわ》の実現《じつげん》」こそが、われら仏法者《ぶっぽうしゃ》の誓願《せいがん》である。

宗門《しゅうもん》では、十月十日から十六日まで、日蓮大聖人《にちれんだいしょうにん》第七百遠忌《おんき》大法会《だいほうえ》が営《いとな》まれた。伸一《しんいち》は法《ほっ》主《す》・日達《にったつ》から、この慶讃委員長《けいさんいいんちょう》の任命《にんめい》を受け、日顕《にっけん》が法主となってからも、その責任《せきにん》を担《にな》うことになっていた。彼《かれ》は、広宣流布のために僧俗和合《そうぞくわごう》を願《ねが》い、誠心誠意《せいしんせいい》、その責務《せきむ》を果《は》たしていった。すべての行事《ぎょうじ》は、厳粛《げんしゅく》かつ盛大《せいだい》に執《と》り行《おこな》われ、大法会は幕《まく》を閉《と》じた。

一方《いっぽう》、前年《ぜんねん》九月に、「宗内《しゅうない》の秩序《ちつじょ》を乱《みだ》した」として、約《やく》二百人が処分《しょぶん》された正信会《しょうしんかい》は、さらに宗門批判《ひはん》を強《つよ》めていった。そして、一九八一年（昭和《しょうわ》五十六年）一月、彼らは日顕と宗門を相手取《あいてど》って裁判所《さいばんしょ》に提訴《ていそ》するなど、対決《たいけつ》は激化《げきか》し、ますます熾烈《しれつ》な争《あらそ》いとなっていった。

正信会の僧たちは、相次《あいつ》いで宗門から擯斥《ひんせき》されていった。彼らは、広宣流布を口《くち》にしながら、ひたすら広布《こうふ》を進《すす》めてきた学会《がっかい》を「謗法《ほうぼう》」と断《だん》じ、尊《とうと》い仏子《ぶっし》である学会員を苛《いじ》め抜《ぬ》き、僧俗和合を破壊《はかい》してきた。そして結局《けっきょく》は、滔々《とうとう》たる広宣流布の大河《たいが》の流《なが》れから離《はな》れ、嫉妬《しっと》と瞋恚《しんに》の修羅《しゅら》の濁流《だくりゅう》に沈《しず》み去《さ》っていくのである。

宗門側《がわ》は、最終的《さいしゅうてき》に百八十人を上回《うわまわ》る正信会の僧を、擯斥処分していくことになる。また、裁判所に、正信会住職《じゅうしょく》に対《たい》する「建物明渡請求《たてものあけわたしせいきゅう》」を行うなど、法廷《ほうてい》でも長期《ちょうき》にわたる争いが続《つづ》いていった。

この間《かん》、学会《がっかい》は、一貫《いっかん》して宗門《しゅうもん》を外護《げご》し、興隆《こうりゅう》のために最大《さいだい》に力《ちから》を注《そそ》いだ。擯斥処分《ひんせきしょぶん》され、追《お》い詰《つ》められた正信会《しょうしんかい》は、宗門攻撃《こうげき》を重《かさ》ねるとともに、学会への誹謗中傷《ひぼうちゅうしょう》を執拗《しつよう》に続けた。しかし、学会員には、〝日蓮大聖人《にちれんだいしょうにん》の御遺命《ごゆいめい》のままに、死身弘法《ししんぐほう》の誠《まこと》を尽《つ》くして、現実《げんじつ》に広宣流布《こうせんるふ》を推進《すいしん》してきたのは創価《そうか》学会の師弟《してい》しかない。御聖訓《ごせいくん》に照《て》らして正邪《せいじゃ》は明白《めいはく》である〟との、強《つよ》い不動《ふどう》の確信《かくしん》が育《そだ》っていた。

そして、山本伸一《やまもとしんいち》が自《みずか》ら矢面《やおもて》に立つことも辞《じ》さず、会員を守《まも》るために反転攻勢《はんてんこうせい》を開始《かいし》し、国内《こくない》を、世界《せかい》を駆《か》け回《まわ》る姿《すがた》に、共《とも》に立とうとの決意《けつい》を新《あら》たにしていったのである。

いかに深《ふか》き闇《やみ》に覆《おお》われ、嵐《あらし》が吹《ふ》き荒《あ》れようとも、師子《しし》が敢然《かんぜん》と立ち上がる時、暁鐘《ぎょうしょう》は鳴《な》り渡《わた》り、金色《こんじき》の夜明《よあ》けが訪《おとず》れる。鉄鎖《てっさ》を断《た》ち切《き》り、師弟が心《こころ》を一つにして、一歩《いっぽ》を踏《ふ》み出《だ》す時、既《すで》に勝利《しょうり》の幕《まく》は開かれているのだ。

伸一は、さらに、宗門事件《じけん》で苦《くる》しめられてきた地域《ちいき》を回り、わが創価の同志《どうし》の奮闘《ふんとう》を讃《たた》え、ねぎらい、ともどもに凱歌《がいか》の旅立《たびだ》ちをしようと、深く心に誓《ちか》っていた。

伸一が真《ま》っ先《さき》に駆けつけたかったのは、四国《しこく》であった。彼《かれ》が会合《かいごう》にも自由《じゆう》に出席《しゅっせき》できない状況《じょうきょう》に追い込《こ》まれていた時、「それならば、私たちの方《ほう》から馳《は》せ参《さん》じよう！」と、大型客船《おおがたきゃくせん》

「さんふらわあ7」号《ごう》でやって来た、健気《けなげ》なる同志《どうし》の心意気《こころいき》に応《こた》えたかったのである。

九月六日付《づけ》の「聖教新聞《せいきょうしんぶん》」には、十一月に徳島講堂《とくしまこうどう》の落成《らくせい》を記念《きねん》して祝賀行事《しゅくがぎょうじ》が行《おこな》われ、伸一《しんいち》も出席《しゅっせき》する予定《よてい》であることが報《ほう》じられた。彼《かれ》の行事出席の予告《よこく》は異例《いれい》のことであり、それは、いよいよ全国《ぜんこく》の同志とスクラムを組《く》み、新《あら》たな前進《ぜんしん》を開始《かいし》しようとする、伸一の強《つよ》い決意《けつい》の表明《ひょうめい》でもあった。

また、十月三十一日、創価大学《そうかだいがく》の第十一回「創大祭《そうだいさい》」のオープニングセレモニーに出席した伸一は、「歴史《れきし》と人物《じんぶつ》を考察《こうさつ》――迫害《はくがい》と人生《じんせい》」と題《だい》して講演《こうえん》した。

そのなかで、悲運《ひうん》の晩年《ばんねん》を強《し》いられた菅原道真《すがわらのみちざね》、明治維新《めいじいしん》の夜明《よあ》けを開いた頼山陽《らいさんよう》、吉田《よしだ》松陰《しょういん》らは、いずれも迫害と苦難《くなん》の人生を生き、後世《こうせい》に光《ひか》る偉大《いだい》な足跡《そくせき》を残《のこ》したことを述《の》べた。さらに、中国《ちゅうごく》では戦国時代《せんごくじだい》の詩人《しじん》にして政治家《せいじか》の屈原《くつげん》、大歴史書『史記《しき》』を著《あらわ》した司馬《しば》遷《せん》、また、インドの偉大なる魂《たましい》・ガンジー、西洋《せいよう》にあっては文豪《ぶんごう》ユゴー、哲学者《てつがくしゃ》ルソー、近《きん》代絵画《だいかいが》の父《ちち》セザンヌなど、嵐《あらし》のなかを営々《えいえい》と信念《しんねん》の歩《あゆ》みを貫《つらぬ》いた崇高《すうこう》な人間《にんげん》の生き方を語《かた》った。

そして、偉業《いぎょう》には、迫害、苦難が、なかば宿命《しゅくめい》づけられていると洞察《どうさつ》していった。

――それは、歴史的偉業をなす人物は、民衆《みんしゅう》の大地《だいち》にしっかりと根《ね》を張《は》っている。それゆえに、民衆《みんしゅう》の犠牲《ぎせい》の上に君臨《くんりん》する権力者《けんりょくしゃ》たちは危機感《ききかん》を募《つの》らせ、野望《やぼう》と保身《ほしん》から発《はっ》する妬《ねた》みと羨望《せんぼう》の炎《ほのお》に身《み》を焦《こ》がし、民衆のリーダーを躍起《やっき》になって排斥《はいせき》しようとするからである。それが迫害《はくがい》の構図《こうず》であると訴《うった》えたのだ。

彼《かれ》は、力《ちから》を込《こ》めて、自身《じしん》の信念《しんねん》を語《かた》った。

「私も一仏法者《いちぶっぽうしゃ》として、一庶民《いちしょみん》として、全《まった》くいわれなき中傷《ちゅうしょう》と迫害の連続《れんぞく》でありました。しかし、僭越《せんえつ》ながら、この〝迫害の構図〟に照《て》らして見れば、迫害こそ、むしろ仏法者の誉《ほま》れであります。人生《じんせい》の最高《さいこう》の錦《にしき》であると思《おも》っております。後世《こうせい》の歴史《れきし》は、必《かなら》ずや事《こと》の真実《しんじつ》を厳《きび》しく審判《しんぱん》していくであろうことを、この場《ば》をお借《か》りして断言《だんげん》しておきます」

彼は、未来《みらい》に向けての勝利宣言《しょうりせんげん》を、愛《あい》する創大生《そうだいせい》と共《とも》に、とどめたのである。

伸一は、十一月八日、東京《とうきょう》・新宿区《しんじゅくく》の家族友好運動会《かぞくゆうこううんどうかい》に出席《しゅっせき》したあと、関西《かんさい》に向かった。夜《よる》には関西文化会館《ぶんかかいかん》での区・圏長会《ゾーンちょうかい》で激励《げきれい》し、さらに代表幹部《だいひょうかんぶ》と懇談《こんだん》を重《かさ》ねた。

関西は、永遠不滅《えいえんふめつ》の〝常勝《じょうしょう》の源流《げんりゅう》〟であってもらいたい。いや、断《だん》じてそうであらねばならない——そう思うと、彼の心《こころ》は燃《も》えた。

四国《しこく》の徳島講堂《とくしまこうどう》では、七日から、理事長《りじちょう》の森川一正《もりかわかずまさ》を中心《ちゅうしん》に、講堂落成《らくせい》の記念行事《きねんぎょうじ》が開催《かいさい》されていた。徳島の同志《どうし》は、伸一を迎《むか》える準備《じゅんび》を整《ととの》え、訪問《ほうもん》を待《ま》っていた。

しかし、伸一《しんいち》には、要人《ようじん》との会見《かいけん》や諸行事出席《しょぎょうじしゅっせき》の要請《ようせい》が数多《かずおお》く寄《よ》せられ、なかなか日程《にってい》が決まらなかった。徳島《とくしま》には学会本部《がっかいほんぶ》から、「山本先生《やまもとせんせい》は、徳島行きを決意《けつい》し、スケジュール調整《ちょうせい》をされていますが、最終的《さいしゅうてき》にどうなるかは未定《みてい》です」との連絡《れんらく》が入《はい》っていた。

徳島県《けん》でも、同志《どうし》は、卑劣《ひれつ》な悪侶《あくりょ》らの仕打《しう》ちに、何度《なんど》となく悔《くや》し涙《なみだ》を流《なが》してきた。学会の正義《せいぎ》を叫《さけ》んでの攻防戦《こうぼうせん》が続《つづ》いた。皆《みな》を支《ささ》えてきたのは、広宣流布《こうせんるふ》への〝師弟《してい》の誓《ちか》い〟であった。それだけに、堂々《どうどう》と戦《たたか》い抜《ぬ》いた姿《すがた》をもって記念《きねん》行事を迎《むか》え、なんとしても、伸一と共《とも》に新《あたら》しい出発《しゅっぱつ》をしたかったのである。しかし、八日も伸一の出席はなかった。

九日の午後《ごご》となった。徳島講堂落成《こうどうらくせい》記念勤行会《ごんぎょうかい》の開会《かいかい》となった。

伸一の姿はない。森川《もりかわ》理事長《じちょう》の導師《どうし》で勤行が始《はじ》まった。参加者《さんかしゃ》は、〝先生の徳島訪問《ほうもん》は「聖教新聞《せいきょうしんぶん》」にも発表《はっぴょう》されている。いつ、先生は到着《とうちゃく》されるのだろう〟と思《おも》いながら、読《ど》経《きょう》・唱題《しょうだい》した。勤行会の式次《しきし》第《だい》は進《すす》み、森川理事長の指《し》導《どう》となり、それも終《お》わった。

ほどなく、会場後方《かいじょうこうほう》の扉《とびら》が開いた。

そこには、伸一の姿があった。

「とうとう来ましたよ！　約束《やくそく》を果《は》たしにまいりました！」

大歓声《だいかんせい》が沸《わ》き起《お》こった。

彼《かれ》は参加者《さんかしゃ》に声《こえ》をかけながら、皆《みな》の中《なか》を会場前方《かいじょうぜんぽう》へ進《すす》んだ。師《し》と弟子《でし》の心《こころ》は一つになって燃《も》え上《あ》がり、ここに歴史《れきし》を画《かく》する「四国闘争《しこくとうそう》」が始《はじ》まったのだ。

伸一《しんいち》は、九日午後《ごご》の飛行機《ひこうき》で大阪《おおさか》を発《た》ち、徳島空港《とくしまくうこう》に到着《とうちゃく》すると、そのまま徳島講堂《こうどう》へ向かい、落成記念勤行会《らくせいきねんごんぎょうかい》に臨《のぞ》んだのである。

彼は、勤行の導師《どうし》を務《つと》め、懇談的《こんだんてき》に指導《しどう》し、「冬《ふゆ》は必《かなら》ず春《はる》となることを確信《かくしん》して、勇気《ゆうき》ある信心《しんじん》を!」と、強《つよ》く呼《よ》びかけた。

皆、決意《けつい》を新《あら》たにした。どの顔《かお》にも太陽《たいよう》の微笑《ほほえ》みが輝《かがや》いた。

さらに伸一は、車《くるま》で二十分ほどのところにある徳島文化会館《ぶんかかいかん》(後《のち》の徳島平和会館《へいわ》)を初訪問《はつほうもん》し、夜《よる》には再《ふたた》び、徳島講堂での記念勤行会に出席《しゅっせき》した。

ここでも全力《ぜんりょく》で激励《げきれい》するとともに、皆の労《ろう》をねぎらい、徳島の新《あたら》しい時代《じだい》の幕《まく》を開いてほしいとの思《おも》いを託《たく》してピアノに向かい、「熱原《あつはら》の三烈士《さんれつし》」など、七曲《きょく》を演奏《えんそう》した。

また、勤行会では、女子部《じょしぶ》の「渦潮合唱団《うずしおがっしょうだん》」、婦人部《ふじんぶ》の「若草合唱団《わかくさ》」が晴《は》れの記念行事《ぎょうじ》に彩《いろど》りを添《そ》えた。なかでも「若草合唱団」は、ベートーベンの交響曲《こうきょうきょく》第九番から、合唱「よろこびの歌《うた》」を、一、二番は日本語で、三番はドイツ語で披露《ひろう》したのである。

アジアで最初《さいしょ》に、「第九」の全楽章《ぜんがくしょう》が演奏《えんそう》されたのが、現在《げんざい》の徳島県鳴門市《けんなるとし》であった。

第一次世界大戦《だいいちじせかいたいせん》で日本軍《ぐん》は、ドイツ軍が守《まも》る中国《ちゅうごく》の青島《チンタオ》を攻略《こうりゃく》した。ドイツ兵《へい》は捕虜《ほりょ》として日本に移送《いそう》され、徳島県《とくしまけん》に造《つく》られた板東俘虜収容所《ばんどうふりょしゅうようじょ》にも千人ほどが収容された。収容所の所長《しょちょう》であった松江豊寿《まつえとよひさ》は、彼《かれ》らを、祖国《そこく》のために堂々《どうどう》と戦《たたか》った勇士《ゆうし》として手厚《てあつ》く遇《ぐう》し、自由《じゆう》な環境《かんきょう》を整《ととの》え、人間愛《にんげんあい》に満《み》ちた対応《たいおう》に努《つと》めた。また、住民《じゅうみん》たちにも客人《きゃくじん》を大切《たいせつ》にする気風《きふう》があり、ドイツ兵と親《した》しみ、受け入れていった。

ドイツ兵もこれに応《こた》えようと、パンやケーキの作《つく》り方《かた》、トマトなどの野菜栽培《やさいさいばい》、畜産技術《ちくさんぎじゅつ》、サッカーなどのスポーツを教《おし》えた。

いつの時代《じだい》にあっても、〝開かれた心《こころ》〟をもつことこそ、国際人《こくさいじん》として最《もっと》も大切な要件《ようけん》といえよう。真《しん》の国際化とは、人間は皆《みな》、等《ひと》しく尊厳《そんげん》なる存在《そんざい》であるとの信念《しんねん》をもち、友情《ゆうじょう》を広《ひろ》げていく心を培《つちか》うことから始《はじ》まる。

一九一八年（大正《たいしょう》七年）六月、板東俘虜収容所で、ドイツ兵の捕虜によって、「第九」の演《えん》奏会《そうかい》が行《おこな》われた。ベートーベンは、「第九」の第四楽章《がくしょう》に声楽《せいがく》を導入《どうにゅう》し、ドイツの詩人《しじん》シラーの詩「歓喜《かんき》に寄《よ》す」を使《つか》った。

すべての人が兄弟《きょうだい》になる——この「第九」のテーマさながらに、徳島の地から、人間讃歌《さんか》の共鳴音《きょうめいおん》が、友情の調《しら》べが響《ひび》いたのだ。

そして、今、その歌《うた》を、創価《そうか》の婦人《ふじん》たちが、声高《こえたか》らかに歌い上げたのである。

〽晴《は》れたる青空《あおぞら》　ただよう雲《くも》よ
小鳥《ことり》は歌えり　林《はやし》に森《もり》に……＊

伸一《しんいち》は大きな拍手《はくしゅ》で讃《たた》えながら、悪侶《あくりょ》の圧迫《あっぱく》をはね返した徳島《とくしま》の同志《どうし》の、勝《か》ち鬨《どき》を聞く思《おも》いがした。皆《みな》の胸《むね》に広宣流布《こうせんるふ》の使命《しめい》に生《い》き抜《ぬ》く歓喜《かんき》の火《ひ》が燃《も》え盛《さか》っていること自体《じたい》が、大《だい》勝利《しょうり》の証明《しょうめい》にほかならない。

翌《よく》十日、伸一は徳島講堂《こうどう》で落成記《らくせいき》念《ねん》の植樹《しょくじゅ》をし、役員《やくいん》などと記念のカメラに納《おさ》まり、さらに、自由勤行会《じゆうごんぎょうかい》にも出席《しゅっせき》した。

「日蓮大聖人《にちれんだいしょうにん》は、『妙《みょう》とは蘇生《そせい》の義《ぎ》なり蘇生と申《もう》すはよみがへる義なり』（御書《ごしょ》九四七ジペー）と仰《おお》せです。ゆえに、その妙法《みょうほう》を持《たも》った私どもには、行き詰《づ》まりはありません。いかなる窮地《きゅうち》に立ち至《いた》ったとしても、そこから状況《じょうきょう》を開き、事態《じたい》を打開《だかい》し、みずみずしい、満々《まんまん》たる生命《せいめい》力《りょく》をみなぎらせて、前進《ぜんしん》を開始《かいし》していくことができる。したがって私たちには、あきらめも、絶望《ぜつぼう》もない。

本来《ほんらい》、自身《じしん》が最高《さいこう》の仏《ほとけ》なんです。そう確信《かくしん》していくことが信心《しんじん》の肝要《かんよう》です。自分《じぶん》を信じ、自信《じしん》をもって広宣流布《こうせんるふ》に生き、わが地域《ちいき》に、妙法《みょうほう》の幸《さち》の灯《ひ》を広《ひろ》げていってください」

この日、彼《かれ》は香川《かがわ》に向かうことになっており、出発間際《しゅっぱつまぎわ》まで代表《だいひょう》メンバーを励《はげ》ました。真剣勝負《しんけんしょうぶ》とは、一瞬《いっしゅん》一瞬に全力《ぜんりょく》を注《そそ》ぐことだ。

「『徳島《とくしま》』というのは最高の県名《けんめい》です。功徳《くどく》の島であり、高い徳のある人が集《つど》う島という意義《いぎ》にも通《つう》ずる。この徳島から、四国広布《しこくこうふ》の新《あたら》しい風《かぜ》を起《お》こしてください！」

徳島講堂《こうどう》を午後《ごご》二時半《はん》に出発し、香川県・庵治町《あじちょう》にある四国研修道場《けんしゅうどうじょう》へ車《くるま》で向かった伸一《しんいち》は、一時間ほどしたころ、ドライバーに休憩《きゅうけい》してもらおうと、喫茶店《きっさてん》に立《た》ち寄《よ》った。

その時、徳島から同行《どうこう》していた四国青年部長《せいねんぶちょう》の大和田興光《おおわだおきみつ》が、「四国青年部の代表と、ぜひ懇談《こんだん》の機会《きかい》をもっていただきたいのですが」と切り出した。伸一は、即座《そくざ》に答《こた》えた。

「わかった。やりましょう」

体当《たいあ》たりでぶつかってくる青年の一途《いちず》さを、誠実《せいじつ》に受けとめたかったのである。

懇談は、十二日の夕刻《ゆうこく》と決まった。

伸一は、四国の青年たちの敢闘精神《かんとうせいしん》に強《つよ》い期待《きたい》を寄せていた。この年の八月、大和田は長野《ながの》研修道場にいた伸一を訪《たず》ね、四国から広布の新風《しんぷう》を起こしたいとの思《おも》いをぶつけた。

「率直《そつちよく》に申《もう》し上《あ》げます。先生《せんせい》が機関紙誌《きかんしし》にほとんど登場《とうじよう》できない状況《じようきよう》が続《つづ》く今こそ、師弟《してい》の精神《せいしん》が大事《だいじ》になっていると思《おも》います。先生の著作《ちよさく》や平和《へいわ》への行動《こうどう》を紹介《しようかい》する展示館《てんじかん》を四国《しこく》につくりたいと、皆《みな》で考《かんが》えております」

口《くち》ごもりながらも、情熱《じようねつ》のこもった訴《うつた》えであった。伸一《しんいち》は、その心《こころ》を大切《たいせつ》にしたかった。

「君《きみ》たちの気持《きも》ちはよくわかりました。どうすれば同志《どうし》の希望《きぼう》になるのかを考え、四国長たちと、よく相談《そうだん》してみてください」

四国の青年《せいねん》たちは、世界《せかい》の平和のために、伸一が行動してきた記録《きろく》を調《しら》べ始《はじ》めた。中国《ちゆうごく》を世界から孤立《こりつ》させてはならないと、一九六八年（昭和《しようわ》四十三年）に行《おこな》った「日中国交正常化提言《につちゆうこつこうせいじようかていげん》」をはじめ、東西冷戦下《とうざいれいせんか》に訪中《ほうちゆう》、訪ソを重《かさ》ね、友好《ゆうこう》の橋《はし》を架《か》けるとともに、中ソ紛争《ふんそう》の危機《きき》を回避《かいひ》するために尽力《じんりよく》してきたこと。平和の道《みち》を探《さぐ》ろうと、キッシンジャー米《べい》国務長官《こくむちようかん》や国連事務総長《こくれんじむそうちよう》らと対談《たいだん》を続けてきたことなど、イデオロギーを超《こ》えて行動してきた事実《じじつ》が、鮮明《せんめい》に浮《う》かび上がってきた。

〝わが師匠《ししよう》の平和への足跡《そくせき》を、胸《むね》を張《は》って伝《つた》えていこう！〟――彼《かれ》らは、それを平和行動展とし、四国研修道場《けんしゆうどうじよう》で開催《かいさい》した。十月三日に開幕《かいまく》したこの催《もよお》しの入場者数《にゆうじようしやすう》は、十一月三日の閉幕《へいまく》までに六万一千人を超えた。

「人間讃歌の世紀」めざして
SGI会長の平和行動
四国と先生

四国《しこく》の青年《せいねん》たちが企画《きかく》・推進《すいしん》した平和行動展《へいわこうどうてん》は、広宣流布《こうせんるふ》の新《あたら》しき道《みち》を照《て》らし示《しめ》す、一つの光明《こうみよう》となった。

ただ指示《しじ》されて動《うご》いていたのでは、未来《みらい》の開拓《かいたく》はない。「前進《ぜんしん》を阻《はば》んでいるものは何か」「時代《じだい》、社会《しやかい》の課題《かだい》は何か」を読《よ》み取《と》り、積極的《せつきよくてき》に、絶《た》えざる挑戦《ちようせん》を重《かさ》ねていくなかにこそ、新《あら》たなる創造《そうぞう》の道はある。＊「革命《かくめい》または改良《かいりよう》といふ事《こと》は必《かなら》ず新たに世《よ》の中《なか》に出て来た青年の仕事《しごと》」とは、〝詩国《しこく》〟ともいうべき四国が誇《ほこ》る正岡子規《まさおかしき》の言葉《ことば》である。

伸一《しんいち》が、徳島《とくしま》から四国研修道場《けんしゆうどうじよう》に到着《とうちやく》したのは、十日の午後《ごご》五時過《す》ぎであった。

そして夜《よる》には、研修道場で開催《かいさい》された11・10「香川《かがわ》の日」記念幹部会《きねんかんぶかい》に出席《しゆつせき》した。大拍手《だいはくしゆ》のなかを進《すす》み、伸一は席《せき》に着《つ》いた。

同志《どうし》は、皆《みな》、元気《げんき》であった。創価《そうか》の師弟《してい》を分断《ぶんだん》しようとする、卑劣《ひれつ》な悪僧《あくそう》の言動《げんどう》に苦《くる》しみながらも、今、見事《みごと》にそれを勝《か》ち越《こ》えて、喜々《きき》として集《つど》って来たのである。まさに凱歌轟《がいかとどろ》く新しき出発《しゆつぱつ》の時が来たのだ。

あいさつで伸一は、声高《こえたか》らかに宣言《せんげん》した。

「もう一度、指揮《しき》を執《と》らせていただきます！　これ以上《いじよう》、ご心配《しんぱい》、ご苦労《くろう》をおかけしたくない。私の心《こころ》を知ってくださる方《かた》は、一緒《いつしよ》に戦《たたか》ってください！」

それは、鉄鎖《てつさ》を断《た》ち切《き》った師子《しし》の叫《さけ》びであった。万雷《ばんらい》の拍手《はくしゅ》が鳴《な》りやまなかった。

彼《かれ》の胸《むね》には、〝創価《そうか》の師弟《してい》の絆《きずな》が強《つよ》ければ、いかなる邪悪《じゃあく》も、必《かなら》ず打《う》ち破《やぶ》っていける。もう、仏意仏勅《ぶついぶっちょく》の広宣流布《こうせんるふ》の団体《だんたい》である学会《がっかい》の前進《ぜんしん》を、横暴《おうぼう》な衣《ころも》の権威《けんい》で阻《はば》ませてはならない。今こそ、反転攻勢《はんてんこうせい》の時だ！〟との、断固《だんこ》たる誓《ちか》いの火《ひ》が燃《も》えていた。

何があろうが、創価の師弟の精神《せいしん》だけは、途絶《とだ》えさせてはならない。広宣流布の道《みち》が閉《と》ざされてしまうからだ。

当然《とうぜん》、会内《かいない》の運営《うんえい》については、会長《かいちょう》の秋月英介《あきづきえいすけ》を中心《ちゅうしん》に、皆《みな》で合議《ごうぎ》して進《すす》めていくことになる。彼は、根幹《こんかん》となる創価の師弟の道を、自《みずか》らの行動《こうどう》をもって、これからの青年《せいねん》たちのためにも、示《しめ》し伝《つた》えていきたかったのである。

四国研修道場《しこくけんしゅうどうじょう》で「香川《かがわ》の日」記念幹部会《きねんかんぶかい》に出席《しゅっせき》した彼は、引《ひ》き続《つづ》き、四国の首脳《しゅのう》幹部らと打《あ》ち合わせを行《おこな》った。

翌《よく》十一日も、フル回転《かいてん》の一日であった。研修道場に集《つど》って来たメンバーを激励《げきれい》し、高松市《たかまつし》の勅使町《ちょくしちょう》に建設《けんせつ》が進められている新《しん》四国文化会館《ぶんかかいかん》を視察《しさつ》。さらに隣接《りんせつ》する高松講堂《こうどう》で、駆《か》けつけた近隣《きんりん》の友《とも》と一緒《いっしょ》に勤行《ごんぎょう》し、ピアノを弾《ひ》いて励《はげ》ました。研修道場に戻《もど》ると、職員《しょくいん》や四国の首脳幹部との懇談会《こんだんかい》が待《ま》っていた。

「私は、四国《しこく》で、創価《そうか》の師子《しし》として再《ふたた》び広宣流布《こうせんるふ》の指揮《しき》を執《と》る宣言《せんげん》をしました。ここから、新《あたら》しい時代建設《じだいけんせつ》の幕《まく》を開きます。それは四国が、広宣流布の〝魁《さきがけ》の天地《てんち》〟であるからです。この黄金《おうごん》の歴史《れきし》を、どうか忘《わす》れないでいただきたい。その意義《いぎ》は、歳月《さいげつ》とともに、ますます深《ふか》く大きなものとなっていくでしょう」

伸一《しんいち》の言葉《ことば》には、烈々《れつれつ》たる気迫《きはく》と確信《かくしん》が満《み》ちあふれていた。

この十一日夜《よる》、四国各県《かくけん》の青年部長《せいねんぶちょう》、男子《だんし》部長が研修道場《けんしゅうどうじょう》に集《あつ》まり、翌日《よくじつ》の伸一との懇談《こんだん》会《かい》を前に、打《う》ち合《あ》わせがもたれた。その席《せき》で一つの提案《ていあん》があった。

「明日《あした》の懇談では、山本先生《やまもとせんせい》に、四国青年部の意気込《いきご》みをお見せし、〝これならば四国の未来《みらい》は大丈夫《だいじょうぶ》だ〟と、ご安心《あんしん》いただきたいと思《おも》います。そのために、私たちの決意《けつい》と心意気を託《たく》した愛唱歌《あいしょうか》を作《つく》り、先生にお聴《き》きいただきたいと思うが、どうだろうか」

皆《みな》、大賛成《だいさんせい》であった。

「この歌《うた》は、みんなで力《ちから》を合わせて作ることが大事《だいじ》なので、それぞれ、これは、ぜひ歌詞《かし》に入れたいという言葉を言ってください」

皆が、「青春《せいしゅん》の汗《あせ》」や「この道《みち》」など、思いつくままにあげる言葉が、ホワイトボードに書《か》き出《だ》されていった。

それをもとに、作詞《さくし》に取りかかり、明《あ》け方近《がたちか》く、四行詞《ぎょうし》で三番までの四国男子部歌《しこくだんしぶか》の歌詞《かし》ができあがった。皆《みな》、真剣《しんけん》であった。

青年《せいねん》の魅力《みりょく》とは一途《いちず》さであり、それが不可能《ふかのう》の壁《かべ》を打《う》ち破《やぶ》り、新《あたら》しき道《みち》を開くのだ。

十二日、いよいよ伸一《しんいち》と四国青年部代表《だいひょう》との懇談会当日《こんだんかいとうじつ》である。

朝《あさ》、作曲《さっきょく》を担当《たんとう》する四国音楽隊《おんがくたい》の杉沼知弘《すぎぬまともひろ》が研修道場《けんしゅうどうじょう》に来た。彼《かれ》は、これまでに四国の歌《うた》「我等《われら》の天地《てんち》」、高等《こうとう》部歌「正義《せいぎ》の走者《そうしゃ》」などの作曲を手がけてきた青年である。

杉沼は、歌詞を目にすると、新しいイメージを出すために、四行詞を六行詞にできないかと提案《ていあん》した。歌詞をまとめたメンバーも、これだけの言葉《ことば》では、自分《じぶん》たちの思《おも》いを表現《ひょうげん》し尽《つ》くすことはできないと感《かん》じていた。

書《か》き換《か》え作業《さぎょう》に入《はい》った。思いのほか難航《なんこう》した。それでも、午後《ごご》には歌詞が出来上《できあ》がり、夕方《ゆうがた》までには曲も完成《かんせい》した。

伸一は、この十二日の午後、研修道場で行《おこな》われた、11・11「愛媛《えひめ》の日」を記念《きねん》する幹部会《かんぶかい》に出席《しゅっせき》し、法華経《ほけきょう》に説《と》かれた「随喜《ずいき》」について語《かた》った。

「『随喜』とは喜《よろこ》びです。私たちの立場《たちば》でいえば、南無妙法蓮華経《なんみょうほうれんげきょう》という最高《さいこう》の法を聴《き》いて湧《わ》き起《お》こる喜びであり、大歓喜《だいかんき》です。

大聖人《だいしょうにん》は、随喜《ずいき》は即信心《そくしんじん》であり、信心は即随喜であると仰《おお》せになっている。この法《ほう》によって、あらゆる苦悩《くのう》を克服《こくふく》し、一生成仏《いっしょうじょうぶつ》を成《な》し遂《と》げ、自身《じしん》の最高《さいこう》の幸福境涯《こうふくきょうがい》を確立《かくりつ》していくことができる。さらに、一切衆生《いっさいしゅじょう》を未来永劫《みらいえいごう》にわたって、救済《きゅうさい》していくことができる――それを確信《かくしん》するならば、妙法《みょうほう》に巡《めぐ》り合《あ》えたことに、汲《く》めども尽《つ》きぬ感謝《かんしゃ》の思《おも》いが、大歓喜《だいかんき》が湧《わ》き起《お》こるのを禁《きん》じ得《え》ないはずです。また、その歓喜と躍動《やくどう》の生命《せいめい》は、既《すで》に大幸福境涯といってよい。

そして、随喜すれば、人びとに妙法を語《かた》らずにはいられなくなり、おのずから折伏《しゃくぶく》・弘教《ぐきょう》の実践《じっせん》が始《はじ》まる。それが、ますます大功徳《だいくどく》を積《つ》んでいくことになる。この随喜の広《ひろ》がりが広《こう》宣流布《せんるふ》です。また、弘教は、信心の随喜がもたらす、自然《しぜん》の振《ふ》る舞《ま》いなんです。

随喜は、真剣《しんけん》な唱題《しょうだい》と、自《みずか》ら勇《いさ》んで広宣流布を担《にな》おうとする主体的《しゅたいてき》、能動的《のうどうてき》な実践のなかで、湧き起こるものであることを、深《ふか》く心《こころ》に刻《きざ》んでいただきたい」

伸一《しんいち》は、創価学会《そうかがっかい》は民衆《みんしゅう》の歓喜のスクラムであり、学会活動《かつどう》の原動力《げんどうりょく》は一人《ひとり》ひとりの歓喜であることを確認《かくにん》しておきたかった。

最後《さいご》に彼《かれ》は、「『信心とは随喜である』を合言葉《あいことば》に、共《とも》に喜《よろこ》びの大行進《だいこうしん》を開始《かいし》していきましょう！」と呼《よ》びかけ、あいさつとした。

午後《ごご》六時前、四国《しこく》青年部代表《せいねんぶだいひょう》八十人ほどのほか、十人ほどの愛媛県幹部《えひめけんかんぶ》も参加《さんか》し、研修道場《けんしゅうどうじょう》で懇談会《こんだんかい》が始《はじ》まった。青年部としての活動《かつどう》の取《と》り組《く》みなどが話題《わだい》にのぼり、話《はなし》が一段落《いちだんらく》した時、四国青年部長の大和田興光《おおわだおきみつ》が立ち上がった。

「先生《せんせい》！　四国男子部《だんしぶ》の愛唱歌《あいしょうか》を作《つく》りました。お聴《き》きください」

大和田をはじめ、主《おも》だった青年たちの目は腫《は》れぼったく、充血《じゅうけつ》していた。〝皆《みな》で夜《よる》を徹《てつ》して作ったのであろう〟と、伸一《しんいち》は思《おも》った。

「わかりました！　曲名《きょくめい》は？」

「『黎明《れいめい》の歌《うた》』です」

伸一は、微笑《ほほえ》みながら言った。

「『ああ黎明の時が来た』とか、誰《だれ》でも考《かんが》えそうな歌詞《かし》では、新鮮味《しんせんみ》がないよ。それでは夜《よ》明《あ》けは遠《とお》いからね」

すぐに歌詞が書《か》かれた紙《かみ》が差《さ》し出《だ》され、カセットデッキから歌声《うたごえ》が流《なが》れた。

〽ああ黎明の　時来《きた》る

魁今《さきがけ》と　走《はし》りゆけ……

「やっぱり、『ああ黎明《れいめい》』か……」

笑《わら》いが広《ひろ》がった。

伸一《しんいち》は、歌詞《かし》に目を通《とお》した。

「いい歌《うた》だね。でも、いい言葉《ことば》だけ寄《よ》せ集《あつ》めてきた感《かん》じがするな」

冗談交《じょうだんま》じりに語《かた》ると、青年《せいねん》たちは苦笑《くしょう》した。制作《せいさく》の過程《かてい》を見られてしまったような思《おも》いがしたのだ。

四国男子《しこくだんし》部長《ぶちょう》の高畑慎治《たかはたしんじ》が、声《こえ》をあげた。

「先生《せんせい》！　筆《ふで》を加《くわ》えて、ぜひ魂《たましい》を入れてください」

真剣《しんけん》な眼差《まなざ》しであった。新《あたら》しい時代《じだい》を切り開きたいという志《こころざし》からほとばしる、青年の気《き》迫《はく》を感じた。四国は「志国《しこく》」でもあった。

伸一は、青年たちを見ながら言った。

「君《きみ》たちの希望《きぼう》なら、私も手伝《てつだ》います。手を入れてもいいかい？」

「はい！」という皆《みな》の声が返ってきた。

「では、一緒《いっしょ》に、永遠《えいえん》に歌《うた》い続《つづ》けられる最高《さいこう》の歌を作《つく》ろう」

そのまま歌詞《かし》の検討《けんとう》に入《はい》っていった。

「まず、冒頭《ぼうとう》の『ああ黎明《れいめい》の 時来《きた》る』だが、〝黎明〟という言葉《ことば》は、学会歌《がっかいか》でも、一般《いっぱん》の寮歌《りょうか》などでも、頻繁《ひんぱん》に使《つか》われてきた。歌は出だしが大事《だいじ》だよ。最初《さいしょ》の一行《いちぎょう》が勝負《しょうぶ》なんだ。太《たい》陽《よう》や月《つき》の光《ひかり》が、ぱっと広《ひろ》がっていくような、鮮《あざ》やかな色《いろ》のイメージが必要《ひつよう》だ。

この歌は、紅《くれない》のイメージかな。冒頭は、『ああ紅の……』としてはどうだろうか。曲名《きょくめい》は『紅の歌』だ。

曲調《きょくちょう》も、明《あか》るく力強《ちからづよ》く、歌い進《すす》むにつれて、今までにない斬新《ざんしん》さが出るようなものにしたい。たとえば、こんな感じにしてはどうかね」

伸一《しんいち》はハミングした。作曲《さっきょく》を担当《たんとう》する杉沼《すぎぬま》が、その場《ば》で譜面《ふめん》に起《お》こした。これで曲のイメージも決まった。

「曲は、今までのものを踏《ふ》まえながらも、時代《じだい》の先端《せんたん》を行く、新《あたら》しいものを生み出してほしいな。曲だけ聴《き》いても、〝ああ、いいなー〟と皆《みな》が思《おも》えるものにしたいね。

率直《そっちょく》に言わせてもらえば、忙《いそが》しく動《うご》き回《まわ》り、落《お》ち着《つ》きがないという印象《いんしょう》の曲ではなく、悠々《ゆうゆう》、堂々《どうどう》とした曲にしたい。また、無理《むり》に皆に歌わせるのではなく、皆が歌いたくなるような歌《うた》にしようよ」

懇談会《こんだんかい》は、歌作《づく》りの場《ば》となっていった。

「この『障魔《しょうま》の嵐《あらし》』という言葉《ことば》も、工夫《くふう》しよう。『驕《おご》る障魔よ』としてはどうかな。歌詞《かし》は、これまでに使《つか》われてきた類型化《るいけいか》された表現《ひょうげん》にすがるのではなく、常《つね》に創意《そうい》工夫を重《かさ》ね、新鮮《しんせん》であることが大事《だいじ》だよ。私たちがめざす世界広布《せかいこうふ》も、また立正安国《りっしょうあんこく》も、これまでの概念《がいねん》ではとらえきれない面《めん》がある。過去《かこ》に類例《るいれい》のない、全《まった》く新《あたら》しいものだからだ。したがって、それを示《しめ》すには、必然的《ひつぜんてき》に新しい表現が求《もと》められる」

伸一《しんいち》は、青年《せいねん》たちと対話《たいわ》しながら、歌詞に筆《ふで》を入れていった。彼《かれ》は、歌作りを通《とお》して、青年に学会《がっかい》の心《こころ》を教《おし》え、創価後継《そうかこうけい》の自覚《じかく》を育《はぐく》もうとしていた。

「三番の『父母築《ちちはきず》きし　広宣《こうせん》の』は、『老《お》いたる母の　築きたる』としよう。こうした方《ほう》が具体的《ぐたいてき》なイメージが湧《わ》くだろう。この『母』というなかに、父も、学会の草創期《そうそうき》を築いてくださった、すべての方々《かたがた》も含《ふく》めたいと思《おも》う。

ここは重要《じゅうよう》なところだよ。今、学会には、こうした立派《りっぱ》な研修道場《けんしゅうどうじょう》もあれば、各地《かくち》にすばらしい会館《かいかん》もある。学会は実質的《じっしつてき》に日本一の宗教団体《しゅうきょうだんたい》となった。しかし、ここに至《いた》るまでには、皆《みな》さんのお父《とう》さんやお母《かあ》さんをはじめ、多くの先輩同志《せんぱいどうし》の苦闘《くとう》があり、涙《なみだ》ぐましいドラマがある。

『貧乏人《びんぼうにん》』や『病人《びょうにん》』と蔑《さげす》まれ、誤解《ごかい》から生《しょう》じる偏見《へんけん》や中傷《ちゅうしょう》と戦《たたか》いながらも、一歩《いっぽ》も引かず、懸命《けんめい》に、意気盛《いきさか》んに、弘教《ぐきょう》に励《はげ》んでくださった。どんなに辛《つら》い思《おも》いをしても、同志《どうし》には、大いなる希望《きぼう》があった。

それは、後継《こうけい》の子《こ》どもたちが、つまり君《きみ》たちが、立派《りっぱ》に、凜々《りり》しく成長《せいちょう》し、広布《こうふ》と社会《しゃかい》のリーダーに育《そだ》ってくれるという確信《かくしん》であった。だから、何があろうが、〝今に見よ！　負《ま》けるものか！〟と頑張《がんば》ることができた。

そのお父《とう》さん、お母《かあ》さんたちの期待《きたい》を、絶対《ぜったい》に裏切《うらぎ》ってはならない。もし、それを踏《ふ》みにじるならば、恩知《おんし》らずです。どうか、皆《みな》さんは、草創《そうそう》の同志から、『見事《みごと》な後継者が陸続《りくぞく》と育った。これこそが最高《さいこう》の誇《ほこ》りだ！』と言われる、一人《ひとり》ひとりになってください」

伸一《しんいち》は、一番から三番までの歌詞《かし》に、一通《ひとどお》り直《なお》しを入れた。その数《かず》は、三十カ所ほどになっていた。

「まだまだ考《かんが》えます。青年部《せいねんぶ》のために、永遠《えいえん》に歌《うた》い継《つ》がれる、最高の歌を残《のこ》してあげたいんだよ。広宣流布《こうせんるふ》の反転攻勢《はんてんこうせい》を宣言《せんげん》した証明《しょうめい》となる歌を完成《かんせい》させるよ」

彼《かれ》は、この日、夜遅《よるおそ》くまで推敲《すいこう》を重《かさ》ねた。一語一語《いちごいちご》に魂《たましい》を注《そそ》ぐ思いで考え続《つづ》けた。

十三日午後《ごご》、伸一《しんいち》は、四国研修道場《しこくけんしゅうどうじょう》の講堂《こうどう》で行《おこな》われた、高知支部結成《こうちしぶけっせい》二十五周年記念勤行《しゅうねんきねんごんぎょう》会《かい》に出席《しゅっせき》した。

三年前の高知訪問《ほうもん》で伸一は、県内《けんない》の全同志《ぜんどうし》と会って励《はげ》ます思《おも》いで、足摺岬《あしずりみさき》に近《ちか》い、高知研修道場にも滞在《たいざい》し、会う人ごとに、指導《しどう》、激励《げきれい》を重《かさ》ねた。その同志が、幾多《いくた》の試練《しれん》を乗《の》り越《こ》えて、勇躍《ゆうやく》、集《つど》って来たのだ。

記念勤行会で伸一は、「大難《だいなん》なくば法華経《ほけきょう》の行者《ぎょうじゃ》にはあらじ」（御書《ごしょ》一四四八ジペー）等《とう》の御文《ごもん》を拝《はい》して、広宣流布《こうせんるふ》の道《みち》に、大難が競《きそ》い起《お》こるのは当然《とうぜん》であることを確認《かくにん》し、信心《しんじん》の姿勢《しせい》について訴《うった》えたのである。

「苦難《くなん》の時にこそ、その人の信心の真髄《しんずい》がわかるものです。臆病《おくびょう》の心《こころ》をさらけ出し、逃《に》げ去《さ》り、同志を裏切《うらぎ》る人もいる。また、〝今こそ、まことの時である〟と心を定《さだ》め、敢然《かんぜん》と奮《ふる》い立《た》つ人もいる。

その違《ちが》いは、日ごろから、どれだけ信心を磨《みが》き、鍛《きた》えてきたかによって決まる。一朝一夕《いっちょういっせき》で強盛《ごうじょう》な信心が確立《かくりつ》できるわけではありません。いわば、日々《ひび》、学会活動《がっかいかつどう》に励み、持続《じぞく》していくのは、苦難の時に、勇敢《ゆうかん》に不動《ふどう》の信心を貫《つらぬ》いていくためであるともいえる。

私たちは凡夫《ぼんぷ》であり、民衆《みんしゅう》の一人《ひとり》にすぎない。ゆえに、軽視《けいし》され、迫害《はくがい》にさらされる。しかし、私たちが弘《ひろ》めているのは、妙法《みょうほう》という尊極無上《そんごくむじょう》の大法《だいほう》であるがゆえに、必《かなら》ずや広宣流《こうせんる》布《ふ》していくことができます。

また、『法自《ほうおのずか》ら弘まらず人・法を弘むる故《ゆえ》に人法《にんぽう》ともに尊《とうと》し』（御書《ごしょ》八五六ジペー）です。したがって、最高《さいこう》の大法を流布する〝弘教《ぐきょう》の人〟は、最極《さいごく》の人生《じんせい》を歩《あゆ》むことができる。

広布《こうふ》のため、学会《がっかい》のために、いわれなき中傷《ちゅうしょう》を浴《あ》び、悔《くや》しい思《おも》いをしたことは、すべてが永遠《えいえん》の福運《ふくうん》となっていきます。低次元《ていじげん》の言動《げんどう》に惑《まど》わされることなく、仏法《ぶっぽう》の法理《ほうり》のままに、無上道《むじょうどう》の人生を生き抜《ぬ》いていこうではありませんか！」

弾《はじ》けるように大きな拍手《はくしゅ》が轟《とどろ》く。

徳島《とくしま》も、香川《かがわ》も、愛媛《えひめ》も、高知《こうち》も立った。四国《しこく》は反転攻勢《はんてんこうせい》の魁《さきがけ》となったのである。

伸一《しんいち》は、この日も、勤行会参加者《ごんぎょうかいさんかしゃ》をはじめ、各部《かくぶ》の友《とも》や役員《やくいん》などを激励《げきれい》し、多くのメンバーと記念《きねん》のカメラに納《おさ》まった。そして、その間《かん》にも、「紅《くれない》の歌《うた》」の推敲《すいこう》を続《つづ》けた。

歌詞《かし》を直《なお》すたびに、青年《せいねん》たちに伝《つた》えた。

作曲《さっきょく》を担当《たんとう》する杉沼《すぎぬま》は、懇談会《こんだんかい》での伸一のハミングをもとに、曲づくりを始《はじ》め、一応《いちおう》、かたちにした。

夕刻《ゆうこく》、伸一が道場内《どうじょうない》を視察《しさつ》し、講堂《こうどう》をのぞくと、有志《ゆうし》が、直しを反映《はんえい》させた歌を合唱《がっしょう》し、カセットテープに録音《ろくおん》している最中《さいちゅう》であった。伸一《しんいち》は、しばらく合唱《がっしょう》を聴《き》くと、曲《きょく》についての感想《かんそう》を作曲者《さっきょくしゃ》の杉沼《すぎぬま》に伝《つた》えた。

「曲が少《すこ》し難《むずか》しすぎるように思《おも》う。もっと歌《うた》いやすい、さわやかなものにしよう」

夜《よる》、曲が入《はい》ったカセットテープが、伸一のもとに届《とど》いた。それを聴くと、彼《かれ》は言った。

「いい曲が出来《でき》た。これで曲は決まりだ。今のままでは、歌詞《かし》が曲に負《ま》けてしまっている。歌詞も、もっと、いいものにしよう」

伸一は、さらに歌詞を練《ね》りに練った。

十四日、伸一は、四国研修道場《しこくけんしゅうどうじょう》で、また、訪問《ほうもん》した四国文化会館《ぶんかかいかん》や四国婦人《ふじん》会館でも、歌のテープを聴き、推敲《すいこう》を重《かさ》ねた。

夜、四国の壮年《そうねん》・男子《だんし》部《ぶ》の代表《だいひょう》と風呂《ふろ》に入《はい》った時にも、歌詞の検討《けんとう》が続《つづ》いた。

男子部からは、この歌を四国男子部の歌ではなく、広《ひろ》く全男子部の愛唱歌《あいしょうか》として、全国《ぜんこく》で歌いたいとの要請《ようせい》が出されていた。

「それならば、さらにすばらしい、最高《さいこう》のものにしたいね」

彼《かれ》は、入浴後《にゅうよくご》も、〝ほかに直《なお》すところはないか〟〝もっと、よくすることはできないか〟と、一節《いっせつ》一節を、一語《いちご》一語を、丹念《たんねん》に見直《みなお》していった。

創造《そうぞう》とは、安易《あんい》に妥協《だきょう》しようとする自身《じしん》の心《こころ》との戦《たたか》いであるともいえよう。その心に打《う》ち勝《か》ち、極限《きょくげん》まで、挑戦《ちょうせん》、努力《どりょく》、工夫《くふう》を重《かさ》ねていってこそ、新《あたら》しき道《みち》は開かれる。

伸一《しんいち》は、その創造の闘魂《とうこん》を、後継《こうけい》の青年《せいねん》たちに伝《つた》えたかったのである。

彼《かれ》は、「紅《くれない》の歌《うた》」のテープを聴《き》き、歌詞《かし》の意味《いみ》を嚙《か》み締《し》めながら、心で青年たちに語《かた》りかけた。


「ああ紅の　朝明《あさあ》けて……」

雲《くも》を破《やぶ》り、真《ま》っ赤《か》な太陽《たいよう》が昇《のぼ》る。刻一刻《こくいっこく》、空《そら》は紅に染《そ》まり、新生《しんせい》の朝が訪《おとず》れる。「紅」とは、わが胸中《きょうちゅう》に燃《も》える元初《がんじょ》の太陽だ！　時代《じだい》を開かんとする熱《あつ》き闘魂だ！　若々《わかわか》しき生命力《せいめいりょく》の輝《かがや》きだ！

おお、旭光《きょっこう》のごとく、世界広布《せかいこうふ》へと先駆《さきが》ける、凛々《りり》しき創価《そうか》の丈夫《ますらお》たちよ！　「生命の世紀《せいき》」を告《つ》げる暁鐘《ぎょうしょう》は、今、音高《おとたか》く打ち鳴《な》らされ、栄光《えいこう》の朝が到来《とうらい》したのだ。栄光とは、不撓《ふとう》不屈《ふくつ》の挑戦がもたらす、幸《さち》と勝利《しょうり》の光彩《こうさい》である。青年よ、恐《おそ》れるな！　「驕《おご》れる波浪《はろう》」を、そして、一切《いっさい》の障魔《しょうま》を打ち砕《くだ》いて、前へ、前へと進《すす》みゆくのだ。

広宣流布《こうせんるふ》は、正義《せいぎ》と邪悪《じゃあく》との戦いである。正義だからといって、必《かなら》ずしも勝つとは限《かぎ》らない。悪《あく》が栄《さか》える場合《ばあい》もある。ゆえに仏法《ぶっぽう》は勝負《しょうぶ》なのだ。地涌《じゆ》の使命《しめい》に生き、仏法の正義《せいぎ》の旗《はた》を掲《かか》げ持《も》つわれらは、断《だん》じて負《ま》けてはならない。勝たねばならぬ責任《せきにん》がある。

地涌の菩薩《ぼさつ》とは、われら創価《そうか》の民衆群像《みんしゅうぐんぞう》である。苦悩《くのう》する人びとを救《すく》おうと、あえて*五濁《ごじょく》悪世《あくせ》の末法《まっぽう》に出現《しゅつげん》したのだ。辛酸《しんさん》と忍耐《にんたい》のなかで、たくましく自《みずか》らを磨《みが》き上《あ》げ、人生《じんせい》の勝利《しょうり》劇《げき》を演《えん》じ、仏法の偉大《いだい》なる功力《くりき》を証明《しょうめい》せんと、勇《いさ》んでこの世《よ》に躍《おど》り出《で》たのだ。

宿命《しゅくめい》の嵐《あらし》が、吹《ふ》き荒《あ》れる時もある。苦悩なき人生はない。しかし、広宣流布《こうせんるふ》の使命を果《は》たすために、勇気《ゆうき》を燃《も》え上がらせて戦《たたか》う時、希望《きぼう》の虹《にじ》は懸《か》かり、苦悩は歓喜《かんき》へと変わる。

人間《にんげん》は、臆病《おくびょう》になり、挑戦《ちょうせん》をやめ、希望を捨《す》て、あきらめの心《こころ》をいだくことによって、自《みずか》らを不幸《ふこう》にしていくのだ。われらは妙法《みょうほう》という根源《こんげん》の法に則《のっと》り、満々《まんまん》たる生命力《せいめいりょく》をたたえ、一つ一つの課題《かだい》を克服《こくふく》しながら広布《こうふ》に走《はし》る。ありのままの自分《じぶん》を輝《かがや》かせ、自他共《じたとも》の幸福《こうふく》を築《きず》くために。あふれる歓喜を胸《むね》に、誇《ほこ》らかに「民衆《たみ》の旗」を掲げ、民衆の勝ち鬨《どき》を高らかに轟《とどろ》かせゆくために。

「毀誉褒貶《きよほうへん》の　人降《ひとくだ》し……」

「毀誉」とは、「毀《そし》る」ことと「誉《ほ》める」ことであり、「褒貶」とは、「褒《ほ》める」ことと「貶《けな》す」ことだ。無節操《むせっそう》に、信念《しんねん》もなく、状況次第《じょうきょうしだい》で手のひらを返すような生き方を見おろして、崇《すう》高《こう》なる「信念《しんねん》の道《みち》」を進《すす》むのが創価《そうか》の師弟《してい》である。それが真《まこと》の「人間《にんげん》の道」である。

初代会長《しょだいかいちょう》・牧口常三郎先生《まきぐちつねさぶろうせんせい》を、偉大《いだい》なる教育思想家《きょういくしそうか》として慕《した》っていた人びとが、軍部政府《ぐんぶせいふ》の弾圧《だんあつ》で先生が逮捕《たいほ》・投獄《とうごく》されるや、態度《たいど》を翻《ひるがえ》し、平気《へいき》で「牧口にだまされた」と罵詈雑言《ばりぞうごん》を浴《あ》びせたのだ。また、戦後《せんご》、戸田《とだ》先生の事業《じぎょう》が行き詰《づ》まった時も、さんざん先生の世話《せわ》になった人たちが、その恩義《おんぎ》も忘《わす》れ、悪口中傷《あっこうちゅうしょう》を重《かさ》ねたのである。

そんな徒輩《とはい》の言《げん》に、一喜《いっき》一憂《いちゆう》することがあってはならない。広宣流布《こうせんるふ》という信念の「輝《かがや》く王道《おうどう》」を、悠々《ゆうゆう》と進みゆくのだ。われらには、師弟の大道《だいどう》を征《ゆ》く無上《むじょう》の誇《ほこ》りがある。ともどもに誓《ちか》いの父《ふ》子《し》の詩《うた》を綴《つづ》りゆくのだ。

青年《せいねん》の君《きみ》たちがいる限《かぎ》り、私は安心《あんしん》だ。どうか、私を土台《どだい》にし、私を凌《しの》ぎ、大樹《たいじゅ》へと育《そだ》ってほしい。私は、敬愛《けいあい》の思《おも》いをもって、君たちを仰《あお》ぎ、賞讃《しょうさん》したい。

新世紀《しんせいき》の大空《おおぞら》に伸《の》びゆく君たちよ！

未来《みらい》のために、自《みずか》らを磨《みが》き、鍛《きた》え、働《はたら》き、学《まな》び、喜《よろこ》び勇《いさ》んで労苦《ろうく》を担《にな》っていくのだ。「青《せい》春《しゅん》の金《きん》の汗《あせ》」こそ、永遠《えいえん》に自《じ》身《しん》を荘厳《そうごん》する財産《ざいさん》となるにちがいない。私には、見える。

青々《あおあお》と葉《は》を茂《しげ》らせ、明日《あした》へ伸びゆく木々《きぎ》の頭上《ずじょう》に、燦然《さんぜん》と輝く栄光《えいこう》の虹《にじ》が！

さあ、若《わか》き翼《つばさ》よ！　地《ち》平線《へいせん》の彼方《かなた》に、澎湃《ほうはい》として躍《おど》り出《で》よ！

万葉《まんよう》の人間讃歌《にんげんさんか》の時代《じだい》を、絢爛《けんらん》たる生命尊厳《せいめいそんげん》の新世紀《しんせいき》を築《きず》くために、舞《ま》いに舞い征《ゆ》け！
創価《そうか》の青年《せいねん》の情熱《じょうねつ》と力《ちから》で、二十一世紀の大勝利《だいしょうり》の幕《まく》を、断《だん》じて開くのだ。
後継《こうけい》のバトンは、君《きみ》らの手にある。

十四日の夜《よる》、伸一《しんいち》は、二十数回《すうかい》にわたる推敲《すいこう》の末《すえ》に、宣言《せんげん》するように青年たちに言った。
「よし、これでいこう！『紅《くれない》の歌《うた》』の完成《かんせい》だ！　青年の魂《たましい》の歌だ！」

一、ああ紅の　朝明《あさあ》けて
　魁光《さきがけひか》りぬ　丈夫《ますらお》は
　ああ暁鐘《ぎょうしょう》を　打《う》て　鳴《な》らせ
　驕《おご》れる波浪《はろう》よ　なにかせむ
　邪悪《じゃあく》の徒《と》には　栄《さか》えなし
　地涌《じゆ》の正義《せいぎ》に　民衆《たみ》の旗《はた》

二、毀誉褒貶《きよほうへん》の　人降《ひとくだ》し

輝《かがや》く王道《おうどう》　この坂《さか》を
父《ふ》の跡《もとつど》集いし　吾《われ》らあり
子《きみ》よ大樹《たいじゅ》と　仰《あお》ぎ見む
ああ青春《せいしゅん》の　金《きん》の汗《あせ》
誓《ちか》いの青藍《せいらん》　虹《にじ》かかれ

三、老《お》いたる母《はは》の　築《きず》きたる
広布《こうふ》の城《しろ》をいざ　護《まも》り抜《ぬ》け
眩《まばゆ》き地平《ちへい》に　澎湃《ほうはい》と
若《わか》き翼《つばさ》よ　爽《さわ》やかに
万葉《まんよう》の詩《うた》　ともどもに
舞《ま》いに舞い征《ゆ》け　世紀《せいき》まで

妻《つま》の峯子《みねこ》が、伸一《しんいち》に語《かた》りかけた。

「ここには、あなたが青年《せいねん》におっしゃりたいことが、すべて入《はい》っていますね」

「そうなんだよ。男子部《だんしぶ》は、この『紅の歌《くれないのうた》』を、そして、女子部《じょしぶ》は、新愛唱歌《しんあいしょうか》の『緑《みどり》のあの道《みち》』を歌いながら、二十一世紀《せいき》をめざして進《すす》んでいくんだ」

「緑のあの道」は、女子部結成《けっせい》三十周年《しゅうねん》を記念《きねん》して、八日前に発表《はっぴょう》された愛唱歌である。伸一《しんいち》も、女子部から強《つよ》い要請《ようせい》を受け、歌詞《かし》に手を加《くわ》え、曲《きょく》についてもアドバイスした。

「緑」とは、みずみずしい生命《せいめい》が放《はな》つ、青春《せいしゅん》の光彩《こうさい》である。ダンテは、「青春」について、

＊「わたし達《たち》の善《よ》き生涯《しょうがい》に入るところの門《もん》と道とである」と述《の》べている。

「緑のあの道」の完成《かんせい》が「聖教新聞《せいきょうしんぶん》」に報《ほう》じられ、譜面《ふめん》と歌詞が掲載《けいさい》されたのは、十一月六日であった。

一、春《はる》の霞《かすみ》に　舞《ま》う桜《さくら》
　　舞いゆく桜に　友《とも》も舞う
　　花輪《はなわ》の幸《さち》に　包《つつ》まれて
　　　　　　　　　包まれて
　　緑のあの道　歩《あゆ》まんや

二、光《ひかり》きびしき　夏《なつ》なれど
やがて紅葉《もみじ》の　秋来《あききた》る
霜降《しもふ》る冬《ふゆ》も　いかにせむ
　　　いかにせむ
やがて我《われ》らの　春《はる》の曲《きょく》

三、この詩《うた》うたえや　父娘《ふし》の詩
やがてこの道《みち》　乙女《おとめ》らが
世界《せかい》の道へと　翼《つばさ》あり
　　　翼あり
翼は天使《てんし》と　飛《と》びゆかん
いざやあの空《そら》　虹《にじ》かかれ

「緑《みどり》のあの道」の発表《はっぴょう》から十日後の十一月十六日、「紅《くれない》の歌《うた》」が男子部《だんしぶ》の新愛唱歌《しんあいしょうか》として、「聖教新聞《せいきょうしんぶん》」に掲載《けいさい》された。

二つの歌《うた》は、いずれも、新時代《しんじだい》にふさわしい、新《あたら》しい感覚《かんかく》の、心弾《こころはず》む歌となった。

「紅《くれない》の歌」は、伸一《しんいち》と四国男子部《しこくだんしぶ》の、師弟不二《していふに》の魂《たましい》が紡《つむ》ぎ出《だ》した歌であったが、結果的《けっかてき》に、当初《とうしょ》、彼《かれ》らが作《つく》った原案《げんあん》は、ほとんど跡《あと》をとどめていなかった。しかし、作詞《さくし》は「四国男子部有志《ゆうし》」となっていた。伸一は、彼らの心意気《こころいき》と努力《どりょく》を讃《たた》えたかったのである。

また、四国滞在中《たいざいちゅう》に、徳島県《とくしまけん》の歌「愛《あい》する徳島」も誕生《たんじょう》している。

この歌も、皆《みな》の要請《ようせい》を受けた伸一が、加筆《かひつ》し、推敲《すいこう》を重《かさ》ねたのである。

〽世界《せかい》の友《とも》も　いざ来《きた》れ
徳島天地《てんち》の　喜《よろこ》びは
鳴門《なると》の如《ごと》く　うねりあり……

十一月十五日昼《ひる》、山本伸一《やまもと》は四国の高松空港《たかまつくうこう》から、空路《くうろ》、再《ふた》び大阪《おおさか》入りした。その後《ご》、和歌山県《わかやま》、奈良県《なら》と回《まわ》り、激闘《げきとう》は続《つづ》いた。

二十二日には、大阪府豊中市《ふとよなかし》の関西戸田記念講堂《かんさいとだきねんこうどう》で行《おこな》われた第三回関西総会《そうかい》に出席《しゅっせき》し、「嗚呼黎明《ああれいめい》は近《ちか》づけり」の指揮《しき》を執《と》った。

さらに、滋賀県《しがけん》、福井県《ふくいけん》を訪問《ほうもん》したあと、中部《ちゅうぶ》を巡《めぐ》り、静岡県《しずおかけん》でも指導《しどう》と激励《げきれい》に全力《ぜんりょく》を注《そそ》いだ。伸一《しんいち》が、東京《とうきょう》へ戻《もど》ったのは、十二月二日の夜《よる》であった。

男子部《だんしぶ》では、十二月二十二日、福島県郡山市《ふくしまけんこおりやまし》で全国《ぜんこく》男子部幹部会《かんぶかい》を開催《かいさい》した。彼《かれ》らは、この幹部会を、〝紅男幹《くれないだんかん》〟と名《な》づけ、「紅の歌《うた》」とともに二十一世紀《せいき》へと旅立《たびだ》つ、師弟共戦《していきょうせん》の誓《ちか》いの集《つど》いとしたのである。

〽ああ紅の　朝明《あさあ》けて
　魁光《さきがけひか》りぬ　丈夫《ますらお》は……

集った青年《せいねん》たちは、「広布《こうふ》の魁」として、茨《いばら》の道《みち》を切り開きゆく決意《けつい》を固《かた》めたのである。

〝たとえ、いかなる試練《しれん》の烈風《れっぷう》が競《きそ》い起《お》ころうとも、同志《どうし》のため、社会《しゃかい》のために、険《けわ》しき坂《さか》を勇《いさ》んで上《のぼ》りゆくのが創価《そうか》の丈夫だ！　負《ま》けてなるものか！　われらは、老《お》いたる父《ちち》や母《はは》が命《いのち》がけで築《きず》いてくれた広布の城《しろ》を、断固《だんこ》、守《まも》り抜《ぬ》いてみせる！〟

その合唱《がっしょう》は、宗門事件《しゅうもんじけん》の嵐《あらし》を見事《みごと》に乗《の》り越《こ》えた青年の凱歌《がいか》であり、未来《みらい》にわたる人生勝利《じんせいしょうり》の勝《か》ち鬨《どき》となったのである。

なお、この「紅の歌《くれないうた》」の作詞者名《さくししゃめい》について、四国男子部《しこくだんしぶ》から、「山本先生《やまもとせんせい》が作《つく》られたものであり、先生の作詞として、後世《こうせい》に残《のこ》していただきたい」との強《つよ》い要請《ようせい》を受け、後《のち》に「作詞・山本伸一《しんいち》」に改《あらた》めることになった。

また、伸一は、二〇〇五年（平成《へいせい》十七年）、歌詞《かし》に手を加《くわ》え、三番の「老《お》いたる母《はは》の」を「老いたる父母《ちちはは》の」とした。そして、一六年（同二十八年）十月、四国での本部幹部会《ほんぶかんぶかい》の折《おり》、四国青年部《せいねんぶ》から、二番の「父《ふ》の譛集《もとつど》いし」を「師《し》の譛集いし」として歌いたいとの願《ねが》い出《で》があり、伸一はその志《こころざし》を汲《く》んで了承《りようしよう》した。

〝最《もつと》も苦《くる》しんだ同志《どうし》のところへ駆《か》けつけよう！　一人《ひとり》ひとりと固《かた》い握手《あくしゆ》を交《か》わす思《おも》いで、全精魂《ぜんせいこん》を込《こ》めて、生命《いのち》の底《そこ》から励《はげ》まそう！〟

山本伸一が、九州《きゆうしゆう》の大分空港《おおいたくうこう》に降《お》り立《た》ったのは、十二月八日の午後《ごご》のことであった。四国、関西《かんさい》、中部《ちゆうぶ》等《とう》を巡《めぐ》った激闘《げきとう》の指導旅《しどうたび》を終《お》え、東京《とうきよう》に戻《もど》って六日後のことである。

大分訪問《ほうもん》は、実《じつ》に十三年半《はん》ぶりであった。

彼《かれ》は、広宣流布《こうせんるふ》の勝利《しようり》の上《あ》げ潮《しお》を築《きず》くために、「今」という時を逃《のが》してはならないと、強く心《こころ》に言い聞かせていた。

「正信《しょうしん》」の名《な》のもとに、衣《ころも》の権威《けんい》を振《ふ》りかざす〝邪信《じゃしん》〟の僧《そう》らによって、どこよりも非道《ひどう》な攻撃《こうげき》を受け、苦《くる》しめられてきたのが、大分県《おおいたけん》の同志《どうし》であった。「御講《おこう》」などで寺《てら》に行くと、住職《じゅうしょく》は御書《ごしょ》ではなく、学会《がっかい》の中傷記事《ちゅうしょうきじ》を掲載《けいさい》した週刊誌《しゅうかんし》を使《つか》って、「学会は間違《まちが》っている。謗法《ほうぼう》だ！」と言うのだ。

そして、脱会《だっかい》したメンバーが学会員に次々《つぎつぎ》と罵詈雑言《ばりぞうごん》を浴《あ》びせ、そのたびに場内《じょうない》は拍手《はくしゅ》に包《つつ》まれるのだ。それを住職は、ほくそ笑《え》んで見ているのである。老獪《ろうかい》この上なかった。

学会を辞《や》めて寺につかなければ、葬儀《そうぎ》には行かないと言われ、涙《なみだ》ながらに、会館《かいかん》に訴《うった》えてくる人もいた。また、あろうことか、葬儀の席《せき》で学会攻撃の暴言《ぼうげん》を投《な》げつける悪侶《あくりょ》もいたのである。遺族《いぞく》の悲《かな》しみの傷口《きずぐち》に塩《しお》を塗《ぬ》るような、許《ゆる》しがたい所業《しょぎょう》であった。

伸一《しんいち》は、そうした報告《ほうこく》を受けるたびに、胸《むね》が張《は》り裂《さ》ける思《おも》いがした。同志がかわいそうで、不憫《ふびん》でならなかった。

〝負《ま》けるな！　必《かなら》ず勝利《しょうり》の朝《あさ》は来る！〟

彼《かれ》は心《こころ》で叫《さけ》びながら、題目《だいもく》を送《おく》り続《つづ》けた。

空港《くうこう》に来ていた九州方面《きゅうしゅうほうめん》や大分県の幹部《かんぶ》たちは、伸一の姿《すがた》を見ると、「先生《せんせい》！」と言って駆《か》け寄《よ》って来た。

「さあ、戦《たたか》うよ！　大分決戦《おおいたけつせん》だ。大逆転《だいぎやくてん》の栄光《えいこう》のドラマが始《はじ》まるよ！」

師子吼《ししく》が放《はな》たれた。皆《みな》、目を輝《かがや》かせ、大きく頷《うなず》いた。どの顔《かお》にも決意《けつい》がみなぎっていた。

苦節《くせつ》のなかで培《つちか》われた闘魂《とうこん》は、新《あたら》しき建設《けんせつ》への限《かぎ》りない力《ちから》となる。

空港《くうこう》で伸一《しんいち》が車《くるま》に乗《の》ろうとすると、二、三十人の学会員《がっかいいん》が駆《か》け寄《よ》ってきた。手に花束《はなたば》を持《も》っている人もいる。

「ありがとう！　辛《つら》い思《おも》い、悲《かな》しい思いをさせてしまって、すみません。でも、皆さんは、遂《つい》に勝ったんです」

伸一は、こう語《かた》り、目を潤《うる》ませるメンバーに、「朗《ほが》らかにね！」と、笑顔《えがお》を向けた。

彼《かれ》は、空港から真《ま》っ先《さき》に功労《こうろう》の同志《どうし》宅《たく》へ向かい、一家《いつか》を激励《げきれい》した。その後《ご》、大分平和《へいわ》会館《かいかん》に直行《ちよつこう》する予定《よてい》であったが、まず、別府《べっぷ》文化《ぶんか》会館に行くように頼《たの》んだ。別府は、宗門事件《しゆうもんじけん》の震源地《しんげんち》ともいうべき場所《ばしょ》であったからだ。

国道沿《こくどうぞ》いには、あちこちに、車に向かって手を振《ふ》る人たちの姿《すがた》があった。伸一が大分に来ると聞いて、〝きっと、この道《みち》を通《とお》るにちがいない。一目《ひとめ》でも姿を見たい〟と、待《ま》ち続《つづ》けていたのだ。

ガードレールから身《み》を乗り出すようにして、手を振り続ける婦人《ふじん》もいた。

仲一《しんいち》は、その健気《けなげ》さに、胸《むね》が熱《あつ》くなった。

〝皆《みな》さんは、耐《た》えに耐えてこられた。ひたすら広布《こうふ》に生《い》き抜《ぬ》いてきた、この尊《とうと》き仏子《ぶっし》たちを、正信会《しょうしんかい》の悪侶《あくりょ》たちは苛《いじ》め抜いた。絶対《ぜったい》に許《ゆる》されることではない。御本尊《ごほんぞん》、また、日蓮大聖人《にちれんだいしょうにん》から、厳《きび》しきお叱《しか》りを受けるであろう。今日《きょう》の、この光景《こうけい》を、私は永遠《えいえん》に忘《わす》れない〟

仲一は、路上《ろじょう》に待《ま》つ同志《どうし》を目にするたびに、合掌《がっしょう》する思《おも》いであった。

日没直前《にちぼつちょくぜん》、別府文化会館《べっぷぶんかかいかん》に到着《とうちゃく》した。会館の窓《まど》という窓に明《あ》かりがともされ、たくさんの人影《ひとかげ》が見えた。仲一が車《くるま》を降《お》りると、近《ちか》くにいた三人の老婦人《ろうふじん》が声《こえ》をあげた。

「ああっ、先生《せんせい》！　お会いしたかった」

「とうとう来ましたよ。私が来たんだから、もう大丈夫《だいじょうぶ》です！」

会館には、二百人ほどのメンバーが詰《つ》めかけ、玄関《げんかん》には、「先生、お帰《かえ》りなさい」と書《か》かれた横幕《よこまく》が掲《かか》げられていた。皆、仲一の別府文化会館訪問《ほうもん》を確信《かくしん》していたのだ。

邪悪《じゃあく》と戦《たたか》い続《つづ》けた別府の同志たちと仲一は、共戦《きょうせん》の魂《たましい》で強《つよ》く結《むす》ばれていたのである。

仲一は、会館の玄関周辺《しゅうへん》にいた人たちに語《かた》りかけた。

「さあ、写真《しゃしん》を撮《と》りましょう！　別府の新出発《しんしゅっぱつ》の記念《きねん》です」

彼《かれ》は、カメラに納《おさ》まったあと、広間《ひろま》で皆と一緒《いっしょ》に勤行《ごんぎょう》した。

「別府《べっぷ》の同志《どうし》の勝利《しょうり》を御本尊《ごほんぞん》に報告《ほうこく》するとともに、皆《みな》さんの永遠《えいえん》の幸《しあわ》せと、ご一家《いっか》の繁栄《はんえい》を願《ねが》っての勤行《ごんぎょう》です！」

誰《だれ》もが歓喜《かんき》に胸《むね》を躍《おど》らせ、声《こえ》を弾《はず》ませて、祈《いの》りを捧《ささ》げた。皆、悪侶《あくりょ》らの迫害《はくがい》に耐《た》えながら、この瞬間《しゅんかん》を待《ま》ち続《つづ》けてきたのだ。

勤行を終《お》えると、彼《かれ》はマイクに向かった。

「長《なが》い間《あいだ》、皆さんには、苦《くる》しい思《おも》いをさせてしまい、まことに申《もう》し訳《わけ》ありません。本来《ほんらい》、仏子《ぶつし》を最《もっと》も大切《たいせつ》にするのが僧侶《そうりょ》の道《みち》であるはずです。ところが、悪僧《あくそう》たちは、広宣流布《こうせんるふ》に走《はし》り抜《ぬ》いてきた同志を苦しめ続けてきた。とんでもないことです。

しかし、最も苦しみ、戦《たたか》い抜いた人が、いちばん幸福《こうふく》になれると教《おし》えているのが仏法《ぶっぽう》です。皆さんは、こうして障魔《しょうま》を打《う》ち破《やぶ》り、堂々《どうどう》と勝利したんですから、功徳爛漫《くどくらんまん》の人生《じんせい》が開かれていくことは間違《まちが》いない。いよいよ春《はる》が来たんです。どうか、不幸《ふこう》に泣《な》く人びとを救《すく》いながら、最高《さいこう》の人生を生きてください」

わずかな時間であったが、伸一《しんいち》は思いの限《かぎ》りを注《そそ》いで、皆を励《はげ》ました。そして、大分市《おおいたし》へ向かった。

午後《ごご》六時過《す》ぎ、大分平和会館《へいわかいかん》に到着《とうちゃく》した彼は、玄関《げんかん》に居合《いあ》わせたメンバーとカメラに納《おさ》まった。皆《みな》、晴《は》れやかな笑《え》みである。

会館《かいかん》には、県《けん》の各部代表《かくぶだいひょう》ら四百人が集《つど》っていた。伸一《しんいち》が広間《ひろま》に姿《すがた》を現《あらわ》すと、大拍手《だいはくしゅ》と歓声《かんせい》が沸《わ》き起《お》こった。

広間には、「大分家族《おおいたかぞく》に春《はる》が来た！」の横幕《よこまく》が掲《かか》げられていた。そこには、皆の思《おも》いが表《ひょう》現《げん》されていたのである。

懇談会《こんだんかい》が始《はじ》まった。伸一は、力《ちから》のこもった声《こえ》で語《かた》った。

「皆さんは勝ちました。長《なが》い呻吟《しんぎん》の歳月《さいげつ》を経《へ》て、師子身中《しししんちゅう》の虫《むし》を打《う》ち破《やぶ》り、遂《つい》に正義《せいぎ》が悪《あく》を打ち破ったんです！」

彼《かれ》は、御書《ごしょ》を拝《はい》していった。

「『悪知識《あくちしき》と申《もう》すは甘《あま》くかたらひ詐《いつわ》り媚《こ》び言《ことば》を巧《たくみ》にして愚癡《ぐち》の人の心《こころ》を取つて善心《ぜんしん》を破るといふ事《こと》なり』（御書七ジベー）

悪知識というのは、誤《あやま》った教《おし》えを説《と》き、人びとを迷《まよ》わせ、仏道修行《ぶつどうしゅぎょう》を妨《さまた》げる悪僧《あくそう》らのことをいいます。彼らは、広宣流布《こうせんるふ》に生きようとしている人を、甘言《かんげん》をもって騙《だま》し、また、媚びて、言葉《ことば》巧《たく》みに『善』を『悪』と言いくるめ、その人の心を奪《うば》って、信心《しんじん》を破っていくと仰《おお》せになっているんです。

皆《みな》さんも、悪僧《あくそう》によって、さんざん苦《くる》しめられてきた。彼《かれ》らは、学会《がっかい》を謗法《ほうぼう》であるなどと中傷《ちゅうしょう》する一方《いっぽう》で、狙《ねら》いをつけた人間《にんげん》に対《たい》しては、褒《ほ》めそやし、媚《こ》びへつらい、巧妙《こうみょう》に騙《だま》して退転《たいてん》させていった。それが悪知識《あくちしき》の手口《てぐち》なんです。この悪知識の本質《ほんしつ》は、慢心《まんしん》であり、エゴです。そこに付《つ》き従《したが》ってしまえば、当然《とうぜん》、信心《しんじん》の正道《せいどう》を踏《ふ》み外《はず》してしまうことになる。

広宣流布《こうせんるふ》に生きるうえで大切《たいせつ》なことは、清純《せいじゅん》な信心を破壊《はかい》する、この悪知識を鋭《するど》く見破《みやぶ》っていくことです。皆さんの周《まわ》りにも、共《とも》に信心に励《はげ》んできたのに、悪僧にたぶらかされ、学会を去《さ》っていった人がいるでしょう。皆さんは、学会という仏意仏勅《ぶついぶっちょく》の団体《だんたい》から離《はな》れさせまいと、何度《なんど》も説得《せっとく》に通《かよ》われたことと思《おも》う。ところが、せっかく学会員として頑張《がんば》ると決意《けつい》しても、また、たぶらかされ、翻意《ほんい》し、学会を誹謗《ひぼう》して去っていった。皆さんが断腸《だんちょう》の思いを重《かさ》ねてこられたことを、私はよく知っております」

その時の悔《くや》しさを思い起《お》こしてか、目を潤《うる》ませる人もいた。

伸一《しんいち》は、話《はなし》を続《つづ》けた。

「仏法《ぶっぽう》では、『変毒為薬《へんどくいやく》』、毒を変じて薬《くすり》と為《な》すと説《と》いています。災《わざわ》いも幸《さいわ》いに転《てん》じていけるのが信心です。風《かぜ》があってこそ、凧《たこ》が空高《そらたか》く舞《ま》い上《あ》がるように、苦難《くなん》、試練《しれん》を受けることによって、境涯《きょうがい》を大きく開き、幸福《こうふく》の大空《おおぞら》に乱舞《らんぶ》していくことができるんです」

この転換劇《てんかんげき》に、仏法《ぶっぽう》のダイナミズムがある。

伸一《しんいち》は、語《かた》るにつれて、ますます言葉《ことば》に力《ちから》があふれていった。

「日蓮大聖人《にちれんだいしょうにん》は、さらに、『但生涯本《ただしょうがいもと》より思《おも》い切《きり》て候今《そうろう》に飜返《ひるがえ》ること無《な》く其《そ》の上又遺恨《またいこん》無し諸《もろもろ》の悪人《あくにん》は又善知識《ぜんちしき》なり』（御書《ごしょ》九六二ジー）と仰《おお》せである。

御自身《ごじしん》の生涯が、いかに迫害《はくがい》の連続《れんぞく》であったとしても、それは、もとより覚悟《かくご》のうえである。どんな大難《だいなん》に遭《あ》おうが、決意《けつい》が翻《ひるがえ》ることはないし、誰《だれ》に対《たい》しても恨《うら》みもないとの御断言《ごだんげん》です。

広宣流布《こうせんるふ》の久遠《くおん》の使命《しめい》を果《は》たし抜《ぬ》いていくうえで、また、一生成仏《いっしょうじょうぶつ》を遂《と》げ、崩《くず》れざる幸福《こうふく》境涯《きょうがい》を確立《かくりつ》していくうえで、最《もっと》も大切《たいせつ》なことは何か――。

それは『覚悟の信心《しんじん》』に立つことです。心《こころ》を定《さだ》め、師子《しし》の心をもつならば、恐《おそ》れるものなど何もありません。

そして、その時、自分《じぶん》を苦《くる》しめ抜いた、もろもろの悪人も、すべて善知識となっていくんです。覚悟を定め、大難に挑《いど》み戦《たたか》うことによって、自《みずか》らの信心を磨《みが》き鍛《きた》え、宿命《しゅくめい》転換がなされていくんです。

大分《おおいた》の皆《みな》さんは、今回《こんかい》の問題《もんだい》で、大変《たいへん》な苦労《くろう》をされた。でも、それは、次《つぎ》への飛躍《ひやく》を遂げるジャンプ力《りょく》になっていきます。

私は、もう一回、広布《こうふ》の大闘争《だいとうそう》を開始《かいし》します。本当《ほんとう》の創価学会《そうかがっかい》を創《つく》ります。皆《みな》さんも、私と一緒《いっしょ》に戦《たたか》いましょう！」

「はい！」

力強《ちからづよ》い、決意《けつい》のこもった声《こえ》が響《ひび》いた。最《もっと》も辛酸《しんさん》をなめた大分《おおいた》の同志《どうし》は、伸一《しんいち》と共《とも》に、決然《けつぜん》と立ち上がったのだ。

懇談会《こんだんかい》では、「男子部員《だんしぶいん》で、この宗門事件《しゅうもんじけん》によって学会を離《はな》れていった人は、ほとんどおりません」との、嬉《うれ》しい報告《ほうこく》もあった。

伸一は、身《み》を乗《の》り出《だ》すようにして言った。

「そうか！　すごいことじゃないですか！　青年《せいねん》が盤石《ばんじゃく》ならば、大分の未来《みらい》は盤石だよ。青年たちに、前進《ぜんしん》の励《はげ》みになるような、何か指針《ししん》を残《のこ》したいな」

大分では、明後日《みょうごにち》の十日に、県《けん》の青年部幹部会《かんぶかい》を予定《よてい》していた。

彼《かれ》は、懇談会のあとも、数人《すうにん》の県幹部らとさまざまな協議《きょうぎ》を重《かさ》ね、二つの文書《ぶんしょ》を代表《だいひょう》に贈《おく》った。

一つは、会長辞任《かいちょうじにん》を発表《はっぴょう》した一九七九年（昭和《しょうわ》五十四年）四月二十四日の夜《よる》に、記者会見《きしゃかいけん》の会場《かいじょう》となった聖教新聞社《せいきょうしんぶんしゃ》で、終了後《しゅうりょうご》、その模様《もよう》などを記《しる》した一文《いちぶん》であった。

もう一つは、宗門事件《しゅうもんじけん》が勃発《ぼっぱつ》した一九七七年（昭和《しょうわ》五十二年）の十二月四日夜《よる》、訪問先《ほうもんさき》の宮崎《みやざき》の宿舎《しゅくしゃ》で、自身《じしん》の心境《しんきょう》を綴《つづ》ったものである。

そこには、こう書《か》かれていた。

「宗門問題起《もんだいお》こる。心針《こころはり》に刺《さ》されたる如《ごと》く辛《つら》く痛《いた》し」

そして、次《つぎ》のように続《つづ》いていた。

「広宣流布《こうせんるふ》のために、僧俗一致《そうぞくいっち》して前進《ぜんしん》せむとする私達《わたしたち》の訴《うった》えを、何故《なにゆえ》、踏《ふ》みにじり、理不盡《りふじん》の攻撃《こうげき》をなすのか」「大折伏《だいしゃくぶく》に血《ち》みどろになりて、三類《さんるい》の強敵《ごうてき》と戦《たたか》い、疲《つか》れたる佛子《ぶつし》に、何故、かかる迫害《はくがい》を、くりかえし……」「私には到底理解《とうていりかい》しがたき事《こと》なり。尊《とうと》くして愛《あい》する佛子の悲《かな》しみと怒《いか》りと、侘《わび》しさと辛き思《おも》いを知り、断腸《だんちょう》の日々《ひび》なりき。此《こ》の火蓋《ひぶた》、大分《おおいた》より起《おこ》れり……」

この二つの文書《ぶんしょ》を渡《わた》し、伸一《しんいち》は言った。

「これが私の心だ。同志《どうし》こそ、私の命《いのち》だ。会員《かいいん》を守《まも》り抜《ぬ》くことがリーダーの使命《しめい》です。もしも、また、こうした事態《じたい》が起こったならば、これを持《も》って、仏子《ぶつし》のために、広布《こうふ》のために、君《きみ》たちが真《ま》っ先《さき》に立ち上がるんだ。最《もっと》も苦《くる》しみ抜《ぬ》いた大分《おおいた》には、破邪顕正《はじゃけんせい》の先駆《さきが》けとなる使命《しめい》がある！」

大分の同志《どうし》の顔《かお》が、決意《けつい》に燃《も》え輝《かがや》いた。

翌《よく》九日、伸一《しんいち》は、会員《かいいん》が営《いとな》む喫茶店《きっさてん》を訪《おとず》れ、婦人部《ふじんぶ》の代表《だいひょう》らと懇談《こんだん》した。

彼《かれ》は、若手《わかて》の婦人部幹部《かんぶ》に、先輩《せんぱい》との関《かか》わり方《かた》についてアドバイスした。

「一家《いっか》のなかでも嫁《よめ》と姑《しゅうとめ》の問題《もんだい》がある。婦人部のなかで、先輩幹部と若手幹部の意見《いけん》が食《く》い違《ちが》うのは当然《とうぜん》です。それを乗《の》り越《こ》えて、団結《だんけつ》し、心《こころ》を合《あ》わせていくなかに、互《たが》いの人間革《にんげんかく》命《めい》も、広宣流布《こうせんるふ》の伸展《しんてん》もあるんです。

若手の婦人部幹部は、未知《みち》への挑戦《ちょうせん》の意欲《いよく》に燃えているし、先輩には豊富《ほうふ》な体験《たいけん》と実践経《じっせんけい》験《けん》のなかで培《つちか》ってきた考《かん》えがある。

両者《りょうしゃ》のギアが嚙《か》み合い、円滑《えんかつ》に進《すす》んでいくには、潤滑油《じゅんかつゆ》になっていく存在《そんざい》も必要《ひつよう》です。たとえば、世代的《せだいてき》にも中間《ちゅうかん》ぐらいで、双方《そうほう》の考えを十分《じゅうぶん》に理解《りかい》し、意思《いし》の疎《そ》通《つう》が図《はか》れるように努《つと》めてくれる人です。

また、娘《むすめ》が母親《ははおや》に対《たい》する時も、お嫁さんがお姑さんに対する場合《ばあい》も同じですが、若手幹部は先輩幹部《せんぱいかんぶ》の言うことを、真《ま》っ向《こう》から否定《ひてい》したりするのではなく、まず、『はい』と言って、素直《すなお》に聞いていく姿勢《しせい》が大事《だいじ》です。そのうえで、こういう考《かんが》え方《かた》もあると思《おも》うと、自分《じぶん》の意見《いけん》を述《の》べていくんです。

それを、頭《あたま》ごなしに、つっけんどんな言い方で否定すれば、相手《あいて》もこちらの話《はなし》を聞いてくれなくなる。反対《はんたい》に、優《やさ》しく頷《うなず》いて聞いていけば、相手だって嬉《うれ》しい。年配《ねんぱい》になればなるほど、その傾向《けいこう》は強《つよ》まっていきます。

人間《にんげん》の心《こころ》の機微《きび》を知り、聡明《そうめい》に対応《たいおう》していくことができるかどうか——これは、リーダーに問《と》われる大切《たいせつ》な要件《ようけん》です」

新《あら》たなる前進《ぜんしん》の段階《だんかい》に入《はい》って若手《わかて》幹部が誕生《たんじょう》し、世代交代《せだいこうたい》が進《すす》められることによって、広《こう》宣流布《せんるふ》のリーダー像《ぞう》は、大きく変わりつつあった。リーダーには、新たな開拓力《かいたくりょく》とともに、皆《みな》の力《ちから》を引き出し、全体《ぜんたい》の調和《ちょうわ》が図《はか》れる指揮者《しきしゃ》（コンダクター）としての役割《やくわり》がより求《もと》められていた。

広宣流布の教団《きょうだん》である学会《がっかい》のリーダーには、弘教《ぐきょう》の力や指導力《しどうりょく》、率先垂範《そっせんすいはん》の行動《こうどう》が必要《ひつよう》であることはいうまでもない。そして、さらに重要視《じゅうようし》されるのが、誠実《せいじつ》、真剣《しんけん》、良識《りょうしき》、勤勉《きんべん》、配慮《はいりょ》など、人間としての在《あ》り方であり、どれだけ信頼《しんらい》を勝《か》ち得《え》ていくかである。信仰《しんこう》のいか

ん は人間性《にんげんせい》に表《あらわ》れる。創価学会《そうかがっかい》が人間革命《かくめい》の宗教《しゅうきょう》である限《かぎ》り、「あの人がいるだけで安心《あんしん》できる」と言われる、人格《じんかく》の輝《かがや》きこそが、リーダーの最大《さいだい》の要件《ようけん》となる。

喫茶店《きっさてん》での懇談会《こんだんかい》の帰《かえ》り、伸一の乗《の》った車《くるま》は、大分市内《おおいたしない》の大洲総合運動公園《おおすそうごううんどうこうえん》の前を通《とお》った。立派《りっぱ》な野球場《やきゅうじょう》もあった。

伸一は、同乗《どうじょう》していた幹部《かんぶ》に言った。

「あの野球場で、大分の文化祭《ぶんかさい》を行《おこな》ってはどうだろうか。学会が青年《せいねん》を糾合《きゅうごう》し、その若人《わこうど》たちが見事《みごと》に成長《せいちょう》している姿《すがた》を、また、信仰《しんこう》を持《たも》った歓喜《かんき》の姿、民衆《みんしゅう》の団結《だんけつ》の姿を、社会《しゃかい》に示《しめ》していこうよ」

伸一が大分平和《へいわ》会館《かいかん》に戻《もど》ると、通用口前《つうようぐちまえ》に、三十代から五十代前半《ぜんはん》の男性《だんせい》たちが待機《たいき》していた。「大分百七十人会」のメンバーである。伸一は、一緒《いっしょ》に記念撮影《きねんさつえい》することを約束《やくそく》していたのだ。

彼《かれ》らは、二十一年前の一九六〇年（昭和《しょうわ》三十五年）十二月、伸一が会長就任後《かいちょうしゅうにんご》、初《はじ》めて大分を訪問《ほうもん》し、県営体育館《けんえいたいいくかん》で行われた大分支部《しぶ》結成大会《けっせいたいかい》に出席《しゅっせき》した折《おり》、場外整理《じょうがいせいり》などを担当《たんとう》していた役員《やくいん》の青年たちである。寒風《かんぷう》にさらされながら、朝《あさ》から黙々《もくもく》と「陰《かげ》の力《ちから》」に徹《てつ》する彼らを、伸一は、ねぎらわずにはいられなかった。

「生涯《しょうがい》、信心《しんじん》を貫《つらぬ》き通《とお》して、自《みずか》らの使命《しめい》に生《い》き抜《ぬ》いていただきたい。人生《じんせい》は、二十代、三十代で、ほぼ決定《けってい》づけられてしまう。ゆえに、これから十年間を一つの目標《もくひょう》として、広布《こうふ》の庭《にわ》で戦《たたか》い、自身《じしん》を磨《みが》き、高め、進《すす》んでいってもらいたい」

そして、十年後に再《ふたた》び集《つど》い合《あ》うことを約《やく》し、一九七〇年（昭和《しょうわ》四十五年）十月、福岡《ふくおか》の地で再会《さいかい》を果《は》たした。その時、伸一《しんいち》は、「このメンバーでグループを結成《けっせい》してはどうか」と提《てい》案《あん》し、「百七十人グループ」と命名《めいめい》。その後《ご》、「大分《おおいた》百七十人会」としたのである。

以来《いらい》十一年、三《み》たび、伸一のもとに集ったのだ。皆《みな》、社会《しゃかい》にあっては信頼《しんらい》の柱《はしら》となり、また、各地《かくち》で学会《がっかい》を担《にな》う中核《ちゅうかく》に成長《せいちょう》していた。

ひとたび結《むす》んだ縁《えにし》を大切《たいせつ》にし、長《なが》い目で見守《みまも》り、励《はげ》ましを重《かさ》ねてこそ、人材《じんざい》は育《そだ》つ。

伸一は嬉《うれ》しかった。彼《かれ》は呼《よ》びかけた。

「さあ、二十一世紀《せいき》をめざそう！」

皆、決意《けつい》も新《あら》たにカメラに納《おさ》まった。

師弟《してい》の誓《ちか》いを固《かた》めることは、未来《みらい》への確《たし》かなる人生の軌道《きどう》を築《きず》くことだ。

伸一は、この日の夜《よる》、大分平和《へいわ》会館《かいかん》で行《おこな》われた、同会館の落成《らくせい》三周年《しゅうねん》を記念《きねん》する県幹部《けんかんぶ》会《かい》に出席《しゅっせき》した。宗門事件《しゅうもんじけん》という試練《しれん》に打《う》ち勝《か》った新《あたら》しい出発《しゅっぱつ》の集いは、「人間革命《にんげんかくめい》の歌《うた》」の大《だい》合唱《がっしょう》で幕《まく》を開《あ》けた。この歌《うた》こそ、学会精神《がっかいせいしん》を鼓舞《こぶ》してきた魂《たましい》の歌であった。

〽君《きみ》も立て　我《われ》も立つ
　広布《こうふ》の天地《てんち》に　一人《ひとり》立て……

席上《せきじょう》、伸一《しんいち》の提案《ていあん》を受けて、明《みょう》一九八二年（昭和《しょうわ》五十七年）五月を「大分月間《おおいたげっかん》」とするとともに、5・3「創価《そうか》学会の日」と5・20「大分の日」を記念《きねん》し、五月に三万人の文化祭《ぶんかさい》を開催《かいさい》することが発表《はっぴょう》されると、ひときわ大きな拍手《はくしゅ》が響《ひび》いた。

また、五項目《こうもく》からなる「大分宣言《せんげん》」が採択《さいたく》された。

そこには、「末法《まっぽう》の御本仏《ごほんぶつ》たる日蓮大聖人《にちれんだいしょうにん》の御遺命《ごゆいめい》のままに立ち、『和楽《わらく》の大分』の旗《はた》を掲《かか》げて破邪顕正《はじゃけんせい》の法戦《ほうせん》に団結《だんけつ》して前進《ぜんしん》する」ことが謳《うた》われていた。

さらに、「広布実践《じっせん》の最高指導者《さいこうしどうしゃ》と共《とも》に、苦楽《くらく》を分《わ》かち合《あ》いながらの一生《いっしょう》」を誇《ほこ》りとして正法興隆《しょうほうこうりゅう》に尽《つ》くし、地涌《じゆ》の同志《どうし》として、互《たが》いに讃《たた》え、守《まも》り合っていくなどの決意《けつい》が表明《ひょうめい》されていた。

それは、前日《ぜんじつ》、「もう一回、広布の大闘争《だいとうそう》を開始《かいし》します。本当《ほんとう》の創価学会を創《つく》ります。皆《みな》さんも、私と一緒《いっしょ》に戦《たたか》いましょう！」と呼《よ》びかけた伸一《しんいち》への、共戦《きょうせん》の誓《ちか》いであった。

宣言《せんげん》への賛同《さんどう》の大拍手《だいはくしゅ》が沸《わ》き起《お》こった。

広布《こうふ》の師弟《してい》を分断《ぶんだん》しようと、悪僧《あくそう》が跋扈《ばっこ》した苦闘《くとう》の時代《じだい》を勝《か》ち越《こ》え、今、声《こえ》を大にして師弟共戦を叫《さけ》び、大分《おおいた》の勝利《しょうり》を宣言できる喜《よろこ》びが、皆《みな》の心《こころ》に満《み》ちあふれていた。

誰《だれ》もが、〝新《あたら》しい時代が到来《とうらい》した！〟との実感《じっかん》を深《ふか》くした。

そして、〝青年《せいねん》を先頭《せんとう》に、信心《しんじん》からほとばしる歓喜《かんき》と躍動《やくどう》で、民衆凱歌《みんしゅうがいか》の文化祭《ぶんかさい》を成功《せいこう》させ、平和《へいわ》の連帯《れんたい》の拡大《かくだい》へスタートしよう〟との、希望《きぼう》に燃《も》えていたのである。

伸一は、大分県幹部会《けんかんぶかい》で、全同志《ぜんどうし》の敢闘《かんとう》を心からねぎらった。

「皆さんは、現代社会《げんだいしゃかい》にあって、広宣流布《こうせんるふ》の戦いを起こされ、果敢《かかん》に折伏《しゃくぶく》を展開《てんかい》してくださった。戸田城聖先生《とだじょうせいせんせい》が第二代会長《だいにだいかいちょう》に就任《しゅうにん》された時、会員《かいいん》は、わずか三千人ほどに過《す》ぎなかった。しかし、わが同志の死身弘法《ししんぐほう》の実践《じっせん》によって、広宣流布の陣列《じんれつ》は、全世界《ぜんせかい》に広《ひろ》がりました。大聖人《だいしょうにん》が仰《おお》せの『地涌《じゆ》の義《ぎ》』を現実《げんじつ》のものとしたのが創価学会《そうかがっかい》であり、皆さんです」

そして、伸一は、「此《こ》の経《きょう》の四の巻《まき》には『若《も》しは在家《ざいけ》にてもあれ出家《しゅっけ》にてもあれ、法華経《ほけきょう》を持《たも》ち説《と》く者《もの》を一言《いちごん》にても毀《そし》る事《こと》あらば其《そ》の罪《つみ》多き事、釈迦仏《しゃかぶつ》を一劫《いっこう》の間直《あいだただ》ちに毀り奉《たてまつ》る罪には勝《すぐ》れたり』と見へたり」（御書《ごしょ》一三八二ページ）との御文《ごもん》を拝《はい》した。

「大聖人《だいしょうにん》は、明確《めいかく》に、こう仰《おお》せです。

折伏《しゃくぶく》に励《はげ》んできた人を誹謗《ひぼう》し抜《ぬ》いた者《もの》がどうなるのか、ここに厳《げん》として示《しめ》されています。しかも、生活《せいかつ》も大変《たいへん》ななかで、宗門《しゅうもん》の発展《はってん》を願《ねが》って供養《くよう》もし、献身《けんしん》してきた皆《みな》さんです。その仏子《ぶっし》を誇《そし》れば、仏法《ぶっぽう》の因果《いんが》の理法《りほう》によって、厳《きび》しく裁《さば》かれていくでしょう。

この正信会《しょうしんかい》の事件《じけん》は、広宣流布《こうせんるふ》を妨《さまた》げる魔《ま》の働《はたら》きであり、また、一つの難《なん》といえます。大事《だい》なのは、難があるからこそ、信心《しんじん》が深《ふか》まるということです。功徳《くどく》だけの安楽《あんらく》な信心であれば、宿命《しゅくめい》の転換《てんかん》も、一生成仏《いっしょうじょうぶつ》もできません。仏道修行《ぶつどうしゅぎょう》を重《かさ》ね、宿命を転換し、崩《くず》れざる幸福境涯《こうふくきょうがい》を開くために、難は不可欠《ふかけつ》なんです。難があるのは、正義《せいぎ》の証《あかし》です。

日蓮大聖人《にちれんだいしょうにん》は、『月月《つきづき》・日日《ひび》につより給《たま》へ』(御書《ごしょ》一一九〇ジペー)と仰せです。信心の持続《じぞく》は当然《とうぜん》のことながら、日々《ひび》の生活など、人生《じんせい》のあらゆる面《めん》で、常《つね》に前進《ぜんしん》し続《つづ》ける持久力《じきゅうりょく》が大事であると銘記《めいき》していただきたい。

仏法は勝負《しょうぶ》です。強盛《ごうじょう》な信心を貫《つらぬ》き、聡明《そうめい》に生活し、真剣《しんけん》に仕事《しごと》に励み、人格《じんかく》を磨《みが》き、幸《しあわ》せの人生を歩《あゆ》み抜いてください」

生涯《しょうがい》を見なければ、人生の勝敗《しょうはい》はわからない。持続の信心を貫いた人が勝者《しょうしゃ》となる。

十二月十日の夜《よる》は、大分県青年部幹部会《おおいたけんせいねんぶかんぶかい》が開催《かいさい》されることになっていた。

この日の午前中《ごぜんちゅう》、伸一《しんいち》は、県の中心幹部《ちゅうしん》らと、今後《こんご》の活動《かつどう》について検討《けんとう》を重《かさ》ねた。

昼過《ひるす》ぎ、大分平和会館《へいわかいかん》の管理者室《かんりしゃしつ》を訪《おとず》れ、管理者をはじめ、草創期《そうそうき》から大分広布《こうふ》に尽力《じんりょく》してきた婦人《ふじん》たちを激励《げきれい》した。

ここには、諸行事《しょぎょうじ》の運営担当《うんえいたんとう》として、学会本部《がっかいほんぶ》から派遣《はけん》された青年部幹部も同席《どうせき》していた。

青年たちは、この日の幹部会で、新《あら》たな出発《しゅっぱつ》の決意《けつい》を込《こ》めた〝正義《せいぎ》の詩《うた》〟を発表《はっぴょう》し、二十一世紀《せいき》への前進《ぜんしん》を開始《かいし》したいと言う。

ちょうど、この年は、恩師《おんし》・戸田城聖《とだじょうせい》が、あの「新《あたら》しき世紀を創《つく》るものは、青年の熱《ねつ》と力《ちから》である」で始《はじ》まる「青年訓《くん》」を発表してから三十周年《しゅうねん》にあたっていた。伸一も、青年たちに新しい指針《ししん》を残《のこ》したいと考《かんが》えていた。

「よし、ぼくが作《つく》って贈《おく》ろう！」

こう言うと、彼《かれ》は、口述《こうじゅつ》を始めた。その胸《むね》には、万感《ばんかん》の戦《たたか》う魂《たましい》が光《ひか》っていた。

「『なぜ山《やま》に登《のぼ》るのか』『そこに山があるからだ』と、かつて、ある著名《ちょめい》な登《と》山家《ざんか》は言った」

――そこにいた男子部《だんしぶ》と女子部《じょしぶ》の幹部が、急《いそ》いで筆記《ひっき》し始めた。伸一の口《くち》からは、ほとばしるように言葉《ことば》があふれ出る。

「我《われ》らは今、広宣流布《こうせんるふ》の山《やま》である二十一世紀《せいき》の山を登《とう》はんせんとしているのだ。我《わ》が、青《せい》年達《ねんたち》よ、妙法正義《みょうほうせいぎ》の旗《はた》を振《ふ》りながら、満《み》ちたりたる人生《じんせい》の自立《じりつ》のために、二十一世紀の山を勇敢《ゆうかん》に登《のぼ》り征《ゆ》け……」

そして彼《かれ》は、「二十一世紀の山」を登るために、「直面《ちょくめん》する日々《ひび》の現実《げんじつ》の山」を、一歩《いっぽ》一歩、登りきることの大切《たいせつ》さを強調《きょうちょう》し、今日《きょう》一日を、すべて勝ち取っていくよう呼《よ》びかけた。また、その原動力《げんどうりょく》は、「勤行《ごんぎょう》、唱題《しょうだい》」であり、常《つね》に希望《きぼう》を失《うしな》うことなく、何があろうが、「信心《しんじん》」の二字《にじ》だけは、決《けっ》して敗《やぶ》れることがあってはならないと述《の》べた。

〝皆《みな》が二十一世紀の大人材《だいじんざい》に！〟との、祈《いの》りを込《こ》めての口述《こうじゅつ》であった。

*「人材を教育《きょういく》するは善《ぜん》の大なるものなり」――大分《おおいた》の教育者・広瀬淡窓《ひろせたんそう》の言《げん》である。

伸一《しんいち》は、詩《し》のなかで、「民衆《みんしゅう》と共《とも》に歩《あゆ》みゆくことを絶対《ぜったい》に忘《わす》れてはならない」と、創価《そうか》の不変《ふへん》の軌道《きどう》を示《しめ》し、いかなる権威《けんい》、権力《けんりょく》をもって迫害《はくがい》されても、その大難《だいなん》を乗《の》り越《こ》えていくところに、人間革命《にんげんかくめい》の勝利《しょうり》の旗は翻《ひるがえ》ると断言《だんげん》した。さらに、「二〇〇一年五月三日」を目標《もくひょう》に、広布《こうふ》第二幕《まく》の勝負《しょうぶ》は、この時で決せられることを銘記《めいき》して、労苦《ろうく》の修行《しゅぎょう》に励《はげ》みゆくよう訴《うった》えたのである。

口述を一言《ひとこと》も漏《も》らすまいと書《か》き取る不二《ふに》の青年たちとの、真剣《しんけん》勝負の作業《さぎょう》であった。

仲一《しんいち》は、午後《ごご》四時から、県《けん》の代表《だいひょう》メンバーと懇談会《こんだんかい》を行《おこな》うことになっていた。

「この続《つづ》きは、帰《かえ》って来てからやろう！」

彼《かれ》は、急《いそ》いで会場《かいじょう》へ向かった。

青年《せいねん》たちは、詩《し》の清書《せいしょ》を始《はじ》めた。

仲一は五時半《はん》に戻《もど》ると、すぐに推敲《すいこう》に入《はい》り、再《ふたた》び口述《こうじゅつ》が始まった。新《あたら》しい言葉《ことば》が、次々《つぎつぎ》と紡《つむ》ぎ出される。時には、清書した十三行罫紙《けいし》の半分余《はんぶんあま》りを書《か》き換《か》えることもあった。余白《よはく》がびっしりと文字《もじ》で埋《う》まり、用紙《ようし》の裏《うら》にも、筆記《ひっき》しなければならなかった。

この詩を発表《はっぴょう》する大分《おおいた》県青年部幹部会《かんぶかい》の開始時刻《かいしじこく》が刻々《こっこく》と迫《せま》ってくる。

午後六時過《す》ぎ、幹部会の会場では開会《かいかい》が宣言《せんげん》され、「紅《くれない》の歌《うた》」の合唱《がっしょう》が始まり、青年部の県幹部や、東京《とうきょう》から派遣《はけん》された女子《じょし》部副書記長《ふくしょきちょう》や学生部長《がくせいぶちょう》のあいさつと進《すす》んでいった。

ようやく、直《なお》しの口述が終《お》わったのは、副会長《ふくかいちょう》のあいさつに入った時であった。

「これでよし！　さあ、行くぞ！　清書ができたら、持《も》っていらっしゃい」

会場では、副会長の話《はなし》も終わった。間《ま》もなく午後七時になろうとしていた。

その時、仲一が姿《すがた》を現《あらわ》した。

大歓声《だいかんせい》と大拍手《だいはくしゅ》が起《お》こった。

悪僧《あくそう》の迫害《はくがい》と戦《たたか》い勝った凜々《りり》しき丈夫《ますらお》の男子部《だんしぶ》と、決《けっ》して挫《くじ》けなかった、清《きよ》らかにして信《しん》強《つよ》き女子部《じょしぶ》の凱歌《がいか》の幹部会《かんぶかい》である。苦労《くろう》し抜《ぬ》いて戦い、勝利《しょうり》の道《みち》を開いた勇者《ゆうしゃ》の表情《ひょうじょう》は晴《は》れやかであった。皆《みな》、意気軒昂《いきけんこう》であった。

広宣流布《こうせんるふ》の敢闘《かんとう》あるところに、大歓喜《だいかんき》の泉《いずみ》は湧《わ》くのだ。

青年部幹部会《せいねんぶかんぶかい》で伸一《しんいち》は、共《とも》に勤行《ごんぎょう》し、正義《せいぎ》を守《まも》り抜いた青年同志《どうし》のますますの成長《せいちょう》と幸福《こうふく》を祈念《きねん》した。

別室《べっしつ》では、まだ詩《し》の清書《せいしょ》が続《つづ》いていた。ペンを手にしていた青年の一人《ひとり》が言った。

「もう時間がない。発表《はっぴょう》できなくなってしまう。清書は終《お》わっていないが、ともかくお届《とど》けしよう」

彼《かれ》らは、会場《かいじょう》に駆《か》け込《こ》んだ。

マイクに向かった伸一は、御本尊《ごほんぞん》を受持《じゅじ》した人生《じんせい》の尊《とうと》さを述《の》べ、信心《しんじん》には、「邪信《じゃしん》」「狂《きょう》信《しん》」と「正信《しょうしん》」があることを述べた。

学会《がっかい》を利用《りよう》して名聞名利《みようもんみようり》を得《え》ようとする信心は「邪信」であり、道理《どうり》、良識《りようしき》、社会性《しやかいせい》を無《む》視《し》した信心は「狂信」である。そして、どこまでも良識をもち、信・行《ぎよう》・学《がく》の着実《ちやくじつ》な実践《じつせん》を根本《こんぽん》として広宣流布に生き、社会、仕事《しごと》、生活《せいかつ》のうえで、信仰《しんこう》の勝利の実証《じつしよう》を示《しめ》していくなかにこそ、「正信《しょうしん》」があることを訴《うった》えた。

また、青年時代《せいねんじだい》の生き方にも言及《げんきゅう》した。

「青年とは、悩《なや》み多き年代《ねんだい》であり、行き詰《づ》まり、スランプがあるのは当然《とうぜん》です。そうした時にこそ、現実《げんじつ》から目を背《そむ》けるのではなく、〝信心《しんじん》で事態《じたい》を切り開こう。唱題《しょうだい》で乗《の》り越《こ》えていこう〟と決めて、御本尊《ごほんぞん》に向かっていくことです。その挑戦《ちょうせん》のなかに、宿命《しゅくめい》の打開《だかい》も、人間革命《にんげんかくめい》もある。その労苦《ろうく》こそが、青春時代《せいしゅん》の得《え》がたい財宝《ざいほう》となります」

青春の苦闘《くとう》という開墾作業《かいこんさぎょう》がなければ、自身《じしん》の成長《せいちょう》も、人生《じんせい》の開花《かいか》もあり得ず、総仕上《そうしあ》げとなる実《みの》りの秋《あき》を迎《むか》えることもない。

ドイツの詩人《しじん》ヘルダーリンは詩《うた》う。

「あらゆる喜《よろこ》びは苦難《くなん》から生《う》れる。*

そしてただ苦痛《くつう》のなかにのみ
わたしの心《こころ》をよろこばす最善《さいぜん》のもの、
人間性のやさしさは、育《そだ》つのだ」

伸一《しんいち》の話《はなし》は、結《むす》びに入《はい》った。

「二十一世紀《せいき》の未来《みらい》は、すべて現在《げんざい》の青年部諸君《しょくん》に託《たく》したい。黄金《おうごん》のごとき青年時代を学《がっ》会《かい》とともに生《い》き抜《ぬ》き、人生《じんせい》を見事《みごと》に荘厳《そうごん》していっていただきたい。創価《そうか》の大道《だいどう》に勝《まさ》る人生勝利《しょうり》の道《みち》はないと、断言《だんげん》しておきます」

彼《かれ》は、指導《しどう》の最後《さいご》に、こう告《つ》げた。

「私は、二十一世紀《せいき》へと向かう新《あたら》しい指針《ししん》にしてほしいとの思《おも》いで、詩《し》を作《つく》りました。さきほど、口述《こうじゅつ》し終《お》えたばかりです。これから、発表《はっぴょう》してもらいます」

直前《ちょくぜん》まで清書《せいしょ》していた大分出身《おおいたしゅっしん》の副男子部長《ふくだんしぶちょう》・村田《むらた》康治《こうじ》が立って、詩を読《よ》み始《はじ》めた。

*「青年《せいねん》よ 二十一世紀の広布《こうふ》の山《やま》を登《のぼ》れ」――これが、この詩のタイトルである。

「『なぜ山に登るのか』『そこに山があるからだ』と、かつて、ある著名《ちょめい》な登山家《とざんか》は言った。

我《われ》らは今、広宣流布《こうせんるふ》の山である二十一世紀の山を登《と》はんせんとしているのだ……」

一瞬《いっしゅん》、村田の脳裏《のうり》に、伸一《しんいち》が、〝青年たちのために！〟と、一言一言《ひとことひとこと》、生命《いのち》を吹《ふ》き込《こ》むように口述し、推敲《すいこう》に推敲を重《かさ》ねていた姿《すがた》が浮《う》かんだ。その師《し》の心《こころ》に胸《むね》を熱《あつ》くしながら、彼は朗読《ろうどく》を続《つづ》けた。

「我《わ》が門下《もんか》の青年よ、生きて生き抜くのだ。絶対不滅《ぜったいふめつ》にして永遠《えいえん》の大法《だいほう》のために。また、この世《よ》に生《せい》を受けた尊《とうと》き自己自身《じこじしん》の使命《しめい》のために」

一語《いちご》一語に力《ちから》を込めて、読み進《すす》んでいく。

歌

「来《きた》るべき時代《じだい》は、かかる若《わか》きリーダーを望《のぞ》み待《ま》っていることを私は知っている。信仰《しんこう》と哲学《てつがく》なき人は、羅《ら》針盤《しんばん》のなき船舶《せんぱく》のようなものだ。もはや、物《もの》の時代から心《こころ》の時代、心の時代から生命《せいめい》の時代に刻々《こっこく》と移《うつ》り……」

清書《せいしょ》が終《お》わっていないため、後半部分《こうはんぶぶん》になると、びっしりと書《か》き込《こ》みがなされたままの原稿《げんこう》を読《よ》み上《あ》げることになった。村田《むらた》は、読み間違《まちが》えないように、細心《さいしん》の注意《ちゅうい》を払《はら》いながら、朗読《ろうどく》していった。

「若き君達《きみたち》よ、朝《あさ》な夕《ゆう》なに大衆《たいしゅう》と常《つね》に接《せつ》し、共《とも》に生き、大衆と温《あたた》かき連係《れんけい》をとりながら、そして大衆と呼吸《こきゅう》し、共鳴《きょうめい》してゆく若き新世紀《しんせいき》のリーダーになっていただきたいのだ。

私は君達を信ずる。君達に期待《きたい》する。君達を愛《あい》する」

青年《せいねん》たちは、感無量《かんむりょう》の面持《おもも》ちで真剣《しんけん》に耳《みみ》を澄《す》ましていた。伸一《しんいち》は、その参加者《さんかしゃ》に、じっと視線《しせん》を注《そそ》ぎながら、心で喝采《かっさい》した。

〝今、この大分《おおいた》の地から、新世紀への前進《ぜんしん》の幕《まく》が切って落《お》とされたのだ。不撓不屈《ふとうふくつ》の創価《そうか》の新《あたら》しき歴史《れきし》が、ここから始《はじ》まったのだ〟

長《なが》い詩《し》であった。読み上げる青年の声《こえ》は、かすれながらも、気迫《きはく》に満《み》ちていた。

「真実《しんじつ》の充実《じゅうじつ》しきった意義《いぎ》ある人生《じんせい》には、真実の偉大《いだい》な仏法《ぶっぽう》と信仰が必要《ひつよう》なのである。君達の最高《さいこう》の誇《ほこ》りは日蓮大聖人《にちれんだいしょうにん》の仏法《ぶっぽう》を持《たも》ち、青春《せいしゅん》を乱舞《らんぶ》しぬいているということにつきることを知らねばならない。

二十一世紀《せいき》の山《やま》は近《ちか》い……」

伸一《しんいち》は、人間勝利《にんげんしょうり》の旭日《きょくじつ》が昇《のぼ》り、創価《そうか》の同志《どうし》の勝《か》ち鬨《どき》がこだまする新世紀に思《おも》いを馳《は》せながら、朗読《ろうどく》の声《こえ》に耳《みみ》を傾《かたむ》けていた。

「二十一世紀は全《すべ》てが君達《きみたち》のものだ。君達の暁《あかつき》であり檜舞台《ひのきぶたい》である。君達が存分《ぞんぶん》に活躍《かつやく》しゆく総仕上《そうしあ》げの大舞台である。二〇〇一年五月三日――この日が私共《ども》のそして君達の大いなる目標登《もくひょうとう》はんの日であるといってよい。広布《こうふ》第二幕《まく》の勝負《しょうぶ》は、この時で決《けっ》せられることを忘《わす》れないでほしいのだ」

やがて朗読は終《お》わった。

大きな、大きな拍手《はくしゅ》が、いつまでも、いつまでも鳴《な》りやまなかった。師弟《してい》の大道《だいどう》に生《い》き抜《ぬ》く誓《ちか》いの拍手であった。創価の青年《せいねん》たちの堂々《どうどう》たる旅立《たびだ》ちであった。

拍手が収《おさ》まると、伸一は語《かた》った。

「この詩《し》は、明日《あした》の『聖教新聞《せいきょうしんぶん》』に、全文掲載《ぜんぶんけいさい》してもらう予定《よてい》です。この大分《おおいた》の地から、全国《ぜんこく》に発信《はっしん》します。その意義《いぎ》を、深《ふか》く心《こころ》に刻《きざ》んでいただきたい。また、今日《きょう》、ここに集《つど》った男子部《だんしぶ》で『大分《おおいた》男子二十一世紀《せいき》会《かい》』を、女子部《じょしぶ》で『大分女子二十一世紀会』を結成《けっせい》したいと思《おも》うが、どうだろうか！」

またしても、喜《よろこ》びにあふれた賛同《さんどう》の拍手《はくしゅ》が広《ひろ》がった。創価《そうか》の正義《せいぎ》を叫《さけ》び、貫《つらぬ》き、邪悪《じゃあく》に勝《しょう》利《り》した青年《せいねん》たちの生命《せいめい》は躍動《やくどう》し、その胸《むね》には紅《くれない》の大情熱《だいじょうねつ》がたぎっていた。

勝利には、歓喜《かんき》がある。前進《ぜんしん》の活力《かつりょく》があふれる。新《あたら》しき勝利をもたらす最大《さいだい》の要因《よういん》は、勝利にこそある。勝利、勝利、勝利——それが創価の行進《こうしん》だ。

*「正義とは正《ただ》しい者《もの》が勝つことだ」とは、文豪《ぶんごう》ロマン・ロランの言葉《ことば》である。

山本伸一《やまもとしんいち》は、翌《よく》十一日も朝《あさ》から大分平和《へいわ》会館《かいかん》を訪《たず》ねてくる同志《どうし》に声《こえ》をかけ、一緒《いっしょ》に記念《きねん》のカメラに納《おさ》まり、激励《げきれい》に余念《よねん》がなかった。

また、九日に再会《さいかい》した大分百七十人会や、前日《ぜんじつ》に結成された大分男子・女子二十一世紀会の前途《ぜんと》を祝《しゅく》し、次々《つぎつぎ》と記念の揮毫《きごう》を認《したた》めていった。

「ほかに、まだ書《か》き贈《おく》るべき人はいないのかい。宗門《しゅうもん》の事件《じけん》で苦《くる》しみながら、頑張《がんば》り抜《ぬ》いてきた方《かた》は、まだまだいるだろう」

そして、県《けん》の幹部《かんぶ》らから、奮闘《ふんとう》した同志の名前《なまえ》を聞くと、直《ただ》ちに硯《すずり》に向かい、その人の名を冠《かん》した「〇〇桜《ざくら》」「〇〇山《ざん》」など、一枚、また一枚《まい》と色紙《しきし》に筆《ふで》を走《はし》らせた。

午後《ごご》には、大分市内《おおいたしない》の個人会館《こじんかいかん》を訪《おとず》れ、県《けん》の代表《だいひょう》と懇談《こんだん》した。この席《せき》で、制作中《せいさくちゅう》の大分県歌について相談《そうだん》を受け、歌詞《かし》に手を入れ、曲《きょく》についてもアドバイスした。

夜《よる》には、大分平和《へいわ》会館で自由勤行会《じゆうごんぎょうかい》が行《おこな》われた。ここでも、伸一《しんいち》は、自《みずか》ら勤行の導師《どうし》を務《つと》めるとともに、全力《ぜんりょく》で参加《さんか》者《しゃ》の激励《げきれい》、指導《しどう》にあたった。

彼《かれ》は、大分ゆかりの人のなかに、多くの歴史的人物《れきしてきじんぶつ》がいることに触《ふ》れた。

「大友宗麟《おおともそうりん》はキリスト教《きょう》に帰依《きえ》し、西洋文明《せいようぶんめい》の文物《ぶんぶつ》を残《のこ》した。江戸《えど》後期《こうき》の儒学者《じゅがくしゃ》・広瀬《ひろせ》淡《たん》窓《そう》は学塾《がくじゅく》『咸宜園《かんぎえん》』を開き、たくさんの弟子《でし》を残した。滝廉太郎《たきれんたろう》は名曲《めいきょく》を残し、福沢諭吉《ふくざわゆきち》は大学《だいがく》を残した。

では今、私たちは、信仰者《しんこうしゃ》として何を残すべきか。それは、日蓮大聖人《にちれんだいしょうにん》が顕《あらわ》された生命《せいめい》の大法《だいほう》である南無妙法蓮華経《なんみょうほうれんげきょう》を全世界《ぜんせかい》に流布《るふ》し、永遠《えいえん》に伝《つた》え残していくことです。

各人《かくじん》が、万人《ばんにん》の絶対的幸福《ぜったいてきこうふく》への道《みち》を開く妙法《みょうほう》を、わが人生《じんせい》において、幾人《いくにん》の人に教《おし》えることができたか――そこに、私どもの、この世《よ》で果《は》たすべき使命《しめい》があります。

この一点《いってん》のみが、御本仏《ごほんぶつ》・日蓮大聖人の御賞讃《ごしょうさん》をいただき、自身《じしん》の永遠にわたる思《おも》い出《で》と、仏法者《ぶっぽうしゃ》としての最高《さいこう》の功績《こうせき》と栄誉《えいよ》をつくる方途《ほうと》であります。この確信《かくしん》に立つなかに、信仰者の真髄《しんずい》があることを知ってください。

私は、自分《じぶん》が非難《ひなん》の嵐《あらし》にさらされても、なんとも思《おも》いません。もとより覚悟《かくご》のうえのことです。私の願《ねが》いは、ただ皆《みな》さんが、御本尊《ごほんぞん》の大功徳《だいくどく》に浴《よく》しながら、ご多幸《たこう》の人生《じんせい》を歩《あゆ》んでいただくことであり、それが、私にとって、何よりの喜《よろこ》びなのであります。また、そうなっていただいてこそ、私が責任《せきにん》を果《は》たせた証左《しょうさ》といえます。

お一人《ひとり》たりとも、病気《びょうき》になったり、事故《じこ》に遭《あ》ったりすることのないように、懸命《けんめい》に祈《いの》ってまいります」

彼《かれ》の、率直《そっちょく》な思いであった。ほのぼのとした心《こころ》の交流《こうりゅう》が図《はか》られた勤行会《ごんぎょうかい》となった。

いよいよ明日《あした》は、大分《おおいた》から熊本《くまもと》へ向かう日である。この夜《よ》、伸一《しんいち》は、大分の首脳幹部《しゅのうかんぶ》らに言った。

「なんとしても、明日は竹田《たけた》に行きたい。熊本に行く前に、竹田の皆さんとお目にかかりたいんだ。最《もっと》も苦《くる》しみ、悔《くや》し涙《なみだ》を流《なが》してこられた同志《どうし》だもの……」

翌《よく》十二日朝《あさ》も、伸一は、九州《きゅうしゅう》や大分の幹部たちと、これからの地域広布《ちいきこうふ》を展望《てんぼう》しながら、懇談《こんだん》を重《かさ》ねた。そして、さまざまな報告《ほうこく》を聴《き》くと、自分の真情《しんじょう》を漏《も》らした。

「今まで苦しんできた同志のことを考えると、私は、それこそ一軒《いっけん》一軒、皆のお宅《たく》を訪《たず》ね、励《はげ》まして歩《ある》きたい気持《きも》ちです。

しかし、日程的《にっていてき》にも、それは難《むずか》しい。そこで、今回《こんかい》、お会いできなかった人たちを、私の代《か》わりに激励《げきれい》してください。私の心《こころ》を伝《つた》えてもらいたいんです。

ともかく、広宣流布《こうせんるふ》のために戦《たたか》ってきた、尊《とうと》き仏子《ぶっし》である会員一人《かいいんひとり》ひとりを大切《たいせつ》にし、守《まも》り抜《ぬ》いていくことです。それが、幹部《かんぶ》の大切な使命《しめい》だと思《おも》ってほしい」

大分平和会館《おおいたへいわかいかん》には、仲一《しんいち》に一目《ひとめ》会いたいと、大勢《おおぜい》の会員が集《あつ》まってきた。彼《かれ》は共《とも》に勤行《ごんぎょう》し、午前《ごぜん》十時、学会本部《がっかいほんぶ》のバスで竹田《たけた》に向かった。移動《いどう》にバスを使《つか》うことになったのは、車中《しゃちゅう》、打《う》ち合《あ》わせや執務《しつむ》を行《おこな》えるからである。広宣流布は、時間との戦いである。

竹田市《し》は大分県《けん》の南西部《なんせいぶ》にあり、かつては岡城《おかじょう》の城下町《じょうかまち》として栄《さか》えてきた。

バスに山本《やまもと》伸一と同乗《どうじょう》した県書記長《しょきちょう》の山岡武夫《やまおかたけお》が、岡城について語《かた》っていった。

——この城《しろ》は、源氏方《げんじがた》につき、平氏《へいし》追討《ついとう》で戦功《せんこう》をあげた緒方三郎惟栄《おがたさぶろうこれよし》が、源頼朝《みなもとのよりとも》と不仲《ふなか》になった弟《おとうと》の義経《よしつね》を迎《むか》え入《い》れるため、文治元年《ぶんじがんねん》（一一八五年）に築《きず》いたといわれる。

周囲《しゅうい》を山々《やまやま》に囲《かこ》まれ、南《みなみ》に白滝川《しらたきがわ》、北《きた》に稲葉川《いなばがわ》が流《なが》れ、深《ふか》い渓谷《けいこく》が刻《きざ》まれた台地《だいち》は、そのまま自然《しぜん》の要塞《ようさい》となり、難攻不落《なんこうふらく》の城であった。しかし、ここに義経を迎えることはかなわず、その後《ご》、惟栄《これよし》は捕《と》らえられ、流罪《るざい》されている。義経《よしつね》への思《おも》いは、実《み》を結《むす》ぶことなく終《お》わったのである。

城《しろ》は、十四世紀《せいき》に志賀氏《しがし》の居城《きよじよう》となる。天正《てんしよう》十四年（一五八六年）から翌年《よくねん》にかけての豊《ほう》薩戦争《さつせんそう》では、島津《しまづ》の大軍《たいぐん》が岡城《おかじよう》を攻《せ》めた時、周囲《しゆうい》の城が次々《つぎつぎ》と落《お》ちていくなか、青年城主《せいねんじようしゆ》・志賀親次《ちかつぐ》が奮戦《ふんせん》し、城を守《まも》り抜《ぬ》いたと伝《つた》えられている。

岡城は、明治《めいじ》の廃藩置《はいはんち》県《けん》にともなって取《と》り壊《こわ》され、城館《じようかん》は失《うしな》うが、苔《こけ》むした堅固《けんご》な石垣《いしがき》が往時《おうじ》を偲《しの》ばせているという。

また、少年時代《しようねんじだい》を竹田《たけた》で過《す》ごした作曲家《さつきよくか》の滝廉太郎《たきれんたろう》は、岡城址《じようし》に思いを馳《は》せつつ、あの名《めい》曲《きよく》「荒城《こうじよう》の月《つき》」を作曲したといわれる。城址の二の丸跡《まるあと》には滝廉太郎の銅像《どうぞう》が、本丸跡《ほんまる》には作詞《さくし》者《しや》・土井晩翠《どいばんすい》の筆《ふで》による「荒城の月」の詩碑《しひ》が建《た》てられているとのことであった。

伸一《しんいち》は、感慨深《かんがいぶか》そうに語《かた》った。

「岡城の築城《ちくじよう》は、緒方《おがた》惟栄の、義経に対《たい》する忠節《ちゆうせつ》の証《あかし》でもあったのか。美《うつく》しい話《はなし》だ。志賀親次の奮闘《ふんとう》は、竹田の同志《どうし》の、さっそうたる戦《たたか》いの勇姿《ゆうし》と重《かさ》なるね」

バスの車窓《しやそう》に、木々《きぎ》の間《あいだ》にそびえる、岡城址の石垣が見え始《はじ》めた。

伸一は、歌《うた》を詠《よ》んだ。

「荒城《こうじょう》の　月《つき》の岡城《おかじょう》　眺《なが》めつつ
　竹田《たけた》の同志《とも》の　法戦讃《ほうせんたた》えむ」

竹田の勇将《ゆうしょう》は、衣《ころも》の権威《けんい》の横暴《おうぼう》に敢然《かんぜん》と戦《たたか》い、民衆《みんしゅう》のための宗教《しゅうきょう》の時代《じだい》を開いたのだ。

バスは、岡城址《じょうし》の駐車場《ちゅうしゃじょう》に到着《とうちゃく》した。

伸一《しんいち》がバスを降《お》りると、「先生《せんせい》！」と叫《さけ》んで、何人《なんにん》もの同志《どうし》が駆《か》け寄《よ》って来た。

「ありがとう！　民衆の大英雄《だいえいゆう》の皆《みな》さんにお会いしに来ました！」

彼《かれ》が差《さ》し出《だ》した手を、皆、ぎゅっと握《にぎ》り締《し》めた。伸一の手にも力《ちから》がこもる。屈強《くっきょう》な壮年《そうねん》の目にも、見る見る涙《なみだ》があふれた。男泣《おとこな》きする、その姿《すがた》は、邪智《じゃち》の悪僧《あくそう》の非道《ひどう》な仕打《しう》ちに耐《た》えに耐えて、戦い勝った無上《むじょう》の喜《よろこ》びの表現《ひょうげん》であった。

伸一は、駐車場にあるレストランで、地元《じもと》の代表《だいひょう》五十人ほどと、昼食《ちゅうしょく》をとりながら懇談《こんだん》し、皆の報告《ほうこく》に耳《みみ》を傾《かたむ》けた。

城《しろ》の本丸跡《ほんまるあと》に、地元のメンバーが集《あつ》まって来ていると聞くと、伸一は言った。

「よし、皆さんに、お目にかかろう！」

地元幹部《かんぶ》の代表二人《ふたり》と乗用車《じょうようしゃ》に乗《の》り、同志の激励《げきれい》に向かった。

車中《しゃちゅう》、彼らは、伸一に語《かた》り始《はじ》めた。

「私たちは、護法《ごほう》のために尽《つ》くそうと、住職《じゅうしょく》を全力《ぜんりょく》で応援《おうえん》してきました。最初《さいしょ》は、僧俗和合《そうぞくわごう》を口《くち》にしながら、手のひらを返すように学会《がっかい》を批判《ひはん》し、攻撃《こうげき》するようになりました。そして、陰《かげ》で同志《どうし》に、学会を辞《や》めるようにそそのかしていたんです……」

ある大《だい》ブロック（後《のち》の地区《ちく》）では、四十五世帯《せたい》の学会員のうち、一挙《いっきょ》に三十二世帯が去《さ》っていった。断腸《だんちょう》の思《おも》いであった。悔《くや》しさを堪《こら》えながら、〝もう、これ以上《いじょう》、創価《そうか》の正義《せいぎ》の陣列《じんれつ》から離《はな》れていく同志を、絶対《ぜったい》に出すまい！〟と、山間《やまあい》の地に点在《てんざい》する学会員の家々《いえいえ》を訪《たず》ねては、懸命《けんめい》に励《はげ》ました。

隣《となり》に乗《の》った年配《ねんぱい》の壮年《そうねん》が、「人間《にんげん》のやることじゃありません……」と唇《くちびる》を噛《か》み締《し》めた。

伸一《しんいち》は頷《うなず》き、笑顔《えがお》を向けた。

「お父《とう》さんには、ずいぶん苦労《くろう》をかけてしまいましたね。よくぞ持《も》ちこたえ、見事《みごと》に竹田《たけた》を再起《さいき》させてくれました。ありがとう！」

頭《あたま》を下《さ》げた。壮年のすすり泣《な》きが漏《も》れた。

冬《ふゆ》の試練《しれん》が厳《きび》しければ厳しいほど、春《はる》を迎《むか》えた喜《よろこ》びは大きい。「労苦即歓喜《ろうくそくかんき》」となる。

岡城址《おかじょうし》の本丸跡《ほんまるあと》には、メンバーが続々《ぞくぞく》と詰《つ》めかけていた。背広姿《せびろすがた》で、さっそうと石段《いしだん》を上《のぼ》る壮年。お年寄《としよ》りを背負《せお》い、元気《げんき》に歩《あゆ》みを運《はこ》ぶ青年《せいねん》。急《いそ》ぎ足《あし》で、額《ひたい》に汗《あせ》をにじませて進《すす》む婦《ふ》人《じん》……。交《か》わす笑顔《えがお》も明《あか》るい。

伸一《しんいち》が、途中《とちゅう》で車《くるま》を降《お》り、二の丸跡《まるあと》へと上《のぼ》り始《はじ》めると、十数人《すうにん》の男子部員《だんしぶいん》が待《ま》っていた。悪僧《あくそう》の陰謀《いんぼう》のなかで、同志《どうし》を守《まも》り抜《ぬ》くために戦《たたか》った丈夫《ますらお》たちである。一人《ひとり》ひとりと固《かた》く握手《あくしゅ》し、励《はげ》ましの言葉《ことば》をかけた。

本丸跡《ほんまる》に到着《とうちゃく》すると、三百人ほどの人たちが集《あつ》まっていた。伸一が姿《すがた》を現《あらわ》すや、歓声《かんせい》があがり、大拍手《だいはくしゅ》がこだました。

「皆《みな》さんに、お会いしに来ました。尊《とうと》い、宝《たから》の同志と共《とも》に、二十一世紀《せいき》へ出発《しゅっぱつ》するためにまいりました。では、一緒《いっしょ》に記《き》念撮影《ねんさつえい》をしましょう。竹田《たけた》の皆さんの、広宣流布《こうせんるふ》の歴史《れきし》に残《のこ》る大勝利《だいしょうり》を記念しての写真《しゃしん》です」

集《つど》ってきた人たちのなかには、何人《なんにん》かの子《こ》どもたちの姿もあった。最前列《さいぜんれつ》には、祖母《そぼ》に抱《だ》きかかえられた二歳《さい》ぐらいの男《おとこ》の子もいた。〝民衆凱歌《みんしゅうがいか》の魂《たましい》の絵巻《えまき》ともいうべき、この光景《こうけい》は、幼《おさな》い心《こころ》にも、永遠《えいえん》に刻《きざ》まれるにちがいない〟と、伸一は思《おも》った。

「聖教新聞《せいきょうしんぶん》」のカメラマンが、ファインダーをのぞいた。メンバーが多すぎて収《おさ》まりきらない。やむなく、もう一人のカメラマンの肩《かた》に乗《の》って、撮影が行《おこな》われた。

悪戦苦闘《あくせんくとう》の暗雲《あんうん》を突《つ》き抜けた同志の顔《かお》は、晴《は》れやかであった。皆の頭上《ずじょう》にも、心にも、青《あお》空《ぞら》が広《ひろ》がっていた。シャッターが切られた。

伸一《しんいち》は言った。

「せっかく岡城址《おかじょうし》に来たのだから、みんなで『荒城《こうじょう》の月《つき》』を歌《うた》いましょう！」

県書記長《けんしょきちょう》の山岡《やまおか》の指揮《しき》で、大合唱《だいがっしょう》が始《はじ》まった。伸一も一緒《いっしょ》に歌った。

〽春高楼《はるこうろう》の花《はな》の宴《えん》
めぐる盃《さかずき》　影《かげ》さして……

同志《どうし》の胸《むね》に、感激《かんげき》の波《なみ》が幾重《いくえ》にも押《お》し寄《よ》せる。信心《しんじん》ある限《かぎ》り、必《かなら》ず勝利《しょうり》の太陽《たいよう》は昇《のぼ》る。

「荒城の月」の指揮を執《と》る山岡は、竹田《たけた》の地に幾度《いくど》となく足《あし》を運《はこ》び、非道《ひどう》な僧《そう》に敢然《かんぜん》と抗《こう》議《ぎ》し、友《とも》の激励《げきれい》に走《はし》り抜《ぬ》いてきた。彼《かれ》は、苦節《くせつ》の来《こ》し方《かた》と、伸一の渾身《こんしん》の励《はげ》ましが思《おも》い起《お》こされ、熱《あつ》いものが込《こ》み上《あ》げてきてならなかった。

仏法《ぶっぽう》は勝負《しょうぶ》である。そして因果《いんが》の理法《りほう》も厳然《げんぜん》である。障魔《しょうま》の嵐《あらし》を耐《た》え忍《しの》び、広布《こうふ》に邁進《まいしん》してきた尊《とうと》き仏子《ぶっし》たちは、誇《ほこ》らかに胸を張《は》り、頬《ほお》を紅潮《こうちょう》させて熱唱《ねっしょう》した。伸一も共《とも》に歌いながら、胸の中《なか》で呼《よ》びかけていた。

〝皆《みな》さんは勝った！　創価《そうか》の闘将《とうしょう》として、広布《こうふ》の正義城《せいぎじょう》を、よくぞ守《まも》り抜《ぬ》いてくださった。さあ、出発《しゅっぱつ》だ！　一緒《いっしょ》に旅立《たびだ》とう。二十一世紀《せいき》のあの峰《みね》へ！〟

やがて、合唱《がっしょう》が終《お》わった。

「ありがとう！」

伸一《しんいち》がこう言って、竹田《たけた》の同志《どうし》の勝利《しょうり》を讃《たた》えるかのように、「V」の字《じ》に両手《りょうて》を上げると、「万歳《ばんざい》！」の声《こえ》が起《お》こった。

「万歳！　万歳！　万歳！」

皆、手をいっぱいに振《ふ》り上げて叫《さけ》んだ。声は一つになって大空《おおぞら》に広《ひろ》がった。まさに、民衆《みんしゅう》の時代《じだい》の朝《あさ》を告《つ》げる勝ち鬨《どき》であった。

「私は、今日《きょう》という日を、生涯《しょうがい》、忘《わす》れません。皆さん、お元気《げんき》で！」

伸一が歩《ある》き始《はじ》めると、大勢《おおぜい》の同志が、談笑《だんしょう》しながら後《あと》に続《つづ》いた。

空《そら》の上で、冬《ふゆ》の太陽《たいよう》が微笑《ほほえ》みかけていた。

しばらく行くと、彼《かれ》は、足《あし》をとめた。

「今日は、私も、竹田の闘将である皆さんの写真《しゃしん》を撮《と》らせていただきます。そして、お一人《ひとり》お一人の顔《かお》を、わが生命《せいめい》に永遠《えいえん》に焼《や》き付《つ》けます。さあ、階段《かいだん》に並《なら》んでください」

伸一《しんいち》は、風景《ふうけい》を撮影《さつえい》しようと手にしていたカメラを向け、シャッターボタンを押《お》した。皆《みな》の顔《かお》に、会心《かいしん》の笑《え》みが浮《う》かんでいた。

月《つき》の荒城《こうじょう》は、栄枯盛衰《えいこせいすい》を繰《く》り返《かえ》す世《よ》の無常《むじょう》を見続《みつづ》けてきた。今、その城跡《しろあと》は、陽光《ようこう》に映《は》え、常楽《じょうらく》の幸風《こうふう》がそよぎ、凱歌《がいか》が轟《とどろ》く、希望《きぼう》の歓喜城《かんきじょう》となった。

彼《かれ》は、メンバーの姿《すがた》をカメラに収《おさ》めたあと、レストランのある駐車場《ちゅうしゃじょう》に戻《もど》った。バスに乗《の》り換《か》えて熊本《くまもと》に向かうためである。

バスの周囲《しゅうい》は、本丸跡《ほんまるあと》から下《お》りて来る多くの人たちで埋《う》まっていった。

伸一は、皆のなかに入《はい》り、声《こえ》をかけた。

「長生《ながい》きしてくださいよ！　必《かなら》ず、幸《しあわ》せになってください！」

一人《ひとり》ひとりを励《はげ》まし、握手《あくしゅ》を交《か》わして、車中《しゃちゅう》の人となった。

バスが動《うご》きだした。

「先生《せんせい》。さようなら！」

「ありがとうございました！」

「大分《おおいた》は負《ま》けません！」

口々《くちぐち》に叫《さけ》びながら手を振《ふ》る。

伸一《しんいち》も、揺《ゆ》れるバスの窓《まど》から盛《さか》んに両手《りようて》を振《ふ》った。バスは次第《しだい》に遠《とお》ざかり、カーブにさしかかった。彼《かれ》は反対側《はんたいがわ》の窓際《まどぎわ》に移《い》動《どう》し、手を振り続《つづ》けた。

彼と同志《どうし》の間《あいだ》には、目には見えずとも、固《かた》い絆《きずな》があった。信《しん》の絆であり、久遠《くおん》の誓《ちか》いの絆であり、広宣流布《こうせんるふ》の師弟《してい》の絆であった。

伸一は、初訪問《はつほうもん》となる熊本県《くまもとけん》の阿蘇町《あそまち》（阿蘇市《し》の一部《いちぶ》）にある白菊講堂《しらぎくこうどう》をめざした。

バスは、大分《おおいた》との県境《けんきよう》を越《こ》え、阿蘇山麓《さんろく》を進《すす》んだ。やがて、彼方《かなた》に、三つの凧《たこ》が舞《ま》っているのが見えた。近《ちか》づくにつれて、凧には、それぞれ、「旭日《きよくじつ》」「獅子《しし》」「若鷲《わかわし》」の絵《え》が描《えが》かれているのがわかった。伸一は言った。

「きっと、あの凧を揚《あ》げているところが、白菊講堂だよ」

午後《ごご》二時、バスは講堂の正門《せいもん》に入《はい》った。車窓《しやそう》から、門の前の空《あ》き地《ち》で凧を揚げている青年《せいねん》たちの姿《すがた》が見えた。そのうちの一人《ひとり》は、学生服《がくせいふく》を着《き》ていた。高校生《こうこうせい》のようだ。

バスを降《お》りると、出迎《でむか》えた幹部《かんぶ》に言った。

「苦労《くろう》をかけたね。さあ、戦闘開始《せんとうかいし》だ！」

熊本でも、学会員《がつかいいん》は僧《そう》たちによる中傷《ちゆうしよう》の嵐《あらし》にさらされ、理不尽《りふじん》な迫害《はくがい》に耐《た》えて、戦《たたか》い抜《ぬ》いてきた。広布破壊《こうふはかい》の魔軍《まぐん》と戦《たたか》い、勝《か》ち越《こ》えるたびに、いや増《ま》して広布前進《ぜんしん》の加速度《かそくど》はつく。

伸一《しんいち》は、すぐには白菊講堂《しらぎくこうどう》に入《はい》らず、地元《じもと》メンバーの代表《だいひょう》らと記念撮影《きねんさつえい》し、これまでの苦労《くろう》をねぎらい、懇談《こんだん》した。

また、凧《たこ》を揚《あ》げてくれた高校生《こうこうせい》を呼《よ》び、心《こころ》から励《はげ》ましの言葉《ことば》をかけた。本間雄人《ほんまゆうと》という県立《けんりつ》高校の三年生であった。

「凧を見たよ！　遠《とお》くからもよく見えました。寒《さむ》かっただろう。ありがとう！　君《きみ》も、未来《みらい》の大空《おおぞら》を悠々《ゆうゆう》と舞《ま》ってください」

こう激励《げきれい》し、講堂に入った。会長《かいちょう》の秋月英介《あきづきえいすけ》が出席《しゅっせき》して、自由勤行会《じゆうごんぎょうかい》が行《おこな》われていた。

途中《とちゅう》から入場《にゅうじょう》した伸一は、会場《かいじょう》にいた車《くるま》イスに乗《の》った若者《わかもの》を見ると、真《ま》っ先《さき》に、彼《かれ》のもとへ向かった。筋《きん》ジストロフィーで療養所《りょうようじょ》に入所《にゅうしょ》している、高校一年生の野中広紀《のなかひろのり》であった。

病《やまい》のため、未来に希望《きぼう》が見いだせず、悶々《もんもん》とした日々《ひび》を送《おく》っていたが、化膿性髄膜炎《かのうせいずいまくえん》を乗り越えた男子部員《だんしぶいん》の体験《たいけん》を聞いて発心《ほっしん》し、本格的《ほんかくてき》に信心《しんじん》に取《と》り組み始《はじ》めたばかりであった。

彼の母親《ははおや》の文乃《ふみの》は、真剣《しんけん》に唱題《しょうだい》する息子《むすこ》を見て、〝自分《じぶん》も弘教《ぐきょう》を実《みの》らせて、山本先生《やまもとせんせい》を熊本《くまもと》に迎《むか》えよう〟と決意《けつい》した。これまで彼女《かのじょ》は、筋ジストロフィーの息子がいることを知っている人には、仏法対話《ぶっぽうたいわ》を控《ひか》えてきた。御本尊《ごほんぞん》の功徳《くどく》を語《かた》っても、相手《あいて》を納得《なっとく》させることはできないと思《おも》ったのである。

しかし、わが子の姿《すがた》に励《はげ》まされ、娘《むすめ》と一緒《いっしょ》に、同じ病気《びょうき》で入所治療《にゅうしょちりょう》している子どもをもつ母親《ははおや》に、勇気《ゆうき》をもって仏法《ぶっぽう》の話《はなし》をした。すると、意外《いがい》な答《こた》えが返ってきた。

「挫《くじ》けることなく、息子《むすこ》さんの闘病生活《とうびょうせいかつ》を支《ささ》え、明《あか》るく元気《げんき》に、確信《かくしん》をもって信仰《しんこう》のすばらしさを語《かた》る姿に感動《かんどう》しました」と言うのだ。そして、入会《にゅうかい》を決意《けつい》したのである。

悩《なや》みのない人生《じんせい》はない。生きるということは、「悩み」「宿命《しゅくめい》」との闘争《とうそう》といってもよい。大事《だいじ》なことは、何があっても、御本尊《ごほんぞん》から離《はな》れないことだ。勇気をもち、希望《きぼう》をもち、敢然《かんぜん》と祈《いの》り、戦《たたか》い続《つづ》けることだ。そこに人は、人間《にんげん》としての強《つよ》さと輝《かがや》きと尊厳《そんげん》を見いだし、共感《きょうかん》、賛同《さんどう》するのである。

伸一《しんいち》は、野中広紀《のなかひろのり》の傍《かたわ》らに立つと、彼《かれ》の体《からだ》をさすりながら語りかけた。

「強く生きるんですよ。使命《しめい》のない人はいません。自分《じぶん》に負《ま》けない人が勝利者《しょうりしゃ》です」

野中は、慰《なぐさ》めではない、生命《せいめい》を鼓舞《こぶ》する励ましの言葉《ことば》を、初《はじ》めて聞いた思いがした。

さらに翌日《よくじつ》、野中のもとに伸一から、バラの花《はな》が届《とど》いた。彼は、花を手に、生きて今日《きょう》を迎《むか》えられたことに、心《こころ》から感謝《かんしゃ》した。

野中が筋《きん》ジストロフィーの診断《しんだん》を受けたのは、小学校《しょうがっこう》に入学《にゅうがく》する前であり、医師《いし》からは、六年生まで生きることは難《むずか》しいと言われた。入所《にゆうしよ》した療養所《りようようじよ》から学校《がつこう》に通《かよ》い、中学《ちゆうがく》を卒業《そつぎよう》すると、通信制《つうしんせい》の高校《こうこう》に進《すす》んだ。療養所では、十九人の友《とも》が次々《つぎつぎ》と亡《な》くなっていった。

伸一《しんいち》の激励《げきれい》に、彼《かれ》は決意《けつい》した。

〝自分《じぶん》の人生《じんせい》は、短《みじか》いかもしれない。しかし、一日《いちにち》一日を懸命《けんめい》に生き、自《みずか》らの使命《しめい》を果《は》たし抜《ぬ》きたい〟――病《やまい》というハンディがありながら、強《つよ》く、はつらつと、未来《みらい》に向かって進もうとする野中《のなか》の真剣《しんけん》な生き方は、同世代《どうせだい》の友人《ゆうじん》たちに、深《ふか》い感銘《かんめい》を与《あた》えていった。

彼は、県内《けんない》の高校から、文化祭《ぶんかさい》で講演《こうえん》してほしいとの要請《ようせい》を受け、「生きる勇気《ゆうき》」と題《だい》して、自分の闘病体験《とうびようたいけん》と抱負《ほうふ》を語《かた》った。それは大きな感動《かんどう》を呼《よ》んだのである。

伸一は、白菊講堂《しらぎくこうどう》の自由勤行会《じゆうごんぎようかい》で、参加者《さんかしや》と共《とも》に勤行したあと、懇談的《こんだんてき》に指導《しどう》した。

「日蓮大聖人《にちれんだいしようにん》の仏法《ぶつぽう》は、いかなる世代にも必要不可欠《ひつようふかけつ》です。飛行機《ひこうき》が大空《おおぞら》へ飛《と》び立《た》っていく姿《すがた》は青年時代《せいねんじだい》であり、安定飛行《あんていひこう》に入《はい》って悠々《ゆうゆう》と天空《てんくう》を進む様子《ようす》は壮年《そうねん》時代といえる。その間《かん》には、乱気流《らんきりゆう》に巻《ま》き込《こ》まれ、大きな揺《ゆ》れや衝撃《しようげき》を受けることもあるかもしれない。

したがって、安全《あんぜん》に飛行し、幸福《こうふく》という目的地《もくてきち》に行くには、それに耐《た》え得《う》る十分《じゆうぶん》な燃料《ねんりよう》と強いエンジン、すなわち大生命力《だいせいめいりよく》が必要となり、その源泉《げんせん》こそが信心《しんじん》なんです。また、軌道《きどう》を外《はず》さず誤《あやま》りなく進《すす》むための計器《けいき》、すなわち確《たし》かなる哲理《てつり》が大切《たいせつ》であり、それが仏法《ぶっぽう》という法理《ほうり》なんです。

人生《じんせい》という空路《くうろ》を飛《と》んだ飛行機《ひこうき》は、やがて着陸《ちゃくりく》の時を迎《むか》える。飛行機は着陸が最《もっと》も難《むずか》しいともいわれている。いわば、人生でいえば、総仕上《そうしあ》げの年代《ねんだい》であり、まさに一生成仏《いっしょうじょうぶつ》への滑《かっ》走路《そうろ》に入《はい》れるかどうかです。この総仕上げの時を、いかに生きて、わが人生を荘厳《そうごん》していくかが、最も大事《だいじ》なんです。

どうか皆《みな》さんは、年はとっても、心《こころ》は青年《せいねん》の気概《きがい》で、広宣流布《こうせんるふ》のため、人びとの幸《しあわ》せのために、完全燃焼《かんぜんねんしょう》の日々《ひび》を送《おく》っていただきたい。生涯求道《しょうがいきゅうどう》、生涯挑戦《ちょうせん》、生涯青年です」

彼《かれ》は、こう話《はなし》を結《むす》んだ。

「飾《かざ》られていた白菊《しらぎく》の花《はな》も、会場入《かいじょうい》り口《ぐち》の花も、窓際《まどぎわ》の花も、すべてに皆様《みなさま》の真心《まごころ》が染《し》み渡《わた》っている。その労作業《ろうさぎょう》に感謝《かんしゃ》と賛嘆《さんたん》の思《おも》いを託《たく》して拍手《はくしゅ》を送りたい。可能《かのう》ならば、お正月《しょうがつ》までこのままにして、来館《らいかん》される方《かた》を楽《たの》しませていただければ幸《さいわ》いです」

伸一《しんいち》は、この日、和歌《わか》を認《したた》めて贈《おく》った。

熊本県《くまもとけん》の女子部《じょしぶ》には——

「白菊の　その名の如《ごと》き　乙女等《おとめら》が

茜《あかね》の夕日《ゆうひ》に　瞳《ひとみ》ひかりぬ」

大分県竹田《おおいたけんたけた》の同志《どうし》には——

「月光《げっこう》の　曲《きょく》の聞《きこ》ゆる　城趾《しろあと》に

　竹田の友《とも》の　笑顔嬉《えがおうれ》しや」

伸一《しんいち》の一行《いっこう》が阿蘇《あそ》の白菊講堂《しらぎくこうどう》を発《た》って、熊本市《くまもとし》にある熊本文化会館《ぶんかかいかん》に到着《とうちゃく》したのは、午後《ごご》六時前であった。休《やす》む間《ま》もなく県幹部《かんぶ》らとの懇談会《こんだんかい》が待《ま》っていた。

終了後《しゅうりょうご》、彼《かれ》は、県長《けんちょう》たちに言った。

「私が激励《げきれい》に訪《おとず》れた方《ほう》がよいお宅《たく》や、お店《みせ》があったら、どんどん言いなさい。一軒《いっけん》でも、一人《ひとり》でも多くの同志とお会いしておきたい。大きな飛躍《ひやく》を遂《と》げていくには、一人ひとりの同志にお目にかかり、悩《なや》みや疑問《ぎもん》に耳《みみ》を傾《かたむ》け、心《こころ》から納得《なっとく》するまで対話《たいわ》することが肝要《かんよう》なんです。そして、信心《しんじん》への確信《かくしん》をもって、同志の生命《せいめい》を触発《しょくはつ》するんです。個人指導《こじんしどう》とは、人間《にんげん》を根底《こんてい》から蘇生《そせい》させる真剣勝負《しんけんしょうぶ》の対話なんです」

翌《よく》十三日の昼《ひる》、伸一は、学会員《がっかいいん》が営《いとな》む喫茶店《きつさてん》で、五十人ほどの各部《かくぶ》の代表《だいひょう》と懇談会をもち、さらに南九州婦人会館《みなみきゅうしゅうふじん》を視察《しさつ》して熊本文化会館に戻《もど》ると、会館を訪れた人と相次《あいつ》ぎ記念撮《きねんさつ》影《えい》した。

　夜《よる》には、熊本文化会館《くまもとぶんかかいかん》での会館落成五周年《らくせいしゅうねん》を記念《きねん》する県幹部会《けんかんぶかい》に出席《しゅっせき》した。県幹部会では、県長《けんちょう》の平賀功一郎《ひらがこういちろう》から、明年《みょうねん》五月に文化祭を開催《かいさい》することや、新世紀《しんせいき》への出発《しゅっぱつ》の誓《ちか》いをこめた「熊本宣言《せんげん》」などが発表《はっぴょう》された。

　伸一《しんいち》は、席上《せきじょう》、熊本県、なかんずく水俣《みなまた》、八代《やつしろ》、人吉《ひとよし》、荒尾《あらお》、天草《あまくさ》、阿蘇《あそ》方面等《ほうめんとう》の同志《どうし》の奮闘《ふんとう》を讃《たた》えたあと、広宣流布《こうせんるふ》のために呼吸《こきゅう》を合《あ》わせていくことの大切《たいせつ》さを訴《うった》えた。

「広宣流布を進《すす》めていくうえで最優先《さいゆうせん》すべきは、皆《みな》が呼吸を合わせていくことであるといっても過言《かごん》ではない。学会《がっかい》が未曾有《みぞう》の大発展《だいはってん》を遂《と》げたのも、御本尊《ごほんぞん》の仏力《ぶつりき》、法力《ほうりき》によるのは当然《とうぜん》として、皆が信心《しんじん》を根本《こんぽん》に呼吸を合わせ、それぞれの地域《ちいき》の広宣流布に邁進《まいしん》してくださったからにほかなりません。

　活動《かつどう》を推進《すいしん》していくうえでは、協議《きょうぎ》が大事《だいじ》です。ところが、いろいろな考《かんが》え方《かた》があり、なかなか意見《いけん》がまとまらないこともあるかもしれない。そうした時には、常《つね》に、〝なんのためであるか〟に立ち返ることです。

　たとえば、旅客機《りょかくき》の操縦士《そうじゅうし》ら乗員《じょういん》は、大勢《おおぜい》の乗客《じょうきゃく》を無事《ぶじ》に目的地《もくてきち》へ運《はこ》ぶために、安全《あんぜん》を第一《だいいち》に考え、任務《にんむ》を遂行《すいこう》していきます。無理《むり》をしたり、冒険《ぼうけん》をしたりすれば、大きな事故《じこ》につながりかねない。私たちの活動《かつどう》も、仏子《ぶっし》である多くの同志《どうし》を、安全《あんぜん》、無事故《むじこ》で、崩《くず》れざる幸《こう》福《ふく》の都《みやこ》へ運《はこ》ぶことが目的《もくてき》です。そのために、皆《みな》が楽《たの》しく、生活《せいかつ》と人生《じんせい》を歩《あゆ》めるように考慮《こうりょ》し、全体観《ぜんたいかん》に立つことが必要《ひつよう》です。

皆が、この目的観に立ち、心《こころ》を一つにして呼吸《こきゅう》を合《あ》わせてこそ、実《みの》りある協議《きょうぎ》もできるし、目的を成就《じょうじゅ》していくこともできる。

よく戸田先生《とだせんせい》は、言っておられた。

『信心《しんじん》のうえで呼吸が合わない人は、必《かなら》ず落後《らくご》していく』と。心すべきご指導《しどう》です」

ここで伸一《しんいち》は、今回《こんかい》の宗門事件《しゅうもんじけん》のなかで、学会《がっかい》の組織《そしき》を攪乱《かくらん》するなどした幹部《かんぶ》がいたことから、その共通性《きょうつうせい》に言及《げんきゅう》していった。

「これまで、私の側近《そっきん》であるとか、特別《とくべつ》な弟子《でし》であるなどと吹聴《ふいちょう》し、皆に迷惑《めいわく》をかけた幹部が一部《いちぶ》におりました。結局《けっきょく》、私を利用《りよう》して自分《じぶん》の虚像《きょぞう》をつくり、同志を騙《だま》す手段《しゅだん》にしてきたんです。

私は、日々《ひび》、さまざまな会員《かいいん》の方々《かたがた》と接《せっ》しておりますが、皆、平等《びょうどう》に、指導・激励《げきれい》にあたってきたつもりです。信心のうえで特別なつながりなどというものはありません。

強《し》いて言えば、私の身近《みぢか》にいて、すべてを託《たく》してきたのは、十条前会長《じゅうじょうぜんかいちょう》であり、秋月現《あきづきげん》会長《かいちょう》です。したがって、〝自分《じぶん》は側近《そっきん》である。特別《とくべつ》な関係《かんけい》にある〟――などという言葉《ことば》に騙《だま》されないでいただきたい。そんな発言《はつげん》をすること自体《じたい》、おかしな魂胆《こんたん》であると見破《みやぶ》っていただきたい。どこまでも、会長を中心《ちゅうしん》に力《ちから》を合《あ》わせていくことが、広宣流布《こうせんるふ》を推進《すいしん》していくうえでの団結《だんけつ》の基本《きほん》です。未来《みらい》のためにも、あえて申《もう》し上《あ》げておきます」

さらに伸一《しんいち》は、「甲斐《かい》無《な》き者《もの》なれども・たすくる者強《つよ》ければたうれず、すこし健《けなげ》の者も独《ひとり》なれば悪《あ》しきみちには・たうれぬ」（御書《ごしょ》一四六八ジ）などの御文《ごもん》を拝《はい》して指導《しどう》した。

「信心《しんじん》を全《まっと》うしていくうえで、大事《だいじ》なのは善知識《ぜんちしき》であり、よき同志《どうし》の存在《そんざい》です。不甲斐《ふがい》ない者であっても、助《たす》ける人が強ければ倒《たお》れない。反対《はんたい》に、少《すこ》しばかり強くとも一人《ひとり》であれば、悪路《あくろ》では倒れてしまう。どうか、同志の強い励《はげ》ましの絆《きずな》で、一人も漏《も》れなく、広宣流布の二十一世紀《せいき》の山《やま》を登攀《とうはん》していっていただきたいことをお願《ねが》い申し上げ、私のあいさつとさせていただきます」

県幹部会《けんかんぶかい》を終《お》えた伸一は、熊本文化会館内《くまもとぶんかかいかんない》にある「聖教新聞《せいきょうしんぶん》」熊本支局《しきょく》の編集室《へんしゅうしつ》を訪《おとず》れた。翌日付《よくじつづけ》の、岡城址《おかじょうし》での記念撮影《きねんさつえい》が載《の》った新聞の早版《はやばん》を、見ておきたかったのである。彼《かれ》は、竹田《たけた》から阿蘇《あそ》に向かうバスのなかで、できる限《かぎ》り大きく写真《しゃしん》を掲載《けいさい》してあげてほしいと、担当《たんとう》の記者《きしゃ》に頼《たの》んでいたのだ。

仲一《しんいち》が編集室《へんしゅうしつ》で待《ま》っていると、ほどなく明《みよう》十四日付《づけ》の「聖教新聞《せいきょうしんぶん》」の早版《はやばん》が届《とど》いた。彼《かれ》は、すぐにページを開いた。二・三面《めん》に見開《みひら》きで掲載《けいさい》された、竹田《たけた》の同志《どうし》との記念写真《きねんしゃしん》が目《め》に飛《と》び込《こ》んできた。これほどの大きな写真の扱《あつか》いは異例《いれい》である。一人《ひとり》ひとりの顔《かお》までよくわかる。誇《ほこ》らかに胸《むね》を張《は》り、凱歌《がいか》が轟《とどろ》くような写真であった。

そして、「雄々《おお》しき大分《おおいた》竹田の同志に、長寿《ちょうじゅ》と多幸《たこう》あれ」「岡城址《おかじようし》で『荒城《こうじょう》の月《つき》』を大合唱《だいがっしょう》」「『涙《なみだ》』と『悔《くや》しさ』に耐《た》え抜《ぬ》いた三百人と」との見出《みだ》しが躍《おど》っていた。

彼は、居合《いあ》わせた記者《きしゃ》たちに言った。

「すばらしいね。迫力《はくりょく》がある。これで、みんな大喜《おおよろこ》びするよ！　ありがとう！」

翌日《よくじつ》、大分県《けん》では、早朝《そうちょう》から同志の喜びが爆発《ばくはつ》した。その記念写真は、烈風《れっぷう》を乗《の》り越《こ》えて、創価《そうか》の師弟《してい》が二十一世紀《せいき》への広宣流布《こうせんるふ》の長征《ちょうせい》を誓《ちか》う一幅《いっぷく》の〝名画《めいが》〟であった。

写真に写《うつ》った同志の多くは、この新聞を額《がく》に入れて飾《かざ》ったり、〝家宝《かほう》〟として大切《たいせつ》に保管《ほかん》した。その後《ご》の人生《じんせい》のなかで、苦《くる》しいことや悲《かな》しいことに出遭《であ》うと、新聞に載《の》った写真を見ては自《みずか》らを元気《げんき》づけ、勇気《ゆうき》を奮《ふる》い起《お》こして頑張《がんば》り抜いたという人も少《すく》なくない。

この十四日、仲一は、福岡県《ふくおか》にも足《あし》を延《の》ばし、久留米会館《くるめかいかん》を訪《おとず》れた。会館に集《つど》っていた同志と厳粛《げんしゆく》に勤行《ごんぎょう》し、激励《げきれい》したあと、八女《やめ》会館を初訪問《はつほうもん》した。

八女《やめ》は、初代会長《しょだいかいちょう》・牧口常三郎《まきぐちつねさぶろう》も、第二代《だいにだい》会長・戸田城聖《とだじょうせい》も弘教《ぐきょう》に奔走《ほんそう》した、広布開拓《こうふかいたく》の歴史《れきし》を刻《きざ》む地である。さらに、八女支部《しぶ》の初代支部長を務《つと》めた功労者宅《こうろうしゃたく》を訪《たず》ね、家族《かぞく》と語《かた》らいのひと時をもった。

引《ひ》き続《つづ》き、筑後市内《ちくごしない》の中心会場《ちゅうしんかいじょう》となっている個人会館《こじんかいかん》で、筑後の代表《だいひょう》や福岡県《ふくおかけん》の幹部《かんぶ》らと勤行《ごんぎょう》し、懇談会《こんだんかい》を開いた。

伸一《しんいち》は、広宣流布《こうせんるふ》の途上《とじょう》には予期《よき》せぬ困難《こんなん》が待《ま》ち受《う》けており、その時こそ、リーダーの存《そん》在《ざい》が、振《ふ》る舞《ま》いが重要《じゅうよう》になることを確認《かくにん》しておきたかった。

御聖訓《ごせいくん》には、「軍《いくさ》には大将軍《だいしょうぐん》を魂《たましい》とす大将軍をくし《臆》ぬれば歩兵臆病《つわものおくびょう》なり」（御書《ごしょ》一二一九ページ）と仰《おお》せである。

彼《かれ》は、かつてのイギリスの首相《しゅしょう》チャーチルの姿《すがた》を通《とお》し、指導者《しどうしゃ》の在《あ》り方《かた》を語っていった。

第二次世界大戦中《だいにじせかいたいせんちゅう》、ヒトラーのナチス・ドイツは、イギリスの首都《しゅと》ロンドンを爆撃《ばくげき》した。焼《や》け跡《あと》に現《あらわ》れたチャーチルは、悠々《ゆうゆう》と葉巻《はまき》をくわえ、指《ゆび》でVの字《じ》をつくって歩《ある》いた。その姿に、人びとは勇気《ゆうき》づけられた。

「チャーチルには、〝こんなことでロンドンは滅《ほろ》びない！　イギリスは負《ま》けたりはしない！〟という強《つよ》い一念《いちねん》があった。その心意気《こころいき》を、多くのロンドン市民《しみん》は感《かん》じ取《と》り、奮《ふる》い立《た》っていった。一念《いちねん》は波動《はどう》し、確信《かくしん》は共鳴《きょうめい》し、勇気《ゆうき》は燃《も》え広《ひろ》がるんです。

また、ヒトラーのやり口《くち》を見た市民《しみん》たちには、〝ヒトラーは異常《いじょう》な破壊者《はかいしゃ》である。そんな人間《にんげん》が支配《しはい》するナチス・ドイツに、断《だん》じて負《ま》けるわけにはいかない！〟という強《つよ》い思《おも》いがあった。それは、平和《へいわ》を欲《ほっ》する良識《りょうしき》からの、正義《せいぎ》の炎《ほのお》であったといってよい。

今、正義の学会《がっかい》を攻撃《こうげき》し、破壊しようとする者もまた、いかに巧妙《こうみょう》に善《ぜん》を装《よそお》うとも、常軌《じょうき》を逸《いっ》した卑劣《ひれつ》な正法《しょうほう》の破壊者です。私たちは、その悪《あく》を鋭《するど》く見破《みやぶ》り、断じて勝たなければならない。それなくして、広布《こうふ》の道《みち》を開くことはできないからです。

リーダーである皆《みな》さんは、いかなる大難《だいなん》があろうが、巌《いわお》のごとき信念《しんねん》で、絶対《ぜったい》に勝つという強い一念で、悠々《ゆうゆう》と、堂々《どうどう》と、使命《しめい》の道を突《つ》き進《すす》んでください。その姿《すがた》に接《せっ》して、会員《かいいん》は、皆、安心《あんしん》し、勇気をもつからです。

リーダーには、次《つぎ》の要件《ようけん》が求《もと》められます。

『信念と確信の強い人でなければならない』『誠実《せいじつ》で魅力《みりょく》ある人でなければならない』『健《けん》康《こう》でなければならない。常《つね》に生き生きと指揮《しき》を執《と》り、リズム正《ただ》しい生活《せいかつ》であるように留意《りゅうい》すべきである』『仕事《しごと》で、職場《しょくば》で、光《ひか》った存在《そんざい》でなければならない。社会《しゃかい》での実証《じっしょう》は、指導力《しどうりょく》の輝《かがや》きとなっていくからである』『指導にあたっては、常に平等《びょうどう》で、良識的でなくてはならない』

以上《いじょう》を、心《こころ》に刻《きざ》んで進《すす》んでいただきたい」

夜《よる》、熊本文化《くまもとぶんか》会館《かいかん》に戻《もど》った伸一《しんいち》は、翌《よく》十五日の午前《ごぜん》、長崎《ながさき》・佐賀《さが》県《けん》の幹部《かんぶ》を招《まね》いて今後《こんご》の活動《かつどう》などを協議《きょうぎ》し、午後《ごご》には同会館で自由勤行会《じゆうごんぎょうかい》を開催《かいさい》した。

これには熊本市内《しない》をはじめ、城南地域《じょうなんちいき》の八代《やつしろ》・人吉《ひとよし》・水俣本部《みなまたほんぶ》、天草《あまくさ》の同志《どうし》、さらに、鹿《か》児島《ごしま》・佐賀・長崎・福岡《ふくおか》県の代表《だいひょう》も参加《さんか》し、晴《は》れやかで盛大《せいだい》な自由勤行会となった。

城南地域や天草からは、バスを連《つら》ねて集《つど》って来た。皆《みな》、喜《よろこ》びに胸《むね》を弾《はず》ませていた。

これらの地域では、悪僧《あくそう》の奸計《かんけい》によって、学会《がっかい》を辞《や》めて檀徒《だんと》になった幹部もいたのだ。昨日《きのう》まで、すべて学会のおかげだと言っていた人物《じんぶつ》が、衣《ころも》の権威《けんい》を振《ふ》りかざす坊主《ぼうず》の手先《てさき》となって、学会を口汚《くちぎたな》く罵《ののし》り、会員《かいいん》に脱会《だつかい》をそそのかしていったのである。

同志は、腸《はらわた》が煮《に》えくり返る思《おも》いで日々《ひび》を過《す》ごしてきた。

〝寺《てら》の檀徒をつくりたいなら、自分《じぶん》たちで、折伏《しゃくぶく》すればよいではないか！　それもせずに、信心《しんじん》のよくわからぬ、気の弱《よわ》い学会員を狙《ねら》って脱会させ、寺につけようとする！　卑怯《ひきょう》者《もの》のすることじゃ！　信仰者《しんこうしゃ》のやることではない！〟

皆の憤怒《ふんぬ》は激《はげ》しかったが、僧俗和合《そうぞくわごう》のためにと、黙《もく》していた。理不尽《りふじん》な状況《じょうきょう》があまりにも長《なが》く続《つづ》き、耐《た》え忍《しの》ぶしかないと考《かんが》えるまでになっていたのだ。歯《は》ぎしりしながらも、ひたすら広布《こうふ》の前進《ぜんしん》と、正邪《せいじゃ》が明《あき》らかになることを願《ねが》っての唱題《しょうだい》が続いた。

そのなかで、自《みずか》らを鼓舞《こぶ》し、〝燦々《さんさん》と光《ひかり》が降《ふ》り注《そそ》ぐような、あの自由《じゆう》な学会《がっかい》を、また築《きず》こう!〟と、弘教《ぐきょう》に走《はし》ってきたのだ。

やがて、事態《じたい》は動《うご》き始《はじ》めた。そして、長い苦渋《くじゅう》の時を経《へ》て、ようやく希望《きぼう》の曙光《しょこう》を仰《あお》ぎ、伸一《しんいち》の熊本訪問《くまもとほうもん》を迎《むか》えたのだ。

メンバーは、勇《いさ》んで熊本文化会館《ぶんかかいかん》をめざした。苦闘《くとう》を勝《か》ち越《こ》えた同志《どうし》の胸《むね》には、厳《げん》として師《し》がいた。伸一も、苦労《くろう》し抜《ぬ》いて戦《たたか》い続けてきた同志と会い、一人《ひとり》ひとりを抱《だ》きかかえるようにして励《はげ》ましたかった。

遠《とお》く離《はな》れていようが、何があろうが、共《とも》に広布に戦う師弟《してい》は金剛《こんごう》の絆《きずな》で結《むす》ばれている。

自由勤行会《ごんぎょうかい》は、希望みなぎる新《あたら》しき旅立《たびだ》ちの集《つど》いとなった。地元《じもと》・熊本の県長《けんちょう》をはじめ、県幹部《かんぶ》らのあいさつに続いて、地域《ちいき》広布への誓《ちか》いを込《こ》めた、「天草宣言《あまくさせんげん》」「城南《じょうなん》宣言」が、それぞれ採択《さいたく》された。

「天草宣言」には、こうある。

「天草の地は、歴史的《れきしてき》に不幸《ふこう》な、あまりにも不幸な地であった。しかし、今我《われ》らは、日蓮《にちれん》大聖人《だいしょうにん》の大仏法《だいぶつぽう》を根本《こんぽん》として、楽土天草《らくどあまくさ》の建設《けんせつ》に努力《どりょく》しあうことを誓《ちか》う」

「我《われ》ら〝妙法《みょうほう》の天草四郎《しろう》〟は、生涯青春《しょうがいせいしゅん》の信心《しんじん》をもって、生き生きと、広宣流布《こうせんるふ》の模範《もはん》の地としゆくことを、ここに誓う」

このあと、各県長《かくけんちょう》らが登壇《とうだん》した。鹿児島《かごしま》県長は、明年中《みょうねんじゅう》には鹿児島文化会館《ぶんかかいかん》が完成《かんせい》の予定《よてい》であることを報告《ほうこく》し、佐賀《さが》県長は、明春《みょうしゅん》、二万人の県友好総会《ゆうこうそうかい》を開催《かいさい》することを発表《はっぴょう》。長崎《ながさき》県長は、明春、諫早《いさはや》文化会館が完成の運《はこ》びであることを紹介《しょうかい》した。

参加者《さんかしゃ》の喜《よろこ》びのなか、マイクに向かった伸一《しんいち》は、熊本訪問《くまもとほうもん》に先立《さきだ》ち、十三年半《はん》ぶりに大分《おおいた》を訪《おとず》れたことを述《の》べ、西南戦争《せいなんせんそう》での大分・中津隊《なかつたい》の戦《たたか》いについて語《かた》っていった。

「一八七七年（明治《めいじ》十年）、西郷隆盛《さいごうたかもり》の軍《ぐん》と政府《せいふ》軍は、田原坂《たばるざか》で激戦《げきせん》を展開《てんかい》し、西郷軍は敗《はい》退《たい》してしまう。一方《いっぽう》、大分の中津では、増田宋太郎《ますだそうたろう》と共《とも》に数十人《すうじゅうにん》が義勇軍《ぎゆうぐん》として挙兵《きょへい》した。これが中津隊です。

彼《かれ》らは、阿蘇《あそ》で西郷軍と合流《ごうりゅう》し、見事《みごと》な戦果《せんか》をあげるが、最後《さいご》は政府軍に敗《やぶ》れ、命《いのち》を散《ち》らしてしまう。勇壮《ゆうそう》な戦いであったが、あまりにも悲惨《ひさん》です。

広宣流布の前進《ぜんしん》にあっては、一人《ひとり》たりとも犠牲者《ぎせいしゃ》を出してはならないというのが、私の決《けつ》意《い》であり、信条《しんじょう》です。また、戦争で最《もっと》も苦《くる》しむのは民衆《みんしゅう》であり、民衆は、常《つね》に苦渋《くじゅう》を強《し》いられてきた。その民衆《みんしゅう》の歴史《れきし》を幸《しあわ》せと希望《きぼう》の歩《あゆ》みへと転換《てんかん》していくのが、日蓮大聖人《にちれんだいしょうにん》の御精神《ごせいしん》であり、創価学会《そうかがっかい》の運動《うんどう》の原点《げんてん》でもあります」

――「君《きみ》の無骨《ぶこつ》な手がふるえ　素朴《そぼく》な顔《かお》に輝《かがや》きわたる生《せい》の歓喜《かんき》を　この地上《ちじょう》に獲得《かくとく》するまで戦《たたか》う」とは、彼《かれ》の詩《し》「民衆」の一節《いっせつ》である。

伸一《しんいち》は、確信《かくしん》のこもった声《こえ》で言った。

「広宣流布《こうせんるふ》に生き、弘教《ぐきょう》に励《はげ》むならば、経文《きょうもん》、御書《ごしょ》に照《て》らして、難《なん》が競《きそ》い起《お》こることは間《ま》違《ちが》いない。これまでに私たちが受けてきた難も、すべて法華経《ほけきょう》の信心《しんじん》をしたがゆえに起こったものです。

しかし、『開目抄《かいもくしょう》』に説《と》かれているように難即成仏《そくじょうぶつ》です。広宣流布に戦い、難を呼《よ》び起こし、それをバネに偉大《いだい》なる人生《じんせい》へ、無上《むじょう》の幸福《こうふく》へと大飛躍《だいひやく》していく力《ちから》が信心なんです。

また、万策尽《ばんさくつ》きて、生活《せいかつ》や人生で敗《やぶ》れるようなことがあったとしても、私たちには御本尊《ごほんぞん》がある。信心さえ破《やぶ》られなければ、必《かなら》ず最後《さいご》は勝ちます。いや、すべての労苦《ろうく》を、その後《ご》の人生に、財産《ざいさん》として生かしていけます。

安穏《あんのん》な人生が、必ずしも幸福とは言い切れません。また、難があるから不幸《ふこう》なのではない。要《よう》は、何があっても負《ま》けない、強《つよ》い自己自身《じこじしん》をつくることができれば、悠々《ゆうゆう》と、あたかも波乗《なみの》りを楽《たの》しむように、試練《しれん》の荒波《あらなみ》も乗り越《こ》えていくことができる。そのための信心《しんじん》であり、仏道修行《ぶつどうしゆぎよう》なんです。

ゆえに、いかなる大難《だいなん》があろうが、感傷的《かんしようてき》になるのではなく、明《あか》るく、朗《ほが》らかに、信念《しんねん》の人生《じんせい》を生《い》き抜《ぬ》いていただきたい。

熊本《くまもと》といえば、『田原坂《たばるざか》』の歌《うた》が有名《ゆうめい》ですが、人生には、いろいろな坂《さか》がある。広宣流布《こうせんるふ》の道《みち》にも、〝越すにこされぬ〟険路《けんろ》がある。しかし、広布《こうふ》の使命《しめい》に生きる私たちは、その宿命的《しゆくめいてき》な坂を、一つ一つ、なんとしても乗り越えていかねばならない。その戦《たたか》いが人生であり、信心です。小《ちい》さな坂で、へこたれては、絶対《ぜつたい》になりません。

『田原坂』の歌には、『右手《めて》に血刀《ちがたな》　左手《ゆんで》に手綱《たづな》　馬上《ばじよう》ゆたかな　美少年《びしようねん》』とある。

私たちは、『右手に慈悲《じひ》　左手に生命《せいめい》の大哲学《だいてつがく》』を持《も》つ、凜々《りり》しき後継《こうけい》の青年部《せいねんぶ》に、次代《じだい》の一切《いつさい》を託《たく》してまいりたい」

そして、結《むす》びに、「城南並《じようなんなら》びに天草《あまくさ》の同志《どうし》が、ますますの精進《しようじん》と団結《だんけつ》とをもって、福運《ふくうん》と栄光《えいこう》の人生を歩《あゆ》まれんことを、心《こころ》よりお祈《いの》り申《もう》し上《あ》げたい」と述《の》べ、あいさつとした。

会場《かいじよう》に大きな拍手《はくしゆ》が広《ひろ》がった。なかでも、城南、天草の同志の多くは、感涙《かんるい》を拭《ぬぐ》い、頰《ほお》を紅潮《こうちよう》させ、立ち上がらんばかりにして、決意《けつい》の拍手を送《おく》り続《つづ》けるのであった。

自由勤行会《じゆうごんぎようかい》は、感動《かんどう》のなかに幕《まく》を閉《と》じた。

参加者《さんかしや》は、熊本文化会館《くまもとぶんかかいかん》を出ると、足早《あしばや》に会館から歩《ある》いて二分ほどのところにある壱町畑《いつちようばた》公園《こうえん》に向かった。伸一《しんいち》の提案《ていあん》で、ここで記念撮影《きねんさつえい》をすることになっていたのである。

公園には、櫓《やぐら》が組《く》まれていた。千五百人という大人数《おおにんずう》の撮影となるため、高い場所《ばしよ》からでないと、全員《ぜんいん》がカメラに納《おさ》まりきらないのである。

皆《みな》が公園に集《あつ》まったところに、伸一が姿《すがた》を現《あらわ》した。

うららかな春《はる》を思《おも》わせる陽気《ようき》であった。

「さあ、一緒《いつしよ》に写真《しやしん》を撮《と》りましょう!

皆さんは耐《た》えに耐え、戦《たたか》い、勝った。まことの師子《しし》です。晴《は》れやかな出発《しゆつぱつ》の記念撮影をしましょう。この写真は、『聖教新聞《せいきようしんぶん》』に大きく載《の》せてもらうようにします」

歓声《かんせい》があがった。伸一は、皆に提案した。

「皆さんは、試練《しれん》の坂《さか》を、見事《みごと》に越《こ》え、〝勝利《しようり》の春〟を迎《むか》えた。一緒に、胸《むね》を張《は》って、『田《た》原坂《ばるざか》』を大合唱《だいがつしよう》しましょう!」

熊本の愛唱歌《あいしようか》ともいうべき、郷土《きようど》の誇《ほこ》りの歌《うた》である。

ゆっくりとした、力強《ちからづよ》い、歌声《うたごえ》が響《ひび》いた。

〽雨《あめ》はふるふる　人馬《じんば》はぬれる
越《こ》すにこされぬ　田原坂《たばるざか》
右手《めて》に血刀《ちがたな》　左手《ゆんで》に手綱《たづな》
馬上《ばじょう》ゆたかな　美少年《びしょうねん》

皆《みな》、勤行会《ごんぎょうかい》での伸一《しんいち》の指導《しどう》を噛《か》み締《し》めながら、〝これからも、どんな苦難《くなん》の坂《さか》があろうが、断固《だんこ》、越えてみせます！〟と誓《ちか》いながら、声《こえ》を限《かぎ》りに歌《うた》った。同志《どうし》の目は、決意《けつい》に燃《も》え輝《かがや》いていた。決意は、強《つよ》さを引き出す力《ちから》である。喜《よろこ》びにあふれた、はつらつとした歌声《うたごえ》が、晴《は》れた空《そら》に広《ひろ》がっていった。熊本《くまもと》の同志たちは、熱唱《ねっしょう》しながら、悪僧《あくそう》らとの攻防《こうぼう》と忍耐《にんたい》の日々《ひび》が脳裏《のうり》に浮《う》かんでは消《き》えた。しかし、今、皆が勝利《しょうり》の喜びを噛み締めていた。

伸一は、宝友《とも》の敢闘《かんとう》に対《たい》して、〝おめでとう！　ありがとう！〟と、語《かた》りかける思《おも》いで、共《とも》に合唱《がっしょう》した。

〽天下《てんか》取るまで　大事《だいじ》な身体《からだ》
　蚤《のみ》にくわせて　なるものか

合唱《がつしよう》が終《お》わると、伸一《しんいち》は提案《ていあん》した。

「凱歌《がいか》は、高らかに轟《とどろ》きました。今、私たちは、見事《みごと》に田原坂《たばるざか》を越《こ》えました。万歳《ばんざい》を三唱《さんしよう》しましょう！　皆《みな》さんの大勝利《だいしようり》と、二十一世紀《せいき》への熊本《くまもと》の門出《かどで》を祝《しゆく》しての万歳です」

皆、大きく両手《りようて》を振《ふ》り上《あ》げ、胸《むね》を張《は》り、天に届《とど》けとばかりに叫《さけ》んだ。

「万歳！　万歳！　万歳！」

カメラマンがシャッターを切った。

この写真《しやしん》は、十七日付《づけ》の「聖教新聞《せいきようしんぶん》」に、二・三面《めん》を使《つか》って大きく掲載《けいさい》された。無名《むめい》の庶《しよ》民《みん》による広布《こうふ》の凱歌の絵巻《えまき》が、また一つ、描《えが》かれたのである。

伸一は、城南《じようなん》、天草《あまくさ》の同志《どうし》の代表《だいひよう》に歌《うた》を贈《おく》った。

「妙法《みようほう》の　城《しろ》の南《みなみ》に　嵐《あらし》をば
　耐《た》えに耐えたる　友《とも》や尊《とうと》し」

「天草《あまくさ》に　老《お》いも若《わか》きも　堂々《どうどう》と
　　広布《こうふ》に生きゆく　笑顔《えがお》忘《わす》れじ」

伸一《しんいち》が、九日間にわたる九州指導《きゅうしゅうしどう》を終《お》えて東京《とうきょう》に戻《もど》ったのは、十二月十六日であった。

そして二十二日には、神奈川《かながわ》の小田原《おだわら》、静岡《しずおか》の御殿場《ごてんば》方面《ほうめん》の代表《だいひょう》が集《つど》い、神奈川研修道《けんしゅうどう》場《じょう》で開催《かいさい》された勤行会《ごんぎょうかい》に出席《しゅっせき》した。これらの地域《ちいき》でも、僧《そう》たちによって学会員《がっかいいん》は中傷《ちゅうしょう》され、過酷《かこく》な仕打《しう》ちを受けてきた。しかし、師弟《してい》の誓《ちか》いに生きる同志《どうし》は、決《けっ》して負《ま》けなかった。師弟は魂《たましい》の柱《はしら》である。

伸一は、全国《ぜんこく》を回《まわ》り、正信会《しょうしんかい》僧の攪乱《かくらん》に苦《くる》しめられてきた同志を励《はげ》まし、共《とも》に二十一世紀《せいき》への出発《しゅっぱつ》を期《き》そうと心《こころ》に決めていた。

小田原と御殿場は、神奈川県《けん》と静岡県に分かれているが、江戸時代《えどじだい》には、共に小田原藩領《はんりょう》であった。また、両《りょう》地域の同志は、「日本一の富士山《ふじさん》」を誇《ほこ》りとしてきた。

一九七五年（昭和《しょうわ》五十年）八月、小田原の友《とも》が「箱根《はこね》すすきの集い」を開催した折《おり》には、御殿場の代表を招待《しょうたい》した。そして、九月に行《おこな》われた「御殿場家族友好《かぞくゆうこう》の集い」には、小田原の代表が招《まね》かれている。

その後《ご》、宗門事件《しゅうもんじけん》の烈風《れっぷう》が吹《ふ》き荒《あ》れてからも、互《たが》いに励《はげ》まし合《あ》いながら、広布《こうふ》の険路《けんろ》を突《つ》き進《すす》んできたのであった。

「信心《しんじん》を教《おし》えてくれたのは学会《がっかい》だ！」

「『魔競《まきそ》はずは正法《しょうほう》と知るべからず』（御書《ごしょ》一〇八七ジペー）だ。負《ま》けてたまるか！」

同志《どうし》は皆《みな》、師弟《してい》の道《みち》を堂々《どうどう》と踏破《とうは》して、神奈川研修道場《かながわけんしゅうどうじょう》に集《つど》って来たのである。

空《そら》は晴《は》れ渡《わた》り、青《あお》く輝《かがや》いていた。箱根《はこね》の外輪山《がいりんざん》の向こうに、くっきりと、白雪《はくせつ》の富士《ふじ》が浮《う》かぶ。皆で、スクラムを組《く》み、「ふじの山《やま》」の歌《うた》を合唱《がっしょう》した。

〽あたまを雲《くも》の上に出し
四方《しほう》の山を見おろして……

巍々《ぎぎ》堂々たる富士の如《ごと》く――それは、小田原《おだわら》と御殿場《ごてんば》の同志の、心意気《こころいき》であった。

この日、伸一《しんいち》は、和歌《わか》を贈《おく》った。

「白雪の　鎧《よろい》まばゆき　富士の山
　仰《あお》ぎてわれらも　かくぞありけり」

「限《かぎ》りなく　また限りなく　広宣《こうせん》に
　天下《てんか》の嶮《けん》も　いざや恐《おそ》るな」

伸一《しんいち》は、年《とし》の瀬《せ》も、東京《とうきょう》の板橋《いたばし》、江東《こうとう》、世田谷《せたがや》、江戸川《えどがわ》の各区《かくく》を訪問《ほうもん》し、さらに神奈川文《かながわぶん》化会館《かかいかん》を訪《おとず》れている。御聖訓《ごせいくん》に「火をきるに・やすみ《休》ぬれば火をえず」（御書《ごしょ》一一一八ページ）と。全精魂《ぜんせいこん》を注《そそ》いでの間断《かんだん》なき闘争《とうそう》によってこそ、広布《こうふ》の道《みち》は切り開かれるのだ。

闇《やみ》を破《やぶ》り、赫々《かっかく》と青年《せいねん》の太陽《たいよう》は昇《のぼ》る。清《きよ》らかな瞳《ひとみ》、さわやかな笑《え》み、満々《まんまん》たる闘志《とうし》、みなぎる力《ちから》――青年は希望《きぼう》だ。若人《わこうど》が躍《おど》り出《で》れば、時代《じだい》の夜明《よあ》けが訪れる。

一九八二年（昭和《しょうわ》五十七年）――学会《がっかい》は、この年を、「青年の年」と定《さだ》め、はつらつと二十一世紀《せいき》へのスタートを切った。

元朝《がんちょう》、山本《やまもと》伸一は、神奈川文化会館から、東天《とうてん》に昇りゆく旭日《きょくじつ》を見ていた。

〝いよいよ青年の時代の幕《まく》が開いた！〟

彼《かれ》は、各方面《かくほうめん》に行くたびに、そのことを強《つよ》く実感《じっかん》していた。自身《じしん》が手塩《てしお》にかけて育《そだ》ててきた青年たちが、若鷲《わかわし》のごとく、たくましく成長《せいちょう》し、新世紀の大空《おおぞら》へ大きく羽《は》ばたかんと、決《けっ》意《い》に燃《も》えているのだ。

〝創価《そうか》の全同志《ぜんどうし》よ！　時は今だ。今こそ戦《たたか》うのだ。青年《せいねん》と共《とも》に広布《こうふ》の上《あ》げ潮《しお》をつくろう〟

伸一《しんいち》は、新年《しんねん》にあたり、和歌《わか》を詠《よ》んだ。

「妙法《みょうほう》の　広布の彼方《かなた》に　山《やま》みえむ
　金剛《こんごう》かがやき　旭日光《きょくじつひか》りて」

「幾《いく》たびか　嵐《あらし》の山を　越《こ》え越えし
　尊《とうと》き同志《とも》の　無事《ぶじ》ぞ祈《いの》らむ」

「死身《ししん》をば　弘法《ぐほう》にかえゆく　嬉《うれ》しさよ
　永遠《とわ》に残《のこ》りし　歴史《れきし》なりせば」

元日《がんじつ》、神奈川文化会館《かながわぶんかかいかん》では、八階《かい》、七階、五階、三階、地下《ちか》二階《がい》と、五会場《かいじょう》で新年勤行会《ごんぎょうかい》が行《おこな》われた。モーニングに身《み》を包《つつ》んだ伸一は、各《かく》会場を回《まわ》り、十数回《じゅうすうかい》にわたって勤行会に出席《しゅつせき》し、参加者《さんかしゃ》を励《はげ》ました。

彼《かれ》は、この一年こそ、新世紀《しんせいき》への勝利《しょうり》の流《なが》れを開く勝負《しょうぶ》の年であると心《こころ》に決めていた。それには、自《みずか》らが同志の中《なか》へ入《はい》り、語《かた》らいを重《かさ》ね、率先垂範《そっせんすいはん》をもって皆《みな》を鼓舞《こぶ》し、触発《しょくはつ》していく以外《いがい》にないと結論《けつろん》していた。

闘将《とうしょう》は、闘将によってのみ育《はぐく》まれる。

午後《ごご》、創価《そうか》高校《こうこう》サッカー部《ぶ》のメンバーが、神奈川文化会館《かながわぶんかかいかん》に創価学園《がくえん》の創立者《そうりつしゃ》である伸一《しんいち》を訪《たず》ねて来た。彼《かれ》らは、全国《ぜんこく》高校サッカー選手権大会《せんしゅけんたいかい》の東京《とうきょう》Bブロック代表《だいひょう》となり、東京・国立競技場《こくりつきょうぎじょう》で行《おこな》われた開会式《かいかいしき》が終《お》わると、直《ただ》ちに、大会出場《しゅつじょう》の報告《ほうこく》にやって来たのである。

伸一は、サッカー部員《ぶいん》と共《とも》に記念《きねん》のカメラに納《おさ》まった。全国選手権大会に出場するのは、初《はじ》めてのことである。

伸一は、選手たちに声《こえ》をかけた。

「いつも通《どお》りに、伸《の》び伸びとね」

メンバーは、肩《かた》に余計《よけい》な力《ちから》が入《はい》っていたのが、すっと抜《ぬ》けるような気がした。

彼は、周《まわ》りにいた人たちに言った。

「負《ま》けた時には、明《あか》るく笑《わら》って、励《はげ》ましてあげてください。勝った時には、泣《な》いてあげてください」

翌《よく》二日、創価高校は一回戦《かいせん》を迎《むか》えた。対戦相手《たいせんあいて》は、大分《おおいた》代表の高校である。この日は、伸一の五十四歳《さい》の誕生日《たんじょうび》であった。

優勝
第六十回
創価高等学校
創価

選手《せんしゅ》たちは、「初戦《しょせん》の勝利《しょうり》をもって、創立者《そうりつしゃ》の誕生日《たんじょうび》をお祝《いわ》いしよう」と誓《ちか》い合《あ》った。皆《みな》、普段《ふだん》以上《いじょう》に力《ちから》を発揮《はっき》できた。また、見事《みごと》な連係《れんけい》プレーが随所《ずいしょ》に見られた。

ゴールキーパーの選手は、年末《ねんまつ》の練習試合《れんしゅうじあい》で左膝内側《ひだりひざうちがわ》の靱帯《じんたい》を損傷《そんしょう》したが、テープを巻《ま》いて出場《しゅつじょう》し、鼻血《はなぢ》を出しながらもゴールを守《まも》り抜《ぬ》いた。しかし、容易《ようい》に決着《けっちゃく》はつかず、試合《しあい》は0対《たい》0のまま、ＰＫ戦《せん》となった。そして、シュートが決まり、創価《そうか》高校《こうこう》が勝利したのだ。

〝負《ま》けじ魂《だましい》〟が光《ひか》る勝負《しょうぶ》であった。

この試合は、テレビ中継《ちゅうけい》されており、学園寮歌《がくえんりょうか》「草木《くさき》は萌《も》ゆる」（後《のち》の創価中学《ちゅうがく》・高校の校《こう》歌《か》）の歌声《うたごえ》が流《なが》れ、胸《むね》を張《は》って熱唱《ねっしょう》する選手たちの凜々《りり》しい表情《ひょうじょう》が放映《ほうえい》された。

四日には、二回戦《かいせん》に臨《のぞ》み、北海道代表《ほっかいどうだいひょう》と対戦《たいせん》した。接戦《せっせん》の末《すえ》に0対1で惜敗《せきはい》したが、初出《はつ》場ながら、いかんなく敢闘精神《かんとうせいしん》を発揮した試合となった。

対戦した北海道代表のフォワードは高等部員《こうとうぶいん》であった。彼《かれ》は、試合終了後《しゅうりょうご》、創価高校の監《かん》督《とく》のもとへ駆《か》け寄《よ》り、「ありがとうございました！」と一礼《いちれい》し、自己紹介《じこしょうかい》した。二人《ふたり》が固《かた》い握手《あくしゅ》を交《か》わすと、拍手《はくしゅ》が起《お》こった。

「これから創価高校の分《ぶん》まで頑張《がんば》ります」と語《かた》る、彼の姿《すがた》がさわやかであった。

もう一つの青春《せいしゅん》のドラマであった。

元日《がんじつ》、伸一《しんいち》は、神奈川《かながわ》文化《ぶんか》会館《かいかん》で午前《ごぜん》と午後《ごご》にわたって新年勤行会《しんねんごんぎょうかい》に出席《しゅっせき》したあと、静岡《しずおか》県《けん》へ向かった。翌《よく》二日は、宗門《しゅうもん》の総本山《そうほんざん》での諸行事《しょぎょうじ》に参加《さんか》した。

三日には、静岡研修道場《けんしゅうどうじょう》で静岡県の代表幹部《だいひょうかんぶ》を激励《げきれい》し、四日、五日は、自《みずか》ら教育部《きょういくぶ》の新春《しんしゅん》研修会を担当《たんとう》するなど、飛行機《ひこうき》が勢《いきお》いよく離陸《りりく》していくように、フル回転《かいてん》で新年のスタートを切ったのである。

九日、伸一は、学会本部《がっかいほんぶ》の師弟会館《していかいかん》で行《おこな》われた首都《しゅと》圏高等部《けんこうとうぶ》勤行会に、会長《かいちょう》の秋月英介《あきづきえいすけ》と共《とも》に出席した。

彼《かれ》は、戸《と》田城聖《だじょうせい》が世界広宣流布《せかいこうせんるふ》を誓願《せいがん》して願主《がんしゅ》となった、「大法弘通《だいほうぐつうじ》慈折《しゃく》広宣流布大願成《だいがんじょう》就《じゅ》」の創価学会常住《そうかがっかいじょうじゅう》の御本尊《ごほんぞん》に、皆《みな》と一緒《いっしょ》に深《ふか》い祈《いの》りを捧《ささ》げた。唱題《しょうだい》しながら、十六年余《あま》り前の一九六五年（昭和《しょうわ》四十年）十月、この会場《かいじょう》で、当時《とうじ》の高等部の部長《ぶちょう》一人《ひと》ひとりに、出来《でき》上《あ》がったばかりの部旗《ぶき》を授与《じゅよ》した日のことが、鮮《あざ》やかに思《おも》い起《お》こされた。

その時に集《つど》った高等部員の多くは、今や男女青年部《だんじょせいねんぶ》の中核《ちゅうかく》として、広宣流布の檜舞台《ひのきぶたい》に躍《おど》り出《で》ていた。同様《どうよう》に、ここにいるメンバーも、二十一世紀《せいき》を担《にな》う学会の柱《はしら》となっていくことを思《おも》うと、彼の心《こころ》は弾《はず》んだ。

〝学会《がっかい》には後継《こうけい》の若師子《わかじし》たちが、陸続《りくぞく》と育《そだ》っている。未来《みらい》は盤石《ばんじゃく》である〟――この確信《かくしん》こそが、伸一《しんいち》の勇気《ゆうき》の源泉《げんせん》であった。彼《かれ》は、男女青年部《だんじょせいねんぶ》を、学生部《がくせいぶ》を、高等部《こうとうぶ》、中等部《ちゅうとうぶ》、少《しょう》年《ねん》・少女部《しょうじょぶ》のメンバーを、さらに全力《ぜんりょく》で励《はげ》まし、育成《いくせい》していこうと決心《けっしん》していた。

勤行《ごんぎょう》のあと、伸一は、全参加者《ぜんさんかしゃ》と共《とも》に、記念《きねん》のカメラに納《おさ》まり、若き俊英《しゅんえい》の前途《ぜんと》を心《こころ》から祝福《しゅくふく》した。さらに、少年・少女部の代表《だいひょう》とも記念撮影《さつえい》した。

それから、目黒平和会館《めぐろへいわかいかん》（後《のち》の目黒国際文化会館《こくさいぶんか》）へ向かい、東京《とうきょう》の目黒・品川区《しながわく》の代表との懇談会《こんだんかい》に臨《のぞ》んだ。目黒には正信会僧《しょうしんかいそう》の活動拠点《かつどうきょてん》となってきた寺《てら》があり、同志《どうし》は悪僧《あくそう》との攻《こう》防戦《ぼうせん》を続《つづ》けてきた。

〝苦闘《くとう》する同志を応援《おうえん》しよう！〟――伸一は、年頭《ねんとう》から激戦《げきせん》の地へと走《はし》ったのである。

彼は、目黒平和会館での懇談会で、参加者の報告《ほうこく》に耳《みみ》を傾《かたむ》けた。目黒の同志は、傲慢《ごうまん》で冷酷《れいこく》な僧らの攻撃《こうげき》によって、さんざん苦《くる》しめられてきた。それは、まさしく、学会の発展《はってん》を妬《ねた》んだ、広布破壊《こうふはかい》の悪行《あくぎょう》であった。

伸一は、目黒の幹部《かんぶ》に語《かた》った。

「今こそ、本気《ほんき》になって戦《たたか》いを起《お》こす時です。行動《こうどう》です。どんな困難《こんなん》な状況《じょうきょう》にあっても、行動から新《あたら》しい局面《きょくめん》が開かれていきます」

静《しず》かな口調《くちよう》であったが、力《ちから》のこもった声《こえ》であった。

「皆《みな》の、なかでもリーダーの一念《いちねん》が変われば、いかに最悪《さいあく》な事態《じたい》であっても、必《かなら》ず道《みち》を切り開いていくことができます」

このあと、伸一《しんいち》は、自由勤行会《じゆうごんぎようかい》を行《おこな》い、集《つど》って来た同志《どうし》を全力《ぜんりよく》で励《はげ》ました。

「正《ただ》しい信心《しんじん》とは何か——それは、生涯《しようがい》、何があっても御本尊《ごほんぞん》を信じ抜《ぬ》いていくことです。また、正邪《せいじや》、善悪《ぜんあく》に迷《まよ》っている人には、真実《しんじつ》を言い切っていくことが大事《だいじ》です。それには勇気《ゆうき》が必要《ひつよう》です。目黒《めぐろ》の皆さんは、見栄《みえ》や体裁《ていさい》にとらわれるのではなく、勇気をもって仏《ぶつ》法対話《ぼうたいわ》のうねりを起《お》こしてください」

——＊「人生《じんせい》が私たちに要求《ようきゆう》するのは勇気である」とは、ブラジルの文豪《ぶんごう》ジョアン・ギマランエス・ローザの言葉《ことば》である。

伸一は翌日《よくじつ》、秋田《あきた》指導《しどう》に出発《しゆつぱつ》することになっていた。準備《じゆんび》もあったが、時間の許《ゆる》す限《かぎ》り激《げき》励《れい》を続《つづ》けた。東京《とうきよう》で最《もつと》も苦《くる》しみながら、創価《そうか》の正義《せいぎ》の道を歩《あゆ》み通《とお》した目黒の同志に、勝利《しようり》の突破口《とつぱこう》を開いてほしかったのである。

この夜《よ》、伸一は、日記《につき》に記《しる》した。

「僧《そう》の悪逆《あくぎやく》には、皆が血《ち》の涙《なみだ》を流《なが》す。此《こ》の世《よ》にあるまじきこと也《なり》。多くの苦しんでいった友《とも》を思《おも》うと、紅涙《こうるい》したたる思いあり。御仏智《ごぶっち》と信心《しんじん》は必《かなら》ず証明《しょうめい》される」

目黒《めぐろ》の法友《とも》は、不屈《ふくつ》の信心で立ち上がった。〝広布攪乱《こうふかくらん》の邪悪《じゃあく》は、絶対《ぜったい》に許《ゆる》さない。仏法《ぶっぽう》は勝負《しょうぶ》なれば、われらは必ず勝って、創価《そうか》の正義《せいぎ》を宣揚《せんよう》していく〟と決意《けつい》した。

そして、この年、目黒の師子《しし》たちは、「弘教《ぐきょう》千百十五世帯《せたい》」という全国一《ぜんこくいち》の見事《みごと》な発展《はってん》をなし遂《と》げていくのである。

上空《じょうくう》から見た秋田《あきた》は、美《うつく》しき白銀《はくぎん》の世界《せかい》であった。一九八二年（昭和《しょうわ》五十七年）一月十日午後《ごご》二時過《す》ぎ、山本伸一《やまもとしんいち》たちを乗《の》せた飛行機《ひこうき》は、東京《とうきょう》から約《やく》一時間のフライトで、秋田空港《くうこう》に到着《とうちゃく》した。

「こんな真冬《まふゆ》に行かなくても」という、周囲《しゅうい》の声《こえ》を退《しりぞ》けての、約十年ぶりの秋田指導《しどう》である。彼が秋田行きを決行《けっこう》したのは、「西《にし》の大分《おおいた》」「東《ひがし》の秋田」と言われるほど、同志《どうし》が正信会《しょうしんかい》僧《そう》から激《はげ》しい迫害《はくがい》を受けてきたからであった。それだけに、新年《しんねん》を迎《むか》え、松《まつ》の内《うち》が過ぎると、〝一刻《いっこく》も早《はや》く〟との思いで、雪《ゆき》の秋田へ飛《と》んだのである。

彼は、出迎《でむか》えてくれた県幹部《けんかんぶ》とあいさつを交《か》わし、空港ビルを出た。吹《ふ》き渡《わた》る風《かぜ》は、頬《ほお》を刺《さ》すように冷《つめ》たかった。

車寄《くるまよ》せに、七、八十人ほどのメンバーが待機《たいき》していた。できることなら、皆《みな》のもとへ駆《か》け寄り、一人《ひとり》ひとりと握手《あくしゅ》を交《か》わし、敢闘《かんとう》を讃《たた》えたかった。しかし、ほかの利用者《りようしゃ》の迷惑《めいわく》になってはならないと思《おも》い、声《こえ》をかけるにとどまった。

「また、お目にかかりましょう!」

伸一《しんいち》は、車に乗《の》り込《こ》み、前年《ぜんねん》の末《すえ》、秋田市山王沼田町《あきたしさんのうぬまたまち》に完成《かんせい》した秋田文化会館《ぶんかかいかん》(後《のち》の秋田中央《ちゅうおう》文化会館)へ向かった。車窓《しゃそう》から見ると、雪化粧《ゆきげしょう》した大地《だいち》が、雲間《くもま》から差《さ》す陽光《ようこう》に映《は》え、きらきらと輝《かがや》いていた。前日《ぜんじつ》は未明《みめい》から朝《あさ》にかけて、どか雪であったという。

しばらく走《はし》ると、ガソリンスタンドの前に四十人ほどの人影《ひとかげ》が見えた。同乗《どうじょう》していた、東《とう》北《ほく》を担当《たんとう》してきた副会長《ふくかいちょう》の青田進《あおたすすむ》が言った。

「学会員《がっかいいん》です。皆、頑張《がんば》ってくれました」

伸一は、黙《だま》って頷《うなず》くと、車を止《と》めるように頼《たの》み、求道《きゅうどう》の友《とも》の方《ほう》へ歩《ある》き始《はじ》めた。革靴《かわぐつ》に、雪が解《と》けた路面《ろめん》の水《みず》が染《し》みていった。だが、同志《どうし》が寒風《かんぷう》のなかで待《ま》っていてくれたことを思うと、居《い》ても立ってもいられなかった。

「寒《さむ》いところ、ご苦労様《くろうさま》!」

皆が歓声《かんせい》をあげた。真剣《しんけん》な、そして、〝遂《つい》に、この日が来た!〟という晴《は》れやかな表情《ひょうじょう》であった。苦労《くろう》の薪《たきぎ》が多ければ多いほど、歓喜《かんき》の炎《ほのお》は赤々《あかあか》と燃《も》え上《あ》がる。

ゴムの長靴《ながぐつ》にズボンの裾《すそ》を押《お》し込《こ》んだ中綿《なかわた》コートの壮年《そうねん》や、ブーツに毛糸《けいと》の帽子《ぼうし》を被《かぶ》った婦人《ふじん》、日曜日《にちようび》ということもあり、親《おや》と一緒《いっしょ》に来た、頬《ほお》を赤くしている子《こ》どももいた。

山本伸一《やまもとしんいち》は、雪《ゆき》に足《あし》を取られないように注意《ちゅうい》しながら、大きく手をあげ、笑顔《えがお》で皆《みな》を包《つつ》み込むように、歩《あゆ》みを運《はこ》んだ。

「皆さん、ありがとう！　お元気《げんき》ですか？

ご苦労をおかけしています。これからも私は、皆さんを守《まも》っていきます。全員《ぜんいん》、長生《ながい》きして、幸《しあわ》せになってください。今日《きょう》から新《あたら》しい出発《しゅっぱつ》です。頑張《がんば》ろうではないですか！」

子どもの頭《あたま》をなで、壮年たちと握手《あくしゅ》を交《か》わしていく。仕事《しごと》のことや健康状態《けんこうじょうたい》などを報告《ほうこく》する人もいる。〝街頭座談会《がいとうざだんかい》〟であった。

そして、一緒に記念《きねん》のカメラに納《おさ》まった。

車《くるま》が走《はし》りだして、しばらくすると、道路脇《どうろわき》に立つ数人《すうにん》の人影《ひとかげ》があった。また車を止《と》めてもらい、降《お》りて励《はげ》ましの言葉《ことば》をかけ、一緒に写真《しゃしん》を撮《と》る。「聖教新聞《せいきょうしんぶん》」のカメラマンは、無我《むが》夢中《むちゅう》でシャッターを切り続《つづ》けた。

それが何度《なんど》か続き、牛島西二丁目《うしじまにしちょうめ》の四つ角《かど》に近付《ちかづ》くと、通《とお》り過《す》ぎる車を見詰《みつ》めている、

七、八十人の一団《いちだん》がいた。行事《ぎょうじ》の成功《せいこう》と晴天《せいてん》を祈《いの》って唱題《しょうだい》していたメンバーであった。
「きっと先生《せんせい》は、この道《みち》を通《とお》るにちがいない。表《おもて》に出て歓迎《かんげい》しよう」ということになり、待《ま》っていたのだ。

伸一《しんいち》は、すぐに車《くるま》を降《お》りた。皆《みな》、驚《おどろ》いて、喜《よろこ》びを満面《まんめん》に浮《う》かべた。

「皆さんにお会いしに来ました！　今日《きょう》の記念《きねん》に写真《しゃしん》を撮《と》りましょう！

大変《たいへん》な、辛《つら》い思《おも》いをされた皆さんの勝利《しょうり》を祝福《しゅくふく》したいんです。私の心《こころ》には、いつも皆さんがいます。題目《だいもく》を送《おく》っております。皆さんも、題目を送ってくださっている。それが師弟《してい》の姿《すがた》です。普段《ふだん》はお会いできなくとも、私たちの心はつながっています」

すると、一人《ひとり》の婦人《ふじん》が言った。

「先生！　私たちは大丈夫《だいじょうぶ》です。何を言われようが、信心《しんじん》への確信《かくしん》は揺《ゆ》らぎません。先生の弟子《でし》ですから。師子《しし》ですから！」

さらに、車を走《はし》らせ、交差点《こうさてん》から、ものの数百《すうひゃく》メートルも行くと、自動車工場《じどうしゃこうじょう》の前にも、人が集《あつ》まっていた。伸一は、ここでも降りて、〝街頭座談会《がいとうざだんかい》〟を始《はじ》めた。

集《つど》っていた人のなかには、学会員《がっかいいん》に脱会《だっかい》を迫《せま》る寺側《てらがわ》と懸命《けんめい》に戦《たたか》い、同志《どうし》を守《まも》り、励《はげ》ましてきた地域《ちいき》のリーダーもいた。

伸一《しんいち》は、固《かた》い握手《あくしゅ》を交《か》わしながら、その健闘《けんとう》を讃《たた》えた。

「皆《みな》さんが、同志《どうし》を守《まも》ろうと、必死《ひっし》の攻防《こうぼう》を展開《てんかい》されてきたことは、詳《くわ》しく報告《ほうこく》を受けております。私と同じ気持《きも》ちで、私に代《か》わって奮闘《ふんとう》してくださる方々《かたがた》がおられるから、学会《がっかい》は強《つよ》いんです。それが異体同心《いたいどうしん》の姿《すがた》です。何かあった時に、付和雷同《ふわらいどう》し、信心《しんじん》に疑《うたが》いをいだき、学会を批判《ひはん》する人もいます。それでは、いつか大後悔《だいこうかい》します」

彼《かれ》の脳裏《のうり》に「開目抄《かいもくしょう》」の一節《いっせつ》が浮《う》かんだ。

「我並《われなら》びに我《わ》が弟子《でし》・諸難《しょなん》ありとも疑う心《こころ》なくば自然《じねん》に仏界《ぶっかい》にいたるべし、天《てん》の加護《かご》なき事《こと》を疑はざれ現世《げんぜ》の安穏《あんのん》ならざる事をなげかざれ、我が弟子に朝夕教《ちょうせきおし》えしかども・疑いを・をこして皆すてけんつたなき拙者《もの》のならひは約束《やくそく》せし事を・まことの時はわするるなるべし」

（御書《ごしょ》二三四ジペー）

伸一は、言葉《ことば》をついだ。

「皆さんは負《ま》けなかった。〝まことの時〟に戦《たたか》い抜《ぬ》き、勝ったんです。その果敢《かかん》な闘争《とうそう》は、広布史《こうふし》に燦然《さんぜん》と輝《かがや》きます」

皆の顔《かお》に、晴《は》れやかな笑《え》みが広《ひろ》がった。

伸一は、秋田文化会館《あきたぶんかかいかん》に到着《とうちゃく》するまでに、九回、同志と激励《げきれい》の対話《たいわ》を続《つづ》けたのである。

副会長《ふくかいちょう》の青田《あおた》と一緒《いっしょ》に、伸一《しんいち》の車《くるま》に同乗《どうじょう》していた東北長《とうほくちょう》の山中暉男《やまなかあきお》は、その行動《こうどう》を身近《みぢか》に見て、深《ふか》く心《こころ》に思《おも》った。

〝先生《せんせい》は、一人《ひとり》ひとりに師子《しし》の魂《たましい》を注《そそ》ごうと、真剣勝負《しんけんしょうぶ》で激励《げきれい》を続《つづ》けられている。これが先生の、学会《がっかい》の心なのだ。私も、同志《どうし》を心から大切《たいせつ》にして、励《はげ》ましていこう！〟

精神《せいしん》の継承《けいしょう》は、言葉《ことば》だけでなされるものではない。それは、行動を通《とお》して、教《おし》え、示《しめ》してこそ、なされていくのである。

秋田文化会館《あきたぶんかかいかん》では、大勢《おおぜい》の同志が伸一を待《ま》っていた。会館の庭《にわ》には、伸一が認《したた》めた「秋田桜《ざくら》」の文字《もじ》を刻《きざ》んだ記念碑《きねんひ》が設《もう》けられ、その除幕式《じょまくしき》や記念植樹《しょくじゅ》の準備《じゅんび》ができていた。

会館に到着《とうちゃく》した伸一は、雲間《くもま》から降《ふ》り注ぐ太陽《たいよう》の光《ひかり》を浴《あ》びながら、除幕、植樹をし、皆《みな》で記念撮影《さつえい》もした。

伸一が、会館の構内《こうない》を視察《しさつ》していると、案内《あんない》していた県長《けんちょう》の小松田俊久《こまつだとしひさ》から、玄関前《げんかんまえ》の広《ひろ》場《ば》に名前《なまえ》をつけてほしいと要請《ようせい》された。

「昨日《きのう》は、雪《ゆき》だったようだが、今日《きょう》は晴《は》れた。『晴天《せいてん》広場』というのはどうだろうか。嵐《あらし》も吹雪《ふぶき》も、必《かなら》ずいつかは収《おさ》まり、晴れの日が来る。また、そうしていくのが信心《しんじん》だ」

小松田は、顔《かお》をほころばせた。

「『晴天《せいてん》』は、私たちの誓《ちか》いです」

――十年前の一九七二年（昭和《しょうわ》四十七年）七月、日本列島《れっとう》は大雨《おおあめ》に見舞《みま》われた。東北指導《とうほくしどう》のため、伸一《しんいち》が仙台《せんだい》を訪問《ほうもん》した九日までに、九州《きゅうしゅう》、四国《しこく》方面《ほうめん》では山崩《やまくず》れや崖崩《がけくず》れが発生《はっせい》し、二百人近《ちか》い死者《ししゃ》、行方不明者《ゆくえふめいしゃ》が出ていた。「昭和四十七年七月豪雨《ごうう》」である。秋田県《あきたけん》でも大雨となり、県北では、河川《かせん》の氾濫《はんらん》による浸水害《しんすいがい》が多発《たはつ》した。

秋田では十二日に、伸一との記念撮影会《きねんさつえいかい》が予定《よてい》されていた。だが、この豪雨のために、やむなく中止《ちゅうし》とした。しかし、伸一は、山形県《やまがた》での記念撮影会を終《お》えると、十一日に秋田入りしたのである。〝皆《みな》、水害に遭《あ》い、暗《くら》い気持《きも》ちでいるにちがいない。だから、万難《ばんなん》を排《はい》して秋田へ足《あし》を運《はこ》び、いちばん大変《たいへん》な思《おも》いをしている人たちを励《はげ》まそう〟との思いからであった。秋田会館《かいかん》を訪《おとず》れた彼《かれ》は、県内各地《けんないかくち》の豪雨被害《ひがい》の詳細《しょうさい》な状況《じょうきょう》を尋《たず》ね、幹部《かんぶ》の派遣《はけん》や被害者へのお見舞いなど、矢継《やつ》ぎ早《ばや》に手を打《う》っていった。会館で行《おこな》われていた会合《かいごう》にも出席《しゅっせき》し、「変毒為薬《へんどくいやく》」の信心《しんじん》を訴《うった》えたのである。

この日は、既《すで》に雨もあがっており、空《そら》は美《うつく》しい夕焼《ゆうや》けに包《つつ》まれた。以来《いらい》、秋田の同志《どうし》にとって、晴天、夕焼けは、豪雨という試練《しれん》を越《こ》えた象徴《しょうちょう》となっていた。

そして今、正信会僧《しょうしんかいそう》による〝嵐《あらし》の宗門事件《しゅうもんじけん》〟を勝ち越え、〝歓喜《かんき》の晴天〟のなかで、伸一を迎《むか》えたのだ。

それだけに、「晴天広場《せいてんひろば》」との命名《めいめい》を聞いた時、小松田《こまつだ》だけでなく、周囲《しゅうい》にいた誰《だれ》もが喜《よろこ》びを隠《かく》せなかったのである。


秋田《あきた》に到着《とうちゃく》した日の夕刻《ゆうこく》、秋田市内《しない》で東北代表者会議《とうほくだいひょうしゃかいぎ》が行《おこな》われた。その席《せき》で、大曲《おおまがり》、能代《のしろ》などでの、正信会僧《しょうしんかいそう》による過酷《かこく》で理不尽《りふじん》な学会員《がっかいいん》への仕打《しう》ちも、つぶさに報告《ほうこく》された。

――ある寺《てら》では、法事《ほうじ》を頼《たの》むと、来てほしいなら学会を辞《や》めよと、ここぞとばかりに迫《せま》ってきた。そんな恫喝《どうかつ》に屈《くつ》するわけにはいかなかった。大《だい》ブロック長《ちょう》(後《のち》の地区部長《ちくぶちょう》)が導師《どうし》になり、冷《ひ》やかし半分《はんぶん》でやってきた脱会者《だつかいしゃ》たちを尻目《しりめ》に、学会員は声《こえ》を合《あ》わせて、堂々《どうどう》と、厳粛《げんしゅく》に読経《どきょう》・唱題《しょうだい》し、法要《ほうよう》を行った。

別《べつ》の寺では、家族《かぞく》が他界《たかい》し、悲《かな》しみと戦《たたか》っている婦人《ふじん》が、坊主《ぼうず》から、「学会なんかに入《はい》っているからだ」と、聖職者《せいしょくしゃ》とは思《おも》えぬ暴言《ぼうげん》を浴《あ》びせられたこともあった。

代表者会議では、大曲、能代の同志《どうし》を激励《げきれい》するために、派遣《はけん》する幹部《かんぶ》についても検討《けんとう》が行われた。

伸一《しんいち》は、敢闘《かんとう》の同志たちを仰《あお》ぎ見る思いで語《かた》った。

「これまでの皆《みな》さんのご苦労《くろう》を思《おも》うと、胸《むね》が張《は》り裂《さ》けんばかりです。よくぞ耐《た》えてこられた。広宣流布《こうせんるふ》のために正義《せいぎ》を貫《つらぬ》かれた皆さんを、御本仏《ごほんぶつ》は大賛嘆《だいさんたん》されるでしょう。

ともあれリーダーは、皆を大きく包容《ほうよう》し、守《まも》り抜《ぬ》いていただきたい。その際《さい》、こまやかな心遣《こころづか》いが大切《たいせつ》です。人間《にんげん》は感情《かんじょう》で左右《さゆう》されることが多いものであり、こちらの配慮《はいりょ》を欠《か》いた、些細《ささい》な言葉遣《ことばづか》いによって、相手《あいて》を傷《きず》つけてしまうこともある。しかし、信心《しんじん》の世界《せかい》にあっては、不用意《ふようい》な言動《げんどう》や暴言《ぼうげん》で、同志《どうし》を退転《たいてん》に追《お》いやってしまうようなことは、絶対《ぜったい》にあってはならない。仏《ほとけ》を敬《うやま》う思いで、同志と接《せっ》していくことが基本《きほん》です。

あくまでも一人《ひとり》ひとりを尊重《そんちょう》し、良識豊《りょうしきゆた》かな、人格錬磨《じんかくれんま》の世界こそが、わが創価学会《そうかがっかい》であることを、深《ふか》く自覚《じかく》していただきたい」

伸一《しんいち》は、東北代表者会議《とうほくだいひょうしゃかいぎ》を終《お》えて、秋田文化会館《あきたぶんかかいかん》に戻《もど》ったあとも、役員《やくいん》と勤行《ごんぎょう》し、青年部《せいねんぶ》と記念《きねん》の写真《しゃしん》を撮《と》った。彼《かれ》が、この一日で激励《げきれい》したメンバーは、約《やく》千人に及《およ》んだ。

さらに伸一は、多くの同志が、家《いえ》で諸行事《しょぎょうじ》の大成功《だいせいこう》を祈《いの》って、唱題《しょうだい》してくれていることを聞くと、感謝《かんしゃ》の題目《だいもく》を送《おく》った。そして、後年《こうねん》、そのメンバーで「雪《ゆき》の秋田指導《しどう》　栄光《えいこう》グループ」が結成《けっせい》されるのである。

翌《よく》十一日は、朝《あさ》から青空《あおぞら》が広《ひろ》がった。太陽《たいよう》の光《ひかり》がまぶしいほどであった。

正午前《しょうごまえ》、彼《かれ》は、東北方面《とうほくほうめん》や秋田県《あきたけん》の幹部《かんぶ》らと学会本部《がっかいほんぶ》のバスで、秋田会館《かいかん》に向かった。この会館は、前年末《ぜんねんまつ》に秋田文化《ぶんか》会館が完成《かんせい》するまで、県の中心《ちゅうしん》会館として使《つか》われてきた法城《ほうじょう》である。ここで、元日《がんじつ》から一カ月間、伸一《しんいち》の世界平和推進《せかいへいわすいしん》への歩《あゆ》みを紹介《しょうかい》する平和行動展《こうどうてん》が開催《かい さい》されていたのである。

彼は、年末年始《ねんまつねんし》も返上《へんじょう》して準備《じゅんび》と運営《うんえい》にあたってきた青年部員《せいねんぶいん》と会い、感謝《かんしゃ》の気持《きも》ちを伝《つた》えようと、足《あし》を運《はこ》んだのである。

「ご苦労様《くろうさま》！　よく頑張《がんば》ってくれたね」

運営役員《やくいん》や案内担当《あんないたんとう》のメンバーに声《こえ》をかけ、観賞《かんしょう》のひと時を過《す》ごした。

そのあと伸一は、代表《だいひょう》と昼食《ちゅうしょく》を共《とも》にしながら懇談《こんだん》し、さらに功労者宅《こうろうしゃたく》を訪問《ほうもん》した。かつて〝日本海の雄《ゆう》〟といわれた秋田支部《しぶ》の初代《しょだい》支部長を務《つと》めた故《こ》・佐藤幸治《さとうこうじ》の家《いえ》である。

佐藤は、一九五三年（昭和《しょうわ》二十八年）に三十九歳《さい》で入会《にゅうかい》した。東京《とうきょう》に出ていた末《すえ》の弟《おとうと》が信《しん》心を始《はじ》め、この弟の弘教《ぐきょう》によって、前年には、長男《ちょうなん》の幸治を除《のぞ》いて、四人の弟・妹《いもうと》が次々《つぎつぎ》と入会した。幸治は学会を見ていて思《おも》った。

〝学会は、これだけ多くの青年を魅了《みりょう》している。その学会の会長《かいちょう》に、ぜひとも、直接《ちょくせつ》、会って話《はなし》を聞きたいものだ〟

そして、第二代会長《だいにだいかいちょう》の戸田城聖《とだじょうせい》を訪《たず》ねた。語《かた》らいのあと、戸田は彼《かれ》を見すえて言った。

「秋田《あきた》を頼《たの》みます!」

その気迫《きはく》と人柄《ひとがら》に打《う》たれて、彼は、思《おも》わず「はい。秋田で頑張《がんば》ります」と答《こた》えていた。

生命《いのち》と生命の共感《きょうかん》が、人間《にんげん》の心《こころ》を動《うご》かすのだ。

入会《にゅうかい》した佐藤《さとう》は、真剣《しんけん》に学会活動《がっかいかつどう》に取《と》り組《く》んだ。生来《せいらい》、生真面目《きまじめ》な性格《せいかく》であった。

当時《とうじ》、秋田は、蒲田《かまた》支部《しぶ》の矢口《やぐち》地区《ちく》に所属《しょぞく》しており、山本伸一《やまもとしんいち》の妻《つま》の両親《りょうしん》である、春木洋《はるきよう》次《じ》と明子《あきこ》が、地区部長《ぶちょう》と支部婦人《ふじん》部長をしていた。二人《ふたり》は、毎月《まいつき》のように交代《こうたい》で、夜行列車《やこうれっしゃ》に十二時間も揺《ゆ》られて、秋田へ指導《しどう》、激励《げきれい》に通《かよ》い続《つづ》けた。

そして、佐藤たちに、信心《しんじん》の基本《きほん》から一つ一つ丁寧《ていねい》に、心を込《こ》めて教《おし》えていった。一緒《いっしょ》に個人《こじん》指導、折伏《しゃくぶく》にも歩《ある》いた。御書《ごしょ》を拝《はい》して、確信《かくしん》をもって、仏法《ぶっぽう》の法理《ほうり》を語っていくことの大切《たいせつ》さも訴《うった》えた。純朴《じゅんぼく》な愛《あい》すべき秋田の同志《どうし》は、砂《すな》が水《みず》を吸《す》い込むように、それらを習得《しゅうとく》し、急速《きゅうそく》に力《ちから》をつけていった。

信心の継承《けいしょう》は、実践《じっせん》を通してこそ、なされる。先輩《せんぱい》の行動《こうどう》を手本《てほん》として、後輩《こうはい》は学《まな》び、成《せい》長《ちょう》していくのである。

佐藤の入会から一年後の一九五四年(昭和《しょうわ》二十九年)には、八百世帯《せたい》の陣容《じんよう》をもって秋田大班《だいはん》が誕生《たんじょう》し、さらに、一九五六年（昭和《しょうわ》三十一年）には、秋田支部《あきたしぶ》へと発展《はってん》し、佐藤《さとう》は支部長に就《つ》いた。この時、支部婦人部長《ふじんぶちょう》になったのは、妹《いもうと》の佐藤哲代《てつよ》であった。

佐藤は、温泉《おんせん》などを試掘《しくつ》するボーリングの仕事《しごと》に従事《じゅうじ》していた。戸《と》田城聖《だじょうせい》は、宗門《しゅうもん》の総本《そうほん》山《ざん》に、十分《じゅうぶん》にして安全《あんぜん》な飲料水《いんりょうすい》がないことから、五五年（同三十年）の正月《しょうがつ》、地下水脈《ちかすいみゃく》の試掘を彼《かれ》に依頼《いらい》した。総本山の水脈調査《ちょうさ》は、明治時代《めいじじだい》から、しばしば行《おこな》われてきたが、「水脈はない」というのが、地質学者《ちしつがくしゃ》たちの結論《けつろん》であった。

年々《ねんねん》、多くの学会員《がっかいいん》が訪《おとず》れ、宗門が栄《さか》えるにつれて、飲料水の確保《かくほ》は喫緊《きっきん》の課題《かだい》となっていた。佐藤は、目星《めぼし》を付《つ》けた場所《ばしょ》を、約《やく》三カ月かかって、二百メートルほど掘《ほ》ってみたが、地下水脈には至《いた》らなかった。

戸田は、「宗門を外護《げご》し、仏子《ぶつし》である同志《どうし》を守《まも》るために、必《かなら》ず掘り当《あ》てなさい」と、厳《きび》しく指導《しどう》した。佐藤は、広宣流布《こうせんるふ》を願《ねが》うがゆえに、どこまでも宗門を大切《たいせつ》にする、戸田の赤誠《せきせい》に胸《むね》が熱《あつ》くなった。

佐藤は、断固《だんこ》たる一念《いちねん》で、真剣《しんけん》に唱題《しょうだい》を重《かさ》ねた。ある日、別《べつ》の場所を掘り始《はじ》めると、わずか二十六メートルほどで、奇跡《きせき》のように地下水が噴出《ふんしゅつ》した。水量《すいりょう》は一分間に約二百十六リットルの水質良好《すいしつりょうこう》の、こんこんたる水源《すいげん》であった。これによって、総本山境内《けいだい》に水道《すいどう》を敷設《ふせつ》することができたのである。

佐藤《さとう》は、宗門《しゅうもん》の外護《げご》に尽《つ》くし抜《ぬ》いてきた学会《がっかい》の真心《まごころ》を踏《ふ》みにじった悪僧《あくそう》たちを、終生《しゅうせい》、許《ゆる》さなかった。

伸一《しんいち》は、会長《かいちょう》を辞任《じにん》する三カ月前の一九七九年（昭和《しょうわ》五十四年）一月、青森文化会館《あおもりぶんかかいかん》を訪《おとず》れ、東北《とうほく》の代表《だいひょう》と懇談《こんだん》した。そのなかに佐藤と妹《いもうと》の哲代《てつよ》の姿《すがた》もあった。佐藤は、二年前に肺《はい》癌《がん》と診断《しんだん》され、「余命《よめい》三カ月、長《なが》くて一年」と言われていた。

伸一は、彼《かれ》の手を握《にぎ》り締《し》めて語《かた》った。

「信心《しんじん》ある限《かぎ》り、何ものも恐《おそ》れるに足《た》りません。一日一日《いちにち》を全力《ぜんりょく》で生き抜くことです。また、朝日《あさひ》も、やがては夕日《ゆうひ》になる。赫々《かっかく》たる荘厳《そうごん》な夕日のごとく、人生《じんせい》を飾《かざ》ってください。人びとを照《て》らす太陽《たいよう》として、同志《どうし》の胸《むね》に永遠《えいえん》に輝《かがや》く指導《しどう》を残《のこ》してあげてください」

佐藤は、不死鳥《ふしちょう》のごとく立ち上がった。率先《そっせん》して、学会員の家々《いえいえ》を個人《こじん》指導に歩《ある》いた。彼の励《はげ》ましに触発《しょくはつ》され、多くの同志が、破邪顕正《はじゃけんせい》の熱《あつ》き血潮《ちしお》を燃《も》え上がらせた。皆《みな》が、創価《そうか》の城《しろ》を断《だん》じて守《まも》り抜こうと誓《ちか》い合《あ》った。戦《たたか》う人生には、美《うつく》しき輝きがある。

翌年《よくねん》五月、彼は六十六歳《さい》の人生の幕《まく》を閉《と》じた。癌と診断されてから三年も更賜寿命《きょうしじゅみょう》の実証《じっしょう》を示《しめ》しての永眠《えいみん》であった。黄金《おうごん》の夕日のごとき晩年《ばんねん》であった。

伸一《しんいち》の代理《だいり》として妻《つま》の峯子《みねこ》と息子《むすこ》が弔問《ちょうもん》に訪《おとず》れた。生前《せいぜん》、伸一は、彼《かれ》にステッキを贈《おく》っていた。本人《ほんにん》の強《つよ》い希望《きぼう》で、棺《ひつぎ》には、モーニングに身《み》を包《つつ》み、そのステッキを手にして納《おさ》まった。「来世《らいせ》への広布《こうふ》遠征《えんせい》の旅立《たびだ》ち」との思《おも》いからであったという。

以来《いらい》、一年八カ月がたとうとしていた。佐藤家《さとうけ》を訪問《ほうもん》した伸一は、夫人《ふじん》の美栄子《みえこ》や、妹《いもうと》の哲代《てつよ》ら家族《かぞく》、親族《しんぞく》と勤行《ごんぎょう》し、追善《ついぜん》の祈《いの》りを捧《ささ》げた。

勤行を終《お》えると、伸一は、遺族《いぞく》らに、しみじみとした口調《くちょう》で語《かた》った。

「幸治《こうじ》さんは、本当《ほんとう》に人柄《ひとがら》のいい、信心一筋《しんじんひとすじ》の人でした。大功労者《だいこうろうしゃ》です」

それから、皆《みな》の顔《かお》に視線《しせん》を注《そそ》いだ。

「幸治さんによって、佐藤家の福運《ふくうん》の土台《どだい》は、しっかりとつくられた。これからは、皆さんが、その信心を受《う》け継《つ》ぐことで、永遠《えいえん》に幸《しあわ》せの花《はな》を咲《さ》かせ続《つづ》けていくんです。トップで後継《こうけい》のバトンを受けても、走《はし》り抜《ぬ》かなければゴールインすることはできない。後《あと》に残《のこ》った人たちには、あらゆる面《めん》で、周囲《しゅうい》の人たちから、〝さすがは佐藤家だ!〟と言われる実証《じっしょう》を示《しめ》していく責任《せきにん》がある。

これからは、いよいよ佐藤家の第二章《しょう》です。一緒《いっしょ》に新《あたら》しい前進《ぜんしん》を開始《かいし》しましょう」

この十一日の夜《よる》、伸一《しんいち》は、秋田《あきた》文化《ぶんか》会館《かいかん》での県代表者会議《けんだいひょうしゃかいぎ》に出席《しゅっせき》した。

席上《せきじょう》、県婦《ふ》人《じん》会館の設置《せっち》や、県南《けんなん》にも文化会館を建設《けんせつ》する構想《こうそう》が発表《はっぴょう》され、歓喜《かんき》みなぎる出発《しゅっぱつ》の集《つど》いとなった。

伸一は、マイクに向かうと、まことの信仰者《しんこうしゃ》の生き方に言及《げんきゅう》していった。

「それは、決《けっ》して特別《とくべつ》なことではありません。人生《じんせい》には、いろいろなことがあります。しかし、〝何があっても、御本尊《ごほんぞん》に向かい、唱題《しょうだい》していこう！〟という一念《いちねん》を持《も》ち続《つづ》け、堅実《けんじつ》に、学会活動《がっかいかつどう》に邁進《まいしん》していくことです。そして、何よりも、自分《じぶん》の生き方の軸《じく》を広宣流布《こうせんるふ》に定《さだ》め、御書《ごしょ》を根本《こんぽん》に、法《ほう》のために生き抜《ぬ》いていく人こそが、真実《しんじつ》の信仰者です。

これまで、一時期《じき》は華々《はなばな》しく活躍《かつやく》していても、退転《たいてん》して、学会に反旗《はんき》を翻《ひるがえ》す人もいました。そうした人をつぶさにみていくと、決まって、わがままであり、名聞名利《みょうもんみょうり》、独善《どくぜん》、虚栄《きょえい》心《しん》が強《つよ》いなどの共通項《きょうつうこう》があります。

結局《けっきょく》は、自分自身《じしん》が根本であり、信心《しんじん》も、組織《そしき》も、すべて自分のために利用《りよう》してきたにすぎない。いかに上手《じょうず》に立《た》ち回《まわ》っていても、やがては、その本性《ほんしょう》が暴《あば》かれてしまうのが、妙法《みょうほう》の厳《きび》しさであり、信心の世界《せかい》です」

伸一は、さまざまな苦難《くなん》の風雪《ふうせつ》を乗《の》り越《こ》えてきた秋田の同志《どうし》に、自分の真情《しんじょう》を率直《そっちょく》に語《かた》っていった。

「私は、ずいぶん、人から騙《だま》されてきました。利用《りよう》され、陥《おとしい》れられもしました。弟子《でし》を名乗《なの》る者《もの》のなかにも、そうした人間《にんげん》がいることを知っていました。『あの男《おとこ》は下心《したごころ》があるから、早《はや》く遠《とお》ざけた方《ほう》がよい』と言ってくる人もいました。それでも私は、寛大《かんだい》に接《せっ》し、包容《ほうよう》してきた。心根《こころね》も、魂胆《こんたん》もわかったうえで、信心《しんじん》に目覚《めざ》めさせようと、根気強《こんきづよ》く、対話《たいわ》しました。また、幾度《いくど》となく、厳《きび》しく、その本質《ほんしつ》を指摘《してき》し、指導《しどう》も重《かさ》ねました。

なぜか――騙されても、騙されても、弟子を信じ、その更生《こうせい》に、全力《ぜんりょく》を注《そそ》ぎ尽《つ》くすのが師《し》であるからです。それが、私の心《こころ》です。

しかし、悪《あく》の本性《ほんしょう》を露《あら》わにして、仏子《ぶっし》である同志《どうし》を苦《くる》しめ、学会《がっかい》を攪乱《かくらん》し、広宣流布《こうせんるふ》を破《は》壊《かい》するならば、それは、もはや仏敵《ぶってき》です。徹底《てってい》して戦《たたか》うしかない。そこに、躊躇《ちゅうちょ》があってはなりません。

人を陥れようとした人間ほど、自分《じぶん》にやましいことがある。自《みずか》らの悪を隠《かく》すために、躍起《やっき》になって人を攻撃《こうげき》する――それが、私の三十数年間《すうねんかん》にわたる信仰生活《しんこうせいかつ》の実感《じっかん》です。

だが、すべては、因果《いんが》の理法《りほう》という生命《せいめい》の法則《ほうそく》によって裁《さば》かれていきます。因果は厳然《げんぜん》です。その確信《かくしん》があってこそ仏法者《ぶっぽうしゃ》です。

私どもは、広宣流布《こうせんるふ》のため、世界《せかい》の平和《へいわ》と人びとの幸福《こうふく》のために、献身《けんしん》し抜《ぬ》いてきました。しかし、悪僧《あくそう》や、それにたぶらかされた人たちは、この厳《げん》たる事実《じじつ》を認識《にんしき》することができない。大聖人《だいしょうにん》は、*色相荘厳《しきそうしょうごん》の釈迦仏《しゃかぶつ》を、悪人《あくにん》がどう見ていたかを示《しめ》され、『或《あるい》は悪人はすみ《炭》とみ《見》る・或は悪人ははい《灰》とみる・或は悪人はかたき《敵》とみる』（御書《ごしょ》一三〇三ページ）と言われている。

歪《ゆが》んだ眼《まなこ》には、すべては歪んで映《うつ》る。嫉妬《しっと》と瞋恚《しんに》と偏見《へんけん》にねじ曲《ま》がった心《こころ》には、学会《がっかい》の真《しん》実《じつ》を映し出すことはできない。ゆえに彼《かれ》らは、学会を謗法呼《ほうぼうよ》ばわりしてきたんです。悪に憎《にく》まれることは、正義《せいぎ》の証《あかし》です」

伸一《しんいち》の指導《しどう》が終《お》わった。秋田《あきた》の友《とも》の胸《むね》には、〝日本海の雄《ゆう》〟としての誇《ほこ》りと決意《けつい》がみなぎっていた。

退場《たいじょう》にあたって伸一は、会場《かいじょう》の後《うし》ろまで来ると、そこにいた一人《ひとり》の婦人《ふじん》に笑《え》みを向けた。

田沢本部《たざわほんぶ》の婦人部指導長である関矢都美子《せきやとみこ》であった。

彼女《かのじょ》は、一九七九年（昭和《しょうわ》五十四年）一月、伸一が岩手県《いわてけん》の水沢文化会館《みずさわぶんかかいかん》を訪問《ほうもん》した際《さい》、秋田県の代表《だいひょう》として懇談会《こんだんかい》に参加《さんか》し、県内《けんない》での僧と檀徒《だんと》による、常軌《じょうき》を逸《いつ》した学会攻撃《こうげき》の様《よう》子《す》を報告《ほうこく》した。

――一九七八年（昭和五十三年《しょうわ》）二月、寺《てら》は、御講《おこう》のために訪《おとず》れた学会員《がっかいいん》を入場《にゅうじょう》させないために、檀徒《だんと》たちが入《い》り口《ぐち》に立って、追《お》い返《かえ》した。しかし、関矢《せきや》は、「あなたたちに、私を止《と》める権利《けんり》はありません」と言って本堂《ほんどう》に入《はい》った。すると今度《こんど》は、住職《じゅうしょく》が「あんたは、出ってくれ！」と怒鳴《どな》り散《ち》らした。彼女《かのじょ》は毅然《きぜん》として、理由《りゆう》を問《と》いただした。「学会は謗法《ほうぼう》だからだ」と言う。すかさず、「なぜ、学会は謗法なんですか！」と一歩《いっぽ》も引かず、学会の正《せい》義《ぎ》を訴《うった》えた。〝遂《つい》に障魔《しょうま》が襲《おそ》い始《はじ》めた！〟と感《かん》じた関矢は、学会員の激励《げきれい》に奔走《ほんそう》した。一婦《いちふ》人《じん》の堂々《どうどう》たる創価《そうか》学会への大確信《だいかくしん》と、理路《りろ》整然《せいぜん》とした破邪顕正《はじゃけんせい》の言《げん》に、多くの同志《どうし》が立ち上がっていったのである。

水沢《みずさわ》での語《かた》らいから、三年がたっていた。

伸一《しんいち》は、関矢に語りかけた。

「先輩《せんぱい》もいないなかで、本当《ほんとう》によく頑張《がんば》ってくれました。学会を守《まも》ってくださっているのは、何があっても、〝自分《じぶん》が、皆《みな》を幸《しあわ》せにしていこう！一切《いっさい》の責任《せきにん》を担《にな》い立っていこう！〟という、私と同じ決意《けつい》の人なんです。これが、学会の側《がわ》に立つということです。

学会を担う主体者《しゅたいしゃ》として生きるのではなく、傍観者《ぼうかんしゃ》や、評論家《ひょうろんか》のようになるのは、臆病《おくびょう》だからです。また、すぐに付和雷同《ふわらいどう》し、学会を批判《ひはん》するのは、毀誉褒貶《きよほうへん》の徒《と》です。

あなたは信念《しんねん》を貫《つらぬ》き通《とお》してくださった。見事《みごと》に勝ちましたね。ありがとう！

さあ、新《あたら》しい出発《しゅっぱつ》ですよ。二十一世紀《せいき》を、二〇〇一年の五月三日をめざして、一緒《いっしょ》に前進《ぜんしん》しましょう」

「はい。その時、私は八十一歳《さい》になっています。必《かなら》ず元気《げんき》に生《い》き抜《ぬ》きますから、また、お会いくださいますか」

伸一《しんいち》は、微笑《ほほえ》みながら答《こた》えた。

「あと、まだ二十年近《ちか》くもあるじゃないですか。それまでに、何度《なんど》も、何度も、何度も、お目にかかりましょう。広宣流布《こうせんるふ》のために、まことの時に苦労《くろう》し、苦労し抜いて戦《たたか》った方《かた》を、私は永遠《えいえん》に忘《わす》れません。あなたのお名前《なまえ》は広布史《こうふし》に残《のこ》り、光《ひか》り輝《かがや》いていくでしょう」

彼《かれ》は、後日《ごじつ》、関矢《せきや》に句《く》を贈《おく》っている。

「世紀まで　共《とも》に生きなむ　地涌《じゆ》かな」

翌日《よくじつ》の一月十二日、秋田文化会館《あきたぶんかかいかん》の落成《らくせい》を祝《いわ》う県幹部会《けんかんぶかい》が開催《かいさい》された。

これには、同じく宗門事件《しゅうもんじけん》の試練《しれん》を勝ち越《こ》えた大分県《おおいた》の代表《だいひょう》も参加《さんか》しており、席上《せきじょう》、両県《りょうけん》が「姉妹交流《しまいこうりゅう》」を結《むす》び、〝広布の虹《にじ》の懸《か》け橋《はし》〟を築《きず》いていくことが発表《はっぴょう》された。また、秋田は、「支部建設《しぶけんせつ》」「座談会《ざだんかい》の充実《じゅうじつ》」を掲《かか》げてスタートを切ることも確認《かくにん》された。

この日、あいさつで伸一《しんいち》は語《かた》った。

「私の唯一《ゆいいつ》の願《ねが》いは、皆様《みなさま》が、〝健康《けんこう》であっていただきたい。安定《あんてい》した生活《せいかつ》であっていただきたい。すばらしい人生《じんせい》であっていただきたい〟ということです。そして、そのための信心《しんじん》であり、信心即《そく》生活であることを銘記《めいき》していただきたいのであります」

信心、学会活動《がっかいかつどう》は何のためか――それは広宣流布《こうせんるふ》、立正安国《りっしょうあんこく》のためである。そして、その根本目的《こんぽんもくてき》は、自分自身《じぶんじしん》の幸福《こうふく》のためである。唱題《しょうだい》とともに、広宣流布、立正安国の実現《じつげん》への実践《じっせん》があってこそ、自身の生命《せいめい》の躍動《やくどう》も、歓喜《かんき》も、人間革命《にんげんかくめい》も、宿命《しゅくめい》の転換《てんかん》もある。さらに、わが家《や》に、わが地域《ちいき》に、幸《しあわ》せの花《はな》を咲《さ》かせていく道《みち》が、日々《ひび》の学会活動なのである。

秋田県幹部会《あきたけんかんぶかい》で伸一は、〝人生の最《もっと》も深《ふか》い思《おも》い出《で》とは何か〟に言及《げんきゅう》していった。

「人それぞれに、さまざまな思い出がありますが、普通《ふつう》、それは、歳月《さいげつ》とともに薄《うす》らいでいってしまうものです。しかし、信心修行《しゅぎょう》の思い出は、意識《いしき》するにせよ、無意識にせよ、未《み》来永劫《らいえいごう》の最高《さいこう》の思い出として残《のこ》っていきます。広宣流布の活動は、因果《いんが》の理法《りほう》のうえから、永遠《えいえん》の幸福への歩《あゆ》みであり、歓喜と躍動の思い出として、最も深く生命に刻印《こくいん》されていくからです」

まさに、「須《すべか》らく心《こころ》を一《いつ》にして南無妙法蓮華経《なんみょうほうれんげきょう》と我《われ》も唱《とな》へ他《た》をも勧《すすめ》んのみこそ今生人界《こんじょうにんかい》の思《おも》出《いで》なるべき」（御書《ごしょ》四六七ジペー）と、御聖訓《ごせいくん》に仰《おお》せの通《とお》りである。

仲一《しんいち》は、自身《じしん》の文京支部長代理《ぶんきょうしぶちょうだいり》としての活動《かつどう》や、一カ月で一万一千百十一世帯《せたい》の弘教《ぐきょう》を成《な》し遂《と》げた関西《かんさい》での戦《たたか》いを振《ふ》り返《かえ》りながら、日々《ひび》、広宣流布《こうせんるふ》に全力《ぜんりょく》で走《はし》り抜《ぬ》くなかに、わが人《じん》生《せい》を荘厳《そうごん》する、黄金《おうごん》の思《おも》い出《で》がつくられていくことを語《かた》った。

この日、彼《かれ》は、秋田《あきた》の幹部《かんぶ》らに言った。

「来館《らいかん》した人たちと話《はな》し合《あ》っていると、『支部や地区《ちく》のメンバーを、ぜひ、勤行会《ごんぎょうかい》に参加《さんか》させたい』との声《こえ》が多い。そこで、明日《あした》は自由《じゆう》勤行会を行《おこな》ってはどうだろうか」

皆《みな》、喜《よろこ》びに頰《ほお》を紅潮《こうちょう》させながら頷《うなず》いた。

「よし、決定《けってい》だ。これまでは支部幹部以上《いじょう》の集《つど》いだが、明日からは、希望者《きぼうしゃ》は全員《ぜんいん》参加だ。これからが勝負《しょうぶ》だよ。勤行会の回数《かいすう》は、二、三回になってもかまいません。私は、午前中《ごぜんちゅう》、代表《だいひょう》との協議会《きょうぎかい》が入《はい》っているので、午前の勤行会が終了《しゅうりょう》したところで参加した皆さんと合流《ごうりゅう》し、一緒《いっしょ》に記《き》念撮影《ねんさつえい》をします」

翌《よく》十三日朝《あさ》は、前夜《ぜんや》からの雪《ゆき》が降《ふ》り続《つづ》いていた。秋田の同志《どうし》は、降りしきる雪のなか、県《けん》北西部《ほくせいぶ》の能代《のしろ》や県中央部《ちゅうおうぶ》の大曲《おおまがり》などから、意気《いき》揚々《ようよう》と集って来た。

「嵐吹《あらしふ》きまく　雪原《せつげん》の　広布《こうふ》の法戦《いくさ》に　集《つど》いし我等《われら》……」とは、秋田《あきた》の同志《どうし》が、折《おり》に触《ふ》れて歌《うた》ってきた県歌《けんか》「嵐舞《らんぶ》」の一節《いっせつ》である。

伸一《しんいち》は、朝《あさ》、秋田文化会館《ぶんかかいかん》で役員《やくいん》らと共《とも》に勤行《ごんぎょう》したあと、市内《しない》での協議会《きょうぎかい》に出席《しゅっせき》し、正午《しょうご》過《す》ぎ、記念撮影《きねんさつえい》の会場《かいじょう》となる、会館前の公園《こうえん》へ向かった。

そこには、午前中《ごぜんちゅう》、二回にわたって行《おこな》われた勤行会の参加者《さんかしゃ》が、記念撮影のために喜々《きき》として集《あつ》まっていた。雪《ゆき》は降《ふ》り続《つづ》いていたが、皆《みな》、元気《げんき》いっぱいであった。

思《おも》えば、この数年《すうねん》、秋田の同志は、歯《は》ぎしりするような日々《ひび》を過ごしてきた。

――悪僧《あくそう》たちは、葬儀《そうぎ》の出席と引《ひ》き換《か》えに脱会《だっかい》を迫《せま》るというのが常套手段《じょうとうしゅだん》であった。また、信心《しんじん》をしていない親戚縁者《しんせきえんじゃ》も参列《さんれつ》している葬儀で、延々《えんえん》と学会《がっかい》への悪口《あっこう》、中傷《ちゅうしょう》を繰《く》り返《かえ》してきた。揚《あ》げ句《く》の果《は》ては、「故人《こじん》は成仏《じょうぶつ》していない!」と非道《ひどう》な言葉《ことば》を浴《あ》びせもした。人間《にんげん》とは思えぬ、冷酷無残《れいこくむざん》な、卑劣《ひれつ》な所業《しょぎょう》であった。

そうした圧迫《あっぱく》に耐《た》え、はねのけて、今、伸一と共に二十一世紀《せいき》への旅立《たびだ》ちを迎《むか》える宝友《とも》の胸《むね》には、「遂《つい》に春《はる》が来た!」との喜《よろこ》びが、ふつふつと込《こ》み上《あ》げてくるのである。

伸一が、白《しろ》いアノラックに身《み》を包《つつ》んで、雪の中《なか》に姿《すがた》を現《あらわ》した。気温《きおん》は氷点下《ひょうてんか》二・二度《ど》である。集った約《やく》千五百人の同志から大歓声《だいかんせい》があがり、拍手《はくしゅ》が広《ひろ》がった。

彼《かれ》は、準備《じゅんび》されていた演台《えんだい》に上がり、マイクを手にした。

「雪《ゆき》のなか、大変《たいへん》にお疲《つか》れさまです！」

「大丈夫《だいじょうぶ》です！」——元気《げんき》な声《こえ》が返る。

「この力強《ちからづよ》い、はつらつとした皆《みな》さんの姿《すがた》こそ、あの『人間革命《にんげんかくめい》の歌《うた》』にある『吹雪《ふぶき》に胸《むね》はり　いざや征《ゆ》け』の心意気《こころいき》そのものです。

今日《きょう》は、秋田《あきた》の大勝利《だいしょうり》の宣言《せんげん》として、この『人間革命の歌』を大合唱《だいがっしょう》しましょう！」

雪も溶《と》かすかのような熱唱《ねっしょう》が響《ひび》いた。

〽君《きみ》も立て　我《われ》も立つ
広布《こうふ》の天地《てんち》に　一人《ひとり》立て……

伸一《しんいち》も共《とも》に歌った。皆の心《こころ》に闘魂《とうこん》が燃《も》え盛《さか》った。創価《そうか》の師弟《してい》の誇《ほこ》らかな凱歌《がいか》であった。

伸一は、秋田の同志《どうし》の敢闘《かんとう》に対《たい》して、さらに提案《ていあん》した。

「皆さんの健闘《けんとう》と、大勝利を祝《いわ》い、勝《か》ち鬨《どき》をあげましょう！」

「オー！」という声が沸《わ》き起《お》こった。

そして、民衆勝利《みんしゅうしょうり》の大宣言《だいせんげん》ともいうべき勝《か》ち鬨《どき》が、雪《ゆき》の天地《てんち》に轟《とどろ》いた。

「エイ・エイ・オー、………」

皆《みな》、力《ちから》を込《こ》めて右腕《みぎうで》を突《つ》き上《あ》げ、声《こえ》を張《は》り上げ、体中《からだじゅう》で勝利を表現《ひょうげん》した。

降《ふ》りしきる雪は、さながら、白《しろ》い花《はな》の舞《まい》であり、諸天《しょてん》の祝福《しゅくふく》を思《おも》わせた。この瞬間《しゅんかん》、高所《こうしょ》作業車《さぎょうしゃ》のバケットに乗《の》っていた「聖教新聞《せいきょうしんぶん》」のカメラマンが、シャッターを切った。

伸一《しんいち》は、呼《よ》びかけた。

「皆さん、お元気《げんき》で！　どうか、風邪《かぜ》をひかないように。また、お会いしましょう！」

午後《ごご》一時半過《はんす》ぎからは、この日、三度目となる自由勤行会《じゆうごんぎょうかい》が行《おこな》われた。

ここにも伸一は出席《しゅっせき》し、勤行の導師《どうし》を務《つと》めたあと、マイクに向かった。

彼《かれ》は、日蓮仏法《にちれんぶっぽう》の仏道修行《ぶつどうしゅぎょう》の原理《げんり》原則《げんそく》は、「信《しん》・行《ぎょう》・学《がく》」であることを確認《かくにん》するとともに、そのための学会活動《がっかいかつどう》であることを力説《りきせつ》した。そして、学会活動という実践《じっせん》のなかにこそ、仏道修行も、宿命転換《しゅくめいてんかん》も、一生成仏《いっしょうじょうぶつ》もあることを訴《うった》えたのである。

また、秋田《あきた》県創価《けんそうか》学会には多くの立派《りっぱ》な教育者《きょういくしゃ》がいることから、協議会《きょうぎかい》で検討《けんとう》し、教育部《ぶ》員《いん》の代表《だいひょう》によって「秋田教育者クラブ」が発足《ほっそく》したことを紹介《しょうかい》し、地域貢献《ちいきこうけん》の柱《はしら》となっていただきたいと期待《きたい》を寄《よ》せた。

さらに、日本で最《もつと》も広宣流布《こうせんるふ》が進《すす》んでいる地域《ちいき》の一つとして仙北郡太田《せんぼくぐんおおた》地域（大仙市《だいせんし》太田地域）をあげ、その推進力《すいしんりょく》となってきた草創《そうそう》の同志《どうし》たちに光《ひかり》を当《あ》て、これまでの奮闘《ふんとう》を讃《たた》え、心《こころ》から励《はげ》ましを送《おく》った。

仙北郡太田地域で、初代地区部長《しょだいちくぶちょう》として戦《たたか》ってきたのが、小松田城亮《こまつだじょうりょう》である。

彼《かれ》は、一九五三年（昭和《しょうわ》二十八年）、東京《とうきょう》の大学《だいがく》で学《まな》ぶ五男《ごなん》が帰省《きせい》した折《おり》、信心《しんじん》の話《はなし》を聞いた。城亮の妻《つま》・ミヨは病弱《びょうじゃく》で、長男《ちょうなん》の子《こ》どもたちは相次《あいつ》ぎ他界《たかい》し、長男の嫁《よめ》も結婚《けっこん》三年にして敗血症《はいけつしょう》で亡《な》くなっていた。先祖伝来《せんぞでんらい》の黄金《おうごん》の稲穂《いなほ》が実《みの》る広大《こうだい》な田畑《でんぱた》を有《ゆう》してはいたが、心は暗《くら》かった。不幸続《ふこうつづ》きの人生《じんせい》に合点《がてん》がいかなかった彼は、仏法《ぶっぽう》で説《と》く因果《いんが》の理法《りほう》に触《ふ》れ、半《はん》信半疑《しんはんぎ》ながら、妻、長男と共《とも》に入会《にゅうかい》した。秋田《あきた》県《けん》の太田町（大仙市の一部《いちぶ》）周辺《しゅうへん》で、最初《さいしょ》に誕生《たんじょう》した学会員《がっかいいん》である。

勤行《ごんぎょう》を始《はじ》めた妻は日ごとに元気《げんき》になり、暗かった家《いえ》に笑《わら》い声《ごえ》が響《ひび》くようになった。また、激励《げきれい》に通《かよ》ってくれる学会員が、それぞれ大きな苦労《くろう》を抱《かか》えながらも、強《つよ》く、明《あか》るく、前向《まえむ》きに生きる姿《すがた》に、信心への確信《かくしん》をもった。

人に仏法の話をしたくてたまらず、最初に弘教《ぐきょう》したのが従弟《いとこ》だった。妻の実家《じっか》も、信心を始めた。時間をつくり出しては、ワラ蓑《みの》に菅笠《すげがさ》姿で、夫妻《ふさい》で折伏《しゃくぶく》に歩《ある》いた。

地域《ちいき》には、親戚《しんせき》が多かった。親類《しんるい》から親類へ、そして知人《ちじん》へと弘教《ぐきょう》の輪《わ》が広《ひろ》がり、一九五九年（昭和《しょうわ》三十四年）には、地元《じもと》・太田《おおた》地域に地区《ちく》が結成《けっせい》され、城亮《じょうりょう》は地区部長《ぶちょう》になった。入会《にゅうかい》から十年ほどしたころには、親族《しんぞく》のうち四十七軒《けん》が入会し、県南一円《けんなんいちえん》に約《やく》四千七百世《せ》帯《たい》の学会員《がっかいいん》が誕生《たんじょう》するまでになった。しかし、順風満帆《じゅんぷうまんぱん》な時ばかりではなかった。六三年（同三十八年）には、出先《でさき》で自宅《じたく》の家屋《かおく》が全焼《ぜんしょう》したとの知らせを受ける。代々続《だいだいつづ》いた家《いえ》と家財《かざい》道具《どうぐ》を、すべて焼失《しょうしつ》したのだ。

「『最高《さいこう》の教《おし》えだ。必《かなら》ず守《まも》られる』と言っていたではないか！」と、疑問《ぎもん》と不信《ふしん》の声《こえ》があがった。だが、彼《かれ》は、にこにこと笑《え》みを浮《う》かべて、胸《むね》を張《は》って言い切った。

「大丈夫《だいじょうぶ》し、心配《すんぱい》すんなって。御本尊《ごほんぞん》さある！」

心《こころ》に輝《かがや》く確信《かくしん》の太陽《たいよう》は、周囲《しゅうい》の人びとを覆《おお》う、不安《ふあん》の暗雲《あんうん》をも打《う》ち破《やぶ》っていく。小松田《こまつだ》城亮の一家《いっか》は、仮住《かりず》まいの作業小屋《さぎょうごや》に御本尊を安置《あんち》し、唱題《しょうだい》に励《はげ》んだ。弘教に、後《こう》輩《はい》の激励《げきれい》にと、自転車《じてんしゃ》であぜ道《みち》を走《はし》った。

やがて、家も新築《しんちく》することができた。

一族《いちぞく》の学会員からは、高校《こうこう》の理事長《りじちょう》や役場《やくば》で重責《じゅうせき》を担《にな》う人など、たくさんの社会貢献《しゃかいこうけん》の人《じん》材《ざい》が出ていた。また、学会にあっても、多くのメンバーがリーダーとして活躍《かつやく》している。県《けん》長《ちょう》の小松田《こまつだ》俊久《としひさ》も、その一人《ひとり》であった。

城亮《じょうりょう》の人材輩出《じんざいはいしゅつ》の秘訣《ひけつ》は、自分《じぶん》が弘教《ぐきょう》した人は、独《ひと》り立《だ》ちするまで、徹底《てってい》して面倒《めんどう》をみることであった。彼《かれ》は、よく後輩《こうはい》たちに語《かた》ってきた。

「自分が弘教した人が、一人で弘教できるようになるまで、一緒《いっしょ》に行動《こうどう》し、育《そだ》て上《あ》げる責任《せきにん》がある。つまり、自行化他《じぎょうけた》の実践《じっせん》を教《おし》え抜《ぬ》くまでが折伏《しゃくぶく》である」

伸一《しんいち》は、一族《いちぞく》、地域《ちいき》の広布《こうふ》の〝一粒種《ひとつぶだね》〟となった彼の話《はなし》を、秋田《あきた》の幹部《かんぶ》から詳細《しょうさい》に聞いていた。城亮は、既《すで》に八十四歳《さい》であるという。

伸一は深《ふか》く思《おも》った。

〝学会《がっかい》の大発展《だいはってん》は、こうした、人知《ひとし》れず苦労《くろう》を重《かさ》ねながら、誠実《せいじつ》と忍耐《にんたい》で、家族《かぞく》、兄弟《きょうだい》、親戚《しんせき》、そして、地域の友人《ゆうじん》たちと、強《つよ》い信頼《しんらい》の絆《きずな》を結《むす》び、それを広《ひろ》げてきた数多《あまた》の無名《むめい》の英雄《えいゆう》がいたからこそ、築《きず》かれたのだ〟

自由勤行会《じゆうごんぎょうかい》で伸一は、草創《そうそう》の同志《どうし》の涙《なみだ》ぐましいまでの活動《かつどう》に深く敬意《けいい》を表《ひょう》したあと、午前《ごぜん》中《ちゅう》の勤行会参加《さんか》者《しゃ》を「吹雪《ふぶき》グループ」、午後《ごご》の、この勤行会参加者を「嵐舞《らんぶ》グループ」とすることを提案《ていあん》した。

喜《よろこ》びの大拍手《だいはくしゅ》が鳴《な》りやまなかった。

勤行会終了後《ごんぎょうかいしゅうりょうご》、再《ふたた》び会館《かいかん》前の公園《こうえん》で記念撮影《きねんさつえい》が行《おこな》われた。雪《ゆき》は、すっかりやんでいた。

県長《けんちょう》の音頭《おんど》で、万歳《ばんざい》を三唱《さんしょう》した。

「万歳！ 万歳！ 万歳！」

勝利《しょうり》の雄叫《おたけ》びが天《てん》に舞《ま》った。

この日を記念して、伸一《しんいち》は和歌《わか》を贈《おく》った。

「寒風《かんぷう》に 喜々《きき》と求道《きゅうどう》 広布《こうふ》へと
　胸張《むねは》る秋田《あきた》の 友《とも》は光《ひか》りぬ」

自由《じゆう》勤行会を終《お》えた十三日夜《よる》、伸一は、秋田市内《しない》で行われた県青年部《せいねんぶ》の最高会議《さいこうかいぎ》に出席《しゅっせき》した。翌日《よくじつ》は、県青年部総会《そうかい》が予定《よてい》されていた。彼《かれ》は、若《わか》きリーダーたちの意見《いけん》、要望《ようぼう》を聞くことに、多くの時間をあてた。

地域《ちいき》広布の確《たし》かな流《なが》れを開くために、人材育成《じんざいいくせい》グループの充実《じゅうじつ》なども話題《わだい》にのぼった。

秋田で世界農村《せかいのうそん》会議を開きたいとの意見も出た。伸一は、「いいね」と言うと、笑顔《えがお》で語《かた》り始《はじ》めた。

「こういう発想《はっそう》が大事《だいじ》だよ。食糧問題《しょくりょうもんだい》は、世界にとって深刻《しんこく》な問題だ。まさに農業《のうぎょう》に力《ちから》を注《そそ》ぐ東北《とうほく》の出番《でばん》だ。東京《とうきょう》など、大都市《だいとし》主導《しゅどう》ではなく、農村から、地方《ちほう》から、人類《じんるい》の直面《ちょくめん》する重要課題《じゅうようかだい》の解決《かいけつ》の方途《ほうと》を見いだして世界《せかい》に発信《はっしん》していく——そこから、秋田《あきた》の新《あたら》しい未来《みらい》も開いていくことができる。

青年《せいねん》は、常《つね》に、『皆《みな》が、困《こま》っている問題《もんだい》は何か』『地域発展《ちいきはってん》のために何が必要《ひつよう》か』を考《かんが》え、柔軟《じゅうなん》な発想《はっそう》で打開策《だかいさく》を探《さぐ》っていくんです。不可能《ふかのう》だと思《おも》ってしまえば、何も変えることはできない。〝必《かなら》ず、なんとかしてみせる〟と決めて、思索《しさく》に思索を重《かさ》ね、何度《なんど》も何度も挑戦《ちょうせん》し、粘《ねば》り強《づよ》く試行錯誤《しこうさくご》を重ねていく情熱《じょうねつ》があってこそ、時代《じだい》を変えることができる。これが青年の使命《しめい》です」

彼《かれ》は、未来を託《たく》す思いで話《はなし》を続《つづ》けた。

「東北《とうほく》や北海道《ほっかいどう》は米《こめ》の生産地《せいさんち》として知られているが、昔《むかし》は寒冷地《かんれいち》での稲作《いなさく》は難《むずか》しいとされてきた。長《なが》い間《あいだ》、品種改良《ひんしゅかいりょう》などを重ね、懸命《けんめい》に努力《どりょく》し抜《ぬ》いて〝今〟がある。

ドミニカのメンバーには、お米を使《つか》って、日本の『粟《あわ》おこし』のようなお菓子《かし》を作《つく》ろうと工夫《くふう》を重ね、成功《せいこう》した人もいます。

たとえば、秋田ならば、〝この雪《ゆき》をどうするか〟を考えることも大事《だいじ》だ。これをうまく利《り》用《よう》できれば、秋田は大きく変わるよ。一つ一つのテーマに必死《ひっし》に挑《いど》んでいくことだ。真剣勝《しんけんしょう》負《ぶ》からしか、未来の突破口《とっぱこう》は開けません」

〝必《かなら》ず、事《じ》態《たい》を打《だ》開《かい》していこう〟と一《いち》念《ねん》を定《さだ》めるならば、自《じ》身《しん》の可《か》能《のう》性《せい》は限《かぎ》りなく拡《かく》大《だい》していく。そして、新《あたら》しき扉《とびら》は開かれる。

伸一《しんいち》は、言葉《ことば》をついだ。

「何かを成《な》し遂《と》げよう、改《かい》革《かく》していこうと思《おも》えば、必ず分《ぶ》厚《あつ》い壁《かべ》があり、矛《む》盾《じゅん》に突《つ》き当《あ》たる。いや、現《げん》実《じつ》は矛盾だらけだ。しかし、そのなかを、日々《ひび》、聡《そう》明《めい》に、粘《ねば》り強《づよ》く、突き進《すす》むしかない。ましてや、世《せ》界《かい》広《こう》宣《せん》流《る》布《ふ》は、前《ぜん》人《じん》未《み》到《とう》の新《しん》航《こう》路《ろ》だ。困《こん》難《なん》だらけのなかでの建《けん》設《せつ》です。頼《たよ》れる人など、誰《だれ》もいないと思い、一人《ひとり》立つのだ！

皆《みな》が〝山本伸一《やまもとしんいち》〟になるんです。全《ぜん》員《いん》が、この自《じ》覚《かく》に立つならば、二十一世《せい》紀《き》は、洋《よう》々《よう》たる希《き》望《ぼう》の世紀となる。明日《あした》の県《けん》青《せい》年《ねん》部《ぶ》総《そう》会《かい》は、その船《ふな》出《で》の集《つど》いにしよう」

翌《よく》十四日付《づけ》の「聖《せい》教《きょう》新《しん》聞《ぶん》」には、二・三面《めん》見《み》開《ひら》きで、「秋《あき》田《た》〝冬《ふゆ》は必ず春《はる》〟の誉《ほま》れの友《とも》の吹《ふ》雪《ぶき》舞《まい》」の大《おお》見《み》出《だ》しが躍《おど》った。そして、それぞれの面に一枚《まい》ずつ、全《ぜん》面《めん》を使《つか》って、前《ぜん》日《じつ》の記《き》念《ねん》撮《さつ》影《えい》の写《しゃ》真《しん》が掲《けい》載《さい》されたのである。

十四日は、雪《ゆき》が激《はげ》しく降《ふ》り続《つづ》き、一日中《いちにちじゅう》、気《き》温《おん》は氷《ひょう》点《てん》下《か》であった。伸一は、秋田文《ぶん》化《か》会《かい》館《かん》で、次々《つぎつぎ》と功《こう》労《ろう》者《しゃ》に贈《おく》る和《わ》歌《か》を詠《よ》み、また、支《し》部《ぶ》証《しょう》を揮《き》毫《ごう》していった。瞬《しゅん》間《かん》瞬間が完《かん》全《ぜん》燃《ねん》焼《しょう》の日々《ひび》であってこそ、人生《じんせい》は金色《こんじき》に輝《かがや》く。

さらに彼《かれ》は、会館《かいかん》にやって来た、仙北郡《せんぼくぐん》の太田《おおた》地域《ちいき》で初代《しょだい》地区《ちく》部長《ぶちょう》を務《つと》めた小松田城亮《こまつだじょうりょう》と妻《つま》のミヨを励《はげ》ました。

「健康《けんこう》、長寿《ちょうじゅ》を祈《いの》っています。お二人《ふたり》が元気《げんき》であることが、みんなの誇《ほこ》りになります。同志《どうし》を見守《みまも》ってあげてください」

そして、伸一《しんいち》は、会館前にある公園《こうえん》の一角《いっかく》に、地元《じもと》・山王支部《さんのうしぶ》などのメンバーがつくった「かまくら」へ向かった。「かまくら」は、横手《よこて》地方《ちほう》などで行《おこな》われてきた、小正月《こしょうがつ》（旧暦《きゅうれき》の一月十五日）の伝統行事《でんとうぎょうじ》の名《な》であり、その時に雪《ゆき》でつくる室《むろ》を「かまくら」という。

彼は、激励《げきれい》の揮毫《きごう》をしていた時、窓《まど》から、降《ふ》りしきる雪のなか、「かまくら」づくりに精《せい》を出しているメンバーの姿《すがた》を目にした。〝秋田《あきた》の冬《ふゆ》の風物詩《ふうぶつし》を知ってほしい〟と労作業《ろうさぎょう》に励む同志《とも》の、尊《とうと》く、温《あたた》かい心遣《こころづか》いに胸《むね》を打《う》たれた。その真心《まごころ》に真心で応《こた》えたかった。

伸一は、すぐに、「かまくら」づくりに励む同志への感謝《かんしゃ》の思《おも》いを和歌《わか》にして、色紙《しきし》に認《したた》めて贈《おく》った。

「かまくらを　つくりし友《とも》の　嬉《うれ》しさよ
　秋田に春《はる》の　曲《きょく》はなりけり」

伸一《しんいち》は、峯子《みねこ》と共《とも》に「かまくら」を訪《おとず》れた。

「おじゃましますよ」

中《なか》は四畳半《じようはん》ほどの広《ひろ》さであろうか。絨毯《じゆうたん》が敷《し》かれ、ロウソクがともされていた。

案内《あんない》してくれた人に、伸一は言った。

「幼《おさな》いころから、『かまくら』に入《はい》りたいと思《おも》っていました。夢《ゆめ》が叶《かな》って本当《ほんとう》に嬉《うれ》しい」

心《こころ》づくしの甘酒《あまざけ》に舌鼓《したつづみ》を打《う》っていると、外《そと》から、かわいらしい歌声《うたごえ》が聞こえてきた。

〽雪《ゆき》やこんこ　霰《あられ》やこんこ……

地元《じもと》の少年《しようねん》・少女部員《しようじよぶいん》の合唱団《がつしようだん》らであった。

「ありがとう！」

伸一は、握手《あくしゆ》を交《か》わし、一緒《いつしよ》に写真《しやしん》を撮《と》った。さらに中等《ちゆうとう》部員や、岩手《いわて》県《けん》から駆《か》けつけた女子《じよし》部員らとも、相次《あいつ》ぎカメラに納《おさ》まった。また、「かまくら」をつくってくれた同志《とも》を讃《たた》え、「かまくらグループ」と命名《めいめい》した。一瞬《いつしゆん》の出会《であ》いでも、発心《ほつしん》の旅立《たびだ》ちとするために心を砕《くだ》く——それが励《はげ》ましの精神《せいしん》である。

学会《がっかい》にあって「日本海の雄《ゆう》」「東北《とうほく》の雄」といわれてきた秋田《あきた》が、今、未来《みらい》へと大きく飛《ひ》翔《しょう》しようとしていた。一月十四日夜《よる》、雪《ゆき》のなか、県内《けんない》千五百人の代表《だいひょう》が、伸一《しんいち》のいる秋田文《ぶん》化会館《かかいかん》に喜々《きき》として集《つど》い、第一回県青年部総会《せいねんぶそうかい》が開催《かいさい》されたのである。

席上《せきじょう》、九月に秋田の地で第一回世界農村《せかいのうそん》青年会議《かいぎ》を、明年《みょうねん》五月に野外会場《やがいかいじょう》を使《つか》って友好体《ゆうこうたい》育祭《いくさい》を開催することなどが発表《はっぴょう》された。

さらに、伸一の提案《ていあん》を受け、この日の参加《さんか》者全員《しゃぜんいん》をもって「二〇〇一年第一期会」とし、同年の五月三日をめざして、前進《ぜんしん》していくことが伝《つた》えられた。

皆《みな》、一つ一つの発表に心《こころ》を弾《はず》ませ、希望《きぼう》の翼《つばさ》を広《ひろ》げながら、決意《けつい》を新《あら》たにした。

伸一は、夕刻《ゆうこく》、秋田入りして五軒目《けんめ》となる功労者宅《こうろうしゃたく》を訪問《ほうもん》したあと、後継《こうけい》の同志《どうし》と会うことに胸《むね》を躍《おど》らせながら、県青年部総会に出席《しゅっせき》した。

会場に姿《すがた》を現《あらわ》した彼《かれ》は、「二〇〇一年第一期会」の結成《けっせい》を祝《しゅく》して、女子部《じょしぶ》と男子部《だんしぶ》の二回にわたって、参加者と記念撮影《きねんさつえい》し、未来の一切《いっさい》を託《たく》す思《おも》いでマイクに向かった。

「時間をどう使うかは、人生《じんせい》の大切《たいせつ》なテーマです。『仕事《しごと》を終《お》えて午後《ごご》六時から八時までの時間をいかに過《す》ごすかによって、人生の成功者《せいこうしゃ》になるかどうかが決まってしまう』と語《かた》った人がおります。

仕事《しごと》に力《ちから》を注《そそ》ぐことは当然《とうぜん》だが、就業《しゅうぎょう》時間のあとに、自分《じぶん》の信条《しんじょう》とする活動《かつどう》を成《な》し遂《と》げていくかどうかによって、人生《じんせい》に格段《かくだん》の違《ちが》いが生《しょう》ずることは間違《まちが》いない。この時間は、私どもにとっては学会《がっかい》活動の時間です。

それは、自他共《じたとも》の永遠《えいえん》の幸福《こうふく》と繁栄《はんえい》のための行動《こうどう》であり、地域貢献《ちいきこうけん》の道《みち》であり、全世界《ぜんせかい》の崩《くず》れざる平和《へいわ》を築《きず》く道でもある。そこには人生の歓喜《かんき》があり、生きることの意味《いみ》の発見《はっけん》がある。そして、現代社会《げんだいしゃかい》の孤独《こどく》の殻《から》を破《やぶ》って、人間《にんげん》の心《こころ》と心を結《むす》ぶ作業《さぎょう》でもあります。

この学会活動という軌道《きどう》を、絶対《ぜったい》に外《はず》すことなく、生涯《しょうがい》、戦《たたか》っていきましょう！」

伸一《しんいち》の言葉《ことば》に、一段《いちだん》と熱《ねつ》がこもった。

「次代《じだい》の広布《こうふ》は、すべて君《きみ》たち青年部《せいねんぶ》に託《たく》す以外《いがい》にない。これからの十年間で、その大きな変化《へんか》の時代《じだい》を迎《むか》えていきます。ゆえに、心して、『勉強《べんきょう》』『努力《どりょく》』し、自《みずか》らを鍛《きた》え上《あ》げていっていただきたい。

特《とく》に、生き方の哲学《てつがく》となる教学《きょうがく》は、徹底《てってい》して身《み》につけてほしい。一流《いちりゅう》といわれる人たちは、必《かなら》ずそれなりの努力をし、人の何倍《なんばい》もの苦労《くろう》と研究《けんきゅう》を重《かさ》ねている。今、諸君《しょくん》も、庶民《しょみん》の哲学者、民衆《みんしゅう》の指導者《しどうしゃ》として、一切《いっさい》の根本《こんぽん》となる大仏法《だいぶっぽう》を行《ぎょう》じ、深《ふか》く学《まな》んでいただきたい。

そこに人間勝利《にんげんしょうり》の王道《おうどう》があります」

秋田《あきた》の、そして、東北《とうほく》の青年《せいねん》たちの胸《むね》に、二十一世紀《せいき》の勝《か》ち鬨《どき》をあげんとする誓《ちか》いの種子《しゅし》が、この時、確《たし》かに植《う》えられたのである。

青年が広宣流布《こうせんるふ》の舞台《ぶたい》に、澎湃《ほうはい》と躍《おど》り出《で》るならば、いかに時代《じだい》が変わろうが、創価《そうか》の大河《たいが》は水《みず》かさを増《ま》しながら、悠久《ゆうきゅう》の未来《みらい》へと流《なが》れていくにちがいない。

伸一《しんいち》は、〝青年たちよ！　学会《がっかい》を頼《たの》む。広布《こうふ》を頼む。世界《せかい》を頼む。二十一世紀を頼む〟と心《こころ》で呼《よ》びかけていた。

作家《さっか》の山本周五郎《やまもとしゅうごろう》は、「どんな暴《あら》い風雪《ふうせつ》の中《なか》でも育《そだ》つものは育つ」*と綴《つづ》っている。

彼《かれ》は、信《しん》じていた――ここに集《つど》った青年たちが、新世紀のリーダーとして立ち、友情《ゆうじょう》と信《しん》頼《らい》のスクラムを社会《しゃかい》に広《ひろ》げてくれることを！　広布を担《にな》う人材《じんざい》の陣列《じんれつ》を幾重《いくえ》にもつくってくれることを！

日蓮大聖人《にちれんだいしょうにん》は仰《おお》せである。

「物《もの》だねと申《もう》すもの一《ひとつ》なれども植えぬれば多くとなり」（御書《ごしょ》九七一ページ）

伸一は、若《わか》き魂《たましい》に、発心《ほっしん》の種子を、誓いの種子を、勇気《ゆうき》の種子を蒔《ま》き続《つづ》けた。全精魂《ぜんせいこん》を注《そそ》いでの労作業《ろうさぎょう》であった。しかし、それなくして、希望《きぼう》の未来はない。力《ちから》を尽《つ》くして、人を育てた分《ぶん》だけ、人華《にんげ》の花園《はなぞの》が広《ひろ》がる。

翌《よく》十五日、伸一《しんいち》は、秋田《あきた》と大分《おおいた》の姉妹交流《しまいこうりゅう》を記念《きねん》し、両県《りょうけん》の代表《だいひょう》と共《とも》に、勤行会《ごんぎょうかい》を行《おこな》い、秋田文化会館《ぶんかかいかん》を後《あと》にした。

空港《くうこう》に向かった彼《かれ》は、平和《へいわ》行動展《こうどうてん》の会場《かいじょう》である秋田会館の前を通《とお》るように頼《たの》んだ。

彼の乗《の》ったバスが会館の前に差《さ》しかかると、数十人《すうじゅうにん》の青年《せいねん》たちが、横幕《よこまく》を広げて待《ま》っていた。「先生《せんせい》　ありがとうございました」という、朱《しゅ》の文字《もじ》が目に飛《と》び込《こ》んできた。伸一は、笑《え》みを浮《う》かべ、大きく手を振《ふ》った。

皆《みな》が口々《くちぐち》に叫《さけ》んだ。

「ありがとうございます！」

「秋田は戦《たたか》います！」

「また来てください！」

青年たちも、手を振り続《つづ》ける。束《つか》の間《ま》の、窓越《まどご》しの交流であったが、心《こころ》と心の対話《たいわ》であり、永遠《えいえん》に忘《わす》れ得《え》ぬ一幅《いっぷく》の名画《めいが》となった。

彼は、この秋田での六日間もまた、反転攻勢《はんてんこうせい》の一つのドラマとして、広布史《こうふし》に燦然《さんぜん》と輝《かがや》きを放《はな》つであろうと思《おも》った。

秋田《あきた》指導《しどう》の翌月《よくげつ》となる二月の七日、山本伸一《やまもとしんいち》は休《やす》む間《ま》もなく茨城県《いばらきけん》を訪問《ほうもん》した。

茨城もまた、正信会僧《しょうしんかいそう》による卑劣《ひれつ》な学会攻撃《がっかいこうげき》の烈風《れっぷう》が盛《さか》んに吹《ふ》き荒《あ》れた地である。なかでも鹿島《かしま》地域本部《いきほんぶ》では、必死《ひっし》の攻防《こうぼう》が続《つづ》いてきた。鹿島、潮来《いたこ》、牛堀《うしぼり》、波崎《はさき》などで、悪僧《あくそう》の言《げん》にたぶらかされて、檀徒《だんと》となる会員《かいいん》が広《ひろ》がっていったのである。

毎月《まいつき》の御講《おこう》や、葬儀《そうぎ》などの法事《ほうじ》の席《せき》でも、学会《がっかい》への悪口雑言《あっこうぞうごん》が繰《く》り返《かえ》された。それでも同《どう》志《し》は、ひたすら耐《た》えてきた。

一九七九年（昭和《しょうわ》五十四年）二月、鹿島地域の神栖《かみす》に学会が建立寄進《こんりゅうきしん》した寺院《じいん》が落成《らくせい》した。同志は、この寺《てら》なら、清純《せいじゅん》な信心《しんじん》の話《はなし》が聞けるだろうと希望《きぼう》をいだいた。しかし、落慶入仏《らっけいにゅうぶつ》式《しき》の席で、新任《しんにん》の住職《じゅうしょく》から発《はっ》せられたのは、学会を謗法呼《ほうぼうよ》ばわりする言葉《ことば》であった。広宣流《こうせんる》布《ふ》を、僧俗和《そうぞくわ》合《ごう》を願《ねが》っての赤誠《せきせい》は踏《ふ》みにじられたのだ。龍ケ崎《りゅうがさき》や筑波《つくば》山南部《さんなんぶ》の地域（つくば市《し》）などでも、学会への非難《ひなん》・中傷《ちゅうしょう》が激《はげ》しくなっていた。

同志たちにとって、最《もっと》も残念《ざんねん》だったのは、つい先日《せんじつ》まで一緒《いっしょ》に広布《こうふ》に生きようと話し合《あ》ってきた友《とも》が、悪僧に踊《おど》らされていることが分からず、信心を狂《くる》わされ、人が変わったようになっていったことであった。

“今に正邪《せいじゃ》は明《あき》らかになる！”“必《かなら》ず、学会《がっかい》の正義《せいぎ》を示《しめ》してみせる！”

同志《どうし》は、こう誓《ちか》い、郷土《きょうど》に“春《はる》”を呼《よ》ぼうと広布《こうふ》に走《はし》った。この時、皆《みな》で何度《なんど》も歌《うた》ったのが、一九七八年（昭和《しょうわ》五十三年）十月、伸一《しんいち》が作詞《さくし》して贈《おく》った県歌《けんか》「凱歌《がいか》の人生《じんせい》」であった。

〽君《きみ》よ辛《つら》くも　いつの日か
広宣流布《こうせんるふ》の　金《きん》の風《かぜ》
歓喜《かんき》の凱歌の　勝ちどきを
天空《てんくう》までも　叫《さけ》ばんや
ああ茨城《いばらき》は　勇者あり

一節《いっせつ》一節から、伸一の思《おも》いが、びんびんと伝《つた》わってくる。“勇者になるんだ！　負《ま》けるものか！”との決意《けつい》が、皆の胸《むね》に湧《わ》いた。

八二年（同五十七年）一月七日の午後《ごご》、山本伸一《やまもとしんいち》は、水戸婦人会館《みとふじんかいかん》を視察《しさつ》したあと、水戸市内《しない》の茨城文化会館《ぶんかかいかん》を訪問《ほうもん》し、落成《らくせい》を祝《いわ》う県代表者《だいひょうしゃ》の集《つど》いに出席《しゅっせき》した。

この席で彼《かれ》は、「今回《こんかい》の訪問で一人《ひとり》でも多くの同志と会い、希望《きぼう》の目標《もくひょう》を示し、新世紀《しんせいき》への出発《しゅっぱつ》をしたい」との思《おも》いを語《かた》った。

翌《よく》八日、伸一《しんいち》は、茨城文化会館《いばらきぶんかかいかん》の落成記念県幹部会《らくせいきねんけんかんぶかい》に出席《しゅっせき》。ここでは、学会《がっかい》の幹部でありながら、退転《たいてん》していった者《もの》の根本原因《こんぽんげんいん》について言及《げんきゅう》していった。

「信心《しんじん》がむしばまれていってしまった人に共通《きょうつう》しているのは、強《つよ》い慢心《まんしん》があることです。そこに最大《さいだい》の原因があるといえます。

実《じつ》は、慢心と臆病《おくびょう》・怠惰《たいだ》とは、表裏《ひょうり》をなしている。それゆえに慢心の人は、広布《こうふ》への責任《せきにん》をもたず、新《あたら》しい挑戦《ちょうせん》や苦労《くろう》を避《さ》けようとする。だから進歩《しんぽ》も成長《せいちょう》もない。その結果《けっか》、信心は淀《よど》み、心《こころ》はエゴに支配《しはい》され、憤懣《ふんまん》があふれる。それが、広宣流布《こうせんるふ》の破壊《はかい》の行動《こうどう》となっていくケースが多い。

また、慢心の人は、必《かなら》ずといってよいほど、勤行《ごんぎょう》を怠《おこた》っている。傲慢《ごうまん》さに毒《どく》され、信心の基本《きほん》を軽《かる》く見ているんです。

若《わか》くして幹部になり、指導的《しどうてき》な立場《たちば》につくと、自分《じぶん》に力《ちから》があると錯覚《さっかく》し、傲慢になり、周《しゅう》囲《い》を睥睨《へいげい》する人もいます。しかし、役職《やくしょく》があるから偉《えら》いのではない。苦労して、その使命《しめい》と責任を果《は》たしてこそ立派《りっぱ》なんです。

役職は一つのポジションであり、皆《みな》に使命があることを忘《わす》れてはならない。さまざまな立場の人が団結《だんけつ》し、力《ちから》を出してこそ、広宣流布《こうせんるふ》を進《すす》めることができるんです。役職《やくしょく》は、人間《にんげん》の上下《じょうげ》の関係《かんけい》などでは断《だん》じてありません。

私は、三十数年間《すうねんかん》、多くの学会員《がっかいいん》を見てきました。その結果《けっか》としていえることは、〝策《さく》の人〟は長続《ながつづ》きしない。〝要領《ようりょう》の人〟は必《かなら》ず行き詰《づ》まっていく。〝利害《りがい》の人〟は縁《えん》に紛動《ふんどう》されてしまう――ということです。

結局《けつきょく》は、求道《きゅうどう》の人、着実《ちゃくじつ》にして地道《じみち》な信心《しんじん》の人、生活《せいかつ》という足元《あしもと》をしっかりと固《かた》めてきた人が、人生《じんせい》の勝利者《しょうりしゃ》になっています」

伸一《しんいち》は、九日も、茨城文化会館落成記念《いばらきぶんかかいかんらくせいきねん》の勤行会《ごんぎょうかい》に出席《しゅっせき》し、水戸《みと》、鹿島《かしま》、常陸《ひたち》から集《つど》った同志《どうし》二千人を激励《げきれい》した。彼《かれ》は訴《うった》えた。

「仏《ほとけ》の異名《いみょう》を『世雄《せおう》』という。世間《せけん》にあって、勇猛《ゆうもう》に民《たみ》を導《みちび》く人のことです。ゆえに御本《ごほん》仏《ぶつ》・日蓮大聖人《にちれんだいしょうにん》の門下《もんか》である私たちは、どこまでも現実社会《げんじつしゃかい》の荒海《あらうみ》のなかで信頼《しんらい》を勝ち取る、力あるリーダーでなければならない。

また、仏の別名《べつめい》を『能忍《のうにん》』ともいう。五濁悪世《ごじょくあくせ》の娑婆世界《しゃばせかい》、すなわち忍土《にんど》に出現《しゅつげん》し、悪をよく忍《しの》び、慈悲《じひ》を施《ほどこ》す人のことです。大聖人の大難《だいなん》を思《おも》えば、私たちの難など、まだまだ小《ちい》さい。信心は忍耐《にんたい》です。大聖人門下ならば、何があっても微動《びどう》だにしない信心に立つことです。現実《げんじつ》という嵐《あらし》に挑《いど》み、耐《た》え忍《しの》んで、人生勝利《じんせいしょうり》の旗《はた》を掲《かか》げてください」

十日には、日立市《ひたちし》に足《あし》を延《の》ばし、日立会館落成《かいかんらくせい》五周年《しゅうねん》の記念勤行会《きねんごんぎょうかい》に出席《しゅっせき》した。

席上《せきじょう》、伸一《しんいち》は、こう提案《ていあん》した。

「水戸《みと》藩第二代藩主《はんだいにだいはんしゅ》の徳川光圀《とくがわみつくに》が、この辺《あた》りの海上《かいじょう》に朝日《あさひ》の昇《のぼ》るさまを見て、領内一《りょうないいち》の眺《なが》めであると賛嘆《さんたん》したことから、『日立』と呼《よ》ばれるようになったという。そこで、それにならって、組織《そしき》の表記《ひょうき》を、『常陸圏《ひたちゾーン》』から『日立圏』へと改《あらた》めてはどうだろうか」

皆《みな》、大喜《おおよろこ》びで、賛同《さんどう》の大拍手《だいはくしゅ》で応《こた》えた。

十一日には、茨城文化《いばらきぶんか》会館で盛大《せいだい》に開催《かいさい》された県青年部《けんせいねんぶ》総会参加者《そうかいさんかしゃ》三千五百人と、構内《こうない》の旭日庭園《きょくじつていえん》で記念のカメラに納《おさ》まった。そして、このメンバーで「茨城男子《だんし》二〇〇〇年会」「茨城女子《じょし》二〇〇〇年会」が結成《けっせい》された。

さらに同日《どうじつ》、宗門事件《しゅうもんじけん》の嵐が吹《ふ》き荒《あ》れた鹿《か》島《しま》の鹿島会館を初訪問《はつほうもん》し、第二代会長《かいちょう》・戸《と》田城聖《だじょうせい》の生誕《せいたん》記念勤行会を厳粛《げんしゅく》に執《と》り行《おこな》い、鉾田《ほこた》での鹿島地域本部《ちいきほんぶ》の代表者会議《だいひょうしゃかいぎ》に臨《のぞ》んだ。

翌《よく》十二日には、石岡《いしおか》を経由《けいゆ》し、土浦《つちうら》文化会館の開館《かいかん》三周年を記念する勤行会に出席し、場《じょう》外《がい》の参加者とも記念撮影《さつえい》するなど、寸暇《すんか》を惜《お》しんで激励《げきれい》を重《かさ》ねたのである。

その後《ご》も、伸一の力走《りきそう》は続《つづ》いた。衣《ころも》の権威《けんい》による迫害《はくがい》に耐え、広宣流布《こうせんるふ》の王道《おうどう》を歩《あゆ》み抜《ぬ》いた創価《そうか》の勇者《ゆうしゃ》たちを讃《たた》え、励《はげ》まし、師弟共戦《していきょうせん》の勝《か》ち鬨《どき》をあげるために、全国津々浦々《ぜんこくつつうらうら》へ、尊《とうと》き仏子《ぶつし》のもとへと走《はし》った。

同志《とも》は勝った。また一つ、試練《しれん》の峰《みね》を勝ち越《こ》えたのだ。希望《きぼう》の大空《おおぞら》に、晴《は》れやかに凱歌《がいか》が轟《とどろ》いた。

誓《せい》願《がん》

新《あたら》しき時代《じだい》の扉《とびら》は青年《せいねん》によって開かれる。若《わか》き逸材《いつざい》が陸続《りくぞく》と育《そだ》ち、いかんなく力《ちから》を発揮《はっき》してこそ、国も、社会《しゃかい》も、団体《だんたい》も、永続的《えいぞくてき》な発展《はってん》がある。ゆえに山本伸一《やまもとしんいち》は、常《つね》に青年の育成《いくせい》に焦点《しょうてん》を当《あ》て、一切《いっさい》の力を注《そそ》いできた。

青年が、広布《こうふ》の後継者《こうけいしゃ》として大成《たいせい》していくうえで大切《たいせつ》な要件《ようけん》は、何よりも信心《しんじん》への揺《ゆ》るぎない確信《かくしん》をつかむことである。そして、地涌《じゆ》の深《ふか》き使命《しめい》を自覚《じかく》し、自身《じしん》を磨《みが》き鍛《きた》え、人格《じんかく》を陶冶《とうや》していくことである。それには、挑戦心《ちょうせんしん》、忍耐力《にんたいりょく》、責任感等々《せきにんかんとうとう》を身《み》につけ、自身の人間《にんげん》的《てき》な成長《せいちょう》を図《はか》っていくことが極《きわ》めて重要《じゅうよう》になる。伸一は、そのための一つの場《ば》として、青年たちを中心《ちゅうしん》に、各方面《かくほうめん》や県《けん》で文化祭《ぶんかさい》を開催《かいさい》することを提案《ていあん》してきた。

文化祭は、信仰《しんこう》によって得《え》た生命《せいめい》の躍動《やくどう》や歓喜《かんき》を表現《ひょうげん》する民衆讃歌《みんしゅうさんか》の舞台《ぶたい》である。さらに、信頼《しんらい》と友情《ゆうじょう》がもたらす団結《だんけつ》の美《び》と力をもって描《えが》き示《しめ》す、人間共和《きょうわ》の縮図《しゅくず》である。また、広宣《こうせん》流布《るふ》、すなわち世界平和《せかいへいわ》への誓《ちか》いの表明《ひょうめい》ともなる希望《きぼう》の祭典《さいてん》である。

二十一世紀《せいき》に向かって飛翔《ひしょう》する創価学会《そうかがっかい》の文化祭《ぶんかさい》の先駆《せんく》となったのは、関西《かんさい》であった。

一九八二年（昭和《しょうわ》五十七年）三月二十二日、大阪《おおさか》の長居陸上競技場《ながいりくじょうきょうぎじょう》で、第一回関西青年《せいねん》平和文化祭が開催《かいさい》されたのである。

関西には、全国《ぜんこく》、全世界に大感動《だいかんどう》を呼《よ》び起《お》こした、六六年（同四十一年）に阪神甲子園球場《はんしんこうしえんきゅうじょう》で行《おこな》われた「雨《あめ》の関西文化祭」の歴史《れきし》があった。この文化祭の記録《きろく》フィルムを、当時《とうじ》、中国《ちゅうごく》の周恩来《しゅうおんらい》（チョウ・エンライ）総理《そうり》の指示《しじ》で、創価学会を研究《けんきゅう》していた側近《そっきん》の人たちも観賞《かんしょう》していた。その一人《ひとり》で、総理と伸一《しんいち》の会見《かいけん》で通訳《つうやく》を務《つと》めた林麗韞《りんれいうん》（リン・リーユン）は、こう語《かた》っている。

「若人《わこうど》が泥《どろ》んこになって生き生きと演技《えんぎ》している姿《すがた》を見て、本当《ほんとう》にすばらしいと思《おも》ったのです」「創価学会が大衆《たいしゅう》を基盤《きばん》とした団体《だんたい》であることを実感《じっかん》しました。中日友好《ちゅうにちゆうこう》への大切《たいせつ》な団体であると深《ふか》く認識《にんしき》したのです」

関西青年部には、この文化祭を超《こ》える、芸術性《げいじゅつせい》と学会魂《だましい》にあふれた感動《かんどう》の舞台《ぶたい》にしなければならぬとの、強《つよ》い挑戦《ちょうせん》の気概《きがい》があった。

この文化祭の前年《ぜんねん》にあたる八一年（同五十六年）十一月、第三回関西総会《そうかい》に出席《しゅっせき》するため、大阪《おおさか》を訪《おとず》れた伸一《しんいち》に、関西《かんさい》の青年《せいねん》たちは言った。

「来年《らいねん》三月の関西青年平和《へいわ》文化祭《ぶんかさい》は、『学会《がっかい》ここにあり、創価《そうか》の師弟《してい》は健在《けんざい》なり！』と、満《まん》天下《てんか》に示《しめ》す舞台《ぶたい》にいたします！」

「十万人の青年がお待《ま》ちしております！」

伸一は、燃《も》える太陽《たいよう》のごとき、若《わか》き情熱《じょうねつ》を感《かん》じた。

文化祭は、三月二十一、二十二の両日《りょうじつ》にわたって行《おこな》われる予定《よてい》であったが、二十一日は激《はげ》しい雨《あめ》で中止《ちゅうし》となった。この日、大阪入りした伸一は、落胆《らくたん》しているであろう青年たちを励《はげ》まそうと、役員会《やくいんかい》に駆《か》けつけた。

文化祭で関西の青年たちは、至難《しなん》の技《わざ》である六段円塔《だんえんとう》に挑《いど》もうとしていた。前年《ぜんねん》四月に、東京下町《とうきょうしたまち》の同志《どうし》が集《つど》った東京家族友好総会《かぞくゆうこうそうかい》で、江東区《こうとうく》男子部《だんしぶ》が完成《かんせい》させていたが、文化祭では、初《はつ》の挑戦《ちょうせん》となる。その報告《ほうこく》を受けていた伸一は、こう言って励ました。

「今日《きょう》は中止になって、さぞ残念《ざんねん》に思《おも》っているだろうが、六段円塔という極限《きょくげん》の演技《えんぎ》を二日も続《つづ》けることは、あまりにも過酷《かこく》です。事故《じこ》も起《お》こりやすい。むしろ雨が降《ふ》ってよかったんです。明日《あした》を楽《たの》しみにしています」

文化祭は、安全《あんぜん》、無事故が鉄則《てつそく》である。事故を起こしては、取り返しがつかない——関西の青年《せいねん》たちは、そう深《ふか》く自覚《じかく》し、六段円塔《だんえんとう》への挑戦《ちょうせん》が決まると、絶対無事故《ぜったいむじこ》を決意《けつい》し、事故を起《お》こさぬための工夫《くふう》、研究《けんきゅう》を重《かさ》ね、皆《みな》で真剣《しんけん》に唱題《しょうだい》に励《はげ》んだ。

出演者《しゅつえんしゃ》も体操競技《たいそうきょうぎ》の経験者《けいけんしゃ》などを優先《ゆうせん》して集《あつ》め、まず、徹底《てってい》した基礎体力《きそたいりょく》づくりから始《はじ》めた。走《はし》り込《こ》みや腕立《うでた》て伏《ふ》せ、足腰《あしこし》や体幹強化《たいかんきょうか》のための運動《うんどう》などが、来る日も、来る日も繰《く》り返《かえ》された。屋外《おくがい》の練習場《れんしゅうじょう》では、怪我《けが》などさせてはならないと、近《ちか》くの壮年《そうねん》・婦人部《ふじんぶ》が、自主《じしゅ》的《てき》にガラスの破片《はへん》や小石《こいし》を拾《ひろ》い、清掃《せいそう》に努《つと》めた。

仏法《ぶっぽう》は道理《どうり》である。御書《ごしょ》に「前前《さきざき》の用心《ようじん》」（一一九二㌻）と示《しめ》されているように、万全《ばんぜん》な備《そな》えがあってこそ、すべての成功《せいこう》がある。

「常勝関西《じょうしょうかんさい》」に、さわやかな希望《きぼう》の青空《あおぞら》が広《ひろ》がっていた。二十二日午後《ごご》一時半《はん》、関西青年《せいねん》平和文化祭《へいわぶんかさい》は、新入会員《しんにゅうかいいん》一万人の青年による平和の行進《こうしん》で幕《まく》を開《あ》けた。

誉《ほま》れの青春《せいしゅん》を、真実《しんじつ》の生き方を求《もと》めて創価《そうか》の道《みち》に進《すす》んだ新入会の若人《わこうど》たちが、胸《むね》を張《は》って歩《あゆ》みを運《はこ》ぶ。宗門事件《しゅうもんじけん》の逆風《ぎゃくふう》のなかで、懸命《けんめい》に彼《かれ》らと仏法対話《たいわ》し、弘教《ぐきょう》を実《みの》らせた同志《どうし》たちは、その誇《ほこ》らかな姿《すがた》に胸《むね》を熱《あつ》くした。

新《あたら》しき力《ちから》こそが、新しい未来《みらい》を開く原動力《げんどうりょく》だ。

国連旗《こくれんき》、創価学会平和旗《そうかがっかいへいわき》が入場《にゅうじょう》したあと、伸一《しんいち》が青年《せいねん》たちに贈《おく》った詩《し》「青年よ　二十一世紀《せいき》の広布《こうふ》の山《やま》を登《のぼ》れ」に曲《きょく》をつけた合唱曲《がっしょうきょく》を、二千人の混声《こんせい》合唱団が熱唱《ねっしょう》し、グラウンドいっぱいに純白《じゅんぱく》のドレスが舞《ま》う。女子部《じょしぶ》の創作《そうさく》バレエである。

平和の天使《てんし》・鼓笛隊《こてきたい》のパレードや高等部《こうとうぶ》のリズム体操《たいそう》、女子部のダンス、袴姿《はかますがた》も凛々《りり》しい学生部《がくせいぶ》の群舞《ぐんぶ》、音楽《おんがく》と人文字《ひともじ》とナレーションで構成《こうせい》する「関西《かんさい》創価学会三十年の歩《あゆ》み」、中等《ちゅうとう》・少年部《しょうねんぶ》の体操、女子部のバレエ、音楽隊のパレード、和太鼓《わだいこ》演奏《えんそう》「常勝《じょうしょう》太鼓」と、華麗《かれい》な、また、勇壮《ゆうそう》な演技《えんぎ》が続《つづ》いた。

やがて、男子部《だんしぶ》の組《く》み体操となった。

「ワァー」と雄叫《おたけ》びをあげ、男子部四千人がグラウンドに躍《おど》り出《で》る。「紅《くれない》の歌《うた》」「原野《げんや》に挑《いど》む」など、学会歌が流《なが》れるなか、次々《つぎつぎ》と隊形変化《たいけいへんか》し、人間《にんげん》の大波《おおなみ》がうねり、人間ロケットが飛《と》び交《か》い、八つの五段円塔《だんえんとう》がつくられた。

さらに、中央《ちゅうおう》では六段円塔が組まれ始《はじ》めた。

一段目が六十人、二段目二十人、三段目十人、四段目五人、五段目三人、六段目が一人《ひとり》――一段目は立ったまま、その肩《かた》に、あとの三十九人を乗《の》せていく。一段目が揺《ゆ》らげば、上《じょう》段《だん》を支《ささ》えることはできない。

二段目《だんめ》が乗《の》り、中腰《ちゅうごし》の体勢《たいせい》で円陣《えんじん》を組《く》む。

さらに、三段目、四段目……と順《じゅん》に乗り、同じ体勢で、六段目が乗るのを待《ま》つ。

「いくぞーっ!」

限界《げんかい》への挑戦《ちょうせん》というドラマが始《はじ》まった。皆《みな》には、鍛錬《たんれん》を通《とお》して培《つちか》われた自信《じしん》があった。

六段円塔《えんとう》の二段目のメンバーが、上に十九人を乗せたまま、腰《こし》を伸《の》ばす。その足《あし》が一段目の友《とも》の肩《かた》に食《く》い込《こ》む。自分《じぶん》たちが腰をしっかり伸ばしきらなければ、上に乗った人たちがバランスを崩《くず》して落下《らっか》することになる。歯《は》を食いしばって立ち上がる。

続《つづ》いて、三段目が、四段目が次々《つぎつぎ》と立った。皆、体《からだ》が小刻《こきざ》みに震《ふる》えている。

頭上《ずじょう》を撮影用《さつえいよう》のヘリコプターが飛《と》ぶ。

ババババババババー……。

ヘリの起《お》こす風《かぜ》が予想以上《よそういじょう》に激《はげ》しい。円塔が揺《ゆ》れる。周囲《しゅうい》のメンバーは、心《こころ》で題目《だいもく》を唱《とな》える。やがて、ヘリは遠《とお》のいていった。

五段目が立った。音楽隊《おんがくたい》の奏《かな》でるドラムの音《おと》が響《ひび》く。六段目となる最後《さいご》の一人《ひとり》が立とうとした。が、腰をかがめた。足下《あしもと》の青年《せいねん》の肩に手をかけ、もう一度、体勢を整《ととの》える。観客《かんきゃく》も息《いき》をのみ、いっせいに円塔の頂上《ちょうじょう》を見る。

〝立て！　俺《おれ》たちを信《しん》じて立て！〟

彼《かれ》を支《ささ》える青年《せいねん》たちが、心《こころ》で叫《さけ》ぶ。

「頑張《がんば》れ！」

観客席《かんきやくせき》から声《こえ》が起《お》こる。

青年は深呼吸《しんこきゆう》し、空《そら》を見上《みあ》げた。そして、一気《いつき》に立った。

最上段《さいじようだん》で青年は、両手《りようて》を広《ひろ》げた。

大歓声《だいかんせい》と大拍手《だいはくしゆ》が、長居陸上競技場《ながいりくじようきようぎじよう》の天空《てんくう》に舞《ま》った。スタンドには、「関西魂《かんさいだましい》」の人文字《ひともじ》が鮮《あざ》やかに浮《う》かび上がる。

伸一《しんいち》も、大きな拍手を送《おく》った。

円塔《えんとう》のてっぺんで、青年が何かを叫んだ。

「弘治《こうじ》、やったぞ！」

大歓声にかき消《け》され、聴《き》き取《と》ることはできないが、魂《たましい》の絶叫《ぜつきよう》であった。円塔に立った青年は菊田《きくた》弘幸《ひろゆき》といい、弘治とは、五日前に他界《たかい》した親友《しんゆう》で男子部員《だんしぶいん》の上野《うえの》弘治のことである。

二人《ふたり》は、同じ水道工事《すいどうこうじ》の会社《かいしや》で働《はたら》いており、上野も、この青年平和文化祭《へいわぶんかさい》に組《く》み体操《たいそう》のメンバーとして出演《しゆつえん》する予定《よてい》であった。しかし、三月十七日、彼は病《やまい》のために他界した。親友の思《おも》いを背負《せお》っての菊田《きくた》の挑戦《ちょうせん》であった。

青年《せいねん》たちが打《う》ち立《た》てた六段円塔《だんえんとう》は、永遠《とわ》に崩《くず》れぬ、美《うつく》しき友情《ゆうじょう》の金字塔《きんじとう》でもあった。

組《く》み体操《たいそう》の練習《れんしゅう》に励《はげ》んでいた上野《うえの》が、「気分《きぶん》が悪《わる》い」と訴《うった》え、救急病院《きゅうきゅうびょういん》へ運《はこ》ばれたのは、三月六日のことであった。自宅《じたく》に戻《もど》るが、意識障害《いしきしょうがい》が始《はじ》まり、入院《にゅういん》したのである。彼《かれ》は、混濁《こんだく》する意識のなかで、「親友《しんゆう》が六段円塔の一番《いちばん》上に立つんだ……」と繰《く》り返《かえ》した。

やがて意識不明《ふめい》になり、救命《きゅうめい》救急センターに転院《てんいん》することになった。菊田も駆《か》けつけ、彼の体《からだ》を抱《かか》え、ストレッチャーに乗《の》せた。その時、上野は、小《ちい》さな声《こえ》だが、はっきりした口調《くちょう》で言った。

「不可能《ふかのう》を可能にする！」

これが、上野の最後《さいご》の言葉《ことば》となった。

彼は、原発性《げんぱつせい》くも膜下出血《まくかしゅっけつ》と診断《しんだん》され、十三日に呼吸停止《こきゅうていし》となったが、人工《じんこう》呼吸で四日間、生《い》き続《つづ》け、「広宣流布記念《こうせんるふきねん》の日」の三月十六日を迎《むか》えた。そして、翌《よく》十七日午後《ごご》、安《やす》らかに息《いき》を引き取った。その枕元《まくらもと》のハンガーには、彼が文化祭《ぶんかさい》で着《き》る予定《よてい》であった青《あお》いユニホームが掛《か》けられていた。菊田は、友《とも》の霊前《れいぜん》で誓《ちか》った。

「弘治《こうじ》！　君《きみ》の分《ぶん》も頑張《がんば》るぞ！」

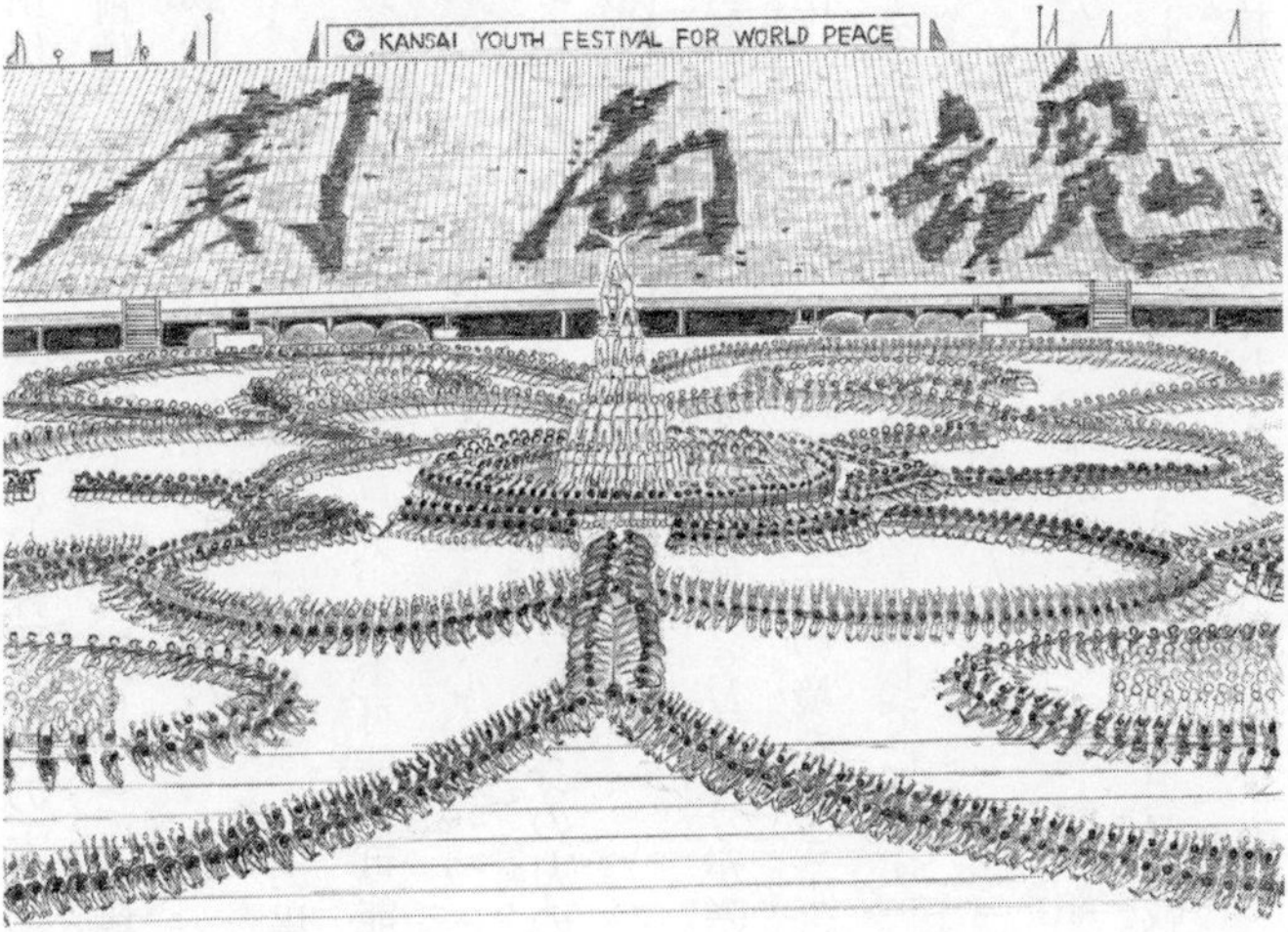
KANSAI YOUTH FESTIVAL FOR WORLD PEACE

十八日、菊田《きくた》は、上野《うえの》の写真《しゃしん》を胸《むね》に、練習会場《れんしゅうかいじょう》の大阪府交野市《おおさかふかたのし》の創価女子学園《そうかじょしがくえん》（一九八二年四月から関西《かんさい》創価学園）体育館《たいいくかん》に向かった。これまで六段円塔《だんえんとう》を立てることはできなかったが、この時、初《はじ》めて至難《しなん》の円塔が完成《かんせい》したのだ。

また、この日、学園にいたメンバーだけでなく、別《べつ》の場所《ばしょ》で練習に励《はげ》む、組《く》み体操《たいそう》メンバー全員《ぜんいん》に、上野の死《し》と彼《かれ》の不屈《ふくつ》の心意気《こころいき》、「不可能《ふかのう》を可能にする！」との遺言《ゆいごん》ともいうべき言葉《ことば》が伝《つた》えられた。組み体操四千人の若人《わこうど》の心《こころ》が、一つになって燃《も》え上《あ》がった。

菊田は、上野の最後《さいご》の言葉を心に焼《や》き付《つ》け、自身《じしん》の力《ちから》の限界《げんかい》に挑《いど》み、まさに不可能を可能にする見事《みごと》な演技《えんぎ》を成《な》し遂《と》げたのだ。

上野には、創価学会《がっかい》から、男子《だんし》部《ぶ》本部長《ほんぶちょう》の名誉称号《めいよしょうごう》が贈《おく》られた。彼の母親《ははおや》は述懐《じゅつかい》する。

「あの子は、中学《ちゅうがく》二年の時、紫斑病《しはんびょう》で生死《せいし》の境《さかい》をさまよいました。今、思《おも》えば、それ以来《いらい》、御本尊様《ごほんぞんさま》に寿命《じゅみょう》を延《の》ばしていただいたと実感《じっかん》しています」

彼の妻《つま》は、伸一《しんいち》への手紙《てがみ》に、こう記《しる》した。

「宿命《しゅくめい》と闘《たたか》った主人《しゅじん》は、子どものように純粋《じゅんすい》で美《うつく》しい顔《かお》でした。主人は、私たちを納得《なっとく》させて亡《な》くなりました。信心《しんじん》とはこういうものだ、宿命と戦《たたか》うとはこういうものなんだ、と必死《ひっし》に生きて生き抜《ぬ》いて教《おし》えてくれました」

さらに、関西青年平和文化祭《かんさいせいねんへいわぶんかさい》の出演者《しゆつえんしゃ》らで、決意《けつい》の署名《しょめい》をすることになった時、皆《みな》から上《うえ》野《の》の名《な》も残《のこ》したいとの希望《きぼう》があり、彼女《かのじょ》が夫《おっと》に代《か》わって筆《ふで》を執《と》った。

「我《わ》が人生《じんせい》は広宣流布《こうせんるふ》のみ‼ 上野弘治《こうじ》 名誉本部長《めいよほんぶちょう》」――夫の心《こころ》をとどめたのだ。

その報告《ほうこく》に伸一《しんいち》は、上野への追善《ついぜん》の祈《いの》りを捧《ささ》げるとともに、夫人《ふじん》が亡《な》き夫の分《ぶん》まで広宣流布に生《い》き抜《ぬ》き、幸福《こうふく》な人生を歩《あゆ》んでほしいと祈念《きねん》し、題目《だいもく》を送《おく》った。

文化祭に出演したメンバーの多くは、訓練《くんれん》や団体行動《だんたいこうどう》が苦手《にがて》な世代《せだい》の若者《わかもの》たちである。しかも、仕事《しごと》や学業《がくぎょう》もある。皆、挫《くじ》けそうになる心との格闘《かくとう》であり、時間との戦《たたか》いであった。そのなかで唱題《しょうだい》に励《はげ》み、信心《しんじん》を根本《こんぽん》に自分《じぶん》への挑戦《ちょうせん》を続《つづ》け、互《たが》いに〝負《ま》けるな！〟と励まし合《あ》ってきた。

そして、一人《ひとり》ひとりの人間革命《にんげんかくめい》のドラマが、無数《むすう》の友情物語《ゆうじょうものがたり》が生まれた。青年たちは文化祭を通《とお》して、困難《こんなん》に挑《いど》み戦う学会精神《がっかいせいしん》を学《まな》び、自身《じしん》の生き方として体現《たいげん》していった。つまり、不可能《ふかのう》の壁《かべ》を打《う》ち破《やぶ》る不撓不屈《ふとうふくつ》の〝関西魂《だましい》〟が、ここに継承《けいしょう》されていったのである。

〝関西魂〟は、どこから生まれたのか――。

〝この大阪《おおさか》から、貧乏《びんぼう》と病気《びょうき》を追放《ついほう》したい。一人も残らず幸福にしたい〟というのが、戸《と》田城聖《だじょうせい》の思《おも》いであった。

この念願《ねんがん》を実現《じつげん》するために、戸田は、弟子《でし》の山本伸一《やまもとしんいち》を、名代《みょうだい》として関西《かんさい》に派遣《はけん》した。伸一は、師《し》の心《こころ》を体《たい》して広宣流布《こうせんるふ》の指揮《しき》を執《と》り、関西の地を走《はし》りに走った。そして、一九五六年（昭和《しょうわ》三十一年）五月には、大阪支部《おおさかしぶ》で一カ月に一万一千百十一世帯《せたい》という弘教《ぐきょう》を成《な》し遂《と》げ、民衆凱歌《みんしゅうがいか》の序曲《じょきょく》を轟《とどろ》かせた。

伸一は、同年七月、学会《がっかい》が初《はじ》めて推薦候補《すいせんこうほ》を立てた参議院議員選挙《さんぎいんぎいんせんきょ》で、大阪地方区《ちほうく》の支援《しえん》活動《かつどう》の最高責任者《さいこうせきにんしゃ》を務《つと》め、見事《みごと》、当選《とうせん》を勝ち取った。〝当選など不可能《ふかのう》である〟との、大方《おおかた》の予想《よそう》を覆《くつがえ》し、「〝まさか〟が実現」と新聞《しんぶん》で報《ほう》じられた、劇的《げきてき》な大勝利《だいしょうり》であった。

翌《よく》五七年（同三十二年）の七月三日、彼《かれ》は、同年四月に行《おこな》われた参議院大阪地方区の補欠《ほけつ》選挙で、選挙違反《いはん》をしたという無実《むじつ》の罪《つみ》を着《き》せられ、逮捕《たいほ》される。大阪事件《じけん》である。新《あたら》しい民衆勢力《せいりょく》の台頭《たいとう》を恐《おそ》れる横暴《おうぼう》な権力《けんりょく》の弾圧《だんあつ》であった。同志《どうし》は怒《いか》りに震《ふる》えた。

七月十七日、大阪府警並《ふけいなら》びに大阪地検《ちけん》を糾弾《きゅうだん》する大阪大会《たいかい》が、中之島《なかのしま》の大阪市中央公会堂《しちゅうおうこうかいどう》で開かれた。場外《じょうがい》も多くの人で埋《うず》まった。途中《とちゅう》から豪雨《ごうう》となり、稲妻《いなずま》が天《てん》を切《き》り裂《さ》いた。外《そと》の人たちは、雨《あめ》に打《う》たれながら、特設《とくせつ》されたスピーカーから流《なが》れる声《こえ》に耳《みみ》をそばだてた。幼子《おさなご》を背負《せお》った婦人《ふじん》もいたが、誰《だれ》も帰《かえ》ろうとはしなかった。

〝無実《むじつ》の山本室長《やまもとしつちよう》を、なぜ逮捕《たいほ》したのか！　民衆の幸《しあわ》せを願《ねが》って走《はし》り抜《ぬ》き、私たちに勇気《ゆうき》の灯《ひ》をともしてくれた室長を迫害《はくがい》する、権力《けんりよく》の魔性《ましよう》を、私たちは断《だん》じて許《ゆる》さない！〟

同志《どうし》の心《こころ》に正義《せいぎ》の炎《ほのお》は、赤々《あかあか》と燃《も》え上《あ》がった。その胸中深《きようちゆうふか》く、〝常勝《じようしよう》〟の誓《ちか》いが刻《きざ》まれ、目覚《めざ》めた民衆の大行進《だいこうしん》が始《はじ》まったのだ。

その時の、背中《せなか》の子《こ》どもたちも、今、凛々《りり》しき青年《せいねん》へと育《そだ》ち、青年平和文化祭《へいわぶんかさい》の大舞台《おおぶたい》に乱舞《らんぶ》し、全身《ぜんしん》で民衆の凱歌《がいか》を、歓喜《かんき》と平和を表現《ひようげん》したのである。

青年たちは、仕事《しごと》や学業《がくぎよう》のあと、息《いき》せき切って、練習会場《れんしゆうかいじよう》に駆《か》けつけ、必死《ひつし》に、負《ま》けじ魂《だましい》をたぎらせて練習に汗《あせ》を流《なが》した。草創期《そうそうき》を戦《たたか》った壮年《そうねん》や婦人《ふじん》は、毎日《まいにち》のように応援《おうえん》に訪《おとず》れ、連《つ》れて来た孫《まご》たちに言うのである。

「よう見とき、あの懸命《けんめい》に頑張《がんば》る姿《すがた》が関西《かんさい》魂や！　学会精神《がつかいせいしん》や！」

草創の同志は、後継《こうけい》の若師子《わかじし》たちが、見事《みごと》に育ち、魂《たましい》のバトンが受《う》け継《つ》がれていくことに、喜《よろこ》びと誇《ほこ》りを感《かん》じたのである。

大阪《おおさか》の庶民《しよみん》のなかに身《み》を投《とう》じ、〝この世《よ》の悲惨《ひさん》をなくす〟〝誰一人《だれひとり》として幸せにせずにはおくものか！〟と誓った戸田城聖《とだじようせい》の一念《いちねん》――それは即《そく》「平和の心」にほかならなかった。

伸一《しんいち》は、この戸田の心を胸《むね》に、その実現《じつげん》のために、全精魂《ぜんせいこん》を傾《かたむ》けて奔走《ほんそう》した。

そして、関西《かんさい》の同志《どうし》は、伸一《しんいち》と共《とも》に戦《たたか》い、権力《けんりょく》の弾圧《だんあつ》にも屈《くっ》せず、民衆《みんしゅう》の幸《さち》と蘇生《そせい》の歴史《れきし》を綴《つづ》ってきた。まさに、〝関西魂《だましい》〟〝学会精神《がっかいせいしん》〟の継承《けいしょう》のなかで、「平和《へいわ》の心《こころ》」も受《う》け継《つ》がれていくのである。

関西青年《せいねん》平和文化祭《ぶんかさい》は、「平和宣言《せんげん》」へと移《うつ》った。関西青年部長《ぶちょう》の大石正志《おおいしまさし》は、マイクに向かうと、「全関西の山本門下生《やまもともんかせい》十万の同志諸君《しょくん》！」と力強《ちからづよ》く呼《よ》びかけ、平和への誓《ちか》いを読《よ》み上《あ》げていった。

「一、我々《われわれ》は、日蓮大聖人《にちれんだいしょうにん》の仏法《ぶっぽう》を広《ひろ》く時代《じだい》精神、世界《せかい》精神にまで高め、『生命尊厳《せいめいそんげん》・人間《にんげん》平和主義《しゅぎ》』の理念《りねん》にのっとり、立正安国《りっしょうあんこく》の恒久《こうきゅう》平和運動《うんどう》を展開《てんかい》しゆくことを誓う。

一、第二代《だいにだい》戸田城聖会長《とだじょうせいかいちょう》の『原水爆禁止《げんすいばくきんし》宣言』以来《いらい》二十五年。今や、この不動《ふどう》の精神は第三代山本会長によって継承され、世界的な潮流《ちょうりゅう》となって民衆の共鳴《きょうめい》を呼んでいる。我々は、この深《ふか》き仏法者の信念《しんねん》より発《はっ》した平和行動《こうどう》を、二十一世紀《せいき》へ更《さら》に高めて、この宣言の透徹《とうてつ》した理念を訴《うった》え続《つづ》け、核兵器廃絶《かくへいきはいぜつ》の実現《じつげん》を期《き》す。

一、恒久平和建設《けんせつ》の生命線は、民衆と民衆との連帯《れんたい》にかかっている。我々は、広汎《こうはん》なる世界の平和を希求《ききゅう》する青年の力《ちから》を糾合《きゅうごう》し、もって国連憲章《こくれんけんしょう》の精神を守《まも》る新《あたら》しい時代の国際世論《こくさいよろん》を形成《けいせい》し、二十一世紀《せいき》を、人類《じんるい》が希求《ききゅう》する、生命《せいめい》・平和《へいわ》の世紀にすることを誓《ちか》う」

この「平和宣言《せんげん》」は、競技場《きょうぎじょう》を埋《う》め尽《つ》くした全員《ぜんいん》の賛同《さんどう》の大拍手《だいはくしゅ》をもって採択《さいたく》された。

平和運動《うんどう》には、運動を支《ささ》える確固《かっこ》たる哲学《てつがく》が求《もと》められる。仏法《ぶっぽう》では、万人《ばんにん》が「仏《ほとけ》」の生命を具《そな》えていると説《と》く。つまり人間《にんげん》は、等《ひと》しく尊厳無比《そんげんむひ》なる存在《そんざい》であり、誰人《たれびと》も幸福《こうふく》に生きる権利《けんり》があることを裏《うら》づける法理《ほうり》である。

創価学会《そうかがっかい》の平和運動は、仏法の生命尊厳の思想《しそう》を人びとの胸中《きょうちゅう》に打《う》ち立《た》て、ユネスコ憲章《けんしょう》に謳《うた》われているように、「人の心《こころ》の中《なか》に平和のとりで」をつくることを基調《きちょう》としている。

法華経《ほけきょう》の精髄《せいずい》たる日蓮《にちれん》仏法には、人間に内在《ないざい》する「仏」の生命を顕現《けんげん》し、悪《あく》の心を滅《めっ》して善《ぜん》の心を生《しょう》じ、自他共《じたとも》に幸福を確立《かくりつ》していく方途《ほうと》が示《しめ》されている。学会は、日々《ひび》、その教《おし》えを実践《じっせん》し、一人《ひとり》ひとりが人間革命《かくめい》に励《はげ》み、苦悩《くのう》の宿命《しゅくめい》を転換《てんかん》するとともに、社会建設《しゃかいけんせつ》の主体《しゅたい》者《しゃ》となって、はつらつと生命尊厳の哲理《てつり》の連帯《れんたい》を広《ひろ》げてきた。

平和とは、単《たん》に戦争《せんそう》のない状態《じょうたい》をいうのではない。核《かく》の脅威《きょうい》や飢餓《きが》、貧困《ひんこん》、差別《さべつ》など、〝地球《ちきゅう》社会の歪《ひず》み〟の解消《かいしょう》への取《と》り組《く》みが進《すす》み、人びとが互《たが》いの尊厳を輝《かがや》かせつつ、生きる喜《よろこ》びと幸《しあわ》せを実感《じっかん》できてこそ、真《しん》の平和である。創価学会員には、まさに、その歓喜《かんき》と幸福の人生《じんせい》の実像《じつぞう》がある。

次《つ》いで、あいさつに立った関西総合長《かんさいそうごうちょう》の十和田光一《とわだこういち》は、この青年平和文化祭《せいねんへいわぶんかさい》を新《あら》たな出発点《しゅっぱつてん》として、さらに、「核兵器《かくへいき》のない世界《せかい》」「悲惨《ひさん》な戦争《せんそう》のない世界」をめざし、平和に貢献《こうけん》していく決意《けつい》を披瀝《ひれき》した。そして、デクエヤル国連事務総長《こくれんじむそうちょう》から、この文化祭の開催《かいさい》にあたって届《とど》けられた、SGI会長の伸一《しんいち》へのメッセージを紹介《しょうかい》していった。

「創価学会《そうかがっかい》のような日本のNGO（非政府組織《ひせいふそしき》）が、世界平和と軍縮《ぐんしゅく》の推進《すいしん》に寄与《きよ》されていることを知り、我々《われわれ》は大いに勇気《ゆうき》づけられております」「私は軍拡競争《ぐんかくきょうそう》の危険性《きけんせい》を世界の諸《しょ》国民《こくみん》と諸政府に、より広《ひろ》く知らしめんとするSGI会長並《なら》びに創価学会のご尽力《じんりょく》に深《ふか》く感謝《かんしゃ》するものであります」

国連でも、国家《こっか》レベルの論議《ろんぎ》は、ともすれば国益《こくえき》の確保《かくほ》などが優先《ゆうせん》され、軍縮や核兵器廃《はい》絶《ぜつ》への前向《まえむ》きな交渉《こうしょう》が進《すす》まない現実《げんじつ》がある。その壁《かべ》を破《やぶ》るために、不戦《ふせん》を願《ねが》う民衆《みんしゅう》の連帯《れんたい》を広げ、時代変革《じだいへんかく》の波《なみ》を力強《ちからづよ》く起《お》こす機軸《きじく》となるのが、NGOの存在《そんざい》といってよい。

創価学会は、前年《ぜんねん》の一九八一年（昭和《しょうわ》五十六年）に国連難民高等弁務官事務所《なんみんこうとうべんむかんじむしょ》（UNHCR）と国連広報局《こうほうきょく》のNGOとして登録《とうろく》されている。また、SGI結成《けっせい》から満《まん》七年にあたる、この八二年（同五十七年）の一月二十六日、創価学会平和委員会《いいんかい》が設置《せっち》され、いよいよ本格的《ほんかくてき》な平和運動《うんどう》の展開《てんかい》に着手《ちゃくしゅ》したのである。

仏法《ぶっぽう》は、人間《にんげん》を守《まも》るためのものだ。ゆえに平和《へいわ》を守ることは、仏法者の使命《しめい》である。そのあと、五千五百人の来賓《らいひん》を代表《だいひょう》して、長崎市《ながさきし》の本島等市長《もとしまひとししちょう》と広島《ひろしま》市の荒木武市《あらきたけしし》長があいさつした。

本島市長は、一九五七年（昭和三十二年《しょうわ》）、戸田城聖第二代会長《とだじょうせいだいにだいかいちょう》の「原水爆禁止宣言《げんすいばくきんしせんげん》」以来《いらい》、学会《がっかい》が被爆証言集《ひばくしょうげんしゅう》の出版《しゅっぱん》や核廃絶《かくはいぜつ》の署名《しょめい》など、長年《ながねん》にわたり、平和の建設《けんせつ》に取《と》り組《く》んできたことを高く評価《ひょうか》した。さらに、伸一《しんいち》がこれまで、世界《せかい》平和と人類《じんるい》の幸福《こうふく》を願《ねが》って、ソ連《れん》のコスイギン首相《しゅしょう》やアメリカのキッシンジャー博士、中国《ちゅうごく》の周恩来総理《しゅうおんらいそうり》など、世界の指導者《しどうしゃ》と対《たい》話《わ》を重《かさ》ねてきたことこそ、平和実現《じつげん》のカギになると訴《うった》え、こう続《つづ》けた。

「三発目の原爆が、地球上《ちきゅうじょう》のどこにも、永遠《えいえん》に投下《とうか》されてはならない——長崎こそ世界における原爆の最後《さいご》の被爆の地であらねばならない、ということを皆《みな》さんとともに誓《ちか》い合《あ》いたい」「皆様《みなさま》は、どうか、日本の各地《かくち》で、平和の運動《うんどう》の先頭《せんとう》に立ってください！」

また、荒木市長は、「世界で唯一《ゆいいつ》の戦争《せんそう》被爆国である日本は、核廃絶への世界の先駆《せんく》となっていく使命がある」との、山本《やまもと》伸一の主張《しゅちょう》を紹介《しょうかい》した。そして、それは、まさに「ヒロシマ・ナガサキ」の世界化を説《と》き、「ヒロシマ・ナガサキの平和の心《こころ》」を心とした実践《じっせん》の哲理《てつり》を示《しめ》していると述《の》べた。

さらに、「人類《じんるい》の悲願《ひがん》である世界《せかい》の恒久平和《こうきゅうへいわ》の確立《かくりつ》は、互《たが》いの人間《にんげん》の奥《おく》に光《ひか》る善性《ぜんせい》を発見《はっけん》し、民衆《みんしゅう》と民衆との強《つよ》い連帯《れんたい》のもとに、人間の心《こころ》と心のふれあいによってはぐくみ、育《そだ》てるものである」と力説《りきせつ》。その意味《いみ》から、創価《そうか》学会青年部《がっかいせいねんぶ》の、平和活動《かつどう》と文化《ぶんか》の発展《はってん》のための努力《どりょく》に対《たい》し、惜《お》しみない賛辞《さんじ》と拍手《はくしゅ》を送《おく》りたいと語《かた》った。

会長《かいちょう》の秋月英介《あきづきえいすけ》のあいさつに続《つづ》いて、伸一《しんいち》がマイクを手にした。彼《かれ》は、出演者《しゅつえんしゃ》や来賓《らいひん》の方々《かたがた》に、深《ふか》く感謝《かんしゃ》の意《い》を表《ひょう》し、平和への思《おも》いを語った。

「平和は、人類の願望《がんぼう》である。私どもは正法正義《しょうほうしょうぎ》を根本《こんぽん》とし、ただひたすらに、平和に向かって前進《ぜんしん》してまいりました。また、これからも、断固《だんこ》、進《すす》んでいかねばならない。

さまざまな中傷《ちゅうしょう》、批判《ひはん》があったとしても、それらを乗《の》り越《こ》えて、最《もっと》も重大《じゅうだい》な、人類願望の平和を実現《じつげん》する大河《たいが》の一滴《いってき》として、私どもは前進していかねばならない。どうか諸君《しょくん》、あとは、よろしくお願《ねが》いします！」

そして、各職場《かくしょくば》、各地域《ちいき》で大いに貢献《こうけん》していくよう期待《きたい》を寄《よ》せ、「今まで以上《いじょう》に、愛《あい》される創価学会になっていただきたい！　信頼《しんらい》される創価学会になっていただきたい！」と呼《よ》びかけたのである。

伸一は、関西《かんさい》の青年たちに和歌《わか》を贈《おく》った。

「ああ関西《かんさい》　天晴《てんは》れ地《ち》晴れ　十万の
　　平和《へいわ》の勇者は　歴史《れきし》築《きず》けり」

第一回関西青年《せいねん》平和文化祭《ぶんかさい》は、民衆《みんしゅう》を基盤《きばん》とした新《あら》たな平和の夜明《よあ》けを告《つ》げる旭日《きょくじつ》となり、感動《かんどう》のうちに幕《まく》を閉《と》じた。

これには、法主《ほっす》の日顕《にっけん》も来賓《らいひん》として出席《しゅっせき》していた。文化祭が終《お》わって二日ほどしたころ、宗門《しゅうもん》から、すぐに登山《とざん》せよとの連絡《れんらく》があった。伸一《しんいち》は、京都《きょうと》、滋賀《しが》を訪問《ほうもん》する予定《よてい》を変更《へんこう》し、秋月《あきづき》と共《とも》に総本山《そうほんざん》へ向かった。三月二十五日のことである。

待《ま》ち受《う》けていたのは、修羅《しゅら》のごとき形相《ぎょうそう》をした日顕であった。居丈高《いたけだか》に話《はな》しだした。

――文化祭の折《おり》に、青年部が行《おこな》った「平和宣言《せんげん》」で、「日蓮大聖人《にちれんだいしょうにん》の仏法《ぶっぽう》を広《ひろ》く時代精神《じだいせいしん》、世界《せかい》精神にまで高め」云々《うんぬん》と言っていた。もともと高いものを「高める」とは、なんたる不《ふ》遜《そん》な言葉《ことば》か、と言うのだ。

まさに、言葉尻《じり》をとらえての言い分《ぶん》であった。誰《だれ》の耳《みみ》にも、その真意《しんい》は、仏法を広く時代、世界の精神にしていくという平和への誓《ちか》いであることは明《あき》らかだ。歪《ゆが》んだ心《こころ》の鏡《かがみ》には、すべてが歪んで映《うつ》るものだ。

日顕は、伸一の関西青年平和文化祭でのあいさつについても、「『日顕上人猊下《しょうにんげいか》』と言ったが、なぜ、『御法主上人《ごほっすしようにん》』と言わなかったか!」と言うのである。

あの感動《かんどう》の文化《ぶんか》祭《さい》を見て、青年《せいねん》たちをねぎらうどころか、わざわざ、このことを言うために伸一《しんいち》たちを呼《よ》びつけたのだ。嫉妬《しつと》深《ぶか》いのか、本性《ほんしよう》をさらけだしたのか、いたずらに自分《じぶん》の権威《けんい》を誇示《こじ》するかのように威張《いば》り散《ち》らす姿《すがた》に、ただ、あきれ果《は》てるばかりであった。

しかし、広宣流布《こうせんるふ》のために、僧俗和合《そうぞくわごう》していこうという伸一の姿勢《しせい》は、いささかたりとも変わらなかった。


「今こそ、平和《へいわ》・文化の新《あたら》しき創造《そうぞう》を!」

四月二十九日、中部広布《ちゆうぶこうふ》三十周年《しゆうねん》を記念《きねん》して、七万人の青年たちが集《つど》い、第一回中部青年平和文化祭が岐阜県営陸上競技場《ぎふけんえいりくじようきようぎじよう》で盛大《せいだい》に開催《かいさい》された。「曇《くも》り後雨《のちあめ》」の天気予報《てんきよほう》を覆《くつがえ》し、青《あお》空《ぞら》が広《ひろ》がっていた。

国連旗《こくれんき》、創価学会《そうかがつかい》平和旗、中部創価学会旗の入場《にゆうじよう》、掲揚《けいよう》で幕《まく》を開《あ》けた文化祭では、華麗《かれい》なる青春《せいしゆん》の舞《まい》が、躍動《やくどう》と歓喜《かんき》の調《しら》べが、熱《ねつ》と力《ちから》の団結《だんけつ》の演技《えんぎ》が披露《ひろう》され、人間共和《にんげんきようわ》の大絵巻《だいえまき》が繰《く》り広げられた。これには、国連広報《こうほう》センターから、小田信昭副所長《おだのぶあきふくしよちよう》も出席《しゆつせき》し、来賓《らいひん》を代表《だいひよう》してあいさつした。

「本日《ほんじつ》の文化祭《ぶんかさい》を通《つう》じて、平和《へいわ》は遠《とお》い世界《せかい》のどこかでつくるものではなく、この地で、私たちの周《まわ》りでつくり上げていくものだという実感《じっかん》を強《つよ》くいたしました。このことは、SGI会長《かいちょう》の国連支援《こくれんしえん》の精神《せいしん》に触《ふ》れるものであり、強い感激《かんげき》を覚《おぼ》えました」

そして、この年は国連軍縮特別総会《ぐんしゅくとくべつそうかい》が開催《かいさい》される年であり、それと時を合《あ》わせての青年《せいねん》平和文化祭の開催に、国連の期待《きたい》も大きいことを述《の》べた。

＊「団結《だんけつ》してこそ勝利《しょうり》は至《いた》る」とは、ドイツの劇作家《げきさっか》にして詩人《しじん》のブレヒトの言葉《ことば》である。平和という壮大《そうだい》な理想《りそう》を実現《じつげん》するには、青年の熱《ねつ》と力《ちから》の結集《けっしゅう》がなければならない。

最後《さいご》にマイクに向かった山本伸一《やまもとしんいち》は、「平和の輝《かがや》きと響《ひび》きと力の文化祭」であったと賞讃《しょうさん》し、岐阜《ぎふ》、愛知《あいち》の県知事《けんちじ》をはじめ、来賓《らいひん》に心《こころ》から謝辞《しゃじ》を述べ、簡潔《かんけつ》にあいさつした。

「有意義《ゆういぎ》に充実《じゅうじつ》の人生《じんせい》を生きていくには、常《つね》に、根本《こんぽん》に立ち返って、進《すす》むべき道《みち》を考《かんが》えることが大切《たいせつ》です。『人生、いかに生きていくべきか』『人生の目的《もくてき》とは何か』、また、『平和実現への原理《げんり》とは何か』などを探究《たんきゅう》していくことであり、いわば、哲学《てつがく》という根《ね》っこをもつことが大事《だいじ》であるといえます。日々《ひび》、多くの友《とも》と、それらを語《かた》り合い、共《とも》に実践《じっせん》しながら、平和という理想に向かって前進《ぜんしん》しているのが、私ども創価学会《そうかがっかい》であると申《もう》し上げたい」

大拍手《だいはくしゅ》が轟《とどろ》き、岐阜城《じょう》がそびえる金華山《きんかざん》にこだました。彼《かれ》は、言葉をついだ。

「古来《こらい》、力《ちから》ある宗教《しゅうきょう》には、いわれなき、中傷《ちゅうしょう》、批判《ひはん》がつきまとうものである。しかし、生命《せいめい》の世紀《せいき》を、恒久平和《こうきゅうへいわ》をめざす皆《みな》さんは、何があろうが、勇敢《ゆうかん》に乗《の》り越《こ》え、二十一世紀へ威風堂々《いふうどうどう》と前進《ぜんしん》を開始《かいし》していただきたい。

そして、各職場《かくしょくば》、各学校《がっこう》、各家庭《かてい》、各地域《ちいき》で、信頼《しんらい》される一人《ひとり》ひとりになってください。

それが、仏法《ぶっぽう》の偉大《いだい》さの証明《しょうめい》となり、平和の道《みち》を開くことにつながるからです」

青年《せいねん》平和文化祭《ぶんかさい》が終《お》わるのを待《ま》つかのように、雨《あめ》が降《ふ》り始《はじ》めていた。

伸一《しんいち》は、躍動《やくどう》する青年たちの姿《すがた》を目にしながら、中部《ちゅうぶ》に、創価《そうか》の崩《くず》れざる〝金《きん》の城《しろ》〟が築《きず》かれたことを確信《かくしん》した。東京《とうきょう》、関西《かんさい》の中間《ちゅうかん》に位置《いち》する中部に、難攻不落《なんこうふらく》の広宣流布《こうせんるふ》の堅塁《けんるい》を築き上げることは、師《し》・戸田城聖《とだじょうせい》と彼《かれ》の「師弟《してい》の誓《ちか》い」であった。

伸一は、若《わか》き日、一首《いっしゅ》の和歌《わか》を師に捧《ささ》げた。

「いざや起《た》て　いざや築けと　金の城
　中部の堅塁　丈夫勇《ますらおいさ》みて」

戸田は、即座《そくざ》に返歌《へんか》を認《したた》めた。

「いざや征《ゆ》け　仏《ほとけ》の軍《ぐん》は　恐《おそ》れなく
　中部の堅塁　立つは楽《たの》しき」

この師弟《してい》の念願《ねんがん》が、見事《みごと》に成就《じょうじゅ》したのだ。大勝利《だいしょうり》の歴史《れきし》を刻《きざ》む文化祭《ぶんかさい》であった。

九月十八、十九の両日《りょうじつ》には、第二回世界平和《せかいへいわ》文化祭が、「平和のルネサンス」をテーマに掲《かか》げ、埼玉県所沢市《さいたまけんところざわし》の西武《せいぶ》ライオンズ球場《きゅうじょう》で盛大《せいだい》に開催《かいさい》された。

前年《ぜんねん》の六月、アメリカのシカゴ市郊外《こうがい》のローズモント・ホライゾンで第一回世界平和文化祭が行《おこな》われてから一年三カ月、今回《こんかい》は、世界三十七カ国三地域《こくちいき》のSGI代表《だいひょう》三千人を含《ふく》め、四万人の若人《わこうど》が集《つど》い、屋外《おくがい》球場を使《つか》ってのナイターでの開催である。

山本伸一《やまもとしんいち》は、十九日の文化祭に出席《しゅっせき》した。

各界《かっかい》の来賓《らいひん》一万二千人をはじめ、三万人の観客《かんきゃく》を迎《むか》えて、光《ひかり》と音《おと》を駆使《くし》した、世界平和の讃歌《さんか》と誓《ちか》いの祭典《さいてん》となった。

この日は、朝《あさ》から雨《あめ》が、時に強《つよ》く、時に弱《よわ》く、断続的《だんぞくてき》に降《ふ》っていた。

開会《かいかい》一時間前の午後《ごご》四時半過《はんす》ぎ、雨に煙《けむ》るグラウンドにスーツ姿《すがた》の伸一が下《お》り立《た》った。人文字《ひともじ》の出演者《しゅつえんしゃ》ら青年《せいねん》たちに、心《こころ》からお礼《れい》を言いたかったのである。

彼《かれ》は、降りしきる雨のなか、傘《かさ》も差《さ》さずに、グラウンドを回《まわ》り始《はじ》めた。スタンドは大歓声《だいかんせい》に包《つつ》まれた。皆《みな》に向かって手を振《ふ》り、何度《なんど》か立ち止《ど》まっては、深《ふか》く頭《あたま》を下《さ》げた。

役員《やくいん》の青年《せいねん》が差《さ》し出《だ》したマイクを手にすると、伸一《しんいち》は呼《よ》びかけた。

「皆《みな》さん！　本当《ほんとう》にご苦労様《くろうさま》。風邪《かぜ》をひかないよう、工夫《くふう》してくださいね。……本当にありがとう！」

そこには、なんの気負《きお》いもなかった。父親《ちちおや》が愛《あい》するわが子を気遣《きづか》って、語《かた》りかけるような言葉《ことば》であった。

世界平和《せかいへいわ》文化祭《ぶんかさい》の成功《せいこう》は、当然《とうぜん》、大事《だいじ》である。皆、何カ月も前から、梅雨《つゆ》の日も、炎暑《えんしょ》の夏《なつ》も、この日をめざして練習《れんしゅう》に励《はげ》んできたのだ。なんとしても成功してほしいと、真剣《しんけん》に祈《いの》りもしてきた。

しかし、彼《かれ》にとっては、それよりも、青年たちが風邪をひいたり、決《けっ》して事故《じこ》などを起《お》こしたりしないことの方《ほう》が、はるかに大事であった。世界平和の旗手《きしゅ》となる、創価《そうか》の宝《たから》の、大《たい》切《せつ》な後継《こうけい》の青年たちであるからだ。

文化祭では、「きらめく瞳《ひとみ》」と題《だい》する女子中《じょしちゅう》・高等部員《こうとうぶいん》の希望《きぼう》弾《はず》むリズムダンスもあった。「羽《は》ばたき」という男子《だんし》中・高等部員のマスゲームでは、明日《あした》に向かう若々《わかわか》しい力《ちから》が躍動《やくどう》した。男子部のグラウンド人文字《ひともじ》は、恒久《こうきゅう》平和建設《けんせつ》への誓《ちか》いを込《こ》めて、「平和乃波《のなみ》」の文字を浮《う》かび上がらせた。

少年《しょうねん》・少女部員《しょうじょぶいん》は、巨大《きょだい》ボールと戯《たわむ》れるリズムダンスで、果《は》てしない未来《みらい》へ膨《ふく》らむ夢《ゆめ》を表《ひょう》現《げん》。女子部《じょしぶ》の松明《たいまつ》の舞《まい》では、点火《てんか》された松明の炎《ほのお》が一人《ひとり》、三人、五人と燃《も》え広《ひろ》がり、六百人の美《うつく》しき〝平和《へいわ》の光《ひかり》〟が踊《おど》った。

海外《かいがい》メンバーのパレードでは、漁業専管水域《ぎょぎょうせんかんすいいき》をめぐって争《あらそ》いが続《つづ》くアイルランドとイギリスの友《とも》が、一緒《いっしょ》に笑顔《えがお》で歌《うた》い、行進《こうしん》した。

「たとえ道《みち》は長《なが》くとも　希望《きぼう》の光かかげつつ　二十一世紀《せいき》の勝利《しょうり》めざして」とは、ＳＧＩの歌「21世紀のマーチ」の歌詞《かし》である。

この文化祭《ぶんかさい》にも、前月《ぜんげつ》の八月二十四日に伸一《しんいち》が会見《かいけん》したデクエヤル国連事務総長《こくれんじむそうちょう》から、メッセージが寄《よ》せられた。

「分裂《ぶんれつ》と混乱《こんらん》が国際情勢《こくさいじょうせい》を支配《しはい》する現在《げんざい》の困難《こんなん》な時代《じだい》に、国連憲章《けんしょう》に込《こ》められた理想《りそう》に向かう決意《けつい》を新《あら》たにすることは、最《もっと》も重要《じゅうよう》であります。人類《じんるい》は平和の維持《いじ》と軍縮《ぐんしゅく》の促進《そくしん》を可能《かのう》にする国際機構《きこう》としての国連を保有《ほゆう》しております。しかしながら、この国際機構も人類が真《しん》剣《けん》にこれを役立《やくだ》てようと、その機構の権威強化《けんいきょうか》に全面的《ぜんめんてき》に取《と》り組《く》んでこそ、初《はじ》めてその機能《きのう》が発揮《はっき》され得《う》るのであります。

もし、この取り組みがなければ、人類はなんの手立《てだ》てもないまま、地球的《ちきゅうてき》な破滅《はめつ》へと向かわざるを得《え》ないでありましょう」

そして、SGIのようなNGOは、国連《こくれん》への世界市民《せかいしみん》の支持《しじ》を創出《そうしゅつ》し、平和《へいわ》と軍縮《ぐんしゅく》の目的《もくてき》達成《たっせい》を推進《すいしん》するうえで、極《きわ》めて意義《いぎ》ある役割《やくわり》を果《は》たしていくと強調《きょうちょう》。今回《こんかい》の文化祭《ぶんかさい》が、その目的へと向かう国際的《こくさいてき》な勢《いきお》いを、一段《いちだん》と増《ま》すものになるとの確信《かくしん》を述《の》べた。

伸一《しんいち》は、国境《こっきょう》を超《こ》えた民衆《みんしゅう》の平和の連帯《れんたい》をさらに広《ひろ》げ、人類《じんるい》の議会《ぎかい》たる国連の支援《しえん》に、いっそう力《ちから》を注《そそ》ぐ決心《けっしん》であった。

平和文化祭は、関西《かんさい》や中部《ちゅうぶ》などの方面《ほうめん》にとどまらず、引《ひ》き続《つづ》き、各県《かくけん》ごとに開催《かいさい》され、平和意識啓発《いしきけいはつ》の一つの運動《うんどう》として、新《あたら》しい流《なが》れをつくっていくことになる。

この一九八二年（昭和五十七年《しょうわ》）は、創価学会《そうかがっかい》が世界平和の実現《じつげん》のための運動に、これまでにも増して、さらに大きな一歩《いっぽ》を踏《ふ》み出《だ》していった年であった。

青年《せいねん》平和会議《かいぎ》や学生《がくせい》平和委員会主催《いいんかいしゅさい》の青年平和講座《こうざ》、婦人《ふじん》平和委員会（後《のち》の女性《じょせい》平和委員会）の講演会《こうえんかい》も盛《さか》んに行《おこな》われた。また、第二回となる「女《おんな》たちの太平洋戦争展《たいへいようせんそうてん》」や、地域《ちいき》に根差《ねざ》した草《くさ》の根の平和運動として、「沖縄戦《おきなわせん》と住民展《じゅうみん》」「徳島県民《とくしまけんみん》と戦争展」など、各地《かくち》の歴史《れきし》に光《ひかり》を当《あ》てた展示会《てんじかい》を開催していった。

四月には、創価《そうか》学会青年平和《がっかいせいねんへいわ》会議《かいぎ》と国連難民高等弁務《こくれんなんみんこうとうべんむ》官事《かんじ》務《む》所《しょ》が主催《しゅさい》し、「アジアの難民」救援募金《きゅうえんぼきん》を全国約《ぜんこくやく》六百五十カ所で実施《じっし》したのをはじめ、青年部が国連広報《こうほう》センターと共《とも》に、長崎市《ながさきし》平和会館《かいかん》で「私たちと国連」展《てん》を行《おこな》っている。

六月七日、ニューヨークの国連本部《ほんぶ》で、第二回国連軍縮特別総会《ぐんしゅくとくべつそうかい》が開幕《かいまく》した。この総会に際《さい》し創価学会は、NGOとして、広島《ひろしま》、長崎の三十人の被爆者《ひばくしゃ》を含《ふく》む、五十人の代表団《だいひょうだん》を派《は》遣《けん》し、「被爆証言《しょうげん》を聞くNGOの集《つど》い」や「反核討論集会《はんかくとうろんしゅうかい》」を実施したのである。

さらに、総会の四日前から会期終了《かいきしゅうりょう》まで、国連広報局及《きょくおよ》び広島・長崎市と協力《きょうりょく》し、国連本部総会議場一般《ぎじょういっぱん》ロビーで、「現代世《げんだいせ》界《かい》の核の脅威《きょうい》」展を開催《かいさい》した。

世界の人たちは、核兵器《へいき》が実際《じっさい》に使《し》用《よう》された脅威を知らない。日本は、膨大《ぼうだい》な数《かず》の犠《ぎ》牲者《せいしゃ》を出し、核の悲《ひ》惨《さん》さを体験《たいけん》した唯一《ゆいいつ》の戦争《せんそう》被爆国である。ならば、その使命《しめい》は、この地上《ちじょう》から核兵器を廃絶《はいぜつ》することにこそある。

ノーベル物理学賞《ぶつりがくしょう》を受賞《じゅしょう》したアインシュタインは、自《みずか》らの信念《しんねん》を、こう述《の》べている。

*「もしもわれわれが心《こころ》から平和の側《がわ》に立つ決心《けっしん》をする勇気《ゆうき》をもつならば、われわれは平和を獲得するはずです」

戦争をなくすのは、人間《にんげん》の意志《いし》の力《ちから》である。

「現代世界《げんだいせかい》の核《かく》の脅威《きょうい》」展《てん》は、「広島《ひろしま》・長崎原爆被害《ながさきげんばくひがい》の概要《がいよう》」「現代の核兵器《へいき》の実態《じったい》」「軍縮《ぐんしゅく》と開発《かいはつ》」の三部構成《こうせい》となっていた。

このうち「広島・長崎原爆被害の概要」では、被爆後《ひばくご》の焦土《しょうど》と化《か》した両市《りょうし》の写真《しゃしん》などとともに、広島の原爆ドームの模型《もけい》、焼《や》けた衣類《いるい》、溶《と》けた瓦《かわら》など、三十余点《よてん》の被爆物品《ぶっぴん》も展示《てんじ》された。また、ニューヨーク市上空《じょうくう》で核が爆発《ばくはつ》したらどうなるかを示《しめ》すコーナーもあった。

核兵器の脅威は、実際《じっさい》に被爆し、苦《くる》しみのなかで生きてきた人たちの生の声《なまこえ》に耳《みみ》を傾《かたむ》け、映像《えいぞう》や物品などを通《とお》し、破壊《はかい》の現実《げんじつ》を直視《ちょくし》してこそ、初《はじ》めて、実感《じっかん》として深《ふか》く認識《にんしき》することができる。反戦《はんせん》・反核の広《ひろ》がりのためには、単《たん》に頭《あたま》で理解《りかい》するのではなく、皮膚感覚《ひふかんかく》で、さらには生命《せいめい》の実感として、脅威を認識していくことが大切《たいせつ》になる。

会場《かいじょう》には、デクエヤル国連事務総長《こくれんじむそうちょう》をはじめ、国連関係者《かんけいしゃ》やNGO関係者、総会《そうかい》に参加《さんか》した各国大使《かっこくたいし》ら外交官《がいこうかん》など、二十万人を超《こ》える人びとが見学《けんがく》に訪《おとず》れた。反響《はんきょう》は大きかった。

展示を見て、書店《しょてん》を経営《けいえい》するニュージャージー州《しゅう》の婦人《ふじん》は、叫《さけ》ぶように言った。

「人間《にんげん》が、ここまで恐《おそ》ろしいことができたとは信《しん》じられない！　吐《は》き気《け》がしてくる。ニューヨークの上空《じょうくう》で一メガトンの核が爆発していたら、私の住《す》むところは破滅《はめつ》だ。核戦争《せんそう》は絶対《ぜったい》にいけない！」

第二回国連軍縮特別総会《こくれんぐんしゅくとくべつそうかい》では、「世界《せかい》軍縮キャンペーン」が採択《さいたく》された。核《かく》の脅威展《きょういてん》は、その一環《いっかん》となるもので、翌年《よくねん》の一九八三年（昭和《しょうわ》五十八年）には、ジュネーブの国連欧州本《おうしゅうほん》部《ぶ》総会議場《ぎじょう》ロビーで開催《かいさい》されている。

以来《いらい》、同展《どうてん》は、インド、カナダ、中国《ちゅうごく》、ソ連《れん》と巡回《じゅんかい》していった。そして、八八年（同六十三年）の第三回国連軍縮特別総会（五月三十一日開幕《かいまく》）までに、日本国内《こくない》の七都市《とし》を含《ふく》め、世界十六カ国《こく》二十五都市で行《おこな》われ、百二十万の人たちが観賞《かんしょう》し、平和意識《へいわいしき》の啓発《けいはつ》に、大きな役《やく》割《わり》を果《は》たしていったのである。

この推進力《すいしんりょく》こそ、ＳＧＩの青年《せいねん》たちであり、その献身《けんしん》は、仏法者《ぶっぽうしゃ》の良心《りょうしん》の発露《はつろ》であった。

戸田城聖《とだじょうせい》は、かつて山本伸一《やまもとしんいち》に語《かた》った。

「人類《じんるい》の平和のためには、〝具体的《ぐたいてき》〟な提案《ていあん》をし、その実現《じつげん》に向けて自《みずか》ら先頭《せんとう》に立って〝行《こう》動《どう》〟することが大切《たいせつ》である」「たとえ、すぐには実現できなくとも、やがてそれが〝火種《ひだね》〟となり、平和の炎《ほのお》が広《ひろ》がっていく。空理空論《くうりくうろん》はどこまでも虚《むな》しいが、具体的な提案は、実現への〝柱《はしら》〟となり、人類を守《まも》る〝屋根《やね》〟ともなっていく」

この師《し》の指針《ししん》を、伸一は実行《じっこう》してきた。八二年（同五十七年）の第二回国連軍縮特別総会開催の際《さい》には、「軍縮および核兵器廃絶《へいきはいぜつ》への提言《ていげん》」を発表《はっぴょう》。総会の開会《かいかい》を前にした六月三日、創価学会代表団《そうかがつかいだいひょうだん》からデクエヤル国連事務総長《こくれんじむそうちょう》に、その提言《ていげん》の文書《ぶんしょ》が手渡《てわた》された。

ここでは、トランスナショナリズム（脱国家主義《だつこっかしゅぎ》）に立脚《りつきゃく》したＮＧＯこそ、軍縮《ぐんしゅく》を実現《じつげん》する大きな役割《やくわり》を担《にな》うものであることを述《の》べ、非核保有国《ひかくほゆうこく》の総意《そうい》をもって、保有国、とりわけ米《べい》ソに核兵器《かくへいき》の先制使用《せんせいしよう》をしない旨《むね》の誓約《せいやく》をさせるよう求《もと》めた。さらに、全地球的《ぜんちきゅうてき》な〝平和《へいわ》の包囲網《ほういもう》〟形成《けいせい》をめざし、「非核地域《ちいき》平和保障機構創出《ほしょうきこうそうしゅつ》のための国連特別委員会《とくべついいんかい》」を発足《ほっそく》させることなどを提案《ていあん》した。

伸一《しんいち》は、一九七八年（昭和《しょうわ》五十三年）五月に開幕《かいまく》した第一回国連軍縮特別総会《そうかい》の折《おり》にも、十項目《こうもく》にわたる核軍縮、核廃絶《はいぜつ》の提言をしている。人類《じんるい》を破滅《はめつ》へと向かわせる核の脅威《きょうい》を、看過《かんか》するわけにはいかなかったのである。

また、八三年（同五十八年）には、第八回となる１・26「ＳＧＩの日」を記念《きねん》して、「平和と軍縮への新《あら》たな提言」を行《おこな》った。早急《さっきゅう》に米ソ最高首脳会談《さいこうしゅのうかいだん》を実現し、核兵器の現状凍結《げんじょうとうけつ》を早期《そうき》に合意《ごうい》するよう訴《うった》えたほか、「核戦争防止《せんそうぼうし》センター」の設置《せっち》や、米ソが「軍事費《ぐんじひ》凍結のための国際会議《こくさいかいぎ》」の開催《かいさい》を呼《よ》び掛《か》けることなどを提案したのである。

以来《いらい》、彼《かれ》は、毎年《まいとし》、「ＳＧＩの日」には記念提言を重《かさ》ねた。新《あたら》しい平和の波《なみ》を起《お》こそうと、世界《せかい》への発信《はっしん》を続《つづ》けた。声《こえ》は、人の心《こころ》を動《うご》かし、社会《しゃかい》、世界を変えていく。声をあげることから、新《あたら》しい一歩《いっぽ》が始《はじ》まる。

一九八三年（昭和《しょうわ》五十八年）五月、ＳＧＩは国連経済社会理事会《こくれんけいざいしゃかいりじかい》（ＥＣＯＳＯＣ）の、協議《きょうぎ》資格《しかく》をもつＮＧＯとして登録《とうろく》された。

また、この年の八月八日、ＳＧＩ会長《かいちょう》である山本伸一《やまもとしんいち》に「国連平和賞《へいわしょう》」が贈《おく》られ、東京《とうきょう》・渋谷区《しぶやく》の国際友好会館《こくさいゆうこうかいかん》で、その伝達式《でんたつしき》が行《おこな》われた。

これには、明石康《あかしやすし》国連事務次長《じむじちょう》をはじめ、国連広報《こうほう》センターのエクスレイ所長《しょちょう》らが出席《しゅっせき》した。デクエヤル国連事務総長《そうちょう》からの感謝状《かんしゃじょう》には、授賞《じゅしょう》の理由《りゆう》が、こう述《の》べられていた。

「国連憲章《けんしょう》の目的及《もくてきおよ》び原則《げんそく》を支持《しじ》するために、広範《こうはん》な運動《うんどう》を展開《てんかい》し、また、諸国家間《しょこっかかん》の相《そう》互理解《ごりかい》と友好の促進《そくしん》のために不断《ふだん》の努力《どりょく》を続《つづ》けてきた」「国際緊張《きんちょう》の緩和並《かんわなら》びに軍縮《ぐんしゅく》、特《とく》に今日《こんにち》の最重要課題《さいじゅうようかだい》である核《かく》軍縮の推進《すいしん》のために、建設的《けんせつてき》な提言《ていげん》を行ってきた」「国連の広報活動《かつどう》に対《たい》して、あなたの指導《しどう》のもとに行われた学会《がっかい》並びにＳＧＩの多大《ただい》な貢献《こうけん》は、国連の目的と理想《りそう》への一般市民《いっぱんしみん》の支持を強化《きょうか》する力強《ちからづよ》い援助《えんじょ》となった」

道《みち》は遠《とお》い。しかし、歩《あゆ》み続ける。その粘《ねば》り強い行動《こうどう》が、世界《せかい》に確《たし》かな平和の波動《はどう》を広《ひろ》げていく。世界中で、人びとが核兵器廃絶《へいきはいぜつ》を叫《さけ》んでいけば、必《かなら》ず時代《じだい》は変わっていく。

八九年（平成元年《へいせいがんねん》）には、国連難民高等弁務官《なんみんこうとうべんむかん》事務所から、伸一に、長年《ながねん》の難民救援《きゅうえん》活動への貢献《こうけん》をたたえ、「人道賞《じんどうしょう》」が贈《おく》られた。

その折《おり》、彼《かれ》は、こう述《の》べている。

「今回《こんかい》の『人道賞』は、私個人《こじん》に与《あた》えられたものではない。これは、学会《がっかい》の平和委員会《へいわいいんかい》の活動《かつどう》と連動《れんどう》し、青年部《せいねんぶ》が仏法者《ぶっぽうしゃ》として進《すす》めてきた献身的《けんしんてき》な人道活動の結実《けつじつ》であり、私どもの活動に対《たい》する一つの世界《せかい》的な評価《ひょうか》と受けとめたい」

創価《そうか》学会の平和運動《うんどう》の源流《げんりゅう》は、初代会長《しょだいかいちょう》・牧口常三郎《まきぐちつねさぶろう》の、国家《こっか》神道《しんとう》を精神《せいしん》の支柱《しちゅう》に戦争《せんそう》を遂行《すいこう》する軍部《ぐんぶ》政府《せいふ》の弾圧《だんあつ》との戦《たたか》いにある。思想統制《しそうとうせい》のために、神札《かみふだ》を祭《まつ》れという軍部政府の強要《きょうよう》を、牧口は、断固《だんこ》として拒否《きょひ》し、一九四三年（昭和《しょうわ》十八年）七月、弟子《でし》の戸田城聖《とだじょうせい》と共《とも》に逮捕《たいほ》・投獄《とうごく》されたのである。

軍部政府が強要する神札を公然《こうぜん》と拒否することは、戦時中《せんじちゅう》の思想統制下にあって、国家権《けん》力《りょく》と対峙《たいじ》し、思想・信教《しんきょう》の自由《じゆう》を貫《つらぬ》くことである。それは、文字《もじ》通《どお》り、命《いのち》がけの人権闘争《じんけんとうそう》であった。事実《じじつ》、牧口常三郎は、逮捕翌年《よくねん》の四四年（同十九年）十一月十八日、秋霜《しゅうそう》の獄舎《ごくしゃ》で生涯《しょうがい》を終《お》えている。

思想・信教の自由は、本来《ほんらい》、人間《にんげん》に等《ひと》しく与えられた権利《けんり》であり、この人権を守《まも》り貫くことこそ、平和の基《もとい》である。

万人《ばんにん》に「仏《ほとけ》」を見る仏法思想《ぶっぽうしそう》は、人権《じんけん》の根幹《こんかん》をなす。ゆえに、その仏法の実践者《じっせんしゃ》たる牧口《まきぐち》は、人間《にんげん》を手段化《しゅだんか》する軍部政府《ぐんぶせいふ》との対決《たいけつ》を余儀《よぎ》なくされていった。さらに、弟子《でし》の戸田城聖《とだじょうせい》が、一九五七年（昭和《しょうわ》三十二年）九月八日、人間の生存《せいぞん》の権利《けんり》を奪《うば》う核兵器《かくへいき》を絶対悪《ぜったいあく》とする、「原水爆禁止宣言《げんすいばくきんしせんげん》」を発表《はっぴょう》したのも、仏法者としての必然的《ひつぜんてき》な帰結《きけつ》であった。

そもそも創価学会《そうかがっかい》の運動《うんどう》の根底《こんてい》をなす日蓮《にちれん》仏法では、人間生命《せいめい》にこそ至高《しこう》の価値《かち》を見いだし、国家《こっか》を絶対視することはない。大聖人《だいしょうにん》は、幕府《ばくふ》の最高権力者《さいこうけんりょくしゃ》を「わづかの小島《こじま》のぬし《主》」（御書《ごしょ》九一一ページ）と言われている。

また、「王地《おうち》に生《うま》れたれば身《み》をば随《したが》えられたてまつるやうなりとも心《こころ》をば随えられたてまつるべからず」（御書二八七ページ）とも仰《おお》せである。王の支配《しはい》する地に生まれたので、身は従《したが》えられているようでも、心を従えることはできないと断言《だんげん》されているのだ。この御文《ごもん》は、ユネスコが編纂《へんさん》した『語録《ごろく》　人間の権利』にも収録《しゅうろく》されている。

つまり、〝人間は、国家や社会体制《しゃかいたいせい》に隷属《れいぞく》した存在《そんざい》ではない。人間の精神《せいしん》を権力の鉄鎖《てっさ》につなぐことなどできない〟との御言葉《おことば》である。まさに、国家を超《こ》えた普遍的《ふへんてき》な価値を、人間生命に置《お》いた人権宣言にほかならない。

もちろん、国家の役割《やくわり》は大きい。国家への貢献《こうけん》も大切《たいせつ》である。国の在《あ》り方《かた》のいかんが、国《こく》民《みん》の幸《こう》・不幸《ふこう》に、大きな影響《えいきょう》を及《およ》ぼすからである。大事《だいじ》なことは、国家《こっか》や一部《いちぶ》の支配者《しはいしゃ》のために国民《こくみん》がいるのではなく、国民のために国家があるということだ。

日蓮大聖人《にちれんだいしょうにん》がめざされたのは、苦悩《くのう》にあえいできた民衆《みんしゅう》の幸《しあわ》せであった。そして、日本一《いっ》国《こく》の広宣流布《こうせんるふ》にとどまらず、「一閻浮提《いちえんぶだい》広宣流布」すなわち世界広布《せかいこうふ》という、全人類《ぜんじんるい》の幸福《こうふく》と平和《へいわ》を目的《もくてき》とされた。この御精神《ごせいしん》に立ち返るならば、おのずから人類の共存共栄《きょうそんきょうえい》や、人類益《えき》の追求《ついきゅう》という思想《しそう》が生まれる。

世界が米《べい》ソによって二分《にぶん》され、東西両陣営《とうざいりょうじんえい》の対立《たいりつ》が激化《げきか》していた一九五二年（昭和《しょうわ》二十七年）二月、戸田城聖《とだじょうせい》が放《はな》った「地球民族主義《ちきゅうみんぞくしゅぎ》」の叫《さけ》びも、仏法《ぶっぽう》思想の発露《はつろ》である。

仏法を実践《じっせん》する創価《そうか》の同志《どうし》には、誰《だれ》の生命《せいめい》も尊《とうと》く、平等《びょうどう》であり、皆《みな》が幸せになる権利《けんり》があるとの生き方の哲学《てつがく》がある。友《とも》の不幸を見れば同苦《どうく》し、幸せになってほしいと願《ねが》い、励《はげ》ます、慈悲《じひ》の行動《こうどう》がある。この考え方、生き方への共感《きょうかん》の広《ひろ》がりこそが、世界を結《むす》ぶ、確《かく》たる草《くさ》の根《ね》の平和運動《うんどう》となる。

――八二年（同五十七年）四月、南大西洋《みなみたいせいよう》のフォークランド諸島《しょとう》（マルビナス諸島）の領有《りょうゆう》をめぐって、イギリスとアルゼンチンの間《あいだ》で戦争《せんそう》が起《お》こった。

フォークランド諸島を舞台《ぶたい》に、戦闘《せんとう》が続《つづ》いたが、六月半《なか》ばアルゼンチン軍《ぐん》が降伏《こうふく》し、戦《たたか》いは終《お》わった。しかし、両国《りょうこく》の国交《こっこう》が回復《かいふく》するのは、一九九〇年（平成《へいせい》二年）二月である。この戦争《せんそう》では、両軍《りょうぐん》で九百人を超《こ》える戦死者《せんしゃ》が出ている。

イギリスとアルゼンチンのＳＧＩの理事長《りじちょう》らは、日本での研修会《けんしゅうかい》などを通《とお》して知《し》り合《あ》っていた。国と国とが戦火《せんか》を交《まじ》え、両国の人びとも互《たが》いに憎悪《ぞうお》を募《つの》らせていくなかで、ＳＧＩメンバーは、平和《へいわ》を願《ねが》って唱題《しょうだい》を開始《かいし》した。互いに相手《あいて》の国の同志《どうし》を思《おも》い浮《う》かべ、戦争の終結《しゅうけつ》を懸命《けんめい》に祈《いの》った。

アメリカの社会運動家《しゃかいうんどうか》として知られるエレノア・ルーズベルトは訴《うった》えている。

「この世界《せかい》で平和を実現《じつげん》するには、まず、個人《こじん》と個人との間《あいだ》の理解《りかい》を築《きず》かなければなりません。それが萌芽《ほうが》となって、集団《しゅうだん》と集団とのより良《よ》い相互《そうご》理解も生まれるのです」＊

平和の礎《いしずえ》は、人間《にんげん》と人間の信頼《しんらい》にある。

イギリスの理事長であったレイモンド・ゴードンは、フォークランド（マルビナス）戦争の翌年《よくねん》となる八三年（昭和《しょうわ》五十八年）の十一月、「聖教新聞《せいきょうしんぶん》」紙上《しじょう》で、その時の様子《ようす》を、こう語《かた》っている。

「大半《たいはん》のメンバーは、この戦争が一日も早《はや》く終わるようにと、心《こころ》から御本尊《ごほんぞん》に祈りました。私も心配《しんぱい》でアルゼンチンのメンバー（大木田《おおきだ》和也《かずや》理事長）と電話《でんわ》で連絡《れんらく》をとったところ、彼《かれ》らもまた、私たちと同じように、平和《へいわ》を願《ねが》って、唱題《しょうだい》していました。

私は、それを知って、二国間《こくかん》は遠《とお》く離《はな》れてはいるが、また不幸《ふこう》にも政治的《せいじてき》には交戦状態《こうせんじょうたい》にあるが、平和への願いは、ともに同じだと痛感《つうかん》しました。そこには、温《あたた》かい血《ち》の通《かよ》った平和を志向《しこう》しての団結《だんけつ》があると感《かん》じました」

彼《かれ》は、祖国《そこく》イギリスの宿命転換《しゅくめいてんかん》を祈《いの》った。

戦闘《せんとう》が続《つづ》いていた一九八二年（昭和《しょうわ》五十七年）五月、ゴードンは来日《らいにち》し、山本伸一《やまもとしんいち》と共《とも》に長崎市《ながさきし》の平和公園《こうえん》を訪《おとず》れ、世界《せかい》の恒久《こうきゅう》平和と原爆犠牲者《げんばくぎせいしゃ》の冥福《めいふく》、そして、フォークランド戦《せん》争《そう》の終結《しゅうけつ》を祈って、平和祈念像《きねんぞう》に献花《けんか》した。

不幸中の幸《さいわ》いというべきか、翌月《よくげつ》には戦《たたか》いは終結し、戦火《せんか》が拡大《かくだい》することはなかった。

イギリスSGIは、戦争から一年を迎《むか》えようとする八三年（同五十八年）の三月、ロンドンで「チューズ・ライフ」（生《せい》への選択《せんたく》）をテーマに「世界平和展《てん》」を開催《かいさい》し、平和を訴《うった》えた。

BBC放送《ほうそう》などのテレビや、ラジオ、新聞《しんぶん》が、これを報道《ほうどう》し、賞讃《しょうさん》を惜《お》しまなかった。

全世界の人びとの心《こころ》に、生命《せいめい》の絶対的尊厳《ぜったいてきそんげん》という思想《しそう》が確立《かくりつ》されるならば、平和のために、人類《じんるい》は結《むす》び合《あ》うことができる。平和建設《けんせつ》とは、その思想を打《う》ち立《た》て、共感《きょうかん》の輪《わ》を不断《ふだん》に広《ひろ》げていくことでもある。

一九八六年（昭和《しょうわ》六十一年）三月、イギリス、アルゼンチンのメンバーが来日《らいにち》し、学会本《がっかいほん》部《ぶ》で合同研修会《ごうどうけんしゅうかい》が行《おこな》われた。共《とも》に平和《へいわ》を願《ねが》い続《つづ》けてきた同志《どうし》である。最初《さいしょ》の緊張《きんちょう》は瞬《また》く間《ま》に解《と》けた。「私たちは平和の戦士《せんし》として、世界《せかい》から戦争《せんそう》をなくすまで、戦《たたか》い続けよう！」と、互《たが》いに誓《ちか》いを新《あら》たにしたのだ。

山本伸一《やまもとしんいち》は、民衆《みんしゅう》に深《ふか》く根《ね》を張《は》り、仏法《ぶっぽう》の平和思想《しそう》、人間主義《にんげんしゅぎ》の思想を、世界に伝《つた》え弘《ひろ》めていく広宣流布《こうせんるふ》の運動《うんどう》を、着実《ちゃくじつ》に展開《てんかい》していくことこそが、恒久《こうきゅう》平和の揺《ゆ》るがざる基盤《きばん》を築《きず》く要諦《ようてい》であると考《かんが》えていた。民衆の力《ちから》、草《くさ》の根の力こそが、確《たし》かな反戦《はんせん》・反核《はんかく》の世論《よろん》をつくり、世界を結《むす》ぶ推進力《すいしんりょく》となるからだ。

その一方《いっぽう》で彼《かれ》は、各国《かっこく》の指導者《しどうしゃ》との対話《たいわ》を重《かさ》ね、国連《こくれん》を軸《じく》に平和の潮流《ちょうりゅう》を創造《そうぞう》していくことを深く決意《けつい》していた。

また、未来《みらい》を担《にな》う学生《がくせい》たちが、友情《ゆうじょう》と平和の連帯《れんたい》を幾重《いくえ》にも結んでいけるよう、世界の大《だい》学等《がくとう》との教育《きょういく》・文化交流《ぶんかこうりゅう》にも力を注《そそ》ぎ続けていこうと決めていた。政治《せいじ》の世界は、ともすれば時代《じだい》の激流《げきりゅう》に翻弄《ほんろう》されがちであるが、大学などの学問《がくもん》の府《ふ》には普遍性《ふへんせい》、永続性《えいぞくせい》がある。その国の最高学府《さいこうがくふ》に学《まな》んだ人たちは、社会建設《しゃかいけんせつ》の次代《じだい》の担い手となる。さらに、若《わか》い世代《せだい》の交流は、グローバル化《か》する世界を結ぶ新《あたら》しい力となろう。

伸一《しんいち》の行動《こうどう》に力《ちから》がこもった。同志《どうし》の激励《げきれい》のために、日本国内《こくない》を以前《いぜん》にも増《ま》して、くまなく回《まわ》り、さらに、世界《せかい》を駆《か》け巡《めぐ》った。

一九八三年（昭和《しょうわ》五十八年）の五、六月には、アメリカ、ヨーロッパを訪問《ほうもん》した。翌《よく》八四年（同五十九年）二、三月には、アメリカ、南米《なんべい》を訪《おとず》れた。その折《おり》、十八年ぶりにブラジルを訪問し、ジョアン・フィゲイレド大統領《だいとうりょう》と会見《かいけん》した。同大統領からは、八二年（同五十七年）五月、訪問を要請《ようせい》する親書《しんしょ》が届《とど》いていた。会見は二月二十一日、首都《しゅと》ブラジリアの大統領府《ふ》執務《しつむ》室《しつ》で行《おこな》われた。

思《おも》えば、十八年前の訪問中、彼《かれ》の周囲《しゅうい》には、常《つね》に政治《せいじ》警察《けいさつ》の監視《かんし》の目が光《ひか》っていた。学会《がっかい》への誤解《ごかい》と偏見《へんけん》から、敵意《てきい》をいだく日系人《にっけいじん》らが喧伝《けんでん》した「宗教《しゅうきょう》を擬装《ぎそう》した政治団体《だんたい》」などという話《はなし》を、信《しん》じてしまった政府関係者《せいふかんけいしゃ》もいたのである。

以来《いらい》、社会《しゃかい》に学会理解《りかい》と信頼《しんらい》を広《ひろ》げるための、ブラジル同志の奮闘《ふんとう》が始《はじ》まった。誤解を招《まね》くのは一瞬《いっしゅん》だが、それを解《と》き、信頼を築《きず》き上《あ》げるには、何年、何十年の歳月《さいげつ》を要《よう》する。

伸一は、七四年（同四十九年）にもブラジル訪問を予定《よてい》していたが、ビザ（査証《さしょう》）が出ず、実現《じつげん》できずに終《お》わった。ブラジルの同志は、自分《じぶん》たちの力が及《およ》ばぬために、学会への誤解を晴《は》らせなかったことを悔《く》やんだ。〝さらに、さらに、学会理解のための対話《たいわ》と社会貢献《こうけん》に努《つと》め、ブラジル政府《せいふ》の方《ほう》から山本先生《やまもとせんせい》の訪問《ほうもん》を強《つよ》く求《もと》める時代《じだい》をつくるのだ！〟と、皆《みな》が深《ふか》く心《こころ》に誓《ちか》った。

不屈《ふくつ》の魂《たましい》は、辛酸《しんさん》の泥土《でいど》の中《なか》で勝因《しょういん》を育《はぐく》む。そして、遂《つい》に、一九八四年（昭和《しょうわ》五十九年）二月のブラジル訪問となり、フィゲイレド大統領《だいとうりょう》との会見《かいけん》となったのである。

席上《せきじょう》、大統領から、同年五月末《すえ》か六月初《はじ》めの訪日《ほうにち》の予定《よてい》が伝《つた》えられたほか、日伯《にっぱく》の技術《ぎじゅつ》協力《きょうりょく》や民政移管《みんせいいかん》の推移《すいい》、核問題《かくもんだい》と未来展望《みらいてんぼう》などが語《かた》り合《あ》われた。なかでも、各国首脳《かっこくしゅのう》による話《はな》し合いこそ、世界不戦《せかいふせん》への道《みち》であるとの伸一《しんいち》の主張《しゅちょう》に、大統領は全面的《ぜんめんてき》に賛同《さんどう》した。

ブラジリアでは、外相《がいしょう》、教育《きょういく》・文化《ぶんか》相らとも会談《かいだん》し、六百人のメンバーと記念撮影《きねんさつえい》をした。また、ブラジリア大学《だいがく》を訪問し、図書贈呈式《としょぞうていしき》にも出席《しゅっせき》している。

二月二十五日には、第一回ブラジル大文化祭の公開《こうかい》リハーサルが行《おこな》われていた、サンパウロ州立総合《しゅうりつそうごう》スポーツセンターのイビラプエラ体育館《たいいくかん》を訪《おとず》れた。大歓呼《だいかんこ》のなか、伸一は両手《りょうて》を上げながら、中央《ちゅうおう》の広《ひろ》い円形舞台《えんけいぶたい》を一周《しゅう》したあと、万感《ばんかん》の思《おも》いを込《こ》めてマイクを握《にぎ》った。

「十八年ぶりに、尊《たっと》い仏《ほとけ》の使《つか》いであられるわが友《とも》と、このように晴《は》れがましくお会いできて、本当《ほんとう》に嬉《うれ》しい。この偉大《いだい》なる大文化祭が、ブラジルの歴史《れきし》に、広布《こうふ》の歴史に、燦然《さんぜん》と輝《かがや》き残《のこ》るであろうことは間違《まちが》いありません。

しかし、これまでに、どれほどの労苦《ろうく》と、たくましき前進《ぜんしん》と、美《うつく》しい心《こころ》と心の連携《れんけい》があったことか。私は、お一人《ひとり》お一人を抱擁《ほうよう》し、握手《あくしゅ》する思《おも》いで、感謝《かんしゃ》を込《こ》め、涙《なみだ》をもって、皆《みな》さんを賞讃《しょうさん》したいのであります」

大歓声《だいかんせい》があがり、ブラジルの勝《か》ち鬨《どき》ともいうべき、意気盛《いきさか》んな掛《か》け声《ごえ》がこだました。

「エ・ピケ、エ・ピケ、エ・ピケ……」

彼《かれ》は、二十六日、「二十一世紀《せいき》の大地《だいち》に平和《へいわ》の賛歌《さんか》」をテーマに行《おこな》われたブラジル大文化《だいぶんか》祭《さい》に出席《しゅっせき》した。席上《せきじょう》、フィゲイレド大統領《だいとうりょう》からのメッセージが紹介《しょうかい》された。

そのなかで大統領は、ブラジル創価学会《そうかがっかい》が文化、教育《きょういく》、体育《たいいく》、さらには世界《せかい》の平和への活《かつ》動《どう》を繰《く》り広《ひろ》げ、核兵器廃絶《かくへいきはいぜつ》など、広範《こうはん》な平和運動《うんどう》に貢献《こうけん》していることを述《の》べ、その「高貴《こうき》なる理想《りそう》が、実現《じつげん》されることを切望《せつぼう》いたします」と期待《きたい》を寄《よ》せた。

十年前、学会が政府《せいふ》から警戒《けいかい》の目を向けられ、入国《にゅうこく》のビザさえ出なかったことを思うと、まさに隔世《かくせい》の感があった。ブラジルの同志《どうし》が社会《しゃかい》で信頼《しんらい》を築《きず》くとともに、あらゆる人びとと地道《じみち》な対話《たいわ》を展開《てんかい》してきた賜物《たまもの》といえよう。厳《げん》とした変毒為薬《へんどくいやく》の姿《すがた》である。

伸一《しんいち》は、ブラジルに次《つ》いで訪問《ほうもん》したペルーでは、リマ市《し》の大統領府でフェルナンド・ベラウンデ・テリー大統領と会見《かいけん》した。彼は、国際的《こくさいてき》に著名《ちょめい》な建築家《けんちくか》で、一九六三年（昭和《しょうわ》三十八年）に大統領《だいとうりょう》に就任《しゅうにん》するも、クーデターによってアメリカに亡命《ぼうめい》している。やがて帰国《きこく》し、軍政《ぐんせい》から民政《みんせい》に移行後《いこうご》の初《はつ》の大統領選《せん》で当選《とうせん》を果《は》たした。

その大統領から伸一《しんいち》に、世界《せかい》の平和《へいわ》、文化《ぶんか》、教育《きょういく》への貢献《こうけん》を高く評価《ひょうか》して、「ペルー太陽《たいよう》大十字勲章《だいじゅうじくんしょう》」が贈《おく》られたのである。

また、この日、伸一は、南米最古《なんべいさいこ》の学府《がくふ》・国立《こくりつ》サンマルコス大学《だいがく》を、同大学の名誉教授《めいよきょうじゅ》として訪問《ほうもん》し、図書贈呈式《としょぞうていしき》に出席《しゅっせき》した。伸一に同大学から、名誉教授の称号《しょうごう》が贈られたのは、一九八一年（昭和《しょうわ》五十六年）四月、東京《とうきょう》の創価中学《そうかちゅうがく》・高校《こうこう》の第十四回入学式《にゅうがくしき》の席上《せきじょう》であった。この授与《じゅよ》のために、総長《そうちょう》ら一行《いっこう》が、わざわざ来日《らいにち》してくれたのである。

伸一は、この教育交流《こうりゅう》の道《みち》を、さらに堅固《けんご》なものにするために努力《どりょく》を重《かさ》ねていった。

同大学は、二〇一七年（平成《へいせい》二十九年）には、彼《かれ》の人間主義《にんげんしゅぎ》に基《もと》づく平和と教育の業績《ぎょうせき》に対《たい》して、名誉博士号を贈っている。

切り開かれた交流の道は、何度《なんど》も歩《ある》き、踏《ふ》み固《かた》めることによって、大道《だいどう》となっていく。

伸一は、ペルー滞在中《たいざいちゅう》、一万人が集《つど》っての第一回ペルー世界平和青年《せいねん》文化祭にも出席し、あいさつした。

「皆《みな》さんは、青春《せいしゅん》を勝利《しょうり》で飾《かざ》られた。私は、皆さんの心《こころ》の奥深《おくふか》く手を差《さ》し伸《の》べ、真心《まごころ》と愛《あい》情《じょう》の、固《かた》い、固い、握手《あくしゅ》を交《か》わしたい。

文化《ぶんか》は一国《いっこく》の華《はな》である。文化運動《うんどう》は平和《へいわ》運動に通《つう》じ、人生《じんせい》の幸福《こうふく》を開花《かいか》させゆく運動となる。なんの名誉《めいよ》も利益《りえき》も欲《ほっ》せず、青春《せいしゅん》の純粋《じゅんすい》な心《こころ》をもって、あらゆる困難《こんなん》を乗《の》り越《こ》え、ペルーの文化運動の歴史《れきし》に残《のこ》る見事《みごと》な文化祭を成《な》し遂《と》げた皆様《みなさま》は、人生の栄冠《えいかん》を勝ち取る資格《しかく》を自《みずか》らのものにしたと申《もう》し上《あ》げたい」

さらに、この日、リマの空《そら》に虹《にじ》が懸《か》かったことに触《ふ》れて、ペルーとペルーSGIの未来《みらい》が、「美《うつく》しき虹の輝《かがや》きゆく時代《じだい》に入《はい》っていく象徴《しょうちょう》であると確信《かくしん》したい。わが愛《あい》するペルーの繁栄《はんえい》と安穏《あんのん》と栄光《えいこう》を、心から祈《いの》りたい」と語《かた》り、晴《は》れやかな前途《ぜんと》を祝福《しゅくふく》した。

また、伸一《しんいち》は、ペルー文化会館《かいかん》で三回にわたって行《おこな》われた勤行会《ごんぎょうかい》にも出席《しゅっせき》し、ペルーSGIの前理事長《ぜんりじちょう》・故《こ》ビセンテ・セイケン・キシベの功労《こうろう》を讃《たた》えつつ訴《うった》えた。

「妙法《みょうほう》こそ、国を救《すく》い、繁栄させゆく、幸福の原動力《げんどうりょく》である」「信心《しんじん》ある人は、生涯《しょうがい》、永遠《えいえん》にわたる信念《しんねん》の持《も》ち主《ぬし》であるとともに、幸福の持ち主である」――〝全員《ぜんいん》が不退《ふたい》の信心を貫《つらぬ》き、幸福の王者《おうじゃ》に〟との願《ねが》いを込《こ》めてのスピーチであった。

山本《やまもと》伸一は、一九八七年（昭和《しょうわ》六十二年）二月の北《ほく》・中米訪問《ちゅうべいほうもん》では、カリブ海《かい》に浮《う》かぶ美しき真珠《しんじゅ》の国々《くにぐに》の一つ、ドミニカ共和国《きょうわこく》を初訪問《はつほうもん》した。ホアキン・バラゲール大統領《だいとうりょう》と会見《かいけん》し、その後《ご》、同国《どうこく》の「クリストバル・コロン大十字勲章《だいじゅうじ》」を受章《じゅしょう》した。

また、ドミニカ会館《かいかん》を訪問し、ドミニカ広布二十一周年《しゅうねん》を祝《しゅく》す記念勤行会《きねんごんぎょうかい》に臨《のぞ》んだ。

日本から移住《いじゅう》し、石《いし》だらけの耕作不能地《こうさくふのうち》で絶望《ぜつぼう》と闘《たたか》い、苦労《くろう》を重《かさ》ねながら、ドミニカ広布の基盤《きばん》を築《きず》いた草創《そうそう》の同志《どうし》を、彼《かれ》は、心《こころ》から讃《たた》え、励《はげ》ましたかったのである。

勤行会の参加者《さんかしゃ》のなかに、日に焼《や》けた顔《かお》をほころばせる、ドミニカ広布の尊《とうと》き先駆者《せんくしゃ》たちの姿《すがた》があった。伸一《しんいち》は、笑顔《えがお》を向けながら、語《かた》っていった。

「広宣流布《こうせんるふ》の道《みち》を切り開いてこられた皆様《みなさま》が、御本尊《ごほんぞん》の無量《むりょう》の功力《くりき》を満身《まんしん》に受けつつ、朗《ほが》らかに、また強《つよ》く、よき人生《じんせい》を生《い》き抜《ぬ》いていく——その歩《あゆ》み自体《じたい》が、ドミニカ広布即社会《そくしゃかい》の繁栄《はんえい》を示《しめ》すものであり、そこに壮大《そうだい》な希望《きぼう》の未来《みらい》が開かれていくのであります」

そして、「一人《ひとり》も漏《も》れなく『多幸《たこう》の人生』『栄光《えいこう》の人生』『長寿《ちょうじゅ》の人生』を享受《きょうじゅ》せられんことを祈《いの》っております」と激励《げきれい》。

翌日《よくじつ》、伸一は、サントドミンゴ自治大学《じちだいがく》を訪問した。引《ひ》き続《つづ》き第一回SGIドミニカ総会《そうかい》にも出席《しゅっせき》した。

フェルナンド・サンチェス・マルチーネス総長《そうちょう》は、微笑《ほほえ》みを浮《う》かべて、「わが大学は、SGI会長《かいちょう》の幅広《はばひろ》い人道主義的《じんどうしゅぎ》諸活動《てきしょかつどう》に対《たい》し、法律政治《ほうりつせいじ》学部《がくぶ》名誉教授《めいよきょうじゅ》の称号《しょうごう》を授与《じゅよ》することを決定《けってい》しました」と伝《つた》え、その授与式が挙行《きょこう》されたのである。

伸一《しんいち》は、ドミニカ共和国《きょうわこく》を発《た》つ日にも、独立公園《どくりつこうえん》で献花《けんか》したあと、メンバーの代表《だいひょう》二百数《すう》十人《じゅうにん》と記念《きねん》のカメラに納《おさ》まった。

さらに、パナマ訪問《ほうもん》では、エリク・アルトゥロ・デルバイエ大統領《だいとうりょう》と会見《かいけん》。そして、同国《どうこく》の最高勲章《さいこうくんしょう》「バスコ・ヌニェス・デ・バルボア勲章」を受章《じゅしょう》したのである。

また、パナマ文化《ぶんか》会館《かいかん》での記念勤行会《ごんぎょうかい》に出席《しゅっせき》した彼《かれ》は、唱題《しょうだい》の大切《たいせつ》さを訴《うった》えた。

同国滞在中《たいざいちゅう》、国立《こくりつ》パナマ大学《だいがく》も訪問し、アブディエル・ホセ・アダメス・パルマ総長《そうちょう》らと懇談《こんだん》した。同大学からは、二〇〇〇年（平成《へいせい》十二年）に名誉《めいよ》博士号が伸一に贈《おく》られている。

これらの栄誉《えいよ》は、学会《がっかい》の平和《へいわ》・文化・教育運動《きょういくうんどう》への高い評価《ひょうか》であり、各国同志《かっこくどうし》の社会貢献《しゃかいこうけん》への賞讃《しょうさん》と信頼《しんらい》の証《あかし》にほかならなかった。

伸一は、自身《じしん》が代表して受けることによって、創価《そうか》の先師《せんし》・牧口常三郎《まきぐちつねさぶろう》と恩師《おんし》・戸田城聖《とだじょうせい》の偉業《いぎょう》を宣揚《せんよう》するとともに、メンバーの懸命《けんめい》な奮闘《ふんとう》に報《むく》いたかった。皆《みな》に喜《よろこ》びと誇《ほこ》りをもって、前進《ぜんしん》してほしかったのである。

彼は、各国の指導者《しどうしゃ》との対話《たいわ》にも力《ちから》を注《そそ》いだ。それが、世界《せかい》平和を実現《じつげん》する道《みち》になり、また、学会への理解《りかい》を促《うなが》し、その国の同志を守《まも》ることにもつながっていくからだ。

一九八五年（昭和六十年《しょうわ》）には、来日《らいにち》したインドのラジブ・ガンジー首相《しゅしょう》を、東京《とうきょう》・港区《みなとく》の迎賓館《げいひんかん》に表敬訪問《ひょうけいほうもん》し、平和《へいわ》、青年《せいねん》、インドと中国《ちゅうごく》の関係《かんけい》などについて語《かた》り合《あ》った。

八七年（同六十二年）五月には、モスクワでの「核兵器《かくへいき》——現代世界《げんだいせかい》の脅威《きょうい》」展開幕式《てんかいまくしき》に出席《しゅっせき》し、「民衆《みんしゅう》の心《こころ》は平和を熱望《ねつぼう》」と、核廃絶《はいぜつ》を訴《うった》え、あいさつ。さらに、ソ連《れん》のニコライ・ルイシコフ首相と会談《かいだん》。次《つぎ》の訪問国フランスではジャック・シラク首相、アラン・ポエール上院議長《じょういんぎちょう》とも意見交換《いけんこうかん》した。

翌年《よくねん》二月のアジア訪問では、タイのプーミポン国王《こくおう》、マレーシアのマハティール・モハマド首相、シンガポールのリー・クアンユー（李光耀《りこうよう》）首相と会見《かいけん》した。

また、八九年（平成元年《へいせいがんねん》）のヨーロッパ訪問では、イギリスのマーガレット・サッチャー首相、スウェーデンのイングバル・カールソン首相、フランスのフランソワ・ミッテラン大《だい》統領《とうりょう》らと語らいの機会《きかい》を得《え》た。この訪問では、フランス学士院芸術《がくしいんげいじゅつ》アカデミーの招《まね》きを受け、学士院会議場《かいぎじょう》で、「東西《とうざい》における芸術と精神性《せいしんせい》」と題《だい》して記念講演《きねんこうえん》を行《おこな》っている。

さらに同年、オーストリアのフランツ・フラニツキ首相、コロンビアのビルヒリオ・バルコ大統領と会見。大統領との語らいでは、同国《どうこく》の「功労大十字勲章《こうろうだいじゅうじくんしょう》」が授与《じゅよ》された。

九〇年（同二年）五月の第七次訪中《だいななじほうちゅう》では、李鵬《りほう》（リー・ポン）首相、中国共産党《きょうさんとう》の江沢民《こうたくみん》

（チアン・ツォーミン）総書記《そうしょき》と胸襟《きょうきん》を開いて対話《たいわ》を交《か》わした。

そして同年七月、第五次訪《だいごじほう》ソで、ミハイル・セルゲービッチ・ゴルバチョフ大統領《だいとうりょう》とクレムリンで初《はつ》の会談《かいだん》が行《おこな》われたのである。

伸一《しんいち》は、ユーモアを込《こ》めて語《かた》りかけた。

「お会いできて嬉《うれ》しいです。今日《きょう》は大統領と〝けんか〟をしにきました。火花《ひばな》を散《ち》らしながら、なんでも率直《そっちょく》に語り合《あ》いましょう。人類《じんるい》のため、日ソのために！」

伸一の言葉《ことば》に、ゴルバチョフ大統領もユーモアで返した。

「会長《かいちょう》のご活動《かつどう》は、よく存《ぞん》じ上《あ》げていますが、こんなに〝情熱的《じょうねつてき》〟な方《かた》だとは知りませんでした。私も率直な対話が好《す》きです。

会長とは、昔《むかし》からの友人同士《ゆうじんどうし》のような気がします。以前《いぜん》から、よく知っている同士が、今日、やっと直接《ちょくせつ》会って、初《はじ》めての出会《であ》いを喜《よろこ》び合っている――そういう気持《きも》ちです」

伸一は、大きく頷《うなず》きながら応《こた》えた。

「同感《どうかん》です。ただ大統領は世界《せかい》が注目《ちゅうもく》する指導者《しどうしゃ》です。人類の平和《へいわ》を根本的《こんぽんてき》に考《かん》えておられる信念《しんねん》の政治家《せいじか》であり、魅力《みりょく》と誠実《せいじつ》、みずみずしい情熱と知性《ちせい》をあわせもったリーダーです。私は、民間人《みんかんじん》の立場《たちば》です。そこで今日は、大統領のメッセージを待《ま》っている世界の人び

とのため、また後世《こうせい》のために、私が〝生徒《せいと》〟になって、いろいろお聞かせ願《ねが》いたい」

大統領《だいとうりょう》は、あの〝ゴルビー・スマイル〟を浮《う》かべて語《かた》った。

「お客様《きゃくさま》への歓迎《かんげい》の言葉《ことば》を申《もう》し上《あ》げる前に先《さき》を越《こ》されてしまいました。〝生徒〟なんてとんでもないことです。会長《かいちょう》は、ヒューマニズムの価値観《かちかん》と理想《りそう》を高く掲《かか》げて、人類《じんるい》に大きな貢献《こうけん》をしておられる。私は深《ふか》い敬意《けいい》をいだいております。会長の理念《りねん》は、私にとって、大変《たいへん》に親密《しんみつ》なものです。会長の哲学的側面《てつがくてきそくめん》に深い関心《かんしん》を寄《よ》せています。ペレストロイカ（改革《かいかく》）の『新思考《しんしこう》』も、会長の哲学の樹《き》の一つの枝《えだ》のようなものです」

伸一《しんいち》は、自分《じぶん》の思《おも》いを忌憚《きたん》なく語った。

「私もペレストロイカと新思考の支持者《しじしゃ》です。私の考《かんが》えと多大《ただい》な共通性《きょうつうせい》があります。また、あるのが当然《とうぜん》なんです。私も大統領も、ともに『人間《にんげん》』を見つめているからです。人間は人間です。共通なんです。私は哲人政治家《てつじんせいじか》の大統領に大きな期待《きたい》を寄せています」

伸一は、二十五年前、「人間性社会主義《しゃかいしゅぎ》」の理念を提唱《ていしょう》したことがあった。大統領は「人間の顔《かお》をした社会主義」をめざして改革の旗《はた》を掲げた。人間という普遍《ふへん》の原点《げんてん》に立つ時、すべては融合《ゆうごう》し、結合《けつごう》することが可能《かのう》となる。

大統領は、伸一の社会・平和《へいわ》行動《こうどう》について言及《げんきゅう》していった。

「私は会長《かいちょう》の知的《ちてき》・社会的活動《しゃかいてきかつどう》、平和運動《へいわうんどう》を高く評価《ひょうか》していますが、その理由《りゆう》の一つは、あらゆる活動のなかに、必《かなら》ず精神的《せいしんてき》な面《めん》が含《ふく》まれているからです。私たちは今、『政治《せいじ》』のなかに、一歩《いっぽ》一歩、道徳《どうとく》やモラルという精神的な面を盛《も》り込《こ》んでいこうとしています。困難《こんなん》なことですが、それができれば、すばらしい成果《せいか》をあげられると思《おも》っています。現在《げんざい》、人びとは、それを考《かんが》えられないと思うかもしれないが、私は可能《かのう》だと信《しん》じたい」

二人《ふたり》は、「政治」と「文化《ぶんか》」の同盟《どうめい》・統合《とうごう》の大切《たいせつ》さでも、意見《いけん》の一致《いっち》をみた。さらに、日ソ関係《かんけい》、ペレストロイカの現状《げんじょう》と意義《いぎ》、青年《せいねん》への期待《きたい》など、幅広《はばひろ》く意見交換《こうかん》した。

大統領《だいとうりょう》との会談《かいだん》にあたって、伸一《しんいち》には、一つの〝宿題《しゅくだい》〟があった。というのは、戦後《せんご》四十五年がたとうとしているのに、ソ連《れん》の国家元首《こっかげんしゅ》が日本を訪《おとず》れたことはなく、ゴルバチョフ大統領の訪日《ほうにち》が実現《じつげん》するか、注目《ちゅうもく》されていたのである。しかし、この二日前に日本の国会代表《こっかいだいひょう》団《だん》との会見《かいけん》が行《おこな》われたが、大統領が、訪日に言及《げんきゅう》することはなかった。

伸一は、大統領に、こう切り出した。

「新婚旅行《しんこんりょこう》は、どこに行かれたのですか。日本には、どうして来《こ》られなかったのですか」

そして、笑《え》みを浮《う》かべて言葉《ことば》をついだ。

「日本の女性《じょせい》は、大統領がライサ夫人《ふじん》とお二人で、隣国《りんごく》である日本へ、春《はる》の桜《さくら》の咲《さ》くころか、秋《あき》の紅葉《もみじ》の美《うつく》しい季節《きせつ》に、必《かなら》ずおいでになっていただきたい、と願《ねが》っています」

「ありがとうございます。私のスケジュールに入れることにします」

即答《そくとう》であった。伸一《しんいち》は重《かさ》ねて要請《ようせい》した。

「日本を愛《あい》し、アジアを愛し、世界平和《せかいへいわ》を愛する一人《ひとり》の哲学者《てつがくしゃ》として、大統領《だいとうりょう》の訪日《ほうにち》を念願《ねんがん》しています」

大統領は、「絶対《ぜったい》に実現《じつげん》させます」「幅広《はばひろ》く対話《たいわ》をする用意《ようい》があります」「できれば春《はる》に日本を訪《おとず》れたい」と明言《めいげん》した。新《あたら》しい時代《じだい》の扉《とびら》が、大きく開かれようとしていた。

さらに大統領は、自分《じぶん》の率直《そっちょく》な真情《しんじょう》を口《くち》にした。

「私は、どのようなテーマでも、取り上げたくないものはありません。すべて、言いたいことを言ってください。私もそうします。

今まで日本の方《かた》とは、あまりにも紋切《もんき》り型《がた》な対話が多かった。ともかく、お互《たが》いに協調《きょうちょう》の歩《あゆ》みを始《はじ》めれば、問題《もんだい》は、そのなかで解決《かいけつ》していくものです。偉大《いだい》な国民《こくみん》が二つ集《あつ》まって、いつまでも『前提条件《ぜんていじょうけん》』とか、『最後通告《さいごつうこく》』などと言っているようではダメです」

伸一は、大統領の対話主義《しゅぎ》の信念《しんねん》を見た思《おも》いがした。

対話は、権威《けんい》や立場《たちば》といった衣《ころも》を脱《ぬ》ぎ捨《す》てて、率直に、自由《じゆう》に、あらゆる問題に踏《ふ》み込《こ》んで、双方《そうほう》が主張《しゅちょう》をぶつけ合《あ》ってこそ、実《みの》りあるものとなる。また、初《はじ》めに結論《けつろん》ありきという姿勢《しせい》ではなく、柔軟《じゅうなん》に、粘《ねば》り強《づよ》く、何度《なんど》でも語《かた》り合っていくなかから、新《あたら》しい道《みち》が開かれていくのである。

語らいは、約《やく》一時間十分に及《およ》んだ。

仲一《しんいち》と大統領《だいとうりょう》との会見《かいけん》は、即刻《そっこく》、世界《せかい》に打電《だでん》された。ソ連国内《れんこくない》では、モスクワ放送《ほうそう》や共産《きょうさん》党機関紙《とうきかんし》「プラウダ」、政府《せいふ》機関紙「イズベスチヤ」などで大々的《だいだいてき》に報《ほう》じられた。

大統領が訪日《ほうにち》を言明《げんめい》したことは、視界《しかい》が開けなかった日ソ関係《かんけい》に、新しい交流《こうりゅう》の光《ひかり》が差《さ》したことを意味《いみ》していた。

日本では、その晩《ばん》から、二人《ふたり》の会見と「ゴルバチョフ大統領訪日」のニュースが、NHKをはじめ、テレビ、ラジオで流《なが》れた。また、全国紙《ぜんこくし》などがこぞって、一面《めん》で報じた。

大統領は、会談翌年《かいだんよくねん》の一九九一年(平成《へいせい》三年)四月、約束通《やくそくどお》り、日本を訪問《ほうもん》した。

仲一は、東京《とうきょう》・迎賓館《げいひんかん》に大統領を表敬《ひょうけい》訪問した。再会《さいかい》を喜《よろこ》び、対話《たいわ》が弾《はず》んだ。仲一は、大統領が安穏《あんのん》の日々《ひび》をあえて振《ふ》り捨《す》てて、ソ連のため、人類《じんるい》のために、ペレストロイカという現実《げんじつ》の〝戦闘《せんとう》〟に飛《と》び込《こ》んだ勇気《ゆうき》を心《こころ》から賞讃《しょうさん》した。二人は、日ソの「永遠《えいえん》の友好《ゆうこう》」を、共《とも》に強《つよ》く願《ねが》い、語り合った。未来《みらい》を照《て》らす、〝友情《ゆうじょう》の太陽《たいよう》〟は赫々《かっかく》と昇《のぼ》ったのだ。

「ビバ！　マンデラ！」

一九九〇年（平成《へいせい》二年）十月三十一日、東京《とうきょう》・信濃町《しなのまち》の聖教新聞社前《せいきょうしんぶんしゃまえ》は、五百人ほどの男女青年《だんじょせいねん》の歓呼《かんこ》の声《こえ》に包《つつ》まれた。この日、山本伸一《やまもとしんいち》は、青年たちと共《とも》に、南《みなみ》アフリカ共和国《きょうわこく》の反《はん》アパルトヘイト（人種差別撤廃《じんしゅさべつてっぱい》）運動《うんどう》の指導者《しどうしゃ》である、アフリカ民族会議《みんぞくかいぎ》（ＡＮＣ）のネルソン・マンデラ副議長《ふくぎちょう》を迎《むか》え、会談《かいだん》したのである。

副議長は、投獄《とうごく》一万日、二十八年に及《およ》ぶ鉄窓《てっそう》での「差別との闘争《とうそう》」に勝利《しょうり》した、人権《じんけん》闘争の勇者《ゆうしゃ》である。この翌年《よくねん》には、ＡＮＣの議長となり、九四年（同六年）には、全人種が参加《さんか》して行《おこな》われた南《なん》ア初《はつ》の選挙《せんきょ》で、大統領《だいとうりょう》に就任《しゅうにん》することになる。

「〝民衆《みんしゅう》の英雄《えいゆう》〟を満腔《まんこう》の敬意《けいい》で歓迎《かんげい》いたします！」

車《くるま》を降《お》りたマンデラ副議長に、伸一《しんいち》が語《かた》りかけると、彼《かれ》は、穏《おだ》やかな笑《え》みで応《こた》えた。

「お会いできて光栄《こうえい》です。日本に行《い》ったら、ぜひ、名誉会長《めいよかいちょう》にお会いしなければならないと思《おも》っていました」

語らいが始《はじ》まった。伸一は、わざわざ足《あし》を運《はこ》んでくれたことに感謝《かんしゃ》の意《い》を表《ひょう》したあと、副議長の闘争《とうそう》を心《こころ》から賞讃《しょうさん》した。

「副議長《ふくぎちょう》は、正義《せいぎ》は必《かなら》ず勝つことを証明《しょうめい》されました。世界《せかい》に勇気《ゆうき》を与《あた》えられました」

マンデラは、獄舎《ごくしゃ》にあって、囚《とら》われた人たちが、それぞれの専門知識《せんもんちしき》や技術《ぎじゅつ》を教《おし》え合《あ》う学《がく》習《しゅう》の組織《そしき》をつくった。また、あらゆる障害《しょうがい》と戦《たたか》い、政治囚《せいじしゅう》の〝学《まな》ぶ権利《けんり》〟を拡大《かくだい》していった。そうして、「ロボットのような群衆《ぐんしゅう》」をつくり出す、牢獄《ろうごく》による「精神《せいしん》の破壊《はかい》」と「知性《ちせい》の否定《ひてい》」を克服《こくふく》していったのである。

伸一《しんいち》は、この獄中闘争《ごくちゅう》に言及《げんきゅう》した。

「貴殿《きでん》が牢獄を〝マンデラ大学《だいがく》〟ともいうべき学習の場《ば》に変えた事実《じじつ》に、私は注目《ちゅうもく》したい。どこにいても、そこに『教育《きょういく》』の輪《わ》を広《ひろ》げていく。人間《にんげん》としての向上《こうじょう》を求《もと》めてやまない。その情熱《じょうねつ》に打《う》たれるんです」

向上への不屈《ふくつ》の信念《しんねん》がある人には、すべてが学びの場となる。

副議長は語《かた》った。

「温《あたた》かい歓迎《かんげい》に感謝《かんしゃ》します。名誉会長《めいよかいちょう》は、国際的《こくさいてき》に有名《ゆうめい》な方《かた》で、わが国でもよく知られています。人類《じんるい》の『永遠《えいえん》の価値《かち》』を創《つく》りながら、その価値で人びとを結《むす》ぶ団体《だんたい》のリーダーとしての役割《やくわり》は、世界的に重要《じゅうよう》です」

そして、「名誉会長《めいよかいちょう》とSGIのことを聞いて以来《いらい》、私は、ぜひ、お会いしたいと願《ねが》っていました。日本に来た以上《いじょう》、お会いするまでは帰《かえ》れません」と述《の》べ、微笑《ほほえ》みを浮《う》かべた。

それから、目を輝《かがや》かせて言った。

「名誉会長との会見《かいけん》は、『啓発《けいはつ》』と『力《ちから》』と『希望《きぼう》』の源泉《げんせん》と思《おも》っています」

偉大《いだい》なるリーダーは、対話《たいわ》を大切《たいせつ》にし、そのすべてを、前進《ぜんしん》の糧《かて》としていく。

伸一《しんいち》は、恐縮《きょうしゅく》しながら、マンデラ副議長《ふくぎちょう》が出獄《しゅつごく》以来、世界《せかい》を東奔西走《とうほんせいそう》して、反《はん》アパルトヘイト運動《うんどう》への支援《しえん》を訴《うった》えていることを賞讃《しょうさん》した。副議長は、アフリカや欧米等《おうべいとう》の約《やく》三十カ国《こく》を訪問《ほうもん》し、各国首脳《かっこくしゅのう》と会談《かいだん》。さらに、アジア、オセアニアを巡《めぐ》っているのである。

伸一は、反アパルトヘイトの運動を、末永《すえなが》く支援する意味《いみ》から、次々《つぎつぎ》と提案《ていあん》した。

「アフリカ民族会議《みんぞくかいぎ》からの、アフリカの未来《みらい》を担《にな》う留学生《りゅうがくせい》を、創価大学《そうかだいがく》が受け入れる」「南《みなみ》アフリカの芸術家《げいじゅつか》などを招《まね》き、民音《みんおん》での日本公演《こうえん》を行《おこな》いたい」「仮称《かしょう》『アパルトヘイトと人権《じんけん》』展《てん》という総合的《そうごうてき》な展示《てんじ》会《かい》を開催《かいさい》し、しかるべき国際機関《こくさいきかん》とも連携《れんけい》し、海外《かいがい》での巡回《じゅんかい》も行う」「仮称『反アパルトヘイト写真展《しゃしんてん》』を日本で開催する」「アパルトヘイトをはじめとする多様《たよう》なテーマで、『人権講座《こうざ》』を日本各地《かくち》で開催する」

それは、教育《きょういく》・文化交流《ぶんかこうりゅう》を通《とお》して、日本と南アフリカの友好《ゆうこう》を促進《そくしん》するとともに、人びとの意識《いしき》を啓発《けいはつ》し、日本に、世界《せかい》に、人権擁護《じんけんようご》の波《なみ》を大きく広《ひろ》げていくことが大切《たいせつ》であるとの、強《つよ》い思《おも》いからの提案《ていあん》であった。

人びとの意識の改革《かいかく》がなされてこそ、「人権の世紀《せいき》」は開かれる。

さらに彼《かれ》は、マンデラ副議長《ふくぎちょう》の行動《こうどう》は、広い意味《いみ》での人間教育者《にんげんきょういくしゃ》の役割《やくわり》を担《にな》ってきたと述《の》べ、その功労《こうろう》に対《たい》して、創価大学《そうかだいがく》から最高栄誉賞《さいこうえいよしょう》を贈《おく》りたいと伝《つた》えた。そして、同席《どうせき》していた学長《がくちょう》から同賞《どうしょう》が手《て》渡《わた》された。

また、伸一《しんいち》は、南《みなみ》アフリカ共和国《きょうわこく》は「花《はな》の宝庫《ほうこ》」と呼《よ》ばれ、喜望峰一帯《きぼうほういったい》では七千種《しゅ》を超《こ》える植物《しょくぶつ》が育《そだ》っていることに触《ふ》れ、仏典《ぶつてん》の王《おう》・法華経《ほけきょう》には、「人華《にんげ》」という美《うつく》しい言葉《ことば》があることを紹介《しょうかい》した。

「人華」の語《ご》は、法華経の「薬草喩品《やくそうゆほん》」にあり、この品では、さまざまな衆生《しゅじょう》を多様《たよう》な草《そう》木《もく》にたとえながら、仏《ほとけ》の教《おし》えの慈雨《じう》は遍《あまね》く降《ふ》り注《そそ》ぎ、平等《びょうどう》に仏性《ぶつしょう》を開花《かいか》させることを説《と》いている。この法華経に代表《だいひょう》されるように、仏教は発祥以来《はっしょういらい》、あらゆる差《さ》別《べつ》と戦《たたか》ってきた。カースト制度《せいど》をはじめ、人種《じんしゅ》、民族《みんぞく》、国籍《こくせき》、宗教《しゅうきょう》、職業《しょくぎょう》、階層《かいそう》、出自等《しゅつじとう》々による一切《いっさい》の差別を否《ひ》定《てい》している。それゆえに、既《き》成《せい》の体制《たいせい》や権力《けんりょく》から、無《む》数《すう》の迫害《はくがい》を受けた。日蓮大聖人《にちれんだいしょうにん》も自《みずか》らを「旃陀羅《せんだら》が子」と言われ、差別される側《がわ》である、社会《しゃかい》の最底辺《さいていへん》に身《み》を置《お》きながら、絶対《ぜったい》平等の仏法思想《ぶっぽうしそう》の流布《るふ》に戦《たたか》われた。

伸一《しんいち》は、こうした、いわば仏法の人権闘争《じんけんとうそう》の歴史《れきし》と精神《せいしん》を踏《ふ》まえ、SGIは、仏法を基調《きちょう》に、あらゆる人びとに開かれた「平和《へいわ》」「文化《ぶんか》」「教育《きょういく》」の運動《うんどう》を推進《すいしん》するものであることを訴《うった》えた。さらに、未来《みらい》を展望《てんぼう》する時、国家発展《こっかはってん》の因《いん》は、「教育」であり、知性《ちせい》の人が増《ふ》えることは、「より多くの人びとが社会《しゃかい》の本質《ほんしつ》を見抜《みぬ》き、『善《ぜん》』と『悪《あく》』とを明確《めいかく》に判断《はんだん》できるようになる」と語《かた》った。

また、人権闘争の英雄《えいゆう》である副議長《ふくぎちょう》に、尊敬《そんけい》と賛嘆《さんたん》の思《おも》いを込《こ》めて一詩《し》を捧《ささ》げた。

私は　もろ手をあげて称《たた》えたい
その偉大《いだい》なる精神の力《ちから》を
その不撓《ふとう》なる信念《しんねん》の力を
そして
満腔《まんこう》の敬意《けいい》をもって呼《よ》びたい
誇《ほこ》り高き『アフリカの良心《りょうしん》』にして
人道《じんどう》の道《みち》を行く我《わ》が魂《たましい》の同志《どうし》――と

詩《し》を通訳《つうやく》が朗読《ろうどく》し終《お》えると、仲一《しんいち》は立ち上がって、〝人権《じんけん》の闘士《とうし》〟と固《かた》い握手《あくしゆ》を交《か》わした。

感動《かんどう》の面持《おもも》ちで、彼《かれ》の手を握《にぎ》る副議長《ふくぎちよう》に、仲一は言った。

「『同志《どうし》』が、日本にもいることを忘《わす》れないでください。世界《せかい》にもいます。後世《こうせい》に、もっと出てくるでしょう」

そして、最《もつと》も感銘《かんめい》を覚《おぼ》えた言葉《ことば》として、副議長が獄舎《ごくしや》から解放《かいほう》された直後《ちよくご》(一九九〇年二月)の演説《えんぜつ》で、結《むす》びの部分《ぶぶん》で述《の》べた言葉を読《よ》み上げた。それは、二十六年前の裁判《さいばん》で、マンデラ自身《じしん》が語《かた》った言葉の引用《いんよう》であった。

「『*私は、白人支配《はくじんしはい》と、ずっと戦《たたか》ってきた。黒人《こくじん》支配ともずっと戦ってきた。私は、すべての人びとが、ともに仲良《なかよ》く、平等《びようどう》な機会《きかい》をもって、ともに暮《く》らすことのできる民主的《みんしゆてき》で自由《じゆう》な社会《しやかい》という理想《りそう》を心《こころ》にいだいてきた。それは、私がそのために生き、実現《じつげん》させたいと願《ねが》っている理想である。しかし、もし必要《ひつよう》ならば、その理想のために、命《いのち》を捧《ささ》げる覚悟《かくご》である』

この言葉には、貴殿《きでん》の魂《たましい》が凝縮《ぎようしゆく》しています。私も『平和《へいわ》の闘士』『人権の闘士』『正義《せいぎ》の闘士』の道《みち》を歩《ある》いているつもりです。ゆえに、この言葉が、深《ふか》く私の胸《むね》に共鳴《きようめい》してやまないのです」

副議長《ふくぎちょう》は、感慨《かんがい》のこもった声《こえ》で語《かた》った。

「私たちが、今日《きょう》、ここで得《え》た最大《さいだい》の〝収穫《しゅうかく》〟は、名誉会長《めいよかいちょう》の英知《えいち》の言葉《ことば》です。勲章《くんしょう》は、いつか壊《こわ》れてしまうかもしれない。賞状《しょうじょう》も、いつかは焼《や》けてしまうかもしれない。しかし、英知の言葉は不変《ふへん》です。その意味《いみ》で私たちは、勲章や賞状以上《いじょう》の贈《おく》り物《もの》をいただきました。

名誉会長のお話《はなし》をうかがい、私たちは、この場所《ばしょ》を訪《おとず》れた時よりも、より良《よ》き人間《にんげん》になって、ここを去《さ》っていくことができます。名誉会長のことを、私は決《けっ》して忘《わす》れません」

「私の方《ほう》こそ、今、言われた以上に、深《ふか》く感謝《かんしゃ》しております」

真実《しんじつ》の対話《たいわ》は、互《たが》いに啓発《けいはつ》を与《あた》え合《あ》う。

語らいは弾《はず》み、予定《よてい》された五十分の会見《かいけん》時間は、瞬《またた》く間《ま》に過《す》ぎた。会談《かいだん》を終《お》え、共《とも》に歩《あゆ》みを運《はこ》びながら、伸一《しんいち》は言った。

「偉大《いだい》な指導者《しどうしゃ》には迫害《はくがい》はつきものです。これは歴史《れきし》の常《つね》です。迫害を乗《の》り切《き》り、戦《たたか》い勝ってこそ偉大なんです。これからも陰険《いんけん》な迫害は続《つづ》くでしょう。しかし、真実の正義《せいぎ》は、百年後、二百年後には必《かなら》ず証明《しょうめい》されるものです。お体《からだ》を大切《たいせつ》に！」

それは、伸一自身《じしん》が、自《みずか》らに言い聞かせる言葉でもあった。人間として、人間のために戦う二人《ふたり》の魂《たましい》は、熱《あつ》く響《ひび》き合《あ》ったのである。

山本伸一《やまもとしんいち》の平和《へいわ》をめざしての人間外交《にんげんがいこう》は、その後《ご》も、ますます精力的《せいりょくてき》に続《つづ》けられた。それは、魂と魂の真剣勝負《しんけんしょうぶ》の触発《しょくはつ》であった。

彼《かれ》は、マンデラ副議長《ふくぎちょう》と会談《かいだん》した翌月《よくげつ》の一九九〇年（平成《へいせい》二年）十一月には、ナイジェリアの元国家元首《もとこっかげんしゅ》のヤクブ・ゴウォン博士、ザンビアのケネス・カウンダ大統領《だいとうりょう》らと相次《あいつ》ぎ会見《けん》した。

さらに、同月《どうげつ》には、ブルガリアのジェリュ・ジェレフ大統領、トルコのトルグト・オザル大統領らと、また翌年《よくねん》には、フィリピンのコラソン・アキノ大統領、統一《とういつ》ドイツのリヒャルト・フォン・ワイツゼッカー初代《しょだい》大統領、イギリスのジョン・メージャー首相《しゅしょう》らと対話《たいわ》を重《かさ》ねていった。

人と人とが語《かた》り合い、平和への思《おも》いを紡《つむ》ぎ出《だ》し、心《こころ》を結《むす》び合っていく――まさに、対話は、内発的《ないはってき》で漸進主義《ぜんしんしゅぎ》的《てき》な、問題解決《もんだいかいけつ》への道《みち》である。また、対話は、最後《さいご》まで貫徹《かんてつ》されてこそ対話といえる。ゆえに、それには、忍耐力《にんたいりょく》と強靭《きょうじん》な精神《せいしん》の力《ちから》が求《もと》められる。

一方《いっぽう》、「問答無用《もんどうむよう》」といった急進主義《きゅうしんしゅぎ》的な姿勢《しせい》は、弱《よわ》さゆえの居直《いなお》りであり、人間性の敗《はい》北宣言《ぼくせんげん》にほかならない。その帰結《きけつ》は、暴力《ぼうりょく》など、外圧的《がいあつてき》な力《ちから》への依存《いそん》へと傾斜《けいしゃ》していくことになる。

対話《たいわ》による人間同士《にんげんどうし》の魂《たましい》の結合《けつごう》こそ、平和《へいわ》のネットワーク創造《そうぞう》の力となるのだ。

伸一《しんいち》が会談《かいだん》したのは、各国《かっこく》の大統領《だいとうりょう》や首相《しゅしょう》などの指導者《しどうしゃ》にとどまらず、学術《がくじゅつ》・芸術《げいじゅつ》・教育《きょういく》関係者《かんけいしゃ》など多岐《たき》にわたり、しかも、ヨーロッパ、アジア、オセアニア、北《ほく》・中《ちゅう》・南米《なんべい》、アフリカと全世界《ぜんせかい》に及《およ》んでいる。

一九九〇年（平成《へいせい》二年）の十二月から、翌年前半《よくねんぜんはん》にかけて語《かた》り合《あ》った主《おも》な識者《しきしゃ》だけでも次《つぎ》の方々《かたがた》がいる。

オスロ国際《こくさい》平和研究所《けんきゅうじょ》のスベレ・ルードガルド所長《しょちょう》、カナダ・モントリオール大学《だいがく》のルネ・シマー副学長《ふくがくちょう》、米《べい》・ハーバード大学のジョン・モンゴメリー名誉教授《めいよきょうじゅ》、ユネスコのフェデリコ・マヨール事務局長《じむきょくちょう》、フィリピン大学のホセ・アブエバ総長《そうちょう》、香港中文《ホンコンちゅうぶん》大学の高錕《こうこん》（ゴ・クヮン）学長、アルゼンチン・パレルモ大学のリカルド・ポポスキー学長らである。

また、世界の指導者、識者と心《こころ》を結《むす》び合っていくために、伸一が友好《ゆうこう》の対話とともに力を注《そそ》いだのが、自《みずか》らの真情《しんじょう》や賞讃《しょうさん》の思《おも》いを詩《し》に詠《よ》んで贈《おく》ることであった。

中国《ちゅうごく》では、中国仏教協会《ぶっきょうきょうかい》の趙樸初《ちょうぼくしょ》（チャオ・プーチュー）会長《かいちょう》、故《こ》・周恩来《しゅうおんらい》の夫人《ふじん》である中国人民政治協商会議《じんみんせいじきょうしょうかいぎ》の鄧穎超《とうえいちょう》（トン・インチャオ）主席《しゅせき》、北京大学《ペキンだいがく》の丁石孫《ていせきそん》（ティン・シースン）学長《がくちょう》。ソ連《れん》では、モスクワ大学の故《こ》ホフロフ総長《そうちょう》、対文連《たいぶんれん》のテレシコワ議長《ぎちょう》、そしてゴルバチョフ大統領《だいとうりょう》などである。さらに、インドのラジブ・ガンジー首相《しゅしょう》、アメリカの元国務《もとこくむ》長官《ちょうかん》キッシンジャー博士、アルゼンチンのアルフォンシン大統領、ペルー・サンマルコス大学のファン・デ・ディオス・ゲバラ元総長、イギリスのサッチャー前《ぜん》首相らにも詩《し》を贈《おく》ってきた。

人間《にんげん》の心《こころ》の奥深《おくふか》く、目には見えない黄金《おうごん》の琴線《きんせん》がある。詩の言葉《ことば》は、その見えざる琴線に働《はたら》きかけ、共鳴音《きょうめいおん》を奏《かな》でる。やがて、それは、友情《ゆうじょう》と平和《へいわ》の高らかな調《しら》べとなる。

真《しん》に理想《りそう》を抱《いだ》く人には　理想が味方《みかた》しよう
真に正義《せいぎ》を貫《つらぬ》く人には　正義が味方しよう
真に民衆《みんしゅう》を守《まも》る人には　民衆が味方しよう

これは、凶弾《きょうだん》に倒《たお》れた夫《おっと》の遺志《いし》を継《つ》ぎ、フィリピンの民衆のために立った、コラソン・アキノ大統領に贈った詩「燦《さん》たれ！　フィリピンの母《はは》の冠《かんむり》」の一節《いっせつ》である。

伸一《しんいち》は、広宣流布《こうせんるふ》に駆《か》ける全世界《ぜんせかい》の尊《とうと》き同志《どうし》を励《はげ》まし、活動《かつどう》の指針《ししん》、人生《じんせい》の指針を示《しめ》すためにも、詩《し》を贈《おく》り続《つづ》けた。

一九八一年（昭和《しょうわ》五十六年）のヨーロッパ、北米訪問《ほくべいほうもん》の折《おり》には、フランス青年部《せいねんぶ》、アメリカ青年部に、また、大分《おおいた》・熊本《くまもと》等《とう》の指導《しどう》では全青年部に「青年よ　二十一世紀《せいき》の広布《こうふ》の山《やま》を登《のぼ》れ」を贈ったが、彼《かれ》は、ますます力《ちから》をこめて、長編詩《ちょうへんし》の作詩《さくし》を重《かさ》ねた。

たとえば、八七年（同六十二年）だけを見ても、「世紀の太陽《たいよう》よ昇《のぼ》れ」（アメリカ）、「パナマの国の花《はな》」（パナマ）、「悠遠《ゆうえん》なるアマゾンの流《なが》れ」（ブラジル）、「カリブの偉大《いだい》な太陽」（ドミニカ共和国《きょうわこく》）、「文化《ぶんか》の花　生命《せいめい》の城《しろ》」（フランス）、「新《あら》たなるルネサンスの鐘《かね》」（イタリア）、「七つの海《うみ》へ　人間《にんげん》の世紀へ」（イギリス）、「ライン河《がわ》に響《ひび》く平和《へいわ》の交響曲《シンフォニー》」（ドイツ）、「ナイアガラにかかる虹《にじ》」（カナダ）を作《つく》っている。

また、この年は、日本の同志に対《たい》しても、「幸《さち》の風《かぜ》　中部《ちゆうぶ》の空《そら》」（中部）、「青《あお》き天地《てんち》　四国《しこく》讃歌《さんか》」（四国）を贈り、翌年《よくねん》には「平和のドーム　凱旋《がいせん》の歌声《うたごえ》」（広島《ひろしま》）をはじめ、北陸《ほくりく》、沖縄《おきなわ》、東北《とうほく》と続き、さらに、全方面《ぜんほうめん》、県《けん》・区《く》へと広《ひろ》がっていくのである。

カナダの同志への詩には次《つぎ》のようにある。

「法自《ほうおのずか》ら弘《ひろ》まらず
人・法を弘むる故《ゆえ》に
人法《にんぽう》ともに尊《とうと》し」と
君《きみ》たちよ　あなたたちよ
なればこそ
徹《てつ》して　人格《じんかく》を磨《みが》きゆけ
信心《しんじん》は　即生活《そくせいかつ》
信心は　即人格
信心強《つよ》き人とは
すべての人を包《つつ》み慈《いつく》しみゆく
円融《えんゆう》にして円満《えんまん》なる人格の人と知ろう
その輝《かがや》きありてこそ
法の輪《わ》は幾重《いくえ》にも広《ひろ》がりゆく

伸一《しんいち》は、詩《し》を通《とお》して、人間《にんげん》の道《みち》を、信仰《しんこう》のあるべき姿《すがた》を、進《すす》むべき目標《もくひょう》を示《しめ》し、希望《きぼう》を、勇気《ゆうき》を発信《はっしん》し続《つづ》けていったのである。

山本伸一《やまもとしんいち》は、第三代会長辞任《だいさんだいかいちょうじにん》から十余年《よねん》、世界平和《せかいへいわ》の道《みち》が開かれることを願《ねが》い、広宣流布《こうせんるふ》の大潮流《だいちょうりゅう》をつくらんと、走《はし》りに走り、語《かた》りに語ってきた。

そのなかで世界は、一つの大きな転機《てんき》を迎《むか》えようとしていた。東西冷戦《とうざいれいせん》の終結《しゅうけつ》である。

世界を二分《にぶん》することになる、東西両陣営《りょうじんえい》の対立《たいりつ》の端緒《たんしょ》は、第二次《だいにじ》世界大戦末期《たいせんまつき》の一九四五年（昭和《しょうわ》二十年）二月、クリミア半島南部《はんとうなんぶ》のヤルタで行《おこな》われたヤルタ会談《かいだん》にある。ここで、連合国《れんごうこく》であるアメリカのルーズベルト大統領《だいとうりょう》、イギリスのチャーチル首相《しゅしょう》、ソ連《れん》のスターリン首相が、戦後処理《せんごしょり》、国際《こくさい》連合の創設《そうせつ》、ソ連の対日参戦《たいにちさんせん》などについて話《はな》し合《あ》い、協定《きょうてい》を結《むす》んだのである。

これによって、戦後の国際秩序《ちつじょ》の枠組《わくぐ》みがつくられ、ヨーロッパは、アメリカを支持《しじ》する資本主義《しほんしゅぎ》の西側《にしがわ》陣営と、ソ連を支持する社会《しゃかい》主義の東側《ひがしがわ》陣営に分かれていった。そして、ソ連は世界の社会主義国化を進《すす》めようとし、一方《いっぽう》のアメリカは世界の国々《くにぐに》を自国《じこく》の影響下《えいきょうか》に置《お》こうと、戦後、両者《りょうしゃ》の核軍拡競争《かくぐんかくきょうそう》が続いていったのである。

核を保有《ほゆう》する両国《りょうこく》の、直接《ちょくせつ》の戦争《せんそう》はないことから、「冷戦」と呼《よ》ばれたが、そこには、常《つね》に「熱戦《ねっせん》」になりかねない危険性《きけんせい》があった。

両陣営《りょうじんえい》の対立《たいりつ》は激化《げきか》し、一九六一年（昭和《しょうわ》三十六年）には、東西《とうざい》に分割《ぶんかつ》されていたドイツのベルリンに壁《かべ》がつくられ、市民《しみん》の自由《じゆう》な行き来が禁《きん》じられた。また、六二年（同三十七年）のキューバ危機《きき》は、米《べい》ソの全面核戦争《ぜんめんかくせんそう》に発展《はってん》しかねない、一触即発《いっしょくそくはつ》の状況《じょうきょう》にあることを痛感《つうかん》させた。さらに、東西の対立は、ベトナム戦争のように、アジアをはじめ、世界《せかい》に広《ひろ》がり、悲惨《ひさん》な戦争をもたらしていったのである。

しかも、同じ社会主義《しゃかいしゅぎ》陣営のなかで、ソ連《れん》と中国《ちゅうごく》の間《あいだ》に紛争《ふんそう》が起《お》こり、対立は、複雑《ふくざつ》な様《よう》相《そう》を呈《てい》していった。

分断《ぶんだん》は分断を促進《そくしん》させる。ゆえに、人間《にんげん》という普遍的《ふへんてき》な共通項《きょうつうこう》に立ち返ろうとする、統合《とうごう》の哲学《てつがく》の確立《かくりつ》が求《もと》められるのである。

世界は激動《げきどう》している。動《うご》かぬ時代《じだい》もなければ、変わらぬ社会もない。氷結《ひょうけつ》したように見える事態《じたい》にも、雪解《ゆきど》けの時は来る――伸一《しんいち》は、人類《じんるい》の歴史《れきし》は、必《かなら》ずや平和《へいわ》の方向《ほうこう》へ、融合《ゆうごう》の流《なが》れへと向かっていくことを強《つよ》く確信《かくしん》していた。いや、〝断《だん》じて、そうさせていかねばならない〟というのが、彼《かれ》の決意《けつい》であった。

やがて、米ソの間にも、緊張緩和《きんちょうかんわ》への流れが生《しょう》じ始《はじ》めた。六九年（同四十四年）には、両《りょう》国《こく》の間《あいだ》でSALT《ソルト》（戦略兵器制限交渉《せんりゃくへいきせいげんこうしょう》）が始《はじ》まった。そして、七〇年代には、米《べい》ソはSALTⅠ、SALTⅡの調印《ちょういん》にまでこぎ着《つ》けたのである。SALTⅡは、発効《はっこう》されることはなかったが、互《たが》いに敵視《てきし》し合《あ》ってきた両国《りょうこく》にとっても、世界《せかい》にとっても、歴史的《れきしてき》な出来事《できごと》であった。

そのなかで伸一《しんいち》が、憂慮《ゆうりょ》してきたのが、中《ちゅう》ソ紛争《ふんそう》であった。それは、日本にとっては隣国《りんごく》同士《どうし》の争《あらそ》いであり、アジアの平和《へいわ》にとっても、重大要件《じゅうだいようけん》であった。

一九六八年（昭和《しょうわ》四十三年）九月に学生部総会《がくせいぶそうかい》で伸一が、日中国交正常化《にっちゅうこっこうせいじょうか》や中国《ちゅうごく》の国連参《こくれんさん》加《か》など、中国問題《もんだい》についての提言《ていげん》を行《おこな》ったのも、万代《ばんだい》への日中の友好促進《ゆうこうそくしん》はもとより、世界平和のために、中国を孤立化《こりつか》させてはならないとの信念《しんねん》からであった。

また彼《かれ》は、民間人《みんかんじん》の立場《たちば》から、中ソ首脳《しゅのう》に和睦《わぼく》の道《みち》を歩《あゆ》むよう、直接《ちょくせつ》、訴《うった》えていった。

提言から六年後の七四年（同四十九年）五月から六月には、初訪中《はつほうちゅう》し、李《り》先念《せんねん》（リー・シエンニエン）副総理《ふくそうり》らと会見《かいけん》。九月にはソ連《れん》を初訪問《はつほうもん》し、コスイギン首相《しゅしょう》と会見した。首相からは、「ソ連は中国を攻撃《こうげき》するつもりはありません」との明確《めいかく》な回答《かいとう》を引き出した。そして、十二月の第二次《だいにじ》訪中では、このソ連の考《かんが》えを中国側《がわ》に伝《つた》え、周恩来《しゅうおんらい》総理と会見したのである。

すべては、平和のため、民衆《みんしゅう》のために、両国の対立《たいりつ》を解決《かいけつ》できないものかという、切実《せつじつ》な思《おも》いからであった。

あきらめてしまえば事態《じたい》は何も開けない。平和《へいわ》とは、あきらめの心《こころ》との闘争《とうそう》である。戦争《せんそう》を行《おこな》うのは人間《にんげん》である。ならば、人間の力《ちから》でなくせぬ戦争はない――伸一《しんいち》は、そう強《つよ》く確信《かくしん》し、第二《だいに》次訪中《じほうちゅう》を果《は》たした。周総理《しゅうそうり》は、彼《かれ》との会見《かいけん》を強く希望《きぼう》し、入院中《にゅういんちゅう》であるにもかかわらず、医師《いし》の制止《せいし》を振《ふ》り切《き》って、迎《むか》えてくれた。

伸一は、中ソの和平《わへい》を願《ねが》う自分《じぶん》の心は、周総理の胸《むね》に、確《たし》かに届《とど》いたと感《かん》じた。

「*世界《せかい》の流《なが》れは人民《じんみん》の友好促進《ゆうこうそくしん》」というのが、総理の信念《しんねん》であった。

一九七〇年代、時代《じだい》は緊張緩和《きんちょうかんわ》への様相《ようそう》を見せ始《はじ》めたが、一九七九年（昭和《しょうわ》五十四年）、親《しん》ソ政権支援《せいけんしえん》のためにソ連軍《れんぐん》がアフガニスタンに侵攻《しんこう》すると、西側諸国《にしがわしょこく》は激《はげ》しく反発《はんぱつ》した。八〇年（同五十五年）のモスクワ・オリンピックを西側の多くの国々《くにぐに》がボイコットした。その報復《ほうふく》として東側《ひがしがわ》諸国は、八三年（同五十八年）のアメリカによるグレナダ侵攻を理由《りゆう》に、八四年（同五十九年）のロサンゼルス・オリンピックをボイコットした。時代の流れは逆戻《ぎゃくもど》りし、「新冷戦《しんれいせん》」と呼《よ》ばれる状況《じょうきょう》になっていったのである。

伸一は、東西対立《とうざいたいりつ》を乗《の》り越《こ》えるために、各国首脳《かっこくしゅのう》らと対話《たいわ》を重《かさ》ね、「スイスなど、よき地を選《えら》んで米《べい》ソ首脳らが会談《かいだん》を」など、具体的《ぐたいてき》な提案《ていあん》を行ってきた。

この冷戦《れいせん》にピリオドを打《う》つ、大きな役割《やくわり》を担《にな》ったのが、ソ連《れん》のゴルバチョフであった。一九八五年（昭和《しようわ》六十年）、共産党書記長《きようさんとうしよきちよう》に就任《しゆうにん》した彼《かれ》は、グラスノスチ（情報公開《じようほうこうかい》）とペレストロイカを推進《すいしん》し、社会主義体制《しやかいしゆぎたいせい》から自由化《じゆうか》へと大きく舵《かじ》を切った。

また、「新思考《しんしこう》」を掲《かか》げ、西側諸国《にしがわしよこく》との関係改善《かんけいかいぜん》に努《つと》め、軍縮《ぐんしゆく》を提案《ていあん》、推進していった。

そして八五年十一月、六年半《はん》の長《なが》きにわたった閉塞《へいそく》の扉《とびら》は開かれ、ジュネーブで米《べい》ソ首脳会談《しゆのうかいだん》が再開《さいかい》されたのである。伸一《しんいち》は、このニュースに、時が来たことを感《かん》じた。かねてからの念願《ねんがん》が、はからずも実現《じつげん》したのだ。

お互《たが》いが真剣《しんけん》に平和《へいわ》をめざすならば、あらゆる見解《けんかい》の違《ちが》いを超《こ》えて合意《ごうい》は可能《かのう》となる。大海《たいかい》に注《そそ》ぐ川《かわ》が一つに溶《と》け合《あ》うように——。

ゴルバチョフは、膠着《こうちやく》した状況《じようきよう》にあったアフガニスタンからの撤兵《てつぺい》を決断《けつだん》した。

八七年（同六十二年）十二月、米ソ間《かん》で、軍事史上画期的《ぐんじしじようかつきてき》な中距離核戦力《ちゆうきよりかくせんりよく》（ＩＮＦ）の全廃《ぜんぱい》条約《じようやく》が調印《ちよういん》された。

また、ソ連の改革《かいかく》は東欧《とうおう》の国々《くにぐに》にも及《およ》び、自由と民主《みんしゆ》の潮流《ちようりゆう》は一気《いつき》に広《ひろ》がり、ポーランド、ハンガリー、チェコスロバキアなどで共産党政権《せいけん》が倒《たお》れていった。東欧革命《かくめい》である。

改革の遅《おく》れていた東《ひがし》ドイツでは、国民《こくみん》の西側への脱出《だつしゆつ》が続《つづ》いたが、八九年（平成元年《へいせいがんねん》）十一月九日（現地時間《げんちじかん》）、即日《そくじつ》、自由出国《じゆうしゅっこく》を認《みと》めるとの発表《はっぴょう》があった。これは、翌《よく》十日から出国ビザの申請《しんせい》を認めるという内容《ないよう》を、広報担当者《こうほうたんとうしゃ》が間違《まちが》えてしまったのだ。

検問所《けんもんじょ》に市民《しみん》が殺到《さっとう》した。やむなく検問所が開《あ》けられ、人びとは西《にし》ベルリンになだれ込《こ》んだ。さらに、ベルリンの壁《かべ》が打《う》ち壊《こわ》されていったのである。自由と民主《みんしゅ》への流《なが》れは、歴史《れきし》の必然《ひつぜん》であったといってよい。

この一九八九年（平成元年《へいせいがんねん》）の十二月初《はじ》め、地中海《ちちゅうかい》のマルタで、アメリカのブッシュ大統領《だいとうりょう》とソ連《れん》のゴルバチョフ共産党書記長《きょうさんとうしょきちょう》（最高会議議長《さいこうかいぎぎちょう》）による米《べい》ソ首脳会談《しゅのうかいだん》が行《おこな》われた。

そして、両国《りょうこく》の首脳が初めて共同記者会見《きょうどうきしゃかいけん》を行い、東西冷戦《とうざいれいせん》が終《お》わり、新《あたら》しい時代《じだい》が到来《とうらい》したことを宣言《せんげん》したのである。

十二月二十二日、分断《ぶんだん》の象徴《しょうちょう》であった、ベルリンのブランデンブルク門《もん》が開放《かいほう》された。

伸一《しんいち》は、テレビから流れるニュースを見て、六一年（昭和《しょうわ》三十六年）十月、ベルリンを訪問《ほうもん》し、雨上《あめあ》がりの門の前で、同行《どうこう》のメンバーに語《かた》った言葉《ことば》が思《おも》い出《だ》された。

「三十年後には、きっと、このベルリンの壁は取《と》り払《はら》われているだろう……」

それは、平和《へいわ》を希求《ききゅう》する人間《にんげん》の、「良心《りょうしん》」と「英知《えいち》」と「勇気《ゆうき》」の勝利《しょうり》に対《たい》する確信《かくしん》であった。また、仏法者《ぶっぽうしゃ》として世界《せかい》の平和実現《じつげん》に一身《いっしん》を捧《ささ》げようと決めた、彼《かれ》の決意《けつい》の表明《ひょうめい》でもあった。以来《いらい》、二十八年——今、遂《つい》に、それが現実《げんじつ》となったのだ。時代《じだい》は、大きな一歩《いっぽ》を踏《ふ》み出《だ》したのである。

軍縮《ぐんしゅく》への流《なが》れをつくり、ソ連国内《れんこくない》の経済再建《けいざいさいけん》、民主化《みんしゅか》への政治改革《せいじかいかく》を打《う》ち出したゴルバチョフは、一党独裁《いっとうどくさい》から複数政党制《ふくすうせいとうせい》の容認《ようにん》、大統領制《だいとうりょうせい》の新設《しんせつ》など、憲法改正《けんぽうかいせい》を行《おこな》い、一九九〇年（平成《へいせい》二年）三月、ソ連の初代《しょだい》大統領に就任《しゅうにん》した。同年、その平和《へいわ》への偉大《いだい》な貢献《こうけん》に対《たい》し、ノーベル平和賞《しょう》が贈《おく》られた。

ゴルバチョフは、自身《じしん》が推進《すいしん》するペレストロイカという人類史的実験《じんるいしてきじっけん》がもたらす、試練《しれん》と混乱《こんらん》をも予測《よそく》していた。

彼《かれ》は、伸一《しんいち》との最初《さいしょ》の会見《かいけん》の席《せき》で、こう語《かた》っている。

「わが国の社会《しゃかい》は、特殊《とくしゅ》な歴史《れきし》を経《へ》てきているのです。言語《げんご》も約《やく》百二十もあり、民族《みんぞく》となると、それ以上《いじょう》あります。大変《たいへん》に複雑《ふくざつ》な社会です。ペレストロイカの第一は『自由《じゆう》』を与《あた》えたことです。しかし、その自由をどう使《つか》うかは、これからの課題《かだい》です」

長《なが》い間《あいだ》、闇《やみ》の中《なか》にいた人が、突然《とつぜん》、外《そと》に出れば、太陽《たいよう》に目がくらむように、「自由」や「民主主義《しゅぎ》」が根差《ねざ》していない風土《ふうど》に、急《きゅう》に、それがもたらされていけば、人びとが戸惑《とまど》うことは、当然《とうぜん》であった。社会的にも、それぞれの勢力《せいりょく》が、それぞれの主張《しゅちょう》をし始《はじ》めるにちがいない——ゴルバチョフの、この憂慮《ゆうりよ》は的中《てきちゆう》した。民族問題《みんぞくもんだい》は各地《かくち》で火を噴《ふ》き、経済停滞《けいざいていたい》の濃霧《のうむ》が行く手を塞《ふさ》いだ。特権《とつけん》の座《ざ》にしがみつく官僚《かんりよう》たちは、彼《かれ》の排斥《はいせき》を企《くわだ》て、時流《じりゆう》に乗《の》る急《きゆう》進《しん》の改革者《かいかくしや》たちも、彼に非難《ひなん》を浴《あ》びせた。

そのなかで、ソ連邦内《れんぽうない》に分離独立《ぶんりどくりつ》の動《うご》きが起《お》こり、バルト三国《さんごく》などが、次々《つぎつぎ》と独立へと走《はし》り始《はじ》めた。時代《じだい》は、彼の予想《よそう》を超《こ》えて、激《はげ》しく、奔馬《ほんば》のごとく揺《ゆ》れ動いた。

一九九一年（平成《へいせい》三年）六月、ソ連邦のロシア共和国《きようわこく》では、選挙《せんきよ》で急進改革派のエリツィンが大統領《だいとうりよう》に就任《しゆうにん》した。

一方《いつぽう》、八月には、改革に反対《はんたい》していた保守派《ほしゆは》が軍事《ぐんじ》クーデターを起こし、ゴルバチョフは滞在先《たいざいさき》のクリミアで軟禁状態《なんきんじようたい》に置《お》かれた。

伸一《しんいち》は、激動《げきどう》する歴史《れきし》の大波《おおなみ》のなかでゴルバチョフの無事解放《ぶじかいほう》を祈《いの》った。

クーデターは、エリツィンが打倒《だとう》を呼《よ》びかけ、民主化《みんしゆか》を求《もと》める民衆《みんしゆう》がこれに続《つづ》き、鎮圧《ちんあつ》された。解放されたゴルバチョフが、モスクワに戻《もど》ると、既《すで》に実権《じつけん》はエリツィンに移《うつ》り、その流《なが》れは、加速《かそく》していった。

ゴルバチョフは共産党書記長《きようさんとうしよきちよう》を辞任《じにん》し、党解散《とうかいさん》に踏《ふ》み切《き》る。九月には、バルト三国の独立をソ連国家評議会《こつかひようぎかい》が承認《しようにん》。十二月、エリツィンの主導《しゆどう》で、ウクライナ、ベラルーシの三共和国が、ソ連邦《れんぽう》に代《か》わる独立国家共同体《どくりつこっかきょうどうたい》の創設《そうせつ》を宣言《せんげん》する。この創設の協定《きょうてい》には、十一の共和《きょうわ》国《こく》が調印《ちょういん》し、ソ連邦消滅《しょうめつ》が決まり、ゴルバチョフはソ連大統領《だいとうりょう》を辞任《じにん》する。ロシア革命《かくめい》から七十四年、東側陣営《ひがしがわじんえい》を率《ひき》いてきたソ連は、歴史《れきし》の大激流《だいげきりゅう》にのみ込《こ》まれるようにして幕《まく》を閉《と》じた。ソ連の最初《さいしょ》にして最後《さいご》の大統領となったゴルバチョフは、激《はげ》しい批判《ひはん》にさらされたが、彼《かれ》の決断《けつだん》と行動《こうどう》は、ソ連、東欧《とうおう》に、自由《じゆう》と民主《みんしゅ》の新風《しんぷう》を送《おく》り、人類史《じんるいし》の転《てん》換点《かんてん》をつくった。

ゴルバチョフの親友《しんゆう》で、彼のペレストロイカを支援《しえん》した著名《ちょめい》な作家《さっか》チンギス・アイトマートフは、ゴルバチョフの大統領辞任直後《ちょくご》、伸一《しんいち》に一文《いちぶん》を送った。「ゴルバチョフに語《かた》られた寓話《ぐうわ》」と題《だい》するもので、ペレストロイカに対《たい》する、ゴルバチョフの信念《しんねん》を伝《つた》えるエピソードを綴《つづ》ったものであった。

アイトマートフは、ペレストロイカが実行《じっこう》に移《うつ》され、未曾有《みぞう》の民主的改革《かいかく》として脚光《きゃっこう》を浴《あ》びていた時、ゴルバチョフに呼《よ》ばれ、クレムリンの執務室《しつむしつ》に出向《でむ》いた。そこで、こんな寓話を語ったという。

――ある時、偉大《いだい》な為政者《いせいしゃ》のもとに、一人《ひとり》の予言者《よげんしゃ》が訪《おとず》れ、「民《たみ》の幸福《こうふく》を願《ねが》い、完全《かんぜん》な自由と平等《びょうどう》を与《あた》えようとしているというのは、本当《ほんとう》なのか」と尋《たず》ねる。その通《とお》りであると述《の》べる為政者《いせいしや》に、予言者《よげんしや》は告《つ》げる。

「あなたには二つの道《みち》、二つの運命《うんめい》、二つの可能性《かのうせい》があります。どちらを選《えら》ぶかは、あなたの自由《じゆう》です」

その道の一つ目は、「圧政《あつせい》によって王座《おうざ》を固《かた》めること」であった。そうすれば、王権《おうけん》の継《けい》承者《しようしや》として、強大無比《きようだいむひ》な権力《けんりよく》が与《あた》えられ、その恩恵《おんけい》に安住《あんじゆう》できる。

そして、二つ目は、民《たみ》に自由を与えることであり、それは「受難《じゆなん》の厳《きび》しい道」である。

なぜか——予言者は、わけを語《かた》る。

「あなたが贈《おく》った『自由』は、それを受け取った者《もの》たちのどす黒《ぐろ》い、恩知《おんし》らずの心《こころ》となって、あなたに返ってくるからです」

「自由を得《え》た人間《にんげん》は隷属《れいぞく》から脱却《だつきやく》するや、過去《かこ》に対《たい》する復讐《ふくしゆう》をあなたに向けるでしょう。群衆《ぐんしゆう》を前にあなたを非難《ひなん》し、嘲笑《ちようしよう》の声《こえ》もかまびすしく、あなたと、あなたの近《ちか》しい人びとを愚《ぐ》弄《ろう》することでしょう。忠実《ちゆうじつ》な同志《どうし》だった多くの者が公然《こうぜん》と暴言《ぼうげん》を吐《は》き、あなたの命令《めいれい》に反《はん》抗《こう》することでしょう。人生《じんせい》の最後《さいご》の日まで、あなたをこき下《お》ろし、その名《な》を踏《ふ》みにじろうとする、周囲《しゆうい》の野望《やぼう》から逃《のが》れることはできないでしょう。

偉大《いだい》な君主《くんしゆ》よ、どちらの運命を選ぶかは、あなたの自由です」

為政者《いせいしゃ》は、熟慮《じゅくりょ》し、七日後に結論《けつろん》を出すので、待《ま》っていてほしいと告《つ》げる——。

アイトマートフが寓話《ぐうわ》を話《はな》し終《お》え、帰《かえ》ろうとすると、ゴルバチョフは口《くち》を開いた。

「七日間も待つ必要《ひつよう》はありません。七分でも長《なが》すぎるくらいです。私は、もう選択《せんたく》してしまったのです。私は、ひとたび決めた道《みち》から外《はず》れることはありません。ただ民主主義《みんしゅしゅぎ》を、ただ自由《じゆう》を、そして、恐《おそ》ろしい過去《かこ》やあらゆる独裁《どくさい》からの脱却《だつきゃく》を——私がめざしているのは、ただただ、これだけです。国民《こくみん》が私をどう評価《ひょうか》するかは国民の自由です。

今いる人びとの多くが理解《りかい》しなくとも、私はこの道を行く覚悟《かくご》です……」

アイトマートフが伸一《しんいち》に送《おく》った、この書簡《しょかん》には、ペレストロイカを推進《すいしん》するゴルバチョフの、並々《なみなみ》ならぬ決意《けつい》があふれていた。

保身《ほしん》、名聞名利《みょうもんみょうり》を欲《ほっ》する人間《にんげん》に、本当《ほんとう》の改革《かいかく》はできない。広宣流布《こうせんるふ》という偉業《いぎょう》もまた、「覚悟の人」の手によってこそ成《な》し遂《と》げられる。

ソ連《れん》の崩壊《ほうかい》にともない、エリツィン率《ひき》いるロシア共和国《きょうわこく》は、ロシア連邦《れんぽう》となり、旧《きゅう》ソ連の国際的《こくさいてき》な諸権利《しょけんり》等《とう》を継承《けいしょう》するが、財政危機《ざいせいきき》など、前途《ぜんと》は多難《たなん》であった。

さらに、旧ソ連を構成《こうせい》していた共和国や、東側陣営《ひがしがわじんえい》であった国々《くにぐに》は自由を手に入れたが、アゼルバイジャン、アルメニア、チェチェン、また、ユーゴスラビアなどで、民族《みんぞく》・地域紛《ちいきふん》争《そう》が起《お》こっていった。

テロも激《はげ》しさを増《ま》した。そして、世界《せかい》のあちこちで民族《みんぞく》、宗教《しゅうきょう》、経済《けいざい》などをめぐって対立《たいりつ》の溝《みぞ》は深《ふか》まり、局地的戦乱《きょくちてきせんらん》が広《ひろ》がりを見せていった。

伸一《しんいち》は、毎年《まいとし》の1・26「SGIの日」に発表《はっぴょう》する提言《ていげん》において、冷戦終結後《れいせんしゅうけつご》の新《あたら》しい世界秩序《ちつじょ》の構築《こうちく》へ、国連《こくれん》が中心《ちゅうしん》となって平和的《へいわてき》なシステム、ルールをつくり上げていくべきであることなどを、訴《うった》え続《つづ》けていった。

とともに、新しき時代《じだい》の地平《ちへい》を開くには、平和と民主《みんしゅ》と自由《じゆう》を希求《ききゅう》してきた人びとの心《こころ》を覆《おお》う、絶望《ぜつぼう》を、シニシズム（冷笑主義《れいしょうしゅぎ》）を、不信《ふしん》を拭《ぬぐ》い去《さ》らねばならない。

そのためには、開かれた心の対話《たいわ》の回路《かいろ》を、あらゆる次元《じげん》でめぐらせていくことが必要《ひつよう》となる。それは、時代の病理《びょうり》の対症療法《たいしょうりょうほう》ではなく、根本《こんぽん》療法の次元の労作業《ろうさぎょう》といってよい。

伸一は、ゴルバチョフが大統領《だいとうりょう》を辞任《じにん》したあとも、幾度《いくど》となく会談《かいだん》を重《かさ》ねていった。

一九九三年（平成《へいせい》五年）四月にゴルバチョフ夫妻《ふさい》が来日《らいにち》した折《おり》、元《もと》大統領に創価大学《そうかだいがく》から名誉《めいよ》博士の称号《しょうごう》が、また、共《とも》に世界を駆《か》けるライサ夫人《ふじん》には、創価女子《じょし》短期《たんき》大学から最高栄誉賞《さいこうえいよしょう》が贈《おく》られた。

元大統領は、この日、大学の講堂《こうどう》で記《き》念講演《ねんこうえん》を行《おこな》っている。

そして、一九九六年（平成八年《へいせい》）には、ゴルバチョフと伸一《しんいち》の語《かた》らいをまとめた『二十世《せい》紀《き》の精神《せいしん》の教訓《きょうくん》』が発刊《はっかん》されたのである。

さらにゴルバチョフ夫妻《ふさい》は、九七年（同九年）十一月、関西創価学園《かんさいそうかがくえん》にも訪《おとず》れている。友情《ゆうじょう》は、永続性《えいぞくせい》のなかで、より深《ふか》く根《ね》を張《は》り、より美《うつく》しく開花《かいか》する。

山本伸一《やまもと》が、正信会僧《しょうしんかいそう》らの理《り》不尽《ふじん》な学会攻撃《がっかいこうげき》に対《たい》して、本格的《ほんかくてき》な反転攻勢《はんてんこうせい》に踏《ふ》みきり、勇《ゆう》躍《やく》、創価の同志《どうし》が前進《ぜんしん》を開始《かいし》すると、広宣流布《こうせんるふ》の水《みず》かさは次第《しだい》に増《ま》し、月々年々《つきづきねんねん》に、滔々《とうとう》たる大河《たいが》の勢《いきお》いを取《と》り戻《もど》していった。

しかし、広布《こうふ》の征路《せいろ》は険《けわ》しく、さまざまな試練《しれん》や、障害《しょうがい》を越《こ》えて進《すす》まねばならない。

伸一自身《じしん》、個人的《こじんてき》にも幾多《いくた》の試練に遭遇《そうぐう》した。八四年（昭和《しょうわ》五十九年）十月三日には、次《じ》男《なん》の久弘《ひさひろ》が病《やまい》のために急逝《きゅうせい》した。享年《きょうねん》二十九歳《さい》である。彼《かれ》は、創価大学大学院法学研究科《だいがくだいがくいんほうがくけんきゅうか》の博士前期課程《ぜんきかてい》を修了《しゅうりょう》し、「次代《じだい》のために創価教育《きょういく》の城《しろ》を守《まも》りたい」と、母校《ぼこう》の職員《しょくいん》となった。

九月の二十三日には、創価大学で行事《ぎょうじ》の準備《じゅんび》にあたっていたが、その後《ご》、胃《い》の不調《ふちょう》を訴《うった》えて入院《にゅういん》した。亡《な》くなる前日《ぜんじつ》も、「創大祭《そうだいさい》」について、病院《びょういん》から電話《でんわ》で、関係者《かんけいしゃ》と打《う》ち合《あ》わせをしていたようだ。

久弘《ひさひろ》は、よく友人《ゆうじん》たちに、「創価《そうか》大学《だいがく》を歴史《れきし》に残《のこ》る世界的《せかいてき》な大学にしたい。それには、命《いのち》がけで闘《たたか》う本気《ほんき》の人が出なければならないと思《おも》う。ぼくは、その一人《ひとり》になる」と語《かた》っていたという。

伸一《しんいち》は、関西《かんさい》の地にあって、第五回SGI総会《そうかい》に出席《しゅっせき》するなど、連日《れんじつ》、メンバーの激励《げきれい》に奔走《ほんそう》していた。訃報《ふほう》が入《はい》ったのは、十月三日夜《よる》であった。関西文化《ぶんか》会館《かいかん》で追善《ついぜん》の唱題《しょうだい》をした。思えば、あまりにも若《わか》い死《し》であった。しかし、精《せい》いっぱい、使命《しめい》を果《は》たし抜《ぬ》いての、決《けつ》意通《いどお》りの生涯《しょうがい》であったと確信《かくしん》することができた。

伸一は、久弘の死は、必《かなら》ず、深《ふか》い、何かの意味《いみ》があると思った。

広宣流《こうせんる》布《ふ》の途上《とじょう》に、さまざまなことがあるのは当然《とうぜん》の理《ことわり》である。しかし、何があっても恐《おそ》れず、惑《まど》わず、信心《しんじん》の眼《まなこ》で一切《いっさい》の事態《じたい》を深く見つめ、乗《の》り越《こ》えていくのが本物《ほんもの》の信心である。広布《こうふ》の道《みち》は、長《なが》い長い、一歩《いっぽ》も引くことのできぬ闘争《とうそう》の連続《れんぞく》である。これを覚悟《かくご》して「難来《なんきた》るを以《もっ》て安楽《あんらく》と意得可《こころうべ》きなり」（御書《ごしょ》七五〇ジペー）との原理《げんり》を体得《たいとく》していくのが、大聖人《だいしょうにん》の事《じ》の法門《ほうもん》であり、学会精神《がっかいせいしん》である。

伸一もまた、一九八五年（昭和《しょうわ》六十年）十月には、体調《たいちょう》を崩《くず》し、精密検査《せいみつけんさ》のために大学病《びょう》院《いん》に入院《にゅういん》しなければならなかった。

青春時代《せいしゅんじだい》に胸《むね》を患《わずら》い、医師《いし》からは三十歳《さい》まで生きられないだろうと言われてきた体《からだ》であったが、全力疾走《ぜんりょくしっそう》の日々《ひび》を送《おく》ってきた。会長辞任後《かいちょうじにんご》も、世界《せかい》を回《まわ》り、以前《いぜん》にも増《ま》して多忙《たぼう》を極《きわ》めた。さらに、会長の秋月英介《あきづきえいすけ》が、一時期《いちじき》、体調《たいちょう》を壊《こわ》したこともあり、皆《みな》を支《ささ》えるために、伸一《しんいち》は一段《いちだん》と力《ちから》を注《そそ》いできた。

彼《かれ》は、この時、師《し》の戸《と》田城聖《だじょうせい》が亡《な》くなった五十八歳に、間《ま》もなくなろうとしていることを思《おも》った。また、自分《じぶん》のあとに会長となった十条潔《じゅうじょうきよし》も、五十八歳で他界《たかい》したことを振《ふ》り返《かえ》りながら、決意《けつい》を新《あら》たにした。

〝私には、恩師《おんし》から託《たく》された、世界広布《こうふ》の使命《しめい》がある。そのためには、断《だん》じて倒《たお》れるわけにはいかない。師の分《ぶん》までも、生きて生き抜《ぬ》いて、世界広宣流布《こうせんるふ》の永遠《えいえん》の基盤《きばん》をつくらねばならない！〟

伸一は、健康管理《けんこうかんり》に留意《りゅうい》することの大切《たいせつ》さを改《あらた》めて感《かん》じながら、新《あたら》しき広布の未来《みらい》を展望《てんぼう》するのであった。

人生《じんせい》は、宿命《しゅくめい》との容赦《ようしゃ》なき闘争《とうそう》といえる。

愛《あい》する人を失《うしな》うこともあれば、自《みずか》らが病《やまい》に倒れることもある。あるいは、家庭《かてい》の不和《ふわ》、子《こ》どもの非行《ひこう》、失業《しつぎょう》、倒産《とうさん》、生活苦《せいかつく》……。これでもか、これでもかというほど、怒濤《どとう》のごとく、苦難《くなん》は襲《おそ》いかかってくる。だからこそ、信心《しんじん》なのだ。自《みずか》らを強《つよ》くするのだ。信心で乗《の》り越《こ》えられぬ宿命《しゅくめい》など、断《だん》じてない。

苦難に負《ま》けず、労苦《ろうく》を重《かさ》ねた分《ぶん》だけ、心《こころ》は鍛《きた》えられ、強く、深《ふか》くなり、どんな試練《しれん》をも乗り越えていける力《ちから》が培《つちか》われていく。さらに、人の苦《くる》しみ、悲《かな》しみがわかり、悩《なや》める人と共感《きょうかん》、同苦《どうく》し、心から励《はげ》ましていくことができる、大きな境涯《きょうがい》の自分《じぶん》になれる。

また、苦難に挫《くじ》けることなく、敢然《かんぜん》と戦《たたか》い進《すす》む、その生き方自体《じたい》が、仏法《ぶっぽう》の偉大《いだい》なる力の証明《しょうめい》となっていく。つまり、広宣流布《こうせんるふ》に生き抜《ぬ》く時、宿命は、そのまま自身《じしん》の尊《とうと》き使命《しめい》となり、苦悩《くのう》は心の財宝《ざいほう》となるのだ。

伸一《しんいち》は、世界広布《せかいこうふ》へ全力《ぜんりょく》で突《つ》き進んでいった。時は待《ま》ってはくれない。

日本国内《こくない》では、学会《がっかい》への恐喝及《きょうかつおよ》び同未遂《どうみすい》事件《けん》で逮捕《たいほ》された、山脇友政《やまわきともまさ》の裁判《さいばん》も続《つづ》いていた。伸一は一九八二年（昭和《しょうわ》五十七年）十月にも、その翌年《よくとし》にも、検察側証人《けんさつがわしょうにん》として出廷《しゅってい》していた。東京地裁《とうきょうちさい》での第一審判決《だいいっしんはんけつ》は、八五年（同六十年）三月であった。

判決は「被告人《ひこくにん》を懲役《ちょうえき》三年に処《しょ》する」というものであった。当然《とうぜん》、実刑《じっけい》である。「量刑《りょうけい》の事由《じゆう》」では、「被害金額《ひがいきんがく》が大きいのみならず、弁護士《べんごし》の守秘義務《しゅひぎむ》に背《そむ》き、背信性《はいしんせい》がきわめて強い犯罪《はんざい》であるといわなければならない」としていた。さらに、「活動家僧侶《かつどうかそうりょ》と結《むす》んでその学会攻撃《がっかいこうげき》を支援《しえん》し、かつ週刊誌等《しゅうかんしとう》による学会批判《ひはん》を煽《あお》るような行動《こうどう》に出ながら」、他方《たほう》において、僧俗和合《そうぞくわごう》を願《ねが》う学会を脅迫《きょうはく》するという、山脇《やまわき》の卑劣《ひれつ》で悪質《あくしつ》な手口《てぐち》も明《あき》らかにした。

しかも、裁判《さいばん》においても、さまざまな虚偽《きょぎ》の工作《こうさく》を行《おこな》ってきたことを指摘《してき》。「被告人《ひこくにん》は、捜査段階《そうさだんかい》から本件事実《ほんけんじじつ》を否定《ひてい》するのみならず、公判《こうはん》では幾多《いくた》の虚構《きょこう》の弁解《べんかい》を作出《さくしゅつ》し、虚偽の証拠《しょうこ》を提出《ていしゅつ》するなど、全《まった》く反省《はんせい》の態度《たいど》が見られない」「本件は犯情《はんじょう》が悪《わる》く、被告人の罪責《ざいせき》は重大《じゅうだい》」と断罪《だんざい》した。

また、判決文《はんけつぶん》では、「被告人の供述《きょうじゅつ》は、信用《しんよう》できない」といった表現《ひょうげん》が随所《ずいしょ》に見られた。法廷《ほうてい》で虚言《きょげん》を重《かさ》ねてきたことも明白《めいはく》になったのである。

山脇は、「懲役《ちょうえき》三年」という東京地裁《とうきょうちさい》の判決に対《たい》して、直《ただ》ちに控訴《こうそ》する。しかし、東京高《こう》裁《さい》においても、判決が覆《くつがえ》ることはなかった。

これを不服《ふふく》として上告《じょうこく》するが、一九九一年（平成《へいせい》三年）一月、最高裁《さいこうさい》は棄却《ききゃく》し、「懲役三年」の刑《けい》が確定《かくてい》するのである。

八〇年（昭和《しょうわ》五十五年）六月に、学会が警視庁《けいしちょう》に告訴《こくそ》し、八一年（同五十六年）一月に山脇が逮捕《たいほ》されてから十年がたっていた。

広布《こうふ》の行く手に立ちはだかる、いかなる謀略《ぼうりゃく》も、学会の前進《ぜんしん》を阻《はば》むことはできない。御聖《ごせい》訓《くん》には、「悪《あく》は多けれども一善《いちぜん》にかつ事《こと》なし」（御書《ごしょ》一四六三ページ）と。

山本伸一《やまもとしんいち》は、日蓮大聖人《にちれんだいしょうにん》の仏法《ぶっぽう》の法理《ほうり》を根幹《こんかん》に、世界《せかい》に平和《へいわ》の大潮流《だいちょうりゅう》を起《お》こそうと、あらゆる障害《しょうがい》を乗《の》り越《こ》えながら、渾身《こんしん》の力《ちから》を尽《つ》くしてきた。また、広宣流布《こうせんるふ》のために僧俗和合《そうぞくわごう》への最大《さいだい》の努力《どりょく》を払《はら》い、宗門《しゅうもん》の外護《げご》に全面的《ぜんめんてき》に取《と》り組《く》んでいった。

宗門では、一九八一年（昭和《しょうわ》五十六年）に日蓮大聖人第七百遠忌《おんき》を終《お》え、九〇年（平成《へいせい》二年）秋《あき》に挙行《きょこう》される大石寺《たいせきじ》開創《かいそう》七百年の式典《しきてん》を、いかに荘厳《そうごん》なものにし、大成功《だいせいこう》させるかが大きな課題《かだい》となっていた。

八四年（昭和五十九年）一月初《はじ》め、伸一《しんいち》は再《ふた》び、法華講総講頭《ほっけこうそうこうとう》に任命《にんめい》された。日顕《にっけん》の強《つよ》い要請《ようせい》を受けての就任《しゅうにん》であった。

三月、開創七百年記念慶祝準備会議《きねんけいしゅくじゅんびかいぎ》の席上《せきじょう》、伸一は、十年後を目標《もくひょう》に、寺院《じいん》二百カ寺の建《こん》立寄進《りゅうきしん》を発表《はっぴょう》した。

「『大願《だいがん》とは法華弘通《ぐつう》なり』（御書七三六ページ）との御聖訓《ごせいくん》のままに、令法久住《りょうぼうくじゅう》と広宣流布を願《ねが》って、新寺院建立の発願《ほつがん》を謹《つつし》んでさせていただくものであります」

その寄進は、僧俗和合を願う学会《がっかい》の、赤誠《せきせい》の発露《はつろ》であった。

翌《よく》一九八五年（昭和《しょうわ》六十年）十月、伸一《しんいち》は、日顕《にっけん》から、開創《かいそう》七百年記《き》念慶讃《ねんけいさん》委員《いいん》会《かい》の委員長の辞令《じれい》を受けた。彼《かれ》は、最大《さいだい》の盛儀《せいぎ》にしようと、全力《ぜんりょく》で準備《じゅんび》にあたっていった。

二百カ寺についても、学会《がっかい》は万難《ばんなん》を排《はい》して建立寄進《こんりゅうきしん》を進《すす》め、やがて九〇年（平成《へいせい》二年）十二月には、百十一カ寺を数《かぞ》えることになる。

伸一の念願《ねんがん》は、僧《そう》たちが、日々《ひび》、広宣流布《こうせんるふ》のために戦《たたか》う同志《どうし》を、心《こころ》から大切《たいせつ》にしてほしいということであった。

御聖訓《ごせいくん》には、「日蓮《にちれん》と同意《どうい》ならば地涌《じゆ》の菩薩《ぼさつ》たらんか」（御書《ごしょ》一三六〇ページ）とある。日蓮大《だい》聖人《しょうにん》の仰《おお》せ通《どお》りに、苦労《くろう》し抜《ぬ》いて弘教《ぐきょう》に励《はげ》む同志は、地涌の菩薩であり、仏子《ぶつし》である。弘教の人を、「当《まさ》に起《た》ちて遠《とお》く迎《むか》えて当に仏《ほとけ》を敬《うやま》うが如《ごと》くすべし」（御書一三八三ページ）というのが、大聖人の御精神《ごせいしん》である。仏子を讃《たた》え、守《まも》り、励ましてこそ、広布《こうふ》はある。

九〇年夏《なつ》、総本山《そうほんざん》では、学会の青年《せいねん》たちが、九月二日に行《おこな》われる大石寺《たいせきじ》開創七百年慶祝《けいしゅく》記念文化祭《ぶんかさい》の準備に、連日《れんじつ》、汗《あせ》を流《なが》していた。この文化祭は、開創七百年の記念行事《ぎょうじ》の幕開《まくあ》けとなるもので、十月には、慶讃大法要《だいほうよう》の初会《しょえ》、本会《ほんえ》が営《いとな》まれる。

九月二日夕刻《ゆうこく》、慶祝記念文化祭が、「天座《てんざ》に輝《かがや》け　幸《さち》の光彩《こうさい》」をテーマに掲《かか》げ、総本山・大客殿前《だいきゃくでんまえ》の広場《ひろば》で盛大《せいだい》に開催《かいさい》された。

宗門《しゅうもん》からは、日顕《にっけん》をはじめ、総監《そうかん》などの役僧《やくそう》、多数《たすう》の僧らが、学会《がっかい》からは、名誉会長《めいよかいちょう》である山本伸一《やまもとしんいち》、会長の秋月英介《あきづきえいすけ》、理事長《りじちょう》の森川一正《もりかわかずまさ》のほか、副会長らが出席《しゅっせき》した。

文化祭《ぶんかさい》では、芸術部《げいじゅつぶ》、男女青年部《だんじょせいねんぶ》による、邦楽演奏《ほうがくえんそう》や優雅《ゆうが》な寿《ことほ》ぎの舞《まい》、バレエなど、熱演《ねつえん》が繰《く》り広《ひろ》げられた。また、色《いろ》とりどりの民族衣装《みんぞくいしょう》に身《み》を包《つつ》んだ、世界六十七カ国《せかいこく》・地域《ちいき》のメンバーが誇《ほこ》らかにパレードすると、会場《かいじょう》からは大拍手《だいはくしゅ》が鳴《な》りやまなかった。

世界広布《こうふ》への誓《ちか》いを胸《むね》に、歓喜《かんき》の笑顔《えがお》で手を振《ふ》る、メンバーの清《きよ》らかな思《おも》いに応《こた》えようと、伸一も力《ちから》いっぱい拍手を送《おく》った。

隣《となり》には、日顕も、笑《え》みを浮《う》かべて演技《えんぎ》を観賞《かんしょう》していた。

この年の十二月——宗門による、伸一と会員《かいいん》とを分離《ぶんり》させ、学会を破壊《はかい》しようとする陰謀《いんぼう》が実行《じっこう》されることになるとは、誰《だれ》も想像《そうぞう》さえしなかった。

慶祝記念《けいしゅくきねん》文化祭を終《お》えた伸一には、第五回日中民間人会議《にっちゅうみんかんじんかいぎ》に出席するために来日《らいにち》した中国《ちゅうごく》代表団《だいひょうだん》との交歓会《こうかんかい》、第十二回ＳＧＩ総会《そうかい》のほか、ブラジルのサンパウロ美術館《びじゅつかん》の館長《かんちょう》や国連《こくれん》事務《じむ》次長《じちょう》、インドの文化団体《だんたい》ＩＣＤＯ（国際《こくさい》文化開発協会《かいはつきょうかい》）の創立者《そうりつしゃ》らとの会談《かいだん》などが、連日《れんじつ》、控《ひか》えていた。

日蓮大聖人《にちれんだいしょうにん》は「日《ひ》は東《ひがし》より出《い》づ日本の仏法《ぶっぽう》の月氏《がっし》へかへるべき瑞相《ずいそう》なり」（御書《ごしょ》五八九ジペー）と、世界広宣流布《せかいこうせんるふ》即《そく》世界平和《へいわ》を展望《てんぼう》されている。その実現《じつげん》の流《なが》れを開くために、仲一《しんいち》は懸命《けんめい》に奮闘《ふんとう》を重《かさ》ねていた。彼《かれ》にとっては、毎日《まいにち》が、平和建設《けんせつ》への大切《たいせつ》な歩《あゆ》みであった。

九月二十一日、仲一は、初《はじ》めて韓国《かんこく》を訪問《ほうもん》した。ソウル市《し》の中央日報社《ちゅうおうにっぽうしゃ》ビルの湖巌《ホアム》ギャラリーで開催《かいさい》される、東京富士美術館所蔵《とうきょうふじびじゅつかんしょぞう》「西洋絵画名品展《せいようかいがめいひんてん》」韓国展の開幕式《かいまくしき》に、同美術館の創立者《そうりつしゃ》として出席《しゅっせき》するためである。

仲一は、韓国は「日本の文化《ぶんか》の大恩人《だいおんじん》」であり、東京富士美術館所蔵の西洋絵画を同国《どうこく》で初公開《はつこうかい》することによって、せめてもの「恩返《おんがえ》しの一分《いちぶん》」になればと考《かんが》えていた。

また、「人類《じんるい》の宝《たから》」を共有《きょうゆう》し合《あ》う文化の交流《こうりゅう》は、奥深《おくふか》い魂《たましい》の共鳴《きょうめい》を奏《かな》で、日韓友好《にっかんゆうこう》を促進《そくしん》する道《みち》であるとの信念《しんねん》があった。さらに、それは、仏法の人間主義《にんげんしゅぎ》を基調《きちょう》に、平和・文化・教育《きょういく》の交流を推進《すいしん》している創価学会《そうかがっかい》への理解《りかい》となり、メンバーへの励《はげ》ましになるにちがいないと確信《かくしん》していた。

二十二日、韓国を発《た》った仲一は、福岡《ふくおか》、佐賀《さが》、熊本《くまもと》、鹿児島《かごしま》と回《まわ》り、十月二日に東京へ戻《もど》った。そして、六、七の両日《りょうじつ》は、大石寺開創《たいせきじかいそう》七百年慶讃大法要《けいさんだいほうよう》・初会《しょえ》に臨《のぞ》んだ。学会は、この時までに、正本堂《しょうほんどう》の補修整備《ほしゅうせいび》や、総一坊《そういちぼう》、総二坊の新築寄進《しんちくきしん》などもしてきた。

初会《しょえ》第二日の七日には、伸一《しんいち》が発願主《ほつがんしゅ》となって寄進《きしん》した大客殿天蓋《だいきゃくでんてんがい》の点灯式《てんとうしき》も行《おこな》われた。八葉蓮華《はちようれんげ》をデザインした大天蓋は、直径《ちょっけい》五・四メートル、高さ三・四五メートルで、伸一が点灯ボタンを押《お》すと、透《す》かし彫《ぼ》りの幢幡《どうばん》やカットグラスなどが金色《こんじき》の輝《かがや》きを放《はな》った。

この日、慶讃委員長《けいさんいいんちょう》として祝辞《しゅくじ》を述《の》べた伸一は、胸中《きょうちゅう》の厳《げん》たる思《おも》いを披瀝《ひれき》した。

「宗祖大聖人《しゅうそだいしょうにん》は、開創《かいそう》の大檀越《だいだんおつ》・南条時光殿《なんじょうときみつどの》に、『大難《だいなん》をもちてこそ・法華経《ほけきょう》しりたる人』（御書《ごしょ》一五三八ジペー）――大難にあってこそ法華経を知った人といえる――と仰《おお》せであります。いかなる難をも、正法弘通《しょうほうぐつう》のためには決《けっ》して恐《おそ》れない。いな、大難こそ無上《むじょう》の誉《ほま》れとしていく。この御聖訓《ごせいくん》の通《とお》りの金剛信《こんごうしん》を、私どもは、一生涯《いっしょうがい》、深《ふか》く持《も》っていく決意《けつい》でございます」

まさに、その大難が競《きそ》い起《お》ころうとしていたのである。

日顕《にっけん》は、大石寺開創《たいせきじかいそう》七百年慶讃大法要《だいほうよう》で、初会第一日の説法《せっぽう》でも、第二日の慶讃文でも、創価学会《そうかがっかい》の功績《こうせき》を讃《たた》えた。なかでも、説法では、「特《とく》に、近年《きんねん》、信徒団体《しんとだんたい》創価学会の興出《こうしゅつ》により、正法正義《しょうぎ》は日本ないし世界《せかい》に弘《ひろ》まり」と絶讃《ぜっさん》したのである。

伸一は、初会が終《お》わると、その足《あし》で愛知指導《あいちしどう》に赴《おもむ》き、そして、十二、十三日と再《ふたた》び総本山《そうほんざん》での慶讃大法要・本会《ほんえ》に出席《しゅっせき》した。

本会第二日には、日顕から伸一に、開創七百年の慶讃委員長として記念事業《きねんじぎょう》の推進《すいしん》にあたり、外護《げご》の任《にん》を尽《つ》くした功績《こうせき》は誠《まこと》に顕著《けんちょ》であるとして、感謝状並《かんしゃじょうなら》びに記念品《きねんひん》の目録《もくろく》が贈《おく》られている。

慶讃大法要《けいさんだいほうよう》を終《お》えた伸一《しんいち》は、各国《かっこく》の識者《しきしゃ》との語《かた》らいに余念《よねん》がなかった。トルコ・アンカラ大学《だいがく》のネジデット・セリーン総長《そうちょう》、平和《へいわ》学者《がくしゃ》のヨハン・ガルトゥング博士や、ニューヨークの国際写真《こくさいしゃしん》センターのコーネル・キャパ理事長《りじちょう》、ヨーロッパ最古《さいこ》の大学であるイタリア・ボローニャ大学のファビオ・ロベルシ・モナコ総長らとの会見《かいけん》が続《つづ》いた。

十二月十三日、伸一は、ノルウェーのオスロ国際平和研究所《けんきゅうじょ》のスベレ・ルードガルド所長《しょちょう》と聖教新聞社《せいきょうしんぶんしゃ》で会談《かいだん》した。

語らいでは、所長が提案《ていあん》している「環境安全保障《かんきょうあんぜんほしょう》」が大きなテーマとなった。これは、環境問題《もんだい》と軍縮《ぐんしゅく》問題をセットにした安全保障の構想《こうそう》である。

伸一は、仏法《ぶっぽう》の「依正不二《えしょうふに》」の原理《げんり》などを紹介《しょうかい》し、環境破壊《はかい》や飢饉《ききん》、疫病《えきびょう》、戦争《せんそう》という社《しゃ》会《かい》の混乱《こんらん》は、人間《にんげん》の善性《ぜんせい》を毒《どく》する「生命《せいめい》の濁《にご》り」に根本原因《こんぽんげんいん》があると指摘《してき》。「生命自体《じたい》を変《へん》革《かく》し、浄化《じょうか》していくなかに、平和への確《たし》かな道《みち》があり、仏法を基調《きちょう》にした、その〝人間革命《かくめい》〟の実践《じっせん》が、SGIの平和・教育《きょういく》・文化運動《ぶんかうんどう》の根幹《こんかん》になっています」と訴《うった》えた。

この十三日、東京《とうきょう》・墨田区《すみだく》の寺《てら》では、学会《がっかい》と宗門《しゅうもん》の連絡会議《れんらくかいぎ》が行《おこな》われた。学会からは、会長《かいちょう》の秋月英介《あきづきえいすけ》らが、宗門からは、総監《そうかん》の藤本日潤《ふじもとにちじゅん》らが出席《しゅっせき》した。

連絡会議が終了《しゅうりょう》しようとした時、総監が封筒《ふうとう》を秋月に差《さ》し出《だ》した。前月《ぜんげつ》の十六日に行われた、学会創立《そうりつ》六十周年《しゅうねん》を祝賀《しゅくが》する本部幹部会《ほんぶかんぶかい》での伸一《しんいち》のスピーチについて、入手《にゅうしゅ》したテープに基《もと》づいて質問書《しつもんしょ》を作成《さくせい》したので、文書《ぶんしょ》で回答《かいとう》してもらいたいというのである。

唐突《とうとつ》にして性急《せいきゅう》な要求《ようきゅう》であった。学会の首脳《しゅのう》たちは、宗門側《がわ》の意図《いと》がわからなかった。

秋月は、何か疑問《ぎもん》があれば、文書の交換《こうかん》などという方法《ほうほう》ではなく、連絡会議の場《ば》で話《はな》し合《あ》うよう求《もと》めた。総監は、考《かんが》え直《なお》すことを約束《やくそく》し、文書を持《も》ち帰《かえ》った。

しかし、三日後の十二月十六日付《づけ》で、宗門は学会に文書を送付《そうふ》した。「到達《とうたつ》の日より七日以内《いない》に宗務院《しゅうむいん》へ必着《ひっちゃく》するよう、文書をもって責任《せきにん》ある回答を願《ねが》います」とあった。

伸一のスピーチは、世界宗教《せかいしゅうきょう》へと飛躍《ひやく》するための布教《ふきょう》の在《あ》り方《かた》、宗教運動《うんどう》の進《すす》め方に論《ろん》及《きゅう》したものであった。だが、その本義《ほんぎ》には目を向けぬ、一方的《いっぽうてき》な難詰《なんきつ》であった。

そして、伸一が、ベートーベンの「歓喜《かんき》の歌《うた》」を大合唱《だいがっしょう》していこうと提案《ていあん》したことについて、〝ドイツ語《ご》で「歓喜の歌」を歌うのは、キリスト教の神《かみ》を讃歎《さんたん》することになり、大聖人《だいしょうにん》の御聖意《ごせいい》に反《はん》する〃などと、レッテルを貼《は》ったうえでの質問《しつもん》であった。

十二月十六日、伸一《しんいち》は、第一回壮年部《そうねんぶ》総会《そうかい》を兼《か》ねた本部《ほんぶ》幹部会《かんぶかい》に出席《しゅっせき》。この日が、ベートーベンの誕生《たんじょう》の日とされ、生誕《せいたん》二百二十年に当《あ》たることから、楽聖《がくせい》の〃わが精神《せいしん》の王国《おうこく》は天《てん》空《くう》にあり〃との毅然《きぜん》たる生き方に言及《げんきゅう》した。

なぜ、ベートーベンが、苦《くる》しみのなかで作曲《さっきょく》し続《つづ》けたのか。自身《じしん》がつかんだ歓喜《かんき》の境涯《きょうがい》を、未来《みらい》のため、不幸《ふこう》な貧《まず》しき人びとのために分《わ》け与《あた》えたかったからである――それが伸一の洞《どう》察《さつ》であった。まさに、この大音楽家《だいおんがくか》の一念《いちねん》は、学会《がっかい》精神に通《つう》じよう。

宗門《しゅうもん》の「お尋《たず》ね」と題《だい》する質問文書《ぶんしょ》に対《たい》して、学会は、二十三日、「あくまでも話《はな》し合《あ》いで、理解《りかい》を深《ふか》めさせていただきたい」との返書《へんしょ》を送《おく》った。併《あわ》せて、僧俗和合《そうぞくわごう》していくために、これまで思《おも》い悩《なや》んでいた事柄《ことがら》や疑問《ぎもん》を、率直《そっちょく》に、「お伺《うかが》い」することにした。それは、秋月《あきづき》英介《えいすけ》が伸一と共《とも》に対面《たいめん》した折《おり》の法主《ほっす》の話《はなし》や、僧たちの不謹慎《ふきんしん》な言動《げんどう》など、九項目《こうもく》に及《およ》んだ。

二十六日付《づけ》で宗門から書面《しょめん》が届《とど》いた。

「『お伺い』なる文書をもって、事実無根《じじつむこん》のことがらを含《ふく》む九項目の詰問状《きつもんじょう》を提出《ていしゅつ》せられるなど、まことにもって無慚無愧《むざんむき》という他《ほか》ありません」「一一・一六のスピーチについては、文書による誠意《せいい》ある回答《かいとう》を示《しめ》される意志《いし》が全《まった》くないものと受けとめました」

翌《よく》二十七日、宗門《しゅうもん》は臨時宗会《りんじしゅうかい》を開き、宗規《しゅうき》の改正《かいせい》を行《おこな》った。改正された宗規では、これまで任期《にんき》のなかった総講頭《そうこうとう》の任期を五年とし、それ以外《いがい》の役員《やくいん》（大講頭ら）の任期を三年とした。また、「言論《げんろん》、文書等《ぶんしょとう》をもって、管長《かんちょう》を批判《ひはん》し、または誹毀《ひき》、讒謗《ざんぼう》したとき」は処分《しょぶん》できるとなった。

「この変更《へんこう》された宗規は、即日施行《そくじつしこう》され、それにともない、「従前法華講本部《じゅうぜんほっけこうほんぶ》役員の職《しょく》にあった者《もの》は、その資格《しかく》を失《うし》なう」とあった。つまり、総講頭の伸一《しんいち》も、大講頭の秋月《あきづき》や森川《もりかわ》らも、資格を喪失《そうしつ》することになる。

宗門の狙《ねら》いは、明白《めいはく》であった。宗規改正を理由《りゆう》に、伸一の宗内《しゅうない》における立場《たちば》を剝奪《はくだつ》し、やがては学会《がっかい》を壊滅《かいめつ》させ、宗門の権威権力《けんいけんりょく》のもとに、会員《かいいん》を隷属《れいぞく》させることにあった。

宗門は、総講頭等の資格喪失について、二十八日にはマスコミに伝《つた》えていた。本人《ほんにん》に通知《つうち》が届《とど》く前である。

伸一は、暮《く》れも押《お》し詰《つ》まったこの日、中国《ちゅうごく》・敦煌研究院《とんこうけんきゅういん》の段文傑《だんぶんけつ》（トワン・ウェンチエ）院《いん》長《ちょう》と聖教新聞社《せいきょうしんぶんしゃ》で対談《たいだん》を行い、仏法《ぶっぽう》の民衆根本《みんしゅうこんぽん》の精神《せいしん》などをめぐって語《かた》り合《あ》った。周囲《しゅうい》は騒《そう》然《ぜん》としていた。しかし、平和《へいわ》と文化《ぶんか》の創造《そうぞう》をめざし、世界《せかい》の識者《しきしゃ》との対話《たいわ》を着実《ちゃくじつ》に重《かさ》ねた。人類《じんるい》の未来《みらい》を思《おも》い、信念《しんねん》の軌道《きどう》を突《つ》き進《すす》んでいった。

学会員《がっかいいん》は、新聞《しんぶん》の報道《ほうどう》などで、宗門《しゅうもん》の宗規改正《しゅうきかいせい》によって、名誉会長《めいよかいちょう》の山本伸一《やまもとしんいち》や学会の首《しゅ》脳幹部《のうかんぶ》らが、法華講総講頭《ほっけこうそうこうとう》・大講頭の資格《しかく》を失《うしな》ったことを知った。

同志《どうし》たちは、予期《よき》せぬ事態《じたい》に驚《おどろ》くとともに、宗門への強《つよ》い怒《いか》りを覚《おぼ》えた。

「なんで宗門は、こんな理不尽《りふじん》なことをしたのか！」「宗門を大発展《だいはってん》させたのは、山本先生《せんせい》ではないか！　その先生の総講頭資格を、なんの話《はな》し合《あ》いもなく、一方的《いっぽうてき》に喪失《そうしつ》させるとは何事《なにごと》だ！」

資格喪失の通知《つうち》が届《とど》いたのは、二十九日であった。年末《ねんまつ》の慌《あわ》ただしい時期《じき》ではあったが、学会では、各県《かくけん》・区《く》で、緊急《きんきゅう》の幹部会を開くなどして、宗門の問題《もんだい》について状況《じょうきょう》を説明《せつめい》した。迅速《じんそく》な対応《たいおう》であった。

「われわれは時すでに遅《おそ》しとならないうちに今行動《こうどう》しなければならない」とは、アメリカ公民権運動《こうみんけんうんどう》の指導者《しどうしゃ》マーチン・ルーサー・キング博士の叫《さけ》びである。

＊

学会が「平和《へいわ》と拡大《かくだい》の年」と定《さだ》めた一九九一年（平成《へいせい》三年）が明《あ》けた。

伸一は、新年《しんねん》の出発《しゅっぱつ》にあたって、和歌《わか》を詠《よ》み、「聖教《せいきょう》新聞」をはじめ、各機《かくき》関紙《かんし》誌《し》に発表《はっぴょう》した。このうち、「聖教新聞」に掲載《けいさい》された和歌の一首《しゅ》は――

「新春《しんしゅん》を　共《とも》に祝《しゅく》さむ　喜《よろこ》ばん
　皆《みな》　勇猛《ゆうみょう》の　心《こころ》　光《ひか》りて」

『大白蓮華《だいびゃくれんげ》』に掲載《けいさい》された三首《しゅ》のうちの一首には――

「恐《おそ》れなく　妬《ねた》みの嵐《あらし》も　烈風《れっぷう》も
　楽《たの》しく越《こ》えゆけ　自在《じざい》のわれらは」

創価《そうか》の同志《どうし》は、この新春、全国各地《ぜんこくかくち》の会館《かいかん》で、また、海外《かいがい》七十五カ国《こく》・地域《ちいき》で、晴《は》れやかに新年勤行会《しんねんごんぎょうかい》を開催《かいさい》し、希望《きぼう》あふれる一年のスタートを切った。

伸一《しんいち》は、学会本部《がっかいほんぶ》での勤行会に参加《さんか》した各部《かくぶ》の代表《だいひょう》と、学会別館《べっかん》で新年のあいさつを交《か》わし、励《はげ》ました。

「世界広布《せかいこうふ》の新《あたら》しい時代《じだい》の扉《とびら》を開こうよ。烈風に向かって、飛《と》び立《た》つんだよ」

一月二日、会長《かいちょう》の秋月《あきづき》と理事長《りじちょう》の森川《もりかわ》が登山《とざん》し、日顕《にっけん》との話《はな》し合《あ》いを求《もと》めたが、宗門《しゅうもん》は拒否《きょひ》した。その後《ご》も彼《かれ》らは、学会に対《たい》して、「目通《めどお》りの儀《ぎ》、適《かな》わぬ身《み》」などと対話《たいわ》を拒絶《きょぜつ》し続《つづ》けたのである。

十二日付《づけ》で、宗門から文書《ぶんしょ》が送《おく》られてきた。

実《じつ》は、宗門の「お尋《たず》ね」のなかで、伸一の発言《はつげん》だとして詰問《きつもん》してきた引用《いんよう》に、幾《いく》つかの重《じゅう》要《よう》な誤《あやま》りがあった。また、明《あき》らかに意味《いみ》を取《と》り違《ちが》えている箇所《かしょ》や、なんの裏《うら》づけもない伝聞《でんぶん》に基《もと》づく質問《しつもん》もあった。

この文書《ぶんしょ》は、学会《がっかい》が、それを具体的《ぐたいてき》に指摘《してき》したことに対《たい》する回答《かいとう》であった。宗門《しゅうもん》は、数カ所の誤りを認《みと》めて撤回《てっかい》した。それにより、主張《しゅちょう》の論拠《ろんきょ》は根底《こんてい》から崩《くず》れたのである。

しかし、彼《かれ》らは、学会への理不尽《りふじん》な措置《そち》を改《あらた》めず、僧俗《そうぞく》の関係《かんけい》についても、「本質的《ほんしつてき》に皆《みな》平等《びょうどう》であるとし、対等意識《たいとういしき》をもって僧俗和合《わごう》を進《すす》めるなどというのは、大きな慢心《まんしん》の表《あら》われであると同時《どうじ》に、和合僧団《そうだん》を破壊《はかい》する五逆罪《ごぎゃくざい》に相当《そうとう》するもの」とまで言っているのだ。もはや看過《かんか》しておくわけにはいかなかった。日蓮仏法《にちれんぶっぽう》の根幹《こんかん》を歪《ゆが》め、世界広布《せかいこうふ》を根本《こんぽん》から阻《はば》む元凶《げんきょう》になりかねないからだ。

学会としては、誤りが明らかになったことから、公式謝罪《こうしきしゃざい》を強《つよ》く要求《ようきゅう》した。また、「お尋《たず》ね」文書の引用《いんよう》には、このほかにも重要《じゅうよう》な誤りがあることを学会は指摘しており、それについても回答するよう求《もと》めた。

宗門は、学会の再三《さいさん》にわたる話《はな》し合《あ》いの要請《ようせい》を、ことごとく拒否《きょひ》してきたが、大聖人《だいしょうにん》は「立正安国論《りっしょうあんこくろん》」で「屢談話《しばしばだんわ》を致《いた》さん」（御書《ごしょ》一七㌻）と仰《おお》せのように、対話《たいわ》主義《しゅぎ》を貫《つらぬ》かれている。すべての人と語《かた》り合い、道理《どうり》をもって、理解《りかい》と共感《きょうかん》と賛同《さんどう》を獲得《かくとく》していくことを教《おし》えられている。武力《ぶりょく》や権威《けんい》、権力《けんりょく》など、外圧《がいあつ》によって人を屈服《くっぷく》させることとは対極《たいきょく》にある。
対話《たいわ》は、仏法《ぶっぽう》の人間主義《にんげんしゅぎ》を象徴《しょうちょう》するものであり、それを拒否《きょひ》することは、大聖人《だいしょうにん》の御精神《ごせいしん》を否定《ひてい》することだ。学会《がっかい》が広布《こうふ》の花園《はなぞの》を大きく広《ひろ》げてきたのも、家庭訪問《かていほうもん》、小《しょう》グループ、座《ざ》談会《だんかい》など、対話を中心《ちゅうしん》とした草《くさ》の根《ね》の運動《うんどう》を積《つ》み重《かさ》ねてきたからにほかならない。

対話主義の根底《こんてい》には、万人尊重《ばんにんそんちょう》の哲学《てつがく》と人間への信頼《しんらい》がある。そして、それは、すべての人《ひと》が等しく「仏《ほとけ》」の生命《せいめい》を具《そな》え、崇高《すうこう》なる使命《しめい》をもっているという、万人の平等《びょうどう》を説《と》く仏法の法理《ほうり》に裏打《うらう》ちされている。

しかし、日顕《にっけん》ら宗門《しゅうもん》は、その法理に反《はん》して、日本の檀家《だんか》制度《せいど》以来《いらい》の、僧《そう》が「上」、信徒《しんと》は「下《した》」という考《かんが》えを踏襲《とうしゅう》し、それを学会に押《お》しつけ、隷属《れいぞく》させようとしたのだ。

日蓮《にちれん》大聖人が根本《こんぽん》とされた法華経《ほけきょう》は、「＊二乗作仏《にじょうさぶつ》」や「＊女人成仏《にょにんじょうぶつ》」が示《しめ》すように、身分《みぶん》など、あらゆる差別《さべつ》と戦《たたか》い、超克《ちょうこく》してきた平等の哲理《てつり》である。それゆえに、世界《せかい》の識者《しきしゃ》たちも、生命の尊厳《そんげん》を説き、人間共和《きょうわ》と人類《じんるい》の平和《へいわ》を開く法理として、仏法を高く評価《ひょうか》しているのである。

大聖人は、「僧も俗《ぞく》も尼《あま》も女《おんな》も一句《いっく》をも人にかたらん人は如来《にょらい》の使《つかい》と見えたり」（御書《ごしょ》一四四八ページ）と、僧俗も、性差《せいさ》も超《こ》えた、人間の平等を明確《めいかく》に宣言《せんげん》されている。

大聖人《だいしようにん》の仏法《ぶつぽう》は、民衆《みんしゆう》の幸福《こうふく》のためにこそある。もしも、宗門《しゆうもん》によってその根幹《こんかん》が歪《ゆが》められることを放置《ほうち》すれば、横暴《おうぼう》な宗門僧《そう》らの時代錯誤《じだいさくご》の権威主義《けんいしゆぎ》がまかり通《とお》り、不当《ふとう》な差別《さべつ》を助長《じよちよう》させ、混乱《こんらん》と不幸《ふこう》をもたらしてしまうことになる。

まさに、「悪人《あくにん》は仏法の怨敵《おんてき》には非《あら》ず＊三明六通《さんみようろくつう》の羅漢《らかん》の如《ごと》き僧侶等《そうりよとう》が我《わ》が正法《しようほう》を滅失《めつしつ》せん」（御書《ごしよ》一八二ジペー）と仏典《ぶつてん》に説《と》かれているごとく、正《ただ》しき仏法が滅しかねないのだ。

さらに、学会《がつかい》が、深《ふか》く憂慮《ゆうりよ》したことの一つは、宗門の文化《ぶんか》などに対《たい》する認識《にんしき》である。

彼《かれ》らの文化に対する教条主義《きようじよう》的、排他的《はいたてき》な態度《たいど》は、ベートーベンの第九「歓喜《かんき》の歌《うた》」についてだけではなかった。かつて、『大白蓮華《だいびやくれんげ》』で、「英国王室《えいこくおうしつ》のローブ展《てん》」の展示品《てんじひん》・ガーター勲章《くんしよう》を紹介《しようかい》したところ、そこに「十字《じゆうじ》」の紋章《もんしよう》が施《ほどこ》されているのを見て、役僧《やくそう》がクレームをつけてきたのである。

各国《かつこく》、各地《かくち》、各民族《かくみんぞく》等の、固有《こゆう》の伝統《でんとう》や文化への理解《りかい》なくしては、人間《にんげん》の相互《そうご》理解はない。文化への敬意《けいい》は、人間への敬意となる。

文化・芸術《げいじゆつ》にせよ、風俗《ふうぞく》・習慣《しゆうかん》にせよ、人間社会《しやかい》の営《いとな》みには、多かれ少《すく》なかれ、なんらかの宗教的《しゆうきようてき》な影響《えいきよう》がある。「西暦《せいれき》」にしても、イエス・キリストが誕生《たんじよう》したとされる年を紀元《きげん》元年《がんねん》としているし、日曜日《にちようび》を休日《きゆうじつ》とするのもキリスト教の安息日《あんそくび》からきている。また、「ステンドグラス」も、教会《きょうかい》の荘厳《そうごん》さを表現《ひょうげん》するために発達《はったつ》してきた、キリスト教文化《ぶんか》の所産《しょさん》である。西欧《せいおう》の多くの建造物《けんぞうぶつ》や建築様式《けんちくようしき》には、キリスト教が深《ふか》く関《かか》わっている。だからといって、それを拒否《きょひ》するならば、社会生活《しゃかいせいかつ》は成《な》り立《た》たない。

仏法《ぶっぽう》には「随方毘尼《ずいほうびに》」という教《おし》えがある。「随方随時《ずいじ》毘尼」ともいい、仏法の根本法理《こんぽんほうり》に違《たが》わない限《かぎ》り、各国《かっこく》、各地域《かくちいき》の風俗《ふうぞく》や習慣《しゅうかん》、時代《じだい》ごとの風習《ふうしゅう》を尊重《そんちょう》し、随《したが》うべきであるとするものだ。

法華経《ほけきょう》の肝心《かんじん》たる南無妙法蓮華経《なんみょうほうれんげきょう》の御本尊《ごほんぞん》を受持《じゅじ》し、信《しん》・行《ぎょう》・学《がく》を実践《じっせん》して、広宣流布《こうせんるふ》の使命《しめい》に生きる——この日蓮《にちれん》仏法の根本の教えに違わぬ限り、柔軟《じゅうなん》な判断《はんだん》が必要《ひつよう》になる。

信心即《しんじんそく》社会である。妙法《みょうほう》を受持した一人《ひとり》ひとりが、人間《にんげん》の英知《えいち》の所産である文化等には敬《けい》意《い》を表《ひょう》しつつ、社会に根差《ねざ》して信頼《しんらい》を勝《か》ち得《え》ていってこそ、世界広布《せかいこうふ》も可能《かのう》となる。

ましてや、ベートーベンが「交響曲《こうきょうきょく》第九番」に取り入れた合唱部分《がっしょうぶぶん》である、シラー原詞《げんし》の「歓喜《かんき》の歌《うた》」には、「神々《かみがみ》」との表現はあるが、それは特定《とくてい》の宗教《しゅうきょう》を賛美《さんび》したものでは決《けっ》してない。

伸一《しんいち》は、一九八七年（昭和《しょうわ》六十二年）十二月、学生部《がくせいぶ》結成《けっせい》三十周年記念特別演奏会《しゅうねんきねんとくべつえんそうかい》で、メンバー五百人による第九（合唱付）を聴《き》いた。その時の感動《かんどう》が忘《わす》れられなかった。

そして、創価学会創立《そうかがっかいそうりつ》六十周年《しゅうねん》を祝賀《しゅくが》する本部幹部会《ほんぶかんぶかい》の席上《せきじょう》、創立六十五周年には五万人で、七十周年には十万人で「歓喜《かんき》の歌《うた》」を大合唱《だいがっしょう》してはどうかと提案《ていあん》した。この時、日本語だけでなく、「そのうちドイツ語でもやりましょう！」と呼《よ》びかけたのである。

偉大《いだい》な音楽《おんがく》・芸術《げいじゅつ》は、国家《こっか》・民族《みんぞく》の壁《かべ》を超《こ》え、魂《たましい》の共鳴音《きょうめいおん》を奏《かな》で、人間《にんげん》の心《こころ》をつなぐ。

「歓喜の歌」は、人間の讃歌《さんか》、自由《じゆう》の讃歌として世界《せかい》で歌われてきた。

一九八九年（平成元年《へいせいがんねん》）、チェコスロバキアで、〝ビロード革命《かくめい》〟によって、流血《りゅうけつ》の惨事《さんじ》を引《ひ》き起《お》こすことなく、共産党独裁《きょうさんとうどくさい》にピリオドが打《う》たれ、十二月十四日、首都《しゅと》プラハで革命を祝賀する演奏会《えんそうかい》が行《おこな》われた。そこで演奏、合唱されたのがベートーベンの第九であり、「歓喜の歌」であった。

演奏が終《お》わると、場内《じょうない》は爆発的《ばくはつてき》な大拍手《だいはくしゅ》に包《つつ》まれた。鳴《な》りやまぬ拍手のなか、新大統領《しんだいとうりょう》となるバツラフ・ハベルが舞台《ぶたい》に上がると、「ハベル！　ハベル！」の大合唱が起こった。第九は、民主《みんしゅ》の喜《よろこ》びの表現《ひょうげん》であった。

また、十二月二十三日と二十五日には、壁が崩壊《ほうかい》したベルリンで、東西《とうざい》ドイツの融和《ゆうわ》を祝《いわ》ってコンサートが開催《かいさい》された。ここで演奏されたのも第九であった。

しかも、バイエルン放送交響楽団《ほうそうこうきょうがくだん》を中心《ちゅうしん》に東西両《りょう》ドイツ、さらに、戦後《せんご》、東西に分割《ぶんかつ》されるまでベルリンを管理《かんり》していたアメリカ、イギリス、フランス、ソ連《れん》の楽団《がくだん》からなる混成《こんせい》オーケストラを編成《へんせい》しての演奏《えんそう》であった。

まさに、自由《じゆう》と融和《ゆうわ》の勝利《しょうり》の象徴《しょうちょう》が、第九であり、「歓喜《かんき》の歌《うた》」であったのである。

宗門《しゅうもん》が、この歌の世界的《せかいてき》な普遍性《ふへんせい》、文化性《ぶんかせい》を無視《むし》して、ドイツ語《ご》の合唱《がっしょう》に、「外道礼讃《げどうらいさん》」とクレームをつけたことに対《たい》して、外部《がいぶ》の識者《しきしゃ》らが次々《つぎつぎ》と声《こえ》をあげた。

ニーチェ研究《けんきゅう》などで知られる哲学者《てつがくしゃ》の河端春雄《かわばたはるお》・芝浦工業大学教授《しばうらこうぎょうだいがくきょうじゅ》（当時《とうじ》）は、「*人間精神《にんげんせいしん》の普遍的な昇華《しょうか》がもたらす芸術《げいじゅつ》を、無理《むり》やり宗教《しゅうきょう》のカテゴリーに当《あ》てはめ、邪教徒《じゃきょうと》をつくり断罪《だんざい》する、あの魔女狩《まじょが》りにも似《に》た宗教的独断《どくだん》の表《あらわ》れである」と指摘《してき》する。

そして、シラーがいう「神々《かみがみ》」の意味《いみ》は、もとより「一神教《いっしんきょう》であるキリスト教の神を称《たた》える」ものではなく、古代《こだい》ギリシャの神に託《たく》して、「人間の内《うち》なる精神の極致《きょくち》、理想《りそう》」を述《の》べたものである。新《あたら》しい思想《しそう》も、その時代《じだい》の既存《きそん》の〝何か〟に託して表現《ひょうげん》する以外《いがい》にないからだ――と語《かた》っている。

アメリカでSGIメンバーと交流《こうりゅう》してきた作家《さっか》の牛島秀彦《うしじまひでひこ》・東海女子大学《とうかいじょし》教授（当時）は、文化の本質《ほんしつ》に立ち返り、訴《うった》えている。

「*文化と宗教は不即不離《ふそくふり》の関係《かんけい》にあり、両者《りょうしゃ》は同義《どうぎ》ではない。文化・芸術は宗教宗派《しゅうは》を超《こ》えて広《ひろ》く社会《しゃかい》に根差《ねざ》し、歴史《れきし》のなかで他の文化《ぶんか》を吸収《きゅうしゅう》・淘汰《とうた》・融合《ゆうごう》しながら、人間《にんげん》の生活様式《せいかつようしき》を形成《けいせい》している。したがって、ベートーヴェンの『第九』の合唱部分《がっしょうぶぶん》を異教徒《いきょうと》（私は宗教《しゅうきょう》の枠《わく》を超《こ》えた人間の賛歌《さんか》ととらえている）として断罪《だんざい》、排斥《はいせき》することは、世界《せかい》の文化、ひいては人間の生活様式を否定《ひてい》するという論理《ろんり》になってしまう。

自《みずか》らはコップの中《なか》に閉《と》じこもり、ドグマを振《ふ》り回《まわ》すことはたやすい。だが、それでは日蓮《にちれん》大聖人《だいしょうにん》の遺命《ゆいめい》とされる世界への布教《ふきょう》は決《けっ》してなされないのみか、自らがそれを阻《はば》んでいることを認識《にんしき》する必要《ひつよう》がある」

宗教が教条主義《きょうじょうしゅぎ》に陥《おちい》り、独善的《どくぜんてき》な物差《ものさ》しで、文化や芸術《げいじゅつ》を裁断《さいだん》するならば、それは、人間のための宗教ではなく、宗教のための宗教である。

〝今こそ、人間に還《かえ》れ〟――新《あたら》しき時代《じだい》のルネサンスの必要性を、同志《どうし》は痛感《つうかん》した。

また、学会《がっかい》の首脳《しゅのう》たちは、宗門僧《しゅうもんそう》の振る舞《ま》いにも、心《こころ》を痛《いた》めてきた。各地《かくち》の会員《かいいん》からは、傍若無人《ぼうじゃくぶじん》な言動《げんどう》や、遊興《ゆうきょう》にふけり、華美《かび》な生活を追《お》い求《もと》める風潮《ふうちょう》に、困惑《こんわく》、憂慮《ゆうりょ》する声《こえ》が、数多《かずおお》く寄《よ》せられていた。学会としても、そのことを宗門側《がわ》に伝《つた》えた。このままでは、将来《しょうらい》、宗内《しゅうない》は荒廃《こうはい》し、収拾《しゅうしゅう》のつかない事態《じたい》になりかねないことを危惧《きぐ》したのである。

大聖人は、折伏《しゃくぶく》もせず、「徒《いたず》らに遊戯雑談《ゆげぞうだん》のみして明《あか》し暮《くら》さん者《もの》は法師《ほっし》の皮《かわ》を著《き》たる畜生《ちくしょう》なり」（御書《ごしょ》一三八六ジ）と仰《おお》せである。

広宣流布《こうせんるふ》への志《こころざし》を失《うしな》い、衣《ころも》の権威《けんい》を振《ふ》りかざす宗門僧《しゅうもんそう》の姿《すがた》は、学会《がっかい》の草創期《そうそうき》から見られた。ゆえに第二代会長《だいにだいかいちょう》・戸《と》田城聖《だじょうせい》は、「*名誉《めいよ》と位置《いち》にあこがれ、財力《ざいりょく》に阿諛《あゆ》するの徒弟《とてい》が、信者《しんじゃ》に空威張《からいばり》することなきよう」等と、たびたび宗門僧に対《たい》して、信心《しんじん》の赤誠《せきせい》をもって厳《きび》しく諫《いさ》めてきたのである。

学会は、日蓮大聖人《にちれんだいしょうにん》の御遺命《ごゆいめい》たる世界《せかい》広宣流布を進《すす》めていくために、いかなる圧迫《あっぱく》があろうとも、言うべきことは言い、正《ただ》すべきことは、正さぬわけにはいかなかった。

一九九一年（平成《へいせい》三年）の一月三日、全国県長会議《ぜんこくけんちょうかいぎ》が開かれ、宗門の問題《もんだい》が報告《ほうこく》された。

会長の秋月《あきづき》は、日蓮大聖人の御遺命を達成《たっせい》すべく、二十一世紀《せいき》をリードする世界宗教《しゅうきょう》にふさわしい広布《こうふ》の基盤《きばん》を整《ととの》えるために、①民主《みんしゅ》の時代《じだい》に即応《そくおう》し、世界に開かれた宗門になってほしい、②日蓮大聖人の仏法《ぶっぽう》の本来《ほんらい》の精神《せいしん》に則《のっと》り、権威主義《しゅぎ》を是正《ぜせい》し、信徒蔑視《しんとべっし》を改《あらた》めてほしい、③僧侶《そうりょ》の堕落《だらく》を戒《いまし》め、少欲知足《しょうよくちそく》の聖僧《せいそう》という宗風《しゅうふう》を確立《かくりつ》してほしい――という、学会の宗門への要望《ようぼう》を確認《かくにん》した。

伸一《しんいち》は、皆《みな》と共《とも》に勤行《ごんぎょう》し、「使命《しめい》の人、信念《しんねん》の人としての深《ふか》い自覚《じかく》をもって、見事《みごと》な一年に！」とあいさつした。彼《かれ》は、〝何があろうが、世界広布のために、仏意仏勅《ぶっいぶっちょく》の創価《そうか》学会を守《まも》り抜《ぬ》かねばならぬ〟と強《つよ》く決意《けつい》し、「平和《へいわ》と拡大《かくだい》の年」であるこの年も、年頭《ねんとう》から、会員《かいいん》の激励《げきれい》に奮闘《ふんとう》した。

一月二十六日、山本伸一《やまもとしんいち》は、第十六回「SGIの日」を記念《きねん》して提言《ていげん》を行《おこな》った。折《おり》しも前年《ぜんねん》八月のイラクのクウェート侵攻《しんこう》を契機《けいき》に湾岸戦争《わんがんせんそう》が始《はじ》まり、一月にはアメリカを中心《ちゅうしん》とした多国籍軍《たこくせきぐん》とイラクが交戦《こうせん》していた。提言では、湾岸戦争の早期終結《そうきしゅうけつ》を要請《ようせい》するとともに、国連《こくれん》のリーダーシップによる中東和平国際会議《ちゅうとうわへいこくさいかいぎ》の開催《かいさい》などを訴《うった》えた。

翌《よく》二十七日、彼《かれ》は、香港《ホンコン》・マカオ訪問《ほうもん》に出発《しゅっぱつ》し、三十一日には、香港文化会館《ぶんかかいかん》に、アジアなど十四カ国《こく》・地域《ちいき》の代表《だいひょう》千五百人が集《つど》って行われた、SGIアジア会議総会《そうかい》に出席《しゅっせき》した。

この席上《せきじょう》、湾岸戦争の早期解決《かいけつ》に向けて「緊急《きんきゅう》アピール」が採択《さいたく》された。アピールでは、国連主導《しゅどう》による一日も早《はや》い和平の実現《じつげん》を念願《ねんがん》し、イラクのクウェートからの撤退表明《てったいひょうめい》、戦闘《せんとう》再発防止策《さいはつぼうしさく》の構築《こうちく》、「中東和平国際会議」の開催、「緊急安全保障理事会《あんぜんほしょうりじかい》」の招集《しょうしゅう》を呼《よ》びかけた。信仰《しんこう》の炎《ほのお》は、平和への闘魂《とうこん》の炎となる。

伸一は、さらにマカオを初訪問《はつ》し、マカオ東亜《とうあ》大学《だいがく》の名誉教授称号授与式《めいよきょうじゅしょうごうじゅよしき》に出席。「新《あたら》しき人類意識《じんるいいしき》を求《もと》めて」と題《だい》して記念講演《こうえん》を行った。二月二日には、そのまま沖縄《おきなわ》指導《しどう》に入《はい》り、引《ひ》き続《つづ》き宮崎《みやざき》を訪問《ほうもん》した。

三月に入《はい》ると、関西《かんさい》、中国《ちゆうごく》、中部《ちゆうぶ》と、国内《こくない》の同志《どうし》の激励行《げきれいこう》が続いた。

この三月のことである。学会《がつかい》との話《はな》し合《あ》いを拒否《きよひ》し続けてきた宗門《しゆうもん》は、突然《とつぜん》、海外組織《かいがいそしき》に対《たい》する方針《ほうしん》の転換《てんかん》を発表《はつぴよう》した。

これまで海外では、SGI以外《いがい》の信徒《しんと》組織は認《みと》めなかったが、その方針を廃止《はいし》する旨《むね》の通《つう》知《ち》を送付《そうふ》してきたのである。

さらに、学会の月例《げつれい》登山会《とざんかい》を廃止し、七月からは、所属寺院《しよぞくじいん》が発行《はつこう》する添書《てんしよ》（登山参詣御《さんけいご》開扉願《かいひねがい》）を所持《しよじ》しての登山しか認めないと通告《つうこく》してきた。学会の組織を切《き》り崩《くず》そうとする意《い》図《と》は明《あき》らかであった。

学会員は、その一方的《いつぽうてき》で傲岸不遜《ごうがんふそん》なやり方《かた》にあきれ返った。信心《しんじん》の誠《まこと》をもって登山を重《かさ》ね、また、総本山《そうほんざん》を荘厳《そうごん》するために、身《み》を削《けず》る思《おも》いで供養《くよう》し続けてきたからである。

総本山の大石寺《たいせきじ》は、戦後《せんご》、農地改革《のうちかいかく》によって、それまで所有《しよゆう》していた農地の大半《たいはん》を失《うしな》い、経済的《けいざいてき》に大きな打撃《だげき》を受け、疲弊《ひへい》の極《きわ》みにあった。すると、宗門は、生活手段《せいかつしゆだん》を確保《かくほ》するために、大石寺の観光地化《かんこうちか》を計画《けいかく》した。一九五〇年（昭和《しようわ》二十五年）十一月には、総本山で地《じ》元《もと》の市長《しちょう》や村長《そんちょう》、観光協会関係者《かんこうきょうかいかんけいしゃ》、新聞記者《しんぶんきしゃ》などが集《あつ》まり、「富士北部観光懇談会《ふじほくぶかんこうこんだんかい》」を開き、具体的《ぐたいてき》な検討《けんとう》を始《はじ》めたのだ。

その話《はなし》を聞いた戸田城聖《とだじょうせい》の驚《おどろ》き、悲《かな》しみは大きかった。総本山《そうほんざん》を、金《かね》のために信仰心《しんこうしん》のない物見遊山《ものみゆさん》の観光客に開放《かいほう》し、大聖人《だいしょうにん》の御精神《ごせいしん》が踏《ふ》みにじられてしまうことを憂《うれ》えた。そして、事態打開《じたいだかい》の道《みち》を考《かんが》え、定例《ていれい》の登山会《とざんかい》を企画《きかく》し、二年後の一九五二年（昭和《しょうわ》二十七年）から実施《じっし》したのだ。これによって、宗門《しゅうもん》は窮地《きゅうち》を脱《だっ》し、大いなる発展《はってん》を遂《と》げた。登山会には四十年間で延《の》べ七千万人が参加《さんか》している。

広宣流布《こうせんるふ》を願《ねが》う創価学会員《そうかがっかいいん》の信心《しんじん》が、宗門を支《ささ》え、総本山を大興隆《だいこうりゅう》させてきたのだ。

学会は、総本山整備《せいび》にも、最大《さいだい》の力《ちから》を注《そそ》いできた。戸田第二代会長《だいにだいかいちょう》の時代《じだい》には、奉安殿《ほうあんでん》、大講堂《だいこうどう》を建立寄進《こんりゅうきしん》し、山本伸一《やまもとしんいち》が第三代会長に就任《しゅうにん》してからは大坊《だいぼう》、大客殿《だいきゃくでん》、正本堂《しょうほんどう》をはじめ、総門《そうもん》、宿坊施設《しゅくぼうしせつ》など、総本山の建物《たてもの》や施設を寄進した。総本山所有《しょゆう》の土地《とち》も、農地改革《のうちかいかく》直後《ちょくご》は、五万一千余坪《よつぼ》にすぎなかったが、かつての二十三倍《ばい》の百十七万余坪になった。その土地も、大半《たいはん》が学会からの寄進であった。こうした長年《ながねん》の外護《げご》の赤誠《せきせい》に対《たい》しても、学会員の真心《まごころ》の御供養《ごくよう》に対しても、登山会の無事故《むじこ》の運営《うんえい》のために、止暇断眠《しかだんみん》して挺身《ていしん》した青年《せいねん》たちの苦労《くろう》に対しても、一言《ひとこと》のあいさつも感謝《かんしゃ》もなく、添書《てんしょ》登山が始まったのである。

一九九一年（平成《へいせい》三年）の七月、宗門《しゅうもん》は学会《がっかい》を辞《や》めさせて寺《てら》の檀徒《だんと》にする「檀徒づくり」を、公式方針《こうしきほうしん》として発表《はっぴょう》した。

戸田城聖《とだじょうせい》は、宗門の本質《ほんしつ》を鋭《するど》く見抜《みぬ》き、「宗門は金《かね》を持《も》てば、学会を切るぞ！」と語《かた》っていた。その通《とお》りの暴挙《ぼうきょ》に出たのだ。

仏法上《ぶっぽうじょう》、最《もっと》も重罪《じゅうざい》となる五逆罪《ごぎゃくざい》の一つに、仏《ほとけ》の教団《きょうだん》を分裂混乱《ぶんれつこんらん》させる「破和合僧《はわごうそう》」がある。彼《かれ》らは、現実《げんじつ》に広宣流布《こうせんるふ》を推進《すいしん》してきた仏意仏勅《ぶついぶっちょく》の団体《だんたい》である、創価《そうか》学会の組織《そしき》の本格的《ほんかくてき》な切《き》り崩《くず》しに踏《ふ》み切り、この大重罪を犯《おか》したのだ。それは、供養《くよう》を取るだけ取って切り捨《す》てるという、冷酷《れいこく》、卑劣《ひれつ》な所業《しょぎょう》であった。

また、宗門は、大聖人《だいしょうにん》の教《おし》えと異《こと》なる「法主信仰《ほっすしんこう》」の邪義《じゃぎ》を立て、法主を頂点《ちょうてん》とした衣《ころも》の権威《けんい》によって、信徒《しんと》を支配《しはい》しようと画策《かくさく》していった。

しかし、その悪《あく》らつさと、時代錯誤《じだいさくご》の体質《たいしつ》は、既《すで》に学会員から見破《みやぶ》られていたのだ。

九月には、二年前の八九年（同元年《がんねん》）七月、日顕《にっけん》が、先祖代々《せんぞだいだい》の墓《はか》を福島市《ふくしまし》にある禅宗寺《ぜんしゅうじ》院《いん》の墓地内《ぼちない》に建立《こんりゅう》し、開眼法要《かいげんほうよう》を行《おこな》っていたことが明《あき》らかになった。〝さんざん学会を謗法《ほうぼう》だなどと言っておきながら、こんなことまでやっていたのか〟と、皆《みな》が呆《あき》れ果《は》てたのである。

また、宗門の数々《かずかず》の腐敗堕落《ふはいだらく》の実態《じったい》も、次々《つぎつぎ》と知られるようになっていった。

これでは、もはや、日蓮大聖人《にちれんだいしょうにん》の仏法《ぶっぽう》ではない。日興上人《にっこうしょうにん》の御精神《ごせいしん》は途絶《とだ》え、富士《ふじ》の清流《せいりゅう》は、悲《かな》しいかな濁流《だくりゅう》と化《か》してしまった。

山本伸一《やまもとしんいち》は、東西冷戦終結後《とうざいれいせんしゅうけつご》の新《あら》たな平和《へいわ》の構築《こうちく》を展望《てんぼう》し、日々《ひび》、懸命《けんめい》に行動《こうどう》した。一九九一年（平成《へいせい》三年）四月には、教育《きょういく》・文化交流《ぶんかこうりゅう》のため、フィリピン大学《だいがく》を訪問《ほうもん》。経営学部《けいえいがくぶ》の卒業式《そつぎょうしき》に出席《しゅっせき》し、「平和とビジネス」と題《だい》して記念講演《きねんこうえん》した。この日、伸一に、同大学から、名誉法学《めいよほうがく》博士号が贈《おく》られている。

六月初旬《しょじゅん》からは、ヨーロッパを回《まわ》り、ドイツに続《つづ》いて、ルクセンブルクを初訪問《はつ》し、フランス、イギリスを歴訪《れきほう》。それぞれの国で、文化交流を重《かさ》ねる一方《いっぽう》、国家指導者《こっかしどうしゃ》や識者《しきしゃ》と会談《かいだん》した。

九月下旬《げじゅん》から十月初旬にかけては、北米《ほくべい》を訪《おとず》れ、九月二十六日、ハーバード大学で、「ソフト・パワーの時代《じだい》と哲学《てつがく》──新たな日米関係《にちべいかんけい》を開くために」と題して記念講演を行《おこな》った。

また、日本国内《こくない》を東奔西走《とうほんせいそう》し、宝友《ほうゆう》の励《はげ》ましに心血《しんけつ》を注《そそ》いでいった。

今回《こんかい》の第二次宗門事件《だいにじしゅうもんじけん》では、同志《どうし》は陰険《いんけん》にして悪辣《あくらつ》な宗門の謀略《ぼうりゃく》を冷静《れいせい》に見抜《みぬ》き、破邪顕正《はじゃけんせい》の情熱《じょうねつ》をたぎらせて、敢然《かんぜん》と戦《たたか》った。

ハーバード大学での記念講演(1991年)

伸一《しんいち》は、会長《かいちょう》を辞任《じにん》した、あの第一次宗門事件《だいいちじしゅうもんじけん》の折《おり》、〝もう一度、広宣流布《こうせんるふ》の使命《しめい》に生《い》き抜《ぬ》く師弟《してい》の絆《きずな》で結《むす》ばれた、強靱《きょうじん》な創価学会《そうかがっかい》を創《つく》ろう〟と、同志《どうし》一人《ひとり》ひとりに徹《てっ》して光《ひかり》を当《あ》ててきた。個人指導《こじんしどう》、家庭訪問《かていほうもん》、小《しょう》グループでの対話《たいわ》、懇談《こんだん》、さらに、さまざまな会合《かいごう》にも足《あし》を運《はこ》び、激励《げきれい》を続《つづ》けた。

食事《しょくじ》も、できるだけ皆《みな》と共《とも》にし、語《かた》らいのための時間とした。また、寸暇《すんか》を惜《お》しんで、句《く》や和歌《わか》を詠《よ》み、色紙《しきし》や書籍《しょせき》に揮毫《きごう》して贈《おく》るなど、励《はげ》ましに励ましを重《かさ》ねてきた。

彼《かれ》は、同志の成長《せいちょう》のため、幸《しあわ》せのために、生命《いのち》を削《けず》る覚悟《かくご》で動《うご》き、働《はたら》いた。〝皆が一人立つ勇者《ゆうしゃ》になってほしい〟と、広宣流布の魂《たましい》を注《そそ》ぐことに必死《ひっし》であった。

そのなかで後継《こうけい》の青年《せいねん》たちも見事《みごと》に育《そだ》ち、いかなる烈風《れっぷう》にも微動《びどう》だにしない、金剛不壊《こんごうふえ》の師弟の絆で結ばれた、大創価城《じょう》が築《きず》かれていったのである。しかも、その師弟の精神《せいしん》は、広《ひろ》く世界《せかい》の同志の心《こころ》を結んでいった。命《いのち》をかけた行動《こうどう》に、魂は共鳴《きょうめい》する。

彼は、毎月《まいつき》の本部幹部会《ほんぶかんぶかい》などの会合に出席《しゅっせき》するたびに、民衆《みんしゅう》の幸福《こうふく》を願《ねが》われた日蓮大聖人《にちれんだいしょうにん》の御精神や真実《しんじつ》の仏法者《ぶっぽうしゃ》の在《あ》り方《かた》などについて語っていった。

ある時は、喜劇王《きげきおう》チャップリンの言葉《ことば》を紹介《しょうかい》し、「自由《じゆう》」のために戦《たたか》う勇気《ゆうき》の大切《たいせつ》さを語り、ある時は、文豪《ぶんごう》ユゴーの『レ・ミゼラブル』を通《とお》して、「民衆よ強《つよ》くなれ！　民衆よ賢《かしこ》くなれ！　民衆《みんしゅう》よ立て！」と呼《よ》びかけた。

さらに、御聖訓通《ごせいくんどお》りに難《なん》を受けるのは、学会《がっかい》の広宣流布《こうせんるふ》の戦《たたか》いが正《ただ》しいことの証左《しょうさ》であると訴《うった》えた。また、仏法《ぶっぽう》の本義《ほんぎ》のうえから、広布《こうふ》に生き、御本尊《ごほんぞん》を信《しん》じ、仏道《ぶつどう》を行《ぎょう》じ抜《ぬ》いてきた人は、皆《みな》〝仏《ほとけ》〟であることや、民衆のための宗教革命《しゅうきょうかくめい》こそ正道《せいどう》であると力説《りきせつ》した。あるいは、「『一人《ひとり》の幸福《こうふく》』に尽《つ》くしてこそ仏法である」「太陽《たいよう》の仏法は、全人類《ぜんじんるい》に平等《びょうどう》である」「世《せ》界《かい》広布の大道《だいどう》は、どこまでも『御本尊根本《こんぽん》』『御書《ごしょ》根本』である」ことなどを確認《かくにん》してきた。

創価《そうか》の同志《どうし》が心《こころ》を一つにして、日顕《にっけん》ら宗門《しゅうもん》による弾圧《だんあつ》を、乗《の》り越《こ》えていく力《ちから》になったのが、一九八九年（平成元年《へいせいがんねん》）八月二十四日の第一回東京総会《とうきょうそうかい》から始《はじ》まった、衛星中継《えいせいちゅうけい》であった。

それまで、電話回線《でんわかいせん》を使《つか》っての音声《おんせい》中継は行われていたが、この時から、全国《ぜんこく》の主要会館《しゅようかいかん》の大画面《だいがめん》に、映像《えいぞう》も流《なが》れることになったのである。

伸一《しんいち》は、全同志と対話《たいわ》する思《おも》いで、仏法の法理《ほうり》に、日蓮大聖人《にちれんだいしょうにん》の御指導《ごしどう》に立ち返って、〝何が正であり、何が邪《じゃ》なのか〟〝宗門事件《じけん》の本質《ほんしつ》とは何か〟〝人間《にんげん》として、いかに生きるべきか〟など、多次元《たじげん》から、明快《めいかい》に語《かた》っていった。共通《きょうつう》の認識《にんしき》に立ってこそ、堅固《けんご》な団結《だんけつ》が生まれる。

衛星中継を通《とお》して同志は、深《ふか》く、正しく、問題《もんだい》の真実《しんじつ》と本質を知った。ただただ、広宣流布を願《ねが》い、使命《しめい》に生《い》き抜《ぬ》こうとする伸一《しんいち》の思《おも》いを感《かん》じ取《と》っていった。そして、〝何があっても、腐敗《ふはい》した宗門《しゅうもん》の策略《さくりゃく》などに負《ま》けず、共々《ともども》に広布《こうふ》に走《はし》り抜こう!〟と、皆《みな》の心《こころ》は、固《かた》く、強《つよ》く、一つに結《むす》ばれたのである。

一九九一年(平成《へいせい》三年)の十一月八日のことであった。宗門から学会本部《がっかいほんぶ》へ、「創価《そうか》学会解《かい》散勧告書《さんかんこくしょ》」なる文書《ぶんしょ》が届《とど》いた。十一月の七日付《づけ》となっており、差出人《さしだしにん》は、管長《かんちょう》・阿部日顕《あべにっけん》、総監《そうかん》・藤本日潤《ふじもとにちじゅん》である。宛先《あてさき》は、学会の名誉会長《めいよかいちょう》でSGI会長の山本伸一《やまもとしんいち》、学会の会長でSGI理事長《りじちょう》の秋月英介《あきづきえいすけ》、学会の理事長の森川一正《もりかわかずまさ》であった。

そこには、僧《そう》と信徒《しんと》の間《あいだ》には、師匠《ししょう》と弟子《でし》という筋目《すじめ》の上から厳然《げんぜん》と差別《さべつ》があり、学会が法主《ほっす》や僧を師と仰《あお》がず、平等《びょうどう》を主張《しゅちょう》することは、「僧俗師弟《そうぞくしてい》のあり方《かた》を破壊《はかい》する邪見《じゃけん》」などとして、創価学会並《なら》びに、すべてのSGI組織《そしき》を解散するよう勧告してきたのである。

しかし、そもそも創価学会は、五二年(昭和《しょうわ》二十七年)に、既《すで》に宗門とは別《べつ》の宗教法人《しゅうきょうほうじん》となっているのだ。広宣流布《こうせんるふ》の使命を果《は》たし抜かんとする第二代《だいにだい》会長・戸田城聖《とだじょうせい》の、先見《せんけん》の明《めい》によるものである。この英断《えいだん》によって正義《せいぎ》の学会は厳然と守《まも》られたのだ。宗門は、法的《ほうてき》にも解散を勧告できる立場《たちば》ではなく、なんの権限《けんげん》もないのだ。

学会員《がっかいいん》は、解散勧告書《かいさんかんこくしょ》の内容《ないよう》に失笑《しっしょう》した。

「法主《ほっす》に信徒《しんと》は信伏随従《しんぷくずいじゅう》しろとか、僧《そう》が信徒の師《し》だとか、自分《じぶん》たちに都合《つごう》のいいことばかり言っているが、大事《だいじ》なのは何をしてきたかだ」「だいたい、折伏《しゃくぶく》をしたことも、個人指導《こじんしどう》に通《かよ》い詰《つ》めて信心《しんじん》を奮《ふる》い立《た》たせたこともほとんどない、遊《あそ》びほうけてばかりいる坊主《ぼうず》が、どうやって、広布《こうふ》に生《い》き抜《ぬ》いてきた学会員を指導するつもりなんだ!」

この八日、東京婦人部《とうきょうふじんぶ》は、「ルネサンス大会《たいかい》」を開催《かいさい》した。寺《てら》の従業員《じゅうぎょういん》であった婦人らが、僧と寺族《じぞく》の堕落《だらく》した生活《せいかつ》ぶりや、信心のかけらすらない傲慢《ごうまん》な実態《じったい》を告発《こくはつ》。皆《みな》、〝衣《ころも》の権威《けんい》の呪縛《じゅばく》を断《た》ち、いよいよ人間復興《にんげんふっこう》の時が来た!〟と、決意《けつい》を固《かた》め合《あ》った。

「人間のため」という、仏法《ぶっぽう》の原点《げんてん》に還《かえ》ろうとの機運《きうん》が、一気《いっき》に高まっていった。

十一月八日、会長《かいちょう》の秋月《あきづき》らは、宗門《しゅうもん》から創価《そうか》学会解散勧告書が送付《そうふ》されてきたことにともない、記者会見《きしゃかいけん》を行《おこな》った。

解散勧告書の内容は全《まった》く無意味《むいみ》なものであることを述《の》べるとともに、宗門が、日蓮大聖人《にちれんだいしょうにん》の仏法の教義《きょうぎ》と精神《せいしん》から大きく逸脱《いつだつ》している事実《じじつ》を話《はな》した。

また、宗門には、根深《ねぶか》い信徒蔑視《べっし》の体質《たいしつ》があり、対話《たいわ》を拒否《きょひ》してきたこと、狭《せま》い枠《わく》の中《なか》でしかものを見ず、ドイツ語《ご》での「歓喜《かんき》の歌《うた》」の合唱《がっしょう》についても、クレームをつけてきたことなどを述《の》べた。そして、現在《げんざい》、学会《がっかい》が行《おこな》おうとしているのは、そうした偏狭《へんきょう》な権威主義《けんいしゅぎ》を覚醒《かくせい》させる運動《うんどう》であり、大聖人《だいしょうにん》の仏法《ぶっぽう》が世界宗教《せかいしゅうきょう》として広《ひろ》まっているなかでの宗教改革《かいかく》であると訴《うった》えた。

さらに、全国《ぜんこく》の会員《かいいん》たちの怒《いか》りは激《はげ》しく、自分《じぶん》たちで、法主《ほっす》の退座《たいざ》を要求《ようきゅう》する署名《しょめい》を始《はじ》めている状況《じょうきょう》にあることを伝《つた》えた。

葬儀《そうぎ》や塔婆《とうば》供養《くよう》等《とう》を利用《りよう》した貪欲《どんよく》な金儲《かねもう》け主義、腐敗《ふはい》・堕落《だらく》した遊興《ゆうきょう》等の実態《じったい》。誠実《せいじつ》に尽《つ》くす学会員を隷属《れいぞく》させ、支配《しはい》しようと、衣《ころも》の権威をかざして、「謗法《ほうぼう》」「地獄《じごく》へ堕《お》ちる」などと、繰《く》り返《かえ》された脅《おど》し——同志《どうし》は、〝こんなことが許《ゆる》されていいわけがない。大聖人の仏法の正義《せいぎ》が踏《ふ》みにじられていく。その醜態《しゅうたい》は、中世《ちゅうせい》の悪徳聖職者《あくとくせいしょくしゃ》さながらではないか！〟との思《おも》いを深《ふか》くしてきた。

そして、〝なんのための宗教か〟〝誰《だれ》のための教《おし》えなのか〟と、声《こえ》をあげ始めたのである。

伸一《しんいち》は、一貫《いっかん》して「御本尊《ごほんぞん》という根本《こんぽん》に還《かえ》れ！」「日蓮《にちれん》大聖人の御精神《ごせいしん》に還れ！」「御書《ごしょ》という原典《げんてん》に還れ！」と、誤《あやま》りなき信心《しんじん》の軌道《きどう》を語《かた》り示《しめ》してきた。

同志は、宗門《しゅうもん》の強権主義《きょうけんしゅぎ》、権威主義が露骨《ろこつ》になるなかで、大聖人の根本精神を復興《ふっこう》させ、人間《にんげん》のための宗教革命《かくめい》を断行《だんこう》して、世界広布《こうふ》へ前進《ぜんしん》していかねばならないとの自覚《じかく》を深くしていった。その目覚《めざ》めた民衆《みんしゅう》の力《ちから》が、新《あたら》しき改革《かいかく》の波《なみ》となり、大聖人《だいしょうにん》の御精神《ごせいしん》に立ち返って、これまでの葬儀《そうぎ》や戒名等《かいみょうとう》への見直《みなお》しも始《はじ》まったのである。

学会《がっかい》では、葬儀についても、大聖人の教《おし》えの本義《ほんぎ》のうえから、その形式《けいしき》や歴史的《れきしてき》な経緯《けいい》を探究《たんきゅう》し、僧《そう》を呼《よ》ばない同志葬《どうしそう》、友人葬《ゆうじんそう》が行《おこな》われていった。

日蓮《にちれん》大聖人は仰《おお》せである。

「されば過去《かこ》の慈父尊霊《じぶそんりょう》は存生《ぞんしょう》に南無妙法蓮華経《なんみょうほうれんげきょう》と唱《とな》へしかば即身成仏《そくしんじょうぶつ》の人なり」（御書《ごしょ》一四二三ページ）

「故聖霊《こしょうりょう》は此《こ》の経の行者《ぎょうじゃ》なれば即身成仏疑《うたが》いなし」（御書一五〇六ページ）

これらの御書は、成仏は、故人《こじん》の生前《せいぜん》の信心《しんじん》、唱題《しょうだい》によって決《けっ》せられることを示《しめ》されている。僧が出席《しゅっせき》しない葬儀では、故人は成仏しないなどという考《かんが》え方《かた》は、大聖人の御指導《ごしどう》にはないのである。

また、戒名（法名《ほうみょう》）についても、それは、本来《ほんらい》、受戒名《じゅかいめい》、出家《しゅっけ》名で、生前に名乗《なの》ったものである。大聖人の時代《じだい》には、死後《しご》戒名などなく、後代《こうだい》につくられた慣習《かんしゅう》を、宗門《しゅうもん》が受け入れたに過《す》ぎない。戒名は、成仏とは、全《まった》く関係《かんけい》のないものだ。

大聖人の仏法《ぶっぽう》は、葬式仏教《そうしきぶっきょう》ではなく、一切衆生《いっさいしゅじょう》が三世《さんぜ》にわたって、幸福《こうふく》な人生《じんせい》を生きるための宗教《しゅうきょう》である。各地《かくち》の学会《がっかい》の墓地《ぼち》公園《こうえん》は、そうした仏法《ぶっぽう》の生命観《せいめいかん》、死生観《しせいかん》のもと、皆《みな》、平《びょう》等《どう》で、明《あか》るいつくりになっている。

学会の同志《どうし》葬《そう》、友人《ゆうじん》葬が実施《じっし》されると、その評価《ひょうか》は高かった。学会員ではない友人からも、絶讃《ぜっさん》の声《こえ》が寄《よ》せられた。

「葬儀《そうぎ》は、ともすれば、ただ悲《かな》しみに包《つつ》まれ、陰々滅々《いんいんめつめつ》としたものになりがちですが、学会の友人葬は、さわやかで、明るく、冥土《めいど》への旅立《たびだ》ちに、希望《きぼう》さえ感《かん》じさせるものでした。創価《そうか》学会の前向《まえむ》きな死生観の表《あらわ》れといえるかもしれません」

「今は、なんでも代行業者《だいこうぎょうしゃ》を使《つか》う。葬儀で坊《ぼう》さんに読経《どきょう》してもらうのは、そのはしりでしよう。しかし、自分《じぶん》たちで、故人《こじん》の冥福《めいふく》を祈《いの》ってお経を読《よ》み、お題目《だいもく》を唱《とな》える。皆さんの深《ふか》い真心《まごころ》を感じました。これが、故人を送《おく》る本来《ほんらい》の在《あ》り方《かた》ではないでしょうか」

また、ある学者《がくしゃ》は、次《つぎ》のような声を寄せた。

「日本の葬儀に革命的《かくめいてき》ともいえる変革《へんかく》をもたらすもの」「時代《じだい》を先取《さきど》りしているだけに、一《いち》部《ぶ》、旧思考《きゅうしこう》の人びとから反発《はんぱつ》されるかもしれないが、これが将来《しょうらい》の葬儀となり、定着《ていちゃく》することは明《あき》らかである」「三百年かかって日本に定着した檀家制度《だんかせいど》を、わずか三十年で、もう乗《の》り越《こ》えようとしている学会の発展《はってん》とスピードは奇跡的《きせきてき》である」

各地《かくち》の学会員《がっかいいん》は、第一次宗門事件《だいいちじしゅうもんじけん》後、再《ふたた》び宗門の権威主義《けんいしゅぎ》という本性《ほんしょう》が頭《あたま》をもたげ始《はじ》めたなかで、仏法《ぶっぽう》の本義《ほんぎ》に基《もと》づく平成《へいせい》の宗教改革《しゅうきょうかいかく》に立ち上がった。

そして、宗門が学会に出した解散勧告書《かいさんかんこくしょ》を契機《けいき》に、改革への同志《どうし》の思《おも》いは奔流《ほんりゅう》となってほとばしった。それは、日蓮大聖人《にちれんだいしょうにん》の正法正義《しょうほうしょうぎ》に背《そむ》き、広宣流布《こうせんるふ》の和合僧《わごうそう》を破壊《はかい》しようとする、阿部日顕《あべにっけん》の法主《ほっす》退座《たいざ》を要求《ようきゅう》する署名運動《しょめいうんどう》となっていった。

11・18「創価学会《そうか》創立記念日《そうりつきねんび》」を前にして、署名は、わずか十日足《た》らずで、五百万人に至《いた》る勢《いきお》いであった。その広《ひろ》がりは、学会への理不尽極《りふじんきわ》まりない仕打《しう》ちに対《たい》する、同志の怒《いか》りの大きさを物語《ものがた》っていた。

同時《どうじ》に、創価の宝友《ほうゆう》には、大聖人の〝民衆《みんしゅう》の仏法〟が世界《せかい》に興隆《こうりゅう》する時が来たとの強《つよ》い実感《じっかん》があった。それは「三類《さんるい》の強敵来《ごうてききた》らん事疑《ことうたが》い無《な》し」（御書《ごしょ》五〇四ジペー）の御金言《ごきんげん》が、現実《げんじつ》となったことによるものであった。

学会は、三類の強敵のうち、俗衆増上慢《ぞくしゅぞうじょうまん》、すなわち仏法に無知《むち》な在家《ざいけ》の人びとによる悪口《あっく》罵詈《めり》等《とう》の迫害《はくがい》を、数多《かずおお》く受けてきた。また、道門《どうもん》増上慢である、真実《しんじつ》の仏法を究《きわ》めずに自分《じぶん》の考《かんが》えに執着《しゅうちゃく》する僧らの迫害もあった。

しかし、聖者《せいじゃ》のように装《よそお》った高僧《こうそう》が悪心《あくしん》を抱《いだ》き、大迫害を加《くわ》えるという僭聖《せんしょう》増上慢は現《あらわ》れなかった。ところが今、法主《ほっす》である日顕《にっけん》による、仏意仏勅《ぶついぶっちょく》の広宣流布《こうせんるふ》の団体《だんたい》たる創価学会《そうかがっかい》への弾圧《だんあつ》が起《お》こったのである。まさに、学会が、現代《げんだい》において法華経《ほけきょう》を行《ぎょう》じ、御金言通《ごきんげんどお》りの実《じっ》践《せん》に励《はげ》んできたことの証明《しょうめい》であった。

宗門《しゅうもん》から解散勧告書《かいさんかんこくしょ》なる文書《ぶんしょ》が送付《そうふ》されてきてから三週間後《しゅうかんご》の十一月二十九日、またしても学会本部《ほんぶ》に文書が届《とど》いた。「創価学会破門通告書《はもんつうこくしょ》」と書《か》かれていた。

宗門は、解散するよう勧告書を送《おく》ったが、学会が、それに従《したが》わないから、〝破門〟するというのだ。さらに、「創価学会の指導《しどう》を受け入れ、同調《どうちょう》している全《すべ》てのSGI組織《そしき》、並《なら》びにこれに準《じゅん》ずる組織」に対《たい》しても、〝破門〟を通告するとあった。

初代会長《しょだいかいちょう》・牧口常三郎《まきぐちつねさぶろう》の時代《じだい》に入会《にゅうかい》し、戦後《せんご》は第二代《だいにだい》会長・戸田城聖《とだじょうせい》のもとで学会の再建《さいけん》期《き》から戦《たたか》い、宗門の実態《じったい》を見続《みつづ》けてきた草創《そうそう》の幹部《かんぶ》たちは、日顕らの卑劣《ひれつ》な策略《さくりゃく》を糾弾《きゅうだん》した。最高《さいこう》指導会議議長《かいぎぎちょう》の泉田弘《いずみだひろし》や参議会《さんぎかい》議長の関久男《せきひさお》、同副議長の清原《きよはら》かつ等である。

泉田は、あきれ返りながら語《かた》った。

「いったい誰《だれ》を〝破門〟にしたのかね。普通《ふつう》、〝破門〟は、人に対して行《おこな》うものだが、学会とSGIという組織を〝破門〟にしたという。そして、個々《ここ》の会員《かいいん》には、宗門の信徒《しんと》の資格《しかく》は残《のこ》るので、学会を脱会《だっかい》するよう呼《よ》びかけている。結局《けっきょく》、学会員を奪《うば》って、寺《てら》につけようという魂胆《こんたん》が丸見《まるみ》えじゃないか。

宗門《しゅうもん》の権威《けんい》主義《しゅぎ》、保身《ほしん》、臆病《おくびょう》、ずるさは、昔《むかし》から全《まった》く変わっていないな。信心《しんじん》がないんだ。だから、戦時中《せんじちゅう》は、神札《かみふだ》を受けるし、御書《ごしょ》も削除《さくじょ》している。また、何かあると、御本尊《ごほんぞん》を下付《ふ》しないなどと、信仰《しんこう》の対象《たいしょう》である御本尊を、信徒《しんと》支配《しはい》の道具《どうぐ》に使《つか》う。

それと、注意《ちゅうい》しなければならないのが、創価《そうか》の師弟《してい》を引き裂《さ》こうとしてきたことだよ。

宗旨建立《しゅうしこんりゅう》七百年（一九五二年）の慶祝記念《けいしゅくきねん》登山《とざん》の折《おり》、戦時中、神本仏迹論《しんぽんぶつしゃくろん》の邪義《じゃぎ》を唱《とな》えた悪僧《あくそう》・笠原慈行《かさはらじこう》を、学会《がっかい》の青年《せいねん》たちが牧口先生《まきぐちせんせい》の墓前《ぼぜん》で謝罪《しゃざい》させた。その時も宗門の宗会《しゅうかい》は、戸田《とだ》先生に対《たい》して、大講頭《だいこうとう》罷免《ひめん》、登山停止《ていし》等《とう》を決議《けつぎ》した。戸田先生一人《ひとり》を処分《しょぶん》して、同《どう》志《し》との離間《りかん》、創価の師弟の分断《ぶんだん》を謀《はか》り、学会員を宗門に隷属《れいぞく》させようという魂胆だった」

創価学会は、広宣流布《こうせんるふ》を使命《しめい》とする地涌《じゆ》の菩薩《ぼさつ》の集《つど》いである。そして、その生命線《せいめいせん》は、師弟にこそある。ゆえに、広布《こうふ》の破壊《はかい》をもくろむ*第六天《だいろくてん》の魔王《まおう》は、さまざまな方法《ほうほう》を駆使《くし》して、創価の師弟の分断を企《くわだ》てる。

宗門の腐敗《ふはい》と信徒蔑視《べっし》の体質《たいしつ》をよく知る、泉田《いずみだ》ら草創《そうそう》の幹部《かんぶ》たちは、今こそ戦《たたか》おうと、宗門に対して率先《そっせん》して抗議《こうぎ》してきた。

若《わか》い世代《せだい》に、学会の精神《せいしん》を伝《つた》え抜《ぬ》いていくためには、歴戦《れきせん》の先輩《せんぱい》たちが、自《みずか》らの実践《じっせん》を通《とお》して、示《しめ》していくしかない。後継《こうけい》の同志《どうし》を育《そだ》て上《あ》げることこそが、先輩《せんぱい》の使命《しめい》であり、責任《せきにん》である。

泉田《いずみだ》は、意気軒昂《いきけんこう》に断言《だんげん》した。

「これで宗門《しゅうもん》が、大聖人《だいしょうにん》の仏法《ぶっぽう》を踏《ふ》みにじり、謗法《ほうぼう》の宗となったことがハッキリしたわけだ。宗開両祖《しゅうかいりょうそ》のお叱《しか》りは免《まぬか》れない！」

同志の気持《きも》ちは晴《は》れやかであった。〝これで、あの権威《けんい》ぶった陰湿《いんしつ》な宗門に気を遣《つか》わず、さわやかに世界広布《せかいこうふ》に邁進《まいしん》できる！〟というのが、皆《みな》の心境《しんきょう》であった。

破門通告書《はもんつうこくしょ》が届《とど》いた二十九日、東京《とうきょう》・千駄ケ谷《せんだがや》の創価国際友好会館《そうかこくさいゆうこうかいかん》では、SGI会長《かいちょう》の山本伸一《やまもとしんいち》への、「教育《きょういく》・文化《ぶんか》・人道貢献賞《じんどうこうけんしょう》」の授賞式《じゅしょうしき》が行《おこな》われた。これは、東京に大使館《たいしかん》を置《お》くアフリカ外交団《がいこうだん》二十六カ国《こく》の総意《そうい》として贈《おく》られたもので、授賞式には、十九カ国の大使(臨時代理大使《りんじだいりたいし》)等とアフリカ民族会議《みんぞくかいぎ》(ANC)の駐日代表《ちゅうにちだいひょう》が出席《しゅっせき》した。アフリカ諸国《しょこく》の大使、大使館代表が、これだけそろっての訪問《ほうもん》は、異例中《いれいちゅう》の異例であった。

外交団を代表してあいさつした団長《だんちょう》のガーナ大使は、伸一並《なら》びにSGIの世界平和《へいわ》への実績《じっせき》として、アパルトヘイト撤廃《てっぱい》への貢献をはじめ、創価大学《だいがく》や民音《みんおん》などを通《とお》してのアフリカ

OUR HEARTFELT WELCOME TO THEIR EXCELLENCIES
AMBASSADORS FROM AFRICA!

と日本の教育《きょういく》・文化交流《ぶんかこうりゅう》などをあげた。そして、SGIは人類《じんるい》の理想《りそう》を共有《きょうゆう》する〝世界市民《せかいしみん》の集《つど》い〟であると述《の》べ、力《ちから》を込《こ》めた。

「私どもは、〝共通《きょうつう》の理想〟を実現《じつげん》しゆくパートナーとして、SGIを選《えら》んだことが正《ただ》しいと確信《かくしん》します」

ガーナ大使《たいし》は、さらに、伸一《しんいち》に対《たい》して、「貴殿《きでん》は、実《じつ》に、どの点《てん》から見ても、〝真《しん》の世界市民〟であり、日本にとって〝最高《さいこう》の大使〟です」と語《かた》った。

長《なが》い間《あいだ》、圧迫《あつぱく》、差別《さべつ》などに苦《くる》しめられ、多くの困難《こんなん》と戦《たたか》ってきたアフリカ大陸《たいりく》の歴史《れきし》。そのなかで培《つちか》われた鋭《するど》い眼《まなこ》による評価《ひょうか》に対して、伸一は身《み》の引《ひ》き締《し》まる思《おも》いがした。

続《つづ》いて伸一に「教育・文化・人道貢献賞《じんどうこうけんしょう》」が贈《おく》られると、祝福《しゅくふく》の拍手《はくしゅ》が広《ひろ》がった。同賞《どうしょう》には、次《つぎ》のように授賞《じゅしょう》の理由《りゆう》が記《しる》されていた。

「教育、文化、人道主義《しゅぎ》の行動《こうどう》、民族《みんぞく》の平等《びょうどう》と人権《じんけん》の尊重《そんちょう》、貧困《ひんこん》の救済《きゅうさい》と精神的《せいしんてき》な励《はげ》まし、人間性《にんげんせい》のための献身《けんしん》を通《とお》して世界平和《へいわ》を推進《すいしん》されている貴殿の功績《こうせき》を評価し、在東京《ざいとうきょう》アフリカ外交団《がいこうだん》は、こうした人類への奉仕《ほうし》のご行動の中《なか》に光《ひか》る、貴殿の卓越《たくえつ》した人間的資質《ししつ》をここに証明《しょうめい》し、讃《たた》えるものである」

マイクに向かった伸一は、「今日《きょう》は、感動的《かんどうてき》な〝歴史の日〟になりました」と述べたあと、学会《がっかい》は、創立以来《そうりついらい》、人間《にんげん》の尊厳《そんげん》と平等《びょうどう》を守《まも》るために戦《たたか》い、第二代会長《だいにだいかいちょう》・戸田城聖《とだじょうせい》は「地球民族主義《ちきゅうみんぞくしゅぎ》」を提唱《ていしょう》したことを紹介《しょうかい》。〝民衆《みんしゅう》の勝利《しょうり》〟へ進《すす》む「二十一世紀《せいき》の大陸《たいりく》・アフリカ」との、一層《いっそう》の交流《こうりゅう》を誓《ちか》った。

授賞式《じゅしょうしき》に出席《しゅっせき》していたANCの駐日代表《ちゅうにちだいひょう》は、マンデラ議長《ぎちょう》から伝言《でんごん》を託《たく》されていた。

「SGI会長にくれぐれもよろしくお伝《つた》えください。ご健勝《けんしょう》を心《こころ》よりお祈《いの》りします」――。

伸一《しんいち》は、外交団《がいこうだん》の一人《ひとり》ひとりに感謝《かんしゃ》の言葉《ことば》を述《の》べ、固《かた》い握手《あくしゅ》を交《か》わして見送《みおく》った。

「教育《きょういく》の道《みち》」「文化《ぶんか》の道」「人道《じんどう》の道」――これらの道が開けてこそ、真実《しんじつ》の仏法《ぶっぽう》の精神《せいしん》も広《ひろ》く世界《せかい》に脈動《みゃくどう》していく。仏法の精神である人間主義、平和《へいわ》主義は、あらゆる壁《かべ》を超《こ》えて、「人」と「人」を結《むす》んでいく。その実現《じつげん》をめざすなかに、仏法者の正《ただ》しき実践《じっせん》がある。二十一世紀の世界市民運動《しみんうんどう》がある。

〝人権《じんけん》の勝利〟へ、新《あたら》しい時代《じだい》の幕《まく》が、この日、厳然《げんぜん》と開いたのである。各国大使《かっこくたいし》の心こもる祝福《しゅくふく》は、堂々《どうどう》と「魂《たましい》の独立《どくりつ》」を果《は》たした創価《そうか》の未来《みらい》に寄《よ》せる、喝采《かっさい》と期待《きたい》でもあった。

授賞式翌日《よくじつ》の三十日夜《よる》、「創価ルネサンス大勝利記念幹部会《きねんかんぶかい》」が全国各地《ぜんこくかくち》で盛大《せいだい》に開催《かいさい》された。山本《やまもと》伸一は、創価国際友好会館《こくさいゆうこうかいかん》での集《つど》いに出席した。

彼《かれ》は、創価《そうか》の新《あたら》しき出発《しゅっぱつ》となるこの日を記念《きねん》して句《く》を詠《よ》み、全国《ぜんこく》の同志《どうし》に贈《おく》った。

「天《てん》の時　遂《つい》に来《きた》れり　創価王《おう》」

記念幹部会《かんぶかい》の席上《せきじょう》、この句を紹介《しょうかい》した会長《かいちょう》の秋月英介《あきづきえいすけ》は、「創価王」とは、創価学会員全《がっかいいんぜん》員《いん》が信仰《しんこう》の「王者《おうじゃ》」の意味《いみ》であることを伝《つた》えた。

そして、日顕《にっけん》ら宗門《しゅうもん》の本質《ほんしつ》を明《あき》らかにしていった。

「数々《かずかず》の謗法行為《ほうぼうこうい》を犯《おか》し、〝日顕宗〟と化《か》した宗門には、学会を破門《はもん》する資格《しかく》など、毛頭《もうとう》ありません。大罪《だいざい》を犯した日顕法主《ほっす》こそ、大聖人《だいしょうにん》から厳《きび》しく裁《さば》かれなければならない」

「今回《こんかい》の、広宣流布《こうせんるふ》の前進《ぜんしん》を妨《さまた》げる『破和合僧《はわごうそう》』の行為により、宗門は、日蓮《にちれん》大聖人から間違《まちが》いなく破門になったと断《だん》じたい」

「宗門による破門の本質は、陰湿《いんしつ》な檀徒《だんと》づくりの策略《さくりゃく》であり、学会をさらに解体《かいたい》しようと狙《ねら》っている野心《やしん》は、少《すこ》しも変わっていない。その本質を見抜《みぬ》いていかなければならない」

ここで彼は、声《こえ》を大にして叫《さけ》んだ。

「私どもは、信心《しんじん》のうえからも、黒《くろ》い悪魔《あくま》の鉄鎖《てっさ》を切って、自由《じゆう》に伸《の》び伸びと、世界広布《せかいこうふ》に邁進《まいしん》できることになったのであります。本日《ほんじつ》、私どもが『魂《たましい》の自由』を勝ち取った、創価ルネサンスの『大勝利宣言《だいしょうりせんげん》』をしたいと思《おも》いますが、皆《みな》さん、いかがでしょうか！」

大歓声《だいかんせい》と大拍手《だいはくしゅ》が鳴《な》り響《ひび》いた。

さらに秋月《あきづき》は、「相構《あいかま》え相構えて強盛《ごうじょう》の大信力《だいしんりき》を致《いた》して南無妙法蓮華経《なんみょうほうれんげきょう》・臨終正念《りんじゅうしょうねん》と祈念《きねん》し給《たま》へ、生死一大事《しょうじいちだいじ》の血脈《けつみゃくこ》此れより外《ほか》に全《まった》く求《もと》むることなかれ」「信心《しんじん》の血脈なくんば法華《ほけ》経《きょう》を持《たも》つとも無益《むやく》なり」（御書《ごしょ》一三三八ジペー）の御文《ごもん》を拝《はい》し、力説《りきせつ》した。

「信心こそが、『血脈の本体《ほんたい》』であり、御本尊《ごほんぞん》に具《そな》わる功徳《くどく》は、仏力《ぶつりき》・法力《ほうりき》と、私どもの信力・行力《ぎょうりき》の四力《しりき》がそろうところに必《かなら》ず現《あらわ》れ、『強盛の大信力』にこそ無量《むりょう》の功徳がある。そのことを、実証《じっしょう》をもって示《しめ》していきたい」

次《つ》いで秋月は、同志葬《どうしそう》、友人葬《ゆうじん》などを担当《たんとう》していくため、各県《かくけん》・区《く》に儀典部《ぎてんぶ》を設置《せっち》することを発表《はっぴょう》した。また、全国《ぜんこく》で、世界《せかい》で進《すす》められてきた日顕法主退座要求署名《にっけんほっすたいざようきゅうしょめい》は、国内《こくない》、海外《かいがい》合《あ》わせ、千二百四十二万に達《たっ》したことを報告《ほうこく》し、全世界から集《あつ》まった民衆《みんしゅう》の怒《いか》りの声《こえ》を突《つ》きつけていきたいと訴《うった》えた。

集《つど》った同志は、大拍手をもって賛同《さんどう》の意《い》を表《ひょう》した。皆《みな》、世界広布《こうふ》の「天《てん》の時」を感《かん》じていた。大宗教革命《だいしゅうきょうかくめい》の新《あたら》しき歴史《れきし》の大舞台《おおぶたい》に、主人公《しゅじんこう》として立つ喜《よろこ》びに、血《ち》湧《わ》き、肉躍《にくおど》らせるのであった。

いよいよ伸一《しんいち》のスピーチとなった。

「本日《ほんじつ》は、緊急《きんきゅう》に〝祝賀《しゅくが》の集《つど》い〟があるというので、私も出席《しゅっせき》させていただいた」とユーモアを込《こ》めて切り出すと、爆笑《ばくしょう》が広《ひろ》がり、拍手《はくしゅ》が起《お》こった。明《あか》るく、伸《の》びやかな、喜《よろこ》びと決意《けつい》がみなぎる集いであった。

伸一《しんいち》は、宗門《しゅうもん》が十一月二十八日付《づけ》で学会《がっかい》に破門通告書《はもんつうこくしょ》を送《おく》ってきたことから、こう述《の》べていった。

「十一月二十八日は、歴史《れきし》の日となった。『十一月』は学会創立《そうりつ》の月《つき》であり、『二十八日』は、ご承知《しょうち》の通《とお》り、法華経《ほけきょう》二十八品《ぽん》の『二十八』に通《つう》じる。期《き》せずして、魂《たましい》の〝独立記念日《どくりつきねんび》〟にふさわしい日付になったといえようか」

またしても大拍手が場内《じょうない》に轟《とどろ》いた。

魂の〝独立記念日〟――その言葉《ことば》に、誰《だれ》もが無限《むげん》の未来《みらい》と無限の希望《きぼう》を感《かん》じた。

伸一は、日蓮大聖人《にちれんだいしょうにん》の仰《おお》せ通りに、学会が不惜身命《ふしゃくしんみょう》の精神《せいしん》で妙法広宣流布《みょうほうこうせんるふ》を実現《じつげん》してきたことを再確認《さいかくにん》し、力《ちから》を込めた。

「これ以上《いじょう》、折伏《しゃくぶく》・弘教《ぐきょう》し、これ以上、世界《せかい》に正法《しょうほう》を宣揚《せんよう》してきた団体《だんたい》はありません。

また、いよいよ、これからが本舞台《ほんぶたい》です。

戸田先生《とだせんせい》も言われていたが、未来の経典《きょうてん》に『創価学会仏《そうかぶつ》』の名《な》が厳然《げんぜん》と記《しる》し残《のこ》されることは間違《まちが》いないと確信《かくしん》するものであります」

まさしく、仏意仏勅《ぶついぶっちょく》の創価学会《そうかがっかい》であり、広宣流布《こうせんるふ》のために懸命《けんめい》に汗《あせ》を流《なが》す、学会員一人《ひとり》ひとりが仏《ほとけ》なのである。

「宗教《しゅうきょう》」があって「人間《にんげん》」があるのではない。「人間」があって「宗教」があるのである。「人間」が幸福《こうふく》になるための「宗教」である。この道理《どうり》をあべこべにとらえ、錯覚《さっかく》してしまうならば、すべてが狂《くる》っていく――伸一《しんいち》は、ここに宗門《しゅうもん》の根本的《こんぽんてき》な誤《あやま》りがあったことを指摘《してき》し、未来《みらい》を展望《てんぼう》しつつ語《かた》った。

「日蓮大聖人《にちれんだいしょうにん》の仏法《ぶっぽう》は『太陽《たいよう》の仏法』であり、全人類《ぜんじんるい》を照《て》らす世界《せかい》宗教です。その大仏法を奉《ほう》ずる私どもの前進《ぜんしん》も、あらゆる観点《かんてん》から見て、〝世界的〟〝普遍的《ふへんてき》〟であるべきです。決《けっ》して、小《ちい》さな閉鎖的《へいさてき》・封建的《ほうけんてき》な枠《わく》に閉《と》じ込《こ》めるようなことがあってはならない」

御書《ごしょ》に「日輪《にちりん》・東方《とうほう》の空《そら》に出《い》でさせ給《たま》へば南浮《なんぶ》の空・皆明《みなあきら》かなり」（八八三ジペー）と。「南浮」とは、南閻浮提《なんえんぶだい》であり、世界を意味《いみ》する。太陽の日蓮仏法は、あらゆる不幸《ふこう》の暗雲《あんうん》を打《う》ち破《やぶ》り、全世界に遍《あまね》く幸《さち》の光《ひかり》を送《おく》る。

さらに伸一は、宗門事件《じけん》に寄《よ》せられた識者《しきしゃ》の声《こえ》から、世界宗教の条件《じょうけん》について語った。

――それは、「民主的《みんしゅてき》な〝開かれた教団運営《きょうだんうんえい》〟」「『信仰《しんこう》の基本《きほん》』には厳格《げんかく》、『言論《げんろん》の自由《じゆう》』を保障《ほしょう》」「『信徒《しんと》参画《さんかく》』『信徒尊敬《そんけい》』の平等主義《びょうどうしゅぎ》」「『儀式《ぎしき》』中心《ちゅうしん》ではなく、『信仰《しんこう》』中心」「血統《けっとう》主義ではなく、オープンな人材《じんざい》主義」「教義《きょうぎ》の『普遍性《ふへんせい》』と、布教面《ふきょうめん》の『時代即応性《じだいそくおうせい》』」である。

また、彼《かれ》は、戸田城聖《とだじょうせい》の「われわれ学会《がっかい》は、御書《ごしょ》を通《とお》して、日蓮大聖人《にちれんだいしょうにん》と直結《ちょっけつ》していくのである」との指導《しどう》を紹介《しょうかい》。学会は、どこまでも御書根本《こんぽん》に、大聖人の仏意仏勅《ぶついぶっちょく》のままに、「大法弘通慈折広宣流布《だいほうぐつうじしゃくこうせんるふ》」の大願《だいがん》を掲《かか》げて、行動《こうどう》し続《つづ》けていることを力説《りきせつ》した。

そして、誰人《たれびと》も大聖人と私どもの間《あいだ》に介在《かいざい》させる必要《ひつよう》はないことを述《の》べ、あえて指導者の使命《しめい》をいえば、大聖人と一人《ひとり》ひとりを直結させるための手助《てだす》けであると述べた。

牧口初代会長《まきぐちしょだいかいちょう》、戸田第二代《だいにだい》会長は、御本仏《ごほんぶつ》の御遺命《ごゆいめい》通《どお》りに死身弘法《ししんぐほう》を貫《つらぬ》き、大聖人門下《もんか》の信心《しんじん》を教《おし》え示《しめ》した。創価《そうか》の師弟《してい》も、同志《どうし》も、組織《そしき》も、御書を根本に大聖人の御精神《ごせいしん》、正《ただ》しい信心を、教え、学《まな》び合《あ》うためにある。

次《つ》いで彼は、未来《みらい》へ、世界《せかい》へと、広宣流布の流《なが》れを開く学会の使命を確認《かくにん》していった。

「日蓮大聖人は『御義口伝《おんぎくでん》』に、『今《いま》日蓮が唱《とな》うる所《ところ》の南無妙法蓮華経《なんみょうほうれんげきょう》は末法《まっぽう》一万年の衆生《しゅじょう》まで成仏《じょうぶつ》せしむるなり』（御書七二〇ページ）と仰《おお》せになっています。大聖人の仰せのままに進《すす》む人は、誰《だれ》でも成仏できることを確信《かくしん》し、いよいよ万年の未来へ、壮大《そうだい》なる希望《きぼう》の出発《しゅっぱつ》をしようではありませんか。

また、日興上人《にっこうしょうにん》は、『本朝《ほんちょう》の聖語《しょうご》も広宣《こうせん》の日は亦仮字《またかな》を訳《やく》して梵震《ぼんしん》に通《つう》ず可《べ》し』（御書《ごしょ》一六一三ジペー）と書《か》き残《のこ》されている。かつて、インドの釈尊《しゃくそん》の言葉《ことば》が、中国語《ちゅうごくご》や日本語に翻訳《ほんやく》されたように、大聖人《だいしょうにん》が使《つか》われた尊《とうと》い言葉も、広宣流布《るふ》の時には、仮名《かな》を用《もち》いて書かれた御書を訳して、インドへも、中国へも流布していくべきであるとの意味《いみ》です。

その教《おし》え通《どお》りに、御書を正《ただ》しく翻訳し、世界中《せかいじゅう》に流布しているのは、わが創価学会《そうかがっかい》だけです。学会は、この日興上人の御精神《ごせいしん》のままに、御書根本《こんぽん》に進《すす》んでいきます。宗祖《しゅうそ》・大聖人も、日興上人も、必《かなら》ずやお喜《よろこ》びくださり、御賞讃《ごしょうさん》くださっているにちがいありません」

そして彼《かれ》は、「時の貫首《かんず》為《た》りと雖《いえど》も仏法《ぶっぽう》に相違《そうい》して己義《こぎ》を構《かま》えば之《これ》を用う可からざる事《こと》」（御書一六一八ジペー）との「日興遺誡置文《ゆいかいおきぶみ》」を拝《はい》した。時の法主《ほっす》であるといっても、仏法に相違して自分勝手《じぶんかって》な教義《きょうぎ》を唱《とな》えれば、これを用いてはならないとの厳誡《げんかい》である。

伸一《しんいち》は、どこまでも、この遺誡のままに大聖人に直結《ちょっけつ》し、勇躍《ゆうやく》、世界広布《こうふ》へ進んでいきたいと訴《うった》え、結《むす》びに、こう呼《よ》びかけた。

「どうか、皆様《みなさま》は、『世界一の朗《ほが》らかさ』と『世界一の勇気《ゆうき》』をもって、『世界一の創価学会』の建設《けんせつ》へ邁進《まいしん》していただきたい。そして、大勝利《だいしょうり》の学会創立《そうりつ》七十周年《しゅうねん》の西暦《せいれき》二〇〇〇年を迎《むか》えましょう！」

会場《かいじょう》を揺《ゆ》るがさんばかりの、決意《けつい》の拍手《はくしゅ》が沸《わ》き起《お》こった。

全国《ぜんこく》、全世界《ぜんせかい》の同志《どうし》が、創価《そうか》ルネサンスの闘士《とうし》として、勇《いさ》んで立ち上がった。

「日蓮《にちれん》が慈悲《じひ》曠大《こうだい》ならば南無妙法蓮華経《なんみょうほうれんげきょう》は万年《まんねん》の外《ほか》・未来《みらい》までもながる《流布》べし」（御書《ごしょ》三二九ページ）との御聖訓《ごせいくん》を胸《むね》に、世界広宣流布《こうせんるふ》への新《あら》たな長征《ちょうせい》が開始《かいし》されたのである。

同志は、「学会《がっかい》によって知った、この正《ただ》しき信心《しんじん》の軌道《きどう》を踏《ふ》み外《はず》すまい」「どこまでも学会と共《とも》に進《すす》み、断《だん》じて幸福《こうふく》な人生《じんせい》を切り開いていこう」「悪縁《あくえん》に紛動《ふんどう》されて、悔《く》いを三世《さんぜ》に残《のこ》すような友《とも》を出すまい」と誓《ちか》い合《あ》った。異体同心《いたいどうしん》のスクラムを固《かた》めながら、さっそうと、朗《ほが》らかに、二十一世紀《せいき》を、「生命《せいめい》の世紀」をめざしたのである。

宗門《しゅうもん》が破門通告《はもんつうこく》なる文書《ぶんしょ》を送付《そうふ》してから約《やく》一カ月後の十二月二十七日、学会は、日顕《にっけん》に対《たい》し、「退座要求書《たいざようきゅうしょ》」と、それに賛同《さんどう》する、世界各国《かっこく》を含《ふく》めた、千六百万人を超《こ》える人びとの署名簿《しょめいぼ》を送《おく》った。この厳《げん》たる事実《じじつ》は、永久《えいきゅう》に広布史《こうふし》に刻《きざ》まれることになったのである。

学会では、この年の師走《しわす》、東京《とうきょう》の江戸川《えどがわ》・葛飾《かつしか》・足立《あだち》区をはじめ、神奈川《かながわ》の川崎《かわさき》などの文《ぶん》化音楽祭《かおんがくさい》が開催《かいさい》された。また、富士鼓笛隊《ふじこてきたい》、富士学生軽音楽団《がくせいけいおんがくだん》、富士学生合唱団《がっしょうだん》などが、盛《さか》んに演奏会《えんそうかい》を行《おこな》った。

そのなかには、あの「歓喜《かんき》の歌《うた》」に歌詞《かし》をつけた、「創価歓喜《よろこび》の凱歌《うた》」を誇《ほこ》らかに披露《ひろう》した催《もよお》しもあった。

伸一《しんいち》は、可能《かのう》な限《かぎ》り、出席《しゅっせき》し、鑑賞《かんしょう》するとともに、メンバーを励《はげ》ました。同志《どうし》の晴《は》れやかな歌声《うたごえ》は、明《みょう》一九九二年（平成《へいせい》四年）「創価《そうか》ルネサンスの年」の開幕《かいまく》を告《つ》げる、希望《きぼう》のファンファーレとなった。

振《ふ》り返《かえ》ってみれば、九一年（同三年）は、まさに激動《げきどう》の一年であったが、学会《がっかい》の「魂《たましい》の独《どく》立《りつ》」の年となり、新生《しんせい》・創価学会の誕生《たんじょう》の年となった。そして、世界宗教《せかいしゅうきょう》への大いなる飛翔《ひしょう》の年となったのである。

今、人類《じんるい》の平和《へいわ》と幸福《こうふく》を創造《そうぞう》しゆく大創価城《じょう》は、厳《げん》としてそそり立ったのだ。世界広宣流《こうせんる》布《ふ》の時代《じだい》を迎《むか》え、「悪鬼入其身《あっきにゅうごしん》」と化《か》した宗門《しゅうもん》は、魔性《ましょう》の正体《しょうたい》を現《あらわ》し、自《みずか》ら学会から離《はな》れていった。不思議《ふしぎ》なる時の到来《とうらい》であった。すべては御仏《ごぶっ》意《ち》であった。

「創価ルネサンス」の鐘《かね》は、高らかに鳴《な》り響《ひび》いた。九二年（同四年）の元日《がんじつ》、山本《やまもと》伸一は、学会別館《べっかん》で各部《かくぶ》の代表《だいひょう》と勤行《ごんぎょう》・唱題《しょうだい》したあと、皆《みな》を激励《げきれい》し、一年の戦《たたか》いを開始《かいし》した。

五日の新春幹部会《しんしゅんかんぶかい》では、「あの人にも温《あたた》かく、この人にも温かい言葉《ことば》を。これが指導《しどう》の第《だい》一歩《いっぽ》である」と訴《うった》え、新出発《しんしゅっぱつ》を呼《よ》びかけた。

この年、宗門《しゅうもん》を離脱《りだつ》する僧《そう》が相次《あいつ》いだ。日顕《にっけん》をはじめ宗門の在《あ》り方《かた》は、日蓮大聖人《にちれんだいしょうにん》の仏法《ぶっぽう》に違背《いはい》するものであると、「諫暁《かんぎょう》の書《しょ》」を送《おく》った僧たちもいた。

宗門は、この年の八月、今度《こんど》は、伸一《しんいち》を信徒除名処分《しんとじょめいしょぶん》にした。なんとかして、創価《そうか》の師弟《してい》を分断《ぶんだん》しようとしたのであろう。しかし、もはや学会員《がっかいいん》は歯牙《しが》にもかけなかった。

学会から離《はな》れた宗門は、信徒数が大幅《おおはば》に激減《げきげん》し、没落《ぼつらく》していくのである。

宗門は、学会を破門《はもん》したあと、学会員への御本尊下付《ごほんぞんかふ》も停止《ていし》していた。そうしたなか、宗門を離脱した、栃木《とちぎ》・浄圓寺《じょうえんじ》の成田宣道住職《なりたせんどうじゅうしょく》から、同寺所蔵《どうじしょぞう》の日寛上人書写《にちかんしょうにんしょしゃ》の御本尊を御形《おかた》木《ぎ》御本尊として学会員に授与《じゅよ》していただきたいとの申《もう》し出《で》があった。

一九九三年（平成《へいせい》五年）九月、学会は、この申し出を、日蓮大聖人の御遺命《ごゆいめい》のままに、広《こう》宣流布《せんるふ》を進《すす》める唯一《ゆいいつ》の仏意仏勅《ぶついぶっちょく》の団体《だんたい》として、「信心《しんじん》の血脈《けつみゃく》」を受《う》け継《つ》ぐ和合僧団《わごうそうだん》の資格《しかく》において受け、今後《こんご》、全世界《ぜんせかい》の会員に授与していくことを、総務会《そうむかい》・参議会《さんぎかい》・教学部最高会《きょうがくぶさいこうかい》議《ぎ》・県長会議《けんちょうかいぎ》および責任役員会《せきにんやくいんかい》で決議《けつぎ》した。

一方《いっぽう》、宗門は、九五年（同七年）、「耐震《たいしん》」を口実《こうじつ》に大客殿《だいきゃくでん》の解体《かいたい》を発表《はっぴょう》、着手《ちゃくしゅ》した。さらに、九八年（同十年）六月には、八百万信徒の真心《まごころ》の結晶《けっしょう》ともいうべき正本堂《しょうほんどう》の、破壊《はかい》を強《きょう》行《こう》したのだ。伸一が発願主《ほつがんしゅ》となって建立寄進《こんりゅうきしん》した、先師《せんし》・日達法主《にったつほっす》の事績《じせき》の建物《たてもの》を、日顕は、次々《つぎつぎ》と破壊《はかい》していったのである。

伸一《しんいち》は、一九九二年（平成四年《へいせい》）「創価《そうか》ルネサンスの年」の一月末《すえ》、アジア訪問《ほうもん》へと旅立《たびだ》った。〝東西冷戦《とうざいれいせん》が終結《しゅうけつ》した今こそ、世界《せかい》に平和《へいわ》の橋《はし》を！〟と思《おも》うと、一瞬《いっしゅん》の猶予《ゆうよ》もなかった。

四年ぶりに訪《おとず》れたタイでは、プーミポン・アドゥンヤデート国王《こくおう》を、チトラダ宮殿《きゅうでん》に表敬《ひょうけい》訪問し、文化《ぶんか》、平和、芸術《げいじゅつ》について語《かた》り合《あ》った。国王は「文化の大王《だいおう》」と謳《うた》われ、芸術への造詣《ぞうけい》が深《ふか》く、豊《ゆた》かな教養《きょうよう》と学識《がくしき》で知られている。

伸一は、八八年（昭和《しょうわ》六十三年）に初《はじ》めて会見《かいけん》した折《おり》、国王撮影《さつえい》による写真展《しゃしんてん》の開催《かいさい》を提《てい》案《あん》した。それが実現《じつげん》し、八九年（平成元年《がんねん》）の東京富士《とうきょうふじ》美術館《びじゅつかん》に始《はじ》まり、アメリカ、イギリスと三カ国《こく》で行《おこな》われ、好評《こうひょう》を博《はく》した。

今回《こんかい》の会見では、国王が作曲《さっきょく》した作品《さくひん》の特別演奏会《とくべつえんそうかい》を提案。これは、翌《よく》九三年（同五年）十一月、創価大学《だいがく》の講堂《こうどう》で、国王・王妃《おうひ》の日本公式《こうしき》訪問三十周年《しゅうねん》を記念《きねん》する特別演奏会として開催されている。

さらに、三回目の九四年（同六年）の会見では、国王制作《せいさく》の絵画《かいが》を中心《ちゅうしん》とする特別展を提案し、これも、東京、名古屋《なごや》、大阪《おおさか》の三都市《とし》で行われることになる。

タイでも伸一《しんいち》は、同志《どうし》の激励《げきれい》に終始《しゅうし》した。

励《はげ》ましの心《こころ》、励ましの行為《こうい》こそが、仏法《ぶっぽう》である。その人の持《も》つ「法《ほう》」は、振《ふ》る舞《ま》いを通《とお》して、燦然《さんぜん》と光《ひか》り輝《かがや》くのである。

メンバーは、国王《こくおう》と伸一の友誼《ゆうぎ》を誇《ほこ》りとして、社会貢献《しゃかいこうけん》に努《つと》め、信頼《しんらい》を勝ち取っていった。そして、タイ創価学会《そうかがっかい》は、〝微笑《ほほえ》みの国〟に〝幸《さち》の花園《はなぞの》〟を広《ひろ》げながら、大きな発展《はってん》を遂《と》げていくことになる。

伸一は、インドではラマスワミ・ベンカタラマン大統領《だいとうりょう》、シャンカル・ダヤル・シャルマ副大統領、ガンジーの直弟子《じきでし》の一人《ひとり》であるガンジー記念館《きねんかん》のビシャンバル・ナーツ・パンデイ副議長《ふくぎちょう》らと相次《あいつ》ぎ会談《かいだん》した。

また、ガンジー記念館の招請《しょうせい》により、「不戦世界《ふせんせかい》を目指《めざ》して――ガンジー主義《しゅぎ》と現代《げんだい》」と題《だい》して講演《こうえん》している。

インドのメンバーの文化祭《ぶんかさい》にも出席《しゅっせき》した。友《とも》は大きく成長《せいちょう》し、若《わか》き人材《じんざい》の森《もり》が育《そだ》とうとしていた。釈尊生誕《しゃくそんせいたん》の地ネパールからも同志が集《つど》っており、皆《みな》と記念のカメラに納《おさ》まった。伸一は、新《あたら》しい夜明《よあ》けの歌《うた》を聴《き》く思《おも》いがした。

インドから香港《ホンコン》を訪問《ほうもん》した山本《やまもと》伸一は、デビッド・ウィルソン総督《そうとく》と会談するなどして、二月二十二日には帰国《きこく》の途《と》に就《つ》き、沖縄《おきなわ》へ向かった。

このアジア訪問《ほうもん》は、学会《がっかい》が「魂《たましい》の独立《どくりつ》」を果《は》たして、最初《さいしょ》の平和旅《へいわたび》であった。仏法発祥《ぶっぽうはっしょう》の地であるインドでも、タイでも、香港《ホンコン》でも、メンバーは地域《ちいき》に、社会《しゃかい》に、着実《ちゃくじつ》に信頼《しんらい》と友情《ゆうじょう》の根《ね》を張《は》り、活発《かっぱつ》に平和と文化《ぶんか》と教育《きょういく》の運動《うんどう》を展開《てんかい》していた。伸一《しんいち》は未来《みらい》を展望《てんぼう》し、世界広布《せかいこうふ》の新《あたら》しい布石《ふせき》に全力《ぜんりょく》を注《そそ》いだ。

沖縄では、アジア各国《かっこく》・地域の代表《だいひょう》が参加《さんか》して、第一回SGIアジア総会《そうかい》が、二十五日から三日間にわたって、恩納村《おんなそん》の沖縄研修道場《けんしゅうどうじょう》で開催《かいさい》された。伸一は、連日《れんじつ》、総会に出席《しゅっせき》し、メンバーを力《ちから》の限《かぎ》り励《はげ》ました。

総会二日目の勤行会《ごんぎょうかい》では、インドのニューデリー付近《ふきん》に、創価菩提樹園《そうかぼだいじゅえん》を開設《かいせつ》することを発表《はっぴょう》した。さらに、民衆《みんしゅう》の幸《しあわ》せを願《ねが》う日蓮大聖人《にちれんだいしょうにん》の御精神《ごせいしん》に照《て》らして、信仰《しんこう》は自分自身《じぶんじしん》が生き生きと、楽《たの》しく生き抜《ぬ》いていくためにあることを確認《かくにん》し、こう訴《うった》えた。

「信仰のことで、いたずらに〝とらわれた心《こころ》〟になって、窮屈《きゅうくつ》に自分を縛《しば》る必要《ひつよう》は全《まった》くありません。また、気持《きも》ちを重《おも》くさせ、喜《よろこ》びが失《う》せてしまうような指導《しどう》をしてもならない。

勤行・唱題《しょうだい》も、やった分《ぶん》だけ、自分の得《とく》になる。かといって、やらなければ〝罰《ばち》〟が出るなどということはありません。それでは、初《はじ》めから信仰しない人の方《ほう》がよいことにさえなってしまう。

妙法《みょうほう》への信心《しんじん》の『心《こころ》』に、一遍《いっぺん》の唱題《しょうだい》に、無量《むりょう》の功徳《くどく》があると大聖人《だいしょうにん》は仰《おお》せです――そう確信《かくしん》し、自《みずか》ら勇《いさ》んで、伸《の》び伸びと、喜《よろこ》びの心をもって仏道修行《ぶつどうしゅぎょう》に励《はげ》んでいく一念《いちねん》によって、いよいよ境涯《きょうがい》は限《かぎ》りなく開け、福運《ふくうん》を積《つ》んでいくことができるんです。信心は、決《けっ》して義務《ぎむ》ではない。自身《じしん》の最高《さいこう》の権利《けんり》です。この微妙《びみょう》な一念の転換《てんかん》に信心の要諦《ようてい》がある」

彼《かれ》は、皆《みな》が創価家族《そうかかぞく》として、信心の歓喜《かんき》、醍醐味《だいごみ》を満喫《まんきつ》しながら、聡明《そうめい》に、楽《たの》しく、広布《こうふ》の道《みち》を進《すす》んでもらいたかったのである。

第一回SGIアジア総会《そうかい》三日目の二十七日には、アジア十五カ国《こく》・地域《ちいき》二百五十人と、沖縄《おきなわ》をはじめ、日本の同志《どうし》が参加《さんか》して、アジア総会並《なら》びに平和音楽祭《へいわおんがくさい》が、本部幹部会《ほんぶかんぶかい》、沖縄県《けん》総会の意義《いぎ》を込《こ》めて盛大《せいだい》に行《おこな》われた。

沖縄は、ちょうど、本土復帰《ほんどふっき》二十周年《しゅうねん》を迎《むか》え、同志たちは、〝この島々《しまじま》を常寂光土《じょうじゃっこうど》に、永遠《えいえん》の幸福島《こうふくじま》にしよう！〟との決意《けつい》に燃《も》えていた。また、〝アジアの玄関口《げんかんぐち》である沖縄から、立正安国《りっしょうあんこく》の哲学《てつがく》を発信《はっしん》していこう！〟との、誓《ちか》いを新《あら》たにしていたのである。

アジア各地《かくち》から集《つど》ったメンバーも、〝互《たが》いに心を合《あ》わせ、友好《ゆうこう》と信頼《しんらい》の絆《きずな》を結《むす》び、平和交流《こうりゅう》の礎《いしずえ》を築《きず》いていかなければならない〟との思《おも》いを強《つよ》くしていた。

音楽祭《おんがくさい》では、インドの男子部長《だんしぶちょう》がSGI「アジア宣言《せんげん》」を英語《えいご》で発表《はっぴょう》した。

「われらアジアのSGIメンバーは、次《つぎ》の三点《てん》を宣言するものである。

①自国《じこく》の文化《ぶんか》・伝統《でんとう》を重《おも》んじ、社会《しゃかい》の繁栄《はんえい》のために『信心即生活《しんじんそくせいかつ》』の実証《じっしょう》を！

②グローバリズムに立脚《りつきゃく》した国際的《こくさいてき》な文化交流《こうりゅう》、教育《きょういく》交流を活発《かっぱつ》に！

③国連《こくれん》を中心《ちゅうしん》とした新《あら》たな平和《へいわ》秩序確立《ちつじょかくりつ》の努力《どりょく》に協力《きょうりょく》していく」

宣言は、全員《ぜんいん》の賛同《さんどう》の拍手《はくしゅ》で採択《さいたく》された。

次《つ》いで沖縄《おきなわ》音楽隊・鼓笛隊《こてきたい》のファンファーレ「アジアの夜明《よあ》け」に続《つづ》いて、マレーシア、インドネシア、フィリピン、シンガポール……と、民族衣装《みんぞくいしょう》に身《み》を包《つつ》み、喜《よろこ》びの舞《まい》や合唱《がっしょう》を次々《つぎつぎ》に披露《ひろう》していった。伸《の》び伸びと広布《こうふ》に生きる躍動感《やくどうかん》と若《わか》い活力《かつりょく》にあふれていた。

フィナーレでは、沖縄復帰《ふっき》の年（一九七二年）に生まれた二十歳《はたち》のメンバーを中心に構成《こうせい》した二百人の合唱団が登場《とうじょう》し、「地涌《じゆ》の行進《こうしん》」「わったーうちなーちゅらさじま」（私たちの沖縄は美《うつく》しい島《しま》）を熱唱《ねつしょう》。沖縄の即興《そっきょう》の踊《おど》り「カチャーシー」を舞《ま》いだす人もいる。

伸一《しんいち》は、県幹部《けんかんぶ》から、出演者《しゅつえんしゃ》が二十歳の青年《せいねん》たちと聞くと、目を輝《かがや》かせた。

「すごいね。青年は皆《みな》が宝《たから》だ。青年が元気《げんき》に信心に励《はげ》んでいる限《かぎ》り、未来《みらい》は盤石《ばんじゃく》だ。若い力《ちから》を大切《たいせつ》にし、一人《ひとり》ひとりを抱《だ》きかかえるように、磨《みが》き、育《そだ》てていくんだよ。放《ほう》っておいては人は育《そだ》ちません。

先輩《せんぱい》は、後輩《こうはい》と一緒《いっしょ》に祈《いの》り、共《とも》に御書《ごしょ》を研鑽《けんさん》し、共に家庭訪問《かていほうもん》や弘教《ぐきょう》に歩《ある》き、徹底《てってい》して信《しん》・行《ぎょう》・学《がく》を教《おし》えていくんです。粘《ねば》り強《づよ》く面倒《めんどう》をみていくことが大事《だいじ》だ。

そして、この合唱祭《がっしょうさい》のように、青年《せいねん》を表《おもて》に立て、自主性《じしゅせい》、主体性《しゅたいせい》を生かしながら、自由《じゆう》に、伸《の》び伸びと力《ちから》を発揮《はっき》してもらうんです。

その姿《すがた》が、そのまま、未来《みらい》の沖縄創価学会《おきなわそうかがっかい》の縮図《しゅくず》になる。

後輩を、一人《ひとり》、また一人と、自分以上《じぶんいじょう》の人材《じんざい》に育て上げていった人こそが大指導者《だいしどうしゃ》です。今、真剣《しんけん》に青年を育成《いくせい》し、それを伝統《でんとう》にしていくならば、二十一世紀《せいき》の沖縄は盤石《ばんじゃく》です」

若者《わかもの》たちの熱《ねつ》と力にあふれた歌声《うたごえ》に合《あ》わせて、場内《じょうない》の参加者《さんかしゃ》も、次々《つぎつぎ》と踊《おど》りだし、「カチャーシー」の輪《わ》が広《ひろ》がる。

歴史《れきし》や文化《ぶんか》は違《ちが》っても、〝アジアの心《こころ》〟〝平和《へいわ》の心〟は一つに解《と》け合っていった。

伸一《しんいち》は、マイクに向かうと、語《かた》り始《はじ》めた。

「『花《はな》』がある。『海《うみ》』が広がる。『光《ひかり》』があふれる。沖縄研修道場《けんしゅうどうじょう》は、『春爛漫《はるらんまん》』である」

——すると、大拍手《だいはくしゅ》が広がった。

それは、邪宗門《じゃしゅうもん》の鉄鎖《てっさ》を断《た》ち切《き》り、晴《は》れやかに創価の大行進《だいこうしん》を開始《かいし》した、歓喜《かんき》にあふれた皆《みな》の心《こころ》と、見事《みごと》に響《ひび》き合《あ》ったからだ。

彼《かれ》は、スピーチのなかで、フィリピンに研修道場《けんしゅうどうじょう》を建設《けんせつ》することや、香港《ホンコン》に次《つ》いでシンガポールにも創価幼稚園《そうかようちえん》の設立《せつりつ》が決まったことなどを発表《はっぴょう》した。全《すべ》てが希望《きぼう》に満《み》ちていた。

また、かつて沖縄《おきなわ》は、「万国《ばんこく》の津梁《しんりょう》」と呼《よ》ばれ、国々《くにぐに》を結《むす》ぶ懸《か》け橋《はし》の役割《やくわり》を担《にな》ってきたことを紹介《しょうかい》。沖縄での、このアジア総会《そうかい》は、二十一世紀《せいき》へと向かう、哲学《てつがく》と文化《ぶんか》と平和《へいわ》の「大《だい》交流時代《こうりゅうじだい》」の幕開《まくあ》けとなることを述《の》べた。

語《かた》りながら伸一《しんいち》は、〝アジアの民衆《みんしゅう》の幸福《こうふく》と平和を願《ねが》われた戸田先生《とだせんせい》が、この総会をご覧《らん》になったら、どれほど喜《よろこ》ばれることか〟と、心深《こころふか》く思《おも》った。

沖縄には、「命《ぬち》どぅ宝《たから》」（命《いのち》こそ宝）という生命尊厳《せいめいそんげん》の精神《せいしん》、また、「いちゃりば兄弟《ちょーでー》」（一度出会《であ》えば、兄弟《きょうだい》）という、開かれた友情《ゆうじょう》の気風《きふう》がみなぎっている。

＊「身命の儀《ぎ》、どの宝物よりも大切に存《ぞん》じ保養《ほよう》いたすべく候《そうろう》」とは、琉球《りゅうきゅう》の名指導者《めいしどうしゃ》・蔡温《さいおん》の言葉《ことば》である。

ところが、あの太平洋戦争《たいへいようせんそう》では、凄惨《せいさん》な地上戦《ちじょうせん》が展開《てんかい》され、多くの県民《けんみん》が犠牲《ぎせい》となった。

伸一は、沖縄に思いを馳《は》せるたびに、国土《こくど》の宿命転換《しゅくめいてんかん》と立正安国《りっしょうあんこく》の実現《じつげん》の必要性《ひつようせい》を痛感《つうかん》してきた。

彼《かれ》が第三代会長就任《だいさんだいかいちょうしゅうにん》から二カ月半後《はんご》の、一九六〇年（昭和《しょうわ》三十五年）七月十六日に沖縄《おきなわ》を初訪問《はつほうもん》したのも、この日は、日蓮大聖人《にちれんだいしょうにん》が「立正安国論《りっしょうあんこくろん》」を提出《ていしゅつ》された日であったからだ。沖縄の同志《どうし》が、立正安国の先駆《さきが》けとなる永遠《えいえん》の平和《へいわ》・繁栄《はんえい》の楽土《らくど》建設《けんせつ》へ、立ち上がってほしかったのである。

初の沖縄訪問の折《おり》、伸一《しんいち》は、南部《なんぶ》戦跡《せんせき》も見て回《まわ》った。同志たちから、悲惨《ひさん》な戦争体験《せんそうたいけん》も聞いた。胸《むね》が張《は》り裂《さ》ける思《おも》いであった。そして、〝この沖縄を幸福島《こうふくじま》に！　広宣流布《こうせんるふ》の勝利島《しょうりとう》に！〟そのために私は、沖縄の同志と共《とも》に戦《たたか》っていこう！〟と、深《ふか》く、固《かた》く心《こころ》に誓《ちか》った。

仏法《ぶっぽう》の法理《ほうり》に照《て》らせば、最《もっと》も不幸《ふこう》に泣《な》いた人こそ、最も幸《しあわ》せになる権利《けんり》がある。

六四年（同三十九年）十二月二日、彼が「戦争ほど、残酷《ざんこく》なものはない。戦争ほど、悲惨なものはない……」との言葉《ことば》で始《はじ》まる、小説《しょうせつ》『人間革命《にんげんかくめい》』の筆《ふで》を沖縄の地で起《お》こしたのも、その決意《けつい》の証《あかし》であった。

「一人《ひとり》の人間における偉大《いだい》な人間革命は、やがて一国《いっこく》の宿命《しゅくめい》の転換《てんかん》をも成《な》し遂《と》げ、さらに全人類《ぜんじんるい》の宿命の転換をも可能《かのう》にする」――同書《どうしょ》のこのテーマこそ、恩師《おんし》・戸田城聖《とだじょうせい》が示《しめ》した平和建設の原理《げんり》である。

七七年（同五十二年）、沖縄研修道場《けんしゅうどうじょう》が誕生《たんじょう》する。ここは、かつて米軍《べいぐん》のメースB基地《きち》であり、発射台《はっしゃだい》のミサイルは、アジアに向けられていた。それならば、そこを、世界《せかい》への平和《へいわ》の発信地《はっしんち》にしていこうと伸一《しんいち》は思《おも》った。

沖縄研修道場《おきなわけんしゅうどうじょう》の開設《かいせつ》にあたって、当初《とうしょ》、ミサイルの発射台は、撤去《てっきょ》する予定《よてい》であった。それを聞くと、山本《やまもと》伸一は提案《ていあん》した。

「人類《じんるい》が愚《おろ》かな戦争《せんそう》に明《あ》け暮《く》れていた歴史《れきし》の証拠《しょうこ》として残《のこ》してはどうだろうか。そして、この研修道場を世界の平和の象徴《しょうちょう》にしていこう!」

研修道場は整備《せいび》され、発射台の上には、未来《みらい》をめざす六体《たい》の青年像《せいねんぞう》が設置《せっち》され、恒久《こうきゅう》平和を決意《けつい》し合《あ》う「世界平和の碑《ひ》」となった。道場内《どうじょうない》には、ヒカンザクラやブーゲンビレア、ハイビスカスをはじめ、百種類《しゅるい》を超《こ》える花《はな》や草木《そうもく》が咲《さ》き競《きそ》う。かつてのメースB基地《きち》は、今や、多くの友《とも》が集《つど》い、広宣流布《こうせんるふ》を、世界の平和を誓《ちか》い合う地へと蘇《よみがえ》ったのだ。

日蓮大聖人《にちれんだいしょうにん》は、「浄土《じょうど》と云《い》ひ穢土《えど》と云うも土《ど》に二《ふたつ》の隔《へだて》なし只我等《ただわれら》が心《こころ》の善悪《ぜんあく》によると見えたり」(御書《ごしょ》三八四ジ゙)と仰《おお》せである。もともと土に隔《へだ》てがあるわけではなく、そこに住《す》む人間《にん》の心、一念《いちねん》のいかんで、自分《じぶん》の住む場所《ばしょ》を、最高《さいこう》の環境《かんきょう》に変えていくことができるとの御《ご》断言《だんげん》である。言《い》い換《か》えれば、一切《いっさい》の主体者《しゅたいしゃ》である人間自身《じしん》の生命《せいめい》の変革《へんかく》があってこそ、平和で豊《ゆた》かな社会《しゃかい》環境を築《きず》いていくことが可能《かのう》になるのである。

大聖人《だいしょうにん》の御生涯《ごしょうがい》は、「立正安国《りっしょうあんこく》」の実践《じっせん》に貫《つらぬ》かれている。「立正」(正を立てる)とは、広宣《こうせん》流布《るふ》することによって、人びとの胸中《きょうちゅう》に仏法《ぶっぽう》という生命尊厳《せいめいそんげん》や慈悲《じひ》の哲理《てつり》を打《う》ち立てることを意味《いみ》する。そして、「安国」(国を安《やす》んずる)とは、立正の帰結《きけつ》として、社会《しゃかい》の繁栄《はんえい》と恒久《こうきゅう》平和《へいわ》が実現《じつげん》されることをいう。

ゆえに、立正すなわち広宣流布という仏法者の宗教的使命《しゅうきょうてきしめい》は、安国という社会的使命の行《こう》動《どう》へと必然的《ひつぜんてき》に連動《れんどう》していくのである。立正なくして、真実《しんじつ》の安国はない。安国なくして立正の実践の完結《かんけつ》もない。

われらは、誇《ほこ》らかに胸《むね》を張《は》り、現実《げんじつ》の大地《だいち》をしっかと踏《ふ》みしめ、一人《ひとり》、また一人と、対話《たいわ》の渦《うず》を起《お》こし、平和をめざして、漸進的《ぜんしんてき》に立正安国の前進《ぜんしん》を続《つづ》ける。そこに、真実の〝民衆《みんしゅう》勝利《しょうり》〟の道《みち》がある。

伸一《しんいち》は、沖縄研修道場《おきなわけんしゅうどうじょう》に集《つど》ったアジアの同志《どうし》に、沖縄の同志に、そして、衛星中継《えいせいちゅうけい》で結《むす》ばれた日本の全同志に呼《よ》びかけた。

「わが創価家族《そうかかぞく》は、『誠実《せいじつ》』と『平等《びょうどう》』と『信頼《しんらい》』のスクラムで、どこまでも進《すす》む。国境《こっきょう》もない。民族《みんぞく》の違《ちが》いもない。なんの隔《へだ》てもない――人間主義《にんげんしゅぎ》で結ばれた、これほど麗《うるわ》しい〝地《ち》球家族《きゅうかぞく》〟は、ほかに絶対《ぜったい》にないと確信《かくしん》するものであります! 私どもは、第一級《だいいっきゅう》の国際人《こくさいじん》として、新《あたら》しいルネサンス、新しい宗教改革《しゅうきょうかいかく》の大舞台《おおぶたい》に出航《しゅっこう》していきたい」

さらに彼《かれ》は、魂《たましい》を注《そそ》ぐ思《おも》いで訴《うった》えた。

「新時代《しんじだい》の広宣流布《こうせんるふ》もまた険路《けんろ》でありましょう。『賢明《けんめい》』にして『強気《つよき》』でなければ、勝利《しょうり》と栄光《えいこう》は勝ち取れません。仏法《ぶっぽう》は勝負《しょうぶ》である。人生《じんせい》も勝負である。一切《いっさい》が勝負である。ゆえに勝たねばならない。勝たねば友《とも》を守《まも》れない。正義《せいぎ》を守れない。

断《だん》じて皆《みな》を守り切る。幸福《こうふく》にしていく――そうした『強気』に徹《てっ》した『勝利のリーダー』になっていただきたい！」

誓《ちか》いの大拍手《だいはくしゅ》が轟《とどろ》いた。

伸一《しんいち》は、この沖縄訪問《おきなわほうもん》のあと、十年ぶりに大分県《おおいたけん》を訪《おとず》れ、県総会《そうかい》で、学会歌《がっかいか》の指揮《しき》を執《と》った。あの第一次宗門事件《だいいちじしゅうもんじけん》で正信会僧《しょうしんかいそう》による非道《ひどう》な学会攻撃《こうげき》に耐《た》えながら、敢然《かんぜん》と創価《そうか》の正義を叫《さけ》び抜《ぬ》いた大分の同志《どうし》たちは、今回《こんかい》の第二次宗門事件では微動《びどう》だにしなかった。

皆が、陰険《いんけん》な宗門僧の本質《ほんしつ》も、学会攻撃の卑劣《ひれつ》な手口《てぐち》も、知り尽《つ》くしていたからだ。また、御書《ごしょ》に照《て》らして、〝いよいよ第六天《だいろくてん》の魔王《まおう》が競《きそ》い起《お》こったのだ！　負《ま》けてなるものか！〟と、強く自覚《じかく》していたのである。

同志は、第一次宗門事件を乗《の》り越《こ》えたことによって、〝断じて、創価学会と共《とも》に広宣流布に進《すす》むぞ！〟との決意《けつい》も、信心《しんじん》への確信《かくしん》も、一段《いちだん》と増《ま》していた。

御聖訓《ごせいくん》には、「かたうど《方人》よりも強敵《ごうてき》が人をば・よくなしけるなり」（御書《ごしょ》九一七ジペー）と仰《おお》せである。難《なん》を呼《よ》び起《お》こし、難と闘《たたか》い、難を乗《の》り越《こ》えることによって、大飛躍《だいひやく》を遂《と》げてきたのが、創価学会《そうかがっかい》の誉《ほま》れの歴史《れきし》である。


山本伸一《やまもとしんいち》は、広布《こうふ》に走《はし》った。

〝権威主義《けんいしゅぎ》、教条主義《きょうじょうしゅぎ》の宗門《しゅうもん》の鉄鎖《てっさ》から解《と》き放《はな》たれた今こそ、世界広宣流布《せかいこうせんるふ》の壮大《そうだい》にして盤石《ばんじゃく》な礎《いしずえ》を築《きず》かねばならない。時が来たのだ！　新時代《しんじだい》の希望《きぼう》の朝《あさ》が訪《おとず》れたのだ！〟

彼《かれ》は、西暦《せいれき》二〇〇〇年、つまり二十世紀中《せいきちゅう》に、その布石《ふせき》を終《お》えるため、力《ちから》の限《かぎ》り、世界を駆《か》け巡《めぐ》ろうと心《こころ》に決めていた。二十一世紀の開幕《かいまく》の年、伸一は七十三歳《さい》となる。そして、八十歳までには、世界広布の基盤《きばん》を完成《かんせい》させたいと考《かんが》えていたのである。

一九九二年（平成《へいせい》四年）六月上旬《じょうじゅん》から七月上旬にかけては、ドイツなど、欧州《おうしゅう》三カ国《こく》とエジプト、トルコを訪問《ほうもん》した。ドイツのフランクフルトでは、ドイツをはじめ、ポーランド、チェコスロバキア（チェコとスロバキア）、ハンガリー、ブルガリアの中欧《ちゅうおう》・東欧《とうおう》やロシアなど、十三カ国の代表《だいひょう》メンバーが集《つど》い、歴史的な合同会議《ごうどうかいぎ》が行《おこな》われた。

伸一《しんいち》は、戸田城聖《とだじょうせい》が東欧《とうおう》・ロシアの民衆《みんしゅう》のことを深《ふか》く思《おも》い、特《とく》に一九五六年（昭和《しょうわ》三十一年）の「ハンガリー動乱《どうらん》」の時には、「実《じつ》にかわいそうでたまらない。かの民衆は、どれほど苦《くる》しんでいるか」と、強《つよ》く心《こころ》を痛《いた》めていたことなどを紹介《しょうかい》し、集《つど》った同志《どうし》を励《はげ》ました。

「こうした悲劇《ひげき》を転換《てんかん》しゆくために、戸田先生《せんせい》は、私ども青年《せいねん》に〝確固《かっこ》たる生命哲学《せいめいてつがく》を打《う》ち立《た》てよ！〟〝人間主義《にんげんしゅぎ》の行動《こうどう》で世界《せかい》を結《むす》べ！〟と呼《よ》びかけられた。私は、そうした先生の構想《こうそう》を、一つ、また一つと、実現《じつげん》してきました。今や、先生が憂慮《ゆうりょ》しておられたハンガリーをはじめ、東欧・ロシアの天地《てんち》に、このように地涌《じゆ》の菩薩《ぼさつ》が誕生《たんじょう》した！」

どの国も、日蓮仏法《にちれんぶっぽう》を待望《たいぼう》していたのだ。

伸一は、十月には第八次訪中《だいはちじほうちゅう》を果《は》たした。この訪問《ほうもん》では、中国社会科学院《ちゅうごくしゃかいかがくいん》から同院初《どういんはつ》となる名誉研究教授《めいよけんきゅうきょうじゅ》の称号《しょうごう》が贈《おく》られた。

その折《おり》、彼《かれ》は、「二十一世紀《せいき》と東《ひがし》アジア文明《ぶんめい》」と題《だい》して講演《こうえん》。東アジアに共通《きょうつう》する精神性《せいしんせい》を特徴《とくちょう》づけている「共生《きょうせい》のエートス（道徳的気風《どうとくてききふう》）」について論及《ろんきゅう》し、世界は、人間と人間、また人間と自然《しぜん》が「共生」していく思潮《しちょう》を必要《ひつよう》としていると、強く訴《うった》えた。

一九九三年（平成《へいせい》五年）を、学会《がっかい》は「創価《そうか》ルネサンス・勝利《しょうり》の年」と定《さだ》めた。

山本伸一《やまもとしんいち》は一月下旬《げじゅん》から、約《やく》二カ月にわたって、北《ほく》・南米《なんべい》を訪問《ほうもん》した。

アメリカでは、カリフォルニア州《しゅう》にある名門《めいもん》クレアモント・マッケナ大学《だいがく》で「新《あたら》しき統合《とうごう》原理《げんり》を求《もと》めて」と題《だい》して特別講演《とくべつこうえん》した。

伸一は、世界《せかい》の新《あら》たな統合原理を求めるにあたって、人間《にんげん》の「全人性《ぜんじんせい》」の復権《ふっけん》がカギを握《にぎ》ると述《の》べ、そのために「寛容《かんよう》と非暴力《ひぼうりょく》の『漸進主義《ぜんしんしゅぎ》』」「開かれた対話《たいわ》」の必要性《ひつようせい》などをあげ、仏法《ぶっぽう》で説《と》く、仏界《ぶっかい》、菩《ぼ》薩界《さつかい》を基《き》底部《ていぶ》に据《す》える生き方に言及《げんきゅう》した。

講演の講評《こうひょう》を行《おこな》ったのは、ノーベル化学賞《かがくしょう》・平和賞受賞者《へいわしょうじゅしょうしゃ》のライナス・ポーリング博士であった。博士は、「講演で示《しめ》された菩薩の精神《せいしん》こそ、人類《じんるい》を幸福《こうふく》にするもの」と評価《ひょうか》し、「私たちには、創価学会《そうかがっかい》があります」と高らかに宣言《せんげん》した。

さらに、創価大学ロサンゼルス分校《ぶんこう》では、〝人権《じんけん》の母《はは》〟ローザ・パークスと会談《かいだん》した。

――一九五五年（昭和《しょうわ》三十年）、アフリカ系《けい》アメリカ人の彼女《かのじょ》は、バスの座《ざ》席《せき》まで差《さ》別《べつ》されることに毅《き》然《ぜん》と抗議《こうぎ》した。それが、バス・ボイコット運動《うんどう》の起《き》点《てん》となり、差別撤廃《てっぱい》が勝ち取られていったのである。

伸一は青年《せいねん》たちと、その人権闘争《とうそう》を讃《たた》え、「〝人類の宝《たから》〟〝世界の母〟ようこそ！」と歓迎《かんげい》した。まもなく迎《むか》える彼女の八十歳《さい》の誕生日《たんじょうび》を、峯子《みねこ》が用意《ようい》したケーキでお祝《いわ》いもした。

人間愛《にんげんあい》の心《こころ》と心が響《ひび》き合《あ》う語《かた》らいのなかで、彼女《かのじょ》は、『写真《しゃしん》は語る』という本《ほん》が出版《しゅっぱん》されることに触《ふ》れた。著名人《ちょめいじん》が、人生《じんせい》に最《もっと》も影響《えいきょう》を与《あた》えた写真を一枚《まい》ずつ選《えら》んで、載《の》せる企画《きかく》であり、自分《じぶん》が、その一人《ひとり》に選ばれたことを伝《つた》え、こう語った。

「あのバス・ボイコット運動《うんどう》の際《さい》の写真を選ぼうと思《おも》っていました。しかし、考《かんが》えを変えました。会長《かいちょう》との出会《であ》いこそ、私の人生にいちばん大きい影響を及《およ》ぼす出来事《できごと》になるだろうと思ったからです。世界平和《せかいへいわ》のために、会長と共《とも》に旅立《たびだ》ちたいのです。もし、よろしければ、今日《きょう》の会長との写真を、本に載せたいのですが……」

伸一《しんいち》は、〝掲載《けいさい》される写真を、自分との語らいの場面《ばめん》にしたい〟という彼女の要請《ようせい》に恐縮《きょうしゅく》した。

後日《ごじつ》、出版された写真集が届《とど》けられた。彼女の言葉《ことば》通《どお》り、伸一と握手《あくしゅ》を交《か》わした写真が掲載されていた。「人権運動《じんけんうんどう》の母《はは》」の、優《やさ》しく美《うつく》しい笑顔《えがお》が光《ひか》っている。

冒頭《ぼうとう》には、こう書《か》かれていた。

*「この写真は未来《みらい》について語っています。わが人生において、これ以上《いじょう》、重要《じゅうよう》な瞬間《しゅんかん》を考えることはできません」。そして、文化《ぶんか》の相違《そうい》があっても、人間は共に進《すす》むことができ、この出会いは、「世界平和のための新《あら》たな一歩《いっぽ》なのです」と。

山本伸一《やまもとしんいち》は、このアメリカ訪問《ほうもん》で、ロサンゼルスにある「寛容《かんよう》の博物館《はくぶつかん》」を訪《おとず》れている。

同博物館では、世界各地《せかいかくち》での人権抑圧《じんけんよくあつ》や、人類史上最大《じんるいしじょうさいだい》の残虐行為《ざんぎゃくこうい》であるホロコースト（ユダヤ人大量虐殺《たいりょうぎゃくさつ》）の歴史《れきし》に焦点《しょうてん》を当《あ》てて、展示《てんじ》が行《おこな》われていた。館内《かんない》を見学《けんがく》し、ユダヤの人びとの、受難《じゅなん》の過酷《かこく》さに触《ふ》れた彼《かれ》は、同博物館の関係者《かんけいしゃ》たちに語《かた》った。

「私は、貴博物館を見学し、『感動《かんどう》』しました！　いな、それ以上《いじょう》に『激怒《げきど》』しました！　いな、それ以上に、『このような悲劇《ひげき》を、いかなる国、いかなる時代《じだい》においても、断《だん》じて繰《く》り返《かえ》してはならない』と、未来《みらい》への深《ふか》い『決意《けつい》』をいたしました」

民族《みんぞく》、思想《しそう》、宗教等《しゅうきょうとう》の違《ちが》いによる差別《さべつ》や抑圧。そして、それをよしとしてしまう人間《にんげん》の心《こころ》――そこに生命《せいめい》に潜《ひそ》む魔性《ましょう》がある。その魔性と戦《たたか》っていくことこそ、仏法者《ぶっぽうしゃ》の使命《しめい》にほかならない。

初代会長《しょだいかいちょう》・牧口常三郎《まきぐちつねさぶろう》は、戦時中《せんじちゅう》、戦争遂行《せんそうすいこう》のために思想統制《とうせい》を進《すす》める軍部政府《ぐんぶせいふ》の弾圧《だんあつ》と戦い、獄死《ごくし》した。共《とも》に投獄《とうごく》された第二代《だいにだい》会長・戸田城聖《とだじょうせい》は、戦後《せんご》、「地球《ちきゅう》民族主義《しゅぎ》」の理念《りねん》を掲《かか》げ立った。この師弟《してい》の行動《こうどう》は、人間を分断《ぶんだん》する、あらゆる「非寛容性」に対《たい》する闘争《とうそう》であった。広宣流布《こうせんるふ》とは、人権のための連帯《れんたい》を築《きず》き、広《ひろ》げていくことでもある。

二月六日、山本伸一《やまもとしんいち》は、アメリカのマイアミから、コロンビア共和国《きょうわこく》へ向かった。セサル・ガビリア・トルヒーヨ大統領《だいとうりょう》並《なら》びに文化庁《ぶんかちょう》の招聘《しょうへい》によるもので、コロンビアは、初《はじ》めての訪問《ほうもん》である。大統領は、一九九〇年（平成《へいせい》二年）八月、同国最年少《どうこくさいねんしょう》の四十三歳《さい》で就任《しゅうにん》し、テロ撲滅《ぼくめつ》、麻薬組織《まやくそしき》の取《と》り締《し》まりに力《ちから》を注《そそ》いできた。

伸一の一行《いっこう》がマイアミを発《た》つ前、コロンビアの首都《しゅと》のサンタフェ・デ・ボゴタ市《し》（ボゴタ市）の繁華街《はんかがい》で、車《くるま》に仕掛《しか》けられた爆弾《ばくだん》が爆発《ばくはつ》し、市民《しみん》が吹《ふ》き飛《と》ばされるという事件《じけん》が起《お》こった。当時《とうじ》、麻薬組織によるテロ事件が相次《あいつ》いでいたのである。国内《こくない》には非常事態宣言《ひじょうじたいせんげん》が出されていた。

コロンビアで伸一は、東京富士美術館所蔵《とうきょうふじびじゅつかんしょぞう》の「日本美術の名宝展《めいほうてん》」の開幕式《かいまくしき》などに出席《しゅっせき》することになっていた。三年前に日本で開催《かいさい》された「コロンビア大黄金展《だいおうごんてん》」（東京富士美術館主催《しゅさい》）の答礼《とうれい》の意味《いみ》も込《こ》められていた。

大統領府《ふ》から伸一に、訪問についての問《と》い合《あ》わせがあった。彼《かれ》は、言下《げんか》に答《こた》えた。

「私のことなら、心配《しんぱい》はいりません。予定通《よていどお》り、貴国《きこく》を訪問させていただきます。私は、最《もっと》も勇敢《ゆうかん》なるコロンビア国民《こくみん》の一人《ひとり》として行動《こうどう》してまいります」

それは、伸一《しんいち》の〝誓《ちか》い〟であったのだ。

四年前、来日《らいにち》したビルヒリオ・バルコ大統領《だいとうりょう》（当時《とうじ》）から、同国《どうこく》の「功労大十字勲章《こうろうだいじゅうじくんしょう》」が伸一に贈《おく》られた折《おり》、彼《かれ》は、こう述《の》べている。

「私どもも〝同国民《コンパトリオータ》〟との思《おも》いで、貴国《きこく》のために貢献《こうけん》していきたいと念願《ねんがん》しています」

彼は、たとえ何があろうとも、信義《しんぎ》には、どこまでも信義をもって応《こた》えたかった。それが友情《ゆうじょう》の道《みち》であり、人間《にんげん》の道であるからだ。

コロンビア到着《とうちゃく》の翌《よく》七日、支部《しぶ》が結成《けっせい》され、伸一はメンバーと記念撮影《きねんさつえい》し、激励《げきれい》した。

八日には、大統領府《ふ》のナリーニョ宮殿《きゅうでん》にガビリア大統領夫妻《ふさい》を表敬訪問《ひょうけいほうもん》した。この時、彼は、大統領に長編詩《ちょうへんし》を贈り、若《わか》き偉大《いだい》なるリーダーの勇気《ゆうき》と行動《こうどう》を讃《たた》え、コロンビアの前途《ぜんと》に「栄光《えいこう》あれ！」とエールを送《おく》った。

大統領は、伸一の訪問を心《こころ》から歓迎《かんげい》し、コロンビアの「サン・カルロス大十字勲章」を贈った。

さらに、この日、伸一は、「日本美術《びじゅつ》の名宝展《めいほうてん》」の開幕式《かいまくしき》に出席《しゅっせき》し、ここでも文化庁長官《ぶんかちょうちょうかん》から、「文化栄光《えいこう》勲章」を受けている。

九日、彼は、空路《くうろ》、ブラジルのリオデジャネイロへ向かった。

リオデジャネイロの国際空港《こくさいくうこう》では、伸一《しんいち》が到着《とうちゃく》する二時間前から、一人《ひとり》の老齢《ろうれい》の紳士《しんし》が待《ま》ち続《つづ》けていた。

豊《ゆた》かな白髪《はくはつ》で、顔《かお》には、果敢《かかん》な闘争《とうそう》を経《へ》てきた幾筋《いくすじ》もの皺《しわ》が刻《きざ》まれていた。高齢《こうれい》のためか、歩《ある》く姿《すがた》は、幾分《いくぶん》、おぼつかなかったが、齢《よわい》九十四とは思《おも》えぬ毅然《きぜん》たる姿は、獅子《しし》を思わせた。今回《こんかい》の伸一の招聘元《しょうへいもと》の一つである、南米最高峰《なんべいさいこうほう》の知性《ちせい》の殿堂《でんどう》ブラジル文学《ぶんがく》アカデミーのアウストレジェジロ・デ・アタイデ総裁《そうさい》である。

彼《かれ》は、当時《とうじ》の首都《しゅと》リオデジャネイロの法科大学《ほうかだいがく》を卒業後《そつぎょうご》、新聞記者《しんぶんきしゃ》となり、一九三〇年代、自国《じこく》の独裁政権《どくさいせいけん》と戦《たたか》った。投獄《とうごく》、三年間の国外追放《こくがいついほう》も経験《けいけん》した。戦後《せんご》は第三回国連総会《こくれんそうかい》にブラジル代表《だいひょう》として参加《さんか》し、エレノア・ルーズベルト米大統領夫人《べいだいとうりょうふじん》や、ノーベル平和賞《へいわしょう》を受賞《じゅしょう》したフランスのルネ・カサン博士らと、「世界人権宣言《せかいじんけんせんげん》」の作成《さくせい》に重要《じゅうよう》な役割《やくわり》を果《は》たしてきた。その後《ご》もコラムニストとして差別《さべつ》との戦いに挑《いど》み、文学アカデミーの総裁に就任後《しゅうにんご》も、言論戦《げんろんせん》を展開《てんかい》し続けていた。

総裁は、ヨーロッパ在住《ざいじゅう》の友人《ゆうじん》から、伸一のことを聞き、その後、著作《ちょさく》も読《よ》み、また、ブラジルSGIメンバーとも交流《こうりゅう》するなかで、その思想《しそう》と実践《じっせん》に強《つよ》い関心《かんしん》と共感《きょうかん》をいだき、伸一と会うことを熱望《ねつぼう》してきたという。

空港《くうこう》で、今か今かと伸一《しんいち》の到着《とうちゃく》を待つ総裁《そうさい》の体調《たいちょう》を心配《しんぱい》し、「まだ、お休《やす》みになっていてください」と気遣《きづか》うSGI関係者《かんけいしゃ》に、総裁は言った。

「私は、九十四年間も会長《かいちょう》を待《ま》っていたんです。それを思《おも》えば、一時間や二時間は、なんでもありません」

伸一がリオデジャネイロの空港に到着したのは午後《ごご》九時であった。一行《いっこう》を、アタイデ総裁らが、包《つつ》み込《こ》むような笑《え》みで迎《むか》えてくれた。

総裁は、一八九八年（明治《めいじ》三十一年）生まれで、一九〇〇年（同三十三年）生まれの恩師《おんし》・戸田城聖《とだじょうせい》と、ほぼ同じ年代《ねんだい》である。伸一は、総裁と戸田の姿《すがた》が二重写《にじゅううつ》しになり、戸田が、自《じ》分《ぶん》を迎えてくれているような思いがした。

総裁と伸一は、互《たが》いに腕《うで》に手をかけ、抱《だ》き合《あ》うようにしてあいさつを交《か》わした。

「会長は、この世紀《せいき》を決定《けってい》づけた人です。力《ちから》を合わせ、人類《じんるい》の歴史《れきし》を変えましょう！」

総裁の過分《かぶん》な讃辞《さんじ》に恐縮《きょうしゅく》した。その言葉《ことば》には、全人類の人権《じんけん》を守《まも》り抜《ぬ》かねばならないという、切実《せつじつ》な願《ねが》いと未来《みらい》への期待《きたい》が込められていたにちがいない。伸一は応《こた》えた。

「総裁は同志《どうし》です！　友人《ゆうじん》です！　総裁こそ、世界《せかい》の〝宝《たから》〟の方《かた》です」

世界《せかい》には、差別《さべつ》の壁《かべ》が張《は》り巡《めぐ》らされ、人権《じんけん》は、権力《けんりょく》に、金力《きんりょく》に、暴力《ぼうりょく》に踏《ふ》みにじられてきた。「世界人権宣言《せかいじんけんせんげん》」の精神《せいしん》を現実《げんじつ》のものとしていくには、人類《じんるい》は、まだまだ遠《とお》い、過酷《かこく》な道《みち》のりを踏破《とうは》していかなくてはならない――総裁《そうさい》は、そのバトンを引《ひ》き継《つ》ぐ人たちを、真剣《しんけん》に探《さが》し求《もと》めていたのであろう。

翌《よく》十日、伸一《しんいち》は、リオデジャネイロ市内《しない》で行《おこな》われた、リオの代表者会議《だいひょうしゃかいぎ》に出席《しゅっせき》した。彼《かれ》は、明《みょう》十一日が戸田城聖《とだじょうせい》の生誕《せいたん》九十三年の記念日《きねんび》であることから、恩師《おんし》の指導《しどう》を引きながら、仏法《ぶっぽう》と社会生活《しゃかいせいかつ》について言及《げんきゅう》した。

「戸田先生《せんせい》は、次《つぎ》のように話《はな》されていた。『*御本尊《ごほんぞん》を受持《じゅじ》しているから、商売《しょうばい》の方法《ほうほう》などは、考《かんが》えなくても、努力《どりょく》しなくとも、必《かなら》ずご利益《りやく》があるんだという、安易《あんい》な考え方《かた》をする者《もの》がいるが、これ大いなる誤《あやま》りであって、大きな謗法《ほうぼう》と断《だん》ずべきである』」

戸田は、日蓮《にちれん》仏法は、いわゆる〝おすがり信仰《しんこう》〟などではなく、御本尊への唱題《しょうだい》をもって、わが生命《せいめい》に内在《ないざい》する智慧《ちえ》を、力《ちから》を引き出し、努力、活用《かつよう》して、価値《かち》を創造《そうぞう》する教《おし》えであると訴《うった》えたのである。

「戸田先生は、『法華《ほっけ》を識《し》る者は世法《せほう》を得可《うべ》きか』（御書《ごしょ》二五四ジペー）との御文《ごもん》について、『ご利益があるんだというような読《よ》み方は、断じて間違《まちが》いであることを、知らなくてはならない』

と断言《だんげん》され、こう続《つづ》けられている。

＊『自分《じぶん》の商売《しょうばい》の欠点《けってん》とか、改善《かいぜん》とかに気のつかぬ者《もの》は、大いに反省《はんせい》すべきであろう。されば、自分の商売に対《たい》して、絶《た》えざる研究《けんきゅう》と、努力《どりょく》とが必要《ひつよう》である。吾人《ごじん》の願《ねが》いとしては、会《かい》員諸君《いんしょくん》は、一日も早《はや》く、自分の事業《じぎょう》のなかに、〝世法《せほう》を識《し》る〟ことができて、安定《あんてい》した生活《せいかつ》をしていただきたいということである』

戸田先生《とだせんせい》の願いは、そのまま私の願いでもあります。今、世界的《せかいてき》に不況《ふきょう》の風《かぜ》は厳《きび》しい。しかし、私たちは、それを嘆《なげ》くだけであってはならない。『信心《しんじん》』によって、偉大《いだい》な智慧《ちえ》と生《せい》命力《めいりょく》を発揮《はっき》して、見事《みごと》に苦境《くきょう》を乗《の》り切《き》ってこそ、『世法を識る者』といえます。

〝信心をしていればなんとかなる〟という安易《あんい》な考《かんが》え方《かた》は誤《あやま》りです。信心しているからこそ、当面《とうめん》する課題《かだい》をどう解決《かいけつ》していこうかと、真剣《しんけん》に祈《いの》り、努力する――その『真剣』『挑《ちょう》戦《せん》』の一念《いちねん》から最高《さいこう》の智慧が生まれる。一切《いっさい》の勝利《しょうり》のカギは、この『信心即《そく》智慧』の偉大な力《ちから》を発揮できるかどうかにある」

戸田城聖《じょうせい》の生誕記念日《せいたんきねんび》である二月十一日――伸一《しんいち》が、戸田の広宣流布《こうせんるふ》への歩《あゆ》みを綴《つづ》った小《しょう》説《せつ》『人間革命《にんげんかくめい》』全《ぜん》十二巻《かん》の、「聖教新聞《せいきょうしんぶん》」紙上《しじょう》での連載《れんさい》が完結《かんけつ》した。

人間革命
(1509)
新・黎明 十九
法悟空
三芳悌吉 画

一九六四年（昭和《しょうわ》三十九年）十二月二日に沖縄《おきなわ》の地で起稿《きこう》し、翌《よく》六五年（同四十年）の元日《がんじつ》付《づけ》から「聖教新聞《せいきょうしんぶん》」に連載《れんさい》を開始《かいし》。途中《とちゅう》、海外訪問《かいがいほうもん》が続《つづ》いたり、体調《たいちょう》を崩《くず》したりしたことなどから、長《なが》い休載期間《きゅうさいきかん》もあったが、前年《ぜんねん》の九二年（平成《へいせい》四年）十一月二十四日に脱稿《だっこう》し、この二月十一日付で、千五百九回にわたる連載を終《お》えたのである。文末《ぶんまつ》に伸一《しんいち》は、「わが恩師《おんし》戸田城聖先生《とだじょうせいせんせい》に捧《ささ》ぐ」と記《しる》した。

この書《しょ》は、弟子《でし》・山本《やまもと》伸一の、広布誓願《こうふせいがん》の書であり、師への報恩《ほうおん》の書でもあった。

十一日、伸一は、リオデジャネイロ連邦大学《れんぽうだいがく》での名誉《めいよ》博士号の授与《じゅよ》式《しき》に出席《しゅつせき》した。謝辞《しゃじ》のなかで彼《かれ》は、この日が恩師・戸田城聖の生誕記念日《せいたんきねんび》であることに触《ふ》れ、師の哲学《てつがく》について語《かた》った。

「私は恩師から、〝誰人《たれびと》であれ、平等《びょうどう》に、内《うち》なる生命《せいめい》の最極《さいごく》の宝《たから》を開いていくことができるという哲学〟を学《まな》びました。また、〝誠実《せいじつ》なる対話《たいわ》を積《つ》み重《かさ》ね、民衆《みんしゅう》の連帯《れんたい》を広《ひろ》げゆく平和《へいわ》の王道《おうどう》〟を託《たく》されました。そして〝『民衆のため』『人間《にんげん》のため』という慈悲《じひ》の一念《いちねん》に徹《てっ》しゆく時、智慧《ちえ》は限《かぎ》りなく湧《わ》いてくるという人間学〟を受《う》け継《つ》いだのであります。

恩師は、戦後間《せんごま》もなく『地球民族主義《ちきゅうみんぞくしゅぎ》』という理想《りそう》を青年《せいねん》に提唱《ていしょう》いたしました。当時《とうじ》は、全《まった》く評価《ひょうか》されませんでしたが、民族紛争《ふんそう》の激化《げきか》に苦《くる》しむ現代世界《げんだいせかい》は、この『共生《きょうせい》の道《みち》』を志《し》向《こう》し始《はじ》めております」

彼《かれ》は、わが師《し》の偉《い》大《だい》さを世《せ》界《かい》に宣揚《せんよう》したかった。また、自分《じぶん》を育《はぐく》んでくれた恩師《おんし》に、この名誉《めいよ》博士号を捧《ささ》げたかったのである。

翌《よく》十二日、伸一《しんいち》は、リオデジャネイロのブラジル文学《ぶんがく》アカデミーを訪《おとず》れ、アタイデ総裁《そうさい》と会談《かいだん》した。ここでは、以前《いぜん》から話《はなし》が出ていた総裁との対談集《たいだんしゅう》『二十一世紀《せいき》の人権《じんけん》を語《かた》る』の発刊《はっかん》について合意《ごうい》がなされた。

対談の進《すす》め方《かた》としては、まず伸一の方《ほう》で、いくつかの質問事《しつもんじ》項《こう》を用意《ようい》して、渡《わた》すことになった。総裁は語った。

「嬉《うれ》しいことです。人権の問題《もんだい》について、ここまで理《り》解《かい》してくださっている会長《かいちょう》と対話《たいわ》できるとは。確《たし》かに『世界人権宣言《せんげん》』は、発表《はっぴょう》されました。しかし、その精神《せいしん》を、最《もっと》も明確《めいかく》に、現実《げんじつ》の行動《こうどう》の上に翻訳《ほんやく》し、流《る》布《ふ》してくださっているのは会長です。作成《さくせい》した人びと以上《いじょう》の功《こう》績《せき》です。人間《にんげん》は『行動』です。とともに『思《し》想《そう》』が大事《だいじ》です。二人《ふたり》で対談集を完成《かんせい》させましょう」

伸一は、総裁の、この大きな期《き》待《たい》に応《こた》えねばならぬと、決意《けつい》を新《あら》たにしたのである。

総裁《そうさい》は、静《しず》かだが、深《ふか》い思《おも》いのこもった口調《くちょう》で、切々《せつせつ》と訴《うった》えた。

「私は、もうすぐ百歳《さい》を迎《むか》えます。これまで生きてきて、これほど『会いたい』と思った人は初《はじ》めてです。

会長《かいちょう》は、偉大《いだい》な使命《しめい》のある方《かた》です。人間学《にんげんがく》と人間性の人であり、精神《せいしん》の指導者《しどうしゃ》です。

会長の人生《じんせい》には、すべて意味《いみ》がある。世界《せかい》の命運《めいうん》は、会長の行動《こうどう》とともに次第《しだい》に大きく開かれてきました。人類《じんるい》の歴史《れきし》を転換《てんかん》している方です。

自《みずか》らの行動で構想《こうそう》を現実化《げんじつか》し、具体化《ぐたいか》してこられたことに、私は敬服《けいふく》します」

伸一《しんいち》は、総裁の自分《じぶん》への期待《きたい》には、「世界人権宣言《じんけんせんげん》」の精神を、なんとしても現実のものにしなければならないという、強《つよ》い心《こころ》が込《こ》められていることを感《かん》じた。

総裁は、伸一を、見つめながら語《かた》った。

「『新《あたら》しい世紀《せいき》』が、まもなく、やってきます。それは、ブラジルと日本、そして世界にとっての『新しい時代《じだい》』が、やってくることを意味するのではないでしょうか」

「そうです。『新しい時代』をつくるために総裁は戦《たたか》ってこられた。私も同じです。目的《もくてき》は、人類が幸福《こうふく》に生きられる『新しい時代』を開くことです」

伸一が、答《こた》えると、総裁は、微笑《ほほえ》みを浮《う》かべ、そして、力強《ちからづよ》い声《こえ》で言った。

「『言葉《ことば》』を意味《いみ》するラテン語《ご》の『ウェルブム（ｖｅｒｂｕｍ）』とは、また、『神《かみ》』を意味します。私たちは、この崇高《すうこう》なる『言葉』を最大《さいだい》の武器《ぶき》として戦《たたか》いましょう」

二つの魂《たましい》は、強《つよ》く、激《はげ》しく響《ひび》き合《あ》った。既《すで》に、この日から対談《たいだん》は始《はじ》まっていた。

伸一《しんいち》は、アタイデ総裁《そうさい》との会談《かいだん》に引《ひ》き続《つづ》いて、ブラジル文学《ぶんがく》アカデミー在外会員《ざいがいかいいん》（外国居《がいこくきょ》住者《じゅうしゃ》）の就任式《しゅうにんしき》に出席《しゅっせき》した。

同アカデミーは、ブラジルが王制《おうせい》から共和制《きょうわせい》に移行《いこう》したあとの一八九七年（明治《めいじ》三十年）に、祖国《そこく》ブラジルを「知《ち》の光《ひかり》」で導《みちび》いていこうとの熱願《ねつがん》のもとに創立《そうりつ》された。四十人の国内《こくない》会員と二十人の在外会員から構成《こうせい》されており、いずれも終身《しゅうしん》会員である。

文学アカデミーが、〝文化《ぶんか》・文学の偉大《いだい》なる保護者《ほごしゃ》〟と認《みと》める在外会員には、ロシアの文《ぶん》豪《ごう》レフ・トルストイ、フランスの人道主義《じんどうしゅぎ》作家《さっか》エミール・ゾラ、イギリスの社会学者《しゃかいがくしゃ》のハーバート・スペンサーなど、知の巨人《きょじん》たちが名《な》を連《つら》ねてきた。

伸一は、日本人としても、東洋人《とうようじん》としても、初《はじ》めての在外会員となる。

就任式には、アントニオ・オアイス文化大臣《だいじん》（大統領代理《だいとうりょうだいり》）をはじめ、ブラジル各界《かっかい》の著《ちょ》名《めい》な識者《しきしゃ》、文化人らが出席した。また、イタマル・フランコ大統領からも祝福《しゅくふく》のメッセージが寄《よ》せられた。

さらに、席上《せきじょう》、「マシャード・デ・アシス褒章《ほうしょう》」が伸一《しんいち》に贈《おく》られた。文学《ぶんがく》アカデミーの初《しょ》代総裁《だいそうさい》となったマシャード・デ・アシスの名《な》を冠《かん》した、この褒章は、〝世界的業績《せかいてきぎょうせき》を残《のこ》した文化人《ぶんかじん》〟に対《たい》して、特別《とくべつ》に授与《じゅよ》される同アカデミー最高《さいこう》の栄誉章《えいよしょう》とのことであった。

伸一は、在外会員就任《ざいがいかいいんしゅうにん》を記念《きねん》し、「人間文明《にんげんぶんめい》の希望《きぼう》の朝《あした》を」と題《だい》して講演《こうえん》を行《おこな》った。

――科学技術《かがくぎじゅつ》の発達《はったつ》に伴《ともな》い、地球一体化《ちきゅういったいか》が進《すす》む現在《げんざい》、宗教《しゅうきょう》は、人間の精神性《せいしんせい》を陶冶《とうや》し、善《よ》きものへと高めながら、新《あら》たなコスモス（調和《ちょうわ》の世界）形成《けいせい》の基盤《きばん》となっていかねばならない。そうした開かれた宗教性こそが、二十一世紀《せいき》の地球文明のバックボーンとなるであろう、と訴《うった》えた。

この式典《しきてん》には、ブラジルの新聞各社《しんぶんかくしゃ》が取材《しゅざい》に訪《おとず》れており、伸一の在外会員就任と記念講演を報道《ほうどう》した。

彼《かれ》は、ブラジル文学アカデミーをはじめ、ブラジルでの顕彰《けんしょう》は、ＳＧＩメンバーの社会貢《しゃかいこう》献《けん》と、学会理解《がっかいりかい》への着実《ちゃくじつ》な努力《どりょく》の勝利《しょうり》であると思《おも》った。かつては、学会への誤解《ごかい》と偏見《へんけん》から、伸一の入国《にゅうこく》さえ許可《きょか》されないことがあったが、今、南米《なんべい》最高の知性《ちせい》の殿堂《でんどう》から最高の評価《ひょうか》と深《ふか》い信頼《しんらい》を得《え》て、在外会員となる時代《じだい》になったのである。目立《めだ》たぬ日々《ひび》の奮闘《ふんとう》の積《つ》み重《かさ》ねが、社会を動《うご》かしていく。

伸一《しんいち》は、一人《ひとり》ひとりの同志《どうし》を心《こころ》から讃《たた》え、「ブラジル万歳《ばんざい》！」と叫《さけ》びたかった。

山本《やまもと》伸一がリオデジャネイロを発《た》ち、初訪問《はつほうもん》となるアルゼンチンへ向かったのは、二月十四日であった。

ブラジル文学《ぶんがく》アカデミーのアタイデ総裁《そうさい》は、その後《ご》、しばらくして体調《たいちよう》を崩《くず》した。しかし、伸一との対談集発刊《たいだんしゆうはつかん》への情熱《じようねつ》は、いささかも衰《おとろ》えなかった。幾分《いくぶん》、健康《けんこう》が回復《かいふく》すると、六月半《なか》ばから、伸一が示《しめ》した質問《しつもん》と意見《いけん》に対《たい》する回答《かいとう》を口頭《こうとう》で述《の》べ、テープに録音《ろくおん》した。

限《かぎ》りある人生《じんせい》の時間と、懸命《けんめい》に戦《たたか》うかのように、力《ちから》を振《ふ》り絞《しぼ》り、言葉《ことば》を紡《つむ》ぎ出《だ》していった。到来《とうらい》する「新《あたら》しい時代《じだい》」のための「人権《じんけん》の闘争《とうそう》」に、最後《さいご》の最後まで命《いのち》をかけたのだ。

対談集の準備《じゆんび》は、リオデジャネイロでの二人《ふたり》の語《かた》らいをベースに、書簡《しよかん》で続《つづ》けられた。総裁の最後の口述《こうじゆつ》となったのは八月中旬《ちゆうじゆん》であった。数日後《すうじつご》に入院《にゆういん》し、一九九三年（平成《へいせい》五年）九月十三日、人権の巨星《きよせい》は、九十五歳《さい》を目前《もくぜん》にして、偉大《いだい》なる生涯《しようがい》の幕《まく》を閉《と》じた。

対談集『二十一世紀《せいき》の人権を語る』は、月刊誌《げつかんし》『潮《うしお》』に連載《れんさい》されたのち、九五年（同七年）二月十一日に発刊されている。

伸一《しんいち》は、アルゼンチンの首都《しゅと》ブエノスアイレスに到着《とうちゃく》した翌日《よくじつ》の十五日、宿舎《しゅくしゃ》のホテルで、アルベルト・コーアン大統領府元官房長官《だいとうりょうふもとかんぼうちょうかん》と会談《かいだん》したあと、市内《しない》で行《おこな》われたアルゼンチン代《だい》表者会議《ひょうしゃかいぎ》に出席《しゅっせき》した。

参加者《さんかしゃ》のなかには、十八日に開催《かいさい》される、第十一回世界青年平和文化祭《せかいせいねんへいわぶんかさい》の準備《じゅんび》に励《はげ》む青年たちの、日焼《ひや》けした元気《げんき》な顔《かお》もあった。

アルゼンチンでも、青年が立派《りっぱ》に成長《せいちょう》し、広布《こうふ》の未来《みらい》が限《かぎ》りなく開かれていた。

この十五日の夕刻《ゆうこく》は、日本時間では十六日の朝《あさ》にあたり、日蓮大聖人《にちれんだいしょうにん》の御聖誕《ごせいたん》の日である。

伸一は、集《つど》った友《とも》に力強《ちからづよ》く訴《うった》えた。

「ひとたび太陽《たいよう》が東天《とうてん》に昇《のぼ》れば、その大光《たいこう》は遍《あまね》く全世界を照《て》らす。同様《どうよう》に日本に聖誕された大聖人の『太陽の仏法《ぶっぽう》』は、全地球《ぜんちきゅう》の全民衆《ぜんみんしゅう》を赫々《かっかく》と照らし、妙法《みょうほう》の大慈悲《だいじひ》の光《ひかり》を注《そそ》いでいきます。そして、この大聖人の仏法の世界性、普遍性《ふへんせい》を見事《みごと》に証明《しょうめい》してくださっているのが、アルゼンチンの皆様《みなさま》の活躍《かつやく》です。

アルゼンチンと日本は、地球の反対側《はんたいがわ》に位置《いち》し、距離的《きょりてき》には最《もっと》も離《はな》れています。そのアルゼンチンの皆様と、日蓮大聖人の御聖誕の日をお祝《いわ》いすることができた。大聖人は、どれほどお喜《よろこ》びであろうか。

アルゼンチンのことわざに『太陽《たいよう》は皆《みな》のために昇《のぼ》る』とあります。大聖人《だいしょうにん》の『太陽の仏法《ぶっぽう》』は『平等《びょうどう》の仏法』である。大聖人は『皆のために』――末法万年《まっぽうまんねん》のすべての民衆《みんしゅう》のために、大法《だいほう》を説《と》き残《のこ》された。信仰《しんこう》しているか、信仰していないかによって、人間《にんげん》を偏狭《へんきょう》に差別《さべつ》するものでは決《けっ》してありません。どうか皆様《みなさま》は、心広々《こころひろびろ》と、太陽のように明《あか》るく、アルゼンチンの全国土《ぜんこくど》、全民衆に希望《きぼう》の光彩《こうさい》を送《おく》っていただきたい」

彼《かれ》は、「臨終只今《りんじゅうただいま》にあり」（御書《ごしょ》一三三七ページ）との思《おも》いで励《はげ》まし、同国《どうこく》の大詩人《だいしじん》アルマフェルテの言葉《ことば》「*時には、『偉大《いだい》なる運命《うんめい》』が眠《ねむ》っている場合《ばあい》がある。それを呼《よ》び覚《さ》ますのは『苦悩《くのう》』である」を紹介《しょうかい》した。

「仏法で『*煩悩即菩提《ぼんのうそくぼだい》』と説かれているように、問題《もんだい》や悩《なや》みを抱《かか》えていない人など、おりません。また、そんな一家《いっか》もなければ、そんな地域《ちいき》もありません。

人生《じんせい》は、悩みとの戦《たたか》いです。大事《だいじ》なことは、自分《じぶん》にのしかかる、さまざまな苦悩や問題を、いかに解決《かいけつ》していくかです。『悩み』を越《こ》えた向こう側《がわ》にある『勝利《しょうり》』に向かって、知恵《ちえ》を絞《しぼ》り、努力《どりょく》を重《かさ》ねることです。

もし、こんな悩みがなければ――と現実《げんじつ》を離《はな》れ、夢《ゆめ》を見ているだけの生き方は、敗北《はいぼく》です。どうすれば、今の課題《かだい》を乗《の》り越え、価値《かち》と勝利に変えていけるか――常《つね》に、その前向《まえむ》きな努力をなす人が『勝つ人』なんです。
自分《じぶん》の一念《いちねん》が、そのまま人生《じんせい》となる――この真理《しんり》を、見事《みごと》なる勝利《しょうり》の劇《げき》で証明《しょうめい》する『名優《めいゆう》』であっていただきたい。また、周囲《しゅうい》にも『自信《じしん》』をもたせる『励《はげ》ましの人』であっていただきたい」

伸一《しんいち》は、アルゼンチンの同志《どうし》が一人《ひとり》も漏《も》れなく「不屈《ふくつ》の勝利王《おう》」であってほしかった。

十六日正午《しょうご》、伸一は、ブエノスアイレスの大統領公邸《だいとうりょうこうてい》に、カルロス・サウル・メネム大統領を表敬訪問《ひょうけいほうもん》した。語《かた》らいで伸一は、二十一世紀《せいき》は、「人類一体化《じんるいいったいか》の世紀」「地球文明興隆《ちきゅうぶんめいこうりゅう》の世紀」にしなければならないとして、民族《みんぞく》の融合《ゆうごう》の大地《だいち》アルゼンチンに脈打《みゃくう》つコスモポリタニズム（世界市民主義《せかいしみんしゅぎ》）に期待《きたい》を寄《よ》せた。

今回《こんかい》の南米《なんべい》訪問では、各国《かっこく》で、国家指導者等《こっかしどうしゃとう》との会見《かいけん》や記念《きねん》の式典《しきてん》が、間断《かんだん》なく続《つづ》くことになる。そのスペイン語《ご》の通訳《つうやく》・翻訳《ほんやく》を見事に務《つと》めたのが、アルゼンチン出身《しゅっしん》の女子部《じょしぶ》の友《とも》たちであった。

彼女《かのじょ》たちは、日系人《にっけいじん》の両親《りょうしん》のもと、アルゼンチンで育《そだ》った。少女時代《しょうじょじだい》に、鼓笛隊《こてきたい》の活動《かつどう》を通《とお》して、信心《しんじん》を学《まな》び、〝人びとの幸《しあわ》せのために、広布《こうふ》のために生きたい〟との思《おも》いを深《ふか》めていった。そして、アルゼンチンの国立大学《こくりつだいがく》や、国費留学生《こくひりゅうがくせい》として日本の大学で懸命《けんめい》に勉学《べんがく》に励《はげ》む一方《いっぽう》、語学《ごがく》の習得《しゅうとく》にも力《ちから》を注《そそ》ぎ、SGIの公認通訳《こうにんつうやく》となったのである。

若《わか》き生命《せいめい》に植《う》えられた〝誓《ちか》い〟の種子《しゅし》は、やがて〝使命《しめい》〟の大樹《たいじゅ》となって空高《そらたか》く伸《の》びる。

十六日の夜《よる》、伸一《しんいち》は、アルゼンチンの上院《じょういん》、並《なら》びに下院《かいん》を表敬訪問《ひょうけいほうもん》した。

上・下両院《りょういん》のある国会議事堂《こっかいぎじどう》は、荘厳《そうごん》なグレコローマン様式《ようしき》であり、一九〇六年（明治《めいじ》三十九年）に完成《かんせい》。軍事政権時代《ぐんじせいけんじだい》は議会活動《ぎかいかつどう》の禁止《きんし》によって閉鎖《へいさ》されていたが、八三年（昭和《しょうわ》五十八年）、軍政《ぐんせい》に終止符《しゅうしふ》が打《う》たれると、国会議事堂として復活《ふっかつ》した。アルゼンチンの〝民《みん》主《しゅ》の朝《あさ》〟を告《つ》げる象徴《しょうちょう》となった。

上院では伸一の「平和《へいわ》への不断《ふだん》の活動」に、下院では彼《かれ》の「『世界《せかい》の諸民族《しょみんぞく》の平和』への闘争《とうそう》」に対《たい》して特別表彰《とくべつひょうしょう》が行《おこな》われた。地球《ちきゅう》の反対側《はんたいがわ》にあって、伸一の発言《はつげん》に耳《みみ》を傾《かたむ》け、その行動《こうどう》を注視《ちゅうし》してきた人びとがいたのだ。

これもアルゼンチンの同志《どうし》が、誠実《せいじつ》に対話《たいわ》を重《かさ》ね、信頼《しんらい》を広《ひろ》げてきたからこそである。

彼は、メンバーの奮闘《ふんとう》に心《こころ》から感謝《かんしゃ》し、その栄誉《えいよ》を、皆《みな》と分《わ》かち合《あ》いたいと思《おも》った。

上院議長《ぎちょう》は、語《かた》らいのなかで、アルゼンチン議会で、伸一の平和提言《ていげん》などをもとにして、法律《ほうりつ》を作《つく》ったことを伝《つた》えた。

それは、新《あら》たに「平和《へいわ》の日」を設《もう》け、アルゼンチンの小学《しょうがく》・中学《ちゅうがく》・高校等《こうこうとう》で、平和について学《まな》び合《あ》い、諸行事《しょぎょうじ》を行《おこな》うという法律《ほうりつ》である。

同法制定《どうほうせいてい》の理由《りゆう》のなかで、「ある優《すぐ》れた日本の思想家《しそうか》は、われわれが今日《こんにち》、生きている時代《じだい》の挑戦《ちょうせん》すべきことを、以下《いか》のように要約《ようやく》している」として、一九八三年（昭和《しょうわ》五十八年）の「SGIの日」記念提言《きねんていげん》の次《つぎ》の一節《いっせつ》を引用《いんよう》し、伸一《しんいち》の名《な》を明記《めいき》している。

「二十一世紀《せいき》は我々《われわれ》の眼前《がんぜん》にあります。その輝《かがや》かしい舞台《ぶたい》で活躍《かつやく》する若《わか》い世代《せだい》の前途《ぜんと》を、戦火《せんか》が焼《や》き尽《つ》くすようなことがあっては断《だん》じてなりません。真《しん》に民衆《みんしゅう》が主役《しゅやく》の時代を築《きず》くか否《いな》かは、すべて国民《こくみん》の手にかかっております。その賢明《けんめい》な進路《しんろ》の選択《せんたく》が、今ほど要請《ようせい》されている時はありません」

この法律は、八五年（同六十年）八月に発布《はっぷ》されている。

上院議長《じょういんぎちょう》は語《かた》った。

「『平和とは、戦争《せんそう》がない状態《じょうたい》をいうのではない』とのSGI会長《かいちょう》の訴《うった》えは、人間《にんげん》が人間らしい尊厳《そんげん》をもって生きられる世界《せかい》をつくろうとのメッセージだと思《おも》います。幸《さいわ》い、冷戦《れいせん》は終《お》わりましたが、世界には多くの戦争があります。私は、会長やSGIの活動《かつどう》のなかにこそ、それらを等《ひと》しく解決《かいけつ》するための『基準《きじゅん》』と『価値観《かちかん》』があると信《しん》じています」

SGIへの世界《せかい》の期待《きたい》は、余《あま》りにも大きかった。生命尊厳《せいめいそんげん》の仏法《ぶっぽう》を基調《きちょう》とした平和運動《へいわうんどう》が、時代《じだい》の要請《ようせい》となっていることを、同行《どうこう》した誰《だれ》もが実感《じっかん》したのである。

翌《よく》十七日には、アルゼンチンの国立《こくりつ》ローマス・デ・サモーラ大学《だいがく》から伸一《しんいち》に、「名誉博士《めいよ》号」と法学部《ほうがくぶ》の「名誉教授《きょうじゅ》」の称号《しょうごう》が贈《おく》られ、その授与式《じゅよしき》が行《おこな》われた。また、席上《せきじょう》、伸一の同国訪問《どうこくほうもん》を、ブエノスアイレス州《しゅう》の公式行事《こうしきぎょうじ》にすることを宣言《せんげん》した州議会《ぎかい》の議決《ぎけつ》が発表《はっぴょう》されるとともに、同州の十の市《し》から、「市の鍵《かぎ》」「市の盾《たて》」等《とう》が贈られたのである。

十八日夜《よる》には、第十一回世界青年《せいねん》平和文化祭《ぶんかさい》が、「民族融合《みんぞくゆうごう》の大地《だいち》に 希望《きぼう》の曲《きょく》」をテーマに、男女《だんじょ》青年部ら千五百人が出演《しゅつえん》して、ブエノスアイレス市のコリセオ劇場《げきじょう》で、はつらつと開催《かいさい》された。

同市の公式認定《にんてい》行事となった、この文化祭には、ガリ国連事《こくれんじ》務総長《むそうちょう》も祝福《しゅくふく》のメッセージを寄《よ》せ、フロンディシ元大統領《もとだいとうりょう》をはじめ、ブエノスアイレス市長《しちょう》、コルドバ大学、ローマス・デ・サモーラ大学、ラ・マタンサ大学の各総長《かくそうちょう》や各界《かっかい》の代表《だいひょう》、そして、中《ちゅう》・南米《なんべい》十カ国《こく》のSGI代表などが出席《しゅっせき》した。

来賓《らいひん》の一人《ひとり》は、感慨無量《かんがいむりょう》の表情《ひょうじょう》で語《かた》った。

「アルゼンチンは、ヨーロッパ各国《かっこく》から移住《いじゅう》してきた人びとが大多数《だいたすう》を占《し》める国です。摩《ま》擦《さつ》もありました。出身国《しゅっしんこく》への郷愁《きょうしゅう》も強《つよ》い。同じアルゼンチン人としての意識《いしき》も薄《うす》れがちです。文化祭《ぶんかさい》のテーマ『民族融合《みんぞくゆうごう》の大地《だいち》』は、私たちの心《こころ》からの願《ねが》いなのです」

その融合の縮図《しゅくず》を、この文化祭に見て、共感《きょうかん》、感動《かんどう》したというのである。

また、「SGIは、世界市民《せかいしみん》の創出《そうしゅつ》をめざしている。こうした視点《してん》が今、必要《ひつよう》だ」との声《こえ》もあった。

文化祭は、会場《かいじょう》を航空機《こうくうき》に見立《みた》てて、アルゼンチンという大地から、「世界」「人類《じんるい》」の平和《へいわ》の大空《おおぞら》へと旅立《たびだ》つ様子《ようす》を表現《ひょうげん》していく。

ステージでは、フラッグ隊《たい》、鼓笛隊《こてきたい》、コーラスグループなど、未来《みらい》っ子の演技《えんぎ》が続《つづ》き、青年《せいねん》たちのエネルギッシュなモダンダンスや、世界三大劇場《さんだいげきじょう》の一つであるコロン劇場の六人のダンサーによる、優美《ゆうび》にして軽《かろ》やかな踊《おど》りが披露《ひろう》された。

文化祭の圧巻《あっかん》は、アルゼンチンタンゴの大巨匠《だいきょしょう》であるオスバルド・プグリエーセとマリアーノ・モーレスの共演《きょうえん》であった。

出席者《しゅっせきしゃ》は、目を見張《みは》り、耳《みみ》を疑《うたが》った。まさに〝夢《ゆめ》の共演〟であり、〝世紀《せいき》のイベント〟であった。なかでもプグリエーセは、一九八九年（平成元年《へいせいがんねん》）十一月の引退公演《いんたいこうえん》で、七十年間のタンゴ人生《じんせい》を締《し》めくくり、「もう舞台《ぶたい》にあがることはない」と噂《うわさ》されていた。

伸一《しんいち》は、巨匠《きょしょう》の厚情《こうじょう》に、深《ふか》く感謝《かんしゃ》した。

マリアーノ・モーレスは、世界青年平和文化祭《せかいせいねんへいわぶんかさい》の三日前にあたる十五日、会場《かいじょう》のコリセオ劇場《げきじょう》に姿《すがた》を見せ、アルゼンチンのメンバーに語《かた》っていた。

「文化祭が行《おこな》われる十八日は、私の誕生日《たんじょうび》です。でも、お祝《いわ》いはしません。SGI会長と皆《みな》さんのために演奏《えんそう》します」

モーレスは、最初《さいしょ》に文化祭の開催《かいさい》を聞いた時、「それは、すばらしい。私もできる限《かぎ》り応《おう》援《えん》します」と言って、出演《しゅつえん》を約束《やくそく》したのだ。

伸一とモーレス夫妻《ふさい》の最初の出会《であ》いは、一九八八年（昭和《しょうわ》六十三年）四月、民音公演《みんおんこうえん》で来《らい》日《にち》した折《おり》であった。モーレスは、将来《しょうらい》、曲《きょく》を作《つく》り、SGI会長に贈《おく》りたいと語り、伸一は、四年前に亡《な》くなった夫妻の子息《しそく》を偲《しの》び、「富士《ふじ》を望《のぞ》む良《よ》き地を選《えら》んで、桜《さくら》を記念植樹《きねんしょくじゅ》させていただきたい」と申《もう》し出《で》た。

その後《ご》、モーレスは、伸一に、新曲《しんきょく》「アオーラ」（今）を献呈《けんてい》している。

一方《いっぽう》、オスバルド・プグリエーセ夫妻との出会いは、八九年（平成元年《へいせいがんねん》）、民音で引退公演《いんたい》を行うために来日した時である。プグリエーセは、伸一のためにタンゴの曲を作りたいと述《の》べ、その約束を果《は》たし、「トーキョー・ルミノーソ」（輝《かがや》く東京《とうきょう》）を作曲《さっきょく》して贈った。副題《ふくだい》は、伸一《しんいち》の提案《ていあん》によって、「友情《ゆうじょう》の賛歌《さんか》」となっていた。

モーレスが劇場《げきじょう》に来た翌日《よくじつ》、今度《こんど》は、プグリエーセが楽団《がくだん》を率《ひき》いて劇場を訪《おとず》れた。練習《れんしゅう》のためである。楽器《がっき》が運《はこ》び込《こ》まれた。彼《かれ》が愛用《あいよう》してきたグランドピアノもあった。八十七歳《さい》の巨匠《きょしょう》が、なんと、そのピアノを自分《じぶん》で押《お》そうとしたのだ。南米最高峰《なんべいさいこうほう》のタンゴ王《おう》が、わざわざ練習に来るとは思《おも》ってもみなかったうえに、自《みずか》らピアノを動《うご》かそうとする姿《すがた》に、居合《いあ》わせたメンバーは驚《おどろ》きを隠《かく》せなかった。

二人《ふたり》とも、一人《ひとり》の人間《にんげん》として、伸一との信義《しんぎ》に応《こた》え、人類《じんるい》の平和《へいわ》を願《ねが》う青年《せいねん》たちの文化祭《ぶんかさい》に賛同《さんどう》し、惜《お》しみない協力《きょうりょく》をしてくれたのだ。友情の輪《わ》の広《ひろ》がりこそが、人間を結《むす》ぶ力《ちから》となる。「平和」とは「友情」の異名《いみょう》といえよう。

「タンゴの皇帝《こうてい》・プグリエーセ」と「タンゴの王者《おうじゃ》・モーレス」の〝夢《ゆめ》の共演《きょうえん》〟に、青年平和文化祭は沸《わ》き返《かえ》った。

伸一は、一つ一つの演技《えんぎ》に大きな感動《かんどう》を覚《おぼ》えながら、励《はげ》ましと賞讃《しょうさん》の拍手《はくしゅ》を送《おく》り続《つづ》け、文化祭を記念《きねん》して和歌《わか》を贈《おく》った。

「天《てん》も地も　喜《よろこ》び祝《しゅく》さむ　文化祭
　アルゼンチンの　諸天《しょてん》は舞《ま》いけり」

翌《よく》十九日午後《ごご》、第一回アルゼンチンSGI総会《そうかい》が、ブエノスアイレス市郊外《しこうがい》の会場《かいじょう》で開催《かいさい》された。これには全国《ぜんこく》からメンバー二千五百人が集《つど》ったほか、中《ちゅう》・南米《なんべい》三カ国《こく》、スペインの友《とも》も参加《さんか》した。

席上《せきじょう》、同国最古《どうこくさいこ》の大学《だいがく》である国立《こくりつ》コルドバ大学から伸一《しんいち》に、「名誉博士号《めいよ》」が贈《おく》られた。

フランシスコ・J・デリッチ総長《そうちょう》は、授与《じゅよ》の理由《りゆう》に、伸一が、「新《あら》たなヒューマニズム（人間主義《にんげんしゅぎ》）」を確立《かくりつ》し、広《ひろ》げてきたこと、それによって、「東洋《とうよう》」と「西洋《せいよう》」の融合《ゆうごう》が可能《かのう》であると知らしめたことをあげた。

「私どもは教《おし》えていただきました。人類《じんるい》は『文化《ぶんか》』『宗教《しゅうきょう》』の違《ちが》いによる対立《たいりつ》を乗《の》り越《こ》えられるのだと。そして、異《こと》なる地域性《ちいきせい》や距離《きょり》・時代《じだい》の隔《へだ》たりを超《こ》えて、友好《ゆうこう》を結《むす》ぶことができるのだと――この偉大《いだい》な『平和《へいわ》』と『友愛《ゆうあい》』の普遍《ふへん》のメッセージは、あらゆる『国境《こっきょう》』を越え、人類の無知《むち》が人間を制限《せいげん》する『心《こころ》の国境』をも超えて、人類を一つに結びゆくものであります」

総会では歓迎《かんげい》のアトラクションもあり、アルゼンチンのフォルクローレ（民謡《みんよう》）などが次々《つぎつぎ》と披露《ひろう》された。ギターをかき鳴《な》らし、足《あし》を踏《ふ》み鳴らし、陽気《ようき》な歌《うた》と舞《まい》の輪《わ》が広がった。

支部結成以来《しぶけっせいいらい》二十九年、待《ま》ちに待った伸一《しんいち》との出会《であ》いの喜《よろこ》びを皆《みな》が全身《ぜんしん》で表現《ひょうげん》した。

伸一は、総会《そうかい》の前後《ぜんご》も、役員《やくいん》など、さまざまなグループとカメラに納《おさ》まり、激励《げきれい》を続《つづ》けた。この訪問《ほうもん》で彼《かれ》と出会い、励《はげ》ましを受けた青年《せいねん》たちや少年少女《しょうねんしょうじょ》が、二十一世紀《せいき》の同国《どうこく》のリーダーへと育《そだ》っていくのである。「励まし」は、成長《せいちょう》を促《うなが》す力《ちから》となる。

山本伸一《やまもと》の平和旅《へいわたび》は続いた。

一九九三年（平成《へいせい》五年）二月二十日、伸一の広布開拓《こうふかいたく》の舞台《ぶたい》は、アルゼンチンからパラグアイへと移《うつ》った。このパラグアイも初《はじ》めての訪問である。そこは、大河《たいが》パラグアイ川《がわ》をはじめ、幾多《いくた》の河川《かせん》が大地《だいち》と人間《にんげん》を潤《うるお》す、美《うつく》しき「森《もり》と水《みず》の都《みやこ》」であった。

空港《くうこう》では、首都《しゅと》アスンシオン市《し》の市長《しちょう》から、歓迎《かんげい》の「市の紋章《もんしょう》」の盾《たて》が贈《おく》られた。

翌《よく》二十一日、伸一は、パラグアイ文化会館《ぶんかかいかん》に七百人の同志《どうし》が集《つど》って行《おこな》われた、同国の第一回SGI総会、パラグアイ広布三十二周年《しゅうねん》を記念《きねん》する「友好《ゆうこう》の夕《ゆう》べ」に出席《しゅっせき》。ここでも真《ま》っ先《さき》に子《こ》どもたちを励ました。

「みんなに会えて嬉《うれ》しいよ。大きくなったら日本へもいらっしゃい。待っています」

総会で彼は、草創期《そうそうき》を築《きず》いた同志の名《な》をあげて、その功労《こうろう》を讃《たた》えた。さらに、アマンバイ地区《ちく》、そして、サンタローサ、エンカルナシオン、イグアス、アスンシオンの各支部名《かくしぶめい》を読《よ》み上《あ》げ、奮闘《ふんとう》をねぎらっていった。

移住《いじゆう》した日系人《にっけいじん》から始《はじ》まった広布《こうふ》であり、そこには、計《はか》り知《し》れない苦労《くろう》があったにちがいない。パラグアイの同志《どうし》は、決《けっ》して多いとはいえないが、メンバーは、日本からの移住者をはじめ、皆《みな》が勤勉《きんべん》に努力《どりよく》を重《かさ》ね、社会《しやかい》に深《ふか》く信頼《しんらい》の根《ね》を張《は》り巡《めぐ》らせてきた。

一九九〇年（平成《へいせい》二年）にアスンシオン市《し》で「世界《せかい》の少年少女絵画展《しようねんしようじよかいがてん》」（SGI、パラグアイ文部省共催《もんぶしようきようさい》）を開催《かいさい》した折《おり》には、アンドレス・ロドリゲス大統領《だいとうりよう》も出席《しゆっせき》している。

また、今回《こんかい》の伸一《しんいち》の訪問《ほうもん》を歓迎《かんげい》し、郵政局《ゆうせいきよく》では、彼《かれ》の滞在期間中《たいざいきかんちゆう》、すべての郵便物《ゆうびんぶつ》に「SGI」の消印《けしいん》を押《お》すことを決定《けってい》した。その決議文《けつぎぶん》には、「SGIは、世界平和《へいわ》の実現《じつげん》、民衆《みんしゆう》の相互理解《そうごりかい》の深化《しんか》、文化《ぶんか》の尊重《そんちよう》を根本的《こんぽんてき》な目的《もくてき》として活動《かつどう》し、国連《こくれん》のNGOでもあり、価値《かち》を創造《そうぞう》するための団体《だんたい》である」とあり、「SGI会長《かいちよう》の訪問は、国家《こっか》諸機関《しよきかん》及《およ》び関係《かんけい》団体が敬意《けいい》と共鳴《きようめい》を表《ひよう》すべきものである」としていた。

同志の地道《じみち》な社会貢献《こうけん》の結実《けつじつ》といえよう。

パラグアイSGI総会《そうかい》の席上《せきじよう》、伸一は、「諸天《しよてん》は、勇気《ゆうき》ある人を守《まも》る！」と訴《うった》え、一人《ひとり》立つことの大切《たいせつ》さを語《かた》った。

「人数《にんずう》ではありません。一人《ひとり》が、真剣《しんけん》に立ち上がれば、自分《じぶん》に縁《えん》するすべての人びとを、また、環境《かんきょう》も栄《さか》えさせていくことができる。そのために、真剣に祈《いの》り、行動《こうどう》している事実《じじつ》が大事《だいじ》なんです」

信仰《しんこう》という赫々《かっかく》たる太陽《たいよう》を燃《も》やしながら自分の周囲《しゅうい》に、わが地域《ちいき》に、希望《きぼう》と蘇生《そせい》の大光《たいこう》を送《おく》り、友情《ゆうじょう》と励《はげ》ましの人間共和《にんげんきょうわ》の連帯《れんたい》を築《きず》き上げていく——そこにこそ、広宣流布《こうせんるふ》の確《たし》かな軌道《きどう》があり、世界最先端《せかいさいせんたん》のＳＧＩの運動《うんどう》の意義《いぎ》もある。

さらに、一生涯《いっしょうがい》、信心《しんじん》の火を消《け》すことなく信念《しんねん》を貫《つらぬ》いていくよう望《のぞ》み、こう強調《きょうちょう》した。

「何があろうが一喜《いっき》一憂《いちゆう》するのではなく、『生涯』という視野《しや》に立って、悠然《ゆうぜん》と進《すす》んでいくことです。また、お子さん方《がた》にとっては、今は勉強《べんきょう》が仕事《しごと》です。信心の基本《きほん》だけは、きちんと学《まな》びながら、徹底《てってい》して『勉学第一《べんがくだいいち》』で進むことが、『信心即生活《そくせいかつ》』となります。信心の継承《けいしょう》といっても、信仰は、子ども自身《じしん》が選択《せんたく》していく問題《もんだい》です。要《よう》は、『大変《たいへん》な時には真剣に唱題《しょうだい》すれば、必《かなら》ず乗《の》り越《こ》えられる』ということを、しっかりと示《しめ》し、教《おし》えていくことです。あとは、いたずらに神経質《しんけいしつ》になることなく、伸《の》び伸びと成長《せいちょう》させていただきたいのであります」

「友好《ゆうこう》の夕《ゆう》べ」では、同志《どうし》の喜《よろこ》びが爆発《ばくはつ》した。婦人部《ふじんぶ》の合唱団《がっしょうだん》や少年少女《しょうねんしょうじょ》の合唱団が、さわやかな歌声《うたごえ》を響《ひび》かせた。賑《にぎ》やかな調《しら》べに乗《の》って、伝統《でんとう》の「ダンサ・デ・ラ・ボテージャ」（ビンの踊《おど》り）も披露《ひろう》された。

さらに、会友《かいゆう》である世界的《せかいてき》ギタリストのシーラ・ゴドイが、この日のために作曲《さっきょく》した「ファンタシア・ハポネサ」（日本の夢《ゆめ》）の演奏《えんそう》で祝福《しゅくふく》した。

また、後継《こうけい》の音楽隊《おんがくたい》、鼓笛隊《こてきたい》は、草創《そうそう》の時代《じだい》から歌い継《つ》がれてきた「パラグアイ本部歌《ほんぶか》」を誇《ほこ》らかに奏《かな》でた。この歌には同志《どうし》たちの忘《わす》れ得《え》ぬ思《おも》い出《で》があった。

――一九七四年（昭和《しょうわ》四十九年）、伸一《しんいち》は、ブラジルを訪問《ほうもん》する予定《よてい》であった。しかし、学会《がっかい》に対《たい》する誤解《ごかい》などがもとでビザが発給《はっきゅう》されず、結局《けっきょく》、ブラジル行きはなくなった。

この時、パラグアイ音楽隊は、伸一の前で演奏し、パラグアイの同志の心意気《こころいき》を示《しめ》したいと、ブラジルをめざした。ところが、彼《かれ》らも入国《にゅうこく》は許可《きょか》されなかった。それでも、観光地《かんこうち》であるブラジル国境《こっきょう》のイグアスの滝《たき》までは、バスで入《はい》ることができた。

「よし、ここで演奏しよう！　自分《じぶん》たちの心《こころ》は、先生《せんせい》に届《とど》くはずだ」

彼らは、大瀑布《だいばくふ》の轟音《ごうおん》と競《きそ》うかのように、力《ちから》いっぱい演奏した。

その十年後の八四年（同五十九年）、伸一は、十八年ぶりにブラジルを訪《おとず》れた。喜《よろこ》びに胸《むね》を躍《おど》らせて駆《か》けつけたパラグアイのメンバーが、伸一の前で熱唱《ねっしょう》したのが、この「パラグアイ本部歌《ほんぶか》」であった。

〽梢《こずえ》をわたる　風《かぜ》の音《おと》
コロラドの森《もり》　越《こ》えゆけば
流《なが》れる汗《あせ》か　同志《とも》の顔《かお》
コロニア（入植地《にゅうしょくち》）の道《みち》　果《は》てしなし

（作詞・山本邦男）


歌《うた》を聴《き》き終《お》わった伸一《しんいち》は言った。

「いい歌だ！　決意《けつい》が伝《つた》わってきます。今度《こんど》は、パラグアイにも行くからね」

以来《いらい》九年、遂《つい》に、念願《ねんがん》が叶《かな》い、この日を迎《むか》えたのだ。

「友好《ゆうこう》の夕《ゆう》べ」で伸一は、音楽隊《おんがくたい》、鼓笛隊《こてきたい》の演奏《えんそう》に大きな拍手《はくしゅ》で応《こた》えながら言った。

「ありがとう！　生命《せいめい》が共鳴《きょうめい》しました。二十一世紀《せいき》には、青年《せいねん》の皆《みな》さんが、草創《そうそう》の同志《どうし》の後《あと》を継《つ》いで、使命《しめい》の空《そら》へ、大きく羽《は》ばたいてください。また、皆が私を超《こ》えていってください。その時、広宣流布《こうせんるふ》の流れは、全世界《ぜんせかい》を潤《うるお》す、滔々《とうとう》たる大河《たいが》となるでしょう」

二十二日、伸一《しんいち》は大統領府《だいとうりようふ》にロドリゲス大統領を表敬訪問《ひようけいほうもん》した。その折《おり》、長編詩《ちようへんし》「民衆《みんしゆう》の大河《たいが》の流《なが》れ」を贈《おく》っている。

伸一は、その後《ご》、パラグアイの外務省《がいむしよう》を訪《おとず》れた。同国《どうこく》の「国家功労大十字勲章《こつかこうろうだいじゆうじくんしよう》」の授章式《じゆしようしき》に出席《しゆつせき》するためである。授章式であいさつに立った外相《がいしよう》は、伸一の平和《へいわ》行動《こうどう》に言及《げんきゆう》し、こう語《かた》った。

「誠実《せいじつ》な『対話《たいわ》』を通《とお》してのみ、差別《さべつ》をなくし、地球規模《ちきゆうきぼ》での恒久《こうきゆう》平和と相互理解《そうごりかい》が得《え》られるとの信条《しんじよう》による、会長《かいちよう》の平和への戦《たたか》いは、人類《じんるい》の規範《きはん》です」

さらに、この二十二日には、パラグアイ国立《こくりつ》アスンシオン大学《だいがく》から伸一に、哲学部《てつがくぶ》名誉《めいよ》博士号が贈られ、その授与式《じゆよしき》に出席した。

そして、二十三日夕《ゆう》、彼《かれ》は、次《つぎ》の訪問地のチリへと向かったのである。

「天《てん》も地も　川《かわ》の流れも　仏土《ぶつど》かと
　地涌《じゆ》の菩薩《ぼさつ》の　君《きみ》たち忘《わす》れじ」

彼がパラグアイの友《とも》に贈った和歌《わか》である。

パラグアイを発《た》った搭乗機《とうじようき》は、アンデス上空《じようくう》を飛行《ひこう》していった。眼下《がんか》に広《ひろ》がる山々《やまやま》の残雪《ざんせつ》が、夕映《ゆうば》えのなかで、黄金《おうごん》に輝《かがや》いていた。

チリは、伸一《しんいち》にとって、ちょうど海外訪問《かいがいほうもん》五十カ国・地域《ちいき》の地となる。思《おも》えば、どの国も、一つ、また一つと、全精魂《ぜんせいこん》を注《そそ》いで歴史《れきし》の扉《とびら》を開く、真剣勝負《しんけんしょうぶ》の広布旅《こうふたび》であった。

戸田城聖《とだじょうせい》は、第二代会長《だいにだいかいちょう》に就任《しゅうにん》した翌《よく》一九五二年（昭和《しょうわ》二十七年）の正月《しょうがつ》、「いざ往《ゆ》かん　月氏《がっし》の果《はて》まで　妙法《みょうほう》を　拡《ひろ》むる旅に　心勇《こころいさ》みて」と詠《よ》んだ。また、生涯《しょうがい》の幕《まく》を閉《と》じる十日ほど前、伸一を枕元《まくらもと》に呼《よ》び、メキシコに行《い》った夢《ゆめ》を見たと語《かた》った。

「待《ま》っていた、みんな待っていたよ。日蓮大聖人《にちれんだいしょうにん》の仏法《ぶっぽう》を求《もと》めてな。行きたいな、世界《せかい》へ。広宣流布《こうせんるふ》の旅に……」――そして、命《いのち》を振《ふ》り絞《しぼ》るようにして言うのであった。

「君《きみ》の本当《ほんとう》の舞台《ぶたい》は世界だよ」「うんと生きるんだぞ。そして、世界に征《ゆ》くんだ」

戸田の心は、全世界の民衆《みんしゅう》の幸福《こうふく》にあり、世界広布にあった。しかし、恩師《おんし》は、一度も海外に出ることはなかった。伸一は、戸田の言葉《ことば》を遺言《ゆいごん》として生命《いのち》に刻《きざ》み、師に代《か》わって世界を回《まわ》り、「太陽《たいよう》の仏法」を伝《つた》えてきた。

伸一は、恩師の逝去《せいきょ》から二年余《よ》がたった六〇年（同三十五年）五月三日、第三代会長に就任すると、その五カ月後の十月二日には、世界平和《へいわ》の旅へ出発《しゅっぱつ》した。

第一歩《だいいっぽ》を印《しる》したハワイでは、連絡《れんらく》の手《て》違《ちが》いから、迎《むか》えに来るべきメンバーも来ていなかった。旅先《たびさき》で著《いちじる》しく体調《たいちょう》を崩《くず》し、高熱《こうねつ》に苦《くる》しんだこともあった。学会《がっかい》への誤解《ごかい》から、政治警察《せいじけいさつ》の監視《かんし》のなかで、同志《どうし》の激励《げきれい》を続《つづ》けた国もあった。

北《ほく》・中《ちゅう》・南米《なんべい》へ、アジアへ、ヨーロッパへ、中東《ちゅうとう》へ、アフリカへ、オセアニアへと、人びとの幸福《こうふく》を願《ねが》って駆《か》け巡《めぐ》ってきた。

社会主義《しゃかいしゅぎ》の国々《くにぐに》へも、何度《なんど》となく足《あし》を運《はこ》び、友誼《ゆうぎ》と文化《ぶんか》の橋《はし》を架《か》けた。

日蓮大聖人《にちれんだいしょうにん》の御遺命《ごゆいめい》である「一閻浮提広宣流布《いちえんぶだいこうせんるふ》」を実現《じつげん》するために、命《いのち》を懸《か》ける思《おも》いで世界《せかい》を回《まわ》り、妙法《みょうほう》という平和《へいわ》と幸福の種子《しゅし》を蒔《ま》き続けてきた。戸田《とだ》と心《こころ》で対話《たいわ》しながらの師弟《してい》の旅《たび》であった。

その海外訪問《かいがいほうもん》も、このチリの地で、いよいよ五十番目となるのだ。

彼《かれ》の脳裏《のうり》に和歌《わか》が浮《う》かんだ。

「荘厳《そうごん》な　金色《ゆうひ》に包《つつ》まれ　白雪《はくせつ》の

　　アンデス越《こ》えたり　我《われ》は勝ちたり」

やがて、山並《やまな》みの上に、三日月《みかづき》が光《ひかり》を放《はな》ち、大明星天《だいみょうじょうてん》（金星《きんせい》）が美《うつく》しく輝《かがや》き、星々《ほしぼし》が瞬《またた》き始《はじ》めた。伸一《しんいち》には、それが諸天《しょてん》の祝福《しゅくふく》であるかのように感《かん》じられた。

チリに到着《とうちゃく》した翌日《よくじつ》の二十四日、彼は、首都《しゅと》サンティアゴ市《し》の市庁舎《しちょうしゃ》で、名誉市民称号《めいよしみんしょうごう》にあたる「輝《かがや》ける賓客章《ひんきやくしよう》」を受けた。

その授章決議書《じゆしようけつぎしよ》には、伸一《しんいち》の訪問《ほうもん》は、「チリと日本の『人間相互《にんげんそうご》の理解《りかい》』を一層深《いつそうふか》め、さらには人間の基本的《きほんてき》な価値観《かちかん》を共有《きようゆう》する『友情《ゆうじよう》の絆《きずな》』を確固《かつこ》たるものにしていく『特別《とくべつ》な機《き》会《かい》』である」と述《の》べられていた。

その後《ご》、伸一は、サンティアゴのチリ文化会館《ぶんかかいかん》を訪問し、第一回チリSGI総会《そうかい》に出席《しゆつせき》した。皆《みな》の喜《よろこ》びが弾《はじ》けた。経済《けいざい》の混乱《こんらん》、軍事政権《ぐんじせいけん》による人権侵害《じんけんしんがい》など、長《なが》い冬《ふゆ》の時代《じだい》を越《こ》え、今、希望《きぼう》の春《はる》の到来《とうらい》を感《かん》じていたのだ。

首都《しゆと》サンティアゴでは、一九七三年（昭和《しようわ》四十八年）、軍事クーデターが勃発《ぼつぱつ》した。上空《じようくう》には戦闘機《せんとうき》が飛《と》び交《か》い、街《まち》には戦車《せんしや》や武装兵《ぶそうへい》があふれた。メンバーの中心者夫妻《ちゆうしんしやふさい》の家《いえ》も、戦《たたか》いに巻《ま》き込《こ》まれ、機銃掃射《きじゆうそうしや》を浴《あ》びた。二階《かい》は銃弾《じゆうだん》で蜂《はち》の巣《す》のようになったが、夫妻は一階の仏《ぶつ》間《ま》にいて、無事《ぶじ》だった。

二人《ふたり》は、戒厳令下《かいげんれいか》の街へ飛び出し、同志《どうし》の安否《あんぴ》を気遣《きづか》い、一軒《いつけん》一軒、訪《たず》ねて歩《ある》く日々《ひび》が続《つづ》いた。集会《しゆうかい》は禁《きん》じられていた。訪問した家々《いえいえ》で、〝家族座談会《かぞくざだんかい》〟を開いて歩いた。

その後も、会合《かいごう》の開催《かいさい》には、当局《とうきよく》の許可《きよか》が必要《ひつよう》であり、場所《ばしよ》も会館一カ所だけに限《かぎ》られた。

しかし、同志は皆、意気軒昂《いきけんこう》であった。会合の内容《ないよう》を視察《しさつ》に来た警察官《けいさつかん》にも、SGIの平和《へいわ》運動《うんどう》のすばらしさを訴《うった》えた。

チリの同志《どうし》は、頰《ほお》を紅潮《こうちょう》させて、当時《とうじ》の様子《ようす》を伸一《しんいち》に報告《ほうこく》した。

「牧口先生《まきぐちせんせい》も、戸田《とだ》先生も、戦時中《せんじちゅう》、日本にあって、特高警察《とっこうけいさつ》の監視《かんし》のなかで、勇《いさ》んで広《こう》布《ふ》に戦《たたか》われてきた。また、山本《やまもと》先生は、私たちに、折々《おりおり》に心温《こころあたた》まる励《はげ》ましを送《おく》り、勇気《ゆうき》をくださった。先生は、すべてご存《ぞん》じなんだと思《おも》うと、力《ちから》が湧《わ》きました」

師《し》を胸《むね》にいだいて同志は走《はし》った。いつも心に師がいた。ゆえに負《ま》けなかった。各支部《かくしぶ》や地《ち》区《く》で自由《じゆう》に会合《かいごう》が開けるようになったのは、民主政権《みんしゅせいけん》が実現《じつげん》した三年ほど前からである。

そのなかで、同志たちは、伸一のチリ訪問《ほうもん》を願《ねが》い、祈《いの》って、活動《かつどう》に励み、一日千秋《いちじつせんしゅう》の思いで待《ま》ち続《つづ》けたのである。

政情不安《せいじょうふあん》が続くなか、南北約《なんぼくやく》四千三百キロという広大《こうだい》な国土《こくど》で、知恵《ちえ》を絞《しぼ》り、工夫《くふう》を重《かさ》ね、スクラムを組《く》んで前進《ぜんしん》してきた同志の苦闘《くとう》に、伸一は、胸が熱《あつ》くなるのを覚《おぼ》えた。

地涌《じゆ》の菩薩《ぼさつ》は、日本から最《もっと》も遠《とお》い国の一つであるチリにも、陸続《りくぞく》と出現《しゅつげん》していたのだ。

チリ文化会館《ぶんかかいかん》で伸一は、未来部《みらいぶ》の子《こ》どもたちにも声《こえ》をかけた。

「出迎《でむか》えありがとう。日本から来ました。日本は、海《うみ》をはさんでチリのお隣《となり》の国だよ」

子らは夢《ゆめ》の翼《つばさ》を広《ひろ》げ、目を輝《かがや》かせた。

チリSGI総会《そうかい》で伸一《しんいち》は、チリの各地《かくち》で活動《かつどう》に励《はげ》む同志《とも》の労苦《ろうく》を思《おも》いながら、「逆境《ぎやつきよう》に負《ま》けずに頑張《がんば》り抜《ぬ》いてこられた皆様《みなさま》には、アンデスの山並《やまな》みのごとく、限《かぎ》りなく功徳《くどく》が積《つ》まれていくことは絶対《ぜつたい》に間違《まちが》いない」と賞讃《しようさん》した。

さらに、このチリで、海外訪問《かいがいほうもん》は五十カ国《こく》・地域《ちいき》となったことを伝《つた》えた。

三十三年前、富士《ふじ》の高嶺《たかね》を仰《あお》ぎつつ、世界平和《せかいへいわ》への旅《たび》を開始《かいし》して以来《いらい》、五大州《ごだいしゆう》を駆《か》け巡《めぐ》ってきた。そして、日本とは地球《ちきゆう》のほぼ反対側《はんたいがわ》にあり、「チリ富士」といわれるオソルノ山《さん》がそびえるチリを訪《おとず》れたのである。

伸一は、烈々《れつれつ》たる気迫《きはく》で呼《よ》びかけた。

「戸田先生《とだせんせい》は、さぞかし喜《よろこ》んでくださっているにちがいない。しかし、いよいよ、これからが本番《ほんばん》です。常《つね》に皆様を胸中《きようちゆう》に描《えが》き、日々《ひび》、共《とも》に行動《こうどう》している思いで、全世界を、楽《たの》しく朗《ほが》らかに、駆け巡ってまいりたい！」

さらに、「賢《かしこ》きを人《にん》と云《い》いはかなきを畜《ちく》といふ」（御書《ごしよ》一一七四ジペー）の御文《ごもん》を拝《はい》し、賢明《けんめい》な振《ふ》る舞《ま》いの大切《たいせつ》さを強調《きようちよう》した。広宣流布《こうせんるふ》を展望《てんぼう》し、広《ひろ》く開かれた心《こころ》で、メンバーではない方々《かたがた》にも、よく気を配《くば》り、互《たが》いに尊敬《そんけい》し合《あ》い、友情《ゆうじよう》を大切にしながら、仲良《なかよ》く交流《こうりゆう》を深《ふか》めていくのが、私どもの信仰《しんこう》であると語《かた》った。

「信心即生活《しんじんそくせいかつ》」であり、「仏法即社会《ぶっぽうそくしゃかい》」である。その教《おし》えが示《しめ》すように、仏法は開かれた宗教《しゅうきょう》であり、決《けっ》して、学会《がっかい》と社会との間《あいだ》に壁《かべ》などつくってはならないことを、伸一《しんいち》は訴《うった》えてきたかったのである。

そして、結《むす》びに、「一人《ひとり》も残《のこ》らず、大満足《だいまんぞく》、大勝利《だいしょうり》、大福運《だいふくうん》の人生《じんせい》を！」と呼《よ》びかけた。

総会《そうかい》に続《つづ》いて行《おこな》われた「創価家族《そうかかぞく》の集《つど》い」では、子《こ》どもたちが、大きな石像遺物《せきぞういぶつ》モアイのあるイースター島《とう》の踊《おど》り「サウサウ」を披露《ひろう》すれば、鼓笛隊《こてきたい》が「春《はる》が来た」を演奏《えんそう》。また、男女青年部《だんじょせいねんぶ》は、民族舞踊《みんぞくぶよう》「クエカ」を力《ちから》の限《かぎ》り踊った。

チリにあっても、広布《こうふ》の開拓者《かいたくしゃ》である父《ちち》や母《はは》の心《こころ》を受《う》け継《つ》ぎ、若《わか》き世代《せだい》がたくましく育《そだ》っていた。希望《きぼう》があり、輝《かがや》く未来《みらい》があった。

やがて、「シ・バス・パラ・チレ」（もしもチリへ行くのなら）の大合唱《だいがっしょう》が始《はじ》まった。伸一も一緒《いっしょ》に大きく手拍子《てびょうし》を打《う》った。

〽この地の人びとは皆《みな》
旅人《たびびと》よ　あなたを迎《むか》えてくれます
チリでは　ほかの地から来た人が

どれほど好《す》きか
あなたは　おわかりになるでしょう

メンバーは、喜《よろこ》びを満面《まんめん》にたたえ、「世界広布模範《せかいこうふもはん》」の前進《ぜんしん》を誓《ちか》い、熱唱《ねっしょう》した。

この日、チリの新《あたら》しき原点《げんてん》が創《つく》られたのである。

二十五日正午《しょうご》、伸一《しんいち》は、大統領府《だいとうりょうふ》（モネダ宮殿《きゅうでん》）に、パトリシオ・エイルウィン・アソカル大統領を表敬訪問《ひょうけいほうもん》した。大統領とは、前年《ぜんねん》十一月の来日《らいにち》の折《おり》に会見《かいけん》していた。

その時、民衆《みんしゅう》に奉仕《ほうし》するリーダー像《ぞう》、劇的《げきてき》なチリ民主化《みんしゅか》、環太平洋時代《かんたいへいようじだい》を開く両国《りょうこく》の文化《ぶんか》交流《こうりゅう》などをめぐって語《かた》らいが弾《はず》み、十五分とされていた会見時間は、約《やく》四十五分になった。

別《わか》れ際《ぎわ》、大統領は言った。

「決《けっ》してこれが、最初《さいしょ》で最後《さいご》の出会《であ》いにならないことを望《のぞ》みます。この次《つぎ》は、ぜひ、わが国で、大統領府でお願《ねが》いしたい」

その時の約束《やくそく》が実現《じつげん》したのである。

大統領は、東京《とうきょう》での会見のあと、伸一とトインビー博士との対談集《たいだんしゅう》『生《せい》への選択《せんたく》』（日本語版《ばん》『二十一世紀《せいき》への対話《たいわ》』）を、すべて読了《どくりょう》したことを告《つ》げ、再会《さいかい》を喜んでくれた。

語《かた》らいでは、文化《ぶんか》の力《ちから》、環境問題《かんきょうもんだい》などが話題《わだい》となった。また、伸一《しんいち》は、桂冠詩人《けいかんしじん》として、大統領《だいとうりょう》に長編詩《ちょうへんし》「アンデスの民主《みんしゅ》の偉容《いよう》」を贈《おく》った。そこには、こうあった。

武力《ぶりょく》に勝《まさ》る『道理《どうり》』の力！
剣《けん》の力にも勝る『精神《せいしん》』の力！
心《こころ》なき悪《あ》しき力は
たとえ猛威《もうい》を奮《ふる》おうと
所詮《しょせん》 それは一時《いっとき》の幻《まぼろし》の勝利《しょうり》
『道理』の力 『精神』の力こそが
やがては 納得《なっとく》と歓喜《かんき》のうちに
民衆《みんしゅう》の大地《だいち》を 広《ひろ》く潤《うるお》す

エイルウィン大統領は任期《にんき》を終《お》えて四カ月後の一九九四年（平成《へいせい》六年）七月、夫妻《ふさい》で日本を訪問《ほうもん》した。その折《おり》には、創価大学《そうかだいがく》で記念講演《きねんこうえん》を行《おこな》った。伸一とは、通算《つうさん》、三回にわたって会談《かいだん》し、これらの語らいなどをもとに、九七年（同九年）十月、対談集《たいだんしゅう》『太平洋《たいへいよう》の旭日《きょくじつ》』が発刊《はっかん》されたのである。この年は、「日本・チリ修好通商航海条約《しゅうこうつうしょうこうかいじょうやく》」が締結《ていけつ》されてから、百周《しゅう》年《ねん》の佳節《かせつ》にあたっていた。

二月二十五日夜《よる》、伸一《しんいち》は、チリから、ブラジルのサンパウロに到着《とうちゃく》した。滞在中《たいざいちゅう》、彼《かれ》は、ブラジルSGI自然文化《しぜんぶんか》センターに世界《せかい》三十二カ国《こく》・地域《ちいき》の代表《だいひょう》が集《つど》って開催《かいさい》された、第十六回SGI総会《そうかい》に出席《しゅっせき》した。

総会では、学会員《がっかいいん》こそ、「前人未到《ぜんじんみとう》の一閻浮提広宣流布《いちえんぶだいこうせんるふ》の開拓者《かいたくしゃ》である」「大聖人直結《だいしょうにんちょっけつ》の誇《ほこ》りを永遠《えいえん》に胸中《きょうちゅう》に燃《も》やしてまいりたい」と呼《よ》びかけた。そして、一人《ひとり》ひとりが人間《にんげん》として最《さい》大《だい》に輝《かがや》き、その人間の光《ひかり》で家庭《かてい》を、地域を、社会《しゃかい》を照《て》らし、人間と人間の友情《ゆうじょう》を幾重《いくえ》にも結《むす》び広《ひろ》げていくSGIの人間主義《しゅぎ》の大道《だいどう》を、にぎやかに愉快《ゆかい》に進《すす》もうと訴《うった》えた。

さらに、三月八日にはアメリカのマイアミへ移動《いどう》し、ここでは研修会等《けんしゅうかいとう》に出席。その後《ご》、サンフランシスコで、科学者《かがくしゃ》のライナス・ポーリング博士と四度目の会談《かいだん》を行《おこな》ったほか、メンバーとの懇談《こんだん》・指導《しどう》を続《つづ》け、三月二十一日に帰国《きこく》したのである。

伸一は、五月には、フィリピン、香港《ホンコン》を訪問《ほうもん》。九月から十月には、アメリカ、カナダを回《まわ》り、アメリカではハーバード大学《だいがく》に招《まね》かれ、「二十一世紀文明《せいきぶんめい》と大乗仏教《だいじょうぶっきょう》」と題《だい》して、同大学で二度目の講演《こうえん》を行っている。

翌《よく》一九九四年（平成六年《へいせい》）は、一月から二月にかけて、香港《ホンコン》、中国《ちゆうごく》の深圳《しんせん》（シェンチェン）、タイへ。五月半《なか》ばからは、三十数日《すうじつ》をかけて、ロシア、ヨーロッパを歴訪《れきほう》した。一日《いちにち》一日が、一瞬《いつしゆん》一瞬が、世界広布《せかいこうふ》の基盤《きばん》を創《つく》り上《あ》げる建設作業《けんせつさぎよう》であった。

動《うご》くべき時に動かず、やるべき時にやらねば、未来永劫《みらいえいごう》に悔《く》いを残《のこ》す。伸一《しんいち》にとっては、〝今〟が〝すべて〟であった。

「栄光《えいこう》・躍進《やくしん》の年」と定《さだ》めた九五年（同七年）の元日《がんじつ》、山本《やまもと》伸一は、創価学会本部《そうかがつかいほんぶ》での新年《しんねん》勤行会《ごんぎようかい》でスタートを切った。

一月十五日「成人《せいじん》の日」、伸一は婦人部《ふじんぶ》と新宿区《しんじゆくく》の代表《だいひよう》との協議会《きようぎかい》を開き、二十一世紀《せいき》を担《にな》うリーダー像《ぞう》について語《かた》った。

「これから求《もと》められるリーダーの要件《ようけん》とは何か。それは、一言《いちごん》すれば、『誠実《せいじつ》』に尽《つ》きます。決《けつ》して威張《いば》らず、友《とも》に尽くしていくことです。正直《しようじき》さ、優《やさ》しさ、責任感《せきにんかん》、信念《しんねん》、庶民性《しよみんせい》――そうした『人間性《にんげんせい》』を、皆《みな》は求めている。ゆえに、自分《じぶん》を飾《かざ》る必要《ひつよう》はない。自分らしく、信《しん》心《じん》を根本《こんぽん》に、人間として成長《せいちよう》していくことが大事《だいじ》なんです」

伸一は、未来のために、平易《へいい》な言葉《ことば》で、リーダーの在《あ》り方《かた》を語り残しておきたかった。

「仏法《ぶっぽう》は、人を救《すく》うためにある。人を救うのは観念論《かんねんろん》ではなく、具体的《ぐたいてき》な『知恵《ちえ》』であり、『行動《こうどう》』です。私どもの立場《たちば》でいえば、以信代慧《いしんだいえ》であり、信心《しんじん》によって仏《ほとけ》の智慧《ちえ》が得《え》られる。したがって、何ごとも『まず祈《いの》る』ことです。また、結果《けっか》が出るまで『祈り続《つづ》ける』ことです。『行動を続ける』ことです。

釈尊《しゃくそん》も、日蓮大聖人《にちれんだいしょうにん》も『行動の人』であられた。私どもも、そうでありたい」

その二日後の未明《みめい》、十七日午前《ごぜん》五時四十六分ごろ、近畿地方《きんきちほう》を大地震《おおじしん》が襲《おそ》った。高速道路《こうそくどうろ》やビル、家屋《かおく》の倒壊《とうかい》、火災等《かさいとう》の被害《ひがい》は、神戸《こうべ》、淡路島《あわじしま》など、兵庫県南部《ひょうごけんなんぶ》を中心《ちゅうしん》に、大阪《おおさか》、京都《きょう と》にまで広《ひろ》がり、死者約《ししゃやく》六千四百人、負傷者《ふしょうしゃ》約四万四千人という大災害《だいさいがい》となった。阪神《はんしん》・淡路大震災《だいしんさい》である。

伸一《しんいち》は、その報《ほう》に接《せっ》するや、即座《そくざ》に総力《そうりょく》をあげて救援活動《きゅうえんかつどう》を進《すす》めるよう手を打《う》った。

彼《かれ》は、ハワイにある環太平洋地域《かんたいへいようちいき》を代表《だいひょう》する学術機関《がくじゅつきかん》の「東西《とうざい》センター」を訪問《ほうもん》し、講演《こうえん》することになっていたが、出発《しゅっぱつ》を延期《えんき》し、できることはすべてやろうと対応《たいおう》に努《つと》めた。

直《ただ》ちに、学会本部《がっかいほんぶ》と関西《かんさい》に災害対策《たいさく》本部が設置《せっち》された。伸一は、最高幹部《さいこうかんぶ》と協議《きょうぎ》を重《かさ》ね、対策会議《かいぎ》にも出席《しゅっせき》した。

被災地《ひさいち》では、各会館《かくかいかん》が一時的《いちじてき》な緊急避難所《きんきゅうひなんじょ》となり、また、生活物資供給《せいかつぶっしきょうきゅう》のための救援《きゅうえん》センターとなった。

高速道路《こうそくどうろ》は倒壊《とうかい》し、建物《たてもの》の崩壊《ほうかい》などから一般道《いっぱんどう》の寸断《すんだん》も多く、どこも、どの道《みち》も、大渋滞《だいじゅうたい》していた。直《ただ》ちにバイク隊《たい》が編成《へんせい》され、瓦礫《がれき》の残《のこ》る道を走《はし》り、救援物資が被災各地《かくち》に届《とど》けられていった。

伸一《しんいち》は、愛《あい》する家族《かぞく》や、住《す》み慣《な》れた家《いえ》、職場《しょくば》を失《うしな》った人たちのことを思《おも》うと、身《み》を切られるように辛《つら》かった。自《みずか》ら、すぐに被災地に飛《と》び、皆《みな》を励《はげ》ましたかったが、「東西《とうざい》センター」での講演《こうえん》の日が迫《せま》っていた。彼《かれ》は、被災地へ向かう、会長《かいちょう》の秋月英介《あきづきえいすけ》や婦人部長《ふじんぶちょう》、青年《せいねん》部長らに言った。

「私に代《か》わって、全生命《ぜんせいめい》を注《そそ》ぐ思いで、皆さんを励ましてほしい。信心《しんじん》をしていたご家族を亡《な》くされた人もいるでしょう。そうした方々《かたがた》には、こう伝《つた》えてください。

――すべては壊《こわ》れても、生命に積《つ》んだ福徳《ふくとく》は、永遠《えいえん》に壊されることはありません。一遍《いっぺん》でも題目《だいもく》を唱《とな》えたならば、成仏《じょうぶつ》できるのが大聖人《だいしょうにん》の仏法《ぶっぽう》です。亡くなられた同志《どうし》は、今世《こんぜ》で宿命《しゅくめい》を転換《てんかん》し、来世《らいせ》も御本尊《ごほんぞん》のもとに生まれ、幸《しあわ》せになれることは間違《まち》いありません。

また、『変毒為薬《へんどくいやく》』とあるように、信心によって、毒を変じて薬《くすり》にすることができる。大《だい》聖人《しょうにん》は『大悪《だいあく》を起《おこ》れば大善《だいぜん》きたる』（御書《ごしょ》一三〇〇ジペー）と仰《おお》せです。今は、どんなに苦《くる》しくとも、必《かなら》ず幸《しあわ》せになれることを確信《かくしん》してください。いや、必ずなってください。強《つよ》い心《こころ》で、強い生命《いのち》で、見事《みごと》に再起《さいき》されるよう祈《いの》り待《ま》っています」

秋月《あきづき》らは、二十四日には、被災地《ひさいち》を訪《おとず》れ、激励《げきれい》に回《まわ》っている。

伸一《しんいち》は、その翌日《よくじつ》の夜《よる》、日本を発《た》ち、ハワイのホノルルへ向かった。

二十六日に、ハワイ大学《だいがく》マノア校《こう》を訪問《ほうもん》したあと、同大学に隣接《りんせつ》する「東西《とうざい》センター」を訪れた。ここで、国連創設《こくれんそうせつ》五十周年《しゅうねん》を記念《きねん》し、「平和《へいわ》と人間《にんげん》のための安全保障《あんぜんほしょう》」と題《だい》して講《こう》演《えん》したのである。

記念講演で伸一は提起《ていき》した。

──これまで安全保障といえば、機《き》構《こう》、制度《せいど》の問題《もんだい》として論《ろん》じられがちであった。しかし、社会及《しゃかいおよ》び国家《こっか》の外的条件《がいてきじょうけん》を整《ととの》えることのみに走《はし》り、人間自身《じしん》の変革《へんかく》という根本《こんぽん》の一点《いってん》を避《さ》けてしまえば、平和への努力《どりょく》のはずが、かえって逆効果《ぎゃくこうか》になってしまう場合《ばあい》さえあるというのが、二十世紀《せいき》の教訓《きょうくん》ではないか、と。

そして、人間革命《かくめい》から社会の変革を志向《しこう》すべきであるとし、そのためにも、「知識《ちしき》から智《ち》慧《え》へ」「一様性《いちようせい》から多様性《たようせい》へ」「国家主権《しゅけん》から人間主権へ」、人類的《じんるいてき》な発想《はっそう》の転換《てんかん》が不可欠《ふかけつ》であることを訴《うつた》えたのである。

この会場《かいじょう》で伸一《しんいち》は、ハーバード大学《だいがく》のジョン・モンゴメリー博士、ハワイ大学名誉教授《めいよきょうじゅ》のグレン・ペイジ博士、平和学《へいわがく》の創始者《そうししゃ》ヨハン・ガルトゥング博士らと再会《さいかい》している。

ハワイで彼《かれ》は、国連創設《こくれんそうせつ》五十周年《しゅうねん》を記念《きねん》する第十三回世界青年《せかいせいねん》平和文化祭《ぶんかさい》や、SGI環太《かんたい》平洋《へいよう》文化・平和会議《かいぎ》などに臨《のぞ》み、二月二日に、その足《あし》で関西《かんさい》入りした。

関西では、阪神《はんしん》・淡路大震災《あわじだいしんさい》の東京《とうきょう》・関西合同対策《ごうどうたいさく》会議や追善勤行法要等《ついぜんごんぎょうほうようとう》に出席《しゅっせき》し、激励《げきれい》に全力《ぜんりょく》を尽《つ》くした。

法要で伸一は訴えた。

「関西の一日も早《はや》い復興《ふっこう》を祈《いの》っています。全世界が、皆様《みなさま》の行動《こうどう》を見守《みまも》っています。『世界の模範《もはん》』の関西として、勇《いさ》んで立っていただきたい。亡《な》くなられた方々《かたがた》も、すぐに常勝《じょうしょう》の陣《じん》列《れつ》に戻《もど》ってこられる。

御書《ごしょ》には『滞《とどこお》り無《な》く上上品《じようじようぼん》の寂光《じやっこう》の往生《おうじょう》を遂《と》げ須臾《しゆゆ》の間《あいだ》に九界生死《きゅうかいしょうじ》の夢《ゆめ》の中《なか》に還《かえ》り来《きた》つて』(五七四ページ)と仰《おお》せです。最高《さいこう》の寂光世界(仏界《ぶっかい》)への往生を遂げ、死後《しご》も、すぐに九界のこの世界へと生まれてこられる。そして、また広宣流布《こうせんるふ》に活躍《かつやく》されるんです。

私どもは、亡くなられた方々の分《ぶん》まで、明《あか》るく、希望《きぼう》をもって、高らかに妙法《みょうほう》を唱《とな》えながら進《すす》んでまいりたい。それが即《そく》、生死不二《しょうじふに》で、兵庫《ひょうご》の国土《こくど》に、関西《かんさい》の大地《だいち》に、今再《いまふたた》びの大福《だいふく》運《うん》の威光勢力《いこうせいりょく》を増《ま》していくからです。

被災地《ひさいち》のすべての方々《かたがた》に、くれぐれも、またくれぐれも、よろしくお伝《つた》えください」

山本伸一《やまもとしんいち》は、一九九五年（平成《へいせい》七年）十月末《すえ》からアジア四カ国《こく》・地域《ちいき》を訪《おとず》れ、この折《おり》、「釈《しゃく》尊生誕《そんせいたん》の国」ネパールを初訪問《はつほうもん》した。彼《かれ》の平和《へいわ》旅《たび》は、五十一カ国・地域となった。

ネパールでは、十一月一日、カトマンズ市《し》の王宮《おうきゅう》に、ビレンドラ・ビール・ビクラム・シャハ・デーブ国王《こくおう》を表敬訪問《ひょうけいほうもん》した。

二日には、国際会議場《こくさいかいぎじょう》で行《おこな》われた、国立《こくりつ》トリブバン大学《だいがく》の卒業生《そつぎょうせい》への学位《がくい》授与《じゅよ》式《しき》に主賓《しゅひん》として出席《しゅっせき》し、「人間主義《にんげんしゅぎ》の最高峰《さいこうほう》を仰《あお》ぎて――現代《げんだい》に生きる釈尊」と題《だい》して記念講演《きねんこうえん》した。

そこでは、〝人類《じんるい》の教師《きょうし》〟釈尊が残《のこ》した精神遺産《せいしんいさん》を「智慧《ちえ》の大光《たいこう》」「慈悲《じひ》の大海《たいかい》」の二つの角度《かくど》から考察《こうさつ》し、自他共《じたとも》の幸福《こうふく》を願《ねが》う人間主義の連帯《れんたい》こそが、それぞれの国の繁栄《はんえい》を築《きず》き、人類全体《ぜんたい》の栄光《えいこう》を開く光源《こうげん》になると訴《うった》えた。そして、次代《じだい》を担《にな》う使《し》命深《めいふか》き学生《がくせい》たちに、大鵬《おおとり》のごとく、智慧と慈悲の翼《つばさ》を広《ひろ》げ、「平和と生命尊厳《せいめいそんげん》の二十一世紀《せいき》」へ飛翔《ひしょう》してほしいと呼《よ》びかけたのである。

三日、伸一《しんいち》自身《じしん》も同大学《どうだいがく》で、教育大臣《きょういくだいじん》(総長代行《そうちょうだいこう》)から名誉文学《めいよぶんがく》博士の称号《しょうごう》を受けた。

ネパールは美《うつく》しき詩心の大国《たいこく》である。国の豊《ゆた》かさは人びとの「心《こころ》」の光《ひかり》で決まる——伸一は謝辞《しゃじ》で強調《きょうちょう》した。

この日、彼《かれ》は、ネパールの友《とも》に案内《あんない》され、カトマンズ市《し》郊外《こうがい》の丘《おか》に車《くるま》で向かった。「世界《せかい》に冠《かん》たるヒマラヤの姿《すがた》を、ぜひ、見てほしい」との友の思《おも》いに応《こた》えたかったのである。

夕暮《ゆうぐ》れが迫《せま》り始《はじ》め、ヒマラヤは、乳白色《にゅうはくしょく》の雲《くも》に覆《おお》われていた。しかし、伸一たちが到着《とうちゃく》した時、雲が割《わ》れ、束《つか》の間《ま》、ベールを脱《ぬ》いだように、雪《ゆき》を頂《いただ》いた峨々《がが》たる山並《やまな》みが姿を現《あらわ》した。夕日《ゆうひ》に映《は》えて、空《そら》は淡《あわ》いバラ色《いろ》に染《そ》まり、山々《やまやま》は雄々《おお》しく、そして神々《こうごう》しいまでの気高《けだか》さにあふれていた。

伸一は、夢中《むちゅう》でシャッターを切った。

ほどなく、ヒマラヤの連山《れんざん》は、薄墨《うすずみ》の暮色《ぼしょく》に包《つつ》まれ、空には大きな銀《ぎん》の月《つき》が浮《う》かんだ。

彼を遠巻《とおま》きにするように、二十人ほどの少年少女《しょうねんしょうじょ》が物珍《ものめずら》しそうに見ていた。伸一が手招《てまね》きすると、はにかみながら近付《ちかづ》いてきた。子《こ》どもたちの瞳《ひとみ》は宝石《ほうせき》のように輝《かがや》いていた。

彼は語《かた》りかけた。

「私たちは仏教徒《ぶっきょうと》です。ここは仏陀《ぶっだ》が生まれた国です。仏陀は、偉大《いだい》なヒマラヤを見て育《そだ》ちました。あの山々《やまやま》のような人間《にんげん》になろうと頑張《がんば》ったんです。堂々《どうどう》とそびえる勝利《しょうり》の人へと、自分《じぶん》をつくり上げました。皆《みな》さんは、すごいところに住《す》んでいるんです。皆さんも、仏《ぶっ》陀《だ》と同じように、自分を磨《みが》いていけば、必《かなら》ず偉大《いだい》な人になれます。

みんな、利口《りこう》そうな、いい顔《かお》をしているね。大きくなったら、日本へいらっしゃい」

彼《かれ》は、この一瞬《いっしゅん》の出会《であ》いを大切《たいせつ》にしたかった。心《こころ》から励《はげ》まし、小《ちい》さな胸《むね》に、希望《きぼう》の春風《はるかぜ》を送《おく》りたかったのである。

翌《よく》四日、伸一《しんいち》は、カトマンズ市内《しない》でのネパールSGIの第一回総会《そうかい》に臨《のぞ》み、集《つど》った百数十《すうじゅう》人《にん》の友《とも》と記念《きねん》のカメラに納《おさ》まった。そして、「どこまでも仲良《なかよ》く進《すす》んでください。一人《ひと》ひとりが良《よ》き市民《しみん》、良き国民《こくみん》として、『輝《かがや》く存在《そんざい》』になってください」と激励《げきれい》した。

メンバーの大多数《だいたすう》は、青年《せいねん》であった。まさに、ヒマラヤにいだかれるように、未来《みらい》に伸《の》びる希望の若木《わかぎ》が育《そだ》っていたのだ。

ネパールに続《つづ》いてシンガポールを訪《おとず》れた彼は、第三回アジア文化教育会議《ぶんかきょういくかいぎ》に臨み、シンガポール創価《そうか》幼稚《ようち》園《えん》を初訪問《はつほうもん》した。さらに、建国《けんこく》三十周年《しゅうねん》を祝賀《しゅくが》する第一回青年友好芸術祭《ゆうこうげいじゅつさい》に出席《しゅっせき》し、十日夕《ゆう》、香港《ホンコン》に到着《とうちゃく》した。

イギリス領《りよう》の香港《ホンコン》は、一九九七年（平成《へいせい》九年）に中国《ちゆうごく》へ返還《へんかん》されることになっていた。返還は、八二年（昭和《しようわ》五十七年）の中国共産党中央顧問委員会《きようさんとうちゆうおうこもんいいんかい》の鄧小平《とうしようへい》（トン・シアオピン）主任《しゆにん》とイギリスのサッチャー首相《しゆしよう》との会談《かいだん》で、現実味《げんじつみ》を帯《お》び始《はじ》めていった。

資本主義《しほんしゆぎ》の社会《しやかい》で暮《く》らしてきた人びとにとっては、社会主義の中国のもとでの生活《せいかつ》は想像《そうぞう》しがたいものであり、不安《ふあん》を覚《おぼ》える人たちもいた。一時期《いちじき》、香港ドルが急落《きゆうらく》し、市場《しじよう》が混乱《こんらん》に陥《おちい》ったこともあった。

〝こういう時だからこそ、香港へ行こう！　皆《みな》と会って激励《げきれい》しよう！〟

伸一《しんいち》は、そう決めて、八三年（同五十八年）十二月に香港を訪《おとず》れている。

彼《かれ》は、この訪問《ほうもん》で、メンバーに力強《ちからづよ》く呼《よ》びかけた。

「皆さんのなかには『九七年問題《もんだい》』で、〝香港はどうなるのかな〟と、心配《しんぱい》されている方《かた》もおられるかもしれない。しかし、私は、全《まつた》く心配はないと訴《うつた》えておきたい。堂々《どうどう》と、この愛《あい》する香港の地で、自由《じゆう》と平和《へいわ》と文化《ぶんか》の、国際的発展《こくさいてきはつてん》に薫《かお》るこの香港の大地《だいち》で、妙法《みようほう》に照《て》らされ、守《まも》られながら、尊《とうと》い一生《いつしよう》を送《おく》っていただきたい」

「返還の『九七年』以後《いご》も、これまでの何倍《なんばい》も賑《にぎ》やかに、何倍も楽《たの》しく交流《こうりゆう》しよう。未来《みらい》永遠《えいえん》、一緒《いつしよ》に勝利《しようり》の歴史《れきし》をつくろう！」

彼《かれ》は、これまで、多くの香港《ホンコン》の有識者《ゆうしきしゃ》、またSGIメンバーと語《かた》り合《あ》ってきたなかで、香港の大発展《だいはってん》をもたらしてきたのは、底知《そこし》れない「人間《にんげん》の活力《かつりょく》」であり、人びとに脈打《みゃくう》つ「希《き》望《ぼう》の力《ちから》」であると実感《じっかん》していたのである。

これまでの「何倍《なんばい》も楽《たの》しく」との言葉《ことば》に、香港の同志《どうし》は、勇気《ゆうき》を得《え》た。

一九八四年（昭和《しょうわ》五十九年）十二月、中国《ちゅうごく》とイギリスは中英共同宣言《ちゅうえいきょうどうせんげん》を発表《はっぴょう》し、九七年（平《へい》成《せい》九年）七月に香港は中国に返還《へんかん》され、中国の特別行政区《とくべつぎょうせいく》になり、返還後五十年は、社会主《しゃかいしゅ》義《ぎ》政策《せいさく》は実施《じっし》しないことが示《しめ》された。資本《しほん》主義は維持《いじ》され、一国《いっこく》二制度《せいど》となるのである。それでも、不安《ふあん》が拭《ぬぐ》い切《き》れずに、カナダ、オーストラリアなどに何十万もの人たちが移住《いじゅう》していくことになる。

伸一《しんいち》は、香港の未来《みらい》を思《おも》いつつ、中国の要人《ようじん》たちと会談《かいだん》し、歴代《れきだい》の香港総督《そうとく》などとも交流《こうりゅう》を重《かさ》ねてきた。

そして、今回《こんかい》の九五年（同七年）十一月の訪問《ほうもん》では、著名《ちょめい》な作家《さっか》で、日刊紙《にっかんし》「明報《めいほう》」を創《そう》刊《かん》し、「良識《りょうしき》の灯台《とうだい》」として長年《ながねん》、世論《よろん》をリードしてきた金庸《きんよう》（ガム・ヨン）と会談した。彼は、返還後の香港の社会体制《たいせい》を決める「香港基本法《きほんほう》」の起草委員会《きそういいんかい》の委員も務《つと》めていた。

二人《ふたり》は、「香港の明日《あした》」「文学《ぶんがく》と人生《じんせい》」をはじめ、幅広《はばひろ》いテーマで五回の語らいを重ね、九八年（平成十年《へいせい》）、対談集《たいだんしゅう》『旭日《きょくじつ》の世紀《せいき》を求《もと》めて』（日本語版《ばん》）が発刊《はっかん》されている。

香港《ホンコン》が中国《ちゅうごく》に返還《へんかん》される五カ月前（一九九七年二月）の語《かた》らいで、伸一《しんいち》は金庸《きんよう》に、「返還後も香港は栄《さか》え続《つづ》けるでしょう」と述《の》べ、これからは、経済《けいざい》だけでなく、「心《こころ》の充足《じゅうそく》」も焦点《しょうてん》になるとの考《かんが》えを述べた。

すると、金庸は、大きく頷《うなず》きながら言った。

「香港SGIをはじめ、SGIの方々《かたがた》には、ぜひ『精神《せいしん》の価値《かち》』『正《ただ》しい価値観』を多くの人たちに示《しめ》していただきたいのです」

香港の民衆《みんしゅう》の幸福《こうふく》と繁栄《はんえい》――二人《ふたり》の心は、この一点《いってん》にあった。

伸一が、メンバーに訴《うった》え続けたのは、いずこの地であろうが、不屈《ふくつ》の信心《しんじん》ある限《かぎ》り、〝幸福の宝土《ほうど》〟と輝《かがや》くということであった。日蓮大聖人《にちれんだいしょうにん》は、「其《そ》の人の所住《しょじゅう》の処《ところ》は常寂光土《じょうじゃっこうど》なり」（御書《ごしょ》五一二ジペー）と仰《おお》せである。

――一九九七年（平成九年《へいせい》）七月一日、イギリスの統治下《とうちか》にあった香港は、中国に返還され、歴史的《れきしてき》な式典《しきてん》が行《おこな》われた。

その祝賀《しゅくが》式典のアトラクションでは、香港SGIの「金鷹体操隊《カムイエンたいそうたい》」も若《わか》さあふれる演技《えんぎ》を披露《ひろう》した。また、同日夜《どうじつよる》の記念音楽会《きねんおんがくかい》には香港SGIの各部《かくぶ》の合唱団《がっしょうだん》が出演《しゅつえん》した。

伸一《しんいち》は、旧知《きゅうち》の江沢民《こうたくみん》国家《こっか》主席《しゅせき》と香港《ホンコン》特別《とくべつ》行政区《ぎょうせいく》の董建華《とうけんか》（トン・ギンワ）行政長官《ちょうかん》に祝電《しゅくでん》を送《おく》った。香港のメンバーは、返還後《へんかんご》の香港を「平和《へいわ》と繁栄《はんえい》の港《みなと》」にとの決意《けつい》を固《かた》め合《あ》い、二十一世紀《せいき》へと船出《ふなで》していくことになる。

伸一は、一九九五年（平成《へいせい》七年）十一月の香港滞在中《たいざいちゅう》、マカオを訪《おとず》れ、マカオ大学《だいがく》で名誉《めいよ》社会科学《しゃかいかがく》博士号を受けたほか、マカオ市政庁《しせいちょう》を表敬訪問《ひょうけいほうもん》した。ポルトガル領《りょう》であるマカオも、九九年（同十二年）、中国《ちゅうごく》に返還されるが、マカオのメンバーも香港の友《とも》に続《つづ》き、希望《きぼう》のスタートを切っていくのである。

九五年（同七年）十一月十七日、アジア訪問から帰国《きこく》した山本《やまもと》伸一は、そのまま中部《ちゅうぶ》・関《かん》西指導《さいしどう》に入《はい》った。そして二十三日、関西文化《ぶんか》会館《かいかん》で、全国青年部《ぜんこくせいねんぶ》大会《たいかい》、関西総会《そうかい》を兼《か》ねた本《ほん》部幹部《ぶかんぶ》部会《かい》が開催《かいさい》された。

その席上《せきじょう》、SGI理事長《りじちょう》の十和田《とわだ》光一《こういち》から、「SGI憲章《けんしょう》」が発表《はっぴょう》された。

SGIは、七五年（昭和《しょうわ》五十年）一月二十六日、太平洋《たいへいよう》のグアムで行《おこな》われた第一回世界《せかい》平和会議《かいぎ》で誕生《たんじょう》し、以来《いらい》、仏法《ぶっぽう》の生命尊厳《せいめいそんげん》の思想《しそう》を弘《ひろ》め、「世界の平和」と「人類《じんるい》の幸福《こうふく》」に寄与《きよ》するための運動《うんどう》を展開《てんかい》してきた。そのなかで各国《かっこく》・地域《ちいき》のSGIは、社会で信頼《しんらい》を広《ひろ》げ、大きな期待《きたい》を担《にな》うまでになっていた。

そこで結成《けっせい》二十周年《しゅうねん》の節目《ふしめ》にあたり、「SGIは何をめざして進《すす》むのか」という理念《りねん》と行《こう》動《どう》の規範《きはん》を明文化《めいぶんか》しようと、この一九九五年（平成七年《へいせい》）、SGI常任理事会《じょうにんりじかい》・理事会で、SGI憲章制定準備委員会《けんしょうせいていじゅんびいいんかい》が発足《ほっそく》した。そして、十月十七日のSGI総会《そうかい》で「SGI決議《けつぎ》」が採択《さいたく》され、それに基《もと》づいて、準備委員会で検討《けんとう》を重《かさ》ね、各国《かっこく》の賛同《さんどう》を得《え》て、憲章が制定されたのである。

「SGI憲章」は、仏法《ぶっぽう》を基調《きちょう》に平和《へいわ》・文化・教育《きょういく》に貢献《こうけん》することをはじめ、基本的人権《きほんてきじんけん》や信教《しんきょう》の自由《じゆう》の尊重《そんちょう》、社会《しゃかい》の繁栄《はんえい》への貢献、文化交流《こうりゅう》の推進《すいしん》、自然《しぜん》・環境保護《かんきょうほご》、人格陶冶《じんかくとうや》などが謳《うた》われ、十項目《こうもく》からなっていた。

この七つ目には、「仏法の寛容《かんよう》の精神《せいしん》を根本《こんぽん》に、他の宗教《しゅうきょう》を尊重して、人類《じんるい》の基本的問題《もんだい》について対話《たいわ》し、その解決《かいけつ》のために協力《きょうりょく》していく」とある。

「世界《せかい》の平和」と「人類の幸福《こうふく》」を実現《じつげん》するために大切《たいせつ》なことは、人類は運命共同体《うんめいきょうどうたい》であるとの認識《にんしき》に立ち、共《とも》に皆《みな》が手を携《たずさ》えて進んでいくことである。これを阻《はば》む最大《さいだい》の要因《よういん》となるのが、宗教にせよ、国家《こっか》、民族《みんぞく》にせよ、独善性《どくぜんせい》、排他性《はいたせい》に陥《おちい》ってしまうことだ。人類の共《きょう》存《そん》のためには、〝人間《にんげん》〟という原点《げんてん》に立ち返り、あらゆる差異《さい》を超《こ》えて、互《たが》いに助《たす》け合《あ》っていかねばならない。

創価《そうか》学会《がっかい》は、阪神《はんしん》・淡路《あわじ》大震災《だいしんさい》でも、被災者《ひさいしゃ》の救援《きゅうえん》・支援活動《しえんかつどう》に、総力《そうりょく》をあげて取《と》り組《く》み、各国《かっこく》のSGIからも、さまざまなかたちで支援があった。それに対《たい》して、被災者をはじめ、多くの人びとから感謝《かんしゃ》の声《こえ》が寄《よ》せられた。また、SGIは他の宗教団体《しゅうきょうだんたい》などとも協力《きょうりょく》し、核《かく》廃絶《はいぜつ》の運動《うんどう》を推進《すいしん》してきた。

人道的《じんどうてき》活動のために、宗派《しゅうは》や教団《きょうだん》の枠《わく》を超《こ》えて、協力していくことは、人類《じんるい》の幸福《こうふく》を願《ねが》う宗教者の社会的使命《しゃかいてきしめい》のうえからも、人間《にんげん》としても、必要不可欠《ひつようふかけつ》な行動《こうどう》といってよい。

そして、共《とも》に力《ちから》を合《あ》わせて、課題《かだい》に取り組んでいくには、互《たが》いの人格《じんかく》に敬意《けいい》を払《はら》い、その人の信条《しんじょう》や文化的《ぶんか》背景《てきはいけい》を尊重《そんちょう》していくことである。

本来《ほんらい》、各宗教の創始者《そうししゃ》たちの願いは、人びとの平和《へいわ》と幸福を実現《じつげん》し、苦悩《くのう》を解決《かいけつ》せんとするところにあったといえよう。その心《こころ》に敬意を表《ひょう》していくのである。

よく日蓮大聖人《にちれんだいしょうにん》に対して、「四箇《しか》の格言《かくげん》」などをもって、排他的《はいたてき》、独善的《どくぜんてき》であるとする見《み》方《かた》がある。しかし、大聖人は、他宗《たしゅう》の拠《よ》り所《どころ》とする経典《きょうてん》そのものを、否定《ひてい》していたわけではない。御書《ごしょ》を拝《はい》しても、諸経《しょきょう》を引いて、人間の在《あ》り方《かた》などを説《と》かれている。

法華経《ほけきょう》は、「万人成仏《ばんにんじょうぶつ》」の教《おし》えであり、生命《せいめい》の実相《じっそう》を説き明《あ》かした、円満具足《えんまんぐそく》の「諸経の王《おう》」たる経典《きょうてん》である。それに対《たい》して、他の経典は、一切衆生《いっさいしゅじょう》の成仏《じょうぶつ》の法《ほう》ではない。生命《せいめい》の全《ぜん》体像《たいぞう》を説《と》くにはいたらず、部分観《ぶぶんかん》にとどまっている。その諸経《しょきょう》を絶対化《ぜったいか》して法華経《ほけきょう》を否定《ひてい》し、排斥《はいせき》する本末転倒《ほんまつてんとう》を明《あき》らかにするために、大聖人《だいしょうにん》は、明快《めいかい》な言葉《ことば》で誤《あやま》りをえぐり出していったのだ。

そして、釈尊《しゃくそん》の本意《ほんい》にかなった教《おし》えは何かを明らかにするために、諸宗《しょしゅう》に、対話《たいわ》、問答《もんどう》を求《もと》めたのである。それは、ひとえに民衆救済《みんしゅうきゅうさい》のためであった。それに対して、幕府《ばくふ》と癒着《ゆちゃく》していた諸宗の僧《そう》らは、話《はな》し合《あ》いを拒否《きょひ》し、讒言《ざんげん》をもって権力者《けんりょくしゃ》を動《うご》かし、大聖人に迫害《はくがい》を加《くわ》え、命《いのち》をも奪《うば》おうとしたのである。

それでも大聖人は、「願《ねが》くは我《われ》を損《そん》ずる国主等《こくしゅとう》をば最初《さいしょ》に之《これ》を導《みちび》かん」（御書《ごしょ》五〇九ページ）と、自身《じしん》に大弾圧《だいだんあつ》を加えた国主や僧らを、最初に成仏に導いてあげたいと言われている。そこには、慈悲《じひ》と寛容《かんよう》にあふれた仏法者《ぶっぽうしゃ》の生き方が示《しめ》されている。

人びとを救《すく》おうとする、この心《こころ》こそが、私たちの行動《こうどう》の大前提《だいぜんてい》なのである。

自身の信《しん》ずる宗教《しゅうきょう》に確信《かくしん》と誇《ほこ》りをもち、その教えを人びとに語《かた》ることは、宗教者として当《とう》然《ぜん》である。しかし、そこには、異《こと》なる考《かんが》え、意見《いけん》に耳《みみ》を傾《かたむ》け、学《まな》び、より良《よ》き生き方をめざしていこうとする謙虚《けんきょ》さと向上心《こうじょうしん》がなければなるまい。また、宗教のために、人間同士《にんげんどうし》が憎《ぞう》悪《お》をつのらせ、争《あらそ》うようなことがあってはならない。

現代《げんだい》における宗教者《しゅうきょうしゃ》の最大《さいだい》の使命《しめい》と責任《せきにん》は、「悲惨《ひさん》な戦争《せんそう》のない世界《せかい》」を築《きず》く誓《ちか》いを固《かた》め、人類《じんるい》の平和《へいわ》と幸福《こうふく》の実現《じつげん》という共通《きょうつう》の根本目的《こんぽんもくてき》に立ち、人間《にんげん》と人間を結《むす》んでいくことである。そして、その目的のために、各宗教は力《ちから》を合《あ》わせるとともに、初代会長《しょだいかいちょう》・牧口常三郎《まきぐちつねさぶろう》が語《かた》っているように、「人道的競争《じんどうてききょうそう》」をもって切磋琢磨《せっさたくま》していくべきであろう。

SGIは、この「SGI憲章《けんしょう》」によって、人類の平和実現への使命を明《あき》らかにし、人間主義《しゅぎ》の世界宗教へと、さらに大きく飛躍《ひやく》していったのである。


翌《よく》一九九六年（平成《へいせい》八年）、山本伸一《やまもとしんいち》は三月に香港《ホンコン》を訪問《ほうもん》し、五月末《すえ》から七月上旬《じょうじゅん》には、北《ほく》・中米《ちゅうべい》を訪《おとず》れた。

その折《おり》、アメリカでは、六月八日にコロラド州《しゅう》のデンバー大学《だいがく》から、名誉教育学博士号《めいよきょういくがくはくしごう》を授与《じゅよ》されている。

十三日には、ニューヨークのコロンビア大学ティーチャーズ・カレッジで、「世界市民《しみん》」教育をテーマに講演《こうえん》し、訴《うった》えた。

――世界市民とは、生命《せいめい》の平等《びょうどう》を知る「智慧《ちえ》の人」、差異《さい》を尊重《そんちょう》できる「勇気《ゆうき》の人」、人びと同苦《どうく》できる「慈悲《じひ》の人」と考《かんが》えられ、仏法《ぶっぽう》で説《と》かれる「菩薩《ぼさつ》」が、その一つのモデルを提示《ていじ》している。教育《きょういく》は「自他共《じたとも》に益《えき》する」菩薩の営《いとな》みである。

翌日《よくじつ》は、ニューヨークの国連本部《こくれんほんぶ》を訪《おとず》れ、明石康《あかしやすし》国連事務次長《じむじちょう》をはじめ、各国《かっこく》の国連大使《たいし》らとの昼食会《ちゅうしょくかい》に出席《しゅっせき》して意見交換《いけんこうかん》した。

伸一《しんいち》は、二十四日からキューバ文化省《ぶんかしょう》の招聘《しょうへい》で、同国《どうこく》を訪問《ほうもん》することになっていた。彼《かれ》は果敢《かかん》に行動《こうどう》した。行動こそが時代《じだい》を開く力《ちから》であるからだ。

キューバは、この一九九六年（平成《へいせい》八年）ごろ、経済的《けいざいてき》にも、政治的《せいじてき》にも、厳《きび》しい試練《しれん》の渦中《かちゅう》にあった。東西冷戦《とうざいれいせん》が終《お》わり、ソ連《れん》・東欧《とうおう》の社会主義《しゃかいしゅぎ》政権《せいけん》が崩壊《ほうかい》したことによって、社会主義国キューバは、ソ連という強力《きょうりょく》な後《うし》ろ盾《だて》を失《うしな》い、孤立《こりつ》を深《ふか》めていた。さらに、この年の二月、キューバ軍《ぐん》によるアメリカの民間小《みんかんこ》型機《がたき》撃墜《げきつい》事件《けん》が起《お》こり、それを契機《けいき》に、アメリカでは、同国への経済制裁強化法《せいさいきょうかほう》（ヘルムズ・バートン法）が成立《せいりつ》するなど、緊張《きんちょう》した状況《じょうきょう》が続《つづ》いていたのである。

〝だからこそ、世界《せかい》の平和《へいわ》を願《ねが》う一人《ひとり》として、キューバへ行かねばならない。そこに、人《にん》間《げん》がいるのだから……。この国とも、教育、文化の次元《じげん》で、さらに交流《こうりゅう》の道《みち》を開いていこう！〟

キューバ行きを一週間後《しゅうかんご》に控《ひか》えた十七日、伸一《しんいち》はアメリカの元国務長官《もとこくむちょうかん》ヘンリー・A・キッシンジャー博士と、ニューヨーク市内《しない》で再会《さいかい》し、旧交《きゅうこう》を温《あたた》めた。博士は、アメリカとキューバの関係改善《かんけいかいぜん》について、自《みずか》らの思《おも》いを語《かた》った。伸一は訴《うった》えた。

「一時《いちじ》の風評《ふうひょう》や利害《りがい》ではなく、未来《みらい》のための断固《だんこ》とした信念《しんねん》と先見《せんけん》で行動《こうどう》し、二十一世紀《せいき》に平和《へいわ》の橋《はし》を架設《かせつ》すべきであるというのが私の信条《しんじょう》です」

二人《ふたり》は、率直《そっちょく》に話《はな》し合《あ》った。

十九日、伸一は、ニューヨークからマイアミへ移動《いどう》し、フロリダ自然文化《しぜんぶんか》センターを初訪《はつほう》問《もん》。世界《せかい》五十二カ国《こく》・地域《ちいき》の代表《だいひょう》が集《つど》っての第二十一回SGI総会《そうかい》に出席《しゅっせき》した。

二十四日午後《ごご》、彼《かれ》は、カリブ海《かい》の七百の島々《しまじま》からなるバハマを初訪問した。このころ、アメリカからキューバへの直行便《ちょっこうびん》はなく、第三国を経由《けいゆ》しなければ出入国《しゅつにゅうこく》はできなかった。バハマは、伸一にとって、海外《かいがい》訪問五十二カ国・地域目となった。この国でも、男女《だんじょ》二人のメンバーが彼を待《ま》っていた。

四時間余《あま》りの滞在《たいざい》であったが、この二人を全力《ぜんりょく》で励《はげ》まし、記念《きねん》に一文《いちぶん》を認《したた》めて贈《おく》った。

「ここにも　SGI　ありにけり
　　バハマ創価学会《そうかがっかい》　万才《ばんざい》」

山本伸一《やまもとしんいち》たちは、バハマからキューバが差《さ》し向《む》けたソ連製《れんせい》の飛行機《ひこうき》で首都《しゅと》ハバナのホセ・マルティ国際空港《こくさいくうこう》へ向かった。

二十四日の午後《ごご》五時半過《はんす》ぎ、空港に到着《とうちゃく》すると、ハルト文化《ぶんか》大臣夫妻《だいじんふさい》をはじめ、多くの政府要人《せいふようじん》が出迎《でむか》えてくれた。

伸一は、心《こころ》からの謝意《しゃい》を述《の》べ、「民間人《みんかんじん》であるが、『勇気《ゆうき》』と『行動《こうどう》』で、人びとや国と国の〝分断《ぶんだん》〟を〝結合《けつごう》〟に変えていきたい。二十一世紀《せいき》のために、全力《ぜんりょく》で平和《へいわ》の道《みち》を開きたい」と、語《かた》った。

キューバでの滞在《たいざい》は二泊《はく》三日であるが、彼《かれ》は、多くの人びとと友誼《ゆうぎ》を結《むす》ぼうと深《ふか》く心に誓《ちか》っていた。一つ一つの行事《ぎょうじ》に、一人《ひとり》ひとりとの出会《であ》いに、全精魂《ぜんせいこん》を注《そそ》ぐ思《おも》いで臨《のぞ》んだ。

二十五日の午後四時、国立《こくりつ》ハバナ大学《だいがく》を訪問《ほうもん》した。ここで、伸一の文化交流《こうりゅう》への貢献《こうけん》を讃《たた》えて、文化大臣から国家勲章《こっかくんしょう》「フェリックス・バレラ勲章勲一等《くんいっとう》」が贈《おく》られた。

叙勲式《じょくんしき》で文化大臣は、「会長《かいちょう》は『平和の不屈《ふくつ》の行動者』であり、叙勲は『平和を願《ねが》う民衆《みんしゅう》の連帯《れんたい》』の表《あらわ》れである」と述べた。

次《つ》いで、ハバナ大学からの「名誉《めいよ》人文学《じんぶんがく》博士号」の授与式《じゅよしき》が行《おこな》われ、引《ひ》き続《つづ》き伸一が、

「新世紀《しんせいき》へ　大いなる精神《せいしん》の架橋《かきよう》を」と題《だい》して記念講演《きねんこうえん》をすることになっていた。

式典《しきてん》の途中《とちゆう》から、晴《は》れていた空《そら》が、にわかに曇《くも》り、沛然《はいぜん》たる豪雨《ごうう》となった。会場《かいじよう》の講堂《こうどう》の窓《まど》に稲妻《いなずま》が走《はし》り、雷鳴《らいめい》が轟《とどろ》く。酷暑《こくしよ》のキューバで、雨《あめ》は涼《りよう》をもたらす恵《めぐ》みである。しかし、あまりにも激《はげ》しい突然《とつぜん》の雷雨《らいう》であった。

伸一《しんいち》はマイクに向かい、こう話《はな》し始《はじ》めた。

「雷鳴――なんとすばらしき天《てん》の音楽《おんがく》でありましょう。『平和《へいわ》の勝利《しようり》』への人類《じんるい》の大行進《だいこうしん》を、天が祝福《しゆくふく》してくれている『ドラムの響《ひび》き』です。『大交響楽《だいこうきようがく》』です。

また、なんとすばらしき雨でありましょう。苦難《くなん》に負《ま》けてはならない、苦難の嵐《あらし》の中《なか》を堂々《どうどう》と進《すす》めと、天がわれらに教《おし》えてくれているようではありませんか！」

大拍手《だいはくしゆ》が起《お》こり、皆《みな》の顔《かお》に笑《え》みが浮《う》かぶ。深《ふか》い心《こころ》の共鳴《きようめい》が場内《じようない》に広《ひろ》がった。

講演で、伸一は、「二十一世紀に始まる新《あたら》しい千年には、『人間《にんげん》の尊厳《そんげん》』を基盤《きばん》とした〝希《き》望《ぼう》〟と〝調和《ちようわ》〟の文明《ぶんめい》を、断固《だんこ》として築《きず》いてまいりたい」と、思《おも》いを披瀝《ひれき》した。

そして、そのために、三つの「架橋」、すなわち結《むす》び合《あ》う道《みち》を示《しめ》した。その第一が、人間と社会《しやかい》と宇宙《うちゆう》を結ぶ詩心の薫発《くんぱつ》による「生《せい》の全体性《ぜんたいせい》」の回復《かいふく》。第二が、他者《たしや》の苦悩《くのう》に同苦《どうく》しつつ、「人間」と「人間」を結ぶこと。第三が、教育《きよういく》に力《ちから》を注《そそ》ぎ、未来《みらい》へ希望の橋《はし》を架《か》けることであった。

この夜《よ》、彼《かれ》は、フィデル・カストロ国家評議会議長《こっかひょうぎかいぎちょう》と、革命宮殿《かくめいきゅうでん》で約《やく》一時間半《はん》にわたって会見《かいけん》した。軍服姿《ぐんぷくすがた》で知られる議長だが、スーツにネクタイを締《し》めて、笑顔《えがお》で迎《むか》えてくれた。平和《へいわ》と友好《ゆうこう》の意志《いし》を感《かん》じた。

話題《わだい》は、後継者論《こうけいしゃろん》、人材育成論《じんざいいくせいろん》、政治《せいじ》・人生哲学《じんせいてつがく》、世界観《せかいかん》など多岐《たき》にわたった。だが、一貫《いっかん》して、「対話《たいわ》」と「文化《ぶんか》」の力《ちから》が二十一世紀《せいき》の平和にとって、極《きわ》めて大きな要素《ようそ》となることを確認《かくにん》する語《かた》らいとなった。

伸一《しんいち》は、キューバも世界も、未来《みらい》は「教育《きょういく》」にかかっていると力説《りきせつ》した。また、SGIの運動《うんどう》は、どこまでも平和を基調《きちょう》とし、体制《たいせい》を超《こ》えた、「人間《にんげん》」を根本《こんぽん》とした国際的《こくさいてき》運動であることを述《の》べ、それは「すべての人間は平等《びょうどう》に尊厳《そんげん》である」とする仏教思想《ぶっきょうしそう》の必然《ひつぜん》の帰結《きけつ》であり、その具体的《ぐたいてき》な表現《ひょうげん》であると訴《うった》えた。

一方《いっぽう》、カストロ議長は、一行《いっこう》を心《こころ》から歓迎《かんげい》し、相互理解《そうごりかい》を図《はか》るために、キューバと日本の交流《こうりゅう》を積極的《せっきょくてき》に行《おこな》いたいと明言《めいげん》した。

会見のあと、カストロ議長に創価大学《そうかだいがく》から名誉博士号《めいよ》が授与《じゅよ》された。謝辞《しゃじ》に立った議長は、「今回《こんかい》のSGIの皆《みな》さまのキューバ訪問《ほうもん》は、平和に貢献《こうけん》する人間主義《しゅぎ》を主張《しゅちょう》するうえで、重《じゅう》要《よう》なことと思《おも》っています」と強調《きょうちょう》。また、日本は、資源《しげん》も少《すく》なく、土地《とち》も狭《せま》いうえに、地震《じしん》や台風《たいふう》などもあるなか、国を発展《はってん》させてきたと評価《ひょうか》し、こう話《はなし》を結《むす》んだ。

「日本の方々《かたがた》は、『人間《にんげん》に不可能《ふかのう》はない』との実証《じっしょう》を世界《せかい》に示《しめ》された！」

伸一《しんいち》と議長《ぎちょう》との友誼《ゆうぎ》の絆《きずな》は固《かた》く結ばれた。

彼《かれ》のキューバ訪問以降《ほうもんいこう》、日本との文化《ぶんか》・教育交流《きょういくこうりゅう》も活発《かっぱつ》に行《おこな》われていった。

また、二〇〇七年（平成《へいせい》十九年）一月六日、キューバ創価学会《そうかがっかい》が正式《せいしき》に宗教法人《しゅうきょうほうじん》となり、その登録式《とうろくしき》が行われている。

アメリカは、対《たい》キューバ経済制裁《けいざいせいさい》を次第《しだい》に緩和《かんわ》し、二〇一五年（同二十七年）に両国《りょうこく》は国交《こっこう》を回復《かいふく》することになる。

一九九六年（同八年）六月二十六日、山本《やまもと》伸一は、キューバに続《つづ》いて、パナマに隣接《りんせつ》し、「中米《ちゅうべい》の楽園《らくえん》」といわれてきたコスタリカを初《はじ》めて訪《おとず》れた。これで海外《かいがい》訪問は、世界五十四カ国・地域《ちいき》となった。コスタリカは、憲法《けんぽう》で常備軍《じょうびぐん》を廃止《はいし》し、永世的《えいせいてき》、積極的《せっきょくてき》、非武装中立《ひぶそうちゅうりつ》を宣言《せんげん》している国である。

翌《よく》二十七日、伸一は、首都《しゅと》サンホセ市《し》の大統領府《だいとうりょうふ》で、ホセ・マリア・フィゲレス・オルセン大統領《だいとうりょう》と会見《かいけん》したあと、メンバーとの交歓会《こうかんかい》に駆《か》けつけるとともに、和歌《わか》を贈《おく》った。

「コスタリカ　ここにも地涌《じゆ》の　友ありき
　常楽我浄《じょうらくがじょう》の　人生《じんせい》あゆめや」

二十八日には、中南米《ちゅうなんべい》で初《はつ》の開催《かいさい》となる「核兵器《かくへいき》――人類《じんるい》への脅威《きょうい》」展《てん》の開幕式《かいまくしき》が行《おこな》われた。これには大統領夫妻《ふさい》、ノーベル平和賞《へいわしょう》を受賞《じゅしょう》したオスカル・アリアス・サンチェス元《もと》大統領らが出席《しゅっせき》した。

会場《かいじょう》のコスタリカ科学文化《かがくぶんか》センターには、「子《こ》ども博物館《はくぶつかん》」が併設《へいせつ》されており、そこで遊《あそ》ぶ子どもたちの元気《げんき》な声《こえ》が、式典《しきてん》会場にも響《ひび》き渡《わた》っていた。スピーチに立った伸一《しんいち》は、微笑《ほほえ》みながら語《かた》った。

「賑《にぎ》やかな、活気《かっき》に満《み》ちた、この声こそ、この姿《すがた》こそ、『平和』そのものです。ここにこそ、原爆《げんばく》を抑《おさ》える力《ちから》があります。希《き》望《ぼう》があります。子どもたちは、伸《の》びゆく『生命《せいめい》』の象徴《しょうちょう》です。核《かく》は『死《し》』と『破《は》壊《かい》』の象徴です」

席上《せきじょう》、伸一は、「〝核の力〟よりも偉《い》大《だい》な〝生命の力〟を、いかに開発《かいはつ》させていくか」「〝核の拡大《かくだい》〟よりも強力《きょうりょく》な〝民衆《みんしゅう》の連帯《れんたい》〟を、どう拡大していくか」――ここに人間教育《にんげんきょういく》、民衆教育の重大《じゅうだい》な課《か》題《だい》があると訴《うった》えた。

一九九七年（平成九年《へいせい》）の二月、伸一《しんいち》は香港《ホンコン》を訪《おとず》れ、五月には第十次《だいじゅうじ》の訪中《ほうちゅう》をし、十月にインドを訪問《ほうもん》した。日々《ひび》、限《かぎ》りある時間との闘争《とうそう》であった。

九八年（同十年）は、二月にフィリピン、香港へ。五月には韓国《かんこく》へも赴《おもむ》き、この時、初《はじ》めて、韓国ＳＧＩ本部《ほんぶ》を訪れたのである。

また、九九年（同十一年）五月、三度目の訪韓《ほうかん》となる済州島《チェジュド》訪問を果《は》たした。

二〇〇〇年（同十二年）は二月に香港へ。そして、十一月から十二月にかけて、シンガポール、マレーシア、香港を歴訪《れきほう》したのである。

シンガポールでは、十一月二十三日、Ｓ・Ｒ・ナザン大統領《だいとうりょう》と大統領官邸《かんてい》で会見《かいけん》した。

大統領は、温厚《おんこう》にして信念《しんねん》の人であった。

――一九七四年（昭和《しょうわ》四十九年）、日本赤軍《せきぐん》のメンバーら四人が、シンガポールの石油《せきゆ》精製《せいせい》施設《しせつ》を爆破《ばくは》し、従業員《じゅうぎょういん》五人を人質《ひとじち》に取るという事件《じけん》が起《お》こった。その時、国防省治安情報局《こくぼうしょうちあんじょうほうきょく》長官《ちょうかん》として、冷静《れいせい》に、断固《だんこ》たる信念をもって交渉《こうしょう》し、陣頭指揮《じんとうしき》を執《と》ったのがナザン大統領であった。テロリストらはクウェートへの移送《いそう》を要求《ようきゅう》し、日本政府《せいふ》関係者《かんけいしゃ》と共《とも》に、シンガポール政府関係者の同乗《どうじょう》を条件《じょうけん》とした。

ナザン長官は、自《みずか》ら飛行機《ひこうき》に乗《の》り込《こ》んだ。そして、最終的《さいしゅうてき》に、一人《ひとり》の犠牲者《ぎせいしゃ》も出すことなく終《お》わったのである。何かあれば、自分《じぶん》が命《いのち》がけで取《と》り組《く》み、一切《いっさい》の責任《せきにん》を取る――その覚《かく》悟《ご》をもっていることこそが、リーダーの最《もっと》も大切《たいせつ》な資質《ししつ》であり、要件《ようけん》といえよう。

自分の身《み》を守《まも》ることが第一か、民衆《みんしゅう》、国民《こくみん》を守ることが第一か――その生き方の本質《ほんしつ》は、いざという時に、また、歳月《さいげつ》とともに明《あき》らかになる。時代《じだい》は、ますます真剣《しんけん》と誠実《せいじつ》のリーダーを要請《ようせい》している。

会見《かいけん》でナザン大統領《だいとうりょう》は、「シンガポールは小《ち》さな国です。新《あたら》しい国です」「多《た》民族《みんぞく》、多宗《たしゅう》教《きょう》、多《た》言語《げんご》の国です。さまざまな困難《こんなん》な状況《じょうきょう》のなかで、共通《きょうつう》の目的《もくてき》に向かって前進《ぜんしん》してきました」と、率直《そっちょく》に語《かた》っていた。

伸一《しんいち》は、大統領の責任感に貫《つらぬ》かれた生き方に、発展《はってん》する同国《どうこく》の魂《たましい》を見た思《おも》いがした。

彼《かれ》が、二十一世紀《せいき》を生きる青年《せいねん》たちへのメッセージを求《もと》めると、ナザン大統領は学会《がっかい》の青年部への讃辞《さんじ》を惜《お》しまなかった。

「独立記念日《どくりつきねんび》の式典《しきてん》で、私は何度《なんど》も、シンガポール創価《そうか》学会の演技《えんぎ》を見てきました。本当《ほんとう》にすばらしい。シンガポールだけでなく、マレーシア創価学会の演技も見てきました。見事《みごと》に調和《ちょうわ》しています。規律《きりつ》がある。心《こころ》を引きつける美《うつく》しさがあります。いったい、どうしたら、こんなすばらしい演技ができるのだろう――いつも、そう驚《おどろ》いていました。

しかも、青年《せいねん》が主体者《しゅたいしゃ》として参加《さんか》している。演技《えんぎ》には、仏法《ぶっぽう》の教《おし》えが体現《たいげん》されています。シンガポールの社会《しゃかい》においても、人間的《にんげんてき》な質《しつ》が、一段《いちだん》と大事《だいじ》になってきています。その意味《いみ》でも、創価学会《そうかがっかい》は、社会と国家《こっか》に、すばらしい貢献《こうけん》をしてくださっています」

伸一《しんいち》は、学会への信頼《しんらい》と期待《きたい》がここまで社会に広《ひろ》がり、後継《こうけい》の青年たちが賞讃《しょうさん》されていることが、何よりも嬉《うれ》しかった。

次代《じだい》を担《にな》う青年たちの成長《せいちょう》こそが、弟子《でし》の勝利《しょうり》こそが、自身《じしん》の喜《よろこ》びであり、楽《たの》しみであり、希望《きぼう》である——それが師《し》の心《こころ》である。それが師弟《してい》の絆《きずな》である。

翌《よく》二十四日、オーストラリアのシドニー大学《だいがく》から山本《やまもと》伸一に名誉《めいよ》文学《ぶんがく》博士号が贈《おく》られた。名誉学位《がくい》記《き》の授与《じゅよ》は、シンガポール及《およ》び周辺国《しゅうへんこく》からの留学生《りゅうがくせい》の卒業式典《そつぎょうしきてん》の席《せき》で行《おこな》われた。

会場《かいじょう》は、シンガポールの中心部《ちゅうしんぶ》にあるホテルであった。

シドニー大学は、オーストラリア最初《さいしょ》の大学であり、世界《せかい》に開かれ、約《やく》三千人の留学生が学《まな》んでいる。特《とく》に、アジアからの留学生が多く、シンガポールも、その一つであった。

「留学生と長《なが》い間《あいだ》、離《はな》れていた家族《かぞく》や友人《ゆうじん》たちにも、晴《は》れ姿《すがた》を見せてあげたい」との配慮《はいりよ》から、シンガポールと香港《ホンコン》で卒業式を行うことになったという。そのこまやかな心遣《こころづか》いにも、学生中心《がくせいちゅうしん》の教育思想《きょういくしそう》が脈打《みゃくう》っていた。

「学生のための大学《だいがく》」という考《かんが》え方《かた》こそ、人間《にんげん》教育の確固《かっこ》たる基盤《きばん》となる。

ファンファーレが鳴《な》り響《ひび》き、総長《そうちょう》らと共《とも》に伸一《しんいち》が入場《にゅうじょう》し、シドニー大学のシンガポールでの卒業式典《そつぎょうしきてん》が始《はじ》まった。

同大学のクレーマー総長も、キンニヤ副総長補も女性《じょせい》教育者であり、なかでも総長は、さまざまな社会貢献《しゃかいこうけん》の活動《かつどう》が高く評価《ひょうか》され、オーストラリアの「人間国宝《こくほう》」に選《えら》ばれている。

副総長補が「推挙《すいきょ》の辞《じ》」を読《よ》み上《あ》げ、総長から伸一に、名誉学位記《めいよがくいき》が手渡《てわた》された。

引《ひ》き続《つづ》き、学生たちへの卒業証書《しょうしょ》の授与《じゅよ》となった。名前《なまえ》が呼《よ》ばれると、四十五人の卒業生が順番《じゅんばん》に総長の前に進《すす》み出て、証書を受け取る。その時、総長は一人《ひとり》ひとりに、温《あたた》かい言葉《ことば》をかけていった。

「今、どんな課題《かだい》に挑戦《ちょうせん》しているの?」

「社会に、しっかり貢献していくのよ!」

「楽《たの》しみながら進むことが大切《たいせつ》よ!」

母親《ははおや》が、わが子を慈《いつく》しみ、励《はげ》ますような、ほのぼのとした光景《こうけい》であった。伸一は、そこに、情愛《じょうあい》に満《み》ちた大きな教育の力《ちから》を感《かん》じた。

謝辞《しゃじ》に立った彼《かれ》は、創価教育《そうかきょういく》の父《ちち》・牧口常三郎《まきぐちつねさぶろう》初代会長《しょだいかいちょう》が、一九〇三年（明治《めいじ》三十六年）に発刊《はっかん》した『人生地理学《じんせいちりがく》』で、自《みずか》らが着用《ちゃくよう》していた毛織《けお》りの服《ふく》の原料《げんりょう》がオーストラリア産《さん》などであることを例《れい》に、誰人《たれびと》の生活《せいかつ》も、世界《せかい》の無数《むすう》の人びとの苦労《くろう》と密接《みっせつ》に結《むす》びついていると論《ろん》じたことを紹介《しょうかい》した。そして、牧口が日本の軍部政府《ぐんぶせいふ》の弾圧《だんあつ》で獄死《ごくし》したことを語《かた》った。

「帝国主義《ていこくしゅぎ》の吹《ふ》き荒《あ》れる時代《じだい》のなかで、牧口会長は、いち早《はや》く、『地球的相互依存性《ちきゅうてきそうごいそんせい》』への自覚《じかく》を促《うなが》し、そして、他《た》のために貢献《こうけん》し、自他共《じたとも》に栄《さか》えていくという『人類共生《じんるいきょうせい》の哲学《てつがく》』を訴《うった》えたのです。

さらに、人類は、『軍事《ぐんじ》』や『政治《せいじ》』や『経済《けいざい》』の次元《じげん》で、他を圧《あっ》しようとするハード・パワーの段階《だんかい》を終《お》え、『人道《じんどう》』を新《あら》たな指標《しひょう》として、文化《ぶんか》、精神性《せいしんせい》、人格《じんかく》というソフト・パワーによって、切磋琢磨《せっさたくま》していくことを強《つよ》く提唱《ていしょう》したのであります」

伸一《しんいち》は、二十一世紀《せいき》は、人道をもとに、思《おも》いやりをもって、自他共に栄える人類共生の時代であらねばならないと展望《てんぼう》していた。

二十五日には、シンガポール創価幼稚園《ようちえん》を訪《おとず》れた。幼稚園の訪問《ほうもん》は二度目だが、タンピネスの新園舎《しんえんしゃ》は初《はじ》めてである。

伸一と峯子《みねこ》に、園児《えんじ》の代表《だいひょう》から花束《はなたば》が贈《おく》られた。彼は、「ありがとう！」と言いながら、一人《ひとり》ひとりの手を握《にぎ》っていった。喜《よろこ》びの声《こえ》をあげる子もいれば、はにかむ子もいる。

「皆《みな》さんとお会いできて嬉《うれ》しい！　皆さんの作品《さくひん》を収《おさ》めたアルバムを、昨日《きのう》、見せていただきました。みんな上手《じょうず》でした」

子どもたちは、日本語で、かわいい合唱《がっしょう》を披露《ひろう》してくれた。小《ちい》さな体《からだ》を左右《さゆう》に大きく揺《ゆ》らしながらの熱唱《ねっしょう》である。伸一《しんいち》も、一緒《いっしょ》に手拍子《てびょうし》を打《う》った。

「日本語も上手だね」

皆の顔《かお》が、ほころぶ。

その光景《こうけい》を見ていた園長《えんちょう》が感想《かんそう》を語《かた》った。

「子どもたちの表情《ひょうじょう》が、瞬間《しゅんかん》で変わるのがわかりました。〝自分《じぶん》は愛《あい》されているんだ〟という満足《まんぞく》そうな表情でした」

園内《えんない》には、英語《えいご》で書《か》いた、園児《えんじ》のメッセージカードも張《は》り出《だ》されていた。

「先生《せんせい》は世界平和《せかいへいわ》をつくっています。だから、ぼくはパイロットになって、みんなをいろんな国に連《つ》れていきたいです」

「先生は、はたらきすぎです。いつもありがとう。先生の愛情《あいじょう》にこたえるために、私もいっしょうけんめいお勉強《べんきょう》します」

伸一《しんいち》は、峯子《みねこ》に言った。

「ありがたいね。二十一世紀《せいき》が楽《たの》しみだ」

彼《かれ》は、未来《みらい》に懸《か》かる希望《きぼう》の虹《にじ》を見ていた。

伸一たちは、幼稚園《ようちえん》に続《つづ》いて、ＳＳＡ（シンガポール創価学会《そうかがっかい》）の本部《ほんぶ》を初訪問《はつほうもん》し、世界広《せかいこう》布《ふ》四十周年記念大会《しゅうねんきねんたいかい》に出席《しゅっせき》した。

ここでは、「但南無妙法蓮華経《ただなんみょうほうれんげきょう》の七字《しちじ》のみこそ仏《ほとけ》になる種《たね》には候《そうら》へ」（御書《ごしょ》一五五三ジ）との御文《ごもん》を拝《はい》して訴《うった》えた。

「何があっても御本尊《ごほんぞん》を信《しん》じ、題目《だいもく》を唱《とな》え抜《ぬ》くことです。御本尊を、母《はは》と思《おも》い、父《ちち》と思い、嬉《うれ》しいことも、苦《くる》しいことも、全部《ぜんぶ》、話《はな》していけばよい。ありのままの心《こころ》を、ぶつけてゆけばよい。必《かなら》ず全部、御本尊に通《つう》じていきます」

二十六日は、シンガポールとオーストラリアの合同最高会議《ごうどうさいこうかいぎ》に出席した。席上《せきじょう》、彼は、シンガポールが「獅子《しし》の都《みやこ》」を意味《いみ》することから、仏法《ぶっぽう》で説《と》く「師子《しし》」に言及《げんきゅう》した。

「仏法では、仏を『師子』と呼《よ》び、仏の説法《せっぽう》を『師子吼《く》』という。大聖人《だいしょうにん》は、『師子』には『師弟《してい》』の意義《いぎ》があると説かれている。仏という師匠《ししょう》と共《とも》に生き抜くならば、弟子《でし》すなわち衆生《しゅじょう》もまた、師匠と同じ偉大《いだい》な境涯《きょうがい》になれるのを教《おし》えたのが法華経《ほけきょう》なんです」

一般的《いっぱんてき》にも、師弟《してい》の関係《かんけい》は、高き精神性《せいしんせい》をもつ、人間《にんげん》だけがつくりえる特権《とっけん》といえる。芸《げい》術《じゅつ》の世界《せかい》にも、教育《きょういく》の世界にも、職人《しょくにん》の技《わざ》の世界にも、自《みずか》らを高めゆかんとするところには、必《かなら》ず師弟の世界がある。

伸一《しんいち》は、青年《せいねん》たちに力説《りきせつ》した。

「『人生《じんせい》の師』をもつことは、『生き方の規範《きはん》』をもつことであり、なかでも、師弟が共《とも》に、人類《じんるい》の幸福《こうふく》と平和《へいわ》の大理想《だいりそう》に生き抜《ぬ》く姿《すがた》ほど、すばらしい世界はありません。

この師弟不二《ふに》の共戦《きょうせん》こそが、広宣流布《こうせんるふ》を永遠《えいえん》ならしめる生命線《せいめいせん》です。そして、広布《こうふ》の流《なが》れを、末法万年《まっぽうまんねん》を潤《うるお》す大河《たいが》にするかどうかは、すべて後継《こうけい》の弟子《でし》によって決まります。

戸田先生《とだせんせい》は、よく言われていた。『伸一がいれば、心配《しんぱい》ない！』『君《きみ》がいれば、安心《あんしん》だ！』と。私も今、師子《しし》の道《みち》を歩《あゆ》む皆《みな》さんがいれば、世界広布は盤石《ばんじゃく》である、安心であると、強《つよ》く確信《かくしん》しています」

さらに、彼《かれ》は、「各各《おのおの》師子王《おう》の心《こころ》を取《と》り出《いだ》して・いかに人をどすともをづる事《こと》なかれ」（御《ご》書《しょ》一一九〇ジペー）と仰《おお》せのように、師子王の心とは、「勇気《ゆうき》」であると訴《うった》えた。

「勇気は、誰《だれ》でも平等《びょうどう》にもっています。勇気は、幸福という無《む》尽蔵《じんぞう》の宝《たから》の扉《とびら》を開くカギです。しかし、多くの人が、それを封印《ふういん》し、臆病《おくびょう》、弱気《よわき》、迷《まよ》いの波間《なみま》を漂流《ひょうりゅう》している。どうか皆《みな》さんは、勇気《ゆうき》を取《と》り出《いだ》し、胸中《きようちゆう》の臆病《おくびよう》を打《う》ち破《やぶ》ってください。そこに人生《じんせい》を勝利《しようり》する要因《よういん》があります」

未来《みらい》は青年《せいねん》のものだ。ゆえに、青年には、民衆《みんしゆう》を守《まも》り抜《ぬ》く師子《しし》王《おう》に育《そだ》つ責任《せきにん》がある。

十一月二十七日夕刻《ゆうこく》、山本伸一《やまもとしんいち》の一行《いつこう》は、シンガポールから、マレーシアの首都《しゆと》クアラルンプールの国際空港《こくさいくうこう》に到着《とうちやく》した。伸一の同国訪問《どうこくほうもん》は、十二年ぶり二度目である。

この十二年間で、マレーシア社会《しやかい》も、SGM（マレーシア創価学会《そうかがつかい》）も大いに発展《はつてん》していた。クアラルンプールには超高層《ちようこうそう》ビルが増《ふ》え、なかでも一九九八年（平成《へいせい》十年）に完成《かんせい》したペトロナスツインタワーは、ビルとして世界一《せかいいち》の高さ（当時《とうじ》）である。

学会の会館《かいかん》も充実《じゆうじつ》し、クアラルンプールの中心地《ちゆうしんち》に、地上《ちじよう》十二階建《かいだ》てのSGM総合文化《そうごうぶんか》センターが翌《よく》二〇〇一年（同十三年）に開館予定《かいかんよてい》で、建設《けんせつ》が進《すす》んでいた。また、マレーシア全《ぜん》十三州《しゆう》のうち十二州に、立派《りつぱ》な中心会館が整備《せいび》されることになっていた。

二十九日には、マレーシア最大《さいだい》の総合大学《だいがく》である国立《こくりつ》プトラ大学で、名誉《めいよ》学位《がくい》特別《とくべつ》授与《じゆよ》式《しき》が厳粛《げんしゆく》に挙行《きよこう》され、伸一に名誉文学《ぶんがく》博士号が贈《おく》られた。

その式典《しきてん》は、真心《まごころ》と友情《ゆうじよう》にあふれていた。

「推挙《すいきょ》の辞《じ》」を朗読《ろうどく》したのは、女性教育者《じょせいきょういくしゃ》のカマリア・ハジ・アブ・バカール教育学部長《がくぶちょう》である。彼女《かのじょ》は、思《おも》いの丈《たけ》を表現《ひょうげん》しようと、随所《ずいしょ》に自作《じさく》の詩《し》を挟《はさ》んだ。さらに、突然《とつぜん》、マレー語《ご》から、日本語に変わった。

「先生《せんせい》！　あなたは偉大《いだい》な人です。『世界平和《せかいへいわ》』という、先生の生涯《しょうがい》の夢《ゆめ》が、達成《たっせい》されますように――」

〝すべてマレー語では、私の本当《ほんとう》の思いは伝《つた》わらないのでは〟と考《かんが》え、日本語を覚《おぼ》え、最後《さいご》に、直接《ちょくせつ》、日本語で語《かた》ったという。

ペナン州総督《しゅうそうとく》のトゥン・ダト・ハムダン・ビン・シェイキ・タヒール総長《そうちょう》から名誉学位記《めいよがくいき》が手渡《てわた》され、伸一《しんいち》の「謝辞《しゃじ》」となった。

「真実《しんじつ》の友情《ゆうじょう》の対話《たいわ》は、民族《みんぞく》・国境《こっきょう》を超《こ》え、利害《りがい》を超え、あらゆる分断《ぶんだん》の壁《かべ》を超えます。そして、多様性《たようせい》を尊重《そんちょう》し、活《い》かし合《あ》いながら、寛容《かんよう》と共生《きょうせい》と創造《そうぞう》の道《みち》を、手を携《たずさ》えて進《すす》んでいくことこそ、最《もっと》も大切《たいせつ》な道なのであります。なかんずく、教育が結《むす》ぶ友情こそが、平和と幸福《こうふく》を護《まも》る最も堅固《けんご》な盾《たて》であります」

伸一は、このプトラ大学《だいがく》からの名誉学位記の授与《じゅよ》に、深《ふか》い意義《いぎ》を感《かん》じていた。マレーシアはイスラム教が国教《こっきょう》であり、その国の国立《こくりつ》大学から仏法者《ぶっぽうしゃ》の彼《かれ》が顕彰《けんしょう》されたのである。

それは、平和《へいわ》のため、人類《じんるい》の幸福《こうふく》のためという原点《げんてん》に立ち返るならば、宗教《しゅうきょう》を超《こ》え、人間《にんげん》として共感《きょうかん》、理解《りかい》し合《あ》えることの証明《しょうめい》であり、イスラムの寛容性《かんようせい》を示《しめ》すものであった。

人間と人間が分断《ぶんだん》され、いがみ合う時代《じだい》にピリオドを打《う》つために、二十一世紀《せいき》は、宗教間対話《たいわ》、そして文明間対話《ぶんめいかんたいわ》がますます重要《じゅうよう》となろう。

なお、彼《かれ》は、二〇〇九年（平成《へいせい》二十一年）にマレーシア公開大学《こうかいだいがく》から、そして、翌《よく》一〇年（同二十二年）には国立《こくりつ》マラヤ大学から、名誉人文学《めいよじんぶんがく》博士号が贈《おく》られている。

十一月三十日、伸一《しんいち》は、マハティール首相《しゅしょう》と首相府で、二度目となる会見《かいけん》を行《おこな》った。

「青年《せいねん》こそ宝《たから》」――二人《ふたり》は、未来《みらい》に熱《あつ》い思《おも》いを馳《は》せつつ語《かた》り合った。

十二月一日には、マレーシア創価幼稚園《そうかようちえん》を初訪問《はつほうもん》し、引《ひ》き続《つづ》きマレーシア文化会館《ぶんかかいかん》での世《せ》界広布《かいこうふ》四十周年《しゅうねん》を記念《きねん》するSGMの代表者会議《だいひょうしゃかいぎ》に出席《しゅっせき》した。

熱気《ねつき》に満《み》ちた大拍手《だいはくしゅ》が会場《かいじょう》に轟《とどろ》いた。

SGMは目を見張《みは》る前進《ぜんしん》を遂《と》げていた。伸一の入場前《にゅうじょうまえ》、理事長《りじちょう》の柯浩方《かこうほう》（コー・ハオファン）は叫《さけ》んだ。

「皆《みな》さん！　私たちは勝ちました！」

――国家《こっか》行事《ぎょうじ》で誰《だれ》もが驚嘆《きょうたん》した五千人の人文字《ひともじ》、独立記念日《どくりつきねんび》を荘厳《そうごん》してきた青年部《せいねんぶ》のパレード・組《く》み体操《たいそう》、社会貢献《しゃかいこうけん》の模範《もはん》と謳《うた》われる慈善文化祭《じぜんぶんかさい》、女性《じょせい》の世紀《せいき》の先駆《さきが》けとなった婦人《ふじん》部《ぶ》・女子部《じょしぶ》の「女性平和会議《へいわかいぎ》」……。

そこには、「仏法即社会《ぶっぽうそく》」の原理《げんり》に生きる信仰者《しんこうしゃ》の、深《ふか》い使命感《しめいかん》からの行動《こうどう》があった。

理事長《りじちょう》は語《かた》っていた。

「ただただ、真心《まごころ》で、誠心誠意《せいしんせいい》やってきたからです。瞬間《しゅんかん》、瞬間、『今しかない』と」

伸一《しんいち》はこの日のスピーチで、「『心《こころ》の財《たから》』こそ三世永遠《さんぜえいえん》の宝《たから》」「幸福《こうふく》の宮殿《きゅうでん》は自身《じしん》の中《なか》に」と訴《うった》え、また、句《く》を贈《おく》った。

「世界一《せかいいち》　勝利《しょうり》の都《みやこ》　マレーシア」

山本伸一《やまもと》の激励行《げきれいこう》は、最後《さいご》の訪問地《ほうもんち》・香港《ホンコン》へ移《うつ》った。これが二十世紀《せいき》の世界旅《たび》の掉尾《とうび》を飾《かざ》ることになる。

四日、香港SGI総合文化《そうごうぶんか》センターで行《おこな》われた、香港・マカオの最高協議会《さいこうきょうぎかい》に出席《しゅっせき》した彼《かれ》は、今回《こんかい》で香港訪問が二十回目となることを記念《きねん》し、一句を贈った。

「二十回　香港広布《こうふ》に　万歳《ばんざい》を」

そして、一九六一年（昭和《しょうわ》三十六年）一月からの香港訪問の思《おも》い出《で》をたどりながら、広布草創《そうそう》の功労者《こうろうしゃ》の一人《ひとり》である故《こ》・周志剛《しゅうしごう》（チャウ・チーゴン）の奮闘《ふんとう》を紹介《しょうかい》した。

「周さんは、シンガポール、マレーシアなどに点在《てんざい》する同志《どうし》の激励《げきれい》のために、数日《すうじつ》に一回の割合《わりあい》で手紙《てがみ》を書《か》き送《おく》った。手紙は、何か問題《もんだい》が生《しょう》じれば、二日に一回となり、時には連日《れんじつ》となることもあったといいます。

貿易会社《ぼうえきがいしゃ》の社長《しゃちょう》としての仕事《しごと》も多忙《たぼう》ななか、香港《ホンコン》広布《こうふ》の中心者《ちゅうしんしゃ》として活動《かつどう》し、さらに、アジアの友《とも》に激励の手紙を書き続《つづ》けることは、どれほどの労作業《ろうさぎょう》であったことか。しかも、その分量《ぶんりょう》は、四百字《じ》詰《づ》め原稿用紙《げんこうようし》にして、五枚分《まいぶん》、十枚分に相当《そうとう》することも珍《めずら》しくなかった」

当時《とうじ》は、電話《でんわ》も普及《ふきゅう》しておらず、インターネットが発達《はったつ》しているわけでもない。身《み》を削《けず》るように苦闘《くとう》しながら、励《はげ》ましを重《かさ》ね続けたのである。

「ある地域《ちいき》の中心者への手紙には、『メンバーと、心《こころ》から話《はな》し合《あ》える機会《きかい》を多くつくることです。それができるのは家庭訪問《かていほうもん》以外《いがい》にありません。これによって、同志と心やすく話し合え、密接《みっせつ》なつながりもでき、相互《そうご》の信頼《しんらい》も増《ま》すのです。これは、言うは易《やす》いが、実行《じっこう》は大変《たいへん》なことです』とあります」

人体《じんたい》も血《ち》が通《かよ》わなければ機能《きのう》しなくなる。組織《そしき》も同じであろう。学会《がっかい》の組織に信心《しんじん》の血を、人間《にんげん》の真心《まごころ》を通わせるのは、家庭訪問、個人指導《こじんしどう》である。それがあるからこそ、創価《そうか》学会は人間主義《にんげんしゅぎ》の組織《そしき》として発展《はってん》し続《つづ》けてきた。一人《ひとり》ひとりを心《こころ》から大切《たいせつ》にし、親身《しんみ》になって、地道《じみち》な対話《たいわ》と激励《げきれい》を重《かさ》ねていく——それこそが、未来永遠《みらいえいえん》に、個人《こじん》も、組織も、新《あたら》しい飛躍《ひやく》を遂《と》げていく要諦《ようてい》にほかならない。

伸一《しんいち》は、香港《ホンコン》の輝《かがや》ける歴史《れきし》にも言及《げんきゅう》した。

「大聖人《だいしょうにん》の未来記《みらいき》である仏法西還《ぶっぽうせいかん》への歩《あゆ》みは、この香港から始《はじ》まった。そして、一九七四年（昭和《しょうわ》四十九年）五月から六月の、日中友好《にっちゅうゆうこう》の『金《きん》の橋《はし》』を架《か》ける初《はつ》の中国訪問《ちゅうごくほうもん》も、ここ香港から出発《しゅっぱつ》し、ここ香港に帰《かえ》ってきました。

また、世界《せかい》七十三大学《だいがく》（当時《とうじ》）と学術教育交流《がくじゅつきょういくこうりゅう》を広《ひろ》げる創価《そうか》大学の『第一号《だいいちごう》の交流校』となったのは、香港中文《ちゅうぶん》大学です。さらに海外《かいがい》初の創価幼稚園《ようちえん》の開園《かいえん》（九二年）も香港でした」

そして、香港・マカオのメンバーは、「二十一世紀《せいき》もまた、その尊《とうと》き大使命《だいしめい》に生《い》き抜《ぬ》いていっていただきたい」と、力強《ちからづよ》く励《はげ》ました。

折《おり》しも、この年の二月、インドの創価菩提樹園《ぼだいじゅえん》に待望《たいぼう》の講堂《こうどう》が完成《かんせい》し、前月《ぜんげつ》の十一月二十六日、創価学会創立《がっかいそうりつ》七十周年《しゅうねん》を祝賀《しゅくが》する、インド創価学会の総会《そうかい》が創価菩提樹園で盛大《せいだい》に開催《かいさい》されたばかりであった。月氏《がつし》の国インドで、日蓮《にちれん》大聖人の太陽《たいよう》の仏法がいよいよ赫々《かっかく》と輝き、社会《しゃかい》を照《て》らし始めたのだ。伸一は、二十一世紀の壮大《そうだい》な東洋広布《とうようこうふ》、世界広布の道《みち》が、洋々《ようよう》と開かれていることを実感《じっかん》していた。

五日夜《よる》、伸一《しんいち》と峯子《みねこ》は、香港《ホンコン》の陳方安生《ちんほうあんせい》（ツァンフォン・オンサァン）政務長官官邸《せいむちょうかんかんてい》での晩《ばん》餐会《さんかい》に招《まね》かれた。長官は、一九九三年（平成《へいせい》五年）、総督《そうとく》に次《つ》ぐ立場《たちば》である香港行政長官に、女性《じょせい》として初《はじ》めて就任《しゅうにん》し、九七年（同九年）の中国返還以降《ちゅうごくへんかんいこう》は、行政長官に次ぐ政務長官として活躍《かつやく》していた。

また、長官の母《はは》は現代《げんだい》中国画の巨匠《きょしょう》・方召麐《ほうしょうりん》（フォン・シゥルン）画伯《がはく》であり、ちょうど、この時、東京富士美術館《とうきょうふじびじゅつかん》では、創立者《そうりつしゃ》の伸一の提案《ていあん》による「方召麐の世界《せかい》」展《てん》が開催中《かいさいちゅう》で、好評《こうひょう》を博《はく》していた。伸一は、九六年（同八年）に香港大学《だいがく》で、この母娘《ははこ》二人《ふたり》と共《とも》に名誉《めいよ》学位《がくい》を受け、その後《ご》、交流《こうりゅう》を重《かさ》ねてきたのである。

伸一たちは、方家《ほうけ》の家族《かぞく》らの歓迎《かんげい》を受け、香港、そして中国の未来《みらい》の繁栄《はんえい》を念願《ねんがん》して意見《いけん》交換《こうかん》した。眼下《がんか》に広《ひろ》がる〝百万ドルの夜景《やけい》〟が美《うつく》しかった。

七日、伸一は、香港中文《ちゅうぶん》大学の学位授与《じゅよ》式《しき》に臨《のぞ》み、同大学で日本人初《はつ》となる名誉社会科学《しゃかいかがく》博士号を受けた。彼《かれ》は、一九九二年（同四年）には同校《どうこう》の「最高客員教授《さいこうきゃくいんきょうじゅ》」となっており、その時、「中国的人間主義《にんげんしゅぎ》の伝統《でんとう》」と題《だい》して講演《こうえん》も行《おこな》っている。

八日、山本伸一《やまもとしんいち》は帰国《きこく》の途《と》に就《つ》いた。香港《ホンコン》から向かったのは、常勝《じょうしょう》の都《みやこ》・関西《かんさい》であった。彼《かれ》が会長《かいちょう》に就任《しゅうにん》して、真《ま》っ先《さき》に訪《おとず》れたのが大阪《おおさか》である。二十世紀《せいき》の地方指導《ちほうしどう》の最後《さいご》も大阪で締《し》めくくり、一緒《いっしょ》に二十一世紀への新《あたら》しい扉《とびら》を開きたかったのだ。皆《みな》、伸一と苦楽《くらく》を共《とも》にし、不屈《ふくつ》の魂《たましい》を分《わ》かち合《あ》う同志《どうし》である。

常勝の友《とも》の顔《かお》は、生き生きと輝《かがや》いていた。

十日、伸一は関西代表者会議《だいひょうしゃかいぎ》に出席《しゅっせき》した。

いよいよ「女性《じょせい》の世紀」であり、「関西が、その模範《もはん》に!」と期待《きたい》を寄《よ》せ、「壮年部《そうねんぶ》は男子《だんし》部《ぶ》と一体《いったい》になり、婦人部《ふじんぶ》は女子部《じょしぶ》と一体になって、青年《せいねん》を守《まも》り、愛《あい》し、励《はげ》まし、育《そだ》てていっていただきたい」と呼《よ》びかけた。

十四日には、二十一世紀への旅立《たびだ》ちとなる本部幹部会《ほんぶかんぶかい》が、関西代表幹部会、関西女性総会《そうかい》の意義《いぎ》を込《こ》めて、大阪・豊中市《とよなかし》の関西戸田記念講堂《とだきねんこうどう》で開催《かいさい》された。

「明《みよう》二〇〇一年(平成《へいせい》十三年)から、二〇五〇年へ、いよいよ、第二の『七つの鐘《かね》』がスタートします!」

伸一は、新しい「七つの鐘」の構想《こうそう》に言及《げんきゅう》し、民衆《みんしゅう》のスクラムで、二十一世紀を断《だん》じて「人道《じんどう》と平和《へいわ》の世紀」にと呼びかけた。

また、世界《せかい》で、女性《じょせい》リーダーの活躍《かつやく》が目覚《めざ》ましいことを紹介《しょうかい》した。

「今、時代《じだい》は、音《おと》をたてて変わっている。社会《しゃかい》でも、団体《だんたい》でも、これからは女性を尊重《そんちょう》し、女性を大切《たいせつ》にしたところが栄《さか》えていく。

大聖人《だいしょうにん》は『女子《おなご》は門《もん》をひらく《開》』（御書《ごしょ》一五六六ページ）と仰《おお》せです。広宣流布《こうせんるふ》の永遠《えいえん》の前進《ぜんしん》にあって、『福徳《ふくとく》の門』を開き、『希望《きぼう》の門』を開き、『常勝《じょうしょう》の門』を開くのは、女性です。なかんずく女子部《じょしぶ》です」

麗《うるわ》しき婦女一体《ふじょいったい》の対話《たいわ》の拡大《かくだい》、励《はげ》ましの拡大は、二十一世紀《せいき》の新《あら》たな力《ちから》となった。

二〇〇一年（平成《へいせい》十三年）「新世紀　完勝《かんしょう》の年」が晴《は》れやかに明《あ》けた。「希望の二十一世紀」の、そして、「第三の千年」の門出《かどで》である。

山本伸一《やまもとしんいち》は「聖教新聞《せいきょうしんぶん》」の新年号《しんねんごう》に和歌《わか》を寄《よ》せた。

「新世紀　新たな舞台《ぶたい》は　世界かな
　胸《むね》の炎《ほのお》の　決意《けつい》も新たに」

一月二日、彼《かれ》は、七十三歳《さい》の誕生日《たんじょうび》を迎《むか》えた。伸一が七十代のテーマとしていたのは、「世界広布《こうふ》の基盤完成《きばんかんせい》」であった。

五月三日、アメリカ創価大学《そうかだいがく》オレンジ郡《ぐん》キャンパスが、待望《たいぼう》の開学式《かいがくしき》を迎《むか》えた。人類《じんるい》の平《へい》和《わ》を担《にな》う、新《あたら》しき世界市民《せかいしみん》を育《はぐく》む学舎《まなびや》が誕生《たんじょう》したのだ。学長《がくちょう》に就任《しゅうにん》したのは、創価高校《こうこう》・創価大学一期生《きせい》の矢吹好成《やぶきよしなり》であった。

伸一《しんいち》は、万感《ばんかん》の思《おも》いをメッセージに託《たく》し、「『文化主義《ぶんかしゅぎ》』の地域《ちいき》の指導者育成《しどうしゃいくせい》」「『人間《にんげん》主義』の社会《しゃかい》の指導者育成」「『平和主義』の世界の指導者育成」「自然《しぜん》と人間の共生《きょうせい》の指導者育成」を「指針《ししん》」として示《しめ》した。

九月十一日のことであった。アメリカで四機《き》の旅客機《りょかくき》がハイジャックされた。そのうちの二機はニューヨークの世界貿易《ぼうえき》センタービルに、別《べつ》の一機は国防総省《こくぼうそうしょう》に突《つ》っ込《こ》み、もう一機は攻撃目標《こうげきもくひょう》に向かう途中《とちゅう》で墜落《ついらく》した。「アメリカ同時多発《どうじたはつ》テロ事件《じけん》」である。死亡者《しぼうしゃ》は約《やく》三千人、負傷者《ふしょうしゃ》も六千人を超《こ》える悲惨《ひさん》な事態《じたい》となった。アメリカ政府《せいふ》は、イスラム過激派《かげきは》の犯行《はんこう》と断定《だんてい》し、「テロとの戦《たたか》い」を宣言《せんげん》。首謀者《しゅぼうしゃ》らが潜伏《せんぷく》していると見られるアフガニスタンへの軍事《ぐんじ》攻撃を開始《かいし》した。また、その後《ご》、ヨーロッパなどで、イスラム過激派による自爆《じばく》テロが頻発《ひんぱつ》していくことになる。

どのような大義《たいぎ》を掲《かか》げようと人びとの命《いのち》を奪《うば》うテロは、絶対《ぜったい》に許《ゆる》されるものではない。

このテロ事件では、アメリカＳＧＩも直《ただ》ちに緊急対策本部《きんきゅうたいさくほんぶ》を設置《せっち》し、救援活動《きゅうえんかつどう》の応援《おうえん》、義《ぎ》援金《えんきん》の寄託《きたく》など、できうる限《かぎ》りのことを行《おこな》った。また、宗教間対話《しゅうきょうかんたいわ》にも積極的《せっきょくてき》に取《と》り組《く》んでいった。平和《へいわ》、戦争反対《せんそうはんたい》、暴力《ぼうりょく》をなくす——これは教義《きょうぎ》を超《こ》えた人間《にんげん》の共通《きょうつう》の道《みち》であり、宗教は、本来《ほんらい》、そのためにこそあるのだ。

伸一《しんいち》は、同時《どうじ》多発《たはつ》テロ事件後、各国《かっこく》の識者《しきしゃ》との会見《かいけん》でも、また日本の新聞各社《しんぶんかくしゃ》のインタビューなどでも、今こそ、「平和」と「対話」への大世論《だいよろん》を起《お》こすべきであると強調《きょうちょう》した。

翌年《よくねん》の1・26「SGIの日」記念提言《きねんていげん》でも、「文明間対話《ぶんめいかんたいわ》」が二十一世紀《せいき》の人類《じんるい》の要石《かなめいし》となると述《の》べるとともに、国連《こくれん》を中心《ちゅうしん》としたテロ対策《たいさく》の体制《たいせい》づくりをと訴《うった》えた。また、テロをなくす方策《ほうさく》として、「人間の安全保障《あんぜんほしょう》」の観点《かんてん》から、人権《じんけん》、貧困《ひんこん》、軍縮《ぐんしゅく》の問題解決《もんだいかいけつ》へ、世界《せかい》が一致《いっち》して取り組む必要性《ひつようせい》を提起《ていき》した。

彼《かれ》は、世界の同志《どうし》が草《くさ》の根《ね》のスクラムを組み、新《あたら》しい平和の大潮流《だいちょうりゅう》を起こす時がきていることを感《かん》じていた。もとより、平和の道は〝険路《けんろ》〟である。恒久《こうきゅう》平和は、人類の悲願《ひがん》にして、未《いま》だ果《は》たし得《え》ていない至難《しなん》のテーマである。なればこそ、創価学会《そうかがっかい》が出現《しゅつげん》したのだ！　なればこそ、人間革命《かくめい》を可能《かのう》にする仏法《ぶっぽう》があるのだ！　対話をもって、友情《ゆうじょう》と信義《しんぎ》の民衆《みんしゅう》の大連帯《だいれんたい》を築《きず》くのだ！

また、人類の平和を創造《そうぞう》しゆく道は、長期的《ちょうきてき》、抜本的《ばっぽんてき》な対策としては正《ただ》しい価値観《かちかん》、正しい生命観《せいめいかん》を教《おし》える教育以外《きょういくいがい》にない。めざすべきは「生命尊厳《そんげん》の世紀《せいき》」であり、「人間《にんげん》教育の世紀」である。

二〇〇一年（平成《へいせい》十三年）十一月十二日、11・18「創価学会創立記念日《そうかがっかいそうりつきねんび》」を祝賀《しゅくが》する本部《ほんぶ》幹部会《かんぶかい》が、東京戸田記念講堂《とうきょうとだきねんこうどう》で晴《は》れやかに開催《かいさい》された。新世紀第一回の関西総会《かんさいそうかい》・北海道栄《ほっかいどうえい》光総会《こう》、男子部《だんしぶ》・女子部結成《じょしぶけっせい》五十周年《しゅうねん》記念幹部会の意義《いぎ》を込《こ》めての集《つど》いであった。

山本伸一《やまもとしんいち》は、スピーチのなかで、皆《みな》の労《ろう》を心《こころ》からねぎらい、「『断《だん》じて負《ま》けまいと一念《いちねん》を定《さだ》め、雄々《おお》しく進《すす》め！』『人生《じんせい》、何があろうと〝信心《しんじん》〟で進め！』――これが仏法者《ぶっぽうしゃ》の魂《たましい》です」と力説《りきせつ》した。そして、青年《せいねん》たちに、後継《こうけい》のバトンを託《たく》す思《おも》いで語《かた》った。

「広宣流布《こうせんるふ》の前進《ぜんしん》にあっても、〝本物《ほんもの》の弟子《でし》〟がいるかどうかが問題《もんだい》なんです！」

広宣流布という大偉業《だいいぎょう》は、一代《いちだい》で成《な》し遂《と》げることはできない。師《し》から弟子へ、そのまた弟子へと続《つづ》く継承《けいしょう》があってこそ成就《じょうじゅ》される。

厳《げん》とした彼《かれ》の声《こえ》が響《ひび》いた。

「私は、戸田先生《せんせい》が『水滸会《すいこかい》』の会合《かいごう》の折《おり》、こう言われたことが忘《わす》れられない。

『中核《ちゅうかく》の青年がいれば、いな、一人《ひとり》の本物の弟子がいれば、広宣流布は断じてできる』

その『一人《ひとり》』とは誰《だれ》であったか。誰が戸田先生《とだせんせい》の教《おし》えのごとく、命《いのち》がけで世界《せかい》にこの仏法《ぶっぽう》を弘《ひろ》めてきたか――私は〝その一人こそ、自分《じぶん》であった〟との誇《ほこ》りと自負《じふ》をもっています。どうか、青年部《せいねんぶ》の諸君《しょくん》は、峻厳《しゅんげん》なる『創価《そうか》の三代《さんだい》の師弟《してい》の魂《たましい》』を、断《だん》じて受《う》け継《つ》いでいってもらいたい。その人こそ、『最終《さいしゅう》の勝利者《しょうりしゃ》』です。また、それこそが、創価学会《がっかい》が二十一世紀《せいき》を勝《か》ち抜《ぬ》いていく『根本《こんぽん》の道《みち》』であり、広宣流布《こうせんるふ》の大誓願《だいせいがん》を果《は》たす道であり、世界平和《へいわ》創造《そうぞう》の大道《だいどう》なんです。

頼《たの》んだよ！　男子部《だんしぶ》、女子部《じょしぶ》、学生部《がくせいぶ》！　そして、世界中の青年の皆《みな》さん！」

「はい！」という、若々《わかわか》しい声《こえ》が講堂《こうどう》にこだました。

会場《かいじょう》の後方《こうほう》には、初代会長《しょだいかいちょう》・牧口常三郎《まきぐちつねさぶろう》と第二代《だいにだい》会長・戸田城聖《じょうせい》の肖像画《しょうぞうが》が掲《かか》げられていた。二人《ふたり》が、微笑《ほほえ》み、頷《うなず》き、慈眼《じがん》の光《ひかり》で包《つつ》みながら、青年たちを、そして、同志《どうし》を見守《みまも》ってくれているように、伸一《しんいち》には思《おも》えた。

彼《かれ》は、胸《むね》の中《なか》で、青年たちに語《かた》りかけた。

〝さあ、共《とも》に出発《しゅっぱつ》しよう！　命ある限《かぎ》り戦《たたか》おう！　第二の「七つの鐘《かね》」を高らかに打《う》ち鳴《な》らしながら、威風堂々《いふうどうどう》と進《すす》むのだ〟

彼の眼《まなこ》に、「第三の千年」の旭日《きょくじつ》を浴《あ》びて、澎湃《ほうはい》と、世界の大空《おおぞら》へ飛翔《ひしょう》しゆく、創価の凛々《りり》しき若鷲《わかわし》たちの勇姿《ゆうし》が広《ひろ》がった。
それは、広宣流布《こうせんるふ》の大誓願《だいせいがん》に生《い》き抜《ぬ》く、地涌《じゆ》の菩薩《ぼさつ》の大陣列《だいじんれつ》であった。

（小説『新・人間革命』全三十巻完結）

二〇一八年（平成《へいせい》三十年）八月六日
長野研修道場《ながのけんしゅうどうじょう》にて脱稿《だっこう》

創価《そうか》の先師《せんし》・牧口常三郎先生《まきぐちつねさぶろうせんせい》、
恩師《おんし》・戸田城聖《とだじょうせい》先生、
そして、尊《とうと》き仏使《ぶっし》にして「宝友《ほうゆう》」たる全世《ぜんせ》界《かい》のわが同志《どうし》に捧《ささ》ぐ

池田　大作

あとがき

新《あたら》しき歴史《れきし》の扉《とびら》は開かれた。日蓮仏法《にちれんぶっぽう》の太陽《たいよう》は二十一世紀《せいき》の大空《おおぞら》に燦然《さんぜん》と輝《かがや》き昇《のぼ》り、創価《そうか》の人間主義《にんげんしゅぎ》の旗《はた》は、世界《せ　かい》百九十二カ国《こく》・地域《ちいき》に翻《ひるがえ》った。

創価学会《がっかい》は、「一閻浮提《いちえんぶだい》に広宣流布《こうせんるふ》せん事《こと》も疑《うたが》うべからざるか」（御書《ごしょ》二六五ジペー）との日蓮大聖人《だいしょうにん》の御言葉《おことば》を現実《げんじつ》のものとし、末法万年《まっぽうまんねん》を潤《うるお》す世界広宣流布の悠久《ゆうきゅう》の大河《たいが》を開いてきた。その広布誓願《こうふせいがん》と平和建設《へいわけんせつ》の歩《あゆ》みを綴《つづ》った、前作《ぜんさく》の小説《しょうせつ》『人間革命《にんげんかくめい》』（全《ぜん》十二巻《かん》）、さらに、続編《ぞくへん》の『新《しん》・人間革命』全三十巻がここに完結《かんけつ》し、出版《しゅっぱん》の運《はこ》びとなった。

一九六四年（昭和《しょうわ》三十九年）十二月二日の『人間革命』執筆開始《しっぴつかいし》から五十四年、『新・人間革命』の筆《ふで》を執《と》ってから二十五年――弟子《でし》が心血《しんけつ》を注《そそ》いで認《したた》めた、創価の広布の「日記文書《にっきもんじょ》」に、恩師《おんし》・戸田城聖先生《とだじょうせいせんせい》は、目を細《ほそ》めて、頷《うなず》いてくださっているにちがいない。

小説『人間革命』は、太平洋戦争《たいへいようせんそう》の敗戦《はいせん》が間近《まぢか》に迫《せま》っていた四五年（同二十年）七月三日、軍部政府《ぐんぶせいふ》の弾圧《だんあつ》によって投獄《とうごく》されていた戸田の出獄《しゅつごく》から始《はじ》まる。彼《かれ》は、軍部政府の弾圧と戦《たたか》い、獄死《ごくし》した初代会長《しょだいかいちょう》・牧口常三郎《まきぐちつねさぶろう》の遺志《いし》を受《う》け継《つ》いで、壊滅状態《かいめつじょうたい》にあった学会《がっかい》の再建《さいけん》に着手《ちゃくしゅ》し、第二代《だいにだい》会長として立つ。弟子《でし》の山本伸一《やまもとしんいち》と共《とも》に、生涯《しょうがい》の願業《がんぎょう》とした会員《かいいん》七十五万世帯《せたい》を達成《たっせい》し、日本の広宣流布《こうせんるふ》の基盤《きばん》を築《きず》き、一九五八年（昭和《しょうわ》三十三年）四月二日に逝去《せいきょ》する。

そして、後継《こうけい》の伸一が第三代会長に就任《しゅうにん》するところで終《お》わっている。

私が戸田先生《とだせんせい》の伝記小説《でんきしょうせつ》として、『人間革命《にんげんかくめい》』の執筆《しっぴつ》を決意《けつい》したのは、世間《せけん》の誤解《ごかい》や中傷《ちゅうしょう》の矢面《やおもて》に立たれた先生の真実《しんじつ》を明《あき》らかにし、世界《せかい》に宣揚《せんよう》するとともに、「創価《そうか》の精神《せいしん》の正史《せいし》」と「真実の信仰《しんこう》の道《みち》」を後世《こうせい》にとどめたかったからである。

六五年（同四十年）元日付《がんじつづけ》から、「聖教新聞《せいきょうしんぶん》」紙上《しじょう》で始《はじ》まった『人間革命』の連載《れんさい》が、九三年（平成《へいせい》五年）二月十一日に終了《しゅうりょう》すると、全国《ぜんこく》の会員の皆様《みなさま》から、続編《ぞくへん》の連載を望《のぞ》む声《こえ》が数多《かずおお》く寄《よ》せられた。

師《し》の本当《ほんとう》の偉大《いだい》さは、あとに残《のこ》った弟子が、いかに生き、何を成《な》したかによって証明《しょうめい》される。さらに、恩師《おんし》の精神を未来永遠《みらいえいえん》に伝《つた》えゆくためには、後継の「弟子の道」を書《か》き残さねばならない。また、聖教新聞社からも強《つよ》い要請《ようせい》があり、執筆は、私の使命《しめい》であると心《こころ》に決めて、お引き受けした。

続編《ぞくへん》となる『新《しん》・人間革命《にんげんかくめい》』の筆《ふで》を起《お》こしたのは、その年の八月六日、長野研修道場《ながのけんしゅうどうじょう》であった。研修道場のある軽井沢《かるいざわ》は、一九五七年（昭和《しょうわ》三十二年）八月、戸田先生《とだせんせい》と共《とも》に最後《さいご》の夏《なつ》を過《す》ごし、先生の伝記小説《でんきしょうせつ》の執筆《しっぴつ》を、深《ふか》く決意《けつい》した思《おも》い出《で》の地である。また、八月六日は、世界《せかい》で最初《さいしょ》に原子爆弾《げんしばくだん》が広島《ひろしま》に投下《とうか》されて四十八年となる日である。私は、この地で、この日に、『新・人間革命』を書《か》き始《はじ》めることにした。

前作《ぜんさく》の『人間革命』は、六四年（同三十九年）十二月二日、太平洋戦争《たいへいようせんそう》で凄惨《せいさん》な地上戦《ちじょうせん》が展開《てんかい》された沖縄《おきなわ》の地で起稿《きこう》し、冒頭《ぼうとう》には、こう記《しる》した。

「戦争ほど、残酷《ざんこく》なものはない。

戦争ほど、悲惨《ひさん》なものはない」

一方《いっぽう》、『新・人間革命』は、次《つぎ》の一文《いちぶん》から始めた。

「平和《へいわ》ほど、尊《とうと》きものはない。

平和ほど、幸福《こうふく》なものはない。

平和こそ、人類《じんるい》の進《すす》むべき、根本《こんぽん》の第一歩《だいいっぽ》であらねばならない」

世界広宣流布《こうせんるふ》の目的《もくてき》は、全人類の幸福と平和の実現《じつげん》にこそある。この二つの書きだしの言《こと》葉《ば》に、私は、先師《せんし》、恩師《おんし》の精神《せいしん》と思想《しそう》を受《う》け継《つ》ぎ、断《だん》じて、「戦争」の世紀《せいき》から「平和」の世紀《せいき》へ歴史《れきし》を転《てん》じゆこうとの、弟子《でし》としての誓《ちか》いを永遠《えいえん》に刻印《こくいん》したかったのである。

『新《しん》・人間革命《にんげんかくめい》』を起稿《きこう》したのは六十五歳《さい》の時であった。完結《かんけつ》までに三十巻《かん》を予定《よてい》していた。日本国内《こくない》はもとより、世界《せかい》を東奔西走《とうほんせいそう》しながらの仕事《しごと》となる。〝限《かぎ》りある命《いのち》の時間との壮絶《そうぜつ》な闘争《とうそう》〟と、覚悟《かくご》しての執筆《しっぴつ》であった。

連載《れんさい》は、一九九三年（平成《へいせい》五年）の十一月十八日付《づけ》から開始《かいし》された。

一日《いちにち》一日が、全精魂《ぜんせいこん》を注《そそ》いでの真剣勝負《しんけんしょうぶ》となった。全国《ぜんこく》、全世界の各地《かくち》で、健気《けなげ》に信心《しんじん》に励《はげ》む宝《たから》の同志《どうし》を思《おも》い浮《う》かべながら、生命《いのち》の言葉《ことば》を紡《つむ》ぎ出《だ》し、一人《ひとり》ひとりに励ましの便《たよ》りを送《おく》る思いで推敲《すいこう》を重《かさ》ねた。それはまた、わが胸中《きょうちゅう》の恩師《おんし》と対話《たいわ》しながらの作業《さぎょう》でもあった。

「創価《そうか》の精神《せいしん》を伝《つた》え残《のこ》せ！　この世《よ》の使命《しめい》を果《は》たし抜《ぬ》くのだ！」――脳裏《のうり》に先生《せんせい》の声《こえ》がこだまする。疲《つか》れが吹《ふ》き飛《と》び、勇気《ゆうき》が湧《わ》いた。

第三十巻の最終章《さいしゅうしょう》（第六章）となる「誓願《せいがん》」を書《か》き終《お》えたのは、執筆開始から、ちょうど満《まん》二十五年となる二〇一八年（同三十年）八月六日であった。場所《ばしょ》も起稿と同じ長野研修道《ながのけんしゅうどう》場《じょう》である。新聞《しんぶん》連載の終了《しゅうりょう》は、この章の執筆が始《はじ》まった時から、戸田《とだ》先生が一九五七年（昭《しょう》和《わ》三十二年）に「原水爆禁止宣言《げんすいばくきんしせんげん》」を発表《はっぴょう》された、九月八日と決めていた。この日こそ、創《そう》価学会《かがっかい》の平和《へいわ》運動《うんどう》の原点《げんてん》となった日であるからだ。私は、先生の平和への遺訓《いくん》を実現《じつげん》するために、全世界《ぜんせかい》を駆《か》け巡《めぐ》り、同志《どうし》と共《とも》に創価《そうか》の人間主義《にんげんしゅぎ》の潮流《ちょうりゅう》を起《お》こしてきた。その後継《こうけい》の歴史《れきし》を綴《つづ》った小説《しょうせつ》の連載《れんさい》を締《し》めくくるには、この日しかないと思《おも》った。

小説『新《しん》・人間革命《にんげんかくめい》』は、一九六〇年（昭和《しょうわ》三十五年）五月三日に第三代会長《だいさんだいかいちょう》となった山本伸一《やまもとしんいち》が、五カ月後の十月二日、初《はつ》の海外訪問《かいがいほうもん》へ出発《しゅっぱつ》する場面《ばめん》から始《はじ》まる。日本国内《こくない》に民衆《みんしゅう》凱歌《がいか》の広布城《こうふじょう》を築《きず》くとともに、世界五十四カ国・地域《ちいき》を訪《おとず》れ、妙法《みょうほう》という「平和《へいわ》の種子《しゅし》」を蒔《ま》き、教育《きょういく》・文化交流《ぶんかこうりゅう》の橋《はし》を幾重《いくえ》にも架《か》ける。そして、学会《がっかい》が大きな目標《もくひょう》としてきた、新世紀《しんせいき》の開幕《かいまく》の年である二〇〇一年（平成《へいせい》十三年）の十一月までを描《えが》いている。

その間《かん》に、世界を二つに分断《ぶんだん》してきた東西冷戦《とうざいれいせん》にピリオドが打《う》たれた。さらに、東西両陣営《りょうじんえい》の一方《いっぽう》の中心《ちゅうしん》であったソ連《れん》も崩壊《ほうかい》した。冷戦の渦中《かちゅう》、伸一は、人類融合《じんるいゆうごう》の道《みち》を探《さぐ》ろうと、アーノルド・J・トインビー博士をはじめ、数多《あまた》の世界の知性《ちせい》と対話《たいわ》を重《かさ》ねた。中《ちゅう》ソの対立《たいりつ》の溝《みぞ》が深《ふか》まるなかで、訪中《ほうちゅう》、訪ソを繰《く》り返《かえ》し、ソ連のコスイギン首相《しゅしょう》、中国の周恩来総理《しゅうおんらいそうり》と会見《かいけん》した。訪米《ほうべい》し、キッシンジャー国務長官《こくむちょうかん》とも会談《かいだん》した。さらに、ソ連のゴルバチョフ大《だい》統領《とうりょう》とも何度《なんど》も語《かた》り合《あ》い、友誼《ゆうぎ》を育《はぐく》んできた。

万人《ばんにん》が「仏性《ぶっしょう》」を具《そな》えていると説《と》く仏法《ぶっぽう》は、「生命《せいめい》の尊厳《そんげん》」と「人間の根本的平等《こんぽんてきびょうどう》」の大《だい》哲理《てつり》である。また、仏法《ぶっぽう》の「慈悲《じひ》」は人道《じんどう》の規範《きはん》となる。まさに仏法こそ、「不信《ふしん》」を「信頼《しんらい》」へ、「憎悪《ぞうお》」を「友情《ゆうじょう》」に変え、あらゆる戦争《せんそう》を根絶《こんぜつ》し、恒久平和《こうきゅうへいわ》を実現《じつげん》しゆく大思想《だいしそう》である。この仏法の法理《ほうり》から発《はっ》する人間主義《にんげんしゅぎ》を時代《じだい》の精神《せいしん》とし、世界《せかい》を結《むす》ぶための挑戦《ちょうせん》が、伸一《しんいち》の平和旅《へいわたび》であった。

世界広布《こうふ》に邁進《まいしん》する学会《がっかい》にとって、飛躍《ひやく》の大転機《だいてんき》となったのが、腐敗《ふはい》、堕落《だらく》し、形骸化《けいがいか》していった宗門《しゅうもん》から、「魂《たましい》の独立《どくりつ》」を勝ち取ったことである。

学会は、ただただ、大聖人《だいしょうにん》の御遺命《ごゆいめい》である広宣流布《こうせんるふ》の推進《すいしん》のために、信徒《しんと》を睥睨《へいげい》する僧《そう》らの非道《ひどう》な仕打《しう》ちに耐《た》えながら、僧俗和合《そうぞくわごう》を願《ねが》い、宗門に外護《げご》の赤誠《せきせい》を尽《つ》くしてきた。しかし、宗門は教条主義化《きょうじょうしゅぎか》し、衣《ころも》の権威《けんい》を振《ふ》りかざして、人類《じんるい》の遺産《いさん》である文化《ぶんか》・芸術《げいじゅつ》を否定《ひてい》し、「謗法《ほうぼう》」と断《だん》じていった。また、権力化《けんりょくか》した彼《かれ》らは、法主《ほっす》を頂点《ちょうてん》とした僧による信徒支配《しはい》、理不尽《りふじん》な僧俗の差別《さべつ》を進《すす》め、大聖人の御精神に違背《いはい》し、仏法で説《と》かれた「生命《せいめい》の尊厳《そんげん》」も「万人《ばんにん》の平等《びょうどう》」も、踏《ふ》みにじっていったのである。

これでは、大聖人の仏法の根幹《こんかん》が歪《ゆが》められ、人類の幸福《こうふく》と世界の平和を実現《じつげん》する教《おし》えとは、ほど遠《とお》いものとなってしまう。学会は、「大聖人の御精神に還《かえ》れ！」と、宗教改革《しゅうきょうかいかく》に立ち上がり、諫言《かんげん》した。すると、宗門《しゅうもん》は、仏意仏勅《ぶついぶっちょく》の広宣流布《こうせんるふ》の団体《だんたい》である学会《がっかい》に、「解散《かいさん》」を勧告《かんこく》し、さらに、「破門《はもん》」を通告《つうこく》してきたのである。

彼《かれ》らが、その文書《ぶんしょ》を送《おく》った一九九一年（平成《へいせい》三年）十一月二十八日は、創価《そうか》学会が宗門の鉄鎖《てっさ》から解《と》き放《はな》たれた、「魂《たましい》の独立《どくりつ》」記念日《きねんび》となった。創価の前進《ぜんしん》を阻《はば》む暗雲《あんうん》は払《はら》われ、豁然《かつぜん》と世界広布《せかいこうふ》の大道《だいどう》が開かれたのだ。真実《しんじつ》の世界宗教《しゅうきょう》として、二十一世紀《せいき》へ晴《は》れやかに飛翔《ひしょう》しゆく朝《あさ》の到来《とうらい》となったのである。

小説《しょうせつ》『人間革命《にんげんかくめい》』も、『新《しん》・人間革命』も、その主題《しゅだい》は、ともに「一人《ひとり》の人間における偉大《いだい》な人間革命は、やがて一国《いっこく》の宿命《しゅくめい》の転換《てんかん》をも成《な》し遂《と》げ、さらに全人類《ぜんじんるい》の宿命の転換をも可能《かのう》にする」である。

では、「宿命の転換」は、いかにしてなされるのか――。

その方途《ほうと》を示《しめ》したのが、戸田先生《とだせんせい》の「獄中《ごくちゅう》の悟達《ごだつ》」である。先生は、牢獄《ろうごく》にあって、法華経《ほけきょう》の真理《しんり》を知りたいと、精読《せいどく》と唱題《しょうだい》を重《かさ》ねた。そのなかで、法華経に説《と》かれた虚空会《こくうえ》の会座《えざ》に、自身《じしん》も日蓮大聖人《にちれんだいしょうにん》と共《とも》に連《つら》なり、末法《まっぽう》広宣流布の付嘱《ふぞく》を受けた地涌《じゆ》の菩薩《ぼさつ》であることを悟達する。その大歓喜《だいかんき》のなか、生涯《しょうがい》を広宣流布に捧《ささ》げることを誓《ちか》う。

御聖訓《ごせいくん》に、「日蓮《にちれん》と同意《どうい》ならば地涌《じゆ》の菩薩《ぼさつ》たらんか」（御書《ごしょ》一三六〇ジペー）と仰《おお》せのごとく、大聖人《だいしょうにん》の御遺命《ごゆいめい》のままに、広宣流布《こうせんるふ》に生きる私たちは、まぎれもなく地涌の菩薩である。しかし、広布《こうふ》の聖業《せいぎょう》を果《は》たす、その尊貴《そんき》な菩薩である私たちが、なぜ、さまざまな苦《くる》しみの宿業《しゅくごう》をもって生まれてきたのか——。

法華経法師品《ほけきょうほっしほん》には次《つぎ》のようにある。

「薬王《やくおう》よ。当《まさ》に知るべし、是《こ》の人は自《みずか》ら清浄《しょうじょう》の業報《ごっぽう》を捨《す》てて、我滅度《われめつど》して後《のち》に於《お》いて、衆生《しゅじょう》を愍《あわ》れむが故《ゆえ》に、悪世《あくせ》に生まれて、広《ひろ》く此《こ》の経を演《の》ぶ」（法華経三五七ジペー）——善業《ぜんごう》を積《つ》んで善処《ぜんしょ》に生まれるべき人が、仏《ほとけ》の滅後《めつご》に衆生を哀《あわ》れんで、あえて、願《ねが》って悪業《あくごう》をもって悪世に生まれ、法《ほう》を弘《ひろ》めるというのである。妙楽大師《みょうらくだいし》は、この文《もん》を、「願兼於業《がんけんおごう》」（願、業を兼《か》ぬ）と釈《しゃく》している。

まさに、この原理《げんり》のままに、私たちは、苦悩《くのう》する人びとを救《すく》うために、誓願《せいがん》して、病苦《びょうく》、経済苦《けいざいく》、家庭不和《かていふわ》、あるいは孤独《こどく》や劣等感等々《れっとうかんとうとう》、さまざまな宿命《しゅくめい》をもって悪世末法《まっぽう》に出現《しゅつげん》したのである。しかし、南無妙法蓮華経《なんみょうほうれんげきょう》と唱《とな》え、自行化他《じぎょうけた》にわたる信心《しんじん》に励《はげ》み、広布に生きるならば、地涌の菩薩の満々《まんまん》たる生命《せいめい》が、仏の大生命が涌現《ゆげん》する。いかなる苦難《くなん》、困難《こんなん》の障壁《しょうへき》も乗《の》り越《こ》える智慧《ちえ》が、勇気《ゆうき》が、力《ちから》が、希望《きぼう》が、歓喜《かんき》が、わが生命にみなぎる。そして、「宿命」の嵐《あらし》を敢然《かんぜん》と勝《か》ち越《こ》えることで、仏法《ぶっぽう》の正義《せいぎ》と偉大《いだい》なる功力《くりき》を証明《しょうめい》し、広宣流布《こうせんるふ》を進《すす》めていくことができるのである。いな、そのためにこそ、勇《いさ》んで苦悩《くのう》を担《にな》ってきたのだ。

つまり、「宿命《しゅくめい》」と「使命《しめい》」とは表裏《ひょうり》であり、「宿命」は、そのまま、その人固有《こゆう》の尊《とうと》き「使命」となる。ならば、広布《こうふ》に生《い》き抜《ぬ》く時、転換《てんかん》できぬ「宿命」など絶対《ぜったい》にない。

皆《みな》が、地涌《じゆ》の菩薩《ぼさつ》であり、幸福《こうふく》になる権利《けんり》がある。皆が、人生《じんせい》の檜舞台《ひのきぶたい》で、風雪《ふうせつ》の冬《ふゆ》を陽《よう》光《こう》の春《はる》へ、苦悩を歓喜《かんき》へと転《てん》ずる大《だい》ドラマの主人公《しゅじんこう》であり、名優《めいゆう》であるのだ。

小説《しょうせつ》『新《しん》・人間革命《にんげんかくめい》』では、この「『宿命』は『使命』である」ことを基調《きちょう》に、物語《ものがたり》を展《てん》開《かい》してきた。仏法の精髄《せいずい》の教《おし》えは、物事《ものごと》を固定的《こていてき》にとらえるのではなく、「煩悩即菩提《ぼんのうそくぼだい》」「生《しょう》死即涅槃《じそくねはん》」「変毒為薬《へんどくいやく》」等々《とうとう》、一切《いっさい》を転換しゆく生命《せいめい》のダイナミズムを説《と》き明《あ》かしている。

そして、苦悩する人間の生命の奥深《おくふか》く、「仏《ほとけ》」を見る。「仏」すなわち、人間のもつ尊極《そんごく》の善《ぜん》性《せい》、創造性《そうぞうせい》、主体性《しゅたいせい》を覚醒《かくせい》させ、発現《はつげん》していく道《みち》を示《しめ》している。その生命の変革作業《へんかくさぎょう》を、私たちは「人間革命」と呼《よ》ぶ。

社会《しゃかい》も、国家《こっか》も、世《せ》界《かい》も、それを建設《けんせつ》する主体者は人間自身《じしん》である。「憎悪《ぞうお》」も「信頼《しんらい》」も、「蔑視《べっし》」も「尊敬《そんけい》」も、「戦争《せんそう》」も「平和《へいわ》」も、全《すべ》ては人間の一念《いちねん》から生まれるものだ。

したがって、「人間革命」なくしては、自身の幸福も、社会の繁栄《はんえい》も、世界の恒久平和《こうきゅうへいわ》もあり得《え》ない。この一点《いってん》を欠《か》けば、さまざまな努力《どりょく》も砂上《さじょう》の楼閣《ろうかく》となる。仏法《ぶっぽう》を根幹《こんかん》とした「人《にん》間革命《げんかくめい》」の哲学《てつがく》は、「第三の千年」のスタートを切った人類《じんるい》の新《あたら》しき道標《どうひょう》となろう。

＊「不滅《ふめつ》の魂《たましい》には、同じように不滅の行《おこな》いが必要《ひつよう》である」とは、文豪《ぶんごう》トルストイの箴言《しんげん》である。小説《しょうせつ》『新《しん》・人間革命』の完結《かんけつ》を新しい出発《しゅっぱつ》として、創価《そうか》の同志《どうし》が「山本伸一《やまもとしんいち》」として立ち、友《とも》の幸福《こうふく》のために走《はし》り、間断《かんだん》なき不屈《ふくつ》の行動《こうどう》をもって、自身《じしん》の輝《かが》ける『人間革命』の歴《れき》史《し》を綴《つづ》られんことを、心《こころ》から念願《ねんがん》している。

この世《よ》に「不幸《ふこう》」がある限《かぎ》り、広宣流布《こうせんるふ》という人間勝利《しょうり》の大絵巻《だいえまき》を、ますます勇壮《ゆうそう》に、絢《けん》爛《らん》と織《お》り成《な》していかねばならない。ゆえに、われらの「広布誓願《こうふせいがん》」の師弟旅《していたび》は続《つづ》く。

結《むす》びに、装画《そうが》を飾《かざ》ってくださった故《こ》・東山魁夷画伯《ひがしやまかいいがはく》、二十五年間の長《なが》きにわたって挿絵《さしえ》を担当《たんとう》していただいた内田健一郎《うちだけんいちろう》画伯、聖教新聞社《せいきょうしんぶんしゃ》の編集《へんしゅう》・出版担当者《しゅっぱんたんとうしゃ》をはじめ、すべての関《かん》係者《けいしゃ》、そして、全読者《ぜんどくしゃ》の皆様方《みなさまがた》に、心より御礼《おんれい》、感謝申《かんしゃもう》し上《あ》げたい。

著《ちょ》　者《しゃ》

二〇一八年（平成《へいせい》三十年）九月八日
小説『新・人間革命』新聞連載完結《れんさいかんけつ》の日に
東京《とうきょう》・信濃町《しなのまち》の創価学会総本部《がっかいそうほんぶ》にて

語句の解説

《「暁鐘」（後半）の章》

17 「開拓者《かいたくしゃ》よ！……」『ホイットマン詩集』（白鳥省吾訳、彌生書房）

18 「さあ、出発《しゅっぱつ》しよう！……」ホイットマン著『詩集 草の葉』（富田砕花訳、第三文明社）

19 「新《あたら》しい聖職者《せいしょくしゃ》たちの……」ホイットマン著『草の葉（上）』（酒本雅之訳、岩波書店）

27 「私は一人《ひとり》で立つ」「自分《じぶん》の足《あし》で、敢然《かんぜん》と」ケイト・ブレイド著『野に棲む魂の画家 エミリー・カー』（上野眞枝訳、春秋社）

41 「理想《りそう》があるから……」Ｌ・Ｍ・モンゴメリ著『アンの青春』（松本侑子訳、集英社）

《「勝ち鬨」の章》

72 文中《ぶんちゅう》の歌詞《かし》は、「よろこびの歌《うた》」（訳詞＝岩佐東一郎）から。

76 「革命《かくめい》または改良《かいりょう》といふ事《こと》は……」正岡子規著『病牀六尺』（岩波書店）

90 五濁悪世《ごじょくあくせ》 五濁は、生命《せいめい》の濁《にご》りの諸相《しょそう》を五種《しゅ》（劫濁《こうじょく》・煩悩濁《ぼんのうじょく》・衆生濁《しゅじょうじょく》・見濁《けんじょく》・命濁《みょうじょく》）に分類《ぶんるい》したもの。人《にん》間《げん》、時代《じだい》、思想《しそう》が乱《みだ》れた末法《まっぽう》の様相《ようそう》のこと。

94 「わたし達《たち》の善《よ》き生涯《しょうがい》に……」『ダンテ全集６ 饗宴（下）』（中山昌樹訳、新生堂）

116 「人材《じんざい》を教育《きょういく》するは……」「廣瀬淡窓集」（後藤三郎解説・柳町達也校註）、『世界教育宝典 日本教育編 細井平洲・廣瀬淡窓』（玉川大学出版部）所収。

119 「あらゆる喜《よろこ》びは……」ヘルダーリン著「運命」（手塚富雄訳）、『世界名詩集大成 6 ドイツ篇 I』（平凡社）所収。

120 「青年《せいねん》よ 二十一世紀《せいき》の広布《こうふ》の山《やま》を登《のぼ》れ」 同詩《どうし》は新《あら》たな〝二十一世紀の指標《しひょう》〟として残《のこ》すために加筆《かひつ》され、「聖教新聞《せいきょうしんぶん》」の一九九九年（平成《へいせい》十一年）三月二十二日付《づけ》に発表《はっぴょう》された。

124 「正義《せいぎ》とは正《ただ》しい者《もの》が……」「ダントン」（波多野茂弥訳）、『ロマン・ロラン全集 11』（みすず書房）所収。

165 「人生《じんせい》が私たちに……」ローザ著「大いなる奥地」（中川敏訳）、『筑摩世界文学大系 83』（筑摩書房）所収。

182 色相荘厳《しきそうしょうごん》 衆生《しゅじょう》に仏《ほとけ》を求《もと》める心《こころ》を起《お》こさせるため、三十二相八十種好《しゅこう》という超人的《ちょうじんてき》な特徴《とくちょう》を具《そな》えた仏の姿《すがた》をいう。

201 「どんな暴《あら》い風雪《ふうせつ》の……」土岐雄三編『山本周五郎からの手紙』（未来社）

《「誓願」の章》

229 「団結《だんけつ》してこそ……」『ブレヒト詩集』（野村修編訳、飯塚書店）

235 「もしもわれわれが心《こころ》から……」湯川秀樹監修『アインシュタイン選集 3』（井上健・中村誠太郎編訳、共立出版）

243 「この世界《せかい》で平和《へいわ》を実現《じつげん》……」E・ルーズベルト著『問題を抱えた世界』（英語版）から。Eleanor

Roosevelt, *This Troubled World*, H.C.Kinsey & Company, Inc.

265 「私は、白人支《はくじんし》配《はい》と、ずっと……」 ネルソン・マンデラ著『私自身との対話』（英語版）から。Nelson Mandela *Conversations with Myself*, Farrar, Straus and Giroux.

275 「世界《せかい》の流《なが》れは……」 『周恩来選集（上）』（森下修一編訳、中国書店）

298 「われわれは時すでに……」 C・カーソン、K・シェパード編『私には夢がある M・L・キング説教・講演集』（梶原寿監訳、新教出版社）

301 二乗作《にじようさ》仏《ぶつ》 法華経迹門《ほけきようしやくもん》において二乗（声聞《しようもん》・縁覚《えんかく》）の成仏《じようぶつ》が釈尊《しやくそん》から保証《ほしよう》されたこと。

女人成仏《によにんじようぶつ》 法華経《ほけきよう》において、それまで成仏することはできないとされてきた女性《じよせい》が成仏すること。

302 三明六通《さんみようろくつう》 三明は、仏《ほとけ》、阿《あ》羅《ら》漢《かん》が具《そな》えている三種《しゆ》の超人的《ちようじんてき》な能力《のうりよく》のこと。特《とく》に仏の場《ば》合《あい》は三達《だつ》ともいう。六通は、六神通《じんずう》のこと。仏や菩《ぼ》薩《さつ》などが具えるとされた六種の超人的な能力。

305 「人間精神《にんげんせいしん》の普遍的《ふへんてき》な……」 「聖教新聞」1991年1月24日付

「文化《ぶんか》と宗教《しゆうきよう》は……」 「聖教新聞」1991年2月10日付

307 「名誉《めいよ》と位置《いち》にあこがれ……」 『戸田城聖全集 1』（聖教新聞社）

323 第六天《だいろくてん》の魔《ま》王《おう》 欲望《よくぼう》の世《せ》界《かい》である「欲界《よつかい》」に属《ぞく》する六つの天（六欲天）の最上《さいじよう》の天（第六天）に住《す》むとされる魔王。「他化自在天《たけじざいてん》」とも呼《よ》ばれ、正法《しようほう》に敵対《てきたい》し、成仏《じようぶつ》を妨《さまた》げる「魔」のなかでも最大《さいだい》の働《はたら》きをなす。

343 「身命の儀《ぎ》、どの宝物よりも……」 高良倉吉著『御教条の世界——古典で考える沖縄歴史』（ひるぎ社）

351 「この写真《しやしん》は未来《みらい》について……」 『写真は語る』（英語版）から。Marvin Heiferman, Carole Kismaric,

Talking pictures : people speak about the photographs that speak to them, Chronicle Books.

357 「御本尊《ごほんぞん》を受持《じゅじ》している……」『戸田城聖全集 1』（聖教新聞社）

358 「自分《じぶん》の商売《しょうばい》の欠点《けってん》とか……」『戸田城聖全集 1』（聖教新聞社）

367 「時には、『偉大《いだい》なる運命《うんめい》』が……」『アルマフェルテ全集』（スペイン語版）から。Almafuerte, *Obras completas : evangélicas, poesías, discursos*, Editorial Claridad.

煩悩即菩提《ぼんのうそくぼだい》　煩悩とは、衆生《しゅじょう》の心身《しんしん》を煩《わずら》わし悩《なや》ませる因《いん》となる、さまざまな精神作用《せいしんさよう》のこと。法華経以前《ほけきょういぜん》の教《おし》えでは、煩悩は苦悩《くのう》をもたらす因であり、それを断《だん》じ尽《つ》くして菩提（悟《さと》り）に至《いた》ると説《と》いたが、法華経では、煩悩を離《はな》れて菩提はなく、煩悩をそのまま悟りへと転《てん》じていけることを明《あ》かした。

《あとがき》

448 「不滅《ふめつ》の魂《たましい》には、同じ……」『レフ・トルストイ全集 45』（ロシア語版）から。Лев Толстой : Полное собрание сочинений, Том 45, ТЕРРА.

主な参考文献

「暁鐘」（後半）の章

Janet Lunn, *Laura Secord : a Story of courage*, Tundra Books.

「勝ち鬨」の章

『「第九」の里ドイツ村　「板東俘虜収容所」改訂版』林啓介著（井上書房）

『大分県の歴史』豊田寛三・後藤宗俊・飯沼賢司・末廣利人著（山川出版社）

〈著者略歴〉

池田大作（いけだ・だいさく）
1928年～2023年。東京生まれ。創価学会第三代会長、名誉会長、創価学会インタナショナル（SGI）会長を歴任。創価大学、アメリカ創価大学、創価学園、民主音楽協会、東京富士美術館、東洋哲学研究所、戸田記念国際平和研究所などを創立。世界各国の識者と対話を重ね、平和、文化、教育運動を推進。国連平和賞のほか、モスクワ大学、グラスゴー大学、デンバー大学、北京大学など、世界の大学・学術機関から名誉博士・名誉教授、さらに桂冠詩人・世界民衆詩人の称号、世界桂冠詩人賞、世界平和詩人賞など多数受賞。
著書は『人間革命』（全12巻）、『新・人間革命』（全30巻）など小説のほか、対談集も『二十一世紀への対話』（A・J・トインビー）、『二十世紀の精神の教訓』（M・ゴルバチョフ）、『平和の哲学　寛容の智慧』（A・ワヒド）、『地球対談　輝く女性の世紀へ』（H・ヘンダーソン）など多数。

聖教ワイド文庫――――073

新・人間革命　第30巻下

発行日　二〇二〇年　三　月十六日
第3刷　二〇二四年　一　月三十日

著　者　池田大作
発行者　小島和哉
発行所　聖教新聞社
〒一六〇-八〇七〇　東京都新宿区信濃町七
電話〇三-三三五三-六一一一（代表）

印刷・製本　大日本印刷株式会社

＊

落丁・乱丁本はお取り替えいたします

定価はカバーに表示してあります
ISBN978-4-412-01663-7
JASRAC　出　1914028-303

聖教ワイド文庫発刊にあたって

一つの世紀を超え、人類は今、新しい世紀の第一歩を踏み出した。これからの百年、いや千年の未来を遠望すれば、今ここに刻まれた一歩のもつ意義は極めて大きい。

戦火に血塗られ、「戦争の世紀」と言われた二十世紀は、多くの教訓を残した。また、物質的な豊かさが人間精神を荒廃に追い込み、あるいは文明の名における環境破壊をはじめ幾多の地球的規模の難問を次々と顕在化させたのも、この二十世紀であった。いずれも人類の存続を脅かす、未曾有の危機的経験であった。言うなれば、そうした歴史の厳しい挑戦を受けて、新しい世紀は第一歩を踏み出したのである。

この新世紀の開幕の本年、人間の機関紙として不断の歩みを続けてきた聖教新聞は創刊五十周年を迎えた。そして、その発展のなかで誕生した聖教文庫は一九七一年(昭和四十六年)四月に第一冊を発行して以来三十年、東洋の英知の結晶である仏教の精神を現代に蘇らせることを主な編集方針として、二百冊を超える良書を世に送り出してきた。

そこで、こうした歴史の節目に当たり、聖教文庫は装いを一新し、聖教ワイド文庫として新出発を期すことになった。今回、新たに発行する聖教ワイド文庫は、従来の文庫本の特性をさらに生かし、より親しみやすく、より読みやすくするために、活字を大きくすることにした。

昨今、情報伝達技術の進歩には、眼を見張るものがある。「ＩＴ革命」と称されるように、それはまさに革命的変化で、大量の情報が瞬時に、それも世界同時的に発・受信が可能となった。こうした技術の進歩は、人類相互の知的欲求を満たすうえでも、今後ますます大きな意味をもってくるだろう。しかし同時に、「書物を読む」という人間の精神や人格を高める知的営為の醍醐味には計り知れないものがあり、情報伝達の手段が多様化すればするほど、その需要性は顕著に意識されてくると思われる。

聖教ワイド文庫は、そうした精神の糧となる良書を収録し、人類が直面する困難の真っ只中にあって、正しく、かつ持続的に思索し、「人間主義の世紀」の潮流を拓いていこうとする同時代人へ、勇気と希望の贈り物を提供し続けることを、永遠の事業として取り組んでいきたい。

二〇〇一年十一月

聖教新聞社

聖教ワイド文庫　既刊本　新・人間革命

新・人間革命［1］　池田大作著

「旭日」「新世界」「錦秋」「慈光」「開拓者」の章を収録。世界の新しき歴史の舞台に、仏法の人間主義の太陽が今、燦然と昇りゆく。

新・人間革命［2］　池田大作著

「先駆」「錬磨」「勇舞」「民衆の旗」の章を収録。民衆の新時代へ先駆の誉れ。仏法は勇気と希望の大道。庶民の大行進は足音高く。

新・人間革命［3］　池田大作著

「仏法西還」「月氏」「仏陀」「平和の光」の章を収録。今、仏法西還の第一歩が記される。有縁の大地を照らす新しき平和と幸福の光。

新・人間革命［4］　池田大作著

「春嵐」「凱旋」「青葉」「立正安国」「大光」の章を収録。平和の波は、社会へ世界へ。東西の対立に終止符を打つ、人間の融合の哲理は仏法に。

新・人間革命［5］　池田大作著

「開道」「歓喜」「勝利」「獅子」の章を収録。勝利――恩師への誓い結実。平和の道は対話の道、文化の道。大阪事件の無罪で「正義」を証明。

新・人間革命［6］　池田大作著

「宝土」「遠路」「加速」「波浪」「若鷲」の章を収録。人間主義の光は中東へも。世界に架ける〝平和の橋〟。民衆の大地に響く、〝蘇生の凱歌〟。

新・人間革命［7］　池田大作著

「文化の華」「萌芽」「早春」「操舵」の章を収録。前進、人類の希望の春へ。核戦争の暗雲覆う世界に新しき平和の光は走る。

新・人間革命［8］　池田大作著

「布陣」「宝剣」「清流」「激流」の章を収録。嵐こえ、創価の世紀へ飛翔。世界は仏法を待望。希望の鼓動は韓国にも。恩師の七回忌へ正義の驀進。

聖教ワイド文庫　既刊本 新・人間革命

新・人間革命［9］　池田大作著
「新時代」「鳳雛」「光彩」「衆望」の章を収録。開け、民衆凱歌の新世紀。恩師の七回忌を迎え、新時代建設の大海原に船出。

新・人間革命［10］　池田大作著
「言論城」「幸風」「新航路」「桂冠」の章を収録。「正義の言論」で民衆に力を。待望の「聖教新聞」日刊化へ。平和・文化・教育にも新たな光が。

新・人間革命［11］　池田大作著
「暁光」「開墾」「常勝」「躍進」の章を収録。〝常勝〟とは逆境に勝つ者の栄冠。南米の大空に昇る幸福の太陽。関西では不滅の〝雨の文化祭〟。

新・人間革命［12］　池田大作著
「新緑」「愛郷」「天舞」「栄光」の章を収録。未来を照らせ！　人間教育の光彩。次代開く創価学園が開校。民衆凱歌の東京文化祭が華やかに。

新・人間革命［13］　池田大作著
「金の橋」「北斗」「光城」「楽土」の章を収録。輝け、平和友好の「金の橋」。日中国交正常化を提言！　新しき歴史の扉は開いた。

新・人間革命［14］　池田大作著
「智勇」「使命」「烈風」「大河」の章を収録。渓流から大河へ、創価の新時代！　烈風のなか、遂に築かれた七百五十万世帯の一大民衆勢力。

新・人間革命［15］　池田大作著
「蘇生」「創価大学」「開花」の章を収録。平和の要塞（フォートレス）、創価大学が開学！　「教育」こそ未来を創る源泉、師弟の大事業。

新・人間革命［16］　池田大作著
「入魂」「対話」「羽ばたき」の章を収録。トインビー博士と歴史的な対談！　「対話」で開く平和の大道。世界宗教の翼を広げ「広布第二章」へ。

聖教ワイド文庫　既刊本 新・人間革命

新・人間革命［17］　池田大作著

「本陣」「希望」「民衆城」「緑野」の章を収録。教育はわが生涯の事業！　関西に希望の創価女子学園が誕生。新しき勝利へ、新しき人材よ立て！

新・人間革命［18］　池田大作著

「師子吼」「師恩」「前進」「飛躍」の章を収録。映画「人間革命」に共感の渦！「師」という原点をもつ人は強い！　正義の師子吼・聖教新聞。

新・人間革命［19］　池田大作著

「虹の舞」「凱歌」「陽光」「宝塔」の章を収録。〝戦争を知らない世代〟（青年）の手で反戦出版が完成！〝誠実の対話〟が民衆勝利の歴史を。

新・人間革命［20］　池田大作著

「友誼の道」「懸け橋」「信義の絆」の章を収録。「対話の力」で世界を結ぶ！　コスイギン、周恩来、キッシンジャーと会談。平和への語らい。

新・人間革命［21］　池田大作著

「SGI」「人間外交」「共鳴音」「宝冠」の章を収録。グアムの「世界平和会議」でSGIが発足。〝励ましの対話〟で人間と人間の〝善の連帯〟を。

新・人間革命［22］　池田大作著

「新世紀」「潮流」「波濤」「命宝」の章を収録。「核兵器は〝絶対悪〟の哲学を！　被爆三十年、広島の本部総会で「核全廃」への具体的方途示す。

新・人間革命［23］　池田大作著

「未来」「学光」「勇気」「敢闘」の章を収録。民衆教育こそ未来創造の礎。創価大学に通信教育部が開設。「学」の光が人間の力を開く！

新・人間革命［24］　池田大作著

「母の詩」「厳護」「人間教育」「灯台」の章を収録。山本伸一作詞の「母」の歌が完成。地域・社会に貢献する学会員。仏法は社会の航路照らす灯台。

聖教ワイド文庫　既刊本 新・人間革命

新・人間革命［25］　池田大作著
「福光」「共戦」「薫風」「人材城」の章を収録。励ましは「力」語らいは「希望」。全国各地に新会館が完成！ 人材城の構築へ伸一は走る。

新・人間革命［26］　池田大作著
「厚田」「法旗」「勇将」「奮迅」の章を収録。恩師の故郷・厚田に墓園誕生。広布第二章の「支部制」スタート。地域を「幸せの花園に」と念願。

新・人間革命［27］　池田大作著
「若芽」「正義」「激闘」「求道」の章を収録。待望の「創価小学校」が開校。人間主義の一貫教育が整う。伸一は児童との触れ合いを重ねる。

新・人間革命［28］　池田大作著
「広宣譜」「大道」「革心」「勝利島」の章を収録。激闘の中、苦悩を歓喜に変え、人間革命の勝利劇をと願いつつ、各部各地に希望の歌を贈る。

新・人間革命［29］　池田大作著
「常楽」「力走」「清新」「源流」の章を収録。東奔西走を続けつつ、婦人部「母の曲」や各県区等の歌を作詞。世界の識者らと平和への対話を重ねる。

新・人間革命［30］上　池田大作著
「大山」「雌伏」「雄飛」「暁鐘（前半）」の章を収録。第三代会長辞任。名誉会長となった伸一は、一人一人の同志を励まし、新しい飛躍の突破口を開く。

新・人間革命［30］下　池田大作著
「暁鐘（後半）」「勝ち鬨」「誓願」の章を収録。宗門の鉄鎖を断ち切り、魂の独立を果たした創価学会は、世界宗教として二十一世紀の大空へ飛翔する。

聖教ワイド文庫　既刊本 人間革命

人間革命［1］　池田大作著

『池田大作全集』に収めた『人間革命』第二版（全十二巻）。「黎明」「再建」「終戦前後」「占領」「一人立つ」「千里の道」「胎動」「歯車」の章を収録。

人間革命［2］　池田大作著

「幾山河」「序曲」「光と影」「前哨戦」「地涌」「車軸」の章を収録。戸田城聖と山本伸一が座談会で運命的な出会い。深遠な師弟の縁。

人間革命［3］　池田大作著

「新生」「渦中」「群像」「漣」「結実」「宣告」「道程」の章を収録。広布草創期を生きた庶民の蘇生と使命への覚醒。伸一が「日本小学館」に入社。

人間革命［4］　池田大作著

「生命の庭」「時流」「波紋」「疾風」「怒濤」「秋霜」の章を収録。「少年日本」最終号の編集に打ち込む若き伸一の苦闘――師弟不二の永遠の誓い。

人間革命［5］　池田大作著

「烈日」「随喜」「戦争と講和」「前三後一」「驀進」「布石」の章を収録。戸田が第二代会長に就任し七十五万世帯の折伏を宣言。「聖教新聞」の発刊も。

人間革命［6］　池田大作著

「七百年祭」「推移」「余燼」「離陸」の章を収録。立宗七百年の時に、『日蓮大聖人御書全集』を発刊。広宣流布の活動の様相は一変。

聖教ワイド文庫　既刊本 人間革命

人間革命〔7〕　池田大作著

「飛翔」「原点」「翼の下」「水滸の誓い」「匆匆の間」の章を収録。広布の舞台に躍り出る伸一。文京支部の支部長代理として、拡大戦で全国制覇を。

人間革命〔8〕　池田大作著

「真実」「推進」「学徒」「明暗」「多事」の章を収録。青年部に伸一を中心とする参謀室を設置。青年の活躍が、広宣流布推進の原動力に。

人間革命〔9〕　池田大作著

「発端」「小樽問答」「展開」「上げ潮」「実証」の章を収録。小樽問答は伸一を中心に圧倒的勝利。文化部を設置——政治改革への第一歩を踏み出す。

人間革命〔10〕　池田大作著

「一念」「脈動」「跳躍」「険路」「展望」の章を収録。戸田、関西で月二回の講義開始。伸一も関西に信心の波動を広げる。大阪の戦いで〝まさか〟が実現。

人間革命〔11〕　池田大作著

「転機」「波瀾」「夕張」「大阪」「裁判」の章を収録。七月三日——出獄と入獄の日に師弟あり。襲いかかる権力に〝師子〟として敢然と立つ！

人間革命〔12〕　池田大作著

「涼風」「宣言」「憂愁」「後継」「寂光」「新・黎明」の章を収録。若き第三代会長が誕生——新しき広宣流布の黎明を告げる大師子吼が放たれる。